豪门生存手记

生存手记

御井烹香◎著

百花洲文艺出版社
BAIHUAZHOU LITERATURE AND ART PRESS

目 录

第一章

寿筵斗富

杨太太罕见地犯了难。

杨阁老大寿在即，阁老府里千头万绪，来回事的婆子从屋门口排出去，能排出一个院子还要有多，几个姨娘前前后后忙得脚不沾地，阁老太太却一应不理，在暖阁里翻着请柬跟管事妈妈发牢骚。

"悉心招待，这还要怎么悉心招待？一等席面，一等的位置，恨不得能请到主人席上坐，还要特别传话进来，令我悉心招待，他焦家人就是金贵到了十二万分，难道还比得过天家？人家都没有这么排场。才一赏脸传话，太太带着两个闺女过来——倒连老头子都惊动了，真是年纪越大，就越是琐碎，这样的事，还要特地进来传个话。难道不传话，我就不好好招待了？都说阁老日理万机，心机全用在这上头了。"

也是该抱怨，都到内阁大学士这一步了，就是招待藩王，杨阁老都犯不着这样和太太打招呼。焦家身份虽然尊贵——大秦首辅，杨阁老的顶头上司——可要惊动杨阁老亲自传话，要不是杨家谨慎小心，过分低声下气，就是老爷子到底还是不放心太太办事。

她是阁老太太，抱怨个把句话，底下人还能说些什么？可阁老威严，一般人也不敢轻易冒犯，阁老太太自己说了两句，无人附和，她也只好收拾起态度，叹了口气，打发管事妈妈："去把少奶奶请来吧。"

少奶奶权氏很快就捧着肚子进了里屋，也不知从哪里听来了婆婆的话风，她很是歉然："听说爹传话进来，本来就想过来的，谁想到肚子里的小冤家折腾得厉害……"

到底是少奶奶，几句话就说得杨太太雨后天霁，"知道你是双身子，不是焦家的事，也不请你过来。这一次焦家很给面子，虽说老太爷估计还是请不动的，但四太太不但应了过来，还说会带上两位千金。帖子一送到，老爷那里就送了口信过来，千叮万嘱，要我一定要好生招待，万不能令三位贵客受了委屈。"

她一撇嘴，没往下说：杨老爷还特地交代，这些年杨家一直外任，不比少奶奶京中出身，更能切中焦家人的脉门。杨太太要是心里没数，那就别摆婆婆架子，问问少奶奶吧。

"焦家的名气，是大得很。"听语气，这没说出口的话，少奶奶也是已经从别处听到了——她居然一点都不觉得公爹小题大做，"您上京不几年，对焦家的名声，怕是只模糊听说了一点，还没见识过他们的做派吧？"

说起来，杨家也算是红得发紫——一百多年的西北望族，如今家里出了一个巡抚，一个阁老，子弟们也是争气的多，有知府，有翰林，有进士，有举人。满朝文武，能和杨家比较的人家并不多。就是四少奶奶权氏，出身也是一等国公府，更是金尊玉贵的嫡女出身。可这个阁老府的当家少奶奶——国公嫡女，提起当朝首辅、内阁大学士、太子少保焦阁老焦家来，语气居然也不知不觉带了几分酸。

这酸味，杨太太自然也听了出来，她一扬眉，果然就来了兴致："快给我仔细说说。"

"他们家那是有名的火烧富贵。我们这几户人家，平时吃用也算是精致了，和焦家一比，一个个倒都成了臊眉耷眼的野丫头了。京城人有一句话，'钱会咬手烧得慌，烟味儿能熏了天'，这说的就是焦家。两个姑娘实在是养得娇，平时吃的用的赛得过宫里的娘娘……"少奶奶叹了口气，"品味可不就养刁了？这要是给她们挑出不是来，虽不说颜面扫地，可被人说嘴个一年半载的，那也是免不得的事。"

杨阁老进京不久，不过五年时间，头一年还赶上国丧，没怎么在外应酬。后几年焦家又有丧事，一家人闭门守孝，到今年秋天方才满了孝，渐渐地出来走动。杨太太对焦家女眷的名声，一向是有所耳闻，却不知所以然，乍然听说，不禁听住了。"大家小姐吃酒席，挑三拣四那是常有的事，怎么一两句不是，这就能被传开了去？他焦家女儿再娇贵，又不是皇后娘娘，一两句话，还被当作金科玉律了不成？"

"您头十年是不在京里。"少奶奶不禁又叹了口气，"焦家那个女公子，也实在是了不得，从小就得贵人的喜欢。当年先帝险些就说她进了门，先是议定了鲁王嫔，后来——先帝原话，嫌鲁王'年纪大了，委屈了蕙娘'，竟要亲自安排为太子嫔。如不是焦家人丁稀少，焦阁老实在舍不得，恐怕如今她也是个娘娘了，以先帝恩宠来看，少说也是个贵妃……那一年，她才十岁呢。"

一样都是名门世族家的小姐，少奶奶就没有这个荣幸，到底是女儿家，她语气里的酸味又重了几分。"一手古琴弹得是极好的，皇后娘娘都爱听，从前时常入宫献艺。生得又实在没得说，东西六宫十二苑，就算算上咱们家宁妃，按先帝的说法，'都实在是比不上焦家的蕙娘'。吃的穿的用的玩的，全是天下所有物事里精心挑选，尖子里的尖子……这样的人品，这样的家世，四九城里还有谁能驳回她的话？她说好，那就真是好，她眉头要是一皱么……"

平日再疏懒，自家的寿酒，那也是自家的脸面。杨家进京几年，也摆过几次宴席，在京城人口中也是有褒有贬，这一次杨太太是无论如何也不想又给谁添了话柄。她眉峰微聚，倒是犯了难："本来还把她同她妹妹文娘，排在庶出姑娘们那一桌呢，听你这一说，倒是把她往上提一提为好？"

京中规矩森严，嫡庶壁垒分明。不论家中势力大小，女眷宴客，有心照不宣的规矩：嫡女们排一桌，庶女们排一桌，几乎已成惯例。少奶奶自然是看过这位次表的，她如此大费唇舌，等的就是婆婆这一句话。"这自然是要提的，她们虽是庶女，却记在嫡母名下。尤其蕙娘，同焦太太亲生的也没什么两样。过分薄待，焦太太也是要生气的——"一边说，一边叫过管事妈妈来，"这次席面，是春华楼承办的吧？倒是正好，派人同大师傅打个招呼，就说焦家女公子当天是必到的，坐的就是西花厅那桌，他们自然知道如何行事。"

管事妈妈平日里是受惯少奶奶拿捏的，没等太太吩咐，就已经恭声应下，退出了屋子。杨太太看在眼里，嘴上不说，心底难免有点不痛快，对焦家就有些鸡蛋里挑骨头。"焦家也是的，女儿虽要娇养，也没有娇养到这份上的。日后出嫁了，怎么应付三亲六戚？做人媳妇，谁不受委屈，她这个性子，难道谁给她一点气受了，她就寻死觅活的，回娘家告状不成？"

"就是没打算往外嫁……"少奶奶叹了口气，"焦家的事，您也不是没有听说。老太爷看中她招婿承嗣、延续香火，连先帝要都没舍得给。要不是忽然有了个弟弟，这一次，想必焦太太是不会带她出来的。"

一般孩子不是到了年纪，谁家的太太也不会轻易把他们带上大场面。京中这些太太奶奶，谁的眼神不赛过刀子利，关在家里仔细调教规矩都来不及呢，寻常无事，谁带心头肉出来受人的褒贬？也就是到了婚配的年纪，要"冰泮而婚成"，开始物色佳媳佳婿了，这才把孩子带出门见识见识。这一次焦家把两个女儿都带出来，一家人来了一大半，看似只是为了给杨家面子，可有心人读来，却有些别的意思，那是半藏半露，瞒不了人的。

"这两个姑娘，年纪也都不小了吧？"杨太太缓缓摇了摇头，"听你这么一说，妹妹还好，姐姐的婚事却难办了，年纪大了不说，这样万里挑一的媳妇，谁家能娶？一般人家，怕也是自惭形秽，绝不敢上前攀附。能配得上他们焦家的青年才俊，不是多半早说定了亲事，就是不愿受这份'齐大非偶'的气。再说，再娇养，那也是庶女出身——皇帝家的女儿愁嫁，我看着宰相家的女儿，也不例外嘛。"

内阁首辅，可不就是从前的宰相了？一样是阁老，焦家两个女儿都愁嫁，杨家的女儿们却都嫁得好，嫡女二姑奶奶是侯夫人，就是庶女，一位是平国公许家的世子夫人，一位干脆就是宫中新近得宠晋位的宁妃。杨阁老太太说起这话，不免是悠然自得、顾盼自豪，少奶奶看在眼里，也不禁抿嘴一笑。

"这都是别人家的事了。"她轻声细语，"想要攀龙附凤的人家，也决不在少数的。媳妇现在想的，倒还是寿酒当天的事，您安排两位姑娘坐西花厅首桌，别的倒不打紧，要是撞上了吴姑娘，当天席间恐怕是有热闹瞧呢……"

杨太太神色一动，先惊后悟："你是说……"

她思忖片刻，也不由苦笑。"就这么几个人，抬头不见低头见的，怎么安排都不是，也只能如此安排了——我看，干脆把你安排在那桌陪客，这可够分量了吧？在你这个正牌主人眼皮底下，也闹不出多大的风浪来。你看如何？"

少奶奶嫣然一笑，低眉顺眼："婆婆见识，不知高出媳妇多少，自然是您怎么说，就怎么办了。"

有了少奶奶这一番话，到了大寿当天，纵使杨家是千重锦绣、满园珠翠，贺寿道喜之声几乎把杨太太耳朵灌出耳油来，也着实令她打心眼里累得发慌兴致全无。可焦四太太一行人进屋来时，杨太太亦不免格外打点精神，亲自起身迎上焦四太太，又运足目力，看似不经意地瞥了焦太太身后一眼。

只见两名少女随在焦太太身后，一眼杨太太也未能分出高下来，她口中笑道："四太太，咱们是近二十年没见啦，当年在苏州曾有一面之缘，您贵人事忙，怕是早把我给忘了。"

焦阁老入阁二十多年，哪管宦海风云起伏，他是左右逢源，仡立不倒，二十年来，在阁老位置上熬死了两个皇帝，如今的皇上已经是他侍奉的第三位天子。如此人家，自然不是新近入阁的杨家可以傲慢的，杨太太虽然客气，以焦四太太身份，却也能来个坦然受之。不过，焦太太也很给面子："哪能忘记呢？当时路过苏州，承蒙您的招待……"

都是内阁阁臣，不管在朝中斗得如何险恶，两派人马几乎是杀红了眼，恨不得生啖其肉。女眷们在内宅，却要把表面功夫做好，杨太太和焦太太携手一笑，杨太太便望向焦太太身后，笑道："这就是两位千金了吧？"

一边说，两人一边分头落座。焦太太抿唇一笑，满不在意："蕙娘、文娘，还不给世婶行礼？"

焦太太身后这两位千金便同时俯下身去，莺声燕语："侄女见过世婶，世婶万福万寿。"

这声音一入耳，杨太太心底有数了：只这一听，就听得出谁是姐姐，谁是妹妹。

两人本是姐妹，音质相似，殊为平常。文娘声线娇嫩，听着还带了几分天真，就像是随手吹出的一段笛音，虽也娇贵，但终是乡野小调。蕙娘一开腔，却像是古琴弦为人一碰，仙翁声中自然而然，便带了礼器的雅训、清贵之意。真是就一句话，两个人的性子就全带了出来。

她的眼神针一样地在蕙娘身上一绕，又望文娘一眼，便笑向焦太太夸奖："真是春兰秋菊，各擅胜场。左边这位，就是清蕙了吧？"

这两姐妹本来一直望着自己的脚尖，此时清蕙听杨太太说话，方才慢慢把脸往上抬起。杨太太定睛一瞧——即使她自己膝下就有七位如花似玉的女儿，其中一位宁妃，更是六宫中数得上的美人，此时见了蕙娘，呼吸亦不禁为之一顿，过了一会儿，方才由衷叹道："果然好容貌。"

打扮她是细看过的，除了衣料特别新奇雅致之外，似乎并无出奇，此时由清蕙这张脸一衬，才觉出锦衣虽花色素雅，可衣料厚重，难得裁得这样跟身又不起皱，且在重重衣衫中，还现出腰身盈盈一握，这裁衣人的手艺首先就好得出奇。再一细看，那锦衣上连绵的缠枝莲花，花色竟从未见过，锦缎里难得有这样葡萄青的底，也就是蕙娘肤色洁白胜雪，才压得住这样娇嫩的淡紫色。再合以银红色缎裙——连银红都红得别致，在日头底下，一动就隐隐有细密银光。这两样料子，杨太太几年来竟从未见过。

衣裁如此，就别说人了。焦清蕙面含微笑，谁都看得出来只是客套，却又不能怪她什么，因她就只是站在那里，便显得清贵矜持，似乎同人间隔了一层——一个人若生得同她一样美，一双眼同她的眼一样亮、一样冷，看起来自然而然，也总是会有几分出尘的。

怪道先帝如此看重，甚至想许以太子嫔之位。一时间，杨太太竟有些后怕：现在焦家有了承重孙，蕙娘是可以进宫的了。若她入宫，杨家所出的宁妃日后能否再继续得意下去，恐怕就不好说了……

"世婶谬赞，清蕙哪敢当呢？"焦清蕙却似乎未曾看出杨太太眼中的惊艳，她微微一笑，客客气气地说，"只是三年未见各位伯母、婶婶，我同文娘自然加意打扮，这才唬过了世婶呢。"

杨太太本已经看住了，被她一语点醒，这才回过神来，笑着冲文娘道："这就是令文了吧？同姐姐一样，也是个美人。"

焦令文生得的确也不差，她要比清蕙活泼一些，笑里还带了三分娇憨，闻听杨太太此言，唇边含着笑花，一瞅姐姐，表现得也落落大方、惹人好感："姐姐说得是，这全是打扮出来的，其实都是虚的，无非我们爱折腾罢了。"

"也要天生丽质，才打扮得出来，"屋内便有吏部秦尚书太太——杨太太的亲嫂嫂笑道，"三年没见，焦太太，两个如花似玉的花骨朵儿，都到了开花的时候喽。"

只看秦太太、焦太太说话，任谁也想不到两家素有积怨，秦家老太爷秦帝师一辈子最大的遗憾，就是被焦阁老死死压住，未能入阁。焦太太抿唇一笑，"当着一屋子的美人，您这样夸她们，她们怎么承担得起呢？"

"我看就承担得起。"云贵何总督太太也笑了，"蕙娘，今日穿的又是哪家绣房的袄裙？这花色瞧着时新，可又都没见过。"

杨太太这才知道，怕是一屋子的人都没见过蕙娘、文娘姐妹的穿着。她巡视屋内一圈，见众位太太、小姐的耳朵似乎都尖了三分，连自己儿媳妇也不例外，纵使她别有心事，也不禁暗自一笑。

正要说话时，却瞥见户部吴尚书太太面上神色淡淡的，她心中一动：吴家、焦家的恩怨还要追溯到上一代了，如今吴尚书的父亲吴阁老，同焦阁老之间也有一段故事的。看来，自己同儿媳妇担心得不错，这两家要在一处，必定要生出口舌是非来。

才这样想，便听见吴太太身边紧紧带着的吴姑娘笑道："是夺天工新得的料子吧，也曾送到我们那里看过的——因我不大喜欢，就没留，现在倒记不真了，我瞧着像，娘您瞧瞧，可是不是？"

夺天工是北地规模最大、本钱最雄厚的绣房，同南边的思巧裳各执牛耳，成对鼎之势，"北夺天工，南思巧裳"——全大秦就没有不知道这句话的女儿家。

一屋子玩味的目光顿时就聚到了吴姑娘同焦姑娘身上：都是新花色，这个看不上，那个却当了宝，特地做了衣裙，穿到了这样大的场面上来……

杨太太也看着蕙娘，蕙娘若无其事，倒是望向了母亲。焦太太笑眯眯地，轻轻点了点头，她这才微笑道："想是嘉妹妹记错了，这是今年南边矿山里新出的一批星砂，染出来的料子同从前所有都不一样，思巧裳也不过染得了这几匹可用的，正巧家里有人上京，捎带来的，才不到半个月前的事，怕纵使染出了新的，也没这么快送上京吧。"

吴嘉娘也是个出众的美人，打扮得自然也无可挑剔，听了蕙娘这话，她微微一笑，轻声细语："哦？那是我记错了。"

蕙娘也望着她颔首一笑："记得记不得，什么要紧呢？左右不过一条裙子的事。"

杨太太心绪就是再差，此时都忍不住要笑，正好她亲家——良国公府权夫人到了，她忙借着起身遮掩过去，耳边还听见何太太问蕙娘："这腰身这样贴，也是思巧裳的手艺？他们远在南边，倒是不知居然做的衣服也精巧。"

这话倒是焦太太答的："您也不是不知道，孩子们从不穿外人的手艺，外人也做不得这样跟身。是蕙娘院子里丫头自己裁的，瞎糊弄罢了——"

就是杨太太听见，心里都有些惊异：杨家也算是富贵得惯了，一个姑娘家身边，也不会放着这么一个手艺奇绝的绣娘，就专为她一个人做衣服，更别说还是做丫头使唤了。这样的手艺，在外头随随便便都是总教席，一年二三千银子不说，还不是奴籍，名气大一点，绣件能贡呈御览，一辈子都吃穿不愁了——焦家条件要不是比外头更好，她能甘心在焦家做个奴才？

也就是这时候，她才品出了儿媳妇说法里的韵味：就是在这么一圈大秦顶尖的豪门贵族里，焦家的富贵，也是火烧火燎，煳味儿能熏了天的那一种。别说是数得着，他们家数不着，不用数——焦家那是当仁不让，认了第二，没人敢认第一，能把天泼金的超一品富贵。

再回头一看蕙娘，心底又不禁生出了几分可惜——就只是随随便便坐在那里，腰板一挺，由不得全场人的眼神就聚到她身上，羡也好妒也好，都绕着她焦清蕙。可惜这样人才，命却薄些，亲事上注定是磕磕绊绊，很难找到如意郎君了。

阁老寿筵，自然是香烟缭绕、细乐声喧，处处火树银花、雪浪缤纷，男客们由阁老本人、族中子弟并女婿外戚相陪，女眷们就交给阁老太太、少奶奶并姑奶奶们作陪。杨家人口不多，可夫家显赫的姑奶奶却不少，这个陪一桌，那个陪一处，是处处欢声笑语，都很给姑奶奶们面子，上一道菜，夸一个好字。连远处戏台子上演出的那些个吉祥大戏，似乎都翻出了新意，看得众人眉开眼笑、赞不绝口。

有少奶奶亲自作陪，西花厅内的气氛也不差，焦令文一落筷子，眼睛就弯了起来："这蟹冻，是钟师傅亲手做的吧。"

春华楼也算是京中名馆了，架子也足，一般酒席，是请不动大师傅钟氏掌勺的。这一点满桌子人心里都有数，却也不是人人都能吃出其中不同。云贵总督家的何莲娘便笑道："文妹妹，你嘴巴刁呀，我尝着，同上回在许家吃的那一盘，似乎也没什么不一样的地方。"

杨家也是春华楼的常客，时常叫了整桌酒席回来待客的，杨四少奶奶当然品尝过春华楼的招牌菜，可她也吃不到文娘这么精。一时也好奇问："这怎么吃出来的？"

"钟师傅手艺细，一样是蟹肉剁泥混肉做的冻儿，他的几个大徒弟，滴过姜醋汁去腥也就罢了。"文娘笑道，"可钟师傅自己做的呢——"

"文娘，"蕙娘本来没开腔，此时忽然笑着摆了摆手，"钟师傅独门绝技，你随口胡说出来，要被他知道了，以后他还应咱们家的单子吗？"

她不说话还好，一说话，就仿佛是一锤定音，透了不容违逆的淡然。几乎一样的音色，文娘声调俏皮，听着也甜美；可到蕙娘开腔，静、贵二字简直呼之欲出。

文娘顿时就不吭声了，蕙娘反而转向杨少奶奶，微笑道："瑞云姐姐，几年没见，你都已经有身孕啦——还记得我六七年前上你们家吃酒，一样也吃了这水晶蟹冻，也是这隆冬腊月的，难为你们哪里寻来这样鲜肥的蟹。我可简直是吃个没够，回去一问春华楼，却说是府上自己预备了一批……没想到几年后又在冬日得此美味，却是在杨阁老府上了。"

会说话就是会说话，少奶奶心底亦不禁叹了口气：都是京城贵女，自然自小相识。可从前焦清蕙对她们这群人，虽不说爱答不理，可不忮不求、不卑不亢，从来也不和谁套近乎。自己当时年纪小，还想不明白，是母亲一语点醒：她要继承家业，怎会在后院打转，你们就不是一路上的人。

可现在身份一变化，她的态度就转换得这么自然，才几句话，拉了交情，捧了自己的夫家、娘家。四少奶奶也知道她是在客套，可她焦清蕙就硬是识货，夸得硬是地方，她也不由得面上有光，大为得意："其实说穿了也没什么，无非是大缸储着，每日里浇蛋白催肥，不要说养两个月，就是养三个月四个月到年边正月，都一样是肥硕鲜嫩的。只是黄就不那样满了，所以我们也不蒸着炒着，只以之做些蟹肉点心。"

"这是娘家带来的绝活吧？"大理少卿家的石翠娘——浙江布政使侄女笑着接了口，"现在冬日里能吃着新鲜螃蟹的，京城里就不独良国公一家了。"

几句话就带起气氛，姑娘们你一言我一语，说起这家的招牌菜，那家私家的绝技，哪个班子又排了新戏，上回在谁家看着的。何莲娘还问四少奶奶："这钟师傅年纪大了，今日府上席开何止百桌，他肯定应承不过来，难道就专应这一道点心不成？"

蕙娘给她搭台，四少奶奶也有心给蕙娘做面子——也是有意考校考校蕙娘，她便望着蕙娘，笑道："蕙妹妹是行家，倒要考考你，吃着怎么样？"

"这一桌都是钟师傅的拿手菜，肯定是他的手艺了。"蕙娘放下筷子，轻轻地拿帕子按了按唇角，"也有一两年没叫过春华楼的菜了……"

一桌人不禁都看向蕙娘，仿佛她一句话，就能将春华楼这几年来的变化定个好坏调子——蕙娘却似乎早已经习惯了这样的瞩目，她根本不以为意，嫣然一笑，轻轻地点了点头，"几道菜都做得不错，钟师傅的手艺，也是越来越好了。"

众位姑娘都笑了："得你这句话，不枉他们今日的用了。"

四少奶奶还想逗着蕙娘多说几句的，但见吴家的嘉娘一张俏脸虽然也带了笑，可从开席到现在，一句话也未曾说过，知道她还是介意刚才人前落了没趣，便不再给蕙娘抬轿子，转而逗吴嘉娘说话，"听说嘉妹妹外祖家里又有了喜事，是要往上再动一动了？"

吴嘉娘的笑，顿时热情了几分，口气却自然还是淡淡的、懒懒的。"是有这么一说，不过舅舅一家都风雅，我们在他们跟前，也不提这些俗事。"

石翠娘不像是何莲娘，只贴着蕙娘、文娘，她同焦家两个姑娘说得上话，和吴嘉娘也亲热。嘉娘一边说，一边举筷子，才一动她就笑了，"哎呀，又戴了新镯子出来，也不给我们开开眼，偏就只是藏着掖着，不肯露个好。"

富贵人家的娇客，成日里除了打扮自己，也没有别的消遣了，十二三个小姑娘莺声燕语，都笑道："快撸了她的袖子起来，让大家瞧瞧！次次见面，她镯子是从不重样的，这一次又是从哪里得了好东西？"

吴嘉娘生得也实在好看，一双大眼睛好似寒星，偶尔一转便是冷气逼人，只这冷和蕙娘的冷又不大一样。蕙娘的冷，冷得淡，冷得客套，冷得令人挑不出大毛病；可吴嘉娘就冷得傲，尤其焦家两姐妹在座，她虽是笑着，笑里却始终写了三分轻蔑。此时她得了众人起哄，仿佛众星捧月一般，成了场上焦点，那轻蔑才慢慢地淡了去，却仍是摆手，"什么好东西，就是舅母给了一对红宝石……"

一边说，一边半推半就，已经被何莲娘撸起袖子来，果然一双欺霜赛雪的手腕上穿了一对金镶玉的镯子。金自然是十足成色；玉面也是洁白无瑕，上等和田美玉；最难得却还是玉中两点惊心动魄的鸽血红，晶莹剔透不说，大小形状也都极为相似。一望即知，这是把大的鸽血红硬生生琢成了这小的形状。此等手笔，亦由不得人不惊叹了。

"这是硬红吧？"吏部尚书家的秦英娘一直未曾开口，此时倒是一句话就道破深浅，"这样大小的硬红，比软红不知难得多少，是从西边过来的？"

四少奶奶亦不禁托着嘉娘的手，细看了良久，方才笑道："真是稀世奇珍，最难得在你这样的手上，就更显得好看了。"

嘉娘莞尔一笑，将袖子徐徐地放了下来："瑞云姐姐夸人，来来去去也就是这两句话。"

这话说得有意思，少奶奶有些纳闷，细细一想，这才明白过来：刚才在婆婆身边侍奉，云贵总督何太太夸蕙娘"好衣服也要天生丽质才穿得好看"时，自己随声附和了几句。没想到嘉娘居然记在心里，自己再说这话，她不软不硬，就给了个钉子碰。

一样是名门贵女出身，少奶奶在家做娇客的时候，做派未必比吴家小姐差，她心里不禁有几分恼怒。可嘉娘打了个巴掌，又给块糖，自己扑哧一声，倒笑起来："可来来去去这两句话啊，偏偏就那么中听！"

她比少奶奶小了五岁，算是两代人了，少奶奶一个是主人，一个也不好和小辈计较，便跟着笑起来。蕙娘恰好又于此时说："刚才那首《赏花时》，唱得好，崔子秀的声音还是那么亮——他也算是能唱的了。"

几句话就又把话题岔开了。此时酒席将完，蕙娘话也不多，先赞春华楼的钟师傅，再赞麒麟班的崔子秀，其实都是在给主人家做面子。少奶奶几年没见她，从前也不熟悉，本来心里是没有好恶的，反而和吴嘉娘还更熟悉一些儿，此时倒是对蕙娘更有好感。

她偶然打量蕙娘一眼，见她一手搁在扶手上，轻轻打着拍子，唇边似乎蕴了一丝笑意，背挺得笔直，姿态又写意又端正。袄裙虽很跟身，可穿了这半天，都没一丝褶皱。少奶奶平日里虽然打扮得一丝不苟的，可看看蕙娘，再看看自己，不期然就觉得自己这衣裳实在有些见不得人，毕竟是坐下站起的，腰间已经有了一点折痕……

再看一桌子人，打量蕙娘的绝非一个两个，少奶奶也是过来人，深知就里：思巧裳在京城没有分号，如有，恐怕今日席一散，管家们就要盈门了。照着焦清蕙这一身花色样式，稍微一改搭配，不到半个月，准有十几套这样的衣服出来。再过上一个月，宫里都要穿上这样的裙子了……只要那南边的星砂不断货，往后一两年内，思巧裳管染管卖，绝没有卖不掉的担忧。

其实，照少奶奶来看，衣服也无非就是那样，最要紧还是蕙娘穿得好看——说穿了，还不是她人生得好？可没办法，从前就是这个样子，名门嫡女，没几个看得起焦清蕙的，背地里议论，都撇着嘴，"上辈子撞了大运，这辈子托生在焦家，一个庶女，倒比宫里的金枝玉叶都要风光了……"可见了焦清蕙，见了她穿的用的，尝了她吃的喝的，由不得就兴出叹息来，就兴出想望来：难为她怎么能这样费心，有如此巧思。这样的好东西，"我也要有！"

久而久之，倒都悬为定例了：京城流行看高门，高门流行看宫中，宫中流行，却要看宫妃们的亲眷——这些一等豪门的风尚。而一等豪门的风尚，却要看焦家的蕙娘。这三年来，她闭门守孝从不出门应酬，这一风潮才渐渐地退了。没想到重出江湖第一顿饭，还和从前一样，明里暗里，众人都看着蕙娘；又想学她，又不知该怎么学。

到底还是有人忍不住，何莲娘开口了："蕙姐姐，你今日穿这样厚，不热么——哎，这样厚的料子，看着也不特别紧身，怎么你这坐下站起来的都半天了，身上还没一丝褶，尤其腰这一块，平展展的，又不是浆出来那硬挺挺的样子，真是好看。"

蕙娘笑道："这几天身子弱，怕着凉了要喝药，出门总要穿得厚实一些。"

说着，就指给莲娘看，居然是一点架子都没有，也不藏私。"是我们家丫头在这里捏了个褶子，就显得腰身细些，并且褶子绷着，身前身后就不容易起皱了。"

众人的眼神唰的一下，都聚向蕙娘似乎不盈一握的小蛮腰。文娘恰于此时抱住双臂，轻轻地打了个寒战："姐姐这一说，我也有些冷了。"

文娘便命丫头："烦你出去传个话，令我丫头把小披风送来，再取枚橄榄来我含。"

少奶奶忙道："橄榄这里也有。"

说着，早有丫头取过橄榄来，文娘插了一块送入口中，过了一会儿，觑人不注意，又轻轻地吐了——却不巧被少奶奶看见。

少奶奶心中一动，扫了焦家两姐妹跟前的骨碟一眼，见非但碟里，连碗里筷头都是干干净净的，不比别人跟前，总有些鱼刺、菜渣。她心里明镜一样：两姐妹面上客气，夸了钟师傅的手艺，其实还是没看得上外头的饭菜，不过是虚应故事，勉强吃上几口而已……自己和婆婆虽然用了心，奈何这两朵花儿实在是太金贵了，到底还是没能把人招待得舒舒坦坦的。

正这样想时，焦家丫鬟已经低眉顺眼，进了西花厅，手中还抱了一个小小的包袱。文娘动也没动，只安坐着和何姑娘说笑，那丫头在文娘身边轻轻一抖，便抖开了极轻极软的獐绒小披风——一望即知，是为了这种室内场合特别预备的。又半跪下来，伸手到文娘胸前，为她系上带子。

少奶奶先还没在意——她还是忍不住偷看了几眼戏台上的热闹，只听得石家翠娘忽然半是笑、半是惊叹地说了一句："哎哟！这真是……"桌上便一下静了下来，这才猛地回过神来。左右一看，只见吴嘉娘脸上连笑影子都没有了，满面寒霜，端端正正地望着戏台，看个戏，都看出了一脸的杀气。满桌人，却只有她一个看向了别处，其余人等，都正望着——

少奶奶顺着众人的视线看去，不禁也轻轻地倒吸了一口冷气。文娘却仿若未觉，她倒是和吴家的嘉娘一样，都专心致志地看着戏台上的热闹，只令丫头在她胸前忙活。只是她坐得直，丫头又半跪着，必然要探出身子，伸出手来做事。这一伸手，袖子便落了下来。

无巧不成书，这丫头手上，也戴了一对金镶玉嵌红宝石的镯子，那对红宝石，论大小和吴嘉娘手上那对竟不相上下，唯独光泽比前一对更亮得多，被冬日暖阳一照，明晃晃的，竟似乎能刺痛双眼。

少奶奶望着焦家文娘，没话说了：吴家、焦家素来不和，两家姑娘争奇斗富，也不是一天两天的事了。本以为今日有自己亲自照看，纵有暗流汹涌，也不至于闹到台面上来。没想到文娘一句怪话也没说，居然就已经给了吴家嘉娘一记响亮的耳光。

焦家富贵，的确是名不虚传……只是再富贵，这般行事，是不是也有点过了？

不知为何，少奶奶忽然很想知道蕙娘此时的心情，她闪了蕙娘一眼，却失望了：蕙娘的鹅蛋脸上还是那抹淡淡的笑意，她竟似乎根本没明白场上究竟发生了什么事。

本来这热闹就已经够瞧的了，没想到石家翠娘，看热闹不嫌事大，待那丫头给文娘系了披风，又奉上一个小玉盒，启开了高举齐眉端给主子，文娘拿起银签取了一小块橄榄含了——她忽然眼珠子一转，笑嘻嘻地道："文妹妹，你今日戴了什么镯子，快让我瞧瞧？"

这个石翠娘！少奶奶啼笑皆非，却不禁也有些好奇。可文娘欣然提起袖子，众人伸长了脖子看去时，却见不过是个金丝镯，均大为吃惊：金丝镯这种东西，一般富贵人家的女眷都不会上手，更别说她们这样的层次了。

大家你看看我，我看看你，竟无人夸奖，连吴嘉娘的脸色都好看了些。少奶奶细品文娘神色，知道这镯子必定有玄机在，她身为主人，本该细问，可又怕得罪了吴嘉娘——再扫她一次面子，吴嘉娘真是好去跳北海了，便有意囫囵带过："做工确实是细致的——"

"这也就强个做工了。"蕙娘开口了，一桌人自然静下来，听她古琴一样的声音在桌上响。"一般镯子，实在是沉，家常也不戴。这镯子拿金丝编的，取个轻巧，也就是'浑圆如意，毫无接头'能拿出来说说嘴，再有里头藏了两颗东珠，听个响儿罢了。"

说着，便随手撸起自己的袖子，把一只玉一样的手腕放到日头底下，众人这才看出，这金丝之细，竟是前所未有。虽然镂织成了镯型，但金丝如云似雾的，望着就像是一片轻纱，里头两颗东珠滚来滚去，圆转如意丝毫都不滞涩，被阳光一激，珠光大盛，两团小小光晕同金色交相辉映，灿烂辉煌到了极点。可蕙娘手一移开，在寻常光源底下，又如一般的金丝镯一样朴素简单、含蓄内敛了。

众人至此，都心服口服，再说不出话来，西花厅内竟是落针可闻。好半日，何莲娘才咋舌道："好大的珍珠呢，这样撞来撞去的，如撞裂了，可怎生是好？"

蕙娘、文娘姐妹对视一眼，俱笑而不语，众人心下也都是颖悟：焦家又哪里还会在乎这个呢？若撞裂了，那就再换一对，怕也是易如反掌吧……

有了这段小小的插曲，众千金也都不再半开玩笑半认真地攀比了，反而一个个安生看戏，再不说别的。厅内气氛渐渐地又热闹了起来。过了一会儿，蕙娘起身出去，临起身前，她轻轻地掐了文娘手背一下，动作不大，即使少奶奶一直在留心她姐妹俩，也几乎都要错过了。又过片刻，文娘也起身出去了。少奶奶心中大奇，却恨不能跟着出去，只好勉强按捺着好奇看戏。又过片刻，正厅来人：她母亲良国公夫人命她过去相见。

自从少奶奶有了身孕，便一心在婆家安胎，很少回娘家去，权夫人难得到杨家赴宴，自然要和女儿说几句私话。杨太太这一点还是能够体谅的，甚至几个大姑子都有心成全，杨少爷的双胞姐姐杨七娘忙里偷闲，还命人在小花园的暖房里布置了两张交椅，她握着少奶奶的手："你大肚子的人，也不好久站，在这里多歇一会儿，暖暖和和的——西花厅里有我呢！"

权夫人冷眼旁观，等大姑子走了，才慢吞吞同少奶奶说："虽说也有这样那样的苦处，可为人媳妇，那是在所难免。你算是有福气了，几个大姑子都待你不错。"

少奶奶也没什么好抱怨的。"家里人都好？这回爹也过来，只是我身子沉重，又不得相见了。"

两人几个月没见，虽然权家时时派人送这送那的，但到底是亲娘，见了面还是有话要问："姑爷待你如何？肚子总还太平吧？婆婆这几个月，没乘机往你房里塞人？"

少奶奶一一答了："都还挺好的，姑爷一心读书，得了闲就回屋里，从不出门厮混。婆婆最近，别有心事——您也知道许家的喜事……前几天二哥还来给我把了脉，说是脉象很稳，没什么不妥的地方，只怕胎儿还是大了一点。"

说到许家喜事，权夫人会意地露出一丝笑意，可一听女儿后面的话，她的眉峰又聚拢了。"你二哥怎么没和我提？！"

少奶奶二哥权仲白，乃是大秦有名的再世华佗。他少年学医，不但得到权家家传针灸秘法，还师从江南名医欧阳氏。虽说身份尊贵，太医院供不下这尊大佛，他没领朝廷任命，但事实上已经是朝廷几大巨头的御用神医。江南江北，将他的医术传得神乎其神，几乎是可以生死人肉白骨，这当然有夸大成分在，但应付少奶奶这么一个孕妇，那自然是绰绰有余的。少奶奶忙笑道："也不是什么大事，有二哥照看着，还能出什么差错不成？您就只管把心放在肚子里吧。"

她说得也有道理，权夫人皱眉思忖了半日，方才意平，到底还是叹了口气："这个仲白呀！"

权仲白什么都好，从人品到长相，几乎全没得挑，却也不是没有毛病。少奶奶闻弦歌而知雅意，一听母亲口气，便会意了："您这是又起了给哥哥说亲的念头？"

"都到了而立之年……"权夫人一提起来就是愁眉不展。"膝下空虚不说，房里也是空荡荡冷冰冰的，连个知疼知热的人都没有。这样下去，我将来也没有面目见地下的姐姐。可你也知道，一提亲事，他恨不得掩耳疾走。这一次我是下了狠心，一定要给他说门亲事。他倒好，向皇上讨了差事，怕是等你生产完了，开春就要下江南去！这一去山高水远的，亲事一耽搁，可不就又是一年？"

少奶奶也不禁陪母亲叹息起来，又忙献宝表忠心："我回回见了二哥，也一样催他。还有姑爷，得了我的吩咐，见一次劝一次……"

权夫人倒被她逗笑了，拍了拍女儿的手："还是闺女贴心，你那几个哥哥弟弟，没一个是省油的灯，要不是你和瑞雨都还懂事，娘真要操碎了心。"

她便和女儿商量："你哥就先不管了，只说如今几个姑娘。今日你公公寿筵，人到得齐。我冷眼看着，秦家英娘——那是刚说了亲了，就算没说亲，那长相也配不上仲白。左看右看，还是吴家的兴嘉，人生得好，除了傲些，别的也是极好的，最难得是我自小看大——"

刚说到这里，权夫人无意间往窗外一看，话就断成了半截儿。她眯起眼睛，透过玻璃窗仔仔细细地打量着正在院子里徘徊的两位姑娘，双眼奇光闪烁，竟似乎是看得痴了。

少奶奶跟着她视线看去，也是眉峰一挑："您来得晚，她们往西花厅去了，那是焦家两位明珠。我一说，您就认出来了吧？"

蕙娘、文娘的出身，权夫人自然了如指掌。还是老问题——虽然样样都好，到底还是庶女出身。再说，焦家虽然富贵骄人，但也不是没有软肋……权夫人刚挺起来的脊背，顿时又是一松，她失望地靠回椅背，倒是又有些好奇："天寒地冻的，不在里头吃酒，她们走出来做什么？"

少奶奶倒是猜到了一点，她也是大为好奇蕙娘的反应，便冲母亲狡黠地一笑，招手叫了个人过来。

"天寒地冻的，不在里头吃酒，您拉我出来做什么？"

文娘也正这么问着姐姐，她伸出手给姐姐看，果然，才从屋子里出来没有一会儿，这青葱一样的十指，已经冻得泛了白。

蕙娘倒似乎一点儿没觉出寒意，她携着文娘的手，在一株苍虬瘿结的老梅树前止了步，微微抬头，竟是悠然自在。"他们府上的梅花，倒的确是开得漂亮，这宅子这样新，梅花却是老的，也不知费了多少工夫，才从别处移来呢。"

做姐姐的要装傻，文娘还能如何？她想挣开蕙娘掌握，但姐姐捏得紧，她力气确实不如蕙娘大，除非挣扎，否则怎挣得开——在别人的地盘，她又怎么好意思拉拉扯扯的？索性一咬牙，也露出笑来："我看，倒不如潭柘寺的梅花漂亮，就是再好，孤零零这一株，也没什么趣味。"

文娘这孩子，从小就是倔。

蕙娘"嗯"了一声，漫不经心地望着一树冻红，似乎早就已经走了神儿，竟站住不动，不再走了。

她穿得厚，一身锦缎扛得住，文娘却只在缎袄外披了一件薄薄的獐绒披风，原来走动着还不觉得，眼下一停步，北风再一吹，这娇嫩的皮肉，如何挨得住沁骨的寒意。咬着牙死死地顶了一会儿，到底还是受不了苦，连声音都发了颤："姐！"

"火气冻下去了？"蕙娘这才又迈开了步子。她连看都不看妹妹一眼，声音也还是那样雅正平和，甚至连脸上的笑意都还没退。

文娘一是冻、一是气，牙关虽咬得死紧，贝齿却还是打了颤："你、你是只许州官放火，不许百姓点灯！当着那许多长辈的面，你还长篇大套地给她没脸，我连一句话都没说呢，你凭什么管我？！"

两姐妹年纪相近，可从小到大，大人们眼里几乎只看得到蕙娘。在家是这样，出了门还是这样，就连进了宫也是这样。文娘心中不服，也是人之常情。两姐妹当了人的面自然是亲亲热热的，谁也不给谁下绊子，可在背地里，文娘就常犯倔性。蕙娘偏偏也不是个让人的性子，闹个别扭，那是常有的事。文娘眼里，可从没有姐妹之分，她是半点都不觉得自己听了祖父的话，听了嫡母的话，听了慈母的话，还要再听个姐姐的话。

不过，现在毕竟是在别人家里，要调教妹妹，多的是机会。蕙娘压根就不搭理文娘的话茬，她停住了脚步："看来，火气还没冻下去呀？"

她这一回避，文娘倒来劲了，也不顾冻，头一扬："冻就冻，冻病了反正不算我的。谁有理谁没理，谁心里清楚。"

小姐脾气使第一回，蕙娘还不大当回事，现在一式一样再来一记，文娘终于取得可喜成就——蕙娘脸上的笑意淡去了，她沉下脸来，冷冷地望着妹妹，也不说话，也不出声，可文娘在她的眼神里竟就慢慢地软了下去，有些局促了，不再那样自信了……

过了一会儿，蕙娘移开眼，唇瓣又扬了起来："火气冻下去了？"

文娘气得要跺脚，可脚一抬起，蕙娘立刻又放下脸，她这脚居然跺不下去，僵了半天，到底还是慢慢地放了下来。心头纵有百般不甘，嗫嚅了半晌，还是点了点头："没火气了……姐，咱们进去吧。"

两姐妹便又亲亲热热，你一言我一语地携手进了西花厅。蕙娘甚至还为妹妹系好了披风，透着体贴亲切。文娘笑道："今年去不成潭柘寺，我们也命人去讨几枝梅花来就好了……"

暖房里，权夫人和少奶奶也都觉得很有趣。少奶奶挥退了底下人，"都说蕙娘厉害，真是名不虚传。文娘也算是个角色了，在她姐姐跟前，倒成了个糯米团子，由蕙娘揉圆搓扁，自己是一点都使不上力。"

权夫人来得晚，又在东花厅坐，两场热闹都没赶上，问知前情，不禁失笑出声："兴嘉一向眼高于顶，今天连受两记耳光，实在是委屈这孩子了。"

少奶奶对吴嘉娘，始终是喜欢不起来："她也是自讨没趣，焦家什么身价，还容她如此卖弄？文娘这记耳光，打得不亏心。"

"不亏心是不亏心，可手段也是过分了一点。这样的事，在兴嘉心里肯定是奇耻大辱，能记上一辈子……和姐妹口角又不一样，焦令文手腕也差了些，要不是她姐姐，她险些还坍了台。"

炫富摆谱，那也是要讲究技巧的，没人来接话茬，文娘炫耀失败，当场也免不得下不来台。蕙娘撑住场子，私底下再教训妹妹，倒是处理得干净利索。权夫人越想越有意思，唇瓣慢慢上翘："听你这么一说，兴嘉在这个焦蕙娘跟前，便又有些黯然失色了。"

"她是太好了点。"少奶奶细品着母亲的态度，"焦家怎么教她的，您当年不是也听说过？强成这样，世上男子，能压得住她的人，却也不多呢。"

"只怕一只手能数得过来呢。"权夫人不置可否，"你二哥也能占上一份。不过，这还要细看她的为人了。"

两母女便不再提此事，反而低声商议起了别的，"宫里……朝中……焦阁老……你公爹……"

焦家两姐妹才刚重出江湖，就演了这么一出好戏，众人都看得津津有味。二人才一入座，翠娘就抢着问："文妹妹，你同蕙姐姐连去净房都要一处，姐妹两个就这么黏？"

"是姐姐看那梅花好，"文娘进了屋就笑嘻嘻的，不甘心一点都没露出来，"刚才转角看到，禁不住就拉着我出去瞧了瞧。我们都觉得像是潭柘寺的梅花，花期像，色泽像，香味也像。"

少奶奶正好也随着进来，闻言忙笑道："正是潭柘寺移来的，移了几株，就活了这一株，也是两年没开花，到今年才蓄了一树的花苞。"

众人都笑道："确实是香，坐在这儿都能闻得到。"

翠娘更问嘉娘："兴嘉，你们家梅花可都开了没有？去年同娘过去时，好几十株都开得盛，真是十里传香！"

要说梅花，因为蕙娘爱梅，城里谁不知道焦家在承德有个梅花庄，年年焦家都有喝不完的梅花酒，吃不完的梅花糕。据说蕙娘连香粉用的都是梅花味。翠娘不问蕙娘，专问嘉娘这个，倒像是热闹没看够的意思。别人不明白，吴嘉娘刚刚得了没趣，焉能不明白？她脸上还是笑微微的，但话比针还利："今年也都开了呀，我前儿还请了几位姐妹来家赏梅，怎么没叫上你吗——想是忘了。"

翠娘即使脾气再好，也被这一句话噎得面红耳赤。文娘眼珠子一转，话都到了喉头了，蕙娘看她一眼，她又笑眯眯地咽下了不说。少奶奶看在眼里，只当不知，因笑道："哎呀，崔子秀要上场啦！"

若说麒麟班是京城最好的戏班子，崔子秀就是麒麟班最亮的招牌，只这一句话，满桌的千金小姐都静了下来，全神贯注，望向戏台。

趁着这么一个空档，吴嘉娘便扫了焦蕙娘一眼，恰好焦蕙娘也正望向她，两个小姑娘眼神一碰，吴嘉娘的眼神又冷又热，利得像一把刀，冷得像一层冰，热得好像能迸出火星子；蕙娘却好像在看个穷亲戚，冲她满是怜悯地一弯唇角，算是尽了礼数，便失去应酬兴趣，低头用起了香茶。

嘉娘握茶杯的手指，可是用力得都泛了白……少奶奶看在眼里，不禁也暗暗叹了口气。

人比人，气死人，从前看着吴兴嘉，真是送进宫当娘娘都够格了；现今放在焦清蕙跟前，却还是处处落了下风……

不知不觉，她也开始半真半假地考虑了起来：若能把蕙娘说到权家，做个二少奶奶，对二哥、权家来说，是好事还是坏事呢？

这一天应酬下来，大家都累，送走了客人，从杨老爷起，一家人终于团圆，围坐着一边吃夜宵用点心，一边陆续为一天工作收尾。少奶奶是双身子的人，用汤团用得香甜，吃完一碗，忽然想起春华楼的钟师傅，见婆婆精神恍惚，猜她多半没做特别安排，便急令管家："多送五十两银子给春华楼的伙计，今日劳动他们家钟师傅，可不能没个表示。"

下人领命而去，不久回来，"春华楼说，非但这赏封不敢领，就连几天来的酒席都不必算了。还要多谢今日得少奶奶恩典，在席间点了春华楼一句，得到焦家女公子夸奖，就中得利，不要说三日酒席，就是三十日，都抵得过的。还问少爷何时有闲，掌柜的要过来磕头谢恩呢。"

众人不禁面面相觑，连杨太太都回过神来，听住了。少奶奶并不如何吃惊，只是感慨万千，不禁叹了口气："三年前就是这样，没想到三年后，她这块金字招牌，还是这么好使……"

杨太太也不由得有点不平衡了："一样都是公侯人家，怎么她焦清蕙过得就是神仙般的日子？我就不信了，难道他们家连净房都是香的？都值得一般人跟风一学？"

少奶奶不禁苦笑："您这话还真说着了，他们家啊，还真是连净房都显出了富贵来呢。"

焦家的净房，还真是香气扑鼻，没有一点异味，甚至连恭桶都没见着。净房角落里一个小隔间，端端正正地安了个青瓷抽水桶，随时一拉，秽物便随水而下，从地下管子里流出屋外，哪有丝毫痕迹？当时清蕙屋里这么一个净房，都惹诸多千金小姐背地里跺着脚羡妒，只这事却没那么好学了。焦家自己在地下是挖出了无数管道，所有污水全汇到一起，一路顺着管道排到高粱河里去。这项工程，还不是有钱有人力就能做成的。没有焦阁老的身份，能一路打墙动土，把管子铺过小半个京城？连焦阁老自己有时候都感慨："我们家最值钱的不是古玩，不是字画，其实还是屋里这一个个青瓷马桶。"

焦清蕙从净房里出来时，她的几个大丫鬟已经在屋里等着她了——都是练就了的套路，即使蕙娘守孝三年难得出门，此时做来也是熟极而流毫无滞涩。玛瑙上前为清蕙解衣，孔雀给她卸了首饰，石英拿了胭脂盒候在一旁给她抹油膏，雄黄给她拆了发髻打起辫子。专管她饮食的石墨已经奉上一杯温凉可口的桐山茶——在焦清蕙的自雨堂里，四季一向如春，纵使三九天气，家常穿着一件夹衣也够了，更不必预备热茶。文娘说杨家西花厅冷，还要特意预备一件獐绒披风，倒也实在不是她故作娇弱。

以焦家豪富，单单清蕙一人，用着的丫鬟就何止几十，可能够登堂入室的也不过这么十几人罢了；可以时常近身服侍蕙娘的人，那更是五个指头数得过来，虽是奴籍，但能脱颖而出，没一个是省油的灯。见清蕙精神似乎还好，你一言我一语，不是问杨家的酒，就是问杨家的客，莺声燕语，倒把屋子装点得分外热闹。清蕙半合着眼似听非听，唇边渐渐蓄上微微的笑，直到听见绿松轻轻一咳，方才睁开眼来。

屋里几个丫鬟，谁不是争着服侍清蕙？唯独绿松动也不动，只垂着手站在桌边。可她这么一咳，众丫鬟一下全散开，给她让出了一条道儿来，倒显得这个细条身材的矮个子分外霸道。她迎着主子的眼神，轻轻踱到清蕙身边，第一句话就一鸣惊人——

"那对和田玉硬红镯子的事，奴婢已经问过云母了。"

从蕙娘的轿子进门到这会儿，满打满算也就是小半个时辰，消息不灵通的人，恐怕根本还没听说硬红镯子究竟是怎么事呢。毕竟文娘巴不得藏着掖着，也不会主动去说，蕙娘又才从净房里洗浴出来，根本没和绿松打过照面，她就已经把这件事去问过文娘身边的大丫鬟了……

"太太对这事怎么看？"蕙娘用了一口茶，摆摆手，吩咐雄黄，"别打辫子了，梳个小髻吧。"

主仆默契，无须多言，以蕙娘脑筋，不必细问，也能猜到肯定是焦太太在席间已经收到消息，听说了这么一出热闹。既然不是文娘放出的消息，那绿松肯定是从太太身边人那里得到了口风。

"太太只说了一句话，说十四小姐做得有点过了。"绿松恭恭敬敬地道，"不过，听绿柱的口气，老太爷今晚得闲，想必不用多久，这事也该传到他的耳朵里了。"

绿柱是焦太太身边最得力的大丫鬟，人以群分，她和绿松、云母，一直都是很投缘的。

蕙娘点了点头，并不说话。绿松顿了顿，又道："云母知道消息，慌得很，立刻就回去告诉了十四小姐，十四小姐自然命我来向您求求情——"

"你该不会应了吧？"蕙娘打断了绿松的话，笑意一下浓重了起来。

"没得姑娘示下，我哪敢随便说话呢？"绿松眼里也出现了一点笑的影子，"看十四小姐的样子，她是又和您闹别扭了。"

"我都懒得提她，"蕙娘笑着摆了摆手，"就说我的话，'你不是问我凭什么管你吗？现在我也问你，我凭什么管你。你要能答得上来，我就管；答不上来，这件事就别来找我。'"

一屋子人都笑开了，"姑娘就是爱逗文娘。"

"不是我爱逗她，是她爱斗我。"清蕙慢吞吞地和丫头们抬杠，"这一点要分清楚。若不然，我难道闲着没事，还拿捏亲生妹妹取乐，我不成坏人了？"

屋内顿时又是笑声洋溢，大丫头们一个两个，各忙各的去了。蕙娘往椅背上一靠，唇边的笑意慢慢地敛去；最终，连那一点客套的笑影子都不见了，只留下双眸中两点寒光，射向屋梁。

"会是她吗？"她自言自语，"难道是她？"

第二章

嫌隙暗生

冬日天亮得迟，天边才露出一线曙光，蕙娘就已经翻身起床，掀开了一泓格外柔软轻薄、水一样的床帐子，趿了双大红色软便鞋，这就懒洋洋地进了净房。待得从净房出来，头脸也都稍微揩拭过了，才拿起案边银锤，敲了一记金磬。

一般大户人家姑娘，身边十二个时辰都是不离人的。拔步床本来就安排了给丫鬟睡的小床，如若不然，冬天屋里烧炕，暖阁里哪儿不能睡人？但蕙娘从小主意正，她爱安静，东里间晚上就是不设人守夜的。只每日早上听磬声一响，丫鬟们方才开门鱼贯而入。几个人默不作声有条不紊，捧水的捧水，擦面的擦面，梳头的梳头，全是做惯了的套路。不消一炷香工夫，已给蕙娘套上一身胡装，换了厚底皮靴，又簇拥着她从里间出来，披了一件极轻极暖的貂皮大氅，送她出了屋子。一顶暖轿，已经在廊下备着了。

蕙娘身份特殊，焦家人口少，从前没有弟弟的时候，她是做承嗣女养起来的。女儿家惯学的《女诫》《女经》，她从小连翻都没有翻过，反而从五六岁记事起，家里便从沧州物色了女供奉来，又翻修了一间习拳厅，不论三九三伏，早起早饭前，她是一定要打一套拳的。练了这十几年，拳脚上也算有小成了，虽未必有伤敌的本事，但强身自保，倒是绰绰有余。文娘在杨家挣不开她的掌握，实属常事。

她点儿掐得准，多少年了，自鸣钟一过六响，人就站在拳厅里，等王供奉背着手悠悠哉哉地进来了，便躬身抱拳请安："师父。"

王供奉是习武之人，虽然也有五十多岁了，望之竟青春如三十许，慈眉善目的，一点都看不出一身的功夫。她笑眯眯地点了点头："今儿同你练练推手吧。"

这一套拳练下来，筋骨活动开了，也出了一身的汗，蕙娘一回屋又梳洗了一遍，这一次才是真正梳妆。几个专管她梳妆的丫头端着大盘子，蕙娘一回头，就把盖子揭开了给她看：象牙管装的口脂，五彩玻璃瓶装的西洋香水，海外买方子回来自己磨的螺黛，和田玉盒里盛的胭脂……哪一样没有四五种花色，给她挑剔拣选？

再往左一看，孔雀已经捧来了一小匣首饰——她首饰多，孔雀平时除了空闲时候也在她跟前争争宠，其余时间在自雨堂，那是横针不拈竖线不动，专管给蕙娘首饰登记造册。每天早上孔雀把金钗插上蕙娘发里，晚上把首饰锁回匣子里，她一天的活计就算是完了。

就这样的丫鬟，自雨堂里养了有二十多个，专管蕙娘梳头的，管着她的脂粉香水的，管着她的家常衣裳的，管着她的熏香的，甚至还有一个专管调教猫狗的……大丫鬟下头还有小丫鬟，仅仅一个自雨堂，里里外外的丫头婆子，都快上百了。

"昨儿宝庆银又送了首饰来，太太吩咐先给姑娘送来看看，您要是喜欢，就留下玩吧；如不喜欢，我们再退回去。"孔雀见蕙娘看来，就捻起一对耳环给她看，"我挑了一挑，就觉得这一套最好，南边来的海珠，不比合浦珠光泽好，但胜在带了彩。您瞧，这一眼看着，倒像是闪了蓝光。"

到焦家这样身份地步，金银财宝，自然是应有尽有，凡事只取"举世难寻、工艺奇巧"两点。蕙娘本来无可无不可，听孔雀这一说，倒来了兴致，自己拿在手中瞧了，也笑道："嗯，是泛着蓝，大小也不差。不过这样的珠子，我记得我们也有的？"

她首饰何止成百，简直上千。有些压箱底的成套首饰，孔雀都记不清楚了，蕙娘心底却是门儿清，连样子都还能记得起来。孔雀听主子这么一说，一时还真没想起来，面上迟疑之色才露，蕙娘便道："你不记得了？金玉梅花凤头的那一套，那年正月进宫我戴过一次的。"

孔雀恍然大悟："那套珍珠也好，比这个又大又有文采，您要是不喜欢这个，我就把那一套给您取来，还更好呢。这套像是听说十四姑娘夸了好的，就给她也无妨。"

要给清蕙先挑的首饰，文娘如何能看到？可孔雀能说出这番话来，那文娘肯定也是看过的。只不知怎么，被她知道了而已。蕙娘身边的大丫鬟，真是各有各的本事。

"那套太沉了，也就是出门戴戴。"蕙娘随手便把耳环戴上了，又瞥一眼其余簪环，"这耳环也不错，簪子就差一点了，珍珠还是小……且留着吧。"

忽然想起来，便又笑道："玛瑙呢？让她过来，昨儿穿新衣服出去，又得了几句好话。她可要小心些了，就是这几日，文娘不打发人过来才怪。"

"只是十四姑娘打发人来，那还好了。"几个丫头异口同声，"就怕玛瑙她爹不过几天，又要被逼上门来，背地里求她把模子带出去呢。"

蕙娘穿一身衣服，这身衣服在京城就卖得出去。没门路的裁缝自己仿，有门路的多半都要到焦家自己的布庄打模子，一家一户都是达官贵人，掌柜的也不敢回绝，就只好一趟趟地往阁老府跑，来求蕙娘身边专管为她做衣服的玛瑙。这要不是亲父女，只怕玛瑙还不肯应承他。现在一头是主子，一头是老父，送模子出去，这身衣服蕙娘几乎就不再穿了，她还要挖空心思裁新衣；如不送，自己能清闲几日，掌柜的在布庄里就吃力了。

蕙娘也笑了："这三年没怎么出门，闲得她，做了起码上百个模子在那里。我抻着穿，她抻着给，就没那么为难上火了。"

大家说说笑笑，伺候着蕙娘再次出门。这一回，她是往谢罗居去，给焦太太请安，陪母亲用早饭的。

焦四太太是有年纪的人了，起得没年轻人那样早，蕙娘辰初一刻过来，刚好赶上她洗漱过了，披上一件薄棉衫出来用早饭。见到女儿，焦太太笑了："我还当今天文娘要同你一起过来呢。"

蕙娘、文娘虽是庶女，但焦家上下熙和，姨娘们老实，焦太太也是个慈和人，清蕙从小到大都是她贴身在带，两人同亲母女也差不了多少。蕙娘在焦太太跟前，口气都娇起来："我一早也等她呢，挑耳环都挑了半天，谁知她脾气倔，昨儿我说她几句，她就不过来了。"

"那她也该到了。"焦太太和女儿一道坐了，半开玩笑，"难道怕我数落她，她就不来了？"

昨天文娘在杨家发威，因是在外做客，也不是什么大事，回了家天色已晚，焦太太也不至于就着急上火地把她叫过来数落。可今儿早上，一顿说教那是免不了的。文娘向蕙娘求助，被她噎回来了，今天早上竟还不过自雨堂向姐姐服软，已经有些出奇；现在眼看就到焦太太吃早饭的时辰了，却还没见她的人影，这就太不合常理了。

焦太太冲丫头一摆手，也不再揪着这话不放："三年没出门了，外头的天是什么颜色的都快闹不清啦，你昨儿在姑娘堆里瞧着，这几年间，人情世故，可和从前还一样不一样？"

这种事，文娘根本就不会留意，家里人也不会指望她。蕙娘才开了个头："觉得吴家和秦家，不像是从前那样亲密了……"

屋外忽然就传来了一阵孩童的笑声。

紧跟着，一位高大健壮的北方妇人抱进了一个粉雕玉琢的男娃娃，"十少爷给太太请安来了。"

焦太太立刻放下手中的天水碧钧窑杯，笑得更温和了："子乔来了？来，到娘这边来坐。"

焦子乔在养娘怀里挣扎着下了地，笑意早没了，小脸绷得紧紧的，圆滚滚的手握在一起，胖嘟嘟的小身子往前一扑，算是作揖过了，这才甩掉一脸肃穆，重又露出笑来，甜甜地道："娘好。"

说着，又给蕙娘作揖："十三姐好。"

蕙娘笑着摸了摸焦子乔的头："乔哥也好。"

乔哥嘴巴一嘟，笑意又没了，偎到焦太太怀里告状："娘，十三姐摸我！"

焦太太今年望四十的人了，一般大户人家女眷，在她这个年纪，孙子孙女都有焦子乔的岁数了。有个二三岁的小娃娃在身边偎着，她心里自然舒坦，抚着乔哥的肩头："你十三姐、十四姐，不是一见你就摸你的脑门儿吗？怎么你今儿告状，从前就不告状了呢？"

焦子乔气鼓鼓地瞪了清蕙一眼，理直气壮，还真生姐姐的气了："养娘说……摸多了脑门儿，我就长不高了！"

童言童语，逗得焦太太前仰后合："你这孩子，养娘逗你玩呢。"

乔哥得不到母亲支持，眼圈儿立刻就红了，他倔强地咬着下唇，只不作声。焦太太看着倒心疼起来，她息事宁人，忙吩咐蕙娘："以后就别摸你弟弟脑门儿了，乔哥不喜欢，咱们就不摸，啊？"

今年才两岁多，根本就还是个孩子，话只能说个囫囵，当然是养娘说什么，他就是什么了。

蕙娘瞅了一边低眉顺眼垂手而立的养娘一眼，微微一笑："好，乔哥不喜欢，咱们就不摸。"

乔哥顿时破涕为笑，也不要焦太太抱，自己爬到椅子上坐了，小大人的样子，还关心文娘："十四姐怎么没来？"

焦太太也道："是啊，她怎么还没来呢？咱们不等她，先吃吧。"

果然，粥饭才端上桌，文娘的花月山房就来人报信了：昨儿十四姑娘在杨家受了风，今早微微有些发热，就不来请安了。

这个焦令文，还真和自己杠上了，蕙娘好气又好笑，主动向母亲解释："她和吴姑娘斗得和乌眼鸡似的，我看再闹下去也不像话，屋里也找不到说话的地方，索性就把她提溜出去训了几句。没想到令文身体弱，那么一小会儿就给冻病了，是女儿没想周全。"

焦太太哪里还有不明白的道理，可架不住心好，略带病容的清瘦脸庞上，顿时就有些不忍："既是这样，就让她好好歇着，你祖父那要问起来，也有个回话。"

除了清蕙时常被老太爷带在身边，由老太爷亲自过问她的教养之外，令文和子乔的脾气，十分里有九分都是被焦太太惯出来的。蕙娘眉头一皱："娘，这要真冻病了，也是耽误不得的，还是请个太医来切切脉，有事没事的，也开个方子吃吃为好。"

焦家人有个头疼脑热，多半是请焦老太爷身边随从的两名太医出面切脉，人家那是吃皇粮当皇差的人，服侍老太爷是领了皇上钧旨，对焦家内眷是一点面子都不必给。文娘要是装病，被蕙娘这一安排就有点难堪了。焦太太性子软，听蕙娘这么一说，又不忍心，又怕文娘是真病了，索性叹一口气，迁怒吴兴嘉："吴家那个嘉娘也是，从小爱和你比，自己的事儿还烦不完呢，有闲心挑你的刺。"

"您是听——"毕竟也算是"宿敌"了，清蕙眼神一闪。

"还是想着送她进宫。"焦太太啜了一口杏仁茶，"你何伯母同我说的……先吃饭吧，吃完了再同你说。"

别看焦家富贵，越是富贵的人家，起居饮食就越是有一定的规矩。蕙娘一天起居时间，准到连一刻都错不了，早起练完拳，辰初一定要吃早饭。被文娘这小插曲一耽搁，早饭晚了一会儿，她也是有点犯饿了。喝了一碗粥，用了半个馒头，竟还不免多吃了一块蜜橘糕。焦太太见了就想起来："今早黄岩送来几篓蜜橘，你回去就能吃上了，吃着好就给宜春票号传话，让他们再送。"

焦家豪富，豪富得坦坦荡荡，焦阁老没中举之前，焦家已经是当地有名的富户，已去世的老太太嫁妆丰厚，两人又善于经营。三十几年前，宜春票号还只在京城一带经营时，焦家就有入股；现如今，有大秦人的地方就有宜春票号，焦家又焉能不富？非但富，借助票号各地掌柜同京城的往来，天下所有上等物事，都能方便地汇入焦家人手中。比如黄岩蜜橘，就是宫中享用的贡品，从浙江运到宫中，也都早熟过头了，就算拿生石灰捂着，也总有股怪味，哪里比得上焦家。现在年底，宜春票号每天都有人来京送消息；这篓橘子从黄岩山上下来，到摆上焦家餐桌，其中时间，不会超过五天。

有焦子乔在，很多话也不方便说，蕙娘提不起兴致，连文娘都懒得拿捏，陪焦太太吃了饭就回到自雨堂。她想一想，又吩咐绿松："去把蜜橘挑一挑，选一盘你们吃的小个头的放在桌上。"

蕙娘做事，从来不习惯解释用意，底下人也从来都不敢问。绿松一个眼色，不久，桌上那盘拳头大小的蜜橘就变得小了。

还没过辰时，自雨堂就来了客人，文娘派黄玉来问蕙娘："我们姑娘问，十三姑娘这里还有西洋膏药吗，她早上起来就闹着头疼。"

就为了和她赌气，文娘看来是要把病给装下去了。蕙娘让绿松去找，自己问黄玉："吃蜜橘么，拿一个？"

文娘身边几个得意的大丫头，就数黄玉最会看人脸色，这丫头一双眼精灵得很，没等蕙娘发话，一双眼早就转到了金盘上。听了这个话缝，巴不得一句话，就走到桌前挑了一个橘子，笑道："我谢了姑娘了。"

蕙娘只是笑，等绿松寻出膏药来，打发走了黄玉，她便拉绿松和她下棋。"这几年闲了，不找些事做也不好。"

绿松一边排棋盘，一边软软地劝蕙娘："得了闲，也该做些女红……"

像蕙娘这个年纪，一般的女儿家，再娇贵也能做一两个荷包了。那都是七八年一针一线练出来的功夫，可蕙娘从前根本不学这个，自从子乔落地，家里才给安排了绣娘。纵使那曾是夺天工的供奉，蕙娘也是态度疏懒，焦太太脾气又好，哪里舍得说她，老爷子也不发话，到如今竟是三天打鱼两天晒网，连早上的刺绣课，她都多半懒得去上了。

她身边人，也就是绿松，三不五时还劝劝蕙娘："女红可不能落下。"这份心意，蕙娘是领情的，她一撇嘴，难得发娇嗔："就你爱管我，啰唆。"

绿松也就这么一说，她排出棋盘来，在蕙娘跟前坐了，两人便不再说话。一时屋内只有零星落子声，同屋角铜炉内，那香灰落地的簌簌声。

"十四姑娘都病了，您还这么闹她……"过了一会儿，绿松开口了，"要我说，这件事老太爷不发话，太太看着也没打算认真数落她，您就别掺和了呗。现在，可比不得从前了……"

一屋子十多个丫鬟，能把话说得这么直的，也就只有绿松了。蕙娘有意逗她："比不得从前？什么比不得，哪里比不得？"

"姑娘！"绿松凤眼一睨，多少带了些嗔怪。她轻轻地又摁下了一枚棋子——到底还是顺着蕙娘的意，把话挑明了："从前您是守灶大闺女，管教妹妹，那是分所应当，也没人说您什么。现在有了弟弟了，家里的事，咱们就管不着那么多了……"

她一边说，一边不禁也叹了口气，撩了蕙娘一眼，又垂下头去。

从姑娘脸上，那是看不出什么端倪来的，从小跟在首辅身边，城府功夫，早就学了个十成十。可朝夕相处，姑娘心里怎么样，最清楚的还是她这个把总大丫鬟。从前焦家没有男丁，定了焦清蕙承产招夫，焦家如云仆从，谁不把她当作太子女，打起十二万分精神服侍？她的话，比四太太的话都要好使，不论是管教文娘也好，盘点家中生意也罢，家里谁都没个不字。可自从焦四爷丧期内，遗腹子焦子乔出生，这两年来，姑娘是一天比一天更空闲。自雨堂尽管奢华依旧，可甜苦自知，有些事，底下人能感觉得出来；上头的十三姑娘，难道就感觉不出来？

可身份变了，心情一时难变，蕙娘对文娘还是那样居高临下理所当然。以前文娘还不好多说什么——出嫁了，得指着姐姐给撑腰呢。现在就不一样了，要不然，她早就过来认错了，还能装神弄鬼借题发挥，想反过来把蕙娘扳倒？

还是那句话，这些事，绿松能想明白，蕙娘肯定也能想得明白。只是姑娘性子倔得很，自己要不劝，她一口气顶上去了……

"你的担心，我心里也明白。"蕙娘也落了一子，轻轻地叹了口气，"你就只管放心吧，你姑娘心底有数呢。"

"可您这一个月，心事眼看就重了。"绿松禁不住轻声嘀咕，又和蕙娘顶嘴，

"就从出孝摆酒那天起，我就觉得您变了个人似的。说不出哪不一样，可又觉得哪都不一样了……"

焦清蕙眼神一凝，一瞬间周身气势竟有些沉重，过了一会儿，她才渐渐放松下来，数着棋子儿低声说："我不是为了太和坞的事烦心，烦的那是别的事儿，说了你也不明白。"

太和坞是焦子乔的住处。

绿松咬住嘴唇，不和清蕙争辩了。她仔细地审视着棋局，过了一会儿，便小心地在边路落了一子："今早，十少爷那番话，现在怕也传到花月山房了。"

这十年来，自雨堂从来都是焦家最核心的院落，自雨堂里的大丫头，哪个人人面不广，能耐不大？四太太的谢罗居里，大事小情只怕都瞒不过绿松，要往花月山房送个把句话，自然也是易如反掌。

蕙娘不禁失笑："你还劝我别逗文娘？那你往她院子送什么话？真是只许你绿松放火，不许我这个主子点灯了。"

"那不一样。"绿松罕见地执拗，"事有轻重缓急，这件事，当然应该令十四姑娘也知道知道。"

主仆俩不约而同，都抬起了眼来，眼神在棋盘上空一碰，两人都不禁微笑。绿松若无其事地拍下一子："姑娘留意，边路我要打劫了。"

她语带玄机："您棋力虽好，可一旦分心，也有照顾不到的地方。"

蕙娘御下甚严，唯独对这个自己亲自从民间提拔上来、从小一起长大的大丫鬟没有半点办法。她根本不去搭理绿松的话茬，免得又惹来连番劝谏，只是自己托着腮，想想都好笑："这几个消息送过去，我看她这病，也病不了多久了。"

文娘果然没能忍多久。当天下午，她就气势汹汹地从花月山房，进了蕙娘的自雨堂，把那枚小婴儿拳头一般大小的蜜橘拍到了蕙娘跟前。

"你欺负我就没个完！"她额角还顶了蕙娘给的一块药膏，倒显得分外俏皮。现在在自雨堂里，不比出门在外还要顾忌形象，小姑娘的脚就跺得震天响："撺弄了太医到我屋里不说，还这样戏弄我！"

蕙娘才午睡起来，人还有几分慵懒，歪在榻上，手里拿着一本书在看，怀里抱了一只猫在拍。听文娘这样一说，她打了个哈欠，慢慢地伸了个懒腰。文娘看在眼里，心里就更不舒服了。

一样是家常穿的绒布衣裳，浅红色在焦清蕙身上就显得这样好看、这样衬身，连一根金簪在她头上都是好的。虽只薄薄地上了一层粉，可这欠伸之间，眼波流转，就是落在自己这个妹妹眼里，都觉得美姿惊人……

但凡是女孩子，就没有不爱比美的，文娘又添了三分委屈。她气鼓鼓地往桌边一坐，命绿松："把你们屋里的蜜橘端出来！"

"这可不能怪我。"蕙娘终于被妹妹给逗乐了，"归根到底，还是你不会使人。黄玉机灵是机灵，可有眼无珠……只懂得看，却不懂得瞧。"

看谁不会看？瞧眼色，瞧场面，瞧态度，这就要一点功夫了。文娘从小事事爱和姐姐比较，尤其是家里分东西，一双眼总是盯着蕙娘，蕙娘掐了尖儿，她就要把第二段掐走。什么东西越是从外地千辛万苦运过来，费了功夫的，她就越是看重。焦太太一说蜜橘，蕙娘心领神会，立刻就想到了文娘。

可文娘派来的黄玉，绝不算什么机灵人。看着了就是看着了，拿到了就是拿到了，也不多加思索，就这么回去复命。文娘把这橘子拿到手上一瞧，哪里还不明白自己又被姐姐戏弄了：她屋里的蜜橘都要比这个大了一倍，蕙娘就只享用这个？

"我想使人，那也要有人给我使啊。"她酸溜溜地扫了绿松一眼，"家里的能人就这么几个，都削尖了脑袋往你屋里钻，我还不就只能捡你捡剩的了？"

"你倒还真抱怨起来了。"蕙娘把茶杯一搁，也看了绿松一眼。绿松站起身来，默默地就出了屋子，余下几个丫鬟，自然都跟了出去。

老式房屋，屋梁极高，隔间再多，上头也是相通的。要说私话就很不方便，还得前瞻后顾，派心腹在左近把守。蕙娘哪里耐得住这番折腾？自雨堂别的地方还好，在东里间说话，是绝不必担心传到外头去的。这一点，文娘自然也清楚，门一关，她就迫不及待，站起来东翻翻西找找。"到底被你收到哪儿去了？！"

话音刚落，绿松又推门进来，将大银盘放到桌上，笑道："我们屋里新得的橘子，姑娘尝尝。"

对比蕙娘和绿松的淡然，文娘自己都觉得自己有些浮躁，她红了脸，却还是不肯收敛，在这一大盘橘子里挑挑拣拣，选了个最大最无瑕的出来，又从自己袖子里掏了个蜜橘，把两个橘子往蕙娘跟前一放："你不是挺会瞧的吗？那你自己瞧。"

"我瞧都不用瞧。"蕙娘淡淡地说，"还能猜不出来吗？这肯定是太和坞里的那一份了。"

文娘把两个橘子排在一块，瞅了姐姐一眼，她忽然有几分沮丧：这个家里到底还有没有姐姐不知道、猜不出的事？"就是我不来，你怕也瞧出来了吧……往年在你这里看到的黄岩蜜橘，那可都有海碗口一样大小。"

今年，蕙娘这里的蜜橘，最大的，也不过就和她自己日常用的楚窑黑瓷碗口一样大。最是大而无瑕的那一份，当然也就归了太和坞。

"年年送蜜橘，年年有花头。"文娘一边打量蕙娘的脸色，一边试探着说，"去年是怎么一回事，你该还没忘吧？"

去年腊月前送来的蜜橘，最好最精的那一份，自雨堂得了一半，太和坞得了一半，两边都挑得出极大极好的。文娘意思，昭然若揭：自雨堂在焦家的地位，那是王小二过年，一年不如一年了。

连文娘都瞧出来了，蕙娘这个自雨堂主人，心里哪会没数？她扫了文娘一眼，不紧不慢地教训："和你说了多少次了，我们一家就这么几个人，这是头等，那也是头等。你非要在头等里分出三六九等来，那是自己给自己找不痛快。从前我拿最上尖一份时，我这么说；现在我也还是这么说。倒是你，从前我说，你听不进去；现在我说，你还是听不进去……"

"娘是从来都不管这些事的。"姐姐这一通官腔，文娘理都不理，她继续往下说，"这肯定是林妈妈安排着分的，我记得林妈妈和你养娘不是最要好的吗，两家都恨不得互认干亲了。怎么，现在连她也倒戈到太和坞那边去了？人还没走呢，茶就凉啦？"

文娘的性子，蕙娘还不清楚？今天不把话摊开来说，妹妹是肯定不会善罢甘休的。她吐了口气，点拨文娘："去年那时候，祖父不是还说吗，家里人口少，乔哥年纪小，家里留个守灶女，起码能照顾弟弟……"

可这话过了去年，渐渐地也就无人提起了。今年出了孝，焦太太就带着蕙娘出外应酬，底下人心里自然都有一本账的。只一枚橘子，真是都能看出无限文章，文娘自己也怅然了："唉，也未必是林妈妈，说不定就是挑橘子的人自己的主意……"

文娘又一下愤愤起来，"可他们太和坞也不能这样欺负人啊！养娘什么东西，不过就是个下人，还敢教唆着子乔疏远我们？！姐，别的事你不说话，这件事，你不能不管了吧？！"

其实，按从前本心来说，蕙娘还真不想管。不要几个月，她就要说亲出嫁了。

子乔年纪那样小，等他长到能给自己撑腰的年纪，她孩子都不知生了几个了。指望娘家，实在是无从指望。既然如此，亲近不亲近，又何必多在乎？这些势利嘴脸，还掀不起她的逆鳞。

只是……从前是从前，本心是本心，从前的路再走一次，很多时候，态度也许就不一样了。从前想着以和为贵，很多小事，放过去也就放过去了，可重来一次，蕙娘就想要和太和坞斗一斗，起码也要激起一点波澜，也好拨云见日，探探五姨娘的底子。

"这件事我倒是想管。"和文娘说话，不能太弯弯绕绕，这孩子从小被宠到大，不是没有心计，是没有那份沉静，"可打狗看主人，别说是乔哥的养娘，就是一般的下人，那也不是我能随便插手的。"

"那你从前还不是见天发作蓝铜、黄玉？"文娘更不服气了，"也没见你给我留面子啊！"

"你也知道那是从前。"蕙娘白了文娘一眼，"今时不同往日，这话不还是你说的？"

从前焦清蕙是承嗣女，将来坐产招夫，整个家都是她的。未来女主人，管教哪个下人不是分所应当？黄玉性子轻狂，老教唆文娘和姐姐攀比，蕙娘就没少敲打她。如今姐姐这么一说，文娘才恍然大悟：一年多了，姐姐虽然还是看不惯黄玉，但从子乔过了周岁生日后，她再也没派人到花月山房去数落自己的丫头……

她本该幸灾乐祸，可又的确有些心酸，不知怎么，一时眼圈都红了："姐！难道咱们就该着被她一个奴才欺负？这还是焦家的主子呢，受了气都只能往肚里咽……难道就他焦子乔姓焦，我们不姓焦吗？"

"你将来还真不姓焦——"蕙娘淡淡地说，"再说，你真以为这是他养娘教的？"

文娘眉眼一凝："你是说……"

"没有主子点头，她一个下人，敢挑着乔哥和姐姐们生分？"蕙娘垂下头，轻轻地拨弄着怀里那只大猫的耳朵——就是这只雪里拖枪的简州猫，当时从四川送到焦家，还惹得文娘一阵眼热，要和她抢呢。"你也老大不小的人了，怎么就不知道想事儿呢。记住我一句话，你回头仔细想想：五姨娘当面虽然从来不说，可私底下，那是巴不得把乔哥密密实实地藏在太和坞里，别让我们两个瞧见了，那才是最好呢。"

文娘一惊一怔，想了半天，又是一瞪眼，拍桌子就要站起来。蕙娘扫她一眼，眉尖微蹙，"行了你，慌慌张张的，半点都不知道含蓄。"

她这才不甘心地又一屁股坐了下来："还当我们立心要害乔哥一样——什么东西！"

她对蕙娘倒是很信任的："你要弄她，早不能下手？非得要等乔哥生出来了再说？呸！就乔哥发高烧那次，太太、老太爷都不在家，要不是你派人去权家死活请了权神医过来，她现在还不知在哪儿哭呢？麻雀成了精，还真当自己成凤凰了！"

说着立刻就揎掇蕙娘："这事你必须和老太爷告一状！太太脾性好，什么事都不管，你可不能让咱们这么被欺负了！"

"这没凭没据只是诛心的状，你倒是去告一个试试？"蕙娘捏了捏猫咪的爪子，换来了一声咪呜，见文娘气得满面通红抓耳挠腮，她不禁真心一笑，"行了，这事你别管，要下太和坞的脸面，有的是办法。"

这还真不是大话，她焦清蕙好歹也当了十多年的承嗣女，在府里的能耐，当然远比五姨娘母子要大得多。只是蕙娘自重身份，平时从来不和太和坞一系争斗，倒是时常拿捏花月山房的人，文娘心里早就不服气了。这一次她亲自过来，终于得了蕙娘一个准话，一时只觉得身轻如燕，险些欢呼起来："姐，你终于肯出手了！"

"瞎嚷嚷什么！"蕙娘就是看不上文娘这轻狂劲儿。她不轻不重，戳了文娘一下："晚上去给娘请安时，态度软一点，自己认个错——不就是和吴兴嘉冲了一记吗，什么大事，有胆做没胆认，还装病——德行！"

文娘一下又扁了下去，借着气氛，她扭扭捏捏地，就赖到了蕙娘身上："你也不帮我说几句好话——"

"不是你的话吗，我凭什么管你？"蕙娘合上眼，被文娘揉搓得晃来晃去的，"我也不知道我凭什么管你，你告诉我呀？"

文娘对着蕙娘，真是如个面团子，心里再不服气，蕙娘稍施手段，她就软得提不起来了。她咬着牙服了软："就凭你是我姐……我错了还不行吗？以后你说话，我一定听，比圣旨还当真……"

见蕙娘神色渐霁，唇边似乎含了笑，她心下一宽，越发大胆了，扑在蕙娘腿上，软绵绵地说："姐——祖父要是问起这事，你可得给我说句好话。"

"那也得你知道错了再说。"蕙娘不置可否，"知道自己错在哪吗？"

文娘心不甘情不愿："那镯子，我戴着没什么，不过是小姐妹斗气。给丫头戴，那就是当面打人耳光，下的不但是她的面子，还、还是吴家的面子……"

"这也就算了。"蕙娘说，"吴兴嘉那对镯子，宝庆银才买的，那天肯定是第一次亮相。你怎么知道的？还不是宝庆银的人跟我们家管事嚼舌根，管事媳妇回头就给你吹风。他们是知道你讨厌吴兴嘉，讨你的好儿呢。可你想过没有，就为了和吴兴嘉斗气，你费这么大功夫，不知道的人，真以为我们家就这么奢华，丫头戴的都是那么好的镯子——这也就算了，知道内情的人怎么看你？你这简直就是无聊。祖父不会因得罪吴家罚你，可这后一层肯定招致老人家不快……看我怎么说吧。就因为你爱攀比，生出这么些事来，要是吴兴嘉想明白了，迁怒于宝庆银，咱们家还得花功夫再安抚一番。你瞧你做的好事。"

见文娘头低成那样，下巴都快戳进心口了，她叹了口气："老大不小的人了，你这个样子，怎么放心你出嫁？何芝生是个深沉人，你要是还这么咋咋呼呼的，肯定不得他的喜欢——"

"我也看不上他！"文娘猛地一抬头，"十九岁的人，三十九岁的做派，不喜欢，不喜欢！再说，亲事还没定呢，谁知道能不能成？"

她眼珠子一转，口气又有些酸溜溜的："从前提这事的时候，你身份还没变。现在么，在情在理，你都是姐姐，何家也许就改提你了呢！我看何太太也更中意你些。你别拿他来说我，倒是先想想你过门了怎么办吧。"

蕙娘微微一怔：从前这个时候，因为没打算和太和坞争斗，养娘教唆乔哥的事，她根本没暗示绿松往文娘那送消息，文娘自然也就没来找她，还是挺着装了几天病的，也就没这番对话了。

文娘不喜欢何芝生，她倒是看出来了，只没想到她连何太太更中意谁都心里有数，这孩子说聪明也聪明，说得都在点子上。何家在这时候，的确是已经改谈起了自己；就是她自己，也以为何家最终可能达成心愿，和焦家结亲。只没想到后来又横着杀出了别人家罢了，文娘不能前知，和她说这话，是有点不大妥当。

"没影子的事。"她叹了口气，"这婚事不是你我可以做主的，多谈也没用处。现在有了乔哥，什么事都得为乔哥考虑；我们说话，没以前那么管用了。"

文娘怅然长叹了一口气，她伏在姐姐膝上，轻轻地抚着脸侧的猫儿，又去捏它的爪子，神思似乎已经飘到了远处，半天都没有作声。

蕙娘也出了神，她望着妹妹秀美的侧脸，忽然有一股冲动，令她轻轻地问："从前被我压着，现在被乔哥压着，一样是被人压制，你更恨我，还是更恨乔哥？"

上等人说话，一般不把潜台词说明，这社交圈里的习惯，不知不觉也就都带到了家里。清蕙私底下和妹妹说话，已经算是很直接了，可像现在这样赤裸裸地发问，也还是头一次。文娘反倒答不上来，沉吟了半日，她赌气地道："恨你！恨你！恨死你了！"

"那……"蕙娘轻轻地说，"你有没有想过要我死呀？"

这一问是如此突然，突然得让文娘只能愕然以对，她直起身子望着蕙娘，却发觉姐姐也正望着她。

和从前不一样，这双且亮且冷，寒冰一样的眼睛，竟忽然显出了锋锐，好像一把出鞘的刀，要直直地刺进她心底去，挖出文娘心中最不堪的秘密来。

绿松来敲门的时候，正好就赶上文娘气冲冲地往外走——十四姑娘脸上的怒火还没收呢，见到绿松，彼此都是一怔。文娘压根就没理她，门一摔愤然而去，出了门，脸上才又恢复了一片宁静，在丫头们的搀扶下，上了候在庭中的暖轿。

绿松站在清蕙身边，隔着玻璃窗子，同清蕙一道目送文娘放下了轿帘子，这才问蕙娘："怎么又和妹妹拌嘴了呢？还把姑娘气成那个样子……"

从小到大，清蕙不知有多少次关起门来数落文娘，焦令文在自雨堂里，哭也哭过，骂也骂过，出了门脸上就是云淡风轻，叫人看不出一点端倪。这一次，她是直到踏出大门才又戴上了这张面具，可见是动了情绪的。

蕙娘命人往花月山房送消息，是为了让妹妹过来，统一立场针对太和坞的，怎么两姐妹不和和气气地说话，反而文娘又气成这个样子……绿松小心地望了姑娘一眼，轻轻地叹了口气。

"您最近，看着真和从前大不一样了。行事手段，连我都捉摸不透……"

见蕙娘没有搭理她的意思，她便又换了话题："老太爷刚传话过来，让您去小书房陪他说话。"

焦家人口少、地方大，几个主子都住得很开。尤其是焦老太爷，在焦家都是狡兔三窟：二门里有他平时静心修道打坐的玉虚观；二门外单是书房就有几个，有他和幕僚商议军国大事的正书房，接待一般门生的外书房，还有焦阁老平时真正日常起居的小书房。满朝的"焦系"门人谁不知道，哪个门生能进这小书房和老太爷说话，那恭喜您，距离老爷子接班人的身份，就又近了一步啦。

即使以清蕙的身份，在书房院外也下了暖轿，连一个丫头都不带，她轻轻巧巧地跟着阁老府大管家焦鹤进了小书房院子，一路穿花拂柳——老太爷小书房外头，到了冬日就是个暖阁，任何奇珍异种，但凡只要阁老说过一个好字，不分四季，焦家的能工巧匠都能给调教得常开不败，令老人家一抬头就能歇歇眼，什么时候想闻花香，想在日头底下走走了，也不用费上脚步。

这是间口袋房，入口在回廊左侧，顺着墙根站了好几个管事等着回事，见到清蕙进来，均露出笑来给清蕙请安："十三小姐。"

能进小书房，就如同能进自雨堂一般，在焦家下人中，地位自然不同一般。清蕙对他们也算得上客气，她露出笑来，一一点了点头，眼神又落到了领头的二管家焦梅身上："祖父还在吩咐家务呢？"

"是阿勋在里头回事。"焦梅话一向不多，说完这句话便闭嘴不言。清蕙哦了一声，竟丝毫不以为忤，态度比起和吴家嘉娘说话时，软了不知多少："梅叔家里人都还好？"

这句话问出来，几个管事都有些纳罕，焦梅顿时成了焦点，几个人明里暗里都递了眼色过来：宰相门人七品官，焦家下人不少，能耐人多得是，这个二管家，焦梅要干不了了，多的是人想干。除了老管家焦鹤是跟着老太爷风里雨里一路走过来的，老太爷亲自给他张罗着养老，早已经跳出这个圈子之外，焦家几个管事，再没有不喜欢看同僚出丑的。蕙娘一句话，似乎是闲谈，可这几个有心人，倒巴不得她是要找焦梅的麻烦。

焦梅却很镇定，他甚至还微微一笑："是石英托姑娘问的？谢姑娘关心——家里人都好。"

他女儿石英在自雨堂里，一直也挺有脸面的，算是绿松之下的第二人了。蕙娘帮她带句话也不算出奇。她嗯了一声，若有所思："她还问她叔叔婶婶好呢。"

也巧也不巧，子乔身边的胡养娘，就是焦梅的弟媳妇。焦梅眼神一闪，恭恭敬敬地说："石英不懂事，劳烦姑娘传话……"

谢罗居里的事，毕竟不可能在几天内就传遍府内，这些男管事们怕还都不清楚究竟发生了什么事，连焦梅看似都蒙在鼓里，恐怕回去是少不得琢磨蕙娘的意思了。他一句话还没说完，便被屋内动静打断。一位青年管事推门而出，见到蕙娘，竟没有行礼，只是点了点头："十三姑娘。"

以他年纪，按说只该在外院打杂，这位眉清目秀气质温和的青年却能和阁老在别室密谈，可见能耐之大。蕙娘见到他，心情也很复杂，她轻轻点了点头，几乎是微不可闻地招呼："阿勋哥。"

只瞧见焦勋眼神一沉，她也就没有再看下去，而是推门而入，自己进了焦老太爷的小书房。

小书房外间空着，内间也空着，清蕙丝毫不曾讶异，她推门进了三进口袋房最后一进，焦老太爷人就在里头，正对着一桌子牌位点香。

焦家原本人丁兴旺，焦老太爷和发妻一辈子感情甚笃，虽然后来也有两个妾，但头四个儿子都是嫡出，到了年纪娶妻生子，兴发了一大家子几十口人，老太爷的官路也是越走越顺。昭明十一年，老太爷的母亲八十大寿，满族人聚在一块，光是老太爷一系就占了五十九人之多，连上四太太肚子里那一个，恰好合了老太爷的岁数，又合了当年的干支，正是甲子年、甲子寿。在当时还蔚为美谈。老太爷又是孝子，母亲在老家办寿，除了他自己在京城不能回去，余下人等，都凭着他一声令下，全汇聚到了老家，一家子大大小小专为老寿星贺寿。

恰好就是大寿当天，黄河改道，老家一座镇子全被冲没了，焦家全族数百人，连着专程过去致贺的各路大小官员，全化作了鱼肚食；水乡泽国中，连一具尸体都没能找到，留给焦家人的只有数百座牌位。要不是四爷焦奇带着太太出门办事，紧赶慢赶赶回来，还是晚了半步，没能及时回去，反而恰好避过此劫，焦家险些就全被冲没了，只留阁老一个活口。

焦老太爷一听到消息就吐了血，四爷、四太太硬生生被洪水拦在山上，眼见着整座镇子就这样慢慢化作一池黄汤，掩在了黄河底下——长辈不论，亲眷不论，四太太一对嫡亲儿女还放在老家……四太太悲痛得差一点也跟着去了。虽然到底是救回来了，但肚子里的孩子没保住。从此四老爷的身体也变得不好，连年累月地睡不着觉，一闭眼就是大水漫过来，渐渐地就生出百病，纵有名医把脉开方，三年前到底还是撒手人寰。这十几年间，挣命一样地，也就是生了清蕙、令文并子乔这一儿两女，焦子乔还是遗腹子。四老爷到死都很歉疚，握着父亲的手，断断续续地说："到底还是没能给您留个孙子……"

满朝文武，谁不是儿女满堂？就是子嗣上再艰难，也没有焦家人这样孤单的。焦家一族几乎都聚居附近，就是有住得远的，谁不凑阁老家的趣呢？竟是几乎都聚在了老家，那一场大水，冲走的是整一族人；就是想过继个族人来，都无从过继……没了家族，真正是只有一家人相依为命。家业再豪富、官位再显赫又如何？还不是比不过黄河，比不过天意？

自那以后，焦老太爷倒是看开了，在四老爷临终榻前，清蕙亲耳听见他安慰四老爷："有个蕙娘也是一样，从小教到大，她哪里比孙子差？等过了孝期，寻个女婿……"

后头的话，她当时已经没心思听了。只记得当时父亲把她叫到身边，握住她的肩头，断断续续地交代了好一番话，清蕙都一一应下。又过了几天，父亲也化作了这案头的一面牌位。自己摔盆戴孝，一路跪一路磕，把父亲送到京郊去了。就是当晚回来，五姨娘摸出了身孕……

"你也来给你祖母上一炷香。"老太爷头也不回，弯下腰把几炷线香插进炉内，淡淡地开了口。清蕙立刻收敛思绪，轻声应了："哎。"

她拎起裙摆，借着老太爷的香火，也燃起了一把香。从曾祖、曾祖母开始，祖母、大伯、二伯、三伯、父亲并大伯母、二伯母、三伯母，再往下，亲哥亲姐、堂哥堂姐……这么一轮香插下来，起起落落的，可不是什么轻省活计，清蕙却从头到尾，每一根香都插得很认真。

老太爷望着孙女，见她身形在夕阳下仿佛镶了一层金边，脸背着光藏在阴影里，倒更显得轮廓秀丽无伦，真是一身贵气——这是自己到了年纪，又是亲孙女，如换作一般少年见了，岂不是又不敢直视，又舍不得不看？

毕竟是到了年纪，焦家蕙娘，也渐渐地绽成一朵娇艳的花了。

他轻轻地叹了口气，同清蕙一道出了这小小的祠堂，又拿起金锤轻轻一敲小磬，自然有人捧了水来，给祖孙两个洗去了一手的香屑。

清蕙自小被祖父、父亲带在身边，耳濡目染，她的很多习惯，都脱胎自老人家的一言一行。

"文娘这次，可闯祸了。"老人家日理万机，和孙女说话，也就不费那个精神微言大义了。"今早吴尚书过来内阁办事，态度异样冷淡，和我说话，夹枪带棒。

他素来疼爱那个小女儿，看来这一次，是动了真怒。"

吴家和焦家本来就算不上友好，清蕙并不大当一回事，她轻声细语："那样疼女儿，还想着送到宫里去？是疼女儿，还是自己面子下不去呀？"

老太爷今年已经近八十高寿了，因修行了二十多年养生术，年近耄耋却仍是耳聪目明，虽须发皆白，望之却并无半点衰败之气，更不像是个位高权重的帝国首辅。他身穿青布道袍，看上去竟像是个精于世故的老道士，笑里像是永远带了三分狡黠。听孙女儿这么一针见血，他呵呵一笑，笑里终究也透出了傲慢：吴尚书这几年再红，户部尚书再位高权重，和他这位入阁二三十年的三朝老臣比，始终也不是一个层次上的对手。

"罢了，不提别人家的事。"他冲蕙娘挤了挤眼睛，像是在暗示她，自己对两个小姑娘间的恩恩怨怨，心中是有数的，"就说咱们家自己的事吧，听说你娘也是一个意思，文娘这一次，做得是有些过分了。"

蕙娘自己拿捏文娘，是把她当作一块抹布，恨不得把水全拧出来。当着爷爷的面，却很维护妹妹："我已经说过她了，这事也赖我，没能早一步发觉端倪……您也知道，她最要面子，要被您叫来当面数落，羞都能羞死……"

老人家一边听孙女儿说话，一边就拈起了一个淡黄色的大蜜橘，自己掰开尝了一片，也就撂在一边了："洞子货始终是少了那份味儿——那你的意思，就这么算啦？"

焦子乔再金贵，那也比不过焦阁老，这份蜜橘，最好的一份，估计太和均能得了四成，剩下六成，都送进了小书房里。老太爷不动嘴，那就是烂了，也得烂在小书房里。可就是这么好的蜜橘，在老太爷嘴里，也不过就是一句"洞子货始终是少了那份味儿"。

"那对硬红镯子，既然她给了丫头，那就是她赏过去的了。"蕙娘自己也拿了一个蜜橘，漫不经心地端详了一阵，这才掰开来，一片接一片地吃了，"赏给人的东西，就不能再要回来啦。"

老太爷嗯了一声："我记得那是闽越王从南边托老麒麟的人带过来的？"

宝庆银的生意在南边做得大，在北边，却要和老麒麟分庭抗礼。闽越王和焦家，在老麒麟都是有股份的。

老爷子年纪虽然大了，但脑子还是好得惊人，每天要处理那么多军国大事，和全天下的官员斗心眼子，可连这么一点儿家中小事都还记得清清楚楚的。蕙娘笑着说："嗯，那对硬红颜色好，在国内可不是那么好见到的。"

事实上，这金镶玉硬红宝石镯子，不止吴姑娘当宝，在文娘那里，也算是有数的好东西了。

"嘶——你可真够狠的，你妹妹知道是你的主意，怕不要找你拼命？"焦阁老一缩肩膀，又露出了顽童般的笑来，"也好，不狠狠剜一剜她的肉，她也不知道厉害。"

蕙娘又摸起了一个蜜橘："不过，主子赏赐下这样贵重的东西，又令她戴在手上出去做客，她就是不问娘身边的绿柱，也该来问问我的绿松……这丫头行事，也实在是有几分粗疏，闹出这样大的事，不发落个人也不大好。"

她咬了一片橘子，征询地望了祖父一眼："我看，以后就别让她在文娘身边服侍了吧？"

一两个丫头的去留，老人家哪里会放在心上？他更看重的还是蕙娘的能力。不过在这一方面，蕙娘总是很少让他失望的。这一番举措，狠狠地敲打了文娘，又给被撵出去的丫头留了一对名贵的镯子，也算是有所补偿，却又和风细雨的，不至于喊打喊杀——要说亲、快出门子的女儿，面子金贵着呢，能少下一点，还是少下一点——蕙娘从小经过她爹和老太爷的精心调教，这一年多来，行事是越发妥当了。

老太爷不禁笑了："我一和你说话呀，就觉得老骨头老腿都松快了。你要是个男孩，祖父现在就可以告老还乡，哪里还用得着在宦海里苦苦挣扎，受这份罪呢？"

蕙娘神色一动："江南那边，又写信来了？"

老爷子虽然是文臣之首，地位崇高，但也不是没有自己的烦恼。如今朝廷虽然看似只有焦党、杨党两党，但其实二十多年来，什么时候少过纷争？没有一个强有力的集团支持，怎么能在首辅位置上长久安坐下去。但这么一个强势的团队，有时候对首脑也有一种无形的压力，逼得人是只能朝前，不能后退。蕙娘长期跟在祖父身边服侍，对焦家几处烦恼，心里也不是没数。

"这事你不必操心了。"老太爷却没说太多，他别有深意地望了蕙娘一眼，刚说了一句，"何家又提起亲事了——"

却忽然间注意到，蕙娘手底下已经散了三张橘皮。

老人家嘴碎，免不得就唠叨了一句："何必吃那么多，小心晚上你又吃不下饭了！"

孙女儿这也就住了嘴，她像是也没想到自己吃了这么多，一扫手底下，倒尴尬地笑了："蜜橘还是大个儿好吃，皮薄肉多，吃起来就没够……您刚才说，何家又提起亲事了？"

老人家是何等人也？一看蕙娘脸色，心头一动，纵有多年养气功夫，也免不得有些淡淡的不快。

人还没出门子呢，底下人竟势利至此！

焦子乔的确是焦家的承重孙；可伴着老太爷、四老爷，作为继承人长大的，却是焦清蕙。作为昭明十一年甲子惨案后，家里第一个降生的第三代，她在老太爷心里的分量有多重，除了老人家，别人心里谁都没数。要把蕙娘嫁出门，他难道就舍得了？可女子承嗣，在他们这样的人家，毕竟惊世骇俗，从前那是没有办法，但凡有一点办法，老人家也舍不得孙女儿走这条路……却没想到，人心势利起来，真是再没尽头，清蕙懂事从不曾开口，这两年间，私底下还不知受了多少委屈……

"他们的意思，芝生、云生兄弟随你挑。"他又把思绪拉了回来，"你也知道，何冬熊瞅准了你爷爷屁股底下这块位置，已经不是一年两年的事了。"

云贵总督何冬熊也的确是焦老太爷这些门生中最有出息的一个了，虽然比不上如今的杨阁老，但四十才出头，就已经是地方重臣，想要接过老太爷的担子，也是人之常情。而要接收焦家在官场上的种种人脉资源，最好的办法，当然莫过于和焦家结一门亲事了。从前子乔没出生的时候，何家想提的就是文娘，为了这事，何太太和少爷小姐都没到任上去，几年来不断和焦家走动，就是想用诚意打动老太爷。子乔出生之后，自从出孝，已经提起了两三次，姐妹有序，想要改提清蕙——当然，若是老太爷舍得，姐妹配兄弟，那就更是一段佳话了。

曾经，蕙娘也是考虑过这门婚事的。何芝生、何云生两兄弟从小经常到焦家走动，就是长大了，因为清蕙身份特殊，将来必定要时常抛头露面，家里对她的限制没那样严格，跟在祖父、父亲身边，她也能经常见到这两兄弟。何芝生剑眉星目、仪表堂堂，虽然年纪不大，但沉稳矜持，已有威严在身。文娘嫌他少年老成，谈吐乏味，按蕙娘的口味来说……

她暗叹了口气：就算现在吐口答应，也根本没有用处。祖父固然疼她，但也要为焦家偌大的产业考虑。何家现在看是个不错的选择，但不久之后，便会在另一家巨鳄跟前黯然失色。这里面的交易，并不是她的意愿能够左右的，甚至，也与另外一位当事人的心思没有半点关系。

就只是不知道，那户人家究竟是怎么看上了她……

"何总督想要从云贵回来入阁，怎么也要做出一点成绩，只从联姻上下功夫，那肯定是不成的。"她回避了祖父的询问，"尤其现在，朝中争得这么厉害，您太抬举他了，倒寒了别人的心。"

老太爷唇角一动，一个微笑很快又消失在了唇边，他也没逼着孙女现在就给答复，只同蕙娘谈天说地，祖孙两个消遣了小半日时光，老太爷又留清蕙陪他一道用过了晚饭——却是清茶淡饭，只吃了个半饱，这也是焦阁老的养生之道，随后便到了老太爷做晚课的时间。

清蕙从屋子里掀帘子出来的时候，庭下已有管事等着带她出去了，她一抬眼，焦勋就和她解释："养父年纪大了，天黑路滑腿脚不便，我送姑娘出院子。"

焦府大管家焦鹤，就是焦勋的养父。他跟随老太爷已有四十多年，自己一家也死于甲子水灾，如今也是七十往上的年纪了。虽然跟随老太爷修行，身子骨也还矍铄，但老太爷还是怕他无人养老送终，十年前便做主给他挑了好些养子，焦勋就是其中最有出息的一个。

十年前，也是一个很耐人琢磨的时间点。

其实，在不知情的人眼里，焦勋看起来也和个公子少爷没有什么两样了。不论是学识、见识，还是气质、打扮，他都没有一点下人的样子，在焦府管事们那华服遮掩不去的奴才气里，他一直是有些格格不入的。

可出身到底是云泥之别，蕙娘轻轻地叹了口气，她摆了摆手："我有些头晕，你让他们把轿子抬到廊下来吧。"

焦勋微微一怔，便已经恢复了正常，他弯身施了一礼，一言不发地退出了院子。蕙娘站在廊下，目送他挺拔的背影消失在花木之中，她的神色，像是被笼在了云里的月亮，就是想看，也看不分明。

又过了几天，老太爷亲自过问，府里的人事有了小小的变动。花月山房有一个丫头被放出去成亲了；谢罗居里，也有两个婆子被撵回了自家。

第三章

恩仇过往

进了腊月，各府都忙着预备年事。今年是焦家出孝后第一个新年，往常在年节里，虽然也有官员上门给老太爷拜年，但焦家女眷都要守孝，按例是不见客的。

仿佛是为了弥补从前的遗憾，今年焦家就很热闹，即使是腊月里也没断了客人。蕙娘、文娘都不得闲——哪家的太太、奶奶过来了，也都心心念念，非得同这一对如花似玉的宝贝疙瘩说过话了，夸奖一番了，才肯告辞离去。过了腊月初八，家里才安宁下来没有几天，何莲娘又来找蕙娘、文娘说话。

因文娘连日应酬，这几天身上不好，就没出来招呼何莲娘。小姑娘也不在乎，进了自雨堂，先冲到净房里见识过了焦家的富贵，又跑出来上看下看，一脸的纳闷："也没见烧炕啊，和宫里的暖又不一样，没那股烟熏火燎被火烤着的味道。从前年纪小，好像还没觉得，蕙姐姐，你们这到底是怎么弄的？我一进门，竟都不想出去了！回头我和我娘说去，我们也这么办！"

莲娘小，三年前才十岁，还是刚懂得人事的年纪，虽然享用着富贵，却并不知道赏鉴富贵，对于自雨堂的难得，她确实也很难体会出来。

"这个还不大好学，"蕙娘笑着说，"就是借了我们家自己铺陈这些管道的便利。你也知道，在夏天，屋顶有沟回走水，滴滴答答的，仿佛永远都在下雨，比较清凉。到了冬天就从地下走水，这些热水从地下上来，正好给丫头们洗这洗那的，也免得她们大冬天的受罪。其实就是一开始铺管道麻烦了，现在这样，也不比别家烧炕要昂贵多少。"

话虽如此，可这一套巧妙工程，那也不是有钱就能造出来的。没有人给画图纸，真是有钱有势都无用。莲娘并不妒忌，却很羡慕，她叹了口气："可惜，你们家乔哥那样小，不然，我就和我娘说，以后我谁也不嫁，只嫁焦家的乔哥！"

这个小姑娘，真是什么话都敢说。十三岁也快到说亲的年纪了，哪个女儿家不是讳莫如深，一提起亲事就烧红了脸。莲娘却是大大方方的，还拿亲事来开玩笑……

蕙娘也不禁绝倒，笑了说："你要想嫁，现在嫁来做个童养媳也不错，把你打发在小屋子里住，成天洗乔哥的脏衣服。"

两人相视一笑，莲娘借着这个话口就往下讲："现在你出了孝，来提亲的媒婆，都要把门槛给踏破了吧？"

一家有女百家求，焦阁老的门生，哪个不知道他最疼爱的还是蕙娘，再说，蕙娘本身条件也过硬，想要娶到她的人家绝不止何家一户。不过，不论是从年纪，还是男方本身的条件来说，何家两兄弟，在可能的求娶者中，也算是上上之选了。

就知道这小丫头鬼灵精怪，这次过来，多半还是为了探自己的口风——不过，她很会看人眼色。从前那一次，因为自己和文娘没提起何芝生的事，文娘就没闹别扭，也一样出来招待莲娘，莲娘根本就没提亲事……

重活一次，很多事和从前已经不大一样；可有这么前后一映衬，看人倒能看得更透一些。莲娘看似娇憨无知，其实玲珑剔透心机内蕴，年纪虽小，却也不是简单角色。

蕙娘只是笑："这事你不该问我，问我娘都比我更清楚一些。"

莲娘又哪会被蕙娘几句话敷衍过去？她缠着蕙娘撒娇："你好歹透个口气嘛，蕙姐姐。要不然，我回了家也不好交代。"

这话大有玄机，蕙娘心底，不禁轻轻一动：是何太太要莲娘来问的，还是家里另有其人，想要知道这个消息？

她免不得含糊其辞："这种事，我们女孩子说了也不算数的……"

莲娘很懂得看人脸色，她压低了声音："那你知不知道，我娘可喜欢你了，大哥、二哥是随你来挑——可不像原来那样，其实还是想把令文姐姐说给二哥。"

这个蕙娘倒不大清楚，因文娘毕竟还是妹妹，姐姐没成亲，也不好很具体地谈起她的亲事。她一直以为何家说的是何芝生，这样看，多半还是嫌文娘家里人丁单薄，又终究是庶出。害怕她这个宗妇，压不住底下的妯娌。

她不言不语的，脸上神色似乎是默认。莲娘看在眼里，又把声音压低了一点："别的话，我也不说了。我就说一句，要是看中了我们家，你可别挑二哥。你以前要坐产招夫的，有些事大哥就没开口，现在才稍微露出来一点儿……"

露出来什么，蕙娘就不用问了，这种事也不能说得太明显。她想到长大以后几次见面，何芝生都是规规矩矩的，连眼珠子都不肯乱动一下，倒有几分吃惊的：没想到他居然还能看清楚自己的长相，她还以为他根本就没敢正眼瞧自己呢。心事藏得这么深，外头真是一点都看不出端倪。

不论是焦勋也好，何芝生也罢，都说得上是自己阶层里的佼佼者了。何芝生今年才十九岁，已经是举人身份；如能考中进士，以他的家世来说，一辈子荣华富贵那是打底；再往上走，能走到哪一步，那都是不好说的事。可在蕙娘看来，这些都是虚的，她更看重的还是何芝生的这份沉稳，能把心事藏住了不露出来，又私底下这么争取；就手法来说，是要比焦勋好一些的。

有那么一瞬，她几乎有几分心动，想要给莲娘一点口风、一点暗示。可蕙娘毕竟是蕙娘，她笑着摆了摆手，把话题给带开了："你上回不是说，想要一对简州猫吗？知道你要过来，特地给你挑了一对'乌云盖雪'，还是一公一母。以后下了小猫，你也能送人了。"

简州猫远在四川，从宋代一路红到如今，真正血统纯正的一对公母，价值何止千金。莲娘熟知清蕙有一个院子养的都是各种驯熟了的猫狗鸟儿，供她无聊时取乐的，里头全是名种猫狗。她也是爱猫之人，只拉不下脸来讨要，现在蕙娘主动给预备了一对，哪有不欢喜的道理。也就不再同清蕙说这尴尴尬尬的婚事，转而笑道："好姐姐，我真没白和你好！石家的翠姐姐，有了一只'鞭打绣球'，就宝贝得什么似的——我也不说，下回她到我家来，我再给她看看我的那一对猫儿。"

她又压低了声音，同蕙娘说起别家的事情："听说某家有对雪白的临清狮子猫，本来家里人都爱得不行的，忽然有一天一对全死了。又过了一两天，家里一个姨娘也咽了气。都说这猫儿去世是不祥之兆，就应在了这事上。其实是怎么样，谁心底清楚呢？"

蕙娘心底不禁一动，几种想法同时飞快地掠过心头，她眉头一皱："你是说韩家吧，他们家那对猫也的确好看，一般连临清当地都很难找到那么好的种了……"

虽三年没出门，蕙娘对外头的局势却是一点都不生疏。莲娘点了点头："虽然家里下人没说，但既然全家人都爱得不行，那姨娘据说又是老太爷的抱猫丫头出身……"

有的猫狗得宠得厉害，主人常把自己的饮食赏给它们吃了，那也是有的。蕙娘若有所思："还真不知道，原来对人有用的药，对猫狗也都是有用的。"

大户人家，除非像焦家这样人口简单，争无可争的，不然，门户里的肮脏事那还能少了吗？当主母的作践小妾，当小妾的作践下人。死一两个人，连莲娘都不当回事，她主要还是惋惜那两只猫："真是漂亮极了，也没配种，要不然，我都想讨几只。"

送走了抱着两只猫儿、心满意足的莲娘，蕙娘歪在榻上想了半天心事，连文娘过来都没起身。

"都和你说什么了？"文娘也有些好奇，"瞧你这神思不属的样子，难道是和你提起亲事了？"

蕙娘扫了她一眼，似笑非笑："你不是身上不好吗？怎么人家一走，你就又活蹦乱跳的了？"

"我那是同莲娘要好，故意给她空了这么一间屋子出来。"文娘一撇嘴，有些没好气，"何家为了和我们家结亲，这些年来费了多少心思。现在眼看娘和祖父还不给准话，肯定着急。都知道祖父听你的话——可不就是给你灌迷药来了？"

她眼珠子一转："她同何云生更好，是帮着何云生说好话来的吧？"

听文娘的意思，从前莲娘也没少在她耳边说何云生的好话——两姐妹也都是见过他的，他人要比哥哥开朗多了，爱笑得很，就是长相不那么俊俏，顶多只是中人之姿。

"和我说谁都没用。"蕙娘不置可否，"这事真轮不到我来做主，还要看祖父心里怎么想的。"

"这可是你的一辈子。"文娘很不理解，"祖父又那么疼你，难道你就不为自己争一争？"

她似乎真的对何家兄弟都缺乏兴趣，因此撺掇蕙娘是很努力的："照我看，你自己要是立心要嫁了，祖父也没什么好拖着不答应的，何家也算良配了。我要是你，我就不矜持了，这种事夜长梦多，拖一天没准就生出变化来了呢？"

她说得其实也很在理，蕙娘却深知之后事态将有的变化，除非现在就过了三媒六证，不然，对何家表现出越多好感，将来只会令母亲和祖父更难收场。她轻轻摇了摇头，笑而不语。文娘看了更是不高兴，她气鼓鼓地坐在一旁，过了一会儿，自己也叹了口气："要找到比何家更好的，那倒也难了。只是……"

只是纵举案齐眉，到底意难平。文娘嫌何芝生太老气，又嫌何云生太轻佻，说来说去，就是因为这两兄弟，哪一个她都不喜欢。

"将来的事，自有缘分。"蕙娘把一个金丝蜜柚放到文娘跟前，"吃不吃？"

这个柚子，论大小，论色泽，才是蕙娘一向享用的那一份：精中选精，最好中的最好。

文娘把大柚子捧在手里，闻了闻香味，又不满起来。"让你给太和坞一点颜色看，祖父却只发落了谢罗居的人——你倒是好，就一心想着自己吃喝玩乐；将来的事，一点都不放在心上。"

的确，她和姐姐不同，没有清蕙的自信和手腕，出嫁后，肯定还是要多靠娘家一点；对太和坞的举动，自然也就更不舒服。

"急什么。"蕙娘慢慢地说，"太和坞的正主儿，都还没有回来呢。"

这天下午，两姐妹一道去谢罗居请安，才一进屋，就见到三个姨娘站在四太太身边，四太太正笑着和她们唠家常。

焦四爷虽然身体孱弱，但身边一直没有断了通房丫头，这些年来放出去的放出去，嫁人的嫁人，余下一些，在焦四爷过世后，多半也都被打发走了。唯独留下了三位姨娘，这三年来跟随焦家主子们一道守孝，也颇是吃了苦头。前阵子出了孝，四太太要应酬，分不得身，她体贴姨娘们也闷了两年多了，便打发她们去城郊别业小住了一段时间；眼下到了年边，这才派人接回来过年——原本以为还要几天才回来，没想到这么快就到了。

"三姨娘，四姨娘，五姨娘。"文娘生母难产去世，四姨娘是她的慈母，从小带大，和亲生的也差不了多少。她给四太太行了礼，便拉着四姨娘的手，一长一短地同她拉起家常。蕙娘却没她那么放纵，她和几个姨娘都打过了招呼，便在四太太身边坐下。还是四太太笑着说："你和你生母也有一个月没见了，还不同她说几句话？"

蕙娘还没开口，三姨娘就抢着说："姐姐跟前，哪有我们说话的地方呢？"

她和四太太关系亲密，从三姨娘还不是三姨娘时起，就一直是姐妹相称。

又问四太太："一个月没见，您的咳嗽好些了？今年冬天冷……"

四太太笑得就更舒心了，令三姨娘在她跟前的小几上坐了，和她一来一往说得很欢。蕙娘就空出来，她游目四顾，正好和五姨娘对了一眼。

五姨娘也算是有福之人了，焦家规矩，没生育的通房一般不抬姨娘，焦四爷过世后全被打发出去。她是小户人家的良家闺女，因为出了名的长相宜男，算命先生也算了她是个生子的福相——她一家男丁也的确不少，上头有七八个哥哥。家里心大，知道焦家的情况，就送进来做了通房丫头。虽然没几个月焦四爷就去世了，但就去世前几夜温存，居然还给她留了种，使得她在四爷去世之后，还得了个姨娘的名分。

她生了一张圆脸，一笑就是两个深深的酒窝，虽然说不上有多好看，但的确是挺有福相的。见蕙娘望过来，五姨娘脸上的酒窝顿时又深了，她笑眯眯地和蕙娘唠嗑："这个月同太太出门去，怕是招来了不少说亲的媒婆吧？"

的确，就是这大半个月间，焦家比什么时候都要热闹，各色太太、奶奶，凡是能和焦家扯上一点关系的，差不多都来看过她。按京里行事的节奏来说，恐怕真正提亲的高峰，还要在年后了。这个时间段，有意提亲的人，多半还在给老太爷写信探口风呢。

清蕙也笑了："没有的事，虽然来客多些，可都是来看母亲的。"

正说着，四太太见三姨娘露出聆听之色，便也笑着说："那倒是的，有好些国公夫人、侯夫人，儿子大了，孙子又小；偏系子孙谅也不敢来说亲。无非是几年没有来往了，现在我们出孝，多走动走动而已，估计也不是为了亲事来的。"

这是为了安三姨娘的心：清蕙这个情况，出色是够出色了，棘手却也很棘手。太多人家上门相看却没有下文，三姨娘心里只会更焦急。

不过，有句话四太太没说出口：焦家门第，不是一般的高，身份也不是一般的敏感。在两党党争风头火势的时候，有很多人不敢贸然站队，就是太太也约束了不叫她随意上门。又或者有些人家行事一向就谨慎，上门的这些贵妇人，也很有可能是受人所托，过来相看清蕙的。

权夫人就正是个谨慎人。

快到年边，各家事情都多，阜阳侯夫人虽然和权夫人一向友好，但也没有久坐；头天去过焦家，这天又到权家盘桓了一个多时辰，便直接去大报国寺进香了。权夫人亲自将她送上了轿子，目送暖轿顺着甬道走远了，这才捶着腰回了里屋，又思忖了片刻，便吩咐底下人："去问问国公爷在忙什么。"

良国公年轻时颇为忙过几年，现如今年纪到了，虽然已有多年不再过问俗务，但不论是他本人也好，还是权家也罢，在老牌勋戚间的威望都还是如日中天。要不是年边大家都忙，他一般也是不得闲的，总有些老兄弟同他来往，也总有些从前的门生要来拜访。权夫人想要在白日里见到丈夫，还没那么容易。

"怎么，阜阳侯家那位这么快就回去了？"良国公有点吃惊，"她一向是个话篓子，还以为这一次又能叨咕上几个时辰呢。"

"她倒也想。"权夫人笑着亲手给丈夫上了茶，自己上了炕，在良国公对面盘膝坐下，"可家里还有事儿呢。"

良国公端起清茶啜了一口，望了权夫人一眼——夫妻二十年，很多事情，已经无须言语。

"也是满口夸好。"权夫人不禁叹了口气，"也和前头几个老亲老友一样，一开始以为是给叔墨、季青说亲。话里话外，都是一个意思：我们家门第虽然是够高了，但恐怕儿子自己不够争气，压不住她。"

其实说压不住，还是等于是配不上。焦清蕙那个身份、那个长相、那个才情，那份必然是豪奢得令人惊叹的嫁妆，对她未来的夫婿无形间都是个挑战。要不是别有所求，谁家的公婆也不乐见自己的儿子被媳妇压制得死死的。尤其阜阳侯和良国公两家是几辈子的交情，阜阳侯夫人又是权仲白的亲姨母，话说得更直接。"她和焦家往来得也多的，据她说，蕙娘在外人跟前表现得娴静少言，实际上从小主意正、性子强。家里的大事小情，很少有她不曾过问的，就在焦四爷去世之前，她才十四岁，全家人都被管得服服帖帖的。焦家那些管事，在外架子大，到了十三姑娘跟前，连个屁都不敢放——你还记得原来有个焦福，在他们家也算是得意的了？就因为在外过分显摆架子，被她知道了，一句话就给撵出去了，就这样还一句怨言都不敢有——手段厉害得很！她觉得，伯红媳妇，怕是压不住焦清蕙的。"

对于一般的大家族来说，如此强势的女儿家，如果不是长子长媳，那最好是成亲后兄弟们就长期分居两地，免得妯娌失和，一家人闹得过不了日子。尤其是清蕙的筹码实在太沉，不说给长子，只怕亲事一定，长媳心里就要犯嘀咕了。而要说给豪门世族为长媳世妇，也有两点疑惑：一个她家族人丁单薄，现在显赫，可将来焦阁老一去，顿时人走茶凉；还有一个，她毕竟不是嫡出……

"要不是因为这些缘由，阜阳侯夫人自己都恨不得要抢过去。"权夫人一边说，一边看丈夫的脸色，"她自己为人处事，的确是滴水不漏，再没什么能嫌弃的地方。"

良国公微微一哼："那也要人家看得上他才行，阜阳侯家现在还没成婚的，也就幼子了吧？成天就知道吃喝玩乐，票戏会文，焦家看得上才怪。"

他征询地望了妻子一眼，见权夫人神色温和，口角含笑，便道："还好，这几个顾虑，在我们家也都不算顾虑。她再好，仲白压她那也是稳稳的——她要能把仲白那死小子给压住了，我们也是求之不得……现在还没几户人家上焦府提亲的吧？"

"快过年了，有想法的人家是不少，先后请动的几个老姐妹回来都说了，现在焦太太一天要见几拨客人。恐怕都是等着过了年，看看今年宫中对她有没有什么表示；如没有，就要请人上门了。"权夫人什么都给打听好了，她轻轻地捏紧了拳头，"这可是个宝贝呢，老爷，咱们要是看中了，那可就得赶紧了。这要是被人横插一杠子去，我怕是要噎得吃都吃不下，睡也睡不着了。这样好的人才，错过这一个，可就再难找了。"

"你这句话算是说对了。"良国公唇角一动，"既然看上了，那就别改啦。我回头和娘打声招呼，你进宫探探娘娘的口风。明年不办选秀，一切好说；即使要办选秀，你也得打好招呼。这块宝，我们权家要了。"

到底是名门世族，一开口语气都不一样。想提亲的人多了去了，焦家也未必就选权家；从来提亲低一头，说的就是这个道理。可看良国公的意思，竟是信心十足，丝毫都没有考虑过被回绝的可能性。就连权夫人，也都是安之若素，不以这过分的信心为异，她更担心的还是另一点："仲白那里……"

"怎么，他还真想一辈子独善其身、断子绝孙不成？"良国公一瞪眼，胡子都要翘起来了，"你先说，你要说了不听，那就是动家法，这一次我也得把他给打服了！"

权夫人虽然是继室，可权仲白褓褓时就被抱到她屋里养，是她带的第一个孩子，说起疼宠，甚至比她亲生的叔墨、季青还甚些，一听权老爷这样口气，她忙抢着白了丈夫一眼："动不动就喊打喊杀的！从前线下来都多少年了，还是这改不掉的性子！"

想一想，也觉出了丈夫的无奈，自己叹了口气，便加强了语气强调："你就放心吧，这一次，我可一定把他给按服了；让他把这根断了的弦，重新续上！"

生母回来，总是要择时过去请安问好的，在谢罗居吃过晚饭，蕙娘就没回自雨堂，而是让轿娘们把她抬到了南岩轩里：除了五姨娘陪着子乔在太和坞住之外，三姨娘、四姨娘都在这里居住，两个人彼此做伴，也就不那么寂寞了。

姨娘们不用伺候太太晚饭，现在已经都吃过饭了。四姨娘那一侧里隐隐也能听到文娘说话的声气——吃过饭，蕙娘还陪太太说了几句闲话，文娘要比她早到一步。三姨娘也没做晚课，而是歪在炕上等蕙娘进来说话。

在嫡母跟前，三姨娘不过是个下人，这个面容秀丽性子温和的妇人，一辈子坚持"主仆有别"；蕙娘身为主子，也不便和她多说多笑的，免得四太太看见了，又勾动情肠。这一点，两人心底都是有数的，三姨娘私底下再三和蕙娘强调："你母亲命苦，这辈子儿女是她的伤心事。连乔哥都不放在身边带，你就知道她心里苦了。非但你自己在谢罗居里不要多搭理我，就连文娘你也要约束好了，别令她和四姨娘过于亲近。"

谁肚子里爬出来的，天然就和谁亲近。即使所有子女的嫡母都是正太太，但私底下，多的是庶子、庶女管自己的生母叫娘的。只有三姨娘，十几年来，就是私底下和清蕙说话，也自称为姨娘。对四太太更是死心塌地，从来没有一个不字；就是前些年清蕙地位最高的时候，她在四太太跟前也从没有摆过架子——也许就因为这份尊重，四太太对她也很特别，三姨娘屋里的陈设富贵就不说了，从前每逢节庆，她还能穿着主母赏下来的正红裙子；五姨娘就没这个福分了，子乔落地的时候，她已经是半个未亡人。现在焦家的太太、姨娘，都只能穿些灰青、茶褐衣服。

"听说这几天，十四姑娘又闯祸了。"三姨娘和清蕙说话，一般总是开门见山的，"你没有胡乱插手，说些不该说的话吧？"

"倒还好，教她几句，也是难免的，却并没有管得太过分。"蕙娘一语带过，又问三姨娘，"在承德住得还安心吗？那里几年没有住人了，恐怕不如家里舒服呢。"

三姨娘也是一语带过："反正就是那样，换个地方过日子而已。出去玩了几次，看了看风景，天色一冷，我们也就缩起来了。唯一比城里强的，就是不必在太太跟前立规矩。"

她叹了口气，有些惆怅："只是太太自己，最该歇着的，却没能一块过去，真是苦了她了。你随常在她身边服侍，也要多说些笑话儿，逗得太太多笑一笑，那就是你尽到孝心了。"

私底下提到四太太，还是没有一句不好，只有无尽的体贴和感激。蕙娘听了十七年，真是耳油都要听出来了，她几乎是机械地应着："那是肯定的。"

三姨娘又哪里看不出来她的敷衍？她老调重提："要不是太太，现在你还不知道在哪呢？她的深恩，我是还不完了，只有着落在你身上……这么大一个家，太太思虑有限，肯定管不过来，你也要多为她出出主意，免得她太劳累了。"

有几个主子在前头插手，三姨娘没能管着多少清蕙的教育，清蕙从小到大，她只强调了一件事，那就是知恩图报。

当年甲子水患，一县的人活下来的不上百个。三姨娘那时候才十三岁，家业一夜间被冲没了，只留下她一个人坐在脚盆里，一路划出了镇子，却也是又累又饿又渴，划到岸边时，伏在盆里，连爬出来的力气都没有，眼看就要咽气了。是四太太眼尖，在楼上一眼就把她给认出来了：那是焦家邻居的女儿，街头巷尾中，曾和四太太撞过几面。

四老爷当时立刻找人，把她从河里给勾上了岸。当时灾女迷迷糊糊，哪顾得了那么多，细问之下，立刻就说了实话：焦家当时正是开席的时候，全家人都在场院里，地势低洼，大水卷进镇子里时冲垮了焦家牌坊，堵住了唯一的出口，连着去吃喜酒的左邻右舍一个都没有跑掉……

四老爷、四太太当时不眠不休赶到下游救人，本来还指望能救上一两个族人，却等来了这么一句话，四太太一听就晕过去了，醒来的时候，肚子里的孩子就没保住……当时缺医少药的，闹了一场大病，等回了京找御医一扶脉：这一辈子，要生育是难了。

可话虽如此，焦家却没有谁怪罪灾女。知道她全家毁于水患，孤苦无依，还将她带进京中安置，教她读书写字。甚至在焦家为四老爷物色通房丫头的时候，四太太立刻就想到了她：没亲没眷，就算焦家肯出陪嫁，将来出嫁了也容易为人欺负。再说，天下又有哪户人家能比得上焦家的富贵呢？这么一户人家的姨娘，可要比杀猪户、跑堂伙计家的主妇享福得多了……小孤女也到了懂人事的年纪，知道这是太太怜惜她命苦，磕头谢过太太，便开了脸，被抬做了焦家的姨娘，享用起了数之不尽的荣华富贵。

也因为这一番经历，说不上是感激还是愧疚，三姨娘一辈子，对太太比对蕙娘还更上心。再加上四姨娘也是太太身边仅剩的陪嫁丫头——当时陪着四太太一道出门办事，焦家的妻妾关系，一直都是非常和谐的。三姨娘同女儿讲知恩图报，四姨娘更务实一点，同女儿讲投资回报。蕙娘和文娘都把嫡母摆在姨娘前面，四太太总算有所宽慰。

不过，很多事情，也还是只有亲母女之间，才说得出口。

"身份变了，态度也要跟着变。"清蕙就从来不会这么直接地和四太太抬杠，"这不是您教给我的吗？现在又要我多为太太分忧……就现在这样，太和坞还嫌我碍眼呢；我要敢重新管起家里的事，她还睡得着觉吗？"

三姨娘神色一动："怎么，她不是和我们一道去承德了吗，难道还给了你气受？"

竟是只听清蕙的语气，便猜了个八九不离十。

蕙娘的城府，即使有七分是教的，没有三姨娘生给她的这三分底子，也始终难成气候。

"她人是不在，可胡养娘还在嘛……"清蕙稍微说了些府里的事情，又说，"还有文娘、莲娘……"

三姨娘听得大皱其眉："你就不该提这个橘子的事，你自己说文娘一套一套的，怎么到自己头上就看不明白了？都是尖子，非要分三六九等，争个闲气，只能坏了一家人的和气。"

这是正理，清蕙明白，她自己曾几何时也是这样想的。要出嫁的人了，和娘家无须计较那样多。有些事情能忍就忍了，忍一时风平浪静……

但她能忍别人，并不意味着别人能够忍她，自从那次死里逃生之后，焦清蕙无时无刻不用血淋淋的事实提醒自己：你不步步主动，占尽先机，就永远都斗不过藏在暗处的小人。泼天的富贵也好，傲人的容貌也罢，过人的手腕、牢固的宠爱，有时候，还比不上一贴不明不白的毒药。有人想对付你的时候，她根本不会在意你能忍不能忍。

"人都有贱骨。"她淡淡地说，"不惩一儆百，将来自雨堂的处境只有更艰难。与其到时候再来大开杀戒，不如现在轻轻巧巧，就把人给发落了。大家心里存个畏惧，行事没那么难看，倒都能保存体面。"

这也是正理，三姨娘没吭声。她也知道自己不能约束蕙娘：正经管教蕙娘，那是老太爷、四太太的事，轮不到一个姨娘来多嘴多舌。"莲娘怎么和你说的？你细细地和我说一说！眼下，你还是要多关心你的婚事，如何能说个妥妥当当的好人家，那才是最要紧的事。"

蕙娘只好把莲娘的几句话给复述出来，三姨娘听得很入神，又问她："你是见过何芝生的吧？这个小郎君，人怎么样？"

蕙娘默然片刻，艰辛地憋出了两个字："还成。"也就不说什么了。

即使是这样，三姨娘也很满意："能让你这么说，这个人想必是极好的。"

她看了女儿一眼，不觉叹了口气，便压低了声音："太太性子软，太和坞的那位也算是有些本事。趁着老太爷身体还好，亲事能办就早办了，你不至于受太多委屈……"

以三姨娘的性子，这已经是她对五姨娘能说出的最重的话了。清蕙心中一暖，她轻轻地点了点头："我知道的，姨娘，我心里有数呢，您不必为我担心。"

既然说到了亲事，她不觉就又想到了焦勋。

从前在书房前的事她没有和任何人说，当时四周似乎也没有谁能看到。可焦勋之后立刻就从府中消失了。清蕙思前想后，只能猜测是祖父透过窗户恰好望见。这一次，她没犯那样的错误。但如何安置焦勋，始终也是麻烦事。

两个人自小经常见面，也不是没有情谊。从前她对焦勋也还算得上是满意的……一个赘婿，用不着他太有雄心、太有能耐，能把家业守住，安心开枝散叶，就已经相当不错了。可现在身份变化，再反过来看，就觉得作为一个管事来讲，焦勋实在是太有能耐了一点。自己出嫁后，恐怕宅子里很少有人能镇得住他。

"还有件事，想和您说呢。"思前想后，清蕙还是开了口，"阿勋哥——"

这三个字才出口，三姨娘顿时坐直了身子，一脸的警觉，好像清蕙要说什么大逆不道的事儿一样。蕙娘看在眼底，不禁有几分好笑。"阿勋哥今年也二十多岁了，您也知道他的情况，是没有卖身进来的，仍算是个良籍，不过是鹤先生的养子罢了。现在还在府里帮忙，好像也不大像话……我想，他反正知书达礼的，倒不如令他回原籍去，用回原来的姓试着考一考。能考上，也算是有了出身；不能考上，给他买个出身来。将来在官场要能进步，对子乔，甚至是文娘，都是有帮助的。"

这思虑正大光明，考虑入微，三姨娘还有什么可说的？她叹了口气："也好，再让他待在京城，对谁都不好……这件事，你不方便说的，还是我对太太开口好些。"

两人说话，真是丝丝合缝，不必多费精神。因时日晚了，也快到蕙娘休息的时辰了，又说了几句话，蕙娘便起身告辞。三姨娘送她到门口，一路殷殷叮嘱："还是以你的婚事为重……这件事，你千万不要小看，也不要放松。"

千叮咛万嘱咐，三姨娘终于还是忍不住叹了口气："我就是担心你这个性子，太要强了，谁能令你服气？别人在你眼里自然是这也不好，那也不好……"

蕙娘现在担心的还真不是这，这个她担心了也没用。她一边敷衍着生母，一边披衣出了回廊。

上轿时偶然回望，却见三姨娘一手撩着帘子，就站在门边望着她，同清蕙极为相似的脸盘上挂了一丝微笑——两人虽然在一块住，但清蕙回自雨堂，三姨娘竟似乎还有些不舍。

不知为何，这一笑就像是一把刀子，狠狠地戳进了蕙娘的心窝，她用了好大的力气，才止住了心头翻涌的情绪，只是对三姨娘微微一笑，便钻进轿内。经过精心培育的女轿娘们，将轿子稳稳当当地抬了起来。

回到自雨堂里，她罕见地没有立刻洗漱，而是站在窗前默默地出了一会神，将心头几大疑问都厘清了头绪，这才敲一声磬，唤来绿松："你亲自去南岩轩，找符山说几句话。"

符山是三姨娘身边的大丫头，对自雨堂，她从来都恨不得把一颗心掏出来；比起一向与世无争、与人为善的三姨娘，她更听蕙娘的话。

绿松不动声色："这么晚了，也不好漫无边际地瞎聊吧？"

"谁让你瞎聊了？"蕙娘白了她一眼，"你问问她，五姨娘在承德住的时候……有没有什么异样的举动——问得小心一点，别让人捉住了话柄。"

会这么问，似乎是打算对付五姨娘了。绿松有些不以为然，但看蕙娘的神色，也不好多说什么，就默默地退出了屋子。

窗外不知什么时候，已经下起了点点细雪，比起温暖如春的自雨堂，外头似乎是另一个世界。这洁白的雪花落在泥地上，很快就化得一干二净，蕙娘隔着窗子，出神地凝视着这一幕；她的脸透过晶莹的玻璃窗来看，就像是一张画，美得竟有些非人的凛冽与凄清。

绿松没有多久，就踏着新雪回了自雨堂。

"我一问，符山就竹筒倒豆子。"她眉头微蹙，显然也有点不快，"她竟猜姑娘是从三姨娘脸上看出了端倪——据说，五姨娘在承德，性子比较大。有一天晚上，和三姨娘闲聊的时候，也不知说了什么，三姨娘回到屋子里，还掉了一夜的眼泪。那丫头心底正不服气呢……"

从前想着要忍，也就没多过问太和坞的事，自然不会派绿松去和符山说话。三姨娘受了这么大的委屈，居然瞒得滴水不漏，自己是一点都没有察觉……

清蕙久久都没有说话，可她周身气氛，竟似乎比屋外还冷。绿松望着她的背影，多少有几分心惊胆战，过了一会儿，她嗫嚅着说："姑娘——"

"五姨娘这个人，"蕙娘却开了口，她慢慢地转过身来，唇边竟似乎挂上了笑，声调还是那样轻盈矜贵，"真、有、意、思。"

没等绿松回话，她就走向桌边："把她们都打发出去吧，你把文房四宝取来，我有一些话要对你说。"

又扫绿松一眼："只能你一个人听。"

绿松心头一紧——看来这一次，太和坞是真正触动了十三姑娘的逆鳞。

第四章

帷幄千里

　　已经快到清蕙休息的时候，因今晚绿松要亲自在西里间上夜，众位丫头便都退出了主屋。绿松很快就从小柜子里取出了文房四宝，又亲自拉下了蜀锦做的帘子，密密实实地挡住了室内往外的所有光线。她合上门，小心地拨亮了油灯，便将头顶的玻璃宫灯给罩灭了，室内一下昏暗下来，散发出了些许诡秘的气息。

　　蕙娘倒被她逗笑了："也不是什么见不得人的事，倒闹出这深夜密议的样子来，你也是过分小心了。"

　　绿松哪里会被这轻飘飘的一句话骗到——她服侍蕙娘，也不是一年两年了。

　　"姑娘等闲从不打乱作息，今天宁可熬夜也要这样，必定是有要事吩咐。"她低眉顺眼地说，"再小心，也都不过分的。"

　　就是因为她从来如此谨慎，才能力压石英，稳稳地坐在这首席大丫鬟的位置上。蕙娘望着绿松，眼底也不禁闪过一丝欣赏，她点了点头，慢慢地说："你跟着我多久了？"

　　"十二年了。"绿松毫不考虑地回答，"打姑娘在路边把我买下带进府中算起，已经过了十二年了。"

　　绿松的经历，和三姨娘是有相似之处的。当时蕙娘陪着父亲去京郊散心，车遇大雨，停在庙前，见绿松在廊下啼哭，身边还摆了两具由草席草草一裹的尸体。她年纪小，不懂就中文章，便问父亲："怎么义庄不曾出面收纳这两个路死者。"

　　焦四爷是何等人物？眼睛一扫，就指点给女儿看："义庄人做事，一向是最谨小慎微的。这女孩容貌秀丽，是个美人坯子。恐怕附近的青楼楚馆，已经有人看上她了。"

青楼楚馆里，少不了的是地痞无赖，义庄人就是想管又怎么管？清蕙当时还小，说话也直："真可怜，同姨娘当年一样，都是孤苦伶仃、举目无亲了。"

被她这么一说，焦四爷倒笑了："遇上你，也是她的缘分。"

只清蕙一句话，绿松一生命运都发生了改变。她进了府中当差，三姨娘最怜惜她，将她收在身边教养；没有几年，就进了自雨堂做小丫头。凭着三姨娘这一份同病相怜的缥缈好感，和她自己逐渐养成的谨慎作风，清蕙十岁的时候，她已经是自雨堂里的大丫头。清蕙渐渐有了城府，便刻意提拔绿松，令她做了自己身边的大丫鬟。主仆两人相伴至今，已有七年了。

"在我身边这些千伶百俐的小妮子里，我一向特别抬举你。"蕙娘淡淡地说，"除了你本身资质好，还有一点缘由，想必你也是清楚的。"

这些事，平时大家心照，蕙娘从来不曾说穿，如今特别提出来，当然是有用意的。绿松直言："姑娘身边的丫头们，一个个都是有来头的，唯独我没亲没戚、孑然一身，有什么事，我心底想的只是姑娘和三姨娘，再没有别的顾虑。"

蕙娘身边这些大丫头，石英是二管事焦梅之女，玛瑙是布庄掌柜之女，孔雀是蕙娘养娘女儿，雄黄是账房女儿。石墨就更别说了，在府里她哪里没有关系？姜家算是府里最大的一个使唤人家族了，她和文娘手下的黄玉、太和坞里的堇青，说起来都是很近的亲戚——就算再好的人才，没有主子的特别关注，又或者是很硬的后台，想进自雨堂打杂，那都是难的。

"嗯。"蕙娘点了点头，"就因为你没有别的亲戚，一辈子都着落在我身上，我对你，自然也要比对别人都放心一些……"

她轻轻地叹了口气，竟亲自拈起墨条，在砚池中添了些清水，磨起墨来。

"你说我最近有心事，也足证你观察入微。"绿松又等了一会儿，终于等到了主子的下文，"我是有心事……出孝摆酒那天，我收到消息，有人欲行不利于我性命之事。"

蕙娘口吻虽淡，但以绿松的沉稳，亦不由得倒吸了一口冷气，她怔怔地道："姑娘——这可不是可以开玩笑的事……"

"我也没有和你开玩笑的意思。"蕙娘淡淡地说，"如今你是明白了吧？知道了这消息，没有心事，也要变得有心事了。"

难怪，难怪姑娘作风大改，一改从前息事宁人、能忍则忍的态度。太和坞那边稍有表示，她就立刻杀鸡给猴看，狠狠地打了几个下人的脸……绿松这下是真的恍然大悟了：在这个家里，想要姑娘命的，恐怕除了太和坞的人，也没有谁了吧？

可仔细一想，又实在是不合情理。绿松乍着胆子望了蕙娘一眼，见蕙娘神色宁静，似乎已经完全接受事实，并没动情绪。她便疑问："可都有人上门提亲了，五姨娘她还有什么好担心的呢？她总不是担心您的陪嫁吧——老太爷再疼您，也不可能把焦家家产全给您陪走了。"

是啊，五姨娘又有什么动机一定要她的命呢？焦家家财亿万，清蕙即使拿走了一半作为陪嫁，这剩下的一半，也足够焦子乔和五姨娘花天酒地挥霍上十辈子了。再说，她能陪走家里十分之一的钱财，对于一般富户来说，这份嫁妆也已经是多得骇人听闻了；要陪更多，只怕夫家人都不敢承受。为了钱，似乎有些牵强。

至于为了势，那就更没什么好说的了，出嫁女怎好管娘家事？有子乔在的一天，蕙娘顶多也就是多帮衬着娘家一点，难道她还能强行把子乔夺过来养育，顺便把家产一并谋夺了不成？真要有这份心思，她也就不会令焦子乔活到现在了。五姨娘就算一开始有这样的担心，现在焦子乔都两岁多了，自雨堂半点动静没有，她忙着恭送清蕙出嫁都来不及呢，又怎么会在这个节骨眼上多添是非？

但若不是她，又还有谁呢？

老太爷、四太太同三姨娘，这三个人是肯定不会要她的命。老太爷疼她都还来不及呢；四太太是个老好人，对庶子女也没得说，一辈子都善心；三姨娘更别说了，那是自己亲娘，蕙娘一去，她下半辈子还有什么念想？剩下的主子，也就只有四姨娘和文娘了。

这两个人，又有什么好害自己的呢？四姨娘本来就是个可怜人，害死了自己，她的处境也不会好上一分。至于文娘，两姐妹的确有不合的时候，文娘心底就算对她有几分恨意，蕙娘也不会吃惊；但先且不说她哪来那份城府和能耐，这都到姐妹分手的时候了，她至于吗？

要是文娘对何芝生情根深种，那倒还好说了。也许为了嫁给何芝生，她在不知道事态变化的时候，会生出恨意，铤而走险，布置出对付她的手段。可蕙娘自从出孝摆酒那天开始，处处留意，几番试探，文娘是真的对何芝生、何云生半点都不热心；十四姑娘的眼界，要比这两兄弟更高。

再说，姐妹两个从小一起长大，虽说知人知面不知心，可对文娘，她自认是摸透了妹妹的脾性——要不是实在找不到怀疑的对象了，她真是都不愿去怀疑自己的亲妹妹。

焦家人口少，就这么几个主子和半主子，下人们也被管束得严格；再说，自己的死，对贴身下人来说，几乎只有负面影响，再起不到什么正面的作用……思来想去，除了五姨娘闹鬼，那还有谁？

要不是知道自己确确实实，即将在未来某日忽然毫无征兆地中毒，差点身亡，清蕙自己都很难相信这个说法——说得俗气点，焦家的钱就和海一样多，这海里不过游了五条鱼，就这样还能磕着碰着？

可事实如此，没什么好不承认的：在那段曾经发生过的历史中，她若是棋差一着，就算死了都不会闹明白，自己究竟是怎么死的。

说人蠢，就常用这句话：被害死了都不知怎么回事。焦清蕙自负一世聪明，她是怎么也没想到，自己不是输给天意，输给上意，输给任何自己无法违逆的力量，居然是输了……输给了一个不知名的对手，一双未露过任何行迹的透明的手。

她又怎么能服气呢？

“这世上没有谁会嫌钱多的。”她淡淡地说，“五姨娘和子乔是只有两个人不错，可她一家人生性都要强；麻家一大家子，上百人总是有的。”

要摆脱嫌疑，有时候难如“跳到黄河洗不清”；可要给人安上一点嫌疑，却要简单得多了。绿松眼神一闪，顿时有了些联想，她虽然还有几分怀疑，但语气已经松动了不少：“嫁出去的女儿泼出去的水，五姨娘想要提拔娘家也是人之常情，但却未必要……”

“太太好性子。”清蕙慢慢地说，“祖父去世后，能镇住场面的，也就只有我了。不趁我还在家的时候出手，我一出门，她就真是鞭长莫及啦。”

其实，这借口还是有不合理的地方。到时候五姨娘真要掌握了家中大权，给清蕙送东西的时候下点毒药，也有很大成功几率；不过，这毕竟已经是一个有力的猜测。绿松当即就信了八成，她呼吸都急促起来：“姑娘的意思，是暂时不打算把此事闹大？"

"没凭没据。"蕙娘不置可否，"就是闹大了，难道还凭一句话就定罪？就连这一句话，也是上不得台面的。你也不要问此人是谁了……她能说这一句话，已经很有勇气。"

见绿松眼神闪烁，蕙娘心底也是明白的：以这丫头的性子，肯定还是要不断去猜、去想……只是这一次，她的怀疑，却永远都不会有一个结果了。

"既然如此，为今之计，还是先从我们内部防起。"绿松没把自己的心思表露出来，她不过沉吟片刻，就为蕙娘奉上了几条思路，"姑娘吃的、用的，都要防得滴水不漏。私底下再在府中明察暗访……"

有个贴心人，办事都舒服多了。蕙娘唇边现出一丝微笑，她冲着桌上的小书册抬了抬下巴。

"这件事，我也就只放心你做了。"她说，"从今天起，我平时哪怕是吃一口茶，你也要记下来。但凡我吃了什么，你都留下一点——去挑一只猫来，我吃什么，它也吃什么。我听说猫狗这样的小东西，对毒药要比人更敏感得多，即使是慢性毒药，它们的反应，也会比人来得更快。"

这就是试毒了；只是以猫狗来试毒，毕竟没有以人试毒那么稳妥。绿松嗫嚅了一下，到底还是没对此做什么评论，她手按书册，轻轻点了点头，"奴婢自然会办得不着痕迹的。"

"能者多劳。"清蕙叹了口气，"悠闲了两三年，现在你要忙起来了。除了这件事之外，你随常在家，也要留意留意我们身边这些丫头。我看，就先从石墨开始查吧，不论谁要下毒，没个内应总是不行的。就算想要我命的人不是五姨娘……那人也得从石墨下手。"

焦家几个主子都有自己的小厨房，清蕙的厨房里更是名厨云集，她和老太爷事实上是共用一批厨师。这些大师傅，都是天下名馆招揽来的，本身就有丰厚家业，毒害主子这样的傻事，自然不会去做。她的吃食真要出什么问题，这问题也就只能是出在石墨身上了——这丫头一天别的事不管，就专管清蕙的三餐点心，负责在小厨房和自雨堂之间跑腿传话，看着婆子把食盒送到自雨堂来。

而偏偏石墨就出身于姜家，和太和坞，也不算是没有关系。焦子乔身边的大丫鬟董青，就和她沾亲带故……

知道有人要对蕙娘不利，绿松看世界的眼光都变了，只觉得四周简直是鬼影幢幢，想起谁，都觉得那个人的面目上似乎笼罩了一层阴霾。她再也不为蕙娘的异样表现而疑惑了，反而很钦佩姑娘的城府——虽然在谈的是这样事关生死的大事，但焦清蕙脸上，却依然是云淡风轻，仿佛这世上没有什么事，能够令她变色。

至少在人前，她始终都维持了这样的一层体面。至于在人后么……

绿松忽然明白，为什么姑娘这么爱静了。也许只有私下独处时，姑娘才会让一点心事流露出来；也许，她也会望着帐顶出神，也会隐隐有几分恐惧吧——同一个想要害死你的人住在一块，对谁来说，都是个沉重的负担。

但她又哪里能完全摸透清蕙的心思呢？当她望着清蕙的时候，清蕙也正望着她。十三姑娘心里始终还是有几分不得劲：可以绝对信任的几个长辈，对她的帮助都极为有限；不把自己的心事告诉绿松，这丫头就不能完全帮上她的忙，有时候，更会无意间成为她的阻碍。毕竟，虽然身份有别，绿松只能听从她的吩咐做事，但情愿去做与不情愿去做，结果可能截然不同。尤其绿松一直很有自己的主意，虽然出发点几乎都是为了她好，但她有时也会自作主张，替自己做主。

可绿松真的值得自己的这份信任吗？或者这个深受自己信重的大丫头，也有一个不得不除去自己的理由呢？毕竟，知人知面不知心，这可是最难说的一件事……

蕙娘闭上眼，她忽然有几分轻轻的战栗，竟险些激起绿松的注意，但好在焦清蕙并非常人，她很快又控制住了自己。当绿松结束沉思，抬起头时，她已经又摆出了一副无可挑剔的淡然表情。

主仆两个都是藏得住事的心思，这一席长谈，不过给蕙娘留下了一双淡淡的黑眼圈；心思不细，都很难发现得了。合家上下，也就是教拳的王供奉问了清蕙一声："有心事？"

王供奉平时笑眯眯的，似乎什么都不在意，其实她练武的人，眼力又好，心思且细，真正是明察秋毫。蕙娘平时身体有一点异状都瞒不过她，被这么一问，只好敷衍着笑道："昨晚贪吃一口冷茶，倒是起了几次夜……"

王供奉也就没有追问，手底下拳势不停，口中淡淡地："你这个年纪的姑娘了，有点心事，也是人之常情。不过，你一向是很有打算的人，想来，也是很懂得为自己打算的。"

要不是焦家权倾天下，恐怕也请不到王供奉坐镇。她出身沧州武学名家，家境富裕，因少年守寡，一辈子潜心武学，在行外人中虽寂寂无名，但据行家推举，即使在沧州当地，身手也是排得上号的。会到焦家坐馆，其实还是为族里将来前途着想而已。虽在焦家居住，平日里待遇有如上宾。但王供奉平时惜言如金，除了武学上的事，其余事情几乎从不开口；会说出这样的话来，已经是对蕙娘的提点。

清蕙心中一暖，低声道："多谢先生指点，我心里有数的。"

王供奉瞅了她一眼，似笑非笑："有数就好。女人这一辈子，还是看男人。要不然，纵使家财万贯，活着又有什么趣儿呢？"

这话带了武学人家特有的直率粗俗，却令人没法反驳：王供奉本身就是这句话最好的注脚。清蕙想到自己将来那门亲事，以及将来那位夫君，一时间倒对未来少了三分期望。她轻轻地叹了一口气，摇了摇头，却没接王供奉的话茬子：要是没有焦子乔，自己还能挑肥拣瘦的，在亲事上多说几句话。现在这种情况，家里人固然也不会给她说一门极差的亲事，但要说"可心"两字，那却难了。

从拳厅回来，她去了谢罗居。这一次，谢罗居里就比较热闹了：按焦家的作息，三位姨娘也都已经吃过了早饭，到了谢罗居，给四太太请安。

昨天才刚回来，五姨娘一时怕还不知道家里的事儿。今天看到蕙娘，她的脸色就淡了一分，连招呼都不那么热络：清蕙虽然没有直接为难太和坞，但底下人在处事上稍微有点偏向，就会被老太爷大耳刮子打得血流满面。作为太和坞的话事人，五姨娘心里肯定也不是滋味。

小户出身、少年得意……清蕙从来都懒得拿正眼看五姨娘，就是现在，她也不打算给她这个体面，五姨娘对她热络也好、冷淡也好，她总归是还以一个客套的微笑。就同三姨娘，也不过是眼神打个招呼。

三姨娘欲言又止，眼神里内容丰富——昨日蕙娘派绿松盘问符山，这是瞒不过她的。蕙娘只作不知道，在四太太下首坐了，笑着同四太太说了几句家常话。四太太倒是没注意到她的黑眼圈，径自和女儿叨咕："宫中召见，也不知为了何事。眼看都要进腊月二十了，还这么着着忙忙的，令我明天务必进宫。按说就是有事，正月觐见时稍微一留，什么话不都说完了？"

宫中召见为了何事，从前蕙娘不清楚，这一次，她心里是比什么都明白。只是连四太太都不明白呢，她有什么明白的缘由？只好也跟着不明白："想来也不是什么要紧事儿，也许就是听说咱们出孝了，想和您叙叙旧吧？"

四太太为焦家唯一内眷，自然受到宫中众位妃嫔的垂青——这也都是面子上的事。朝中重臣，有不少人家的女儿曾在宫中为妃，焦家虽然和宫中并不沾亲带故，但联系一向也还算得上紧密。尤其是清蕙刚长成的那几年，先帝很喜爱她的琴艺，曾多次奉诏入宫面圣；现在焦家出了孝，宫中有所表示，也是很自然的事。

"若只是叙旧，也不会这么着急。"四太太看了蕙娘一眼，若有所思，却也没再说什么，只是笑着同刚进来的文娘打了招呼，又问五姨娘："今儿怎么没把子乔带来？"

"昨晚大半夜的，闹着要吃橘子。"五姨娘叹了口气，"也不知是不是因为奴婢回来了，小祖宗闹得厉害，后半夜才哄睡了，今早就没给叫起来。"

清蕙、令文两姐妹，从小起居定时，家里人养得娇贵，什么都拣好的给，管得却也严格，休说打滚放赖，就是稍微一挑食，焦四爷眉头一挑，下一顿就是"姑娘最近胃口不好，清清净净地饿一顿，也算是休息脾胃了"。那时候四太太对孩子们的管教，也要更上心一点儿。哪里像现在这样，焦子乔就被放在太和坞里，由五姨娘一个小户出身的下人管着，倒是养得分外娇贵。四太太就是一早一晚和他亲近亲近，仿佛逗狗一样地逗一逗，就算完了。

蕙娘见嫡母漫不经心的样子，不禁在心底叹了口气：父亲的病拖了这些年，到去世前半年，每天都像是从地府里抢来一样，说句老实话，大家对他的去世也都有了准备。连老太爷，虽然悲痛，却也看得很开。唯独母亲，先失子女，到如今连丈夫都已经失去，即使已经过了两年多了，却似乎依然没有从阴影里走出来。别说整个焦家内院了，就是她自己的谢罗居，似乎都没什么心思去管。什么事，都是两边和和稀泥，也就算是尽过心了。

这一次自然也不例外，四太太不大在意："不就是蜜橘吗，传话下去，从浙江上来那也就是几天的事。我这里还有大半盘呢，先送过去给子乔吃着。只别吃多了，那毕竟是生冷之物，由着他吃，容易腹泻。"

焦子乔没来请安，或者的确是因为昨天没有睡好；但没有睡好，是否因为缠着五姨娘要蜜橘吃，那就实实在在，的确是未解之谜了。四太太看来丝毫都不介意自己屋里的下人被老太爷打发出去。五姨娘一击不中，也就不再纠缠："他小孩子一个，可别惯着他了。大过年，打墙动土地从浙江送，可是份人情，就为了他贪嘴，那可不值当……"

文娘心底是不喜欢五姨娘，可当着她的面倒并不表现出来，她眼神里的鄙夷只有蕙娘看得出来："这说得也是，弟弟难得喜欢成这样，横竖我也不大爱吃蜜橘，回头姨娘派人到花月山房去要。几斤橘子，大年下无谓麻烦别人，弄个千里送荔枝的典故就不好了……我们姐妹从前也是这样，底下人送来的东西，就是喜欢，轻易也都不再索要的。不过家里还多着呢，也不必委屈了子乔。"

这摆明了是在讽刺五姨娘拿了子乔当令箭，也不知五姨娘听出来没有。她略带尴尬地笑了。焦太太摆摆手："好啦，既然子乔不来，那咱们就先吃饭吧。"

几个姨娘顿时都不吭声了，一个个都站起身来，又给焦太太行了一礼，这才退出了屋子。

从谢罗居出来，文娘就跟着蕙娘回了自雨堂。"瞧她那样，才回来就找场子——呸，也不照照镜子，她是哪来的信心，还真以为自己是个主子了。"

她又冲姐姐撒娇："姐，我今天说的那几句话好不好？"

"前头都还好。"文娘难得求教，蕙娘也就教她，"最后那句话，意思露得太明显，也没有必要。咱们怎么做的，太太看着咱们自然能想起来；她要想不起来，你这么一提，她也还是想不起来。"

文娘若有所思，垂下头不说话了。蕙娘也不理她，令石英去专管她那些名琴保养的房间那里搬了天风环佩来，自己在那里细细地调弦。过了一会儿，文娘东摸摸西摸摸地，也寻了她屋里小巧器皿来玩，一边和蕙娘说些闲话："我今天过来，怎么没见绿松？"

"她前几天咳嗽了几声，"蕙娘说，"这两三个月她也累得慌，我令她在下处休息几日，等大年下，又有好忙的了。非但她，连石墨、孔雀她们，都能轮着休息休息。今年大年，肯定那是最忙的了，人家年节不能跟着休息，年前休休，年后休休，心里也就念主子的好了。"

顺便又教妹妹："家里怎么管人，那是家里的事。花月山房是你的一亩三分地，底下人最近风貌如何，对上头有没有怨言，你心底都要有数。你能把她们安顿好了，她们服侍你自然也就更尽心。"

文娘吃亏就吃亏在没有亲娘，四太太又是不在这些事上用心的；老太爷和焦四爷精力有限，只能管得了蕙娘一个。她虽也聪明，但这些事上只能依靠蕙娘得闲教她一点。平时家里延请来的管教嬷嬷只教礼仪，哪里会管这个？听蕙娘这么一说，她倒没和从前一样不服气，大抵是也知道丫头服侍得尽心不尽心，同自己的生活质量很有关系。一句句地听了，又寻出别的话来和蕙娘说："明日娘进宫去，也不知道为的是什么事儿？"

一边说，一边就偷看蕙娘。蕙娘嗯了一声，往手上涂香膏，一边敷衍妹妹："我也不知道，你猜是为了什么事？"

正如她猜测，文娘被她一语提醒，现在恐怕是真的惦记上了姐姐的婚事。她既然不喜何家兄弟，当然希望姐姐能成其好事，自己就又能从容挑人了。小姑娘在姐姐跟前，从来不拿腔作势，她立刻趴在桌上，一边斜着眼打量蕙娘的眼色，一边神神秘秘地道："我看大家都费猜疑呢，我也就没说话了。其实我看啊……这事也简单，来年也许就要选秀，宫里肯定也心急呢，这一次进宫，肯定是要问你的婚事。"

这个小丫头，说她深沉，她有时候轻浮得让人恨不得一巴掌刮过去。可说她浅薄，她眼神有时还真挺毒辣。蕙娘不置可否，哼了一声，轻轻地拨了拨琴弦："你听不听？若不听，我也就不对牛弹琴了。"

"我知道你不好意思自吹自擂，往自己脸上贴金。"文娘当没听到，自顾自地往下说，"其实也简单得很，宫里选秀，按理是在直隶京畿一带甄选名门闺秀，充实后宫。要不然也就是往江南一带找……三年一选，皇上登基后已经有一次没选了，谁也拿不准这次选不选。要选，没有不选你的道理。"

她的语气又有点酸了："先帝夸了你那么多次，要不是当时子乔没有出生，现在你说不定连贵妃位分都有了……宫中不是还说，连皇上都觉得你琴弹得好？你要进宫，我看没有两年，别人的脚都没地儿放了。宫里那位的性子你也清楚，提拔杨宁妃，那是因为那时候她爹还没太起来。现在她爹入阁了，她又生了儿子，那位对她也是又拉又打的。咱们这样的身份，她哪会放心让你进宫呀。就是别人，也巴不得你快点说个人家算了。说不定，这次进宫，就是为你说媒的呢。"

皇上当年还是太子的时候，的确在帘子后头，和先帝一起听过一曲清蕙的琴曲。

"那时候你还小，根本就不懂事。"清蕙叹了口气，"先帝多番说我，也不是就为了我的人品，里头文章复杂得很……"

"我不懂事，"文娘道，"宫里那些娘娘们肯定也和我一样不懂事，你瞧着好了；等明儿娘回来，你瞧我猜得对不对！"

她又是酸溜溜，又有点幸灾乐祸，还有一点淡淡的担心，语气倒狠起来："要是硬要保媒，把你说给阜阳侯、永宁伯家里那些纨绔子弟，出身够了，为人也挑不出大毛病。娘耳根子又软，要给了个准话，连祖父都不好插手……到时候，我看你怎么办！"

蕙娘又好气又好笑——这个文娘，恐怕是很担心自己嫁不成何家，她就要同何芝生过一辈子，所以自己没急，她倒是着急上火得很。"你以为人家是傻子呀，说这么一门亲，以后他们家和我们家还怎么见面？大家都是场面上的人，他们自己也不是铁板一块。牛家刚和桂家闹翻了，把桂统领家那个宝贝一样的姑奶奶给得罪得透透的，他们敢再得罪我们焦家？"

"可皇后又没得罪桂家——"文娘有点不服气，嗫嚅着说，话出了口，自己也就跟着明白过来，"哦，她现在就更不敢给太后留个话口子来对付她了……牛家可正少个帮手呢。"

"再说，就你刚才说的那两户人家，平时和我们没什么往来，又是当红的军中勋戚。"蕙娘淡淡地说，"军政贸然结亲，不犯皇上的忌讳才怪。他们不会那么傻的，要说亲，也一定会说一户极妥当、极合适的亲事。"

这其实已经是侧面承认了文娘的猜测，文娘立刻就动起了脑筋："又要身份高，又要……又要和你人才匹配，又要不介意咱们家人口少……这，我可想不出来了，还能有谁呀？"

要在从前，蕙娘自己其实也没想出来，祖父和她说起时，她还吓了一大跳。现在她面上就能保持淡定了，只在心底狠狠地叹了口气，才几乎是咬牙切齿地道："我也不知道，我还巴不得他们想不出来呢！"

第五章

秦晋之好

蕙娘能想到的，四太太也许还想不到；可文娘能想到的，她要都想不到，那这个豪门主母，也的确就当得太失职了一些。进宫一路上她都在考虑：宫里在腊月里忽然来人，肯定是有用意的，没准就是为了蕙娘的亲事。

究竟是哪家的面子这么大，还能请动宫里的娘娘出面保媒呢？

自然，以焦家身份地位来说，后宫妃嫔见了她，从来都是客客气气的，但这并不代表一般官宦人家，也能令宁寿宫、坤宁宫同时传话过来，将她请去相见。

宫中地方宽敞，按例道边又不允许植树，从车里一出来，四太太就觉得风直往骨头缝里钻。两宫客气，派了暖轿来，要将她接到宁寿宫，四太太犹豫了一下，也没有回绝。

还在轿子里，她就犯起了沉吟，待进到宫，一眼见到权夫人、孙夫人、牛太太等人笑吟吟地在众位妃嫔下首陪坐，牛淑妃、杨宁妃都到了不说，连这几年很少露面的太妃都被邀出来，即使四太太见惯场面，也不禁有几分受宠若惊。更是又好气，又好笑：就为了防备清蕙进宫，这些妃嫔们闹出这么大的阵仗，也实在是太给面子了吧。

按焦阁老的辈分，四太太在皇后跟前还算得上是半个长辈，同太后那都是平辈相交。她作势才要行礼，太后、太妃都笑道："几年没进来，倒是都生分了！还是免了吧！"

四太太坚持跪下来，把礼给行完了，这才笑道："臣妾见了娘娘们，哪有连礼都不行的道理。"

她又给皇后等人行礼，皇后却并不谦让，只微微侧着身子受了，众人倒有几分诧异。余下牛淑妃、杨宁妃，都不敢受四太太的礼，纷纷站起来笑道："您不必这么客气！"

就这么客套了一阵，彼此这才安坐说话，也无非说些当年如何给焦四爷治病下葬的事，连太后都叹息："四爷是极好的人才，他不出仕，先帝心里是很遗憾的。可惜被这病耽误了，也是命薄。"

即使明知道都是社交场上的客气话，四太太还是红了眼圈："他没福分也就算了，其实我们心里最对不起的还是公爹。又让他老人家，白发人送黑发人……"

众人都叹息了一番，皇后要说话，却被她娘家嫂子——也是杨阁老家的二姑奶奶，以眼神止住。四太太看在眼里，心底自然有几分诧异：都说皇后这大半年来，思绪有几分恍惚，平时说话做事，渐渐地没那么得体了。今天一眼看去，她人还是收拾得一丝不苟的，还当终究不过是谣言。不过，看孙夫人的表现，难道……

"也还是有福分！究竟是留了个男丁。"太后却显得很精神，甚至有几分兴致勃勃。她今年也有五十岁了，可鬓边头发，竟没一丝斑白，看着说是四十岁的人，也一点都不过分。"叫什么名字来着？今年也三岁多了吧。"

"小名子乔，刚刚两岁多一两个月。"四太太说。

太后和太妃对视了一眼，太妃忽然叹了口气："可惜了，要是早生几年，蕙娘就不至于耽搁到这个年纪了。翻过年也十七岁了吧？从小就得先帝的喜欢，还没桌子高的时候，就时常进宫来了。小小年纪，就弹得一手好琴……怎么样，四太太，明年选秀，你可别舍不得蕙娘，该是咱们宫里的，迟早是咱们宫里的人，也该让她进来，再耽搁不得喽。"

其实，按一般选秀的条件来说，蕙娘过了年十七岁，已经算是有点超龄了。选秀稍微一限制年纪，不选她也是很自然的事。不过，该怎么选，那就是宗人府的事了。现在宫中女眷不在宗人府那里下功夫，恐怕还是因为皇上那边，有不一样的看法……

这种种思虑，在四太太脑中一闪即逝，她却也没有往深里想——自从夫君去世，已经很少有什么事情能引起她的兴趣了。她按公公的吩咐，笑着推拒了一句：

"她那个性子，哪里适合入宫。再说，家里人口少，她祖父也就最宠着她了。要是进了宫，终究不便相见。老人家性子执拗，早就发了话，就算要选秀，他拼了多少年的老面子，也要和宗人府打声招呼，放过蕙娘呢。"

杨宁妃和牛淑妃对视一眼，就连皇后，神色都微微放松：不管蕙娘进宫后会不会受宠，后宫的一亩三分地里，已经有够多大神了，再来一位，挤挤挨挨的，谁都不会太舒服……

"既然这么说，"太后也笑了，她看了权夫人一眼，"我就冒昧保个媒了。也是我老婆子多事，见到这落单的金童玉女，就忍不住想唱一出《定婚店》，把个月老来当。今早良国公夫人进来看我，正好大家都在，一说起来，也都觉得小两口般配得很！皇后，你说是不是？"

皇后也笑得很真诚："您说的，那还有假？我心里也犯嘀咕呢，权神医这都打了多久的光棍了，怎么良国公夫人还不给物色媳妇，敢情是太忙，又或者是太偏心，竟把这茬给忘了？被您这一提，我才明白了，原来天生的缘分，耽搁到了现在，是在等她呢！确确实实，不是权神医，也配不上蕙娘这样的人品；不是蕙娘这样的人品呀，也配不上他权子殷！"

即使早在太后那一眼时，心里多少就已经猜出了端倪，但直到皇后这么一开口，四太太才最终肯定了权家提的是次子权仲白，并且更是请动了这一宫的女眷来为他壮声势，太后亲自做保山——权家人还是这样，不行事则已，一出手，就是震惊四座的大手笔……

不过，权家也不是谁都有这个面子的，即使换作长子伯红，能否请动这一宫人也不好说。四太太环视一圈，心里早打起了算盘，面上却显得很吃惊、很谦虚："不是我妄自菲薄，蕙娘条件是不错，可要配国公府的宝贝仲白，恐怕还差了那么一截吧……"

这是谦虚，也不是谦虚，良国公是开国至今唯一的一品国公封爵，世袭罔替的铁帽子，在二品国公、伯爵、侯爵等勋戚中，他们家一向是隐然有领袖架势的。这一两代虽然没有女儿在宫中为妃，但也没停过和天家结亲的脚步。不论是皇后娘家孙家、太后娘家牛家又或者是太妃娘家许家、宁妃娘家杨家，在权家跟前，都还是输了三分底蕴，就更别说焦家这样崛起不过三代，连五十年都没过，人丁又很单薄的门户了。从门第来说，即使焦阁老权倾天下，但焦家还是输给权家一筹。

从人品来说，蕙娘是够出挑的了，容貌才情无一不是万里挑一，可权家次子仲白也是一样的人中龙凤。他是良国公原配所生，外婆是义宁大长公主——四太太恍然大悟，这才明白为什么阜阳侯夫人特地上门来看清蕙，那可是权仲白的姨母——也有皇家血脉。虽然权仲白不入文武之道，也没在朝廷供职，可上到宫中妃嫔，下到文武百官，没有谁不争着和他结交；权家本来就高贵不错，这些年来却是因为他变得更加吃香。

就是皇上对他，也都是哄着拍着。他不进太医院，好，从先帝开始，两代皇帝特旨他可以随时入宫面圣，任何人不得阻拦。他不受一般金银赏赐，好，香山脚底下给他划了一个药圃，说是药圃，却比一般公侯府邸都大。这种种超卓待遇，全凭的是他的本事、他的能耐——生死人，肉白骨。全天下的人都知道，这病只要还能治，权神医就能把他给治好。

偏偏就是这样的人，夫妻缘上却很坎坷，当年为给先帝治病，耽误了自己原配的病情，只能匆匆过门冲喜，可据说成亲时女方已经昏迷不醒，才成亲三天，原配夫人就黯然去世。一般妻子去世，丈夫只用服一年斩衰丧，可权仲白硬生生服了三年。从出丧开始，说亲的媒婆就没断过往国公府的脚步。没承想，就是前两年，焦家还在孝中的时候，权家给他物色的续弦，才定亲不多久，又染了时疫，一病就那样去了。权仲白当时人还在外地，收到消息时自然已经来不及。这都三十岁的人了，膝下犹虚，说实话，要不是这样，恐怕权家也不至于来说清蕙。蕙娘虽然样样好，但要做他权家媳妇，身世上的硬伤真是个问题。焦阁老望八十的人了，还能再活几年？良国公的爵位却是一代传一代世袭罔替。按权仲白的抢眼表现，还有些事，可很不好说呢。

不过，这门亲事也的确太有诱惑力了。不论是对蕙娘本人，还是对焦家来说，都要比原本的选择好上几倍。何家固然还算不错，可和权家比，简直是黯然失色……

毕竟是自己看大的，能把蕙娘嫁个好人家，四太太如何不做？忽然间，她有些庆幸：还好蕙娘本人还没对何家亲事吐口，不然，对何家就有点交代不过去了。她还是很熟悉老太爷的性子的，为了抓住权家这个盟友，别说何冬熊是他门生了，就是他的老师，恐怕老太爷都不会顾这个情面。

权夫人自然是回了几句客气话，把蕙娘夸得和一朵花似的。事实上她特地把这群人撮弄起来，已经证明了权家的诚意。四太太也就没有再斟酌言辞，她也没给准话，只是笑着推说："蕙娘的事，还要她爷爷点头，老人家太疼爱孙女了，连我都做不了她的主。"

这种事情，也不可能当场给个答复。看四太太神色，便知道她自己对权仲白肯定是满意的。权夫人和她眼神一对，彼此一笑，其余人等也都很满意。太后扫了皇后一眼，便开口把话题给扯开了。

"今年，吴家的嘉娘也有十六岁了吧？她这几年倒是少进宫来，听说也是生得国色天香的，可有这么一回事吗？"

太妃笑着说："我们幽居宫里，自然说不出所以然来，还是请几位诰命说说吧。应该都有见过她的。"

次次选秀，自然都要挑选名门淑女。像蕙娘这样，条件好得令所有人都感到危机的，终究只是少数。吴家的嘉娘生得相对没那么美，家世没那么显赫，反倒得到长辈的喜欢。尤其是太后、太妃身边，都有容貌出众的妃嫔，再抬举一个，也不觉得多么过分。

不过，对焦家来说，吴家出个娘娘可不是什么好事，四太太笑而不语，便拿眼神望向了权夫人、孙夫人。

权家究竟有没有诚心结这门亲，就要看权夫人的表现了。

每次从宫里回来，权夫人都累得太阳穴突突地跳。这一回自然也不例外，在炕上歪了半天她都没缓过来，甚至还觉得后腰有些酸楚，左翻右翻都不得劲。正好她女儿瑞雨过来请安，便主动跪在炕边给她捶着，权夫人便打发丫头小黄山："去香山把二少爷请来，就说我的腰又犯疼了。"

她犹豫了一下，还添了一句话："贴了他给的药膏，也都还不管用。"

等小黄山出了屋子，权瑞雨便细声细气地冲母亲抱怨："二哥也是，一句腰痛，怕是请不来他，非得您添了后一句，他才当回事吧。就是这样，从不从香山回来，我看也都还是没准的事。"

她是权夫人的老生女儿，一贯比较受宠，和权夫人咬耳朵告刁状也不是一次两次了。这一次，权夫人却没惯着她的脾气，一拧眉："你当你二哥在香山是成日里游山玩水吗？他平时多忙你也不是不知道……成天没事就会告哥哥们的状，他又怎么得罪你了？是上回回来没来看你，还是又不肯给你买什么金贵的小玩意了？"

瑞雨嘴巴一嘟："我想去探姐姐，刚好这不是二哥也要过去给姐姐扶脉吗。让他把我捎带过去，完事了再送回来，能费他多少事？他就硬是不肯！"

权夫人的大女儿权瑞云，就是杨阁老的独子媳妇。权家这一代，就这两个女儿，姐妹俩的感情一直是很好的。

"你也快到说亲的年纪了，想见你姐，月子里我自然会带你过去。没个长辈领着，就这么登杨家的门，传出去了难道好听吗？"权夫人扫了权瑞雨一眼。

小姑娘不说话了，过了一会儿，又嘀咕着问："这回进宫，您事儿办得如何？"

"还成，"权夫人不禁挺直了身子，又嘱咐了女儿一遍，"你哥这一阵子都没过来，应该是还没听到风声，一会儿等他进来……你该怎么做，心里可有数了？"

权瑞雨咬着下唇，眼珠子咕噜噜地转，过了一会儿，她才轻轻地道："您就放心吧，我知道该怎么做的……哎，就为了焦家那个姑娘，您这样费力巴哈的，又是进宫请人情，又是这么拉我唱双簧的，值当吗您——"

话音刚落，院门一推，院子里多了一抹青影。权夫人猛地掐了女儿一把，权瑞雨眼里顿时蓄起了一泡泪，她拿手背一抹，眼圈儿这一块的粉就有些糊了。权夫人刚把一块手绢撂过去，权仲白就进了屋子，他关切地给权夫人行了礼："听说您腰眼又犯疼了？"

"才要给你送信呢，"权夫人也不急着让儿子问诊了，"怎么就回来了？是皇上又叫你？"

权仲白平时虽然在香山住，但因为皇上身子骨不大好的关系，他在宫中留宿的日子也不少。

"那倒不是，是定国侯老太太又不吃饭了。"权仲白捏一捏眉心，轻轻地叹了口气，"水米不进，已经三天啦。"

在他少年时期，京中就曾传说他是"魏晋佳公子再世"，近一两年来，这样的说法倒是渐渐未听人提起，却并非因为他丰姿稍减，而是人人一听权仲白三个字，心底自然而然便能想到魏晋风流。这三个字已经取代了许多形容，从前京里夸人生得好，都说生得"俊朗温润、朗然照人"，现在么，往往只夸一句话——"令郎生得好，有三分似权家的仲白神医"。似乎只这一句话，便抵得过无数溢美。

权夫人自己是时常能见到儿子的，从小带大，再美的容貌也都能看厌了，可就是这轻轻一口气叹出来，就像那被风吹皱了的一砚水一般，永远在他周身动荡流转的风流，竟似乎也随之四溅而出，洒了一墙一地，休说身边丫鬟，就是她心底，也不由得有几分感慨：可惜叔墨、季青，生得虽然也不错，却没有一个，能比得上仲白！

"那的确是得上门看看了。"权夫人也长出一口气，"可怜孙夫人，自己家里事情这样多，还要进宫给皇后撑场面……她的失眠症，现在还没好？"

以权仲白的医术，自然是后宫女眷们求医问药的不二人选：他对后宫秘事，知道得也一向比谁都要清楚。皇后自从年初就开始闹失眠症，最严重的时候，几天几夜地睡不着，连人都是恍惚的，说出口的话又怎么可能滴水不漏？现在虽然比从前好些了，但要和几个宠妃、长辈短兵相接，一并接见几个重量级诰命夫人，恐怕还是心有余而力不足，不能思虑得太周全。身为娘家嫂子，孙夫人是肯定要进宫给她撑场面的。

权仲白未有答话，他似乎已经意识到了不对，一边眉毛向上一挑——风流便俨然跟着这动作往上跑："您才从宫中回来？"

一家人，无谓玩心计弄城府，她从宫里回来最爱犯腰疼，权仲白是知道的。现在腊月深处，无事不进宫，进宫必有文章，这也是瞒不过他的。权夫人也答得很坦然："可不是？说起来，孙夫人还是我请进宫的呢，为了给你说个媳妇，还真是费了不少心思。"

只这一句话，屋内温情的气氛顿时不翼而飞，权神医的反应很激烈，他猛地站起了身子："你们怎么又自作主张——"

或许是意识到了这样的语气不大合适，他闭上眼，深深吸了一口气，俊容上怒意渐敛，再开口时，已经是一片冰冷，甚至是端出了对外人的态度——虽然无一语鄙薄，但只是眉宇之间，就已经透出了拒人于千里之外的清高与尊贵。

"我也不是个孩子了。"权仲白淡淡地说，"从一开始，你们就没能在这件事上做了我的主，眼下自然也不能例外。不论说的是谁，我看，您还是算了吧。"

只看他的神色，权夫人心底就能明白：这个桀骜不驯的二儿子，已经是动了真怒。这番经过极度克制后，不容分说的通牒，自然也在她意料之中。她看了权瑞雨一眼，也是分毫不让："婚姻大事，自然是父母之命，媒妁之言，哪有你耍性子的余地。不说别的，只说你大哥，现在已经是三十往上了，膝下还没有男丁。你到现在还不肯娶妻，谁来传承你母亲的血脉；到了地下，我怎么和姐姐交代？"

没等权仲白回话，她又抢着加了一句："更别说你没有妻室，底下的弟妹们能够说亲吗？你父亲的意思，叔墨、季青的媳妇，决不能越过了你的媳妇去，说亲得按序齿——"

几句话，就把气氛给逼得间不容发。权夫人看了女儿一眼，一时间语气竟又软了下来，多少带了些感伤："瑞雨今年也是十四岁的人了……还能再陪你耗几年……"

瑞雨眼底本来就已经红了，不知何时，珠泪已是盈盈欲滴，越发显得眼周脂粉狼藉，想必先前是在母亲身边哭了一遍的。见权仲白向她望来，她便垂下头去，使劲地把眼泪往肚里咽，又拿手绢抹脸。这点倔强，倒衬得她格外的可怜。

权夫人看了儿子一眼，长长地叹了口气："你当我愿意逼你吗？你还不知道你爹的性子？叔墨、季青，耽误几年是几年，我也都随它去了。可瑞雨就不一样了，女儿家一耽搁，那就不值钱啦……"

第六章

杀机初现

才清静了两年，焦家的这个新年就又忙碌了起来。从初一到初十，焦四太太忙得是脚不沾地。焦老太爷就更别说了，来见他的各地官员，从初一起就把焦家二院坐得满满的，论资排辈地往下排，最后连门房里都有人候着——这几年朝廷里不太平，杨阁老府上也是一般的热闹。

要在往年，蕙娘还能帮着母亲招待客人，可现在她是没出阁的姑娘，正是议亲的时候，就不大方便抛头露面了。即使如此，等应付完了来拜年的各色人等，到了要吃春酒的时候，四太太还是令蕙娘白日里在谢罗居坐镇："我光是四处吃酒就忙不过来了，这段日子，底下人要有什么事往上报，就让她们给你回话吧。"

曾经是要接过家业的人，对这个家是怎么运转的，蕙娘自然心里有数，她从容答应下来，并不去看五姨娘的脸色：焦家行事，自然有一定的规矩，将来四太太就是忙不过来，把事情交给身边的大丫头绿柱，那也轮不到一个姨娘出头管事。就是要管，三姨娘还在前头呢……

但四太太这样想，五姨娘未必这样想，她的脸色有些不好看，咬着下唇并不说话。四姨娘扫了她一眼，又和文娘对了个眼色，两个人都偷偷地抿着嘴笑。

四太太不是没看见，是懒得管，她留下蕙娘单独说话："这次进宫，太后问起了吴家的兴嘉，我和权夫人都没说什么好话。对她的选秀，那肯定是有妨碍的……正月里要是有什么场合和她碰面，你心里可要有数。"

吴兴嘉过了年十六岁，在京城也算是大闺女了。迟迟没有定亲，就是因为有意选秀入宫，这一点，几家都心知肚明。也就是因为这一点，她才特别讨厌蕙娘；现在蕙娘自己不进宫，却还要来阻她的青云路，以她的性子，对焦家的恨意自然上了一层楼。蕙娘微微一笑："她爱冷嘲热讽，由着她去，娘就放心吧，我和文娘都不会搭理她的。"

"你父亲在世的时候，就很看不惯吴家人的做派，"四太太淡淡地说，"不搭理归不搭理，可也不能弱了我们焦家的面子。"

这就是在给清蕙定调子了。蕙娘不禁莞尔："您一辈子也就是看不惯吴家了。"

"我看着她们母女盛气凌人的样子就生气。"四太太想到宫中场面，唇角不禁微微上翘。"就让你知道也无妨，吴家其实也是打了进退两便的主意，若进宫不成，他们曾经和权家也是有一定的默契在的。现在却怕要两头落空……看宫里是怎么传这事的吧。要是保密功夫做得好，话传得妙，只怕还有好戏看了。"

四太太话风其实很紧，进宫回来有十多天了，因老太爷没开口，她也一直都没提起权家的事。要不是清蕙这几个月已经把大小事情都经历了一遍，她也不知道实际上此时权家已经对焦家抛出绣球，到四太太露口风的时候，可能祖父心意都已经定了。

蕙娘从前也没追问，此时倒不禁低声嘟囔了一句："好像谁乐意抢她的意中人似的……"

看来，十三娘兰心蕙质，已经悟出了自己的意思。

四太太眼神一闪，她笑眯眯地逗蕙娘："怎么，和他比起来，你难道更中意何家大少爷？这可是打着灯笼都找不到的好亲事，你还挑得出什么不是不成？"

要挑不是，鸡蛋里都能挑出骨头来，焦清蕙眼睛一闭，就能说出权仲白的千般不是：到底不是正经的文官武将，虽然现在风光，却不是什么正路子，在良国公府，他有几分话语权，那还是难说的事；虽说原配过门三天就去世了，说不定连房都没圆，可自己过去就是继室了，名分上始终差了一头；权家财雄势厚，在官场无所求，也就无须对焦家服软，比起嫁去何家，自己要更步步小心；还有……

还有她心底最介意的一点，就是在有些刻薄人口中，权仲白是有克妻命的：从阎王爷手里抢了太多人命，阎王爷也要从他手里抢条把命走。

第一个达氏是一场大病落下病根，病情反复未能控制住，病死的，他当时在宫里没能赶上；第二个是藩王亲自养大的外孙女，定了亲偶然淋了雨，染上了时疫，发高烧没能止住烧死的，藩王封地在山东，等他收到消息，人都已经下葬了。从前不说什么，那是因为权家没开口，她不可能未卜先知，给母亲、祖父打预防针。那岂不是自作多情得可笑了？即使再被动，也得等长辈们询问自己意见时再说话，没想到该来的还是来了——

清蕙才要开口，望了母亲一眼，却又改了主意。

她从小和四太太在一块，难道还不明白嫡母的心思吗？说得难听点，四太太挪一挪屁股，她都能知道母亲是要拉屎还是放屁。只看母亲的表情，便能知道，她固然是疼惜自己，有更好的机会送到手边，也会为她略事争取。但要四太太为了她去大费唇舌地说服老太爷，再重为她物色一门婚事，那就实在是太为难她了。

"我都有几年没和他打照面了，还能挑得出什么不是吗？"蕙娘不免有几分悻悻然，极为难得地，这句话冲口而出，竟没过脑子。

四太太顿时被逗笑了："你这个鬼灵精……行啦，娘知道你的意思！"

清蕙一时不由大急——原本她和权仲白那次见面，可不大愉快，她几乎被气得七窍生烟。这一次要再被气一气，她可没那份闲心！

刚想说些什么打消母亲的念头，稍一寻思，却又还是算了。四太太拍了拍她的手，笑得很有含意："今天这事，你还得先瞒着你姨娘一阵子。等我们这边定下来了，我和你说，你再亲自同你姨娘说去。虽说没过媒证都不好宣扬，但我知道她的心事，早安心一天，也是一天。"

四太太虽然一辈子命苦，但也的确一辈子都心善。蕙娘的心，一下又软了几分，她轻轻地点了点头："还是您疼她。"

还是这么会说话。四太太望着清蕙笑了笑，她忽然很想说："母女天性，你和她更亲近些，其实也没有什么。"这话到了嘴边，却又被咽了下去：也是孩子的一片孝心，就不必扫她的兴了。

她合上眼，往后一靠："给我捏捏腿吧，这几天周旋在宾客之间，连腿都走细了。何太太还一直要见你，费了我好些心思，才把她给打发走了……"

从正月初十开始，四太太便带着文娘四处出门去吃春酒。文娘天天都换最时新的花色衣裳，还问蕙娘借玛瑙："你攒了那么多好衣服，就匀我一两件穿么！免得见了吴兴嘉，我心底还发虚呢。"

事实上，由于年后就是选秀，嘉娘应该也不像年前那样频繁出来走动了。蕙娘懒得理妹妹，叫来玛瑙吩咐了几句话，把她打发到文娘那里去，不到一天玛瑙就又被打发回来了。文娘气鼓鼓地来找蕙娘告状："这个死丫头，还是这么没心眼！一到我那里就说：'姑娘要穿姐姐的衣裳，先要饿几天，把腰饿瘦了，才不显得紧绷绷的……'她什么意思！"

不过，因为蕙娘不出去，嘉娘也不出去，余下的小姐妹里，论容貌打扮，应当是以她最强，她也就是稍微一发作，便又喜滋滋地去挑蕙娘的首饰。"这个给我，哎呀，那个也好看——"

蕙娘让她去找孔雀："你知道我屋里的规矩，孔雀说能借，就借给你；说能给，就给了你也行。"

孔雀是蕙娘养娘之女，身份特别一些。要不是因为性子孤僻，一说话总是夹枪带棒的，她肯定贴身在蕙娘身边服侍，而不是同现在这样，专管蕙娘屋里的一切金银首饰器皿。

不过，正是因为她性子古怪，才最负责任。她这几年休假的那几天，连蕙娘头上身上都是光光的，任何人想从她手里抠走一件首饰，简直难于登天。也就因为如此，蕙娘的那些爱物，才没被文娘死缠烂打地全划拉到自己屋里去。

她要对付个把文娘，简直是手到擒来。文娘是气鼓鼓地来的，也是气鼓鼓地走的。一屋子丫头都笑："姑娘，您就别逗十四姑娘了，免得她回了花月山房，又偷着哭鼻子。"

蕙娘也笑了，她令石英："去和孔雀说，我新得的那对蓝珍珠头面，就给了妹妹吧。那套我终究觉得轻浮了，她戴着倒也能更俏皮一些。"

石英轻轻巧巧地应了一声，并无多余言语，转身就出了屋子。蕙娘望着她的背影，一时眼神微沉。

她身边两个大丫头，一个绿松，话要多些；一个石英，话就少得多了。

绿松多话，多是在唠叨她，要多吃、早睡，平日里少生是非……蕙娘觉得烦，但也听着暖。这丫头一辈子只能着落在她身上了，肯定是比任何人都更着紧她。

石英就不一样了，这丫头一向藏拙，就是自己，也很难摸清她心里的想法。年前自己发作焦梅那几句话，他当时不懂，过了几天，内院的消息传出去了，自然也就懂了。自己年前给石英放假，她是回了家的，到现在都寂然无声、若无其事……鹤叔这些年来年纪大了，府里的事，多半是焦梅在管。他这是不肯在太和坞和自雨堂中选边站，还是已经站到了太和坞一边呢？

今日焦梅可以纵容弟媳妇跟五姨娘沆瀣一气，令焦子乔疏远两个姐姐；可以默许甚至是暗示太和坞对所有的好东西都多拿多占挑走最好的那份去。来日，他会不会令女儿在自己的饮食里动些手脚，把毒药给搁进去呢？

蕙娘撑着下巴，随手就拿起了一个精致的黑漆紫檀木小盒子。

这是前朝僖宗做的木工活。僖宗皇帝做得不大好，木工却是一绝，他手制的这些器皿，一个个工艺奇巧，暗格里还有暗格，光是摸索着这里开开那里开开，就能消耗掉老半天的时间。

这世上很多事情也都和这小盒子一样，看来朴实无华，内里却蕴藏了无限心机，一格里还有一格，没有足够的耐心和巧劲，是很难把每一个格子都拉出来检查一遍的。

但蕙娘的手一直就很巧，她也一直都很有耐心。

文娘难得从姐姐那里得到好东西，这套蓝珍珠头面，又的确是她所钟情之物。第二天一大早她就穿戴起来，去给四太太请安，顺带和她一道出去吃春酒。几个姨娘见她春风满面的，也都笑道："十四娘今日的笑，真是从心里笑到了脸上来。"

文娘在自雨堂、花月山房外头，一向是很矜持的，经长辈这么一说，又得了蕙娘一眼，忙收敛笑意："姐姐给了好东西，自然要笑得开心一些了。"

蕙娘瞅她一眼，淡笑不语。

送走了四太太母女，蕙娘也没回自雨堂，而是在谢罗居后院坐了。她是管过家务的，不论男女管家都很熟悉，正月里事情也不多，无非就是各地上门来拜年的官儿们送的新年礼。也就是各地特产一类，因不够精细，主子们都是不吃的。蕙娘稍微一过目，便即发落下去，底下一片寂然，无人敢回上第二句话。

如是不过半个时辰，便暂时无事了。蕙娘在窗前拿一本书看，还没清静多久，石英就到谢罗居里来寻她。

"绿松姐姐让我过来传个话。"石英其实要比绿松大了一岁，她生得比绿松平庸，皱起眉来也没那么好看，"说是太和坞刚才来了个丫头，问姑娘最近怎么没戴那枚海棠如意长命锁；要姑娘不喜欢了，想给十少爷要去戴戴。"

蕙娘嗯了一声，有些讶异："这样的事，等我回去再说还不行吗，难道那边是立等着就要？"

石英扫了屋内丫头一眼，眉头蹙得更紧了，她压低了声音："您也知道孔雀的性子……她立刻就和太和坞的人吵起来了，说了好些不中听的话。绿松正好出去了，一时没听到，等我过去，话已经出口。透辉走的时候，看起来可不大高兴。"

透辉是五姨娘的贴身丫鬟，平时脾气很好，几乎很少生气，会把不快露到面上，看来，是颇挨了几句孔雀的硬话。

不过，五姨娘毕竟是小户出身，也实在是太眼浅了一点。才看到文娘从自雨堂里撬出了爱物来，她就也巴巴地跟了上去……好像多少年没吃食的鱼一样，才放个空钩，她就一口吞到了肚子里去。

唉，这样一个人，要不是生了子乔，不要说对付她了，简直是眼尾都懒得往她那里扫。

清蕙不免叹了口气，这才提醒自己：狮象搏兔，亦用全力。看不起五姨娘是一回事，自己也不能掉以轻心，免得又一次重演阴沟里翻船的惨剧。"话出了口，也不能怎么办……不过，这事也不好让娘跟着烦心，这个月她够忙了。你让孔雀等我午睡起来找我，带上那枚长命锁，我们往太和坞走一趟。"

换作是绿松在，只怕又要反问蕙娘，是否对太和坞太客气了点。可石英却淡眉淡眼，似乎对蕙娘的处理没有一点意见，她轻轻地行了个礼，退出了屋子。

过了上午，家里就不会有什么大事了，蕙娘回自雨堂睡了午觉起来，见孔雀已经候在花厅里。她稍微一整装，便带着一脸不情不愿的孔雀往太和坞去了。

焦家人口少，一样大小的花园子，别家是发愁不够住；在焦家，是发愁住不完。也许是为了添点人气，几个主子住得都很开。从自雨堂往谢罗居过去还好，要往太和坞，简直要跋山涉水——因为清蕙爱静，自雨堂僻处府内东南角，两面都环了水，俨然是自成一派。当时五姨娘有孕在身，挑院子给她住的时候，她又偏巧挑了西北角的太和坞。这两年多来，清蕙居然还一次都没踏进过太和坞的地儿。就连孔雀都很茫然：自雨堂丫鬟管得严，平时没有差事，是不许出来乱跑的；她平时又管着金银首饰，无事决不离开蕙娘专用来收藏珠宝的屋子一步。这一主一仆在花园里走了几步，居然大有迷路的意思。

蕙娘有几分啼笑皆非，她回头望了一眼，便同孔雀商量："谢罗居就在后头呢，按理说来，从这里过太和坞去，应该是打从这条甬道走更近些。要不然，咱们就只能绕到谢罗居从回廊里过去了，那路可远了些。"

要去太和坞赔礼道歉，孔雀清秀的面容上，老大的不乐意。她半真半假地埋怨蕙娘："刚才我说带个小丫头，您又不听我的话！"

养娘的女儿，自小一起长大的奶姐妹，整个自雨堂里，论起敢和蕙娘抬杠回嘴的，绿松认了第一，孔雀就能认第二。不过，蕙娘对她，是要比绿松更有办法的。

"终究是没脸的事，难道还要前呼后拥，让小丫鬟们看着你给太和坞赔罪？"她扫了孔雀一眼，"那些小蹄子们，心底还不知该怎么称愿呢。"

孔雀靠山硬、性子刁，嘴皮子还刻薄，自雨堂的小丫头们，平时都是很怕她的。被蕙娘这么一说，她也就收敛起脾气，自己赶出几步，随意指了一个路过的执事婆子，同她说了几句话，然后将手里捧着的小首饰盒交到她手上。她自己空着手昂首阔步，随在蕙娘身边，同她一道进了太和坞，这才把首饰盒接过来拿着，将那婆子给打发走了。

究竟是倨傲不改。蕙娘也懒得说她，她笑着同迎出来的透辉点了点头。"姨娘午睡起来了没有？"

以清蕙身份，亲自到访太和坞，五姨娘是不敢拿捏什么架子的。她很快就在堂屋里给蕙娘上了茶，笑盈盈地同清蕙寒暄："十三姑娘今日贵脚踏贱地……"

却未令子乔出来见过姐姐。

听着里间传出来的孩童笑声，即使清蕙涵养功夫好，也不禁暗自皱眉：五姨娘的胆子，是越来越大了。姐姐亲自过来，弟弟又没有午睡，就是见一面又能怎样；难道她还怕自己在一面之间，就能掐死子乔不成？

"姨娘客气了。"她端起茶来，浅浅用了一口，眉尖不禁微微一蹙，便不动声色地放下了茶盏。"听说今早，孔雀不大懂事，说了些不恰当的话，是我这个做主子的没教好。我是来给姨娘赔罪的，顺带为孔雀求求情，毕竟从小一块长大，请姨娘发句话，就不重罚她了。"

焦清蕙在焦家，一向是金尊玉贵高高在上，什么时候看过别人的脸色？五姨娘刚进府那一两年，也是见识过她的做派的。那时候她还是个通房丫头，不要说在蕙娘跟前有个坐地儿，见了她，还要跪下来磕头呢……

她自然免不得有几分飘飘然，却还没有失了理智。"姑娘这实在是言重了！我一个奴才身份，和孔雀其实也差不了多少。按理呢，本也不该去姑娘那讨要东西的，奈何子乔实在是喜欢……冒昧一开口，的确是没了分寸，还要多谢孔雀姑娘一言把我给喝醒了呢。"

亦算是有些城府，站起身，反而要向孔雀道谢："多谢姑娘教我道理。"

依着清蕙的脾气，她还真想令孔雀就受了这一礼，带着自己人就这么回去了。不过，孔雀在清蕙跟前，话说得很硬，当了五姨娘的面却不曾让她为难。她扑通一声就跪到地上，给五姨娘磕头："奴婢不懂事，冒犯了姨娘，请姨娘只管责骂，别再这样说话，不然，奴婢无容身地了。"

其实就是赔不是，也都赔得很硬，声音里的不情愿，是谁都听得出来的。

她的脾气，焦家上下谁不清楚，就连老太爷都有所耳闻。能得孔雀一个头，比得绿松三个头、四个头，都更令五姨娘高兴。她瞥了蕙娘搁在案边的紫檀木首饰盒一眼，下颚更圆了，站起身亲自把孔雀扶起来，亲亲热热地笑着说："我就是开个玩笑，瞧你吓的！其实一个锁头，值什么呢，老太爷也赏了子乔好些，就是小孩子娇惯，见过一次便惦记着索要……"

一边说一边解释，也算是把场面给圆过来了。又骂透辉："怎么办事的，家常我自己喝的茶，也上了给姑娘喝？你难道不知道，姑娘只喝惠泉水沏的桐山茶？还不快换了重沏！"

一个名工巧匠精制的金玉海棠如意锁，一方前朝僖宗亲手打造、机关重重的紫檀木盒，终于换了一壶新鲜的好茶，蕙娘虽然不大想吃喝太和坞里的物事，但也不能不给五姨娘面子。她轻轻地含了一口茶水，品过并无一丝异味，这才慢慢地咽了下去。"的确不值得什么，子乔喜欢，给他就是了。以后这家里的东西，还不都是他的？我们这几个姐妹出嫁之后，还得指着他支撑娘家门户呢。"

这一番对话，句句几乎都有机锋。不论是五姨娘、清蕙，又或者孔雀，其实都清楚，这个如意锁做得又大又沉，花色也很女性化，与其说是给子乔佩的，倒不如说是五姨娘看了眼热，自己想要。她闺名海棠，一向是很喜欢海棠纹饰的。

可要说她是真的眼浅得就惦记着这一点东西，那又还是小看了五姨娘。子乔出世之后，太和坞的待遇当然有了极大转变，但比起自雨堂，始终是差了那么一线，未能完全盖过清蕙的风头。本来今年出孝以后，随着上层透露出来的倾向，太和坞大有地位急升的势头，可被老太爷这么一压……就算有焦家承重孙在手又如何？老太爷的意思摆在这里，这家里说话算数的人，始终还是焦清蕙，而不是她麻海棠。

虽说是小门小户，可能成功邀得焦四爷的宠爱，五姨娘也不是没有心机的。当年因为家里多子多孙，本人看着又善生养，因此被接进府里的女儿家，可不止她一个。她也很明白，自己能和清蕙斗，能和令文斗，却决不能和老太爷斗。想要反踩清蕙，只可能触怒老太爷自讨没趣。不论是之前在谢罗居提起子乔要吃蜜橘，还是今日索要海棠锁，为的都是给自己找回场子，找回一点面子。否则，东风压倒西风，就算日后清蕙出嫁了，底下人对她的作风、她的分量心里有数，恐怕清蕙在婆家一句话，分量比五姨娘在太和坞里说的话更足。

本来么，有令文在前头，海棠锁给了也就给了。没想到孔雀仗势欺人，五姨娘心里正没滋味呢，局势一转，蕙娘竟亲自带人上门道歉——还是走着来的，没坐轿子！给了海棠锁不说，还不言不语地送了这么个稀罕的盒子，已经是给足了面子。这会儿再挑破了说一句，五姨娘也明白了就中的潜台词。

都是聪明人，都明白四太太前些时候进宫，是宫中贵人们提起了十三姑娘的亲事。转年就要出嫁的人了，和娘家人，自然是以和为贵、广结善缘。蕙娘的确能屈能伸，变脸就和翻书一样，从前看着自己，好似看着田间一个农妇，如今居然也要堆着笑和自己说话……这才是真正看懂了局势，明白了焦家的将来，究竟系在谁身上，她该修好的又是谁。只怕从此之后，她对太和坞，也不会像从前那样冷淡高傲了。

她左思右想，却始终还有三分犹豫：焦清蕙这个人，看着得体柔和，其实鼻子都快翘到天上去了。以她的傲气，真会放下架子来和太和坞修好？她的决心，有那样坚定吗？

索性又试探了一句：“子乔还小呢，怎么就说到这儿了——透辉，你怎么和个死人似的，也不把孔雀姑娘带出去坐坐。就光把人晾在那儿！”

语带双关，还是扣着孔雀……五姨娘心胸看来是不大宽广，对孔雀几句指桑骂槐的丧气话，她是耿耿于怀。

“就让她站着！”蕙娘板起脸说，“年纪越大，行事倒是越来越没谱了。我打算令她回家住一段日子再进来，也算是下下她的火气。”

孔雀委屈得咬住下唇，眼泪在眼眶里乱转，五姨娘看在眼里，心底自然爽快：这死丫头，额角生得高，眼睛只晓得往上看。要不是她娘是十三姑娘的养娘，她能当上如今这个体面的闲差？教会她知道些规矩，也好！

她并未对孔雀的处罚多加置喙，不过还是坚持令透辉进来，把孔雀带下去招待了，自己把蕙娘让到里间说话。"子乔在他屋里闹得厉害，姑娘连喝口茶都不得清静了。"

虽说也算是看得懂眼色，能比文娘强点，见自己一直不走，便明白是有话要说，但发作孔雀几句，就能登堂入室和五姨娘私话。虽然也足证五姨娘心胸还是浅薄，可反过来说，也似乎能说明她心底没鬼，所以才这样容易亲近，这样就容易看穿她的心思底细。

如果她真的想要害人，还会把自己让进内室说话，又特地上了新茶来吗？就是清蕙自己，揣想中若是易地而处，她要害一个人的话，那她肯定也会尽量回避对方，免得招致怀疑。尤其像太和坞和自雨堂这样的关系，忽然间来往密切，而后自雨堂主人立刻就遇害，太和坞不被怀疑才怪。

五姨娘虽然不聪明，但也没有笨到这个地步吧。

但人都已经进了屋子了，绕了几个圈子，她还是揭开了自己的来意："您也知道，太太年前、年后都进了宫。三姨娘这一向都没从她口中探听到什么消息，我也不好问……"

五姨娘一下笑得更开心了："这有什么不好问的，大姑娘到了年纪，惦记亲事，那是天经地义！"

"就是问，那也未必能问出个结果。"蕙娘秀眉微蹙，"太太口风很紧，除非祖父那边给了准话，她是一句话都不会多说的。可最近我也很少到祖父跟前去，就是去了，也更不好多问……您也知道祖父的性子，什么事，都讲个谋定后动。他没下决心，是不会把意思泄露出来给我知道的。"

这话真真假假，说四太太是真，说老太爷是假。但五姨娘本人不可能太了解老太爷的性子，她也就囫囵听进去了。"那姑娘的意思是——"

"如今不比从前，我毕竟也要些脸面。"蕙娘叹了口气，"由我这里打探消息，在下人们口中传来传去的，还不知要传得如何难听呢。"

这倒是实话，可五姨娘也纳闷："太太虽然性子好，可我们当着她也不敢撒疯卖味儿，难道您是想令我求太太，那——"

她露出了难色。

焦四太太的口风也的确一直都是很紧，像权家这门亲事，她就是拣没人的时候和蕙娘提的，连三姨娘都没让告诉。自雨堂里众丫鬟，也没谁得到一点风声。

"求太太是没有用的，"蕙娘摇了摇头，"求祖父也没用……可我明白祖父的性子，他缜密，人家有来提亲的，儿郎人品如何，家里有没有什么见不得人的事，坊间有什么风言风语……他肯定都会预先打听一番。"

她望了西里间方向一眼，见五姨娘若有所悟，便压低了声音："鹤叔这些年是不大管这些事了，多半都是梅叔在跑。石英虽然是梅叔的女儿，但我可实在没脸让她卖人情打听这个。左思右想……也就只有您能帮这个忙了。"

子乔的养娘胡妈妈，非但是二总管焦梅的弟媳妇，和五姨娘，那也是肝胆相照，投缘得不行。

五姨娘一时沉吟未决，没有回话。清蕙也没催她，垂下头望着眼前的哥窑甜白瓷沉口杯，想到权家那位二公子，眉尖不禁就蹙了起来，虽说容色沉静，那隐隐的烦躁，却也没能瞒得滴水不漏。五姨娘一眼看见，倒有些好笑，也起了些怜意：再要强、再高傲，那也是个没出嫁的黄花大闺女。以前坐产招夫的时候，她是何等爽朗自信？没想到居然也有这样的急上火、病急乱投医的时候……

"梅管事口风据说也紧！"她没把话说死，"可姑娘也是第一次托到我头上……我就为姑娘问一问吧！"

蕙娘一身气息，顿时化开了，眼波流动间，她不禁嫣然一笑，令五姨娘头一回尝到了"为十三姑娘正眼瞧着"的殊荣。"那就多谢姨娘了！今日过来，打扰您了……"

五姨娘忙客气："哪里的话，盼着姑娘多来坐坐呢！以后千万常来！"

说着，两人互相又寒暄了几句，五姨娘就亲自把蕙娘、孔雀送出了太和坞。

不过，就是到了气氛已经很和睦的最后，她也终究没把子乔叫出来见姐姐。

从太和坞出来，蕙娘和孔雀的回程就走得更沉默了。孔雀眼眶里的泪水早已经干了，此时沉着一张脸，四处乱看，也不知在想些什么。蕙娘看了她几眼，她都只是出神，竟全没了从前的一点灵气。

自雨堂的这些大丫头，从来都是锦衣玉食，过着比一般人家更奢侈的生活。蕙娘管教虽然严格，但等闲也从不放下脸来说话。尤其是孔雀，何曾受过这样的委屈？蕙娘看了她几次，自己也是越来越过意不去。见已行到空旷处，四周俱没有人踪，她便压低了声音："今儿个，委屈不委屈？"

孔雀倔强地晃了晃脑袋，没有说话。这丫头生得其实不错，俏丽处不下绿松，就只是眉眼间这几乎能成形的执拗，坏了她清甜娇美的气质，使她多了几分凶相。尤其现在虎着脸，看起来就更有几分怕人了。

蕙娘也就没有逼问她，只是自己轻轻地叹了口气。

"回了家里，好好休息，"她低声说，"同养娘说，这一次是我对不起你——"

"您就别说这话了。"孔雀竟一下截断了蕙娘的话头，她的脸还是绷得紧紧的，声调也急得像是在炒豆子，"咱们之间，还用得着这么客气吗？我虽不如绿松能干——"

她的语气有些酸溜溜的，但一闪也就过去了，"可我也有我的好处，您让我管首饰，我就给您管得妥妥帖帖的；您让我——"

孔雀左右一看，虽说无人，却仍是把话头给断在了口中，硬生生地转了调子："我今儿骂得爽快，怎么着我也不后悔。这些年来，我也攒了有十来天的假，就出去休息休息，我有什么不乐意的！——可您，您别再逗我说话了，不然，我怕我绷不住！破了皮可再绷不起来了……"

蕙娘望着她，禁不住深深一笑，她握住了孔雀的手："一大家子人，也就只有你们几个，会这样掏心掏肺地帮我了……"

回到自雨堂时，面上的笑意却又全敛去了，连惯常的一点礼节性微笑都不留。一坐下来，就暴风骤雨一样地吩咐了好几件事。

"孔雀这几天身上不好，我答应她回去家里休息几天，好了再照旧接进来。"第一句话，就把奶姐妹给打发出去了。蕙娘眼神在屋内缓缓转了一圈，见众人都停下了手上的活计，便续道："她的差事，石英暂时管着。把我这几个月时常插戴的首饰另装一箱，余下的箱子全锁了，钥匙给绿松收着，我要用了，再现寻出来。免得账乱！"

石英不禁和绿松对视了一眼，两个大丫鬟都站起来。孔雀面色煞白，咬着嘴唇只不作声，她依旧倔强地将头扬得高高的——蕙娘扫了她一眼，脸上怒色一闪即逝，她加重了语气："这两年来，我管得松了，你们也都一个两个全不像话了。以后没有我的话，自雨堂哪怕是一只猫都不许随意出门。凡出去有事，必须和绿松打过招呼，两两成对地出入。得了闲也别勾搭小姐妹们回来说话……有不遵从的，一律撵出去！"

十三姑娘也真的是很久都没有放下脸来说话了，打从绿松开始，一群人全都矮了半截，慢慢地跪到了地上，只有孔雀依然背着手站在当间，冷眼望着昔日的姐妹们，神态间，竟似乎已经将自己给划了出去。

蕙娘说话算话，除了丫头们，连婆子们都被叫来敲打了一遍。自雨堂从当晚开始，就变得格外冷清。哪个下人都不敢随意外出，免得触了霉头，成了杀鸡给猴看的那只鸡。

孔雀被送出了自雨堂的事，连最近的花月山房都一无所知，要在往常，文娘不到晚上就要派人过来打听消息的；这一回有三四天，十四姑娘都一无所觉。四太太就更别提了，也就只有五姨娘似乎收到了一点消息，到了第五天早上，她派透辉来给自雨堂送山鸡："娘家兄弟打的，给您尝尝鲜——"

也就带来了焦梅的消息："胡养娘说，焦梅最近的确是得了差事，正四处收集良国公权家的消息。"

焦梅身为体面管事，这些年来隐隐有给焦鹤接班的意思。老太爷有很多事情，都要吩咐给他这个管家去做。他口风要不严，老太爷能放得下心？胡养娘这一问，和太和坞并无半点利害关系，只有回绝的理，没有透口风的理。而焦梅居然肯说。

送走了透辉，就是绿松也有点生气了，她轻轻地唾了一口："这也倒得太快了吧，石英还在您身边服侍呢，他这就一心一意，去舔太和坞的腚了？"

却又还是心好，眉头一皱，给焦梅找了个借口："胡养娘和五姨娘要好，也许五姨娘没瞒着她，就把您托她的那几句话，和胡养娘说了——"

蕙娘也不说话，只看着绿松，绿松自己没声了。"唉，您托五姨娘！这样不合情理的事，说了他也不会信的。看来，多半还是没说……"

"没说倒还是好的。"蕙娘喃喃自语，"最怕是什么都说了，焦梅也觉出了不对，却还是露了口风。"

若果如此，那就是不管不顾，一心只站在太和坞那边了。立场明显到这个地步，太和坞将来要有些上不得台面的事请他做，焦梅又会不会做呢？

绿松一边说，一边已从腰间拿出钥匙，开了蕙娘的一个锦盒，搬弄片刻，从抽屉底部再推出一扇门来，又一扭，盒盖竟弹开了。她从暗格内取出一本小册子来，沉吟片刻，便端端正正地写下了一行字：

管事焦梅，已不可信。是否可疑，尚需观察。

第七章

旧情易断

　　这世上要拉近两个人之间的关系，最好的办法，还不是帮人的忙，而是让人帮你一个忙。五姨娘自以为帮了自雨堂一个忙，对蕙娘的态度就随和多了，虽不至于熟不拘礼，但也不像从前那样，话里话外，仿佛硬要和蕙娘分出个高下来。

　　四太太和文娘忙于吃春酒，对家里的事就没有从前那么敏锐了。孔雀回嘴事件，因为太和坞也没有告状，自雨堂的下人管教得也好，文娘只是隐约听到了一点风声，和蕙娘夹缠一番，想要打听时，蕙娘便提了蓝珍珠头面一句，只这一句话，就把文娘给打发了开去。

　　民不告官不理，四太太就更乐得作不知道了。唯独三姨娘，成日在家闲着无事，南岩轩离太和坞又近……清蕙两三天总要去南岩轩打个转的，三姨娘忍了几次，见蕙娘几次都没有提起，终于有点按捺不住了。

　　"大年下的，你倒是把丫头们都约束得那样紧。"她多少带了一丝嗔怪，"不见人出来也就罢了，符山去找孔雀说话，还被绿松给打发回来了。虽说你的丫头们都被你管得没脾气了，但也不好这样严厉，不是大家大族的气象。"

　　"要找孔雀，您得回廖妈妈家里找去。"蕙娘轻描淡写，见三姨娘张口要说话，她忙添了一句，"廖妈妈本人没有二话……孔雀平素里也是有点轻狂了，这一次把她打发出去，也煞煞她的性子，日后回来，就更懂得做人了。"

　　知女莫若母，这番话，四太太可能会信，老太爷也许懒得追究，可听在三姨娘耳朵里，怎么听怎么觉得不对。蕙娘性子，外冷内热，对自己人从来都是最护短的。自雨堂里丫头虽多，她会放在心上特别在乎的，也就绿松和孔雀了。不要说孔雀顶了五姨娘几句，就是真的触怒了老太爷，恐怕蕙娘都要保她……

"怎么，"她不由蹙紧了眉头，半开玩笑，"真因为要出门子，现在对太和坞，也没那么看不上了？"

当着母亲的面，蕙娘是不会过于做作的，提到太和坞，她笑意一收，轻轻地撇了撇嘴。

她并没答话，也用不着答话——三姨娘禁不住就深深地叹了口气。

"还是以和为贵……"她多少有些无力地提了那么一句，却也明白，自己是动摇不了清蕙的念头的。"廖妈妈对你不说什么，但你不能寒了养娘的心，让孔雀在家多住几日也好，但过了正月，还是接回来吧。要不然，你的首饰可就没人看着了。"

正是要换个人看首饰，才把孔雀打发回去的。蕙娘不置可否："您要怕妈妈家委屈了，就多打发人和她们通消息，把廖妈妈请进来坐一坐，那都随您；自雨堂里的事嘛……"

自从定下了清蕙承嗣，在她初懂人事的那几年，老太爷和四爷是变着法子地倾注了心血教她。尤其最怕她女儿家耳根子软，日后听了几句软话、硬话，就由人摆布去了，竟是硬生生将蕙娘养出了如今这一言九鼎的性子。只要她定了主意，休说一句话，就是一百句、一千句，那也动摇不了她的心志。三姨娘又叹了一口气，也就不提这一茬了。"我昨儿提早过去谢罗居，太太才刚起来，周围人也不多。我就找了机会，和太太提起了阿勋的事。"

蕙娘神色一动，却看不出是喜是怒，有没有一点不舍。三姨娘看在眼里，即使是自己肚子里爬出来的女儿，她也有些佩服她的城府。

虽说也还谨守男女分野，但蕙娘从小是在老太爷身边见惯了焦勋的。两人从小一起长大，在焦鹤的那一群养子里，焦勋非但容貌人品都很出众，和蕙娘也最谈得来。蕙娘主意正、性子强，说一就不二；焦勋呢，三姨娘见过几次，四太太也提过几次，谦谦君子、温润如玉，不论大事小事，又能让着蕙娘，又能提醒着她别钻了牛角尖……可惜，他命格不强，没能托生在官太太肚子里。这两年，他在家里的地位，渐渐地也有几分尴尬，如非老太爷还看重他，早都不知被排挤到哪里去了。现在还要被蕙娘亲自从京城赶出去——这还不算，连焦姓都不肯给了。要知道，在地方上，焦家门人，那比一般的七品官还要有架子呢！

虽说这要比藕断丝连、余情未了强，可蕙娘确实也心狠。就算有什么情绪，她也藏得好，自己是一点都没看出来……

"太太本来没觉得有什么不对的。"三姨娘轻声说，"被我这么一提，也觉得以后让他待在京城，他自己也不舒服。姑爷要是偶然听到什么风声，见到他，心里可能也会有点疙瘩。我看，就是这几天，应当会对老太爷提起了。"

老太爷每年年节都是最忙的时候，只在去年正月里罕见地闲了一段时间。今年，焦家要比往年都更热闹得多。他有限的一点时间，不是和幕僚商议，就是同门生们说心事话，蕙娘也有小半个月没和爷爷照面了。不过，热闹将完，不但春酒到了尾声，从京畿一地赶来的官员们也都要上差了。焦家即将回归正轨，有许多被搁置下来的事务，也该有个后文了。

绿松也就是在元宵节后，才同蕙娘说起石墨的。

"我仔仔细细地看了她好一段日子。"她应了这事，就再没声音了，如今一开口，淡然笃定的，才透出私底下做的千般功夫，"这丫头开始还没心没肺的，全然看不出什么不对。您把她放回家的那段日子，我还借故跟着去一道住了两天。冷眼看来，家里人也没有什么不对劲的地方。要说有什么操心的，那也就是她的亲事了。"

蕙娘身边的丫头，大多都和她一般大小。石墨今年十六七岁，按焦家惯例，再过两年，也可以放出来成亲了。

像这样有脸面的大丫头，婚事要不是主人做主，就是家人自聘，很少有管事拿主意的。蕙娘嗯了一声，思索片刻："我记得她不是有个什么表哥——"

这样不大体面的事，石墨也不至于挂在嘴上，不过偶然一提，蕙娘居然还记得这么清楚……绿松笑了："这事说来也有意思，她表哥是在外头做个小生意的，这您没记错。虽说也是凭运气吃饭，但胜在是良籍。我听她意思，她家里原也遂意，想的是令她表哥也进府来做事，那就十全十美，没什么可以挑剔的了。"

见蕙娘露出聆听神色，她便续道："偏偏呢，太和坞的胡养娘家里也有个小子，勉强算是十少爷的奶兄弟吧，今年十四五岁，估计是早看上石墨了。家里人这不就有了比较了？石墨本来还仗着她在您身边服侍，到时候求您发句话，家里人也不好说什么。可您不是为了太和坞把孔雀都给撵回去了吗——这几天我看她成天病恹恹的，怕就是为这事犯愁呢。"

蕙娘亦不禁哑然失笑："倒是我吓着她了？"

绿松办事，她没什么不能放心的。这丫头鬼灵鬼精，就是蕙娘自己去办，限于身份，未必能有绿松办得这么妥当。起码她就不能跟到石墨家里去。绿松说石墨似乎没有问题，那估计就是真没什么问题。毕竟，这丫头能掌管蕙娘的吃食，本身在上任之前，肯定是经过几重主子的梳理和考核的。

蕙娘不禁托着腮沉思了起来。绿松看她脸色，顿了顿，又道："不过这次跟她出去，倒是撞见董青了。"

董青是焦子乔的大丫鬟，和石墨是近支堂亲。蕙娘一挑眉，精神又聚拢起来。

"从前不留意，也不知道五姨娘这么有主意。"绿松犹豫了一下才说，"我悄悄听见董青和石墨爹娘提起来，五姨娘很想让她娘家兄弟进府里做事。石墨他爹不是在二门上当差吗，同僚有一个前阵子摔断了腿，董青还打听他的伤情呢。"

大家女眷，大门不出，二门不迈，尤其孀居之辈，更要谨言慎行。焦家除了清蕙有资格经常去二门外的小书房陪祖父说话之外，打从四太太起，其余所有女眷都被关在了二门后，园子里所有和社会连通的渠道，也都被那两扇华美的垂花门给锁在了外头。

蕙娘和绿松对视了一眼，都看出了对方眼神中的一丝凉意：虽说五姨娘的确是家里最有可能下手的那个人，但眼看她一步步行动起来，将嫌疑坐得更实，也依然令人心底渗寒。

但即使如此，没有真凭实据，只凭着"道听途说"来的消息，不到五姨娘动手的那一天，也是很难捉住她的马脚的。甚至于这些痕迹，对于另一个人来说可能毫无意义，就是从前的蕙娘，恐怕也就是轻轻一笑，根本不屑于同她计较。

"石墨当年进院子里做事。"蕙娘忽然道，"是看在她大伯的面子上吧？我记得她爹娘，在府里也都没什么体面。"

"她大伯前些年已经去世了。"绿松细声说，"她爹本来在大门上的，后来没多久就被调到了二门里。她娘前几年身子不好，也退下来。家里境况也就是那样，弟妹又多……这一次回家，给了家里不少银钱。"

蕙娘若有所思地点了点头，又问绿松："最近，你那些千伶百俐的姐姐妹妹们，没给你出难题吧？"

从小一起长大，动辄就是多年的情分，本来也不可能太摆主子的架势。蕙娘给了脸色，又打发了孔雀，固然是吓住了她们一时。但这么一段日子过去，绿松还管得那么严，底下人有嘀咕，也是人之常情。

绿松很明白蕙娘在问什么："是有些说法，不过孔雀在前头做了筏子，谁也不敢认真抱怨什么……石英倒是一句多余的话都没有说。"

石英这丫头就是这样，深沉得都有些可怕了，绿松再怎么有城府，一颗心是冲着蕙娘的，这谁都能体会得出来。可石英就不一样了，事情交代下去，她办得无可挑剔，可心里想什么连蕙娘都不清楚。尤其是这两年，越发连争宠的心思都淡了，要不是每日里该她做的活还是做，蕙娘还真要以为自雨堂里有人会咬她的脚后跟，她是巴不得要跳出这个地方，去求更光明的前程了。

"她要是会说话，那就好了。"她也不由得叹了口气，"那支海棠簪子，就放在箱子里呢，这都快十天了，她硬是没端出来给我挑。"

蕙娘的首饰，实在是金山银海、数不胜数。宝庆银、老麒麟……京里凡是报得上名号的银楼，没有一个不喜欢和焦家打交道的，从来都不收手工钱，并且还加倍细作，只求蕙娘戴着出一次门，则财源滚滚，是可以想见的事。万一凑巧撞上蕙娘特别喜欢的，还有丰厚的赏钱……五姨娘喜欢的海棠纹首饰，她随随便便就能寻出十多件来，没有一件不是精品。甚至有些是从五姨娘进门时起，就没上过身的。那支拿水晶琢成，花心镶嵌了猫眼石的簪子，五姨娘就从未见过。以她的眼界，一见之下，没准会再次讨要也是说不定的事——蕙娘上回开了口子放低了身段，以后再回绝太和坞的要求那就难。再说，不为了簪子，只为了自己心里舒坦，为了炫耀自己的地位，五姨娘也大有可能开这个口。

石英心里是向着太和坞还是自雨堂，想着她从小服侍的主子，还是她做外院二管事的亲爹，只从这一支簪子，就已经可以看得分明了。

"也没准是的确没和家里人说上话，还不知道她爹在太和坞跟前，已经连骨头都没有了。"绿松沉吟道，"自从让她管了首饰，她学孔雀，几乎都很少出那间屋子……"

"你看着安排吧。"蕙娘挥了挥手，"就看这丫头的心性，比她爹如何了，这也是他们一家最后一个——"

话才说到这里，有人轻轻地敲了敲门："姑娘，老太爷叫您说话。"

　　一个大年，倒是把焦老太爷忙得很憔悴。元宵节后，各衙门上值几天了，他还告病在家没有入阁办事，好在年后各地事务也并不多。他老人家偷得浮生几日闲，脸上才又有了些血色。见到孙女，他露出笑来："大半个月没来给我请安了，你没有良心。"

　　祖父要在她跟前做老顽童状，清蕙还能如何？"我倒是想来，可也要您有空……就我进来这会儿，外头暖房里等着见您的管事——我数了数，十多个呢！"

　　老太爷日理万机，没有这么多管事，有些事的确是不方便安排。可听到有这么多事等他发话，他又一缩肩膀，牙疼一样地吸了一口凉气："这么多啊——"

　　说着，就一扭身拨开了窗门，从缝隙里往外一望："哟，还真是，除了小鹤子又犯腿疼没来，余下人是一个都没落下……"

　　他就指点给蕙娘看："你眼神好，那是不是焦勋？"

　　蕙娘只好站在祖父身后充当他的眼睛，她一眼就看见了焦勋。

　　今年春天冷，过了正月十五还下了一场春雪，闹得满地泥泞。一群管事站在暖房里，虽然都规规矩矩地笔直站着，可鞋帮子溅着泥点、腰间别着烟袋……只有焦勋一个人，一身黑衣纤尘不染，双手交握搁在背后，越发显得腰杆挺直、眼神明亮……

　　或许是因为身份特殊的关系，他在这群管事里头，总是显得鹤立鸡群、格格不入，也总是有几分落落寡欢。

　　"是他。"蕙娘只看了一眼，便意识到祖父正不动声色地打量着自己，她忙收敛了心中所有不该有的思绪，"您瞧，他生得比所有人都高，您该一眼就认出来的，却只是骗我来看。"

　　一语挑破，反而逗得阁老呵呵笑："我骗你看他干吗？难道他脸上有花啊？"

　　蕙娘白了祖父一眼，不说话了。老太爷也不觉得无趣，他兴致勃勃地评论道："说起来，阿勋是生得不错，现在官宦人家的子弟，也很少有人像他这样清朗方正、温润柔和的了。就是长相，也自有一段风华。"

　　他度了孙女儿一眼，问得很促狭："把他送到江南去，你难道就不会有些舍不得？"

　　这一次，自己要是流露出太多的留恋——

"一起长大，是有情谊在的。"蕙娘也没有一味撇清，"但他很有些不知轻重，两三年了，还没明白身份上的变化。本来还没在意，那天从您这里出去，居然是他单人来带路，我就觉得不能再留他了。"

老太爷瞅了孙女一眼，虽然表情没有变化，但蕙娘对他何等熟悉？仔细观察之下，还是可以发现，老太爷的肩膀渐渐地也没那么紧绷了。"也就是你当时叫了暖轿，不然，恐怕就容不得他了……"

这一句话，侧面证实了焦勋上一世的命运。蕙娘当着祖父的面不敢后怕，只是做出遗憾的样子，轻轻地叹了口气："本来就不是他能想的事，成了是他的运气，不成是他的命数……这个人，人才是有的，只是往上攀登的心情，也太急切了一点。"

把焦勋的遗憾，理解为名利双空后的失落感，要比理解为别的原因更体面一点，也更能取悦老太爷的心情。老人家一挥手，已无兴致讨论一个下人。"才具也是有的，就依你，把他送出去吧。若能做出一番事业，对子乔多多少少，也是小小助力。"

他话锋一转："你娘和你提过权家的亲事了？"

蕙娘早先已经历过这番对话，对祖父的言辞已有所准备，她轻轻地点了点头："提了一句。"

"这门亲事，我已经应下来了。"老太爷开门见山，语气毫无商量余地。见蕙娘木无反应，还是一样的沉静，他倒有几分诧异，更有几分激赏——蕙娘的风度，倒是越来越见沉稳了。

也正是因为这份沉稳，他往后一靠，没按腹稿说话，反而考起了蕙娘。"你和祖父说说，为什么我老头子会点了头，应了这门亲事，而不是选何冬熊，选那个你挺中意的何芝生？"

蕙娘不禁为之愕然，她这才知道，原来自己的一点心事，根本就未曾瞒得过祖父。

论起明察秋毫、见微知著，她焦清蕙虽然也有一定造诣，但在老太爷跟前，的确是萤火之光。老人家年纪虽然大了，可焦家上上下下，恐怕还真没多少事能够瞒得过他。

"去年二月，您就已经想着要退下来了。"蕙娘也没有装傻，她轻声细语地说，

"只是当年往下退，退得毕竟不大体面，结局也暗淡了一点儿。"

朝廷里连番党争，彼此构陷攻讦，真是无所不用、无所不到，焦阁老虽然三朝经营，本身势力雄厚，但新君上位，其人深谋远虑，比之先帝，才具还要更上一层楼，又身挟皇权，他的光芒，渐渐地就盖过了焦阁老的身影。但说实话，地丁合一，触动的是一整个阶层的利益，大秦和前朝比更看重出身，商户出身的官员并不多。朝廷重臣也好，刚出道没有多久的七品芝麻官也罢，家里多半还都是农户地主……要和天下所有官员作对，即使皇帝手段好，即使杨阁老也是个难得一见的权术天才，作为他们最大的对手，焦阁老能够得到的助力，也是一股庞大得能吓死人的力量。要争、要斗，老人家是可以领着这一支力量，和皇权轰轰烈烈地斗上十年的。

但老太爷毕竟有了年纪了，他已经没有那样重的争胜之心；再说，朝廷四野都不平静，且不说以大局为重，真要斗到这个地步，最终结果，也许是皇上让步，但焦家能有什么好果子吃？承平四年二月，他被杨阁老抓住痛脚连番攻讦，索性就借机又上了告老折子……阁老求去，本也是常事，不论是做出来给底下人看的一个姿态，又或者是要挟皇上的一枚筹码，都并不罕见。真的是去是留，看的也不是折子。焦阁老平均一年要告老两三次，次次都被驳回来。但去年焦阁老是腊月里就露了口风下了决心，整个腊月，焦家门庭若市，连女眷们在内院都听到了风声。倒杨派轮番上阵苦劝老太爷，却都没有劝转。等到春节，焦家便是前所未有的冷清，一整天上门的客人，不过五十人以下……倒是内阁次辅钟阁老家里，要比往年拥挤得多了。

进了二月，折子上去，皇上也很给面子，竟是迟迟留中不发。家里本来都做好了回乡的准备，可去年一整年事情都多，各地和商量好的一样，从三月开始，水旱灾害、边患匪患，什么事都往朝廷上报，大事小情无日无之。这些当官的就和不要政绩一样，以前是瞒报、小报，现在是大报、夸报，除了报灾的比从前报得更大，各地报匪患的，报民乱的，报斗殴火拼的……省州道府县，两千多处官府，两三万名官员，十成里有个四五成往上闹，那是多大的动静？钟阁老傻眼了，告了病往家里一躲——方阁老本来就回家守孝去了，内阁里杨阁老成了个光杆司令，他倒是有很多事要办、很多话要说，那也要有人能跟着他干啊。面对这股全国官员汇聚起来的激流，就是皇上都不敢直撄锋锐，杨阁老入阁才几年呢，他有这个底气么？

　　大家耗到八月，倒杨派越战越勇，挺杨派倒有些垂头丧气的……好在皇上只是将奏折留中，没给个准话，到底还是为自己留了一点颜面，一点转折的余地。最终，焦阁老还是没能成功告老还乡，在家休息了半年，又被拱到了首辅的位置上。

　　身为首辅，大权在握，很多时候皇权在相权跟前也只能低头，听起来当然是件美事。想要退休却不能退休，不论是顶头上司也好，直系下属也罢，没有人能离得开他焦颖焦首辅，对于这群政治动物来说，焦阁老的政治生涯，已经堪称传奇了。可蕙娘心里有数：人生好似一座山，在自己爷爷这个年纪，要还不懂得往下走，那就未免太不知天高地厚了。如何能退得漂亮，已经成了老人家这几年最大的心事。

　　"重新再上台一次。"她又继续往下分析，"其实想的还是怎么能金蝉脱壳，从局中全身而退。可……您是朝中意见领袖，就是要退，也得有个合适的继任者，不然，您的徒子徒孙们，也是不会答应的。"

　　也因此，蕙娘虽然有这么多不利于主持中馈的条件，还是有大把人家对她有意，想要上门提亲——焦阁老不稀罕这个首辅、这个掌门人的位置了，稀罕的人可还有一大把呢。

　　"从这一点说，何冬熊要接您的班，分量恐怕还欠点儿。"蕙娘秀眉微蹙，"钟阁老嘛……又不大中用，去年他要是能把担子挑起来，底下人也就不回来再拱您出山了。方阁老似乎有才具，可这几年又在家丁忧……"

　　"小方有点意思，但要和杨海东斗，他没那个手腕。"老太爷手里慢慢地揉着两个核桃，"接班人，我是看好了。可现在还没到提拔他的时候，我再死活赖两年，把他培养起来了，担子往小方手里一放，让他挑几年；后头那人，也就能接得上来了。"

　　这说的肯定不是权仲白。看来，何家一心要和焦家结亲，没娶到自己不说，恐怕最终连令文都娶不到了……蕙娘询问地瞅了老太爷一眼，见老太爷似有未尽之语，她便低声问："是那家的男丁，委屈文娘了？"

　　"的确不大合适。"焦阁老不紧不慢地说，"不过，这也是以后的事了。你且继续说你的。"

　　"既然要退下来，就要退得漂亮，能给守旧派挑出一个才具足以服众的继承人，您也算是对得起他们了，他们也不会缠着您不放了。把担子暂且交到方阁老手上，您也算是给了皇上一个机会。这几年来，您心里的意思，皇上恐怕也不是没体会到，光说去年，如果您顶着不退，那时候下台的人还不知道是谁呢……退下来之后，皇上也不会太难为您的。毕竟是三朝老臣，他也怕别人寒了心。"蕙娘为焦阁老斟了一杯茶，"我知道您心底其实也看好这个地丁合一，就是觉得他们的步子迈得太大，害怕又是一个王安石……能在合适的时候退下来，暗地里帮他们一把，也算是对得起自己。这退下来的事，万事俱备，只等一个时机。可退下来之后，门生——终究不如亲戚顶用……您就是不为自己考虑，也要为子乔将来考虑。这么大一份家业，没有亲戚帮忙，他未必能守得住。"

其实说起来，焦家产业虽大，却也不会和一般的世家大族相差太远。只是他们家人少，比起动辄上百人的大家大族来说，匀到人头上那就多得太多了。而这份家业，不论是低调还是高调都容易招人觊觎。毕竟这些世家大族哪个不明白焦家和宜春票号的关系？再低调，恐怕也难逃有心人的眼睛……老太爷也是想开了，兢兢业业地过了几十年低调淡然的日子，后二十年，他大手一挥，是怎么有劲怎么花，能多祸祸一点就是一点。用老人家自己的话来说："省着有什么用？省着能留给谁？省着，还不是便宜了别人？"

这毕竟是再有能耐也改不了的事。老人家活着的时候还好，一旦去世，如果清蕙稍微弱了那么一点儿，焦家偌大的家产，不是便宜了一拥而上千方百计要挤出钱来的各色地痞流氓黑心官僚，就是要便宜了她的夫家。也所以，清蕙才被精心调养成了这个性子，也所以，千方百计地物色来了焦勋……

在子乔出生之后，焦家终于有了后，可事态也就更复杂了。焦家能守得住多少家业传世，一看老太爷能活多久，能掌多久的权；二看老太爷的接班人有多大能耐，有多少良心；三来，就看第三代有多大的出息了。最理想的结果，无非是老太爷活到子乔可以支撑门户的年纪，而子乔又能耐通天，可以在十几二十岁年纪就掌握相当权力，护住自己的身家——这也实在是近乎痴人说梦。最现实的可能，应当是老太爷在子乔还未长成时就已去世，接下来的事……只要知道一点世事的人，便都可以想象得出来了。

可如果把清蕙留着招赘生子护卫家产，姐姐如此强势，将来子乔如何自处？再说，清蕙何等人才，一辈子就为了弟弟经营家业过得那样辛苦，她自己要落得少了，她能甘心？也就只有将清蕙、令文姐妹嫁出去，尽量挑选那些家境本身富裕、门风相对严正些，不至于图谋焦家家产，又有足够的人脉和地位，可以在老太爷退位、过世后，护得住四太太同焦子乔孤儿寡母的人家了。

要从这个角度出发，权家不知比何家合适多少，有钱、有人脉、有威望、有爵位；名声也好，一百多年的大户人家了，没听说他们有什么欺男霸女的事……换作是蕙娘，也会答应这门亲事。根本是才瞌睡就送来了枕头，各方面都如此合适，权仲白本人人品又出色。这么好的亲事，焦家哪有不答应的道理？

"不说子乔，就是您退下来之后，不管是回老家还是在京里，"蕙娘说，"有权家照看着，也比指望何家要强得多。"

"权家也是有诚意。"老太爷没有否认蕙娘说的话，"他们家一向低调，良国公从前虽然在三边总制这样的位置上待过，但身体不好，已经多年没有在朝中办事了。究竟能耐还有多少，也的确令人猜疑。这一次在宫中，他们也是好好地冲我们展示了一次肌肉。两家结合，彼此两利，是要比起何家好得多了。否则，将来你过门之后，你公公期望落空，你的日子可能会更难过一些。"

看来，何冬熊是一点希望都没有了。他虽然很急切，但老太爷看不上他的能力，压根就没想把自己的位置传给他。

蕙娘没有作声，老太爷也不着急看她的脸色，他一背手："权家看上你，只怕是七分看中你的人，三分看中你的家世。有一些事，是要先说给你知道的。权子殷生性闲云野鹤，在功名上根本没有追求，他到现在也就是一个荫封的武职而已。虽说他的力量不在这上头，但现在还好，几十年后，有些事是很难说的。二来，虽说原配过门三天就已经去世，但那毕竟是原配。你过去是继室身份，前头永远有一块迈不过去的牌位。三来，他比你大了有一轮，比之何芝生、焦勋等人，自然是老气了一点；要按文娘的性子，那是再好也未必看得上了……"

祖孙说话，一向坦白，老太爷问："现在方方面面也都给你厘清了，权家内部的龌龊事儿，我也多少听到了一点风声，不过并不太特别。反正名门世族嘛……肮脏事多少都有一点。你先告诉我，先不论应不应该，你只说你愿不愿意。"

话都说到这份上了，老太爷都点过头了，愿不愿意还有什么用？真要想问，早在点头之前就来问了。

蕙娘轻轻地笑了笑："爹去世之前，令我照料家里。虽说当时还没有子乔，可我说一句是一句，答应过的事，从来都不会反悔。"

她瞅了老太爷一眼，露出一抹含意极为复杂的笑："既然嫁权家对家里更好，那我就嫁。"

"好。"老太爷却像是根本没见到清蕙的笑容，他双掌一合，干脆利落地答应了下来，"那这门亲事，就这么定了。"

扫了蕙娘一眼，又逗她开心："你是见过权子殷的，要挑出他本人的毛病来，的确很难。以我的意思，他也是京中最优秀的几个人之一了……"

以老人家的眼光，自然看得出她的真实情绪。如今事情已定，蕙娘一来不忍令老人家还要为自己费心；二来，她也有点担心焦勋。她叹了口气，半真半假："不是我看不上他，我是觉得他未必能看得上我……"

"瞎说。"老太爷脸一沉，"你也实在是太妄自菲薄了。"

他站起身来，在屋内稍稍踱了几步。"多大的人了，心性难道还不稳重？太和坞的事，我等了这么久你都没和我开口……怎么，你还真以为有了弟弟，祖父就不要你了？"

比起四太太的不闻不问，老人家虽然大有发难的意思，但谁更把她放在心上，真是一目了然。她握住老人家的臂膀，把他拉到椅子上安顿了下来，拿起小木槌，轻轻地为老人家捶起了肩颈。"毕竟是子乔的生母，给点面子，大家和气，日后也好相见。我把孔雀打发出去，还是为了打磨一下她的性子，以后到了权家，还要重用她的。"

她顿了顿，又轻声道："这件事，是鹤叔告诉您的？"

前朝的事，老太爷还烦不完呢，他也没心思天天关注家里的事。不过，各院子里都有他安置的人，这个倒是真的，好比自雨堂中，雄黄就经常给焦鹤送消息。也因此，老太爷虽然身在小书房，但府里该知道的事，他是没少知道。可有些不该知道——又或者说，是焦鹤认为他不适合知道的事，老太爷就知道得没那么清楚了。自己挺中意何芝生的事，可能是南岩轩里走漏了一句两句话。但看老太爷的态度，对五姨娘教唆子乔远离两个姐姐的事，他是一无所知。要么，是太和坞里的眼线比较庸碌懈怠；要么，就是管事的有意遮掩了。

"你鹤叔也是那么大年岁了，最近我都让他当点闲差，免得他在家也待不住，办事又太耗神。"老太爷一语带过，却并未提起是谁取代了焦鹤，开始为自己过滤内院的消息。他似乎对清蕙的答复还算满意，便不再追问自雨堂和太和坞的小摩擦，而是转了话题："你不是担心权子殷看不上你吗？听你娘说，你想见见他。正好，他也想见你一面……这个人，行事倒一向是出人意表。我已经应了他三日后过来给你娘扶脉，说几句话也是无妨的。你也好回去好好地收拾收拾你的首饰了。"

蕙娘明知家里会如此安排，却还是禁不住要垂死挣扎："这恐怕不合规矩吧——"

"规矩——"老太爷忍不住呵呵笑了，"你这孩子，别因为要出门了，就把祖父和爹教你的那些给搁到脑后头了。我告诉你，这些学问，不论你是到了权家也好，到了宫中也罢……也都能用！来，你再念一遍，你爹是怎么和你说的？"

"无规矩不成方圆。"蕙娘眼色一沉，近乎机械地背诵了起来，"规矩，是方圆里的人守的。没能耐的人，只能守着规矩、被规矩守着；有能耐的人，才能跳出规矩、利用规矩……规矩对我有用时，我自然提规矩；规矩对我无用时，规矩是何物？唯有视规矩如玩物，规矩方能视我如神人。运用规矩，存乎一心，只立意当高远，用心须无愧而已。"

"如按规矩养你。"老太爷慢悠悠地道，"现在你还在你的自雨堂里做女红呢……你就不是按规矩养出来的人，如何今日反和我谈起了规矩？"

蕙娘一时，竟无话可答，只好轻轻一笑，将心中的不甘给压了下去："就是一句话，您也给我来这么一顿唠叨……"

"何止唠叨。"老太爷也就不往下追究了，他和孙女较真，"我还有几年没揍你了呢……"

两祖孙顿时又你一言我一语，在小书房里说笑了起来。

第八章

不欢而散

面见焦家十三姑娘，这要求虽然非分，办得却异乎寻常的顺利，几乎没有滞碍几天，权仲白就收到了焦家的帖子：从前给焦四太太、十三姑娘开的平安方，两人都已经吃了近十年了，现在也该请神医扶扶脉，看看是不是该换个方子了。

权夫人给儿子看帖子的时候是很得意的："你就尽管去挑吧，要是能挑得出一点毛病，那我也就服了。就告诉你一件事，她要不是焦家女儿，当年早就被先帝许给太子了……先帝虽然有诸多毛病，但看女儿家的眼神，始终还是很准的。"

权仲白其实见过十三姑娘几次，她还小的时候，他为她扶过脉；就是半年一年前，焦家独孙半夜发高烧，也是她派出人手多方寻找，把自己连夜请到府中诊治。当时焦家主子们都不在，独她一人陪在弟弟身边，两人也是照过面的。十三姑娘人才秀逸、气质高洁，处事手腕又干练，他也的确是挑不出什么毛病来。倒是自己，虽说有些虚名头，但一身都是毛病，十三姑娘未必能看得上他才真。

不过，这话他没和母亲说穿，只是微微一笑，并不搭腔。权夫人也没勉强他，才亲自给他斟了一杯茶，两人正要说话，外头就来了人，大冷的天，跑出一头的汗来。"少爷，定国侯府来人了，老太太又闹起来；要给灌药，竟都不能近身……"

皇后娘家，权家势必不能不给面子。权仲白也正好就不多说什么，大步出了院子；这一出去，就一直忙到夜里近三更时分才回了下处。

月明星稀、北风凛冽，月光像是被风刮进屋内，霸道地爬了一墙，衬得屋内一盏如豆小灯，越发孤苦伶仃。府内其余院子，哪个不是灯火处处、隐约能听见

102

人声笑语，唯独二少爷的小院，一向是没有什么人在的。权仲白推门而入时，正巧又带起一阵风来，那灯火被吹得扑扑作响，过了一会儿，竟扑哧一声被吹灭了。

饶是他已经惯了冷清孤寂，此时也依然有些触动。权仲白把药箱摆在门边，自己摸黑进净房梳洗出来，坐在炕边，拿手做了枕头，慢慢地倒在了玻璃窗边上。虽有一线冷意，透过窗缝吹到脸上，他却并不在意，只是透过那晶莹透亮的窗子，望向明月。

过了十六，月儿虽看着还圆，但终究已有一牙，渐渐地被黑暗给吞噬进了肚子里。一年到头，真正是团团圆圆的日子，也不过就是那么几天；余下的时日，它始终都有缺憾，始终都不完满。

一直到月影西移，越过了窗槛，他才侧过身去，合上眼帘。

第二天一大早，连权夫人都还没起身，他就出了府门——良国公府外，从来都有千里而外过来问诊的可怜人，权仲白但要看诊，就没有找不到病人的时候——吩咐门房将人领进了门边小院里，待到权夫人派人通知他换衣时，权仲白已经给七八个病人开了方子。他随意塞了两个馒头，算是将早餐用过，进堂院由权夫人身边大丫头亲自带人给换了衣服，便上马往焦阁老府上去了。

这里他也是来熟了的，焦阁老地位特殊，皇上经常令他给阁老扶脉开方，以示恩宠。不过二门内却没进过几次。权仲白是见惯富贵的人，对家居细节，更无心在乎，谢罗居内的陈设有多华贵内蕴，权仲白根本就没有留意。一进门，他的眼神就不觉被四太太身边的那位妙龄少女吸引，直直地看了过去。

要和未来准姑爷见面，对一般的姑娘家来说当然是件大事。自雨堂内知道内情的几个丫头，也都当作了大事来办。蕙娘从拳厅回来，重又洗浴一遍，待踱出净房时，就觉得几个丫头的眼神都有些怪怪的——天气冷，蕙娘不是每天都濯洗头发，一般隔两三天洗上一次。因焦家有上下水道，净房上有个极大的储水陶桶，热水注入之后，可以经由一条特别管道流出以供蕙娘洗浴；她洗头洗澡都无须人服侍，只是洗完出来自有人以香手巾擦拭，再上头油等物护理……虽说蕙娘一头乌黑的头发，一向是很有光泽的，但始终还是刚濯洗过的那一天，发髻梳起来最是清爽好看。一般随夫人出门应酬的时候，她也一直都是要先洗过头的。

今儿个，石英、香花几个人，连头油、毛巾都给备好了，蕙娘却只是随意冲洗了身子，好像今天根本没什么特别；来把脉的也不是她的未婚夫，而是一个无关紧要的老大夫一样……

孔雀不在，数落蕙娘的任务就落到了绿松头上。她二话不说，眼睛往石英那里一看，自雨堂的二号丫鬟顿时就不言不语地退出了内室，隔着门帘，还能听见她吩咐底下人："再领些热水来，姑娘还没洗头，水竟就用完了。"

蕙娘拿绿松有什么办法？她也不能在丫头跟前表现出对亲事的不喜；再做挣扎，不过是给绿松数落她的话口罢了。只好露出苦笑，重又退进了净房，再踱出来的时候，绿松、石英等人顿时一拥而上，擦头发的擦头发，喷香水的喷香水，上脂粉的上脂粉……绿松似乎察觉到了蕙娘的怠惰情绪，连一句话都没说，自个儿就给点了焦家以西洋法子自家精制的桂花精露。蕙娘所能做出的最大挣扎，也不过就是微弱的一句："这味儿太呛了，换玫瑰花儿的吧……"

这一天，石英奉上的首饰也是琳琅满目，几乎把孔雀留下的那一箱首饰都给搬出来了。蕙娘扫了几眼，还是没看见孔雀特意给留下的海棠水晶簪。

就是昨天，自己还令石英去南岩轩给三姨娘送了一支玉搔头……南岩轩离太和坞那么近，石英回来得也比平常晚，她还以为她去找了她婶婶胡养娘说话呢……

现在也不是想这个的时候，蕙娘也想通了：自己的态度要是过分懈怠，连绿松且糊弄不过去呢，四太太、三姨娘又岂会轻易放过？她免不得是要被轮番念出耳油，倒不如自己做得无可挑剔了，还能少些口舌。

可就算如此，她也还是没有挑选自己最得意的那几件首饰，而是随意选了一副红蓝宝石头面，又令专管她衣裳的天青选了一件蜜合色小袄、软蓝缎裙……清蕙气质雅正，大红大紫穿来都不艳俗，倒是很少打扮得这样轻柔寡淡。待都穿戴好了，绿松呲呲嘴，倒很满意，同石英笑道："姑娘这样穿，倒比平时都显得柔和些。"

蕙娘差点没气个倒仰，她咬着牙，愣是把情绪给耐住了没露出来。没想到去谢罗居请安时，连四太太都笑着说："蕙娘今日，打扮得别出心裁，倒是特别有魏晋风度。"

权仲白也算是朝野间的名人了，他特别中意宽袍广袖的事也传得很开。近十年前，蕙娘还是个孩子的时候，京中就流传过一则轶闻：闽越王自从就藩，已经很多年没有上京了，自然并不识得权仲白。那年皇上病危，他进京拱卫宫掖，巡逻无事在宫前闲步时，只见权仲白从乾清宫中出来，当风而行，一袭青鹤氅被吹得翻翻滚滚，连着衣袂在风中翻飞……再佐以那冠玉一样的面庞，从容的风度——老王爷一时迷惑，竟问从人护军："此仙人也？似从竹林中来。"

竹林中来，说的当然是竹林七贤，闽越王是个粗人，偶然附庸风雅，居然说得出这么一番话来，可见权仲白的魏晋风姿有多深入人心。四太太这么一说，连文娘似乎都品出了一些什么，她惊愕地望了姐姐一眼，便盯着脚尖不吭气了。倒是几个姨娘不明所以，三姨娘已经看了蕙娘几眼，却又被焦子乔岔开话题：他最近对瓷器产生了很大兴趣，挣扎着要去够四太太跟前的茶碗，唬得胡养娘连忙将他抱开了。

吃过早饭，四太太把蕙娘留在身边，问她："你祖父说，这几次你去见他，头上的首饰都是那老三件……"

老人家疼了蕙娘这些年，现在年纪大了，真是越发护短；管教五姨娘是四太太的事，他不便插手后院，给儿媳妇没脸。但随意一句话，四太太立刻就感觉到了压力，本来装聋作哑，现在她势必不能不主动提起太和坞了。"五姨娘年纪还小，难免爱俏，你就别和她计较了。她要了什么，娘再补给你几件更好的。"

这话确也不错，五姨娘今年才十九岁，就比清蕙大了两岁而已。

蕙娘笑了："一个锁头，值得什么？她要就给她嘛。也不知是谁给祖父带了话，祖父还问我呢……我随意敷衍了几句，也就完了。"

四太太细细地审视了蕙娘几眼，她放下心来，却又不无失落：蕙娘性子，她是了解的，会这么说，肯定是没有主动向老人家告状。老人家这是太疼她了，连一点委屈都舍不得她受，唯恐自雨堂在焦家地位降低，孙女儿心里就过不去了。

唉，从前第三代的大少爷还在的时候，自己嫡出的一对儿女，都没受到老太爷这样的关注和宠爱……

还要再宽慰蕙娘几句时，绿柱从外间进来，似乎有话要和她说，就岔开了话头，四太太和蕙娘都望向绿柱。可绿柱还没开口呢，底下人来报：权神医到了。

蕙娘顿时就不再关注绿柱了，想到此前相见，其中场景，简直历历在目，哪句话她都忘不了……她咬紧了牙关，格外努力地露出一副漠不关心的淡然样子来，在四太太身边端坐着。本来还不大想给权仲白正脸的，没想到，这青影一过门槛，到底还是没忍住，脖子像是有自己的意志，轻轻一扭，就迎上了权仲白的眼神。

两人容貌都很出众，虽然以权仲白的年纪，已不能说是金童玉女，但双目一对，侧帽风流对了国色天香，刹那间迸发碰撞出一种气氛，连四太太都觉察出来。她究竟也是自小把蕙娘看大的，不禁也为她欣慰；再看权仲白，就是岳母看女婿，越看越顺眼了。

论容色行止，真是无可挑剔，他刚出道扶脉的时候，蕙娘还是个三四岁的小娃娃。那时候权子殷的确也还有些青涩，眉眼之间，常有些情绪是掩不住的，举动也略显跳脱。这些年过去，如今而立之年，望之颜色如同当年，气息却更见洗练。那仿佛自云端行来的出尘没变，可眉目端凝、举止俨然，在外人跟前，风流已经内蕴……是成熟得多了！

"也有几年没见了，二公子行踪不定，"她含笑和权仲白寒暄，"常常听人说起，你又出京去了。想必宇内的名山大川，也都是游历过了吧？"

往常给女眷扶脉，都要设屏风相隔，除非男女年纪相差很大，才无须避讳。可今天，不知是有意还是无意，谢罗居内竟无人提及此事，清蕙就坐在母亲身侧。两个人隔得这样近，要完全不看对方，有些掩耳盗铃；可要看一眼么，谢罗居内外上下十几双眼睛，几乎都挂在了权仲白和焦清蕙身上，眼神才一碰，似乎就能激起一圈窃笑的涟漪……

蕙娘听着母亲亲切地同权仲白说着别后诸事，到底还是禁不住用余光扫了权仲白几眼。

三十岁的人了，还同二十岁的少年一样，除了唇上一圈淡淡的髭须之外，几乎看不出什么岁月的痕迹；长年累月在外行走，可颜色还是那样鲜嫩俊俏……他一身魏晋风度，难道连敷粉的好习惯都学会了？娘们兮兮的，自己做男装打扮，没准还比他更有气势一些。

再说这一身打扮，一点都不入时，如今京中流行的是胡服劲装，只有他还多年如一日的宽袍大袖；这才开春天气还冷，袖子一挥就兜了一包风……傻子才这样打扮不是？瞧那神态也是，虽看着似乎沉稳端凝，其实么，距离滴水不漏有一段距离不说，连"粗通世故"的评语，怕都是名不副实……

权仲白却很客气，他没再打量蕙娘，而是很快就结束了寒暄，开始静心给四太太扶脉，谢罗居里也就立刻安静了下来。

"您还是老毛病。"没过多久，他手一抬，眼帘一垂，"后天思虑太多，心绪怕常年都不大好，脉象有些郁结。方子只做一两味添减便好，得了闲最紧要还是时常出门走走。能练套五禽戏强身健体，那就更好了。"

四太太淡淡一笑，对权仲白的话，似乎并不大往心里去。"我就是爱犯懒，辛苦子殷了，可要先用些茶水？"

接连给两位女眷扶脉，间中休息一下，也是常有的事。权仲白微微一摇头："不必了，您的脉不难扶。"

他便换到蕙娘身侧，举起手来，征询地望了她一眼，自有人为蕙娘卷起袖子，露出了一点点霜雪一样的手腕。权仲白那两根特别纤长的手指，就稳稳地落到了蕙娘腕间，带了点力度，一下就压准了她的脉门。

这还是蕙娘第三次——谈及婚嫁两人却是第一次，同男人有肢体上的接触。焦勋握她手时，她吓了一跳，心是跳得很厉害，但那种不适感，不及此时万一……权仲白指尖下压的就是她的脉门，他的手指像是带了雷霆，让她打从脊柱骨底下燃起一线麻疼，像是连心都被人攥在了手里，随时可以握爆——同之前一样，这感觉，一点都不好。

她强忍着不适轻轻呼了几口气，尽量使心跳平稳，免得露出端倪，为权仲白察觉，让他小瞧了去。权仲白似乎感觉到了，又似乎全无感觉，他撩了蕙娘一眼，眉峰慢慢地聚了起来，神色渐渐也有了几分凝重。

一般人让大夫把脉，最怕就是他脸色不好。四太太一看权仲白，有些着慌了："子殷，蕙娘她——"

权仲白并未答话，他犹豫了一下，竟开口低沉地道："如无冒犯，我想和十三姑娘单独说几句话……"

四太太脸都白了！

权二公子的扶脉绝技，京城贵族都是见识过的。当年他常常给焦四爷扶脉，有时候手一搭上去，就能问："四爷是否最近几个晚上都未能合眼……"

难道蕙娘竟有什么隐疾不成？！因为她自小习拳，身体一向康健，这么些年来，也就是得了闲吃些固本培元的太平方子而已……已经有很多年没请权神医来扶脉了。

"有什么事是我这个当娘的不能听的呢——"她心乱如麻，不知不觉就站起身来，求情一样地看着权仲白，眼泪几乎都要掉下来了，"你就只管说吧，你是摸出了什么——"

见权仲白露出为难之色，四太太一下又不敢听了。她看了女儿一眼，见蕙娘反而气定神闲、若无其事，便迫不及待地把担子撂到女儿肩上："二公子要问，就尽管问吧……绿柱，你留下服侍姑娘！"

说着，便带上一干从人，慌慌张张地出了里间。绿柱看看权仲白，再看看蕙娘，正不知如何是好呢，蕙娘冲她轻轻地摆了摆头。她要再不走，可受不住蕙娘眼神，也就垂下头去，退出了屋子。隐约的询问声，顿时就从门帘处传了进来。权仲白回首一望，不禁眉峰微聚，他走到门边，轻轻地合上了门板。

隔着一层玻璃窗，院子里的婆子可以清楚地看到两人的举动；再说，双方家长已有默契，两个人几乎等于是有名分的，虽有些越礼，可毕竟不大荒唐，再加上四太太直接就把权仲白的意思往最坏方向去猜，现在估计已经派人去给老太爷报信了……一时倒也无人敲门。权仲白在门边低头站了一会儿，似乎在酝酿言辞，过了一会儿，他这才举步走到蕙娘身边，拱了拱手，低声道："男女大防，不得不守。如不做作，恐怕难以和姑娘直接说几句话。姑娘身体康健、脉象平稳，并无症候，请不必担心。"

也许蕙娘沉着冷静的态度，大大地出乎了他的意料——从他开口要和蕙娘单独说话开始，她就一直高傲地抬着头，眼神里几乎带了一丝嘲讽。权仲白的安慰里是有一丝试探意味的。蕙娘却没和他绕弯子，她有点不耐烦："二公子，现在屋内也没有别人了，您不必再堆砌词汇，有话大可直说。"

大姑娘对未婚夫说话，语气是很少有这么硬的。就算不是未婚夫身份，以权仲白的才情容貌、身份地位，这辈子恐怕也很少有人用这种态度对他说话。他肯定有些吃惊，话哽在喉头，一时竟无以为继——不过，人生得好，就是占便宜，连这愕然以对的神色，出现在权仲白脸上，都显得很有几分可爱。

"那我也就不客气了。"这个风度翩翩风流内蕴的贵公子寻思了片刻，也就自嘲地一笑，态度还是那样温文而从容，"我的经历，想必十三姑娘心里也是清楚的……这辈子姻缘不顺，如今已经无心婚配。纵勉强成亲，以我放荡懒怠的性子，日后难有成就，恐怕也是耽误了姑娘。再说，往后这些年，恐怕出门在外的时间会越来越多……以十三姑娘的人品、心性、身世，实在不必屈就于我这个一无是处、不入上九流的老庸医。我也实在是不敢耽误了姑娘，趁亲事没定，听闻姑娘在家也能说得上话，便赶紧来给姑娘送信了。还请姑娘同阁老分说一番，这亲事……最好还是算了吧。"

很多自贬，很多夸奖，说得非常客气，表情也十分诚恳。但意思并不会因此而变得更柔和一点——

权仲白明明白白，就是来拒婚的。

即使已经经历过这么一次几乎一样的对话，即使已经在心底无数次地重温了这屈辱的一刻，听到这温存的遣词造句，从权仲白薄而润的红唇中，被那清亮的嗓子化作了声音时，蕙娘还是眼前一黑，差点没背过气去。

她这一辈子，处处都高人一头，要不是命差一格，没能出生在嫡太太肚子里，恐怕真是无可挑剔，连一点毛病都挑不出来了。又从小跟在父亲、祖父身边，也是见过一些同龄人的。不夸张地说，单单是她知道的仰慕者，少说就有四五个；还有一些藏得住心事的人，比如何芝生，他不说，蕙娘真是一点都不知道。可以说不管把她许配给谁，对方就算心里不高兴，也绝没有人会像权仲白这样，特地上门来当着面回绝亲事。如果说她原本对这门亲事，还抱着大体满意的心态，在这几句话之后，这所谓的大体满意，也就变成了大体并不满意——并不只是因为权仲白看不上她，更多的还是失望。

对将要和自己共度一生的未来夫婿，其天赋秉性那深深、深深的失望。

蕙娘轻轻地吸了一口气，将种种翻腾的情绪都压到了心底，一时间，她竟反而还有些得意：此前她先已经被权仲白的种种做作，给打乱了心神，又因他出人意表的要求大吃一惊，仓促间只能端住架子稍微应付几句。事后整理心绪，倒是有无数的话想要说了，可那时候，权仲白已经去向南边，到她出现意外，他都没有回来……

死里逃生真是好，蕙娘想。起码这一次，她有成百上千的回话，早已是千锤百炼过了，就等着从她口中喷薄而出，钉子一样地钉到权仲白脸上。

"二公子，"她这下倒客气得多了，甚至还首次解颐，奉送权仲白一个微笑，"我就有一个疑问……"

见权仲白神色一动，全副注意力都被自己吸引过来，那双亮得过辰星的双眼专注地凝视着自己，传递着忐忑、盼望、歉疚等诸多情绪……蕙娘满意地笑了，她也认认真真地望向权仲白，轻轻地启开朱唇。

"我想知道，二公子和我焦清蕙之间，究竟谁才是男人——或者这么问还更好一些，二公子，您到底还把不把自己当个男人看呢？"

焦家十三姑娘的名声，在京城一直都很响亮，她当了七八年承嗣女，因身份不同，种种行为，和一般女儿家南辕北辙。有些事焦家人自己不张扬，但权家难免也听到一点风声，权仲白心底也不至于不清楚。焦清蕙虽然在应酬场合里永远轻声细语，保持了她高贵矜持的做派，可她是承嗣女的身份，要总是一派大家闺秀的样子，焦阁老又怎么放心由她来接手家业呢？

可就算如此，十三姑娘这直勾勾的一句话，也令他气血翻涌，一时几欲晕厥。权仲白并非没有见识过更大的场面、更离奇的对话与更粗鲁的女儿家，毕竟他医者出身，世态炎凉人间百态，从少年时起就见惯了。可他承受过的这许多质疑里，似乎还没有一句话比焦清蕙的这么一问更有力，更能触到他的脾气——也许，任何一个男人被这么一问，也都会有些脾气的。

"十三姑娘，贸然请见，是我的不对。"他叹了口气，终究还是维持了风度，即使几乎将牙咬断，语气也还是那样轻柔诚恳——毕竟自己说的是这么一回事儿，焦清蕙脾气要是再大一点，恐怕会端起茶来淋他的头，"但婚姻大事，关乎终生。正是因为不想耽误姑娘，这才有此说话。我生性浪荡，实在是——"

蕙娘此时心情，就要比前些日子更轻松得多了。她几乎是愉快地鉴赏着权仲白俊颜上的挫败和苦恼，自己反倒拿起瓷杯，轻轻地啜了一口茶水。

"您也先用一口茶。"她笑着将茶杯给权仲白端了过来，"不要着急上火，我可不是说什么气话……"

这倒是真的，她还没那么无聊，几乎是婚前唯——次见面的机会，还会为出一口气，便肆意羞辱权仲白。权仲白要觉得他被羞辱了，那是他自家的事，在蕙娘自己，她这话是说得不亏心的。"我问二公子这句话，是因为二公子恐怕实在是有些误会。正待字闺中，只能由人挑肥拣瘦，自己但凡做一点主，那就是离经叛道、十恶不赦的人，在我心里，那实在是我焦清蕙。年过而立，自家有一份事业，能够自己做得了自己主的，连皇上都要客气相对的，却是二公子。二公子请想，在家从父、出嫁从夫，这三从四德的女儿家，又怎能为任何一件事做主呢？当家做主的，自然是男子汉们……可我要是个男人，早就娶妻生子、继承家业了，又怎还会和二公子说亲呢。二公子，请您细心品味品味，我这话，说得有没有道理。"

她客客气气的这一番话，倒是比刚才那石破天惊的一问更噎人。权仲白一时竟无话可答：细品起来，句句都是讽刺，失望和轻视几乎满溢。可又的确句句在理，人家话也已经说得很明白了。你看不上，那就让自己家里人别来提亲，连自己家里都处理不好，指望一个没出阁的女儿家来办事，这也着实是有几分可笑了吧？

忽然间，焦清蕙的脸看起来也没那样美了。权仲白是见过许多后宫妃嫔的，即使他不愿再娶，也始终还能欣赏美色。先帝说焦清蕙，"在她长成之后，三宫六院，只怕多有不如"。这当然是过分溢美了，仅在深宫中，就有两位妃嫔的美色能同她一较高下。的确，她生得很美，气质也很端正、很清雅……可尖利刻薄成这样，那还能算个姑娘家吗？

"我的确庸碌无能。"他索性也就光棍地认了下来，"就因为自知平庸，更不敢高攀您，也怕您一辈子都怨我，只能将我卑微屈下的一面，剖白给姑娘知道，免得姑娘终身所托非人，我确是一片好意……两家议亲的事，现在虽然还秘而不宣，但不论将来成或者不成，都很难完全保密。我也许是能说动家里，将亲事反悔，但和女方拒婚相比，您难免就难堪一些了……"

权家都说了亲了，忽然又反悔，这事要传出去，第一个最高兴的，肯定就是吴兴嘉了。上层世家说亲历来谨慎，就是这个道理。若女方拒婚还好，毕竟有女百家求、说亲低一头，这也是很正常的事；可男方反悔，不但对两家关系是极大的打击，在女方本人来说，也是奇耻大辱。一经泄露，清蕙本来就难说的婚事，只怕就更难说了。

这倒也的确言之成理，清蕙心底一个小结，就不情不愿地打开了：总算不是全无脑袋，还知道当面拒婚，对女方来说不是什么好事。

"可你想过没有，这事是我们能做得了主的吗？"她也就不再堆着那客气虚假、甜得发腻的语调，将凛冽本色露出一二，"但凡你要对政坛有一点了解，便不会做今日的蠢事了，以我们焦家所处的境况而言，这门亲事祖父是一定会答应下来的。即使把我嫁个牌位，恐怕他都肯干……更别说要挑你的毛病——"

她顿了顿，很是不甘心地承认："也不是那样简单的，我们这样的人家，男婚女嫁，出于两情相悦的本来就是凤毛麟角。怎么，难道二公子还想着找个情投意合的女儿家，也不计较出身，也不计较门第，同她和和美美地过完下半辈子吗？"

最后这句话，到底还是忍不住掺了一点讽刺。

权仲白便忽然沉默了下来，他望向蕙娘的眼神，又再有了变化——愤然、愤怒、无措、狼狈、愧疚……这些情绪似乎一下为他所遮掩了起来，这双比星辰还亮的眸子，只余一派生疏的漠然。

"我并不觉得存在此等想望，有什么非分。"他客客气气地说，"从姑娘的话里，权某也听得出来，道不同不相为谋。您不但和我不是一条道上的人，而且还似乎不大看得起我。人生在世，总是要搏上一搏，您不为自己终生争取；难道还要等到日后再来后悔吗？"

终生？还争取什么终生，说不定再过几个月，就是她的终生了。就好像她情愿把自己的终生，托付给这个一点都不会办事的庸碌之辈一样……

几乎是出于本能的，蕙娘也立刻为自己罩上了一张由严霜做成的面具。

"自出生以来，我锦衣玉食、颐指气使，过的日子，在京城都是有名的舒坦。"她望着权仲白，"二公子，难道您真以为，这富贵是没有价钱的吗？"

对话至此，两人的态度都已经明朗，根本就不可能说到一块。焦清蕙固然看不起权仲白，权仲白似乎也根本并不太欣赏她的谈吐。两人四目相对，只得一片沉默。过了一会儿，权仲白吐了一口气，垂下头轻轻地捏了捏眉心，他正要开口时，门口已传来了怯生生的毕剥敲击之声。还有绿柱那低低的声音："姑娘，老太爷已经在过来的路上了……"

清蕙也没想到自己和权仲白之间的对话，你踩一脚我踩一脚，居然滑到了这么难堪冷肃的地步。说出心里话，她心底是痛快的，可到底也有些微微的担忧：还没过门，关系就闹得这么僵了……

但她毕竟是焦清蕙，她是决不会后悔的。

蕙娘一扬头，又端出了对付吴兴嘉的架子，和气地吩咐权仲白："一会儿出去，您就什么都别说吧。要问你为什么想同我单独说话，您就说扶过脉，我其实没什么症候，那就成了。"

这份和气里的高高在上，连吴兴嘉都听得出来，权仲白哪能听不懂？他深深地吸了一口气，竟是懒于作别，站起身便大步流星地走向门边。这倒出乎蕙娘意料，她忙几步赶上了权仲白，也不及细想，一把就拉住了他的手。

两人手指一触，蕙娘才觉出权仲白指缘粗糙，便觉得指尖一痛，好似过了电一样，刺得她畏缩了一下，连权仲白的肩膀也为之一跳。她一时不禁茫然道："这是什么……"

"噢，是我手掌太干了，冬日天又冷，"权仲白也是顺口就回了一句，"就有刺痛之类，不必放在心上。"

说完了这一句，两人对视一眼，倒都有些尴尬：就和小儿拌嘴一般，本该两边撂了话，便彼此分手的，不想忽然来上这么一段，倒显得气势全无了……

还是蕙娘心里有事，她迅速地撇开了这尴尬的气氛，慎重叮嘱权仲白："一定照我的话说，不是康健无忧，而是没有症候——"

见权仲白似乎懵懵懂懂的，还未解其中深意，她真是恨不得握住他的肩膀好生摇晃一番，听听那小小的脑子，在脑壳中会否晃得出声响：这个人怎么就这样笨，这样迟钝！还这样不以为意！

"今日你行为出奇，已经给我带来太多烦恼了，"她只得沉下脸来，拿出了自己御下时说一不二的态度，"总之按我的话说，必须一字不错！"

权仲白深吸了一口气——蕙娘也看得出来，他在忍她的脾气，这男人虽笨，可究竟也还是有些涵养的。他最终还是点了点头，这才撇开蕙娘，回身出了屋子。

"让世婶受惊了。"权仲白宁静似水的声音，没有多久，就在外间响了起来，"小侄仔细扶过十三姑娘的脉象……并没有什么症候，是我多想了。"

他很可能不惯说谎——这番一听就知道是瞎扯的话，权仲白说得也不大流利，尤其在症候两字上，更是有些咬牙切齿，好像恨不得喊进蕙娘耳朵里，令她明白自己并未说错一样。

蕙娘站在屋里，转了转眼珠子，又见院子里影影绰绰，有好几个婆子好奇地望着这边，她便略略侧过身去，稍微避开了她们的眼神，又将全盘事仔细一想，这才垂下头去，满意地一笑。

不要说四太太，就连老太爷都是又好气又好笑，也心疼媳妇虚惊一场，倒是把谢罗居闹得鸡飞狗跳的。"这个权子殷啊，行事还和从前一样，到底是个名士态度，和一般循规蹈矩庸庸碌碌的所谓名门子弟相比，行事就是更别出机杼。"

四太太知道公公的意思，她也没怪权仲白，还是把错往自己身上揽："是媳妇胆子小，禁不得吓，大惊小怪的，倒是惊动了您老人家。"

她不禁嗔怪地看了蕙娘一眼："子殷就不说了，行事随性那是出了名的，可你怎么也跟着闹，还把绿柱打发出来了。虽说是光天化日之下，院子里就有人看着，但毕竟是孤男寡女独处一室，就是名分已定，这也是不该的，更别说还没换婚书呢……"

"两家都是一言九鼎的人家，头都点过了，那和换过婚书，也没什么差别。"老太爷为清蕙说话，"再说，你的闺女，你也知道，权子殷不是一般人，难道蕙娘就是一般人了？不一般配不一般，正好！"

他促狭地冲蕙娘挤了挤眼："在屋里待了那小半日，都说了些什么？"

"也没说什么。"蕙娘有意又是一笑，她含糊其辞，"反正，就是说些闲话嘛……"

　　谢罗居的几个丫鬟，不免就交换了几个眼色，都偷偷地笑。四太太一眼看见了，忙追问："怎么，难道你们还知道不成？"

　　"我们是不知道。"逗主子开心，这样出彩的差事，一向是落在绿柱头上的，她忍着笑给老太爷、四太太行了礼，瞅了蕙娘一眼，"就是院子里经过的几个婆子，都说，权少爷出了屋子以后，十三姑娘瞧见她们，就把身子背过去，偷偷地笑了……"

　　这下连四太太都忍不住微笑起来，老太爷更是乐出了声，蕙娘也就乘势垂下头去不说话了。老太爷见她害羞，就打发她："人都见过了，去和你生母说一声吧，也和她道道喜，她也一定有很多话想问你。"

　　把蕙娘打发出了屋子，他这才和媳妇商量："既然双方都见过了，听你说的，子殷一见蕙娘，眼珠子都要黏上去……我看，你也可以准备准备，进了二月，就可以过媒人，请期下聘了吧。"

　　四太太点了点头，不免也有几分不舍："抱在手上的日子，好似还在昨天——一转眼，她居然也要出门了！"

　　她看了公公一眼，犹豫了一下，还是问："去年才定了说亲出嫁，事情也多，就一直没能给她预备嫁妆——"

　　"这件事，我心里有数的。"老太爷淡淡地道，"你先只管置办些家具、首饰，我们家就这么两个孙女儿，哪个孙女儿出嫁都不能委屈了。尤其蕙娘嫁进权家，能否立稳脚跟，与子乔将来都有很大关系——你也不要太俭省了。"

　　这个意思，是要把蕙娘的嫁妆再往上提一个层次了。四太太轻轻地点了点头，不再说话。倒是老太爷又问了一句："权子殷出来时神色怎么样，都说了些什么？"

　　"神色也看不出什么，挺宁静的。说他随性，我看他还算有城府。"四太太便回忆着说，"先是给我赔了不是，说'仔细扶过十三姑娘的脉象……并没有什么症候，是我多想了'。"

　　现在女儿不在跟前，不必顾忌蕙娘的脸面，她就偷偷地笑出了声："没有症候这四个字，咬得还特别重，好像怕谁不信一样……这个人啊，一看就知道，平时是很少扯谎的。"

　　老太爷却没跟着笑。四太太笑了几声，有些吃惊，便度去一眼。这一眼过去，她怔住了——

　　老人家眼神悠远，神色内敛，竟是俨然已经陷入了沉思之中。

第九章

计高一筹

既然小两口等不到婚后，婚前就要关着门说话，也没人去问当事人的意思了。四太太告诉蕙娘的时候，用的已经是打趣的口气："权子殷这个人，也是太好动了一点，听说就是为了上我们家来扶脉，才硬生生把行程往后拖了几天。才扶了脉，转天就去苏州了……等他回来，也就可以办你们的婚事啦。"

他要能说动权家反悔，蕙娘反而还佩服他了，现在这个样子，她心底只会更看不起权仲白：自己家里谈不定，居然就逃到外地去了，真是个懦夫。

可当着一家子喜气洋洋的长辈，她也不好把心思露出来：成功为蕙娘物色了这门样样都很妥当的亲事，四太太固然是有大功告成之感，得意非凡。可最高兴的人，那还当属三姨娘了。蕙娘要是嫁入何家，何芝生一旦中了进士，她以后要随着丈夫宦游在外，这是肯定的事。现在嫁进权家，起码可以经常回娘家看看，彼此也有个照应。再说，权仲白功成名就，就是蕙娘，也不能昧着良心说，何芝生的各色条件能比得过权神医。如今蕙娘能说成这么一门亲事，三姨娘简直容光焕发，一夜间都年轻了几岁。

要说家里有谁的笑容最勉强，那自然就是五姨娘了。从前蕙娘也不是没有留意，但她没往心里去：自己要是嫁了何家，那日后不在京城，要保持对娘家的影响，总是鞭长莫及；现在要嫁权家，日后自然是常来常往，五姨娘心里不大高兴，也是难免的事。

但现在，她肯定不这样想了，就是绿松都和蕙娘念叨："您还没出门，老太爷且还安康呢，她就开始往府里安插人手了……就为了把这个家握在手上，真是什么事都做得出来。"

借着蕙娘亲事定了，老太爷、四太太都高兴的当口，五姨娘已经求准了四太太，把自己娘家一个远房兄弟收进府中做活，就安放在二门门房上做事。

蕙娘一时还没空顾及太和坞，她最近实在是太忙了一点：自雨堂里里外外，现在是没一个闲人；进了二月下旬，连孔雀都被接回来了。一来，石英的表现，依然是完美无缺；二来，五姨娘恐怕也不会再向自雨堂索要首饰了，但凡她还有一点眼色，都能明白，现在的自雨堂哪有工夫搭理她。

一般名门贵女，从小开始留意置办嫁妆的并不在少。比如文娘的嫁妆，这些年间就已经陆续齐备，倒是蕙娘情况特别，就算定了要说亲，没出孝也不好给她办。现在定了要出门子了，第一件事就是把自雨堂里的各种贵重物事盘点一遍——这些东西，是肯定要带到夫家去的；余下自雨堂里没有的，就要在外置办了。

"不要紧。"老太爷的话，四太太一直都是很当真的，"反正子殷在香山有个园子，就他一个人住，你的嫁妆，要是国公府摆不下，一部分就堆到香山去，也是妥当的。"

虽说国公府占地广袤，但四太太的担心也绝非毫无道理。自雨堂里光是上头画了各色故事、用来绷围屏的轻纱就有一大仓库，专用来随时替换炕屏，供清蕙闲着无事，看着打发时间的；还有她上百只的猫狗，装了几间仓库的各色衣服布料……至于家什，那就更不用说了，一般官宦人家花费大量心思收集打制，给闺女撑门面的紫檀家具，焦家虽然也不多，可把几间屋子都武装一遍，那也是绰绰有余的。四太太愁的不是什么不够，而是还能再添置什么：自雨堂里实在是应有尽有，要想找出一点缺憾来，可真是难了。

至于清蕙自己，她也没有闲着，京中礼俗，初次见面，是要递活计的。给夫家亲戚的手工活计可以由底下人代劳，但她起码要给权仲白做点荷包之类的小件。四太太对她的女红不再那么放纵了，特地从焦家布庄里调了两个绣娘来，专教清蕙绣活……虽说要出嫁了，可她的待遇、风头，在焦府却始终还是无人能及。

有人当红，自然就有人眼红。自从权仲白上门给蕙娘扶脉，这一个多月，文娘都在花月山房"病"着。家里人都明白她的心事，非但四太太不给她请御医，只令家常医生来给扶脉，就是三姨娘也特别叮嘱蕙娘："你也知道你妹妹的脾性，时常泛酸的，最近，你还是少和花月山房往来为好。"

文娘越是小心眼子，蕙娘就越要捏她，对三姨娘，她没必要藏着掖着："就这么姐妹两个，不相互扶持，事事还都要和我比，心眼不比针尖大……到了夫家，是要吃亏的。"

在蕙娘，文娘是她的亲妹妹；可在三姨娘，文娘又不是她肚子里爬出来的，她叹了口气："就让她酸一阵子也就过去了，太太都不说话，你插什么嘴呢？"

在这点上，蕙娘对嫡母是有些意见的，她没有再说什么，而是关切地问三姨娘："最近太和坞的人，没有给你气受吧？"

蕙娘定亲，对三姨娘来说，是好事，也不是好事。女儿终身有托、所托得人，三姨娘最惦记的一桩心事，终于有了结果，这一阵子她精神都好多了。可另一方面，蕙娘是定了要出嫁的人……当然，九十九拜都拜了，也不差这么一哆嗦，有老太爷的几次表态、四太太的特别关照，自雨堂的待遇没怎么下降。可清蕙还不了解这帮天生势利眼的下人吗？南岩轩看着一切如常，可到底衣食住行的规格有没有缩水，就只有三姨娘和符山心里清楚了。

三姨娘也没有装糊涂："你这还是想问承德的事吧？都和你说了，就是和五姨娘谈到往事，一时心酸起来，回头掉了几滴眼泪……我都没往心里去，就你问个没完。"

符山向蕙娘透出消息之后，蕙娘已经逼问了生母几次，三姨娘都不肯露一点话风。可她越是这样，蕙娘就越是生疑：三姨娘的性子，她再清楚不过了。虽然一辈子与世无争，但也不是什么水做的人儿。五姨娘就是揪着她去世的爹娘问，只怕都不能把她问成那样……

可三姨娘就咬死了不说，她还真只能另想办法。她也就不再逼问，而是换了个话题，同三姨娘说起："文娘这样钻牛角尖，其实只是自误。明日阜阳侯家有酒，那又是众人齐聚的大场面，她不去，好些人家没见着她，亲事岂不是又耽误了？也是十六岁的人了……"

"这哪有这么着急的。"三姨娘不以为意，"才说了你的亲事，怎么也歇一歇再说她的。怎么，难道今年说不了亲，家里就要把她胡乱许人了不成？"

蕙娘眼神一沉，没接三姨娘的话茬，只是轻轻地摇了摇头，低声道："其实，她应该自己更主动一点，争取应下何家那门亲的……"

今年春天来得早，才是二月中，便已经是花开遍地、蜂蝶争鸣，庭院里热闹得不得了。连风都似乎带了南意，筋骨都是软的，吹在人身上，像是一只小手，软软地一路往下摸……阜阳侯府里自然也是莺声燕语、分外热闹。蕙娘随在母亲身边，被阜阳侯夫人握着手看了半天，众人免不得又要夸她："上回穿的锦袄，真正好看。今日你偏又不穿它了，换了这一身，这条斜纹罗裙，样式也好！"

也就是两个月工夫，今日来赴宴的各家姑娘，十个里有五个穿的全是深深浅浅的紫色，配着腰间捏褶的锦袄。蕙娘自己倒是又换了新衣裳，芙蓉妆罗裙，裁出八幅不说，褶内竟是以杜织粗素绸拼成，色用天水碧，同绚烂多彩的芙蓉妆花罗，在质地同颜色上都有强烈对比，行动之间，芙蓉花颤，仿佛真是生在树上一般。阜阳侯夫人啧啧连声，亲自拈起裙角细看了半日，便笑道："上回在杨家，那条裙子我也见了。料子的确是难得，但也就是个料子了。今日你这料子都是易得的，只难得这手艺。两样绫罗，如何拼得同一张布一样，心思、手艺，都是奇绝了。"

又看看蕙娘的脸盘，她更满意了："真是也只有她这张脸，才配得上这条裙子了！"

阜阳侯张夫人是权仲白的亲姨母，这一次下请柬，她特别带话令蕙娘一道过来，也是再为权仲白相一相蕙娘的意思。虽说两家消息保守得好，坊间还没有传言，但蕙娘对她，当然特别客气："不过是身边丫头随意做的，您要是中意，回头我让她把模子送来。"

这份人情可不小，一群人的眼神都集中在张夫人身上：焦清蕙的衣模子，可不是那么好弄到的……就是牛夫人、孙夫人、杨太太这样的贵妇人，恐怕也没有这份面子。

张夫人笑得更开心了，她冲清蕙一挤眼，语带玄机："今儿就算了，我怕被生吞活剥了呢。以后我要看中了你哪条裙子，我就偷偷地问你要模子去！"

众人都笑起来，话题也就不在蕙娘身上打转了。何莲娘亲自过花厅来，怯生生地把蕙娘挽到女儿家们那一桌去坐。

出了长辈们的屋子，莲娘顿时将那小女儿害羞态度为之一收，她活跃起来："蕙姐姐，文姐姐今儿怎么没来呢？今年吃春酒都没见你，我们都当今儿还是文姐姐来，你还不来呢。"

"她身上不好，就不来了。"蕙娘随口说。

莲娘眼珠子一转，便压低了声音问她："是不是你开始置办嫁妆了，文姐姐心里又不高兴，这就不和你一同来了？"

这个小气的名声，都传到别人家里去了！虽说何莲娘和两姐妹都算熟稔，也比一般人更机灵一些，蕙娘仍是兴起一阵不满：文娘做人，实在是浅了一点。

不过，莲娘竟这样问，即使有用意在，也有些不妥当，她笑了笑："要这样说，她置办了七八年嫁妆了，我这七八年间，还起得来床吗？"

一如既往，莲娘问话，一般都有她的目的，虽说蕙娘预先给她堵了一句，她还是不屈不挠地打探消息："嘻，这可大不一样——她置办了七八年，断断续续零零碎碎地办，动静就小嘛。蕙姐姐你这嫁妆置办得，都快惊动半个京城了，我要是文姐姐，我心里也不舒服！"

似蕙娘这样身份，很多事不是她想低调就能低调得了的。就好比出嫁时的凤冠霞帔，霞帔也就罢了，凤冠总是要在外定做的吧。要是一般人家，往老麒麟一传话也就罢了，到时间自然首饰到手。可焦清蕙是一个镯子、一对耳环，都能引起一阵涟漪的人，订凤冠这么大的事，怎么可能不泄露消息？再有物色各式花色绸缎布匹、吩咐家具商行工坊……略微懂得些世故的贵妇人稍微一结合消息，很容易就能推测得出来：这是焦家的十三姑娘开始置办嫁妆了。

虽说这也许是未雨绸缪，按惯例提前置办，可何家是有心人。最近四太太忙着，没出来赴宴；文娘"病"了；蕙娘学女红，一家人都有事。莲娘几次派人给蕙娘问好，都未曾见着蕙娘的面，就被管教嬷嬷给打发回去了。就是这一次，蕙娘也没打算回她的话，轻轻地笑了笑，莲娘竟不敢再往下问。她不禁一声讪笑，这才又说起了吴兴嘉："这几个月也难得见她，这还是头回见面。本来年后说要选秀的，我们都当她一心预备此事呢。没想到今年又不选了，要推到明年去……唉，她也是耽误了。"

吴家的心事，明白的也不止焦家一家。蕙娘倒没想到这一次她还能和吴兴嘉照面：上回受了如此奇耻大辱，按说她起码得蛰伏个小半年，等众人淡忘此事不再说嘴了再出来应酬。至少，按她的性子，从前几次在她手上吃了亏，就都是如此行事的……

不是冤家不聚头，两位贵女两次出门，居然都撞到了一块。蕙娘自然是气定神闲——她越是明知嘉娘是最厌恶她这安详做派的，私底下多次说过："一个庶女，倒以为自己是公主了不成，高高在上的，看谁都像是看她家的丫鬟"，她在嘉娘跟前就越是淡然大度。一进厅，她同众人寒暄一阵，又笑着同嘉娘用眼神打了个招呼，仿佛根本就不记得彼此间的不快，随后便在莲娘身边坐了下来。

有石翠娘在，任何小戏都不会缺少观众，别人还未说什么呢，她先就和蕙娘招呼："听说蕙姐姐要来，我们都吃了一惊。一两个月没见你，还当你在家一心一意地绣嫁妆呢！"

一边说，一边就拿眼睛去看吴兴嘉。众人于是恍然大悟，立刻想起两三个月前的那场好戏。有些城府浅的小姑娘，眼神就已经直直地落向了吴嘉娘腕间。

出乎所有人意料，吴嘉娘的态度居然还很轻松。她一反从前冷傲做派，倒有几分学了蕙娘，态度宽和里带了一丝说不出的怜悯，轻轻一抿唇瓣，居然主动附和石翠娘的话头，和蕙娘打招呼："没想到还在此处撞见了蕙姐姐。"

连蕙娘都难得地有几分吃惊——且不说文娘年少莽撞，闹出的硬红镯子一事；按母亲说法，她和权夫人一唱一和，在宫里可没少给吴嘉娘下绊子。虽说不至于有什么能被抓住的话柄，但吴家人又不是傻子，消息一旦传出来，难道还不知道焦家人会是怎么个说法吗？即使选秀最终又拖了一年，实际上给吴嘉娘造成的损害并不算太大。但按她的性子，对自己只有更恨之入骨……

再说，太后、皇后亲自给权仲白做媒，自己又开始置办嫁妆……怎么到现在何莲娘还会旁敲侧击，一个劲地想知道焦家的心意？难道当时的几个妃嫔回宫之后，竟是一句话都没有乱说，还把这个秘密，保守到了现在？

可她也没工夫仔细琢磨，就已经被一群姑娘家缠上了，这些公侯小姐可不像吴嘉娘，起码还守住了一个傲字，人前人后都和蕙娘不友好。这些小姐在背后把她酸得都要化了，见到她身上的裙子，又都来看："这怎么缝得一点针脚都看不出来，真是绝了！"

吴嘉娘今天的装扮，并无特别可以称道的地方，手腕又被袖子遮得严严实实的，看不出戴了什么镯子。自然而然，她又一次被蕙娘抢走了所有风头，可这一回——蕙娘心底暗暗纳罕，她的神色一直都很镇定，就连眼神都没流露出一点不服。

席散之后，众人三三两两地站在花荫里说话时，她甚至还主动踱到蕙娘身边，同她搭话："最近，蕙姐姐又成了城里的谈资了。"

还好，一开口，始终是忍不住夹枪带棒，没有一律柔和到底。要不然，清蕙还以为她同自己一样，死里逃生、痛定思痛，预备改一改作风了。

"也是没有办法。"她也报以客气一笑，"外头人说什么，我真是一点都不知道。我就奇怪，她们怎么这么闲得慌呢，每做一件事，都要拿来说说嘴。"

这摆明是在说吴嘉娘，也算是对她的回击。吴兴嘉莞尔一笑，倒并不在意，她悠然道："毕竟蕙姐姐身世特别嘛……也就是这特别的身世成就了你，不然，蕙姐姐怕是没有今日的风光喽。"

吴兴嘉居然有脸说得出这话来！

以蕙娘城府，亦不禁冷笑："这话你也说得出口？恐怕天下人谁都说得，就你们吴家人说不得吧。"

当年黄河改道，老百姓死伤无算，随着焦家人一道葬身水底的，还有大小官员一百余名，一夕全都身亡，在朝野间也的确激起了轩然大波。这样的大事，总是要有一个人出来负责的。可河道提督自己都有份去吃喜酒，也早已经化作了鱼肚食。现成的替罪羊死了，只好一个劲往下查，查来查去，这个人最终就着落到了当时的都御史身上。而这个人，恰好就是吴兴嘉的堂叔爷，去世老吴阁老的亲弟弟……当时焦阁老已经因为母丧丁忧在家，对朝政影响力自然减轻，又还没混到首辅地步。双方角力未休，硬生生拖了一年多也未有个定论。就在这一年多里，都御史本人因病去世，按朝廷惯例，他甚至还得了封赠……

也因为此事，连四太太都对吴家深恶痛绝。文娘一门心思羞辱吴兴嘉，倒也不全是要炫耀财富，实在是为了讨嫡母的好儿。这一点，蕙娘心底是明白的，就是她屡次下嘉娘的面子，其实也都是看母亲的脸色做事……现在吴兴嘉还要这样说，她不勃然作色，倒像是坐实了嘉娘的话一样：焦家别人不说，蕙娘是该感谢这一场大水的；不是这水患，也成就不了她。

吴嘉娘今日表现，的确异乎寻常，她双手一背，没接蕙娘的话茬，反而又笑着说："哎，说起来，蕙姐姐，这嫁妆也不必置办得这样急啊。打墙动土，闹出这么大的动静，不是又违了您的本心吗？不是一时半会儿的事，大可以慢慢地办嘛。"

这两句话，看似毫无关系，可蕙娘能听不明白吗？先提身世，再提嫁妆，这就是赤裸裸地嘲笑蕙娘，她就算条件再好又能如何？亲事反而更难觅，三五年内恐怕都难以出嫁，自然可以从容置办嫁妆。而不用像现在这样，闹得满城风雨，将来不办婚事，反而丢人了。

看来，也就是知道了自己置办嫁妆，肯定是要说亲出嫁，而不是在家守灶了，吴嘉娘才把这不知打了多久腹稿的话给说出来。难怪她今天气定神闲，一点都不着急上火，原来是自以为拿准了自己的软肋……

蕙娘瞟了嘉娘一眼，见她大眼睛一睐一睐，温文笑意中，透了无限矜持——她心头忽然一动，立刻就想到了母亲的那几句话。

"就告诉你知道也无妨，吴家其实也是打了进退两便的主意，若进宫不成……"

阜阳侯夫人是权仲白的亲姨母，为了权仲白，她先亲自上门来拜访四太太，后又特别带话令她出席今日宴会，以便再次相看。她这个姨母，对权仲白一直都是很关心的。

看来，两家保密功夫做得好，吴家手里，还是年前的旧消息。

她便轻轻地笑了起来，反过来揶揄吴嘉娘："嘉妹妹也是有心人，自己嫁妆还在办呢，怎么就惦记起了别人的嫁妆来？"

你嫁妆来我嫁妆去的，其实并不合乎身份，吴嘉娘那几句话，说得是很轻的。可蕙娘的声音就大了一点，几个早竖起耳朵的好事小姑娘立刻就找到了话缝，笑着聚到近旁来："什么嫁妆不嫁妆的，是在说嘉姐姐的嫁妆？"

吴兴嘉今年十六岁，在京城年纪也不算小了，可现在都还没有说定亲事……说蕙娘难嫁，还真是应了蕙娘那句话：别人都说得，就你吴兴嘉说不得。

石翠娘人最机灵的，见吴兴嘉双颊晕红，略带一低头，却不说话。她眼珠子一转，便笑眯眯地道，"噢，我知道啦，我说嘉姐姐今天怎么来了——是家里人把你说给了阜阳侯家的小公子，让你给婆家相看来了？"

"你可别乱说。"嘉娘忙道，"这可是没有的事！"

不过，只看她面上的红晕，便可知道即使不是给阜阳侯家，但是来为人相看这一点，十有八九没有猜错。几个人一通乱猜，到最后还是何莲娘凭借超人的人际天赋拔得头筹："我知道啦，张夫人是权家两位少爷的姨母，前头权神医两任少奶奶都是她做的大媒——"

嘉娘脸上轻霞一样的晕红，由不得就更深了一分。她虽也否认，又唬下脸来道："尽这样打趣我，满口的亲事、亲事，可还有女儿家的样子吗？"

石翠娘可不怕她："我也是定了亲的人，哪里就说不得亲事了。嘉姐姐太古板啦，活像是五十年前的人！你同权神医郎才女貌，很相配呀，又有什么不好意思的？"

这个小人精，居然就从嘉娘的脸色，已经猜出了答案。

吴嘉娘立刻就占尽了风头，为一群小姑娘环绕着问权仲白的事——权神医在深闺女眷们心中，一直都是谪仙一般的存在；这些小姑娘，没有谁不在屏风后头，偷看过他的容貌，恐怕也有不少人做过关于他的白日梦。现在他又要说亲了，对象竟还是从来都高人一头的吴嘉娘，她们自然是又妒忌，又好奇，有无数的话想要问。嘉娘虽不胜其烦，不断澄清，可脸上红晕，还是被问得越来越深，好似一朵"银红巧对"，被问成了"锦云红"。

蕙娘含着她惯常的客套微笑，在一边静静瞧着。

她觉得有意思极了。

小姑娘们在阜阳侯的花园里，也就游乐了一个时辰不到，天色转阴，似乎快要下雨了。她们便被带回了花厅里——席面已完，也到了要告辞的时候了。

这一次进来，众人看着蕙娘的眼神又不一样，云贵总督何太太和焦家熟，她先开了口。

"十三姑娘，大喜的好事，亏你也藏得这样好。"她的语气里有淡淡的失落，但还算能够自制，"要不是张夫人说起，我们是一点都不知道。你母亲该罚，已经喝过三杯酒了，你也该罚！"

可惜，席面已撤，现在何太太手边只有浓茶了。众人都笑道："是该罚，焦家这朵娇花，也是我们从小看大的，现在名花有主，却还藏着掖着，好像是坏事一样……焦太太，你说该罚不该罚？"

四太太双颊酡红，居然有一丝醉意，她摆了摆手，掩着脸颊不说话了。倒是阜阳侯夫人心疼蕙娘，出来解围："这不是吉日还没定吗？不送帖子，难道还要特别敲锣打鼓、走街串巷地宣扬吗？也是我不好，多嘴了一句——"

她望了蕙娘一眼，脸上写足了满意同喜欢，"我自罚一杯茶，也算是替她喝过了，成不成啊？"

她是主人，众人自然给她面子，都笑道："罚可不敢，不过，您也喝一杯茶醒醒酒是真的。"

接着便又都连声恭喜四太太："真是天造地设！天作之合！"

又有凑趣的太太、奶奶高声笑道："确实，除了蕙娘，还有谁配得上权神医这样的人才！"

在一片贺喜声的海洋里，蕙娘用余光一扫，先找到了吴太太——她倒还掌得住，没露出什么异状。而后，在一群几乎掩不住讶异的贵女群里，她寻到了吴兴嘉。

以吴兴嘉的城府，此时亦不由得浅浅颤抖，那双大得摄人心魄，冷得夺肤彻骨的双眸，瞪得比平时都还要更大，从中似乎放出了千股丝线，恨不得全缠上蕙娘，将她勒毙……

如果说文娘的那双镯子，是给吴嘉娘的一记耳光；今日蕙娘此事，才真正是把她踩到泥里，给她上了一课，让她知道了什么才是真正的奇耻大辱。可不论是她，还是石翠娘、何莲娘，又能说得出什么呢？蕙娘除了一句打趣之外，可什么都没有说。

蕙娘的笑容加深了一点，倒笑出了无限风姿。

"哎哟，是有喜事不错，今天这笑得，比从前都深，都好看！"何太太已经没有多少异状，还笑着主动带头调侃蕙娘。

在众人赞美声中，蕙娘又冲吴兴嘉点了点头，态度还是那样，在友善之中，微微带了一点居高临下的怜悯。

第十章

故人情深

　　既然张夫人多了这么一句嘴，权家、焦家即将结亲的消息，很快就传遍了京城的上等人家。权家索性就请了张夫人再做大媒，上门正式提亲；两家换过庚帖，亲事也就提上了日程。因权仲白去苏州有事，婚期定得太近，他恐怕赶不回来，焦家也需要时间置办蕙娘的嫁妆。婚期便定在第二年四月，虽还是紧了些儿，但蕙娘年纪也不小了，权仲白更不必说，因此这样安排，双方也都觉得恰可。就是蕙娘，也都松快了那么一两分：她虽然女红荒疏，但也能应付少许，这一年多时间，给权仲白做几个贴身小物，那是尽够用的了。

　　如今亲事已定，焦家人事，自然而然也有所变化，第一个先告辞的是王先生。蕙娘出嫁之后，肯定不能再延请她过权家坐镇。文娘会一两套防身拳脚，足够强身健体，并没有往深里研习的意思；子乔就更不用说了，还小得很。她出门日久，思乡之情也浓，便同四太太打了招呼，进了三月中，便要回沧州去了。

　　当时把王先生请上京城，他们家还是看在蕙娘承嗣女的身份才过来的。可这几年王武备的官路也不能说太顺，蕙娘对王先生是有点歉疚的，最后一天到拳厅去，她便对王先生道歉："受了您这些年的教诲，做学生的却无以为报……令您虚度光阴了。"

　　"还没有恭喜过姑娘。"王先生还是笑眯眯的，她拍了拍清蕙的肩膀，"这几年在京城，我也算是享过了人间的荣华富贵，游览过了京畿的名胜古迹，又教了你这么一个学生。现在你终身有靠，双方缘尽，也是皆大欢喜的好事。你做这个样子，我倒要不高兴了。"

蕙娘别的不说，在拳厅里却的确是个好学生，同王先生也很投缘，她难得地将不舍放在了面上："一定日日按您的吩咐练拳不辍，可惜，我天分有限，用心也少，并没能把您的衣钵全盘继承下来……"

"继承我的衣钵做什么？"王先生不禁失笑，看着清蕙花一样的容颜，心底也不是没有感慨：自己才过京城来的时候，她还没到大人腰高，那样小的年纪，马步一扎就是一下午；从睁眼起，课程一直排到晚上，她却从来也不叫苦……自己少年丧夫，没有子女，比起十几年没回的沧州老家的人，倒是清蕙更像她的子侄辈。"你这个身份，一身横练功夫，那也不像样子。总之师徒一场，以后四时八节，别忘了我老婆子，也就算是没白教你一场了。"

清蕙身份尊贵，她虽然不在王先生跟前摆架子，但王先生自己说话也很注意，这样亲昵而威严的师长口吻，她是很少出口的。蕙娘眼圈儿也有点泛红了："那是一定，您也知道，我老师虽多，可手把手教了这么长时间的，也就您一个了。本来……您还能早两年回乡的，是我没舍得，强留了您这一段时日，实在是家里人口虽多，可像您这样真心待我的，也没有几个……"

王先生多少也有听到风声：蕙娘从小受到许多名师教诲，也就是从两三年前焦四爷去世之后，这些名师也都有了新的去处。这孩子当时一句话都没说，唯独向祖父求了情，还是把自己给留下了……

即使她饱经世故，面对蕙娘的拳拳情谊，也的确有所触动，竟难得地吐出了真心话来："我知道，你这几年心里也不好过。其实你祖父还是疼你，把你留在家里，你的路要难走得多——"

不过，其实就是出嫁了，按权家在道上的风声来讲……王先生眉头一蹙，又道："你也不要多想了，哪个女儿家不是嫁人生子？天要这样安排，一定有天的道理。将来在夫家要是受了委屈，有用得上师父的地方，你就只管往沧州送句话。"

她语带深意："你师父别的不敢讲，道上还是有几分面子的。"

习武的人，很难有不涉绿林的。王先生的公爹在河北省道上似乎很有威望，她本人的拳脚功夫也有一定名气，这个蕙娘心里有数，只是她从不和王先生谈这个……那不是她这种身份的人可以接触的话题。但她不明白，自己在权家会有什么遭遇，竟可能要寻求王先生的帮助……听王先生话里的意思，权家和道上似乎还有一定的联系。

"那我也不会客气。"蕙娘也没有细问，她笑了，"师父明白我，我脸皮最厚了，要求您的时候，决不会绷着不开口的。"

王先生望着清蕙不禁一笑："是啊，以你为人，在权家，怕也受不了什么委屈！"

师徒两人玩笑了几句，清蕙送走王先生，便去小书房陪老太爷斟茶说话。

进了三月，朝中按例平静了下来：今年暖得早，各地春汛，水患肯定是大问题。朝廷有什么纷争，都不会在这时候出招。老太爷也就难得地得了闲，可以经常在家办公，而不至于一定得守在内阁——自从亲事定了，只要老人家在家，他就时常令蕙娘在左右陪侍。

政务上的事，老爷子有成群幕僚帮办，还轮不到蕙娘开口。她自小受的教育，在政治上也只到看得懂这个层次，并不需要学习各种攻防招数。她和老爷子，也就是说些家常闲话，再议论议论各世家的勾心斗角、兴衰得失而已。今天她顺便就问祖父："听王先生的意思，难道权家还和道上有往来不成？"

"他们家做了几代药材生意了。"老爷子倒不以为意，"卖砂石、卖药材、收印子钱……这些生意，都一定要黑白通吃，起码两边关系都要能处得好。沧州出护院，也出打手，又是水陆集散码头，权家不说背地里支持个把帮会，同当地一些堂口肯定也有特殊关系。"

要真只是这样，王先生也未必会这么说话。蕙娘秀眉微蹙，把这事也就搁到了心底：按她身份，过门一两年内，恐怕也接触不到权家的生意。王先生这么说，多半只是未雨绸缪。

"这倒是提醒了我。"她笑着同祖父撒娇，"他们家门第高，下人的眼睛，肯定只有更利的。您得匀给我几个可心人……我的陪房，我要自己挑。"

以蕙娘的性格，会如此要求真是毫不出奇。老爷子反倒笑了："不是你自己挑，难道还要我亲自给你挑？你母亲可不会操这个心。"

焦家人口少，彼此关系和睦。这么多年来，老爷子一双利眸什么看不明白？可说四太太，也就是这么一句话而已。蕙娘没接这个话茬，她给祖父出难题："真的我挑了谁您都给？那我要是挑了梅管事，您可不就抓瞎了？"

"你在权家的日子，头几年也不会太容易的。"祖孙说话，无须大打机锋，老爷子也就不和孙女绕圈子了，"这一点，我知道你心里有数。权家很看重嫡出，权家大公子成亲五六年了，膝下还空虚着呢；不要说嫡子，连嫡女都没有一个。你过了门要是生育得早，在你大嫂跟前就更艰难了。她也是权家精挑细选的，永宁伯林家的小姐，林家三少爷的亲姐姐……没几个能人帮着，你能被她活吃了。"

也就是因为如此，蕙娘才要特别给祖父打招呼：巧妇难为无米之炊。她再千伶百俐，底下人不趁手，在夫家也还是要处处受到掣肘。这一番挑陪房，肯定是要从焦家带走一批能人的。究竟带走多少，还要看焦家陪嫁过去的产业，规模究竟有多大了。

但她今天要问的并不是嫁妆的事，蕙娘犹豫了一下，还是往下盯死了问："那您真能把您的左膀右臂都给我？您就不会舍不得呀？"

老太爷被蕙娘逗笑了："是你金贵，还是那群管事金贵呀？除非你要把焦鹤陪过去，那不能答应你——他年纪大了，也不好再折腾。不然，还有什么东西，是你从我这里撬不到的？"

这倒是真的，老太爷从来不大收藏古董的人，就因为蕙娘学琴，这些年收集的天下名琴，也已经有十多张了。焦家的规矩，就没有蕙娘破不了的。要几个人，又算得了什么？

蕙娘也就直说了："鹤叔我不敢要，他还把着家里的弦儿呢。倒是梅叔……您就把他给我带过去吧。有他，以后在权家，我要办点事，也就方便、放心了。"

焦梅虽然不比焦鹤多年功劳，但这几年来上位很快。因办事能干，阖家又都在府中做事，没有外头的亲戚，随着焦鹤年纪的增大，有一些他手上办着、半隐秘半公开的事情，也就交代到了焦梅手上。如无意外，等焦鹤彻底退下去养老之后，他似乎是可以上位为焦府大管家的。

老太爷眉毛一动，看得出是有几分吃惊的——蕙娘这个要求，有点不恰当了，不像是她一贯的作风。

"五姨娘终究是小门小户出身，比较娇惯乔哥。"蕙娘便坦然地道，"将来您要是退下来了，娘又不管事，焦梅的弟媳妇也就是子乔的养娘。把他放在焦家，倒不如放在权家，各方面都能更放心些。"

明面上，蕙娘是想要透过胡养娘对子乔的教育施加影响，免得四太太不闻不问的，由着五姨娘把子乔给惯得不成样子。可老太爷几乎用不着回味就听出来了：焦梅和胡养娘，一在外宅，一在内院，都是身居要职。自己还在的时候，一切好说，他们肯定作兴不出什么花样来。可要自己去了以后呢？主幼仆强，始终不是长久之计……倒是把焦梅陪到权家去，由蕙娘亲自控制，才能既发挥他的才干，又避免了将来可能的不快。

"有你在，祖父就不用操心家里的事了。"他舒心地叹了口气，"这么办，我看很好。"

"这件事，您就让我告诉他吧。"蕙娘垂下头，给祖父斟了一杯茶，"焦梅是个能人，要降得他心服口服，少不得也要费些心机。"

老太爷笑了："这是自然，也得让他稍微尝尝你的手段。你放手去做就是了。"

他又问："听你这么一说，五姨娘倒有惯着乔哥的意思了？"

像焦家这样的人家，起居作息都有严格的规矩，就算焦子乔在太和坞跟着五姨娘住，五姨娘也不能想怎么摆布他就怎么摆布他。就是过分宠纵一点，太和坞里的老嬷嬷们自然会提点；再说子乔还小，始终是生母照看得最精心，这两年来，老太爷对五姨娘的表现，大体上也还算是满意的。

"那倒还不至于。"蕙娘倒为五姨娘分辩了两句，"始终家里就这一株独苗，大家都是战战兢兢的，唯恐出一点错。有时候，难免行事紧了一点。"

话里藏了玄机，老人家若有所思，沉吟了一会儿，也叹了口气："以和为贵吧，家里人口已经够少了，你对文娘的做法就很不错，能留面子，还是互相留一留。"

老人家这番话，并不出乎蕙娘的意料。五姨娘怎么说也是焦子乔的生母，要想学汉武帝"立子杀母"，老太爷早就这么办了。就算只是为了个吉祥意头，只要五姨娘不触犯到老太爷的逆鳞，就算招惹老人家不悦，能保，还是会保住她的。

有谈陪房这个小插曲，蕙娘在小书房里就待得久了一点，出门的时候天都有几分黑了，屋檐底下还有数位管事正耐心等候。见蕙娘出来，他们这才鱼贯进了里屋预备回事，还有人献殷勤："奴才领姑娘出去？"

"不必了。"蕙娘笑着摆了摆手——自雨堂里专管着她出门抬轿的一位老嬷嬷，已经被唤进了院子里，为她打起了灯笼。

暮春时分，院内暖房开了窗子透气，风里也带上了花香。蕙娘走了几步，忽然瞧见院内一丛峨眉春蕙居然开了花，她不禁停下脚步，踱过去细看，口中还和那老嬷嬷笑道："今年算开得早了，从前年年都在四月开花，性子慢着呢——"

话刚说到一半，她又怔了一怔，视线还黏在盆边，过了一会儿，才慢慢地抬起眼来。

焦勋便正站在花木之间，这一处恰好有一盆大叶花木，如非那双青缎官靴无意间闯入蕙娘视野，她几乎没有意识到他竟也在院中。

想必是从蕙娘的反应里，他已知道自己被察觉了，焦勋轻声解释："明日就要回乡了，奉老太爷召见，是来辞行的。"

他没叫她姑娘，也没有行礼，似乎是仗着自己的身形被花木遮掩，老人家看不分明，脸上的神色，竟十分复杂，似乎大有文章在。

蕙娘的视线又不禁往那丛峨眉春蕙上沉了下去。

这一丛蕙兰虽然亭亭玉立、淡雅出尘，但花种不甚名贵，如非暗合了她的名字，小书房里是没有它的容身地的。当时到手也是巧，她陪父亲去潭柘寺疗养，在僧房前看着方丈亲手植兰，看得兴致益然，打从心底喜欢，却又不愿出口讨要。还是焦勋走来，笑着对老住持说："这是峨眉春蕙吧？倒是恰巧合了我们家姑娘的名字！"

老和尚还有什么不明白的？秋天就送了花苗来，连老太爷都笑了。"既然是你要来的，那就种在自雨堂里吧。"

小蕙娘却要把它种在祖父院子里，她亲自拿了小铲子，焦勋拎着花苗，两个人头碰头掘着土，那时候她才刚十岁，焦勋却已是十五六岁的少年郎了。她挖了几铲子，便抬头去看焦勋。

焦勋也正好看着她，在萧瑟的秋风里，他眼中的笑意更显得暖，蕙娘鬓边有一丝发被秋风吹起来，拂过了他白玉一样的容颜……

两个人的眼神撞到一块，小蕙娘又垂下头去。她拿起铲子，有一下没一下地戳着土，轻轻地问："傻子，知道为什么把它种在这吗？"

这一问，当时焦勋并没有答，它像是沉在了土中，漂在了叶间，藏在了花里，直到此刻，伴着盛放，又一次浮上了蕙娘心间。

"傻子，知道为什么把它种在这吗？"

她又抬起眼来，望向了焦勋。

焦勋一句话都没有说，可他的眼睛说了话，他分明也想起了，他分明正用自己的神色作答：他是知道的，他一直都知道。可现在，他已经不能答了。就好像她也不能问了。她不能问他："你恨不恨我，连京城我都不让你待了？"她不能问他："日后，你会去向何处？"甚至连平安两字，她都不能出口；连一点细微的神色，她都不能变化。

她只能望他一眼，连多一眼都不能够。身后小书房的窗户，就像是祖父的眼睛，一眨不眨地盯着她的背影……

蕙娘退了一步，连一句话都没有说，便转过身去，冲柱子一样站在道边的老嬷嬷轻轻地点了点头。

老嬷嬷便又为她提起了灯笼，让这一点小小的光晕，照亮了她脚下的路。她举得很小心，就好似这方寸天地间，最着紧的，也不过就是这双金贵的秀足将要迈出的脚步。

焦勋一路目送十三姑娘娟秀的背影溶进了昏暗夜色里，直到再也望不见了，他才低下头去，抹了一把脸，便重又踱到廊下，若无其事地等候着老太爷的召唤。

老太爷让焦勋陪他吃晚饭。

一般在焦家，也只有十三姑娘能经常得此殊荣。此外，能进小书房来陪老太爷用饭的，也就只有他多年的智囊幕僚，还有看重的门生弟子，又或者是他要拉拢的焦派干将了。焦勋今天能得这个待遇，想必此后府中，会给他脸色看的人，必将更减少许多。

不过，都是要走的人了，府中人事，已经很难再令焦勋用半点心思。就连老太爷这反常的抬举，也很难换来他的受宠若惊。他倒是主动和老人家提起："知道十三姑娘今儿过来陪您说话，我虽到了院子里，却不敢在墙根下候着，没承想还是撞见了一面。"

老人家看了他一眼，为重重皱纹包围的双眼轻轻一睐，似乎有一分笑意，又似乎也有些感慨。他似乎满意于焦勋口吻中的淡然，便没搭理焦勋的话，而是令他："大口吃饭，我看人吃得香，自己才有胃口。"

焦勋便搬起碗来，往口中填了一口饭，才一咀嚼，眉头就不禁一皱。老太爷看见了，笑得更促狭："噎着了？噎着了就喝口汤。"

焦家豪富，即使是下人，吃用也都精致。以焦勋的特殊身份，他的衣食住行并不输给一般富家的少爷公子，虽然不是没吃过苦受过磨炼，但还真没吃过这么干巴巴粗拉拉的米饭——他日常吃的，都是进上的贡米。

"您这是故意考校我。"他便苦笑起来，顺着老太爷给的话口说，"可也不至于特意备这么一份米饭吧，您不是也……"

老太爷端起碗来，居然也吃了一口糙米饭。他津津有味地嚼了几下，又夹了一筷子青菜，"专心吃饭，不要说话。"

这一桌子的粗茶淡饭，真正是粗茶淡饭。青菜虽甜，可缺油少盐，吃着没味；老豆腐一股豆腥味；一桌子都见不着荤腥。焦勋吃得很痛苦，他无论如何也做不出大快朵颐的样子，勉强用了半碗饭，便放下了筷子，恭恭敬敬地看着老人家用饭。

焦阁老却吃得很香，他细嚼慢咽，吃了小半碗米饭，还给自己打了一碗芸豆汤喝了。这才惬意地叹了口气："咬得菜根，百事可做。宫中教导皇子、皇女，每年夏五月，是一定要吃几顿菜根的。可那拿高汤浇熟的萝卜，哪里能得到山野间的真趣呢？我一吃这饭啊，就想到从前……"

即使是在家里人跟前，焦阁老也很少提从前的事。焦勋心头一跳，面上却不露声色，听焦阁老慢慢地讲古："那时候蕙娘、文娘祖母还在，我们去山里赏春，不巧下了雨，被困在山里过路人常住的小屋。屋里有些菜米，却无荤腥，她带着丫头好歹对付了一顿出来，孩子们吃几口就吃不下了，要等底下人送饭过来。我吃着却觉得要比大鱼大肉更有味。蓼茸蒿笋试春盘，人间有味是清欢……"

他的声音低沉了下去："嘿嘿……人间有味是清欢。"

焦勋不知说什么好，他挺直了脊背坐在桌前，神色略带得体的同情。焦阁老看在眼底，也不禁有些感慨。

和蕙娘一样，都是竹子做成的脊骨，什么时候，都坐得竹子一样直……

他叹了口气："你老家安徽，家人都死绝了，连三亲六戚都没有。这一次，不打算回安徽去了吧？"

安徽当地文风很盛，焦勋要打算走科举之路，在安徽，不如在西南、西北一带入考好些。焦阁老会这么说，肯定是能帮他把户籍办过去的，这点小事，对他来说也就是抬抬手的事。

焦勋却没有顺着竿子往上爬，他点了点头，双手扶着膝盖——即使是在阁老跟前，他也保留了一丝从容。"是不打算回安徽去了，若您没有别的安排，我想去广州。"

焦阁老一抬眉毛："你是想掺和到开埠的事里去？"

"是想出海走走。"焦勋安静地说，"我这个身份，一旦入仕，终究免不得麻烦和议论。将来十三姑娘出嫁后，是否会为此受夫家臧否，也是难说的事。再说，仆役出身的人，走官道，限制也实在是太多了点。"

识得眼色，自己先就做到十分，令人真无从挑剔。

即使深明焦勋的底细、秉性，老人家依然一阵欣赏宽慰：还是和从前一样，焦勋做事，是用不着人担一点心的。有些事，自己不好做得太过分，免得落了下乘；他自己能够明白，那就再好也不过了。

他也没有再说什么，只是沉沉地点了点头："你是你鹤叔从小带大的，走到天涯海角，也不要忘了他的恩情。"

"再造之恩，怎会忘怀呢？我连一件衣服都是养父给的，"焦勋眼睫一动。他抬起眼来平静地迎视着焦阁老，唇一扭，露出一个笑来："这份恩，即使肝脑涂地，也是一定要报的！"

有了这番表态，焦阁老也没什么好不放心的了。焦家对他，只有恩，没有怨。焦勋能明白这点，不至于给焦家添麻烦，放他出去，也是海阔天空，大家各得其所。

老人家点了点头："你要出海，我不拦着你，能多看看走走，也是好事。"

他语带深意："蓼茸蒿笋试春盘，人间有味是清欢。富贵地，有富贵地的好；山野处，也有山野处的清欢。"

送走了焦勋，他抽出了一张花票。

这是宜春票号开出的银票，上头写了焦鹤的名字，盖了老太爷的私印，还有焦鹤本人的画押，花花绿绿的，很是好看。

老太爷翻来覆去看了半天，似乎是在看数字，又像是在看泥印，好半晌，他才敲磬唤人："把这张票子给你们鹤大叔送去。"

第十一章

谋定人心

送走了王先生，蕙娘还是维持了练拳的习惯，只是改在了自雨堂院子里，拳厅也就跟着荒废了下来。等张夫人上门正式为权家提了亲，四太太就和蕙娘商量："倒不如索性还是空置着，等你们姐妹都出门了，乔哥也长大了，便请了先生来，让乔哥照旧过去练拳。"

这个拳厅，几乎是依附于自雨堂所设。从太和坞过来，可说是山高水远，一点都不方便；问的是拳厅，实则还是在询问蕙娘的态度：在她出嫁之后，自雨堂恐怕要挪给弟弟居住，就看蕙娘大方不大方，能否点这个头了。

嫡母都开口问了，蕙娘还能怎么说？她反而主动把话题挑开了："这自然是好的，要这样说，太和坞也比不上自雨堂舒服。等我出了门子，便令文娘在这里住上几年；等文娘出了门呢，刚好乔哥也就到了能练拳的年纪了。"

按说蕙娘又不是远嫁，按一般人家的做法，她的院子是该封存起来，留待她回娘家时居住的。不过自雨堂在焦家地位超然，当年兴建时，特地在屋檐上铺设了来回沟曲的流水管道。不但特费物力，且夏日还需在附近安设风车，佐以人力车水，堪称靡费。即使是老太爷的小书房，都没有这种架构，不愿空置也有道理。可按排行来说，怎么也要让文娘住上几年，才算是照顾到了她的小性子。

四太太会问她这个，肯定是出于五姨娘的撺掇。被蕙娘这么一说，她有几分尴尬："还是你想得周到，不然，你妹妹又要闹脾气了。"

从正月里到现在，两个多月了，文娘还一直"病"着，平时除了偶尔到谢罗居给母亲请安，竟是绝不出花月山房一步。四太太和蕙娘也都忙得很，蕙娘已经有一个多月没见到妹妹了。要不是今天嫡母请她过来，她本来也打算去花月山房坐坐的。现在有了这么一个好消息，蕙娘倒不急着过去了，从谢罗居出来，她便进了南岩轩和三姨娘吃茶说话。

"两家已经是换过婚书了吧？"三姨娘不免多问几句婚事，"前儿听说阜阳侯夫人上门，想必就是为了这事；可太太没开口，我也就没有问。"

"就是来送婚书的。"蕙娘说，"太太最近忙着看家具样式，都没心思管别的事了，也许就忘了同您说吧。"

"五姨娘也时常和她说话。"出乎意料，三姨娘居然主动提供了太和坞的动静，"子乔一天大似一天，明年这个时候，也可以开蒙了。五姨娘也是着急想为他物色几个开蒙的好先生，文的武的，最好都能从小学起。"

是着急于为焦子乔物色先生，还是想着趁蕙娘出嫁，浑水摸鱼为太和坞争取一点好处，那就是见仁见智了。蕙娘微笑："到底是生母，合家老小，就数她一个人最担心乔哥。"

三姨娘瞅了女儿一眼，明白过来了："太太同你说起自雨堂的事了？"

她不禁也是嗟叹："还以为那是能住一辈子的地方，当年真是造得精心。可惜，就是能把房子陪过去，管子也是挖不走的。不然，给你带到夫家去倒好了，也省得白费了当年老太爷疼你的一片苦心。"

听锣听声，听话听音。三姨娘自己受委屈，从来都是能让则让，以和为贵。可蕙娘的自雨堂一遭惦记，她话里话外，就也护上短了。蕙娘自己心底也明白着呢：孔雀刚回自雨堂的那几天，在屋里颇有些站不住脚，要不是三姨娘见天打发符山来给她送东送西、嘘寒问暖的，她身边的几个能人，还没那么快消停。

"造价这么贵，白空着也是可惜。"她说，"先让文娘住两年吧，等文娘出了门，那就随乔哥怎么折腾了。"

"那么小的孩子，他懂什么人事啊？！"三姨娘叹了口气，突发奇语，"我看，等你出了门，我索性住到小汤山去，也省点心。就把地方让给她折腾吧。"

焦家在承德、小汤山都有别业。虽说肯定是比不上城内府邸的善美，但胜在清静。三姨娘这样的身份，在别业里反而更享福，至少不必天天早起去谢罗居请安，自己也能尝尝做主子的滋味。

可这话听在蕙娘耳中，又有些不对劲了。三姨娘的性子，她是知道的，并不以奉承四太太为苦。说句实在话，她一辈子经历坎坷，平时并无太多爱好，也就是能和四太太说得上话了。在京郊别业里住着，长天老日，也是无聊……

她扫了三姨娘一眼，也不多试探，冷不丁就是一问："上回在承德，五姨娘和您说的就是这话？"

话赶话说到这里，三姨娘发发感慨，想要住到外头去，其实也可以视作是对五姨娘的抱怨。可为蕙娘这一问，她却先是一怔、一惊，片刻后才笑了："她哪会这么说？这不等于和我撕破脸吗。老爷子、太太还在呢，家里的事，哪是她那样身份可以做主的。"

可这话，瞒得过别人，却瞒不过她肚子里爬出来的蕙娘。从小跟在祖父身边言传身教，也不知偷偷地见过多少高官，旁观了多少次人间龙凤斗心眼儿。察言观色，是她强项，三姨娘又是她的生母，这话要还能骗得过她，焦清蕙也就不是焦清蕙了。五姨娘肯定不会傻到落人口实，明目张胆地把话给说出来，但弯弯绕绕、曲曲折折地暗示三姨娘几句，吃准她息事宁人的性子，恐怕还是有的。有焦子乔在手，三姨娘肯定不愿意得罪她，她还不明白三姨娘吗？知道要是南岩轩受了委屈，蕙娘少不得和太和坞冲上。为了不给女儿添麻烦，别说是住到承德、小汤山去，就是从此吃斋念佛，不出南岩轩一步，恐怕三姨娘都是情愿的……

她轻轻地哼了一声，却并未流露出多少情绪："她要还记得自己的身份，那就好了。就是她不说，我也打算告诉太太，自雨堂终究是要留给子乔的。可这地儿，只能由我赏给她，她可别想从我这里抢过去。"

还是这么傲的性子……

三姨娘啼笑皆非，要劝蕙娘，又不知从何说起。她也怕说多了，蕙娘又要盘问承德的事。自己今日试探了一句，反而被她抓住线索反过来逼问，已经有些乱了阵脚，便索性打发蕙娘："去花月山房瞧瞧你妹妹吧，现在亲事定了，你也该和她和好啦。"

的确，现在两边名分已定，再无法反悔，蕙娘除非未出嫁前死在家里，不然这辈子就是权家的人了；有很多事，也该到了收网的时候。

她还是没去花月山房，而是直接回了自雨堂，同丫头们闲话："还想令太太给我看一眼呢，这辈子什么都见过了，就是没见过婚书是怎么写的。"

会这么说，肯定是两边已经换过婚书，亲事再不能改了。绿松第一个恭喜蕙娘："听说权神医在香山有个园子，比我们家还要大，还要好。我随着姑娘，竟还能见识比家里更好的地儿了。"

对一般人家来说，权仲白那个药圃也的确很是诱人。近在香山，占地广阔……要是不耐烦和妯娌们应酬，躲在小园成一统，管他春夏与秋冬，这的确是很多少奶奶向往的境界。蕙娘心情似乎也不错，她点着绿松的额头，和她开玩笑："就不让你跟着过去，把你嫁在家里！"

这一群丫鬟，和蕙娘年岁都差不离，主子定了亲，她们没几年也是要出嫁的，听蕙娘这么一说，都红着脸笑了。"姑娘要是舍得，就把我们都嫁在家里，您光身过去吧。"

"想得美！"蕙娘也笑着抬高了声音，"就是嫁了，也得跟我过去——"

她扫了石墨一眼，加重了语调："放心吧，我已经和祖父说好了，你们全都跟着陪过去。到了那边服侍我两年，再说婚嫁之事。好歹跟了我这么久，也不能让你们没了下场。"

石墨面上顿时现出喜色：跟着姑奶奶嫁出门的陪房，事实上从此已经算是夫家的下人了。她的婚配，自然也是主子做主，即使是亲生父母，也没有求到姑奶奶头上，让她往回嫁的道理。只要胡养娘之子未曾陪到权家，以蕙娘的性子，她的好事十有八九，便可以成就了。

等众人散了，她特地留下来给蕙娘磕头，又不肯说为什么，只含含糊糊地道："姑娘受累了。"

蕙娘要陪房的事，根本都还没有传开，想必以五姨娘的见识，也根本就没把这事放在心上：到了该放人出去成亲的时候，同蕙娘打个招呼，在她看来肯定是手拿把掐的事。毕竟这几个月，自雨堂对太和坞，一直都是很客气的。说起来，蕙娘还欠了她一个人情呢。石墨最关注这事了，不至于不清楚五姨娘的动向，她留下来给蕙娘磕头，多少还有些敲钉转脚的意思，想让蕙娘发个准话，那她的亲事就准成了。

这些大丫头，真没一盏省油的灯，都是瞅准了她的性子使劲儿……蕙娘看她一眼，没有好气。

"起来吧，做张做智的。亏待了谁，还能亏待了你？要把你给亏待了，你往我饭食里加点什么，那我找谁哭去？"

这话多少有几分故意，不过，石墨笑嘻嘻的，即使在蕙娘锐眼看，她也都没有一丝不自在。"我知道姑娘疼我……可这事没定下来，我心里真是悬得慌。"

　　这个圆脸小丫鬟扭扭捏捏地瞅了蕙娘一眼，又垂下头去。"姑娘，再向您求个恩典呗？他现在在府外做些小生意，因不敢打我们家的招牌，日子也不大好过，比起府里管事，出息就差了。因为这个，我爹娘心里有话说呢。您也知道，我家里人口多，不比孔雀姐姐，自己就是个小姐……"

　　"求我就求我，你还怼孔雀。"蕙娘不禁一笑，"她白和你好了。"

　　石墨的娇憨，有点文娘的味道，理直气壮地没上没下，可被蕙娘一吓，她又软了："我、我就随口说说，您可别告我的状……"

　　蕙娘先不说话，等被石墨求得浑身发酥，才望着指甲，慢慢地道："知道啦……不就是钱吗？他能不能进来，我不好说。在家得看太太，过门了还得看那边的太太，不过，家里的人，也就是一句话的事。你爹娘年纪都还不大吧？"

　　石墨登时惊喜地瞪圆了双眼："姑娘您的意思——"

　　蕙娘唇角一翘，微微点了点头："这几个月，你小心当差，别叫你那些千伶百俐的姐姐妹妹们挑剔出你的毛病来，到时要抬举你，倒不好抬举了。"

　　石墨父母在府中没有太多体面，尤其她母亲没有司职，家庭收入是不大高，能跟着过去权家，无论如何都是一个机遇。小姑娘鸡啄米一样地点着头："奴婢明白，一定把姑娘的吃喝都看得严严实实的，不让旁人沾一点手！"

　　蕙娘笑了："嗯，得了闲，你把你绿松姐姐请回家里坐坐，有你的好处……这样，石英前几个月给孔雀代班，也辛苦得很，你们俩去找绿松，就说我的话，放你们回家休息一天，明日吃过晚饭再进来吧。能不能请得动绿松和你一起出去，就看你的本事了。"

　　石墨对绿松倒一直还算服气，她眨巴着眼睛，心领神会地一笑，甜甜地应了一句："知道啦！"

　　待要走，却又不愿，憋了半天，才憋出一句："跟着姑娘办事，真是不亏！就是为了姑娘死，都是情愿的！"

　　她面上笑容洋溢，看得出来，这句话，应当是出自真心。蕙娘目送她退出屋子，自己想了半天，也是懒洋洋地一笑。她又推开盒子，取出了那本小册，在上头添了几个字。

　　这一次，文娘一反常态，自雨堂要给她住这样的好消息送到了花月山房，她居然还不肯来找蕙娘说话。蕙娘等到第三天早上，没等来文娘，倒是等到了石英。

她打完一套早拳，洗过身子从净房出来时，就见到石英站在桌边——按常理，她今日是不当这差的。能近身服侍蕙娘，那是美差，一般自雨堂的大丫头得轮着来；谁要是多占了班，背地里是要遭人恨的。石英就是前几天，才刚轮过班呢。

看她一脸的欲言又止……看来，是已经和焦梅说过了陪房的事。焦梅也应当去找过人，想给自己打招呼了。

家里下人婚配这样的小事，当然不可能去烦老太爷。要向太太求情，焦梅又没有这个机会，内宅事务，并不归他管，他一般是向老太爷回话，一年也难得进几次内宅。除非他异想天开，去找五姨娘说情，不然，最大可能，还是去求老管家焦鹤。他跟随老太爷多年，身份超然，也是可以管教蕙娘的。有他一句话，蕙娘十有八九，肯定会给面子。

不过，蕙娘也早就和焦鹤打过了招呼，借着这个机会，她甚至还知道了焦勋临走的时候，除了养父给的盘缠外，老太爷还以鹤叔的名义赏了一张银票……焦梅不去求他也就罢了，这一求，大管家肯定是给他吹了风的：十三姑娘已经求准了老太爷，要把他带到权家去了。

宰相门人七品官，一样是管事，焦家的二管事和权家的陪嫁管事，那可是云泥之别。焦梅一家，昨晚恐怕没有谁能睡得着吧。

蕙娘压根就不理会石英，她就像是没留意到一点不同，在梳妆台前一坐，一边由着香花为她梳理那丰润乌黑的秀发，一边从孔雀手里托盘中拈起了一枚簪子，冲孔雀笑着说："这个海棠水晶簪，做工真不错，我前阵子还惦记着想戴呢，可你不在，又不知收到哪里去了。"

孔雀还没说话呢，扑通一声，石英已经跪了下来。她死死地咬着双唇，一句话不说，倒把众人都吓了一跳。绿松瞥了蕙娘一眼，见蕙娘微不可见地点了点头，便上前说："这是怎么了？快起来说话！什么事，要跪下来——"

"她要跪，就让她跪着吧。"蕙娘轻轻地说，她把海棠簪推进发内，站起身来，"该去谢罗居吃早饭了。"

在谢罗居里，五姨娘的眼神果然在海棠簪子上打了好几个转，蕙娘笑着冲她点了点头，回到自雨堂里，她把簪子拔下来递给孔雀："送到太和坞里去吧，话说得好听一点……把这个意思带出来：自雨堂先给文娘住，也是为了照顾十四姑娘的脾气，倒不是故意要驳她的面。"

孔雀咬着唇，心不甘情不愿地接过簪子，出了堂屋。蕙娘踱进里屋，又坐下来练了一会儿字。过了一会儿，她似乎有几分疲倦，便按着脖子轻轻摆了摆手，由绿松领头，一屋子人顿时退得一干二净，只余石英一人，还直挺挺地跪在梳妆台边上。

"说吧。"蕙娘又提起笔来，她连看都没看石英，只闲聊一样地问，"你爹原本为你物色了哪户好人家来着？"她立刻就得到了一个答案。

"五姨娘娘家有个远房侄子……"

从前没想和五姨娘争锋，自然不会去要焦梅。她知道石英已有去意，私底下还觉得这丫头眼浅：除非她能到焦子乔身边服侍，不然，这府里还有什么去处，比在她身边更强？没想到，焦梅果然有几分本事，他还真为自己的女儿，安排了更妥当的人家……

蕙娘搁下笔，拿起一方素绢，仔细地揩着青葱一样的玉指。

"奴才就是奴才，再威风，那也是主子赏的。"她淡淡地说，"得意忘形，竟把自己当个主子，想要插手主子间的事了，那可不行。"

石英咚咚地给蕙娘磕头："奴婢明白，奴婢虽不能违逆父母，却也万不敢吃里爬外，给姑娘添堵。姑娘如不信，奴婢愿——"

"好了。"蕙娘不轻不重地说，"要不是看明白了你的心思，你还能跪在这儿吗？连着你爹，怕是早都被赶出去了……你爹虽然利欲熏心，为了那一步连命都能不要，所幸，到底还是生了个好闺女。"

石英肩膀一松，这才觉出浑身已跪得酸痛，一时再撑不住，几乎软倒在地。她勉强维持着最后的体面，伏在地上，以最恭敬的姿势，听着头顶那缥缈的声音："你爹知道消息，是个什么意思？"

"他……他直打自己耳光，"石英便又勉力支起身子，恭恭敬敬地说，"想亲自给姑娘磕头赔罪……"

"不必了。"蕙娘搁下手绢，"石英，我今儿个把话给你撂在这了，我活着，你陪我一起嫁到权家，连你爹在内；表现得好，自然有差事给你们做。将来风光，未必比在焦家差。我死了，那我也早留下话来，你们全家都得给我殉葬。"

她随手抄起一卷宣纸，弯下腰顶起了石英的下巴，望着她的眼睛一字一句地道："我焦佩兰说得出做得到，你们一家是生是死，凭的不是祖父，不是麻海棠，是我的一句话……你明白了没有？你信不信？"

石英也好，焦梅也罢，又哪还有什么不明白的？哪里还敢不信？

第十二章

争风吃醋

文娘这一次居然很沉得住气，她一路病到四月，病得京城的夏天都要来了，病得三姨娘和蕙娘说了几次：你就不能让她一回？她要什么，你给她就是了；病得蕙娘的家具都做下去了，玛瑙天天领着焦家布庄的裁缝们忙活；病得蕙娘把宝庆银、老麒麟送来的首饰，都先打发到花月山房去了。她还是不肯见好，终于连老太爷都惊动了。蕙娘过去陪他用茶时，老人家都问了一句："文娘这几个月，病得不轻啊？"

"红眼病，晾一晾就好了。"蕙娘心底也不大乐意，她轻声细语地说，"总是那个样子，好像家里有谁对不起她一样，这样下去，以后嫁出门，是要吃亏的。"

即使自己也是即将出门的大闺女，守灶女的口吻依然改不了。文娘越是倔，蕙娘就越是要拿捏她。两姐妹一声不出，倒是斗了有四个月的气。老太爷也是又好气又好笑："你明年就要出嫁了，你母亲又是那慈和的性子。她慈母更别说了，丫头出身，那么一点点见识，能教她什么？花月山房里的嬷嬷们，可不比你这个做姐姐的教她，更上心，又更有威严。你不出手，难道还要我老头子教她？"

焦家人口少，文娘虽然不如蕙娘那样得宠，但从小也一直都很得祖父、父亲的宠爱。老太爷提到她的时候，语气里的宽容和放纵，就是蕙娘永远都享受不到的待遇。

当家人都发话了，蕙娘心里就是再不情愿，也只能主动放下身段。她带石英去花月山房，走到半路，又打发她："算了，你还是去太和坞找你婶婶说几句话吧。"

最近几个月，自雨堂里的丫头们一来是忙，二来主子也管得严，平时没事，几乎没有出门的机会。石英在自雨堂东里间跪了那半天，要是以往，消息早传得遍地都是；石英这几个月，在各屋的大丫鬟跟前都别想抬头做人了。可自从蕙娘腊月里发了那一顿火之后，到现在，小半年了，自雨堂里的事根本就传不出去。尤其是能进东里间服侍的丫头，哪个不是千伶百俐的，主子的态度，或多或少都能揣摩出来。口风严到什么地步？别说太和坞了，就连南岩轩的符山，对石英的态度都根本没有一点异样……

石英现在对蕙娘就要热情得多了，连表情都丰富起来，她一口答应下来，又主动向蕙娘讨假："这几天，听说家里母亲身体不大好，想要回去看看……"

蕙娘唇边便浮上了一缕模糊的微笑："那也是该回去……今儿晚饭前回来就成了。"

虽说焦梅定了要跟她去权家，但老太爷说话算话，一个多月了，蕙娘没提，他也就没露一点风声。焦梅还是好端端地干着他二管事的活计。他在府里的能量，也和从前一样大。说得难听一点，蕙娘现在要想瞒天过海，办上几件见不得人的事，除了瞒不过老太爷外，恐怕连四太太都只能一无所知。

不过，她究竟也没有吩咐焦梅多少事，只是令石英择时去太和坞和胡养娘说几句话。"以你的身份，和她们多亲近一点，也算是应有之义。"

石英有没有琢磨明白她的意思，就要看这丫头的悟性了……蕙娘绕过一个弯角，多少有些不耐烦地想：毕竟她算是人精，如不恩威并施，还真很难收拢得住。

眼看花月山房近在眼前，她也就收敛了思绪，掏出一方帕子来，捂住了口鼻。

花月山房顾名思义，自然为花海围绕，文娘性好桃花，从三月开始，碧桃、红桃、寿星桃……断断续续能一直开到五月上旬。可蕙娘一近桃花就要打喷嚏，即使已经预先拿手帕捂住了，一路走进院子，她还是猛打了三五个喷嚏，眼鼻全是一片通红，简直连威严都要折损几分。几个小丫头看见了，都强忍着笑，上前为她打帘子，云母也从里间小跑着迎出来，又吩咐小丫头们："快把帘子都放下来！"

也就是因为这一林子桃花，挡住了蕙娘往花月山房的脚步，不然，早在三月里，她就要杀过来了。文娘这都多大年纪了，还是改不掉这左性子。说来也奇怪……即使知道了她和权家的婚事，文娘也没有什么特别的表现，她还和蕙娘犯愁呢：何家不久就又重提婚事，这一次，他们家诚意十足，提的还不是何家次子，而是长子芝生。在文娘看，自己多半是要嫁到何家去了。

蕙娘一边想，一边又捂住鼻子，秀气地打了个喷嚏，云母忙献上一张新帕子，又往里屋一探头，倒是窘在了当地，瞅了十三姑娘一眼，又转头给身后的小丫头们使眼色。蕙娘一边擦鼻子，一边问："怎么，她难道还跑了？"

从云母的表情来看，焦令文恐怕刚才还在里屋呢，就这么一眨眼的工夫……她还真从里屋跑没影了。蕙娘啼笑皆非，拎着裙子，也不要云母跟随了，自己从边门出去，忍着喷嚏左右一望——便见到一角红裙，慌慌张张地消失在了一丛繁茂的桃花之中。

"焦令文！"她现在也不恼了，反倒觉得有几分好笑，"你是要躲到我出嫁，还是预备一辈子不理我了？"

花月山房周围最老的一株桃树，怕已有一百多年了，枝繁叶茂花发无数，年年还结好些桃子。文娘小时候还会爬上树去，摘一篮子桃子给焦四爷吃，还向姐姐炫耀："你有穆阳的水蜜桃吃，就很了不起吗？我也有最最上等的好桃子，一个都不给你吃！"

等两姐妹各自回了院子，四姨娘早差人送了桃子来："十四姑娘自己院子里栽的，给您换换口……"

"多大的年纪了。"蕙娘又打了个喷嚏，站在这老桃树下，仰着头对一团繁茂的枝叶说，"还爬树！你再不下来，是等我上去捉你？"

文娘被逼到这份上，也没法再躲了。她犹犹豫豫，伸出一张脸来，看了姐姐一眼，又缩回去。"你还来做什么，你还嫌热闹得不够？"

才说了这么两句话，声音里就带了哽咽。小姑娘绷不住了，还在树上，就抽抽噎噎地哭了起来："一样都姓焦，我除了晚你一年，我还差你什么……怎么你什么都好！什么都有！就连说亲，也说得个天下最好最好的……你难道还不足够？你还要到我跟前来！是不是要我跪下来舔你的脚，你才甘心，才足够？！"

啊，看来，她还是挺中意权仲白的么。

蕙娘的眼神，不禁微微一沉。她握住树干，只一蹬便上了窄枝，蹬出一片花雨，粉色的、白色的花瓣纷纷落下来。文娘在枝叶中看见，忽然又是一阵心灰意冷。

眼睛、鼻子都通红，才一上来，又连打两个喷嚏，身上也就随意穿了家常绢

143

衣,这料子花月山房也有几匹……可那又怎么样?在这花雨中看去,她照样神色端凝、气质超然,日头透过花枝一照,更衬得她肤白若雪,眼睛水汪汪的,看着更动人了……

她连眼泪都干了,也不再躲,只是垂下头去,不和姐姐对视。蕙娘也没理她,握着花枝一转,便坐在文娘前方,把一只秀足翘到了妹妹脚上。

"那你来舔啊。"她说,语气还是淡淡的,"我这么特地走进来,还真就是为了找你舔我的脚。"

蕙娘沉下脸来说她,文娘是不大惧怕的;甚至大为光火把音调都抬高了,她也还能再倔一倔。可现在姐姐语气重又淡下来,文娘就是还想犟嘴,也不禁都要慢慢软下来。可她前思后想,越想越是委屈,这股说不出的憾恨、妒忌、遗憾、卑屈、不服,在小姑娘心头左冲右撞,要发,又发不出,要咽,又咽不下去,只得全化作泪水。她也顾不得才和姐姐斗了四个多月的气,往前一扑,抱住蕙娘那条腿就大哭起来:"我讨厌你,我讨厌你,我讨厌你!"

还是和从前一样,虽小气,却也小气得可爱……蕙娘抚着她的头,望着远方花枝,竭力忍住喷嚏。过了一会儿,等文娘哭声低下去了,她才擦了擦鼻子,问妹妹:"权仲白过来那天,我记得你是早被打发走了……这一回,你偷偷又跑回来,偷看着他了?"

差之毫厘,谬以千里。权仲白以前上门的时候,恐怕文娘根本没往别处想。这一次,莲娘三番四次提起亲事,只怕她也是上心了……她从小身体康健,又被养在深闺,还真没有见过权仲白。要说她本来还有什么可疑的地方,也就是羡慕良国公府的权位,与权仲白本人的风光了。可文娘不是那样的人,不然,她也不至于不情愿嫁进何家……

蕙娘不禁露出苦笑:没想到事已至此,她还是不情愿看见自己出嫁,原因却不是妒忌她的风光,而是看上了权仲白本人……

文娘没有说话,眼泪根本都没有止住,还在濡湿着蕙娘的罗裙。过了一会儿,她黑鸦鸦的头颅上下胡乱一点,就算是答过了。蕙娘又问:"你看上他了?"

这一回,文娘连头都没点,她直接隔着裙子就咬了姐姐一口。蕙娘疼得倒吸一口冷气,却并未发作。她和缓地说:"要不然,我同祖父说去,我不嫁给他了,换你嫁过去?"

"你少得了便宜还卖乖！"文娘愤然直起身来，白了姐姐一眼，"亲事都定了，除非你死了，不然他们能答应？"

她又沮丧起来，眼泪在眼眶里滚来滚去，"再说，就是你死了，也轮不着我。我们家有什么是他们家没有的？他们看上的是你的人……"

小姑娘越说越难过，哇的一声，又哭起来："真不公平！爹凭什么把你生得这么好，把我生得这样差？不公平，不公平，不公平！"

看来，与其说是妒忌蕙娘，她更像是钻了牛角尖，自怨自艾：既恨自己不是蕙娘，又恨自己当不了蕙娘……

"你吃这个醋？你怎么不怨爹没把你生成个带把儿的呢？"蕙娘又打了个喷嚏，敲了文娘一记响头："这世上比你强的人多了去了，你爱恨谁恨谁——还不给我滚下去？你是要把我在这树上憋死了才高兴？"

文娘也是贱骨头，就怕姐姐怼她，挨了姐姐这两句话，她倒没那么难受了，嘟嘟囔囔、不情不愿地擦了擦眼泪，嘴一扁："我就看不惯你这个样子……权仲白还有哪里不好？何芝生和他一比，简直就是路边挑担的货郎……这么好的人，为什么偏偏就是你的！"

一边说，一边从姐姐身上起来。蕙娘站起身要往树下跳，她才开口说了一个字，忽然打了个喷嚏，脚下便是一滑。

老桃树说高不高，说矮不矮，这样落下去，受点伤那是免不了的。文娘忙拉住蕙娘，一手死死地圈住了树干，以为支撑。她的眼泪都吓回去了："姐，你小心点！"

好在，蕙娘也就是这么一滑，被妹妹拉住，她很快就找到平衡，轻巧地跃到了地上。反倒是文娘有些畏高，刚才又被蕙娘吓着了，巴着树干往下一看，头又缩了回去。

到底，心还没有走歪……

"就你胆子小。"蕙娘又打了一记喷嚏，她张开手，"我接着你呢！"

文娘扭扭捏捏的，往下看了一眼，见姐姐眼睛鼻子都是通红的，大兔子一样有趣，终究是弱了三分风姿，没那样高不可攀了。她本人却仿若未觉，只是张着手，抬头等自己往下跳……

也不知为何，她心中一软，充斥心间长达数月的妒忌，终于渐渐消散了开去。文娘往下一跃，正正跳进蕙娘怀里，她才想要撒个娇，拿姐姐的裙角擦擦脸，没想到蕙娘为她下落带起的风儿一吹，又冲她兜头盖脸打了个大喷嚏。

"姐！"文娘又恼了，一边恼，一边也有点好笑，"快进屋吧，再待一会儿，我看你眼睛都要睁不开了。"

她这话并没说错，蕙娘这喷嚏打得，连路都不想走了，是唤了小轿来一路抬回自雨堂的，还一路打着"阿嚏"。等回到屋内，一群人都吓了一跳，绿松连声道："怎么就闹成这样了？！您不是进了屋就没事儿了？"

孔雀恨得直咬牙："瞧姑娘裙上那斑斑点点的……肯定是十四姑娘又去林子里了！"

她埋怨蕙娘："您就不该这时候过去。她要是和您闹脾气，那是她的事，明眼人谁看不出来——"

"好了。"蕙娘又打了个喷嚏，"人家毕竟也是主子，你说话还是要客气一点。"

孔雀便不说话了。她有几分悻悻然，主动说："那我给您取药去，您这个样子，不喝上一服两服药，怎么能好？今晚一定又睡不着了。"

蕙娘从小就是这个毛病，对桃花最没有办法，一闻到就犯喷嚏。到了换季的时候，也容易有这个毛病。就为了冬天蕙娘呼吸不到凉空气，自雨堂下了大功夫保暖不说，冬日外出还有她专用的暖轿。孔雀一边走，一边还嘟嘟囔囔的："您一片疼她的心，她能体会到多少？！"

说着，很快取了药来，自己回小房间扇火熬制：这也是多年的惯例了，蕙娘放首饰的屋子进出的人少，在这里熬药，最为方便不说，主子们也最为放心。

蕙娘擦着鼻子，难得的被说得没了声音。绿松在一边抿着嘴直笑。过了一会儿，等人渐渐散去了，她才上来服侍蕙娘换衣："石英又去太和坞了？"

"她说想回家看看。"蕙娘吸了吸鼻子，"胡养娘大小也算个人物，石英在我们屋里服侍，她肯定会有所避讳。这件事，我估计她是让她爹出面去问了。"

绿松叹了口气："那一位用心，也不能说不深刻了。平时看着，倒是挺体面的，就是有些小心眼，也都是人之常情……"

越是权贵人家，人情越是冷漠淡薄；为了泼天富贵，有些人什么事都做得出来。五姨娘不许子乔和两位姐姐亲近，也许就出于这样的考虑。出嫁了，能享用的富贵究竟是少；在家做承嗣女，那多享福？

也就因为如此，自从彻底定了亲事，她对蕙娘倒是更热情了，连子乔都偶然肯放出来和她见一见。毕竟亲事已定，就是子乔出事，蕙娘也一样要嫁到权家去的。若说从前太和坞还有点忌讳自雨堂，现在倒是彻底地合则两利、分则两败。五姨娘虽然是小户人家出身，可也不至于不明白这个道理。蕙娘往太和坞送了一根水晶簪，她就给自雨堂送了一篓上好的破塘笋。

至于平时和自雨堂的争奇斗艳，也许蕙娘有意见，但老太爷还是能理解的：焦家下人，哪个本事不是通了天的？她要树立权威，总不能去捏四太太、老太爷吧？也就因为如此，老太爷就算对五姨娘的行动有些察觉，却还是没有出声……要不是符山多了一句嘴，蕙娘也根本都懒得和她计较，又怎么能顺藤摸瓜地，将她在背后打的主意给摸出来呢？

"也算是有些城府了。"蕙娘轻轻地哼了一声，"这是想着放长线钓大鱼呢。祖父一过世，我看府里简直就要是她的天下了。"

虽是如此，她又何必要害您呢……"绿松还是不大想得通，"看她作风，也不像是那等敢于铤而走险之辈——要说她不为自己打算，那是假的。可害了您的命去，她就不怕追查下来，她连眼前的富贵，都要失去？"

这一问，的确也问到了蕙娘心坎里。她轻轻地摇了摇头，罕见地没下定论，也有少许踌躇："等石英回来再说吧，她主动要回去，肯定是焦梅已经刺探出了一个结果。"

即使两人关系密切如此，绿松身为下人，亦少不得要拍拍蕙娘的马屁："姑娘也就是略施手段，便成了螳螂后的黄雀。我看，就算她有千般的能耐，也跳不出您的五指山了。"

"一个五姨娘而已。"蕙娘嗤的一声，"也就是在咱们家了，要放在任何一个别人家里，打从子乔落地的那一刻，她就别想有活路了……斗斗她，简直一道开胃点心。"

她不禁叹了口气，激励绿松："你也得把皮给绷紧点，等嫁人后到了权家……那才是有得斗呢。"

绿松有些不解："咱们姑爷又不是没本事，要指着家业过活。就是大少夫人看不惯您，顶多也就少些往来。名分既定，上头还有长辈看着，这……还有什么好斗的不成？总离不了大格儿吧？"

"要真离不了大格儿，他们就不会说我了。"蕙娘才开了个头，孔雀已经推门而入，将小托盘小心翼翼地放到蕙娘身前。"您趁热喝。"

她一扮鬼脸，也就不往下说了，拿调羹舀着药汤："无聊死了，把前儿新得的那只大猫抱来吧……"

喝过药，当晚居然还不奏效，到第二天晚间她才止住了喷嚏，只眉眼还是红通通的。蕙娘一边拿热手绢握鼻子，一边让石英给她调香膏。她皮肤细嫩，这一天揩下来，已经有些红肿，如不迅速镇静一番，过两天是要脱皮的。

"婶婶说，"石英一边调着碗中的花露水，一边细细地道，"五姨娘是想让两位姨娘住到承德去；不过，那是几年后的事了。老太爷还在的时候，她肯定不敢这么做的。也令我爹不要心急，将来要他出力的时候，自然会告诉他的。眼下，还是先往家里安插几个人，才是他要做的事。"

也是因为要用焦梅，才会含含糊糊地透露一点将来的事。不过，即使这点信息，对蕙娘来说，也已经足够了。她若有所思地点了点头，托腮一想，也不禁笑了："五姨娘这个人，的确很有意思。"

文娘到底也还是焦家的女儿，心里再不舒服，和姐姐犟了这四个月工夫，她也没了脾气。被蕙娘一数落，她也就"好"了，和从前一样，每日起来后给四太太请过安，便同蕙娘在一块练习女红。四太太发了话，令两姐妹时常在一块待着，也好"让文娘开心开心"。

的确，能在女红上胜过蕙娘，对文娘来说是极大的安慰。小姑娘连母亲不带她出门应酬都不计较了，也根本不过问自己的婚事，摆出了一副破罐子破摔的样子，连蕙娘的嫁妆都没有过问。"问什么问，反正，我的嫁妆是一定不如你的。"

焦家的生活也就重归宁静。除了老太爷为朝中事忙得不可开交，还要向孙女借人："焦梅就先给祖父用用，到你出嫁的时候，一准能还给你。"不论是四太太还是两个姑娘，甚至是太和坞的五姨娘，都没有要生事的打算。焦家的这个夏日，过得是很宁静的。

可在有心人眼里，却是外松内紧……

绿松始终还是觉得十三姑娘有些古怪，自从出孝摆酒那天，她收到了那来源不明的警告开始，她就显然是有了心事。可现在自雨堂里里外外，被梳理得整整齐齐的，丫头们平时连院门都出不去。就连最大的刺头石英，现在服侍起来也比谁都上心；对她这个大丫头，也没有从前的不冷不热……是彻底被十三姑娘给收服了。

二门上的动静，有石墨父亲一家人盯着；自雨堂里的动静，有自己盯着；甚至连太和坞的动静，符山是个一心想要进步的，就是三姨娘不说，她也要帮自雨堂盯着……一家清静整肃，就算有些动静，也是人之常情。以她的见识，是真的没觉出什么不对。

可十三姑娘的心事，看着似乎是一天比一天更沉，尤其是进了六月，她越发常常出门，不是在三姨娘那里用饭，就是陪太太吃饭，再不然，就到前头去服侍老太爷……已经有小半个月没在自雨堂用过饭了。石墨私底下眼泪汪汪的，已经来找她诉过几次苦："姑娘这是怎么回事，难道是不放心我……"

背地里的一些议论，绿松都给压下来了，她也没往蕙娘那里报：十三姑娘做事，从来都自有她的道理。做下人的要有分寸，有些事，明知主子会怎么分派，那也要请示；可有些事，却不能让主子平白无故地烦心。

可孔雀就不一样了，这天晚上，她端着盘子从蕙娘头发里拔簪子的时候就开了口："您最近这是怎么了，行动也不像从前，叫人看都看不透——是太和坞那边，又有新动静了？"

这几个月，太和坞的确也提拔了几个下人进府做事。蕙娘是待嫁女，不好再管府里的事，自雨堂虽然影影绰绰收到了一点风声，却没有一点动静。似孔雀、绿松这样的丫头，心里对府中局势都是有一杆秤的。太和坞势力膨胀，南岩轩的日子相对来说就不好过一些，还有花月山房，肯定也受到一定挤压。最近十四姑娘过来看姐姐的时候，话里话外，也不是没有埋怨……

一个三姨娘，一个十四姑娘，那都是十三姑娘要看顾的人，她们受了委屈，十三姑娘不想着向老太爷、四太太告状，反而每天四处游荡，并不着家。绿松、石英还好，脸上一直都是淡淡的，但那些小丫头们，私底下难免就犯了议论：难不成姑娘眼看着要出嫁，就一改作风，从此要做个逆来顺受的贤妻良母？

这话别人或许相信，孔雀是不信的，她也有几分委屈：腊月里，说一声试探太和坞，就把她给打发出去了。现在倒好，眼看就要出嫁了，和太和坞还是那么热乎，一点都没有要对付五姨娘的意思。这小半年来，也不知往太和坞里送了多少珍贵难得的首饰——虽然这不是她自个儿的东西，可她也替姑娘心疼。就为了五姨娘的好脸色，从前多少年收集起来的珍藏，竟也就这样慢慢散失了……

　　说曹操，曹操到。蕙娘才敷衍过孔雀，五姨娘同胡养娘一道，已是抱着焦子乔来自雨堂做客了。

　　权家五月底已经送过了聘礼，过了聘，蕙娘多少已经算是权家人了。五姨娘对蕙娘也就越来越客气，再不见从前那淡淡的戒备和倨傲。连乔哥，她都很肯让他和姐姐亲近，仿佛是为了弥补从前的疏远。这一个多月，她三不五时就带着乔哥过来自雨堂。乔哥年纪还小，和谁常在一处，就喜欢谁；这阵子和蕙娘亲近得多，看见蕙娘，便伸手要抱："十三姐！"

　　蕙娘弯下腰，轻轻巧巧地就把这个大胖小子给抱了起来，掂了掂："又沉了，怎么只见长肉，不见长个子呢？"

　　子乔性子灵活，虽然才两岁多一点年纪，但话已经说得很顺溜了，对大人话里的意思，渐渐地也能分辨出是调侃还是真心。他笑嘻嘻地喊了一声："十三姐坏！"便在蕙娘怀里扭来扭去的，要拿蕙娘的檀木盒玩。蕙娘把一个盒子举在手里，笑道："你又不是没有，怎么还到我这里来讨，不给你玩。"

　　"姨娘不让我碰！"子乔不禁大急，扭股儿糖一样扭了半天，啧啧有声地亲了蕙娘几口，又央求道，"好姐姐，我亲你，你给我玩玩呗！"

　　"这么贵重的东西，也就是您才给他玩了。"五姨娘看着子乔，表情很慈爱，"那个盒子，我都密密实实地收藏起来，等他大些再给他玩，别砸坏了；那可是小老鼠打翻玉瓶儿，也不知该打还是不该打了。"

　　蕙娘微微笑了笑："这么沉重，他也砸不坏。爱玩就让他玩去吧。"

　　她抽出一张帕子来，擦了擦颊上的口水渍，便又问子乔："吃不吃瓜？你们也得了吧，临海来的枕头瓜，吃着比大兴西瓜好些。"

　　"吃——"子乔拉长了声音，脆声脆气的，"我也没吃多少，姨娘说，好东西要送给十三姐的姨娘！"

　　因蕙娘对他和气，子乔是有点告状的意思。五姨娘笑得挺尴尬，尴尬劲里又透了亲热："别听他瞎说，听说三姐喜欢吃瓜……这东西不是稀罕么？我料着南岩轩的份儿不大多的，便正好从我的份里匀了一些送过去。"

　　会懂得对南岩轩示好，也算是有些手段了……五姨娘这个人，浅是浅了点，总算还不至于笨到无可救药。

　　蕙娘不禁莞尔："三姨娘是爱吃南边的口味，我这里也送了一些去，却被打发回来了，说是吃不完——我还纳闷呢，原来应在这里，多谢姨娘想着了。"

说着，两人便相视一笑。五姨娘语带玄机："太太是个慈和人，可心里装的事儿不多。我和三姐住得近，肯定是要相互照应。十三姑娘且放心吧，以后南岩轩的事，就包在我身上了。"

面子功夫，也做得不错，拿准了三姨娘不是爱告状的性子。要不是符山多嘴一句，恐怕自己也就这么轻轻放过去了。

蕙娘正要说话，忽然眉头一皱，又打了个喷嚏。绿松忙上前掏了帕子出来，又令石英："去和孔雀说一声，你们俩一道上浣衣处催一催，姑娘的手绢怎么还没洗出来！"

她想了想，又问蕙娘："姑娘，还是添件衣服吧？"

"这个文娘，就是人不在，都令人烦心，上回我到她的花月山房去了一次，回来就是这样了。"蕙娘半是抱怨半是解释地冲五姨娘皱了皱鼻子。然后命绿松："刚才雄黄是在外头看账？令她进来服侍姨娘、乔哥，我去去就来。"

说着，便当先进了里间。没过多久，绿松也进来了，服侍她换过衣服，才要出去，又令雄黄进来开箱子找手帕。主仆三人折腾了一会儿，蕙娘闻过鼻烟，痛快打了几个喷嚏，这才款款从净房出来。正好看见五姨娘凑在木盒边上，透过缝隙，仔细地瞧着盒子，似乎是想要闹明白这里头究竟放了什么东西。

彼此这么一撞，自然都有几分尴尬。五姨娘讪笑起来："真是个巧物事，我好容易把你给我的那一个都给折腾开了，这个却又不是那样开的！"

蕙娘就坐下来开给她看，见桌边放了一碗药，她眉一扬："孔雀刚才来过了？"

"说是正好熬了太平方子送来。"五姨娘含笑说："还有差事要去浣衣处，这就先走了。"

"她的脾气倒是越来越大了。"蕙娘有点不大高兴，"可没撂脸子给您看了吧？"

"这哪能呢？"五姨娘也笑了，"你也知道，孔雀姑娘就是那个性子，脸色从来都好看不到哪里去的……"

这么说，无异于承认了孔雀对她没好脸色。蕙娘眉尖紧蹙："回来就说她！"

可她一边说，一边又打了两个喷嚏，显然已经不适合待客，五姨娘没有久坐，也就带着子乔走了：虽然没说出口，但她肯定还是顾虑清蕙把这鼻子上的毛病，过给了焦子乔。

焦子乔临走还抱着木盒子不放——他正琢磨得起劲呢，蕙娘看了一笑，也就给他了。"里头也没装什么，都是空的，拿去玩吧。"

五姨娘连声道谢，无奈乔哥实在喜欢，她也夺不走，便只得遗憾地满载而归。等她走了，绿松端过药碗来一闻："味儿倒没变。"

蕙娘这太平方子，吃了也有十年了，不论是她还是孔雀、绿松，都很熟悉这药汤的性状。蕙娘点了点头："这肯定，青天白日的，她哪会这样下手？"

她吩咐绿松："把药汤喂些给猫儿，药渣别泼了，装着。"

绿松越发疑惑：明知五姨娘不会胆大包天到这个地步，趁屋内无人给药汤下毒；可又何必闹这么一出来，这不还是为了试探五姨娘？

她给蕙娘递手绢："难为您了，憋出了这许多喷嚏来。"

蕙娘紧跟着又打了两个秀气的"阿嚏"，她吸了吸鼻子，无奈地摇了摇头："这法子虽然管用，却是能放不能收——稍微一闻花瓣，就得打半天喷嚏。折腾也折腾死了！"

她当没看见绿松脸上的犹疑，又细加叮嘱："记得，哪只猫喂哪一天的，你心里都要有数。这一阵子的药渣也都别丢，按日期装着。少不得你和孔雀受累了，大家仔细一点，过去这几个月，就好了。"

绿松也就释然：出嫁在即，有谁要向姑娘下手，也就是这几个月的事了。敌在暗我在明，的确是不能不防。姑娘连小厨房的饭都不吃了，虽说是矫枉过正，可这种事，小心没过逾的……

"哎。"她应了一声，便将药汤倾进了随身的一个小罐子里。闪身从侧门出了院子，进了专给清蕙储放猫狗、为底下人戏称的"畜生院"。

今年的七月七，宫中宁妃办了个乞巧会，虽然蕙娘、文娘都没进宫，四太太身上不好，也没进去凑趣，但宁妃会做人，第二日宫中还是来人赏了两位小姑娘一人一匹七彩西洋布。"这是会上的巧宗儿，说是七色合了七巧的意头，是宫中最心灵手巧、月下能穿九连环珠子的绣娘们纺出来的。这是给两位姑娘送巧来了。"

蕙娘还不觉得什么，文娘第二天就把布丢到自雨堂，人也过来了。"送给你的东西，我才不要。"

一边说，一边也笑了："怪不得她爬得快，除了生得好，也是真有本事。人还没过门呢，这就讨你的好来了。"

宁妃入宫时，还是太子嫔，自她入宫这些年来，后宫也就再添了两个人口。宁妃能从嫔位上升到妃位，肯定是母凭子贵，可如何能在宫中保住胎儿平安产子，那就是她的本事了。诚如文娘所说，人还没过门呢，就懂得向权二少夫人示好了；为人玲珑，可见一斑。

"你就傲吧你。"蕙娘不以为忤，只说了文娘一句，便令人把料子收下了，"这布织得倒好，和玛瑙打个招呼，令她得空揣摩一番，能做一条裙子就好了。"

绿松过来一看，"七彩条的布，做裙子虽好，可穿不到宫里去。倒不如做个袄子，与前头裙子一样，和前些日子新来的绢一起做个杂色衫，那倒能罩在披风下头；春秋天穿着进宫，正好。"

以文娘的眼界，瞧着这两匹布也就是平常，放在她屋里，那也是压箱底的货。听绿松有意这么一点，才明白花花轿子人抬人的道理，她一时有些后悔，咬着唇却又不肯说出口，蕙娘也不给她台阶下，就令绿松把布收起来。

文娘也有几分傲骨，见姐姐不开口，她便也不吭声，还更和气地和蕙娘谈天："听说吴嘉娘也定了亲事了。"

吴嘉娘和蕙娘的处境，其实是有几分相似的，只是她被选秀耽搁，又和蕙娘不同。如今的大户人家，除非对自身很有信心，否则也不敢轻易上门求娶：毕竟是想着要进宫的人，眼界之高，真是不必说了。京中一等适婚年纪的名门公子，门第能和她相配的也并不多。尤其吴尚书又是一心想往上走，这门亲事怎么结，那就有讲究了。

蕙娘嗯了一声："先前听说他们和牛家议亲，难道竟成了？"

虽未出门，消息还是那样灵通，自己才从母亲口中得到了一点风声，蕙娘已经知道得这么具体了……

要和蕙娘比，也是一门技术活。从小到大，这个姐姐看着平平淡淡的，除了生得美些，似乎也没什么出奇。可从身边人开始，四姨娘、嫡母四太太、老太爷，甚至是那一群千伶百俐的小姐妹，就没有一个不夸她好的。文娘是要服气也难；可要她压过蕙娘去，更难。自己这个姐姐，似乎什么时候都如此从容镇定，由小到大，就没有谁能撩动她的这层淡然……她叹了口气："不是镇远侯他们宗房那一支，是牛德宝的长子，吴家这是要和牛家抱团啊——怎么会走这一步棋，真是令人费解。"

牛德宝是如今太后娘娘的二哥，人在宣德练兵，也挂了将军衔，虽然不过四品，但因为是牛家唯一在朝廷任职的武官，驻守的又是要塞，朝中人大多心中有数：爵位虽然不是他袭，但皇上就是看在太后娘娘的面子上，也不会少提拔了他的。

不过，一来牛家最近自己也有麻烦；二来，军政联姻，从来都是朝廷大忌，如今几个阁臣，很少有人同在职武将有联姻的。吴尚书要还想入阁，似乎就不该结这门亲事。

"朝堂上的事，你就不要不懂装懂了。"蕙娘白了妹妹一眼，"你自己的婚事你不开口……我告诉你，你最好还是——"

话才说到一半，外头忽然传来了急促的敲门声。绿松忙过去开了门，同门口那人窃窃私语，说了好半晌的话，便勉强端着一张脸，疾步回来附耳告诉蕙娘。蕙娘微微一怔，轻轻地点了点头，又冲文娘把话给说完了："你最好还是使一把劲，把何芝生这门亲定下来。他生性稳重，不是利欲熏心之辈，待你就算不好，也不会太差的。不然……"

文娘放下脸来，打断了姐姐的话，语气已经有点生硬了："连你尚且不能为婚事做主，你和我说这话干吗？难不成，你还更喜欢何芝生，自己嫁不成，还要推我去嫁？"

她声调一变，又有点得意："我已经同祖父说过了，祖父说，他一定给我挑个方方面面都配得上的！就比不上你的神医姑爷，也不会输得太多，最重要，是我一定喜欢！他们家也一定待我好！"

蕙娘看了妹妹一眼，不禁打从心底叹了一口气：文娘这孩子，自小脾气就倔，何芝生哪里配不上她？多年考察下来，知根知底不说，人品也是上好的。她偏不愿嫁，还为祖父一句说话沾沾自喜。这双眼，看到了人家吴嘉娘身处的局势，却看不懂焦家如今陷进的这个局。什么样的人带什么样的丫头，她和黄玉，简直就是一个毛病……

"看来，你是打定了主意。"她淡淡地说，"将来要有后悔的时候，你可记得今天的这番话。"

文娘面色一变，终于愤然起身："要说就说，不说就算，没你这么丧气的！你不想我来，我以后不来就是了！"

第十三章

阴谋浮现

进了七月，天气就凉下来了。"天阶夜色凉如水，坐看牵牛织女星"，四太太偷得浮生半日闲，自己带了几个丫头在谢罗居里赏月，连平时很亲近的三姨娘、四姨娘都没叫。"喊了她们，不好不喊五姨娘；喊了五姨娘，她把子乔带过来，又不好不喊蕙娘、文娘，折腾得慌。就我们几个清清静静的，看月亮吃西瓜，摆些闲阵就好了。"

对四太太来说，长夏永昼，最难打发的就是漫漫的时间。谢罗居里养了好些专说鼓词故事的女先生，因蕙娘、文娘姐妹，平时经常来谢罗居走动，她白天是不让她们出来的。不想喊人，多半就是因为四太太想听说书了，这一点，她身边几个大丫头都是心领神会；服侍着四太太在廊下贵妃椅上靠了，两个小丫头拿着摇头槌，一左一右，轻轻地给四太太捶腿，连落锤的节奏都透着轻巧合拍，令四太太浑身松泛了。绿柱便故意说："只看月亮也是无聊，太太，冲您讨个情面呢。小唱不敢叫，咱们叫个瞎先生来说说书呗？"

守寡的人家，时常听那些小姑娘捏着嗓子咿咿呀呀的，是不大像话。四太太似乎意动，可又有些犹豫："你也是的，这都什么时候了……"

她叹了口气："算了，想叫就叫吧，只别传出去了。到时候几个姨娘有样学样，闹得不像话了，我就唯你是问。"

绿柱早习惯了四太太的作风，她嘻嘻一笑，不多时就领进了一位女盲婆，给四太太敲板子。本待要说《石猴记》的，四太太却不爱听，她要听《金玉儿女传》。

这样小儿小女、情情爱爱的故事，不大适合四太太的身份，却正合丫头们的口味，一院子人都听住了。有个小丫头，手里还拎着一壶水呢，听得大张着嘴站住不动。其入迷之色，绝非假装。四太太环视一圈，倒是被丫头们逗得很开心，她唇边也就挂上了笑，拿了个葡萄捏在指间，自己仔仔细细地剥紫皮儿。

"这故事要给十四姑娘听见了……"绿柱趁着给四太太斟茶的工夫，就细声细气地逗她开心，"她非得勾动情肠不可。"

她时辰拿捏得好，盲先生正说到这书中女角玉玲珑，将要远行，一家人都很不舍。正好是四太太不大耐烦听的一段书，她便没装糊涂，嗯了一声，"怎么，花月山房来人托你问消息了？"

"就是晚饭前刚来的，"绿柱说，"听说十四姑娘才去过自雨堂……怕是看到自雨堂里的嫁妆，也就惦记起了自己的好消息了。"

"文娘还是老样子。"四太太似笑非笑，"就眼睛见到的那一点，算得了什么呢？她要是知道——"

她没往下说，自己收住了，只道："她不是不喜欢何芝生吗？正好，要是喜欢，反倒费神了。"

这脆利的竹板声，越发显出了周围的寂静。焦家人口少，一入夜四处就静谧无声，虽在京城，却无异于山林野外。往常四太太是不大喜欢这气氛的，可今儿她却觉得这宁静令人安心：快了，没有几年，两个女儿一出嫁，家里就真安静下来了。子乔有五姨娘带，得闲也不会来烦着她……再熬几年，熬出孙子来，焦家香火，总算是未曾断绝在自己手上，她也就算是有面目去地下见先人了。

也就是因为这份安宁，她罕见地露了个准话："她的事情，我心里有数的。老爷子掌着弦呢，迟不过明年年初，必有消息——"

正当此时，一阵急促的脚步声扰碎了这不似凡间的宁静，鼓声住了，瞎先生清亮圆润、多年淬炼出来似唱非唱似说非说的调子也住了。四太太有些不快："谁呀，这么晚了，还这么着急上火的。"

扭头一看，才一见来人，她就一下坐直了身子，将那份含着矜贵也含着辛酸的闲情逸致给抛到九霄云外去了。"你怎么来了？！"

绿松附在四太太耳边说了几句话，四太太越听眼睛瞪得越大，她竟说了三次："这是当真？真有这样的事？你们没弄错吧？"

以四太太来说，这已是罕见，绿柱的心登时就吊了个老高，可又全不明白缘由，直如坠入云雾之中。她给绿松使了两个眼色，绿松神色肃穆，根本没有搭理，这就使得她越发忐忑不安了。

才要探看主母颜色，四太太已经噌的一声站起了身子。她紧咬着细白的牙齿，仿似总带了一丝倦容的面庞涌起一阵潮红，一字一句，都像是从齿间迸出来的："去各房传话，今晚天色不好，大家都早些睡吧。除了上夜的婆子，谁也不要随意在园子里走动了！"

绿柱一时大骇，再不敢多探听什么，忙跪下来领命出去了。走动间，又听见四太太吩咐别人："今晚谁上夜？令她们记住，还有谁在各院熄灯后随意走动传递消息的，一律捆起来不许回去！"

有了当家主母一句话，素日里处处亮灯的焦府，不到一炷香工夫，已经全黑了下来。在恍若白昼灯火辉煌的教忠坊内，这占地广阔的园子，就像是一头小憩中的野兽，黑暗里透着的不是宁静，而是隐约可见的紧绷。

这么大的事，四太太不敢擅专，问知老太爷还没有入睡，她便令人去通报了一声，自己难得地出了二门，进小书房和公公说话。

"已经把局面控制住了，我令绿柱带一帮人在假山上看着，园内哪里还有灯火移动，便令她派人过去探看。"她平素里说起话来，总是懒洋洋的，仿佛少了一股精气神，此时却是果断爽利，"连装药渣的盒子都带来了，还有那头死猫——"

她眉头一蹙，掩不住心中的不快与惊骇："说是昨儿喂它吃的药汤，今天上午还好好的，下午突然吐了血，抽抽个不停，紧跟着就没了气。管着她那些小玩意的丫头不知道怎么回事，也很害怕，便同绿松说了。绿松忙把药渣清出来，再问过蕙儿，蕙儿没说什么，只让她过来报信，说是想知道究竟药里下了什么毒。"

相府千金，那是什么身份！为了养就一个焦清蕙，从小到大，焦家花的银子，照样再塑一个金身都够了。能同一个丫头、一个不听话的通房一样，说毒就给毒死了？这简直是在打老太爷的脸，打她四太太的脸！四太太说到这里，依然不禁气得浑身发抖："给她熬药的是孔雀，现在还不知道消息呢。蕙儿说，不可能是她下的手。"

"孔雀是她养娘的女儿。"老太爷却要比四太太更能把得住，双眼神光闪闪，态度竟还是那样的从容，"开方送药的都是什么来头？都控制起来没有？"

四太太这么多年，对家事是不大上心的，她打了个磕巴，不禁拿眼去看绿松。耳旁听到公公淡淡的叹息声，自己也是脸上发烧——家里就这几个人，这种问题，按理来说，自己眼也不眨，就该能答上来……

好在绿松对这事肯定是清楚的，她往前一步，轻声细语地说："吃的是十多年的老方子了，固本培元的太平方，是……当时的权神医，现在的姑爷开的方子。一般都是十天半个月喝一次……熬药的事一直是孔雀管着，就在姑娘寝房边上的那个小间，那里还藏了姑娘的首饰，平时没有事，孔雀是不离开的。库房的人每月来送胭脂水粉的时候，顺带着就把药送来了，平时也都收在那间屋子里。"

老太爷嗯了一声，四太太赶紧补充："平时在小库房办事的几个人，刚才也都派人去押住了。"

"嗯。"老爷子点了点头，拿手掸了掸青布道袍上的香灰——他刚做过晚课，恐怕才给故人上完香。他没有往下细问，也没和四太太商量，只是望向绿松，不紧不慢地道："你姑娘镇定逾恒，我倒并不吃惊；你这丫头，养气功夫也做得很好嘛。怎么，就没有什么要解释的地方吗？"

老人家行事，总是如此出人意表。四太太也不是没有发觉疑点，可她觉得现在还不是追究的时候——把话说白了，她也不想追究。可老太爷都这么问了，她也只能帮腔："怎么好端端的，会想到拿汤药去喂猫？"

绿松欲言又止，她姣好的面容上分明浮现了一层迟疑。四太太还要逼问，老太爷摆了摆手，"佩兰这丫头，你还不知道吗？尤其是眼前这一个，没吩咐，她敢乱说话？"

多少年来，日理万机，朝堂中升迁贬黜人事浮沉，老太爷自己心里是有一本账的，是有名的"活花名簿"；没想到后宅的事，也记得这么分明。孔雀不说了，毕竟是蕙娘的养姐妹；连绿松的来历都是门儿清……满朝文武，能和老太爷比较的，也就是他亲儿子四爷焦奇了……

四太太不合时宜地惦记起了往事，一时竟有些要走神的意思，她忙一咬腮帮子，和公公商量："今日晚了，现在把蕙儿叫出来，是否打草惊蛇？"

"回禀老太爷。"绿松怕是也想到了这一层，这丫头银牙一咬，"姑娘行事，有时候是不多做解释的……我在一旁看着，只觉得出孝后，姑娘似乎就有些心事。

但说起喝药，那还是权神医正月里看过她一次之后，她才忽然不再喝药的。因我平时无事，也喜欢逗猫弄狗的，姑娘便分派我一个差事，等汤药送来了，先给猫儿、狗儿喝了，药汤泼掉，药渣留着，并记录日期，以备查证……"

四太太听着听着，不禁又倒抽了一口冷气。她瞟了老太爷一眼，一时也不知是感慨蕙娘的城府好，还是钦佩老人家的敏锐好。

明明白白，那一天权神医是摸出了不对，所以这才要和蕙娘私底下说话。这丫头真是好深的城府，明知有人要害她，却还不动声色，丝毫不露马脚！

更值得钦佩的还是老人家，只听自己转述，就都听出了不对。如今回想起来，的确，权神医在"毫无症候"这四个字上，咬得特别的重……

"你先退下去吧。"她忽然冲绿松摆了摆手。绿松微微一怔，却没有多问，低眉顺眼，立刻退出了书房。

四太太这才转向老太爷："您是当时就已经听出了不对……"

"权子殷这个人，从来是不说谎话的。"老太爷也露了几分沉吟，"他出入深宫之中，都未曾为谁遮掩过什么。可这样的身份，那也不是谁来问，他都答得很爽快。毫无症候，是说没病呢，还是说有了病，没症状呢，又或者是说脉象不对，但并非因为病症呢？话咬得重，自然有多重解释。"

他叹了口气："我就说，以佩兰的性子，即使满意，也会深藏心底，如何子殷出门后，她还要低头一笑？想必是要做给人看，以便大家释疑……"

四太太打从心底往上冒凉气，如非场合不合适，几乎要落泪了。"爹，家里就这么几口人了，究竟是谁这么狠毒？！蕙儿要真去了，我们家又失一臂膀，难道真要我们祖孙三代相依为命，老天爷才满意？"

"她这不是没喝药吗？"老太爷慢慢悠悠地，"你是多年没动脑子了，老四家的……遇事怎么就慌乱起来了？你要老这个样子，那我还真不放心蕙娘外嫁呢。"

四太太心头一凉，她立刻收敛了不合时宜的悲痛，琢磨起了老太爷的意思，可越琢磨却越是心冷，越琢磨就越是烦躁。"您的意思，这事……不是……不是天意，是家贼？"

"天意盯准蕙娘，已是从前的事了。我的态度也很明白，"老太爷淡淡地道，"我焦颖一生为大秦殚精竭虑，不知办成了多少大事。这份家产，那也是我自己凭着眼光挣来的。宜春票号借了我的势没有？有。但有没有过分，他们自己心里是最清楚的。真要把我们家剥光了，以后谁还给他们做事？天下读书人都要离心！不处分吴正，是当时情势所迫，这我都能忍……也不是没有说头，可要下这样的圈套来刮我们的绝户财，他们还没那么无耻……"

他犹豫了一下，又说："纵真有那么无耻的，那也不会选在现在。皇上心底也清楚，我已经萌生退意。再过一两年，和和气气退下去了，那就是他的机会！现在忽然要和我死磕，他不至于。"

四太太提起从前往事，珠泪纷纷而落："杀千刀的吴正，杀千刀的吴家人！天若有眼，怎么不折腾他们家去？！"

又有些害怕，情绪起伏不定，也顾不得分了，半是埋怨，半是抱怨的："当时早知道，便把份子献给天家了……"

"想得美！"老太爷终于动了情绪，他嘿嘿冷笑，语中阴毒稍露，已是刻骨，"黄河决堤这么大的事，罪魁不枭首那还了得？他就为了扶植吴家和我们斗，硬生生拖了一年，把人给拖死了！末了也不脸红，还来图谋我们家的钱？那我就要让他知道，我们焦家有的是钱，可我一个子儿都不给他！我就是要让他自己明白，他有多下作、懦弱——"

老人家猛地克制住了奔涌而出的情感洪流，死死地闭住了眼睛。四太太满腮都是豆大的泪珠儿，呜咽着不敢放声儿……

许久之后，老爷子才慢慢地睁开了眼睛，这双原本就很清透的老眼，似乎被泪水给泡得更亮了。他擤了擤鼻子，再开口时，语气已经很淡了："这件事，不会是出自上意。皇上还年轻呢，还要顾着脸皮。再说，现在朝廷也和从前不一样了，要比从前更有钱一些……等船队从西洋顺利回来，他更不会惦记着我们这点家当了。"

"那就是家贼了？"四太太也多少恢复了常态，她双眉紧蹙，几乎是本能地想到了太和坞，想到了太和坞里那道最近动作频频的身影，"爹，你说是不是蕙娘的嫁妆，传到……"

她张开手比了个手势，"她耳朵里了？"

老爷子的眉头也跟着拧紧了，他摇了摇头："难说，这事很费琢磨，还是先找人看过药渣再说吧。"

四太太坐立不安："这要是她，她怎么能弄来药呢？要不是她，还能有谁？这家里也再没人盼着蕙儿不好了吧……"

她忽然想到了另一个人，只又不愿说——可她能想到的，老太爷那还能想不到吗？

四太太怯生生地扫了老太爷一眼，老太爷果然已经从她的神色看出了未尽之语。他轻轻地点了点头："人心难测，除了你和她生母，这家里，谁都有可能下手。"

可这家里剩下的主子，也就只有四姨娘、五姨娘、文娘，和未知人事的焦子乔了……

四太太心里有事，自然一整晚都没睡好，她躺在床上，想一想就后怕。一则怕蕙娘不在，将来失去一大臂助；二则恐惧万一蕙娘中毒，这对老爷子会是多大的打击！

乔哥年纪太小，指望不上；文娘是个不懂事的性子，家里要靠她也难……要是蕙娘和老爷子都没挺过去，这泼天的家业，要败起来也就是一两年的事——不管谁动的手，这都是在挖焦家的命根子！

可又有谁会动手呢？五姨娘？她倒也许不是没这个心，可有这个能耐吗？也所以，她一开始压根就没往家里人身上猜疑，直接就猜到了那传说中能耐通天的燕云卫身上。可看老爷子的意思，不置可否，似乎并不这样认为……

老爷子就是这样，年纪越大，出事就越藏着。家里闹出了这么大的事，他还是那八风不动的老样子；倒显得自己一惊一乍的，失了沉稳……可四太太心里已经很久没有装着这么大的事了，她一个晚上都在纳闷：就为了一点钱，至于吗？可要不是为了钱，又为了什么呢？

第二天一大早，她就令人上后园递了话：这几天老太爷心绪不佳，在玉虚观清修，没有谢罗居的话，哪个院子无事都不要出门走动；有谁敢犯了老人家的脾性，立刻就捧出去打死。

到底是正太太，尽管已经有几年没有发威了，这番话传下去，也依然是唬得人人战战兢兢的。几个心腹丫头去园子里巡视过，回来了都说："几个院子都关门落锁的，咱们就只用中午安排人送个饭就成了。"

四太太这才松了口气，她却不便再去前院了：老太爷今儿照常入阁办事，国事第一，还不知道要忙到什么时候才能回来呢？药渣被他留在小书房，看来老人家是要把这事揽到自己头上……

为免其余各院得到风声，她连自雨堂都是一视同仁。自雨堂也安静得不得了，蕙娘就像是个死人，竟没有一点情绪；绿松昨晚回去，想必是把老太爷的态度给详细描摹了一番的。四太太心乱如麻之余，也不禁佩服蕙娘的城府。自己在她这个年纪，简直比文娘还有不如呢。要知道有人想害自己，怕是早哭成了泪人儿，她却能沉着冷静若此。权子殷腊月里和她传的消息，整整半年了，她是一点都没有露出端倪。想必外松内紧的，私底下，还不知做了多少功夫……

有了这样的认知，四太太再去回想蕙娘这几个月的行为，就觉得处处都有了解释：把自雨堂管得风雨不透的，恐怕连自己都插不进手去；上个月四处游荡，却很少回自家院子里用饭……甚至和南岩轩都忽然友好起来！原来是应在了这里。她还纳闷呢，以蕙娘的性子，就算要出嫁了，将来也是娘家靠她更多，她犯得着和五姨娘眉来眼去、礼尚往来么？却原来，还是为自己的性命着想，想要与人为善，或许就能把祸患消弭于无形了。

四太太是厚道人，前思后想，越想越觉得为蕙娘委屈，也就越想越是生气。仿佛有一种久违的激动，从她身体里慢慢地酝酿了出来，倒令她的精神头要比往日好了许多。老太爷没从皇城回来，她就自己坐在窗前冥思苦想，把这几个月府里的行动、局势掰开来揉碎了在心头慢慢地咀嚼。想了半日，又叫过绿柱来，同她细细地说了许多话，绿柱都一一答了。

等老太爷回了阁老府，从前院传话过来请她去相见时，四太太的脸色真的很沉；她的心情，也真的很坏。

"试过药了——"老太爷开门见山，四太太一进屋，他就冲下首扶膝而坐的老者点了点头，"小鹤子，你来说吧。"

阁老府大管家焦鹤，跟随老太爷已经有五六十年了，他一家人同样毁灭于水患。同四姨娘一样，因家人遭遇当年的惨事，在主子跟前都特别有体面。听老太爷这么一说，他颤颤巍巍地站起身来，作势要给四太太行礼——四太太忙侧身避开了，笑道："鹤老不要客气，您快坐吧，老胳膊老腿的，还跟我折腾。"

焦鹤虽然比老太爷小了十来岁，看着却比老太爷老迈得多，须发皆白满面皱纹，看着就像是个在乡间安居的老寿星。四太太才这么一客气，他也就顺势坐下，随老太爷，没有丝毫客气寒暄，便交代起了试药经过："因是配好的药方，药材全是捣过切过的，光从药渣，看不出什么来，大夫说恐怕是断肠草，只不知道用量。因猫狗毕竟和人不同，我便使了些银子，在顺天府寻了个死囚犯，拿药渣重又熬了一碗药灌他喝了……"

他沉默了一下，才道："一整夜都没有事，还当是姑娘多想了，就是午时前后，忽然吐了血，话也说不清了。在地上就只是抽抽，摁都摁不住……抽了两个时辰，人就晕过去了。这还是熬过一水，药力还这么足。要是第一道，怕是没救了。"

四太太费力地吞咽了几下，心头到底还是一松，她看了公爹一眼："断肠草，发作得这么急……我看，不像是他们的手笔。"

"是。"老太爷头也点得很爽快，"他们惯用的毒药，可要比这个隐秘得多了。"

焦鹤捻了捻胡须，说得更直接："除了家贼，谁有那么大本事，能往主子头上下药？我们家可不是随随便便的道台、巡抚，连江湖杀手，都能说来就来，说走就走。"

这摆明了是在讥刺杨阁老，当年他还是江南总督时，就曾闹过刺客潜进后宅的事。虽说背后有一定文章，但杨家因为此事，在高门中落了不少话柄。就连选秀时，都不是没人拿来说嘴的。随随便便，就能让人潜进后宅，主人还茫然不知……谁知道家里的姑娘，平时是不是也能随意出入深闺？更有人思维很发散——家里人口这么少，还顾不过来呢，他杨海东有心思去为整个天下盘算吗？

杨家人口少，焦家人口就更少了，就这么几个主子，吃的用的，肯定都是经过层层审核；不知来历的东西，不要说被主子吃进去了，就连要进后院都难以办到。虽说仆役如云，但管理严格御下严厉，这些年来，在后院从没有出过一点幺蛾子。除非是燕云卫这样有官方背景的特务组织，外人想要把手插进焦家后宅，简直是痴人说梦。

四太太长长地叹了口气，也不禁生出了几分惋惜，她望了公爹一眼，轻声说："爹，我看这事，太和坞难逃嫌疑。"

"哦？"老太爷神色不动，只声调抬高少许，"巧了，刚才小鹤子还和我说，这家里要有谁会动佩兰，也就只有五姨娘了。"

"这几个月，梅管事和太和坞走得蛮近。"焦鹤咳嗽了一声，"本来么，未雨绸缪，也是人之常情。前阵子他来找我谈他女儿石英的去向……"

他看了老太爷一眼，老太爷动也不动的，可焦鹤竟不知是从哪得到了暗示，他跳过了焦梅要陪房的消息："我听其意思，是不大想令石英陪嫁过去的。要在府中找，那肯定是想和太和坞攀亲了……乔哥儿的养娘，不还有个小子是没成亲的？"

这无凭无据的事，从焦鹤口中说出，就透着那样的入情入理。四太太听住了："鹤老意思，是焦梅从蛛丝马迹中，推测出了我们给蕙娘定的嫁妆，扭头就给太和坞递了话？"

"无凭无据的事，不好胡说。"焦鹤犹豫了一下，"但那么一笔大得惊人的财富，要动，肯定是有动静的……他说知道也行，说不知道也行，就是严刑拷打，恐怕也很难逼出准话，只能说有这个可能吧。"

蕙娘的陪嫁，即使以焦家豪富来说，也算是伤筋动骨了。四太太自己可能还不大在乎，但五姨娘是有儿子的人，想的肯定就不一样……她双眉紧蹙："可这是才近半个月的事，她的动作，有那么快吗？"

正说着，又想起来向老太爷解释："这件事，按理来说是该问问您的，但当时过年，您实在是太忙了，我也就自作主张……麻氏找我说情，想收她一个亲戚进府，我想她一家自然是身家清白，便答应了下来。也没有多做过问，今儿问了绿柱，才知道……"

她的声音低了下去，"他人就在二门上当差，不过，始终还是太快了一点吧；嫁妆定下来到现在，也就是十天多一点儿……"

焦家门禁森严，就拿自雨堂的丫头来说，小丫头不必说了，哪有她们回家探亲的份？除非病了、犯错了，主子打发出去了就再不能进来，否则没有回家的道理。有脸面的大丫头，一年有两三次能回家看看，身边也都跟了服侍的人。一来，是彰显身份；二来最主要的，多少起到一点监视的作用。凡是在内院服侍的大丫头，就没有例外的。五姨娘就是想往里弄点药，也没有那么简单；她守孝三年没有出门，到现在连娘家都没回过，假设真是她所为，断肠草也不是那么好弄到的，从传话到设法神不知鬼不觉地弄到毒药，再往里送，还要找机会放进蕙娘药汤里……这事哪有这么简单？

焦鹤点了点头："太太说得是，麻家家世还算清白，一家子也没有什么地痞无赖；要弄到毒药，虽也不是不可能，但他们没那么大的能耐……"

他轻轻地咳嗽了一声，面无表情地说："不过，这也不是五姨娘第一次有机会和外头联系。太和坞的丫头婆子，虽然都经过特别甄选，绝不会做出不该做的事，但……去年腊月里，几位姨太太去承德庄子小住的时候，五姨娘倒是出去过一次，和她娘家兄弟见了一面，说了几句话——她有个兄弟就在承德开了个米店。"

四太太越听越是生气，她银牙紧咬："小门小户的女儿，因为生了个儿子，这几年来在家里是鸡犬升天。她还有什么不足够的？平时挑唆着乔哥和两个姐姐疏远，我体谅她就乔哥这个独苗苗，再怎么小心都不过分的——"

老太爷神色一动，他打断了四太太，声音一沉："挑唆乔哥？这是什么时候的事，我怎么连一点都不知道？"

四太太吃惊地看了焦鹤一眼，见焦鹤神色笃定并不说话，她心头一突："还以为您知道……当时让她带着乔哥，就是因为毕竟她是乔哥生母，对孩子是最上心的。平时连一个点心，都要自己吃过了再给乔哥吃。可也就是她这样过分小心……因蕙娘身份，难免以小人之心度君子之腹，因此平素不喜欢乔哥和姐姐亲近，我也就没开口。这亲事一定，她倒也知趣，就经常抱着子乔去自雨堂做客了。"

家里除了谢罗居，几处院子都有老太爷的眼线。老人家也无甚特别用意，不过意在掌握府中大小事务而已。四太太对这点，心头也是有数的。她甚至还知道以往负责听取消息过滤汇报的正是焦鹤……可这几年，鹤老年纪大了，精力渐渐不济，看他表现，似乎这差事已经换了人做。就不知是谁那样着急讨好未来的主子，竟瞒报了消息——五姨娘的用心，几番都有体现，要说漏报，那是不可能的；这么敏感的事，肯定要同上头提一提。也就是在消息过滤这一层上，被人给卡住了没往上说而已。这是拿准了以蕙娘的傲气，绝不会私底下和老太爷告太和坞的刁状，第一她不屑，第二这也不是她能做的事……

老太爷倒真是第一次听说这么一回事，他寻思了片刻，不禁微微冷笑，却并不再提，反而冷静逾恒地为五姨娘说了几句话："就是她拿到了药，要怎么下毒？小库房她可伸不进手去，那不是她可以经常过去串门的地方……要下毒，也就是到自雨堂里去了。但自雨堂是什么情况，你也是知道的。从小养成的习惯，要紧的地方几乎不离人。麻氏就是有通天的本领，又怎能把毒给下进去？"

这一点，焦鹤肯定是答不上来的。四太太也有点抓瞎，她越想越觉得迷惑：此事疑点重重，可议之处颇多。最可怕的是焦家人就这么几个，如不是五姨娘，又不是燕云卫，难道谁家还有那样的能耐能悄无声息地把手伸进了焦家来……可要如此，他们又何必用这样的毒药呢？光是四太太所知，可以无声无息置人于死地的鸩毒之物，就已经有十几种了，这还是她根本无心此道，只是从前听丈夫闲谈间提起而已……

"那，唯一的可能，也就是她最近去自雨堂的时候，伺机把药材给混进去了吧……"四太太自己嗫嚅了几句，也有点晕乎了。

老太爷却还是那样泰然，他嗯了一声，转向焦鹤道："去把自雨堂的雄黄、太和坞的透辉叫来吧。"

雄黄是老太爷的眼线心腹，这四太太是不吃惊的。她父亲也是焦家产业里有数的大账房了，当时会进来服侍，其实多少是为蕙娘日后接管家业打个伏笔。她的身份，在自雨堂里都算是比较特殊的，即使是蕙娘对她也很尊重……倒是太和坞最有脸面的透辉竟是老太爷的人，这多少令她有几分吃惊，再一想，却又心悦诚服：处处埋着伏笔，永远防患于未然，老太爷就是老太爷，即使这样的细节上，也都透了名家风范。

雄黄和透辉很快就被带进了小书房，焦鹤会办事，他把两个人分头带进来。第一个进门的是雄黄，这位眉清目秀身材姣好的大丫鬟默不作声地给两位主子行了礼。即使是在相爷跟前，她也显得从容不迫，面上虽有些严肃，但四太太和老太爷都明白：和她父亲一个样，他们一家子，都是这么不苟言笑。

"五姨娘最近是常来自雨堂。"即使两个主子忽然要查问这么敏感的一回事，雄黄面上也看不出丝毫犹豫，她回答得平静而机械，就像是一双不含偏见的眼——老爷子用人，一向是很到位的。"十三姑娘也很给她面子，大家笑来笑去的，看着倒很和睦。我们底下人自然也有些议论。每次五姨娘过来，石墨都躲出去；孔雀也一样，从不给五姨娘好脸色。除此之外，倒没什么特别的事。几次过来，奴婢都在屋内、院中当差，并未见到、听说什么可说之事。"

老太爷一手抚着下唇，他看了焦鹤一眼。焦鹤便问："五姨娘过来的时候，可有没有单独在里屋逗留？"

"这……"雄黄面现迟疑，想了想才道，"倒是有一次，六月里，她过来的时候，正好撞见姑娘又犯了喷嚏，进净房去了，姑娘便令我进去服侍五姨娘。当时东次间人也不多，孔雀本来一直是在小间里的，可自从她因五姨娘来要首饰没给，次次五姨娘过来，姑娘总给她找些差事，令她出去，当时就是令她去浣洗处催姑娘的手帕。因此屋内就我招呼姨娘同乔哥。过了一会儿，绿松令我进去找帕子，也就这么一会儿工夫，整个东翼都没有人。后来我们出来的时候，乔哥在玩姑娘平日里收藏的古董盒子，五姨娘在乔哥身边，眯着眼想从缝隙里看进去……彼此还都有些尴尬——"

"这一会儿工夫，究竟多久？"老太爷打断了雄黄的叙述。

雄黄回想片刻，肯定地回答："总有个一炷香工夫吧。"

一炷香工夫，孔雀人又短暂离开……估计是没有锁上小间门，五姨娘要是手脚快一点，也可以进去动点手脚了。

老太爷点了点头："你们姑娘的太平方子，几天吃上一次？"

"一向是十天上下吃一次。"雄黄面露惊容，回答得却还是很谨慎、很快速。说完了这句话，她犹豫了一下，又补充，"姑娘这几次喝的药也多，前阵子还喝了专治喷嚏的汤药，几次喝药的日子，分别是六月十八、六月二十九……"

便说了几个日期出来。这一次不等老爷子开口，四太太都知道问："那五姨娘上个月是什么时候去的太和坞？"

雄黄屈指算了算，她的声音有点抖了："大、大约是六月二十八。"

四太太猛地一拍桌子，她才要说话，老太爷一摆手："你可以出去了。"

遣走了微微发颤的雄黄，他疲惫无限地搓了搓脸，倒是抢在媳妇前头开口了："我知道你要说什么——小库房每个月给自雨堂送东西，就是在月中。"

也就是说，当时还有两包药在小间里放着，恐怕临近熬药的日子，孔雀也就没有收纳得很密实，只是随意摆在屋里……

四太太牙关紧咬，几乎说不出话来。老太爷却还未失却镇定，他若有所思地将手中两个核桃捏得咔咔作响，等透辉进了屋子，便开门见山地问透辉："五姨娘最近，可有什么异动？"

透辉就没有雄黄那么上得了台盘了，她显得格外局促，在两位主子灼灼的逼视之下，声若蚊蚋："还是和从前一样，和胡养娘走得很近。除了悉心教养乔哥之外，得了闲也就是往自雨堂走动走动，再、再同南岩轩、花月山房争些闲气……"

"哦？"老太爷微微抬高了调子，"比如说呢？"

比起雄黄那样镇定自若的表现，透辉如此惊惶，反而使得她的说辞更加可信——明眼人一望即知，她完全是被这场面给吓怕了；别说玩心机，怕是连气氛都读不出来。老太爷一问，她倒是竹筒倒豆子一样，从腊月里，"听说了橘子的事，当时没说什么，第二天就哄着乔哥多睡一会儿，后来，听说在谢罗居……"，"花月山房得了自雨堂的东西，她也去要，回过头和胡养娘说起来，'再不杀一杀自雨堂的威风，这府里还有我落脚的地儿吗？'"，"几次和南岩轩见面，都不大客气……"一路说到了最近，"还是不许乔哥同花月山房亲近，十四姑娘几次送东西来，都没让乔哥见到。私底下说：'谁知道她安了什么心？！'"

虽面目可憎，但毕竟都是无关紧要的小事，老太爷听得几乎打起了呵欠，透辉越看脸色就越是恐慌，最终她住了口，咬住了嘴唇。"也就是去年年前，姨娘不知从哪得了风声，像是知道了奴婢的身份。从那时候起，很多话都不当着奴婢说……常令奴婢在外跑腿儿，连同娘家兄弟见面，都没令奴婢在一边服侍。奴婢知道的，也就是这些了。倒是胡养娘，也许知道得更多些……"

四太太至此，反而不再吃惊愤怒了，她甚至叹了口气。

要是心中没鬼，又何必如此防备？雄黄摆明就是老太爷的眼线，这些年来也没见蕙娘对她如何。还有花月山房，文娘不喜欢蓝铜的做派，可还时常令她在身边服侍……家里这么大，一个小姑娘住一个院子，长辈不放心，指派个人过来看着，那是人之常情，有什么需要避讳的？南岩轩两个姨娘，也从来没有做出过这样的事。五姨娘这个人，处事也实在是太浅薄了，稍微一经查问，就已经破绽百出。

打发走了透辉，她和老太爷商量："爹，您看这事该怎么处理？"

"你的意思呢？"老太爷不置可否，他摸着下巴反问了一句。

"这贱婢竟如此狠毒，人是留不得了。"再怎么样，蕙娘也是在四太太眼皮底下长大的。四太太难得地下了狠心，她一咬牙："娘家人心术不正，留在京城，对乔哥将来，恐怕也是弊大于利……索性一并清理了，把乔哥……"

她犹豫再三，最终下了决心："把乔哥抱到谢罗居来吧！"

老太爷眼底神光一闪，过了好半晌，他才慢慢地长出了一口气。

多少复杂的情绪，多少常年积累下来的担忧，竟都在这一口气里体现了出来。老太爷的欣慰，谁都能看得出来："你早该这么办啦……"

焦家人办事快，后院里持续了一天一夜的戒严状态，在当天晚饭后，也就伴着四太太送来的点心无声无息地宣告解除。花月山房少不得来人到自雨堂问好，文娘被这事一打岔，可能也不记得生气了，又问姐姐的好，又问她家里到底出了什么事。

说起来，她也就比蕙娘小了一岁多一点儿，一个年头一个年尾——今年也是十六岁的人了，还是这样，一时好两时坏的。虽说当着外人，门面功夫一直都做得很好，但性子还是太浮躁了一点。

蕙娘一句话就把黄玉给堵回去了："本来没她的事，这么东问西问的，还指不定有没有她的事呢。不论是做人做事，还是小心点为上，关她的事，她多开口没错；不关她的事，就算要管，那也不该问我。"

这绕口令一样的回话，估计把文娘也给闹迷糊了。她又打发了云母过来：花月山房的大丫头，在蕙娘跟前，能比黄玉多些脸面。

蕙娘没说府里的事，倒是令云母坐下来和她说话。"你是肯定要跟文娘陪嫁出去的，主子的体面，就是你的体面。主子在夫家吃了亏，你这个做大丫鬟的难道就有脸吗？有些事，你们姑娘想不到的，你要多为她想想。"

文娘说府里的人才都奔着自雨堂去了，此言不虚；花月山房的使唤人比起自雨堂来，都明显要弱了一层。云母虽然处事周到性子和气，办起事来是很牢靠的，可性子绵软，从来都不能节制文娘。身边无人劝，慈母管得松，嫡母又是那个性子，老太爷没空教……文娘真是清水出芙蓉，天然去雕饰。学了一肚皮的表面功夫，论到做人上，始终都还没有入门。

云母也很为难："不瞒您说，光是这何家的亲事，我们都觉得姑娘是该应下来的。可您也知道姑娘的性子……她是一心一意想要向桂家那位少奶奶看齐的。可何家的作风，您心底也清楚……"

桂家少奶奶来京城不久，论出身，她亲爹品级虽然在，但距离蕙娘这个圈子还有一步之遥；论夫家，小桂统领这几年虽然受宠，可年纪轻起点低，身份又不大显赫，按理来说，也闹腾不出多少动静的。可就因为她实在是得到太多人的宠爱了，从杨家阁老太太算起，定国侯孙夫人，永宁伯家三少奶奶，宫中皇后、宁妃，哪个不是对她另眼相看，就连夫君也都宠得厉害。成亲这几年，膝下才一个女儿，那又怎么样？人家小桂统领摆明了这辈子是不纳小了……成婚了的少奶奶们提起她，都有点含酸带醋的，嘴上说是看不惯她的跋扈做派，心底怎么想的，那可就不知道了；老爷少爷们，对她倒没二话，可说起小桂统领，都有几分天然的同情：惧内这名声，可不是好担的；唯独没出嫁的姑娘家，夫家没定，还有的一争，对这位少奶奶杨氏就很憧憬了。连文娘，因在家守孝，从未和她照过面的，竟都听说了桂少奶奶的名头……

真要这么说，何家的确是差了一点。何总督是个风流人，太太和两位嫡少爷在京城，任上的姨太太可就多了，还有那些个上了十位数的小庶少爷……以文娘的气性，看不上何芝生，也是人之常情。

"亲事就不说了。"蕙娘叹了口气，"就是家事，她也还差着火候呢。我说她，她是听不进去的——"

"哪里听不进去？"云母细声道，"其实姑娘心里最听您的话了。您前儿那么一说，她回来虽发了好久的脾气，可也还令我去托绿柱的人情……"

她小心地看了蕙娘一眼，蕙娘也明白过来了：文娘哪里是关心家里的变故呢，都要出嫁的人了，家里只要别反了天去，又有什么事和她有关系？她这是气消了，回来探自己的口风呢。

"那你们就等风声过去了，再多问问绿柱怎么说吧。"她慢慢地说，"这种事，没有我插口的道理。"

云母的眉头不禁蹙得更紧了：十三姑娘对花月山房，那是没得说了。能开口提点到十分，绝不会只把话说到九分。听她意思，这件事即使以她的身份，也只能说到这个地步……

偏偏妹不似姐，十四姑娘只学会了姐姐的倔劲儿，一点都没有学会姐姐的缜密。她对权神医……

云母叹了口气：总而言之，以自己姑娘的性子，和姐姐和好，那是迟早的事，可在亲事上，她再不会亲自开口探问了。就连派黄玉过来，都是自己借府中事变的机会，巧言令色，才哄得她勉勉强强似乎默可。黄玉无功而返，自己此番回去，也少不得要挨上几句硬话了……

她还要再设法套套口风时，谢罗居已经来人了。是令十三姑娘过去说话的——云母自然也只能退出了自雨堂，往花月山房回去。

可才走了一段路，刚过了自雨堂外的小石桥，云母的脚步不禁一顿。她吃惊地望着十余个健仆神色匆匆地往园内深处去了——带队的那婆子，竟连她都没认出来，似乎根本就不是后院里有脸面的仆役……

她一下就又把自雨堂抛到了脑后，忙忙地碎步上了假山，寻了个高处，在一块山石后眺望了许久，这才一路小跑，回了花月山房。

时过七夕，花月山房的花儿倒是谢得差不多了，只有院子天棚底下有几盆应时花卉点缀。虽说院子上空扎了个大天棚，开门一进去便觉阴凉，且无蚊虫叮咬，还有屋内隐约透出的薄荷香，也算是一派人间富贵的景象了。但同自雨堂那飞流四注、凛若高秋、里里外外一片清凉世界的格调相比，却还是多了一丝烟火气。云母不禁又从心底叹出了一口气：要不是十三姑娘提着，四太太哪里还想得到十四姑娘？那样一处仙境天宫似的好去处，又哪有十四姑娘的份？可十四姑娘就只看得到姐姐压过她的地方，看不到姐姐对她的好……

隔着窗子望过去，十四姑娘也是身形窈窕、眉目如画，她正坐在窗边，手里拿着针线在做，还有一搭没一搭地和身边的丫鬟说闲话……云母双眸一凝，她加快脚步，轻轻地进了屋子，贴着板壁蹑过去，果然正好听到了一句话的尾巴。

"……也是故弄玄虚，什么话不能直接同您说呢，非得闹成这样？"

这个黄玉！云母眉头紧蹙，她放重脚步，掀帘子进了里屋。趁主子背对着自己，便狠狠白了黄玉一眼，黄玉便不敢再说了。她将委屈露在面上，嘟着嘴垂下了头去。

"死到哪里去了？"她不说了，文娘也不问她，就像是看不到黄玉脸上的委屈一样，她转过头来嗔云母，"性子是越来越野了，大半天都不见人！"

云母这下可不愁没有话头了，她压低了声音："刚才出外走走，正巧就看见一群人去了太和坞、南岩轩那个方向……"

文娘立刻坐直了身子，待要细问，看了黄玉一眼，又改了口："这儿没你的事了，你下去吧。"

黄玉在文娘跟前，永远都是这样，也有她的差事，可始终都不能被真正重用。这丫头就是因为如此，才更怨恨十三姑娘，更乐于下她的坏话……等黄玉出了屋门，云母终究忍不住埋怨："姑娘，她那挑拨是非的性子——"

"得了得了。"文娘不耐烦地摆了摆手，"家里这么无聊，我听个笑话还不行吗？你说这一群人是去北面——可看见了是去哪儿吗？"

"要去南岩轩，过了玉虚观就该拐弯了。"云母沉吟了片刻，"可她们仿佛还一直向前走呢……应是去太和坞没有错了。"

文娘眼中顿时放出光来，她坐直身子，口中喃喃道："就要管，也不该问她……"

她站起身来，在屋内来回踱了几步，忽然又问云母："你刚才去自雨堂，姐都说什么了？"

说她不聪明吧，心里其实什么都明白，就是性子过不去。云母一来有点被闹糊涂了，二来也是被文娘折腾惯了，早就没了脾气。她低声说："十三姑娘说了好些话，说姑娘'就是家事，她也还差着火候呢'。我又问了您的亲事，她说，'这种事，没有我插口的道理'。"

第二句话，已经被兴奋的文娘随意挥了挥手，就放到了一边。她在屋内来来回回地踱了许久，口中呢呢喃喃，也不知在说些什么。又过了一会儿，这才一跺脚："走，你跟我出去一趟！"

"这——去哪儿呀？"云母已是一心一意地盘算起了十四姑娘的婚事，听文娘这么一说，她吓了老大一跳。"这风风雨雨的，咱们可不得安分点儿？别和您姐姐说的一样，本来没咱们的事了，东问西问，还惹事上身——"

"你啊！"文娘跺了跺脚，"比我还笨！你要不去，我自己去！"

"这是要上哪去啊……"云母不敢再说了，她随在文娘身后出了屋子，终究还是忍不住多问了一句。

文娘扫了她一眼，唇角一扭，便露出了一个极是称心得意、极是兴奋快活的笑来，她竟是难得地把自己这跳脱的一面，在院子里头都给露了出来。"傻子，当然是去南岩轩啦！"

比起宁静安闲的自雨堂、鸡飞狗跳的花月山房，谢罗居的气氛就要合适得多了。同所有大事将临时的屋宇一样，它的平静中透着极度的克制，从底下人的眉眼，甚至是猫儿狗儿的姿态中，都能品出上位者的心情——即使还没有发作，也已经是风雨欲来，雷霆只怕已在屋檐上空徘徊不定了。

"家里出了这样的事，我和你祖父都没有睡好。"四太太叹了口气，在女儿跟前，她毫不避讳自己的失望和愤怒。"就这么几口人了，还要从自己家里闹起来，这样的事，真是一想起来就生气……你不用担心，以后，再也不会有这样的事儿了！"

蕙娘倒要比母亲平静得多了，她拍了拍母亲的手背，"您也不要太往心里去了，这世上什么人都有，尤其是咱们家，钱多人少，最招人惦记了……"

到底还是有三分迷惑，"就不知道是谁这么大胆，这几个月，我也时常留心，家里一切如常，可也不是没有一点不对劲的地方。思来想去——"

她征询地望了母亲一眼，见四太太冲她微微点头，才续道："也就是太和坞有些动静了，可那也都是小事。按五姨娘为人，还不至于如此吧，我也没有什么得罪她的地方呀……"

"你还不知道，"四太太端起茶来，"她本事可不小，眼看乔哥越来越大，心思可不就越发活络了？早在去年，在承德的时候，怕是就不安分了。谁知道和娘家兄弟都说了什么？这几个月，又是在府里安插人手，又是和焦梅眉来眼去的……"

蕙娘有点吃惊：怎么母亲还不知道焦梅即将陪房的消息？难道祖父竟没说破这层？

她不动声色，还为五姨娘辩解："五姨娘这个人，是挺有意思的，有了个乔哥，就很把自己当个角色了。但怎么也是清白人家的姑娘，要做这种事，我是不大信的，您可别冤枉了她。我看，多半还是别人……怎么着，也得要多查证几次，这事可不能光凭想当然就办下来了，得讲凭据。"

到底年纪还轻，家里人口又简单，说到看账理家，对内收服下人，对外和三教九流打交道，蕙娘是个行家；可在这种妻妻妾妾的事上，她就没有太多经验了。四太太叹了口气："傻孩子，这种事，有谁会随便乱说？又有谁会认？认了万无生理，不认还有一线生机……不然，你当那些大户人家，年年家里出的那些人命都是怎么来的？就是你平时也熟悉的许家，他们家五少夫人，说没了就没了，急病……那也就是唬些愿意信的人罢了。可她娘家要闹又能怎么闹？有些事，留不了铁证的。"

蕙娘轻轻地咬住了下唇，秀眉渐渐地蹙了起来："可那毕竟是子乔的生母……"

"是啊，家里已经够冷清的了。"四太太也有些心灰意冷，她勉强提振起精神，"就看她们在太和坞里能搜出什么来吧。你祖父那边也令人把她在二门上做事的那个亲戚提过去审了。"

她看了蕙娘一眼，又道："还有你生母那里，我也是要令人去询问的。三姨娘和你提起过没有，在承德的时候，五姨娘可有什么异状？"

"没有。"蕙娘毫不考虑地回答，她几乎有点失笑，"我们在一处说话，哪会提她？"

只这一句话，太和坞和三姨娘的冷淡关系，几乎就完全被带了出来。四太太很歉疚："这两年来，你们真是受委屈了！原以为她也就是眼皮子浅，乍然得意有点收不住了。可没想到其用心居然阴毒若此！"

虽说还没搜出什么凭据，可听四太太的说话，竟是俨然已经认定了五姨娘就是元凶。蕙娘没接她的话，只是又细问："究竟那毒，是什么毒呢？听绿松说，药力发作起来，怪可怕的……"

四太太自然也不免仔细询问她权仲白的说法："你也太能藏得住事了，怎么一点端倪都没露出来！究竟是否已经中毒，还是没什么大妨害——"

"是没什么妨害。"蕙娘说，"这个太平方子，吃了这些年了，我早就不耐烦喝啦。平时熬来，也就是喝上一两口，就令撤下去了。权——他给我把脉以后，便同我说，要留神饮食药汤。因这话也不好直说，又怕激怒凶手，所以才要同我私室独处……"

四太太疑心尽去，至此才明白来龙去脉。她不禁连连叹气："难怪子殷脸色如此严肃，果然是不善作伪，我说呢！想来，她从前多半已是下过一次手了。"

她想到蕙娘几乎就这样去了，也是气得银牙紧咬，倒是要比从前更精神多了。"要不是子殷给你把过脉，你早就有了提防，几乎就要为她得逞了去，恐怕我们还被蒙在鼓里！到时候你祖父要是没熬过去，家里岂不是一下就塌了天了！她过一段日子，再把我给除了去……就是老太爷熬过去了，她联合家里兄弟，温水煮青蛙的，十几年后，这家业哪里还有子乔的份？！怕不是要鹊巢鸠占，全姓了麻！这么多年风风雨雨都熬过来了，难不成还要倒在麻海棠身上？真是笑话！"

蕙娘被母亲说得也有些后怕，她的神色渐渐更深沉了，看来，是有几分动怒。四太太看在眼里，心底也是感慨："你也不要太傲气了！我们母女两个，都是一个毛病——太懒！我知道你平时，连正眼都懒得看她，可你看看，你被她算了这么久，现在什么都摊在你跟前了，你一开始还不信！她固然歹毒，可你也实在是太疏忽了一点！"

四太太平时是很少用这么重的语气数落子女的，蕙娘忙站起来，低垂着头听训。四太太看她那低眉顺眼的样子，又有点心疼，把她拉到怀里揉搓了几下，"也是你心好，我们家里很少有这么龌龊的事。以后出嫁了，可不能同在家一样，遇到什么事，都要多想，多看……明白了？"

母女俩又说了几句话，蕙娘始终语带保留，不多加评论五姨娘。四太太看在眼里，心里也明白：她这是根本就不相信五姨娘能做出这种事来，恐怕还是觉得五姨娘没这个本事……

好在，各处派出去的人，也都很快有了回报：二门上轮值的几个管事，里面比较熟悉五姨娘那位亲戚的，就是和他一道当班的姜管事了。据姜管事说法，太和坞那里时常是有人来和麻管事说话的，五姨娘有时候也亲自过来看兄弟；因她身份尊贵，自己都远远回避，并不清楚他们都交谈了什么。

南岩轩那边也回了消息来，三姨娘一口咬定，五姨娘在承德时并没什么异样行动；就有，她也毫不知情。倒是四姨娘，据回话的人说，她吞吞吐吐地，说了些暧昧不清的话：收到了风声，五姨娘在承德时出去了好几次，和娘家兄弟见面。

这每一句话，都像是往五姨娘罪行上钉的一个钉脚。蕙娘的话也越来越少，她面上像是罩了一层寒霜，连四太太都很难看出她的思绪。不过，她自己也正心潮起伏呢——就算已经肯定，除了五姨娘不会再有别人了，到了这时候，也还是难免要动点情绪的。

最终，派向太和坞的婆子回来了——东西没搜到什么，倒是把胡养娘给带回来了。

胡养娘一进屋，就砰砰地给四太太磕头："奴婢知罪，奴婢只是畏惧于姨娘的身份，请太太明察……"

四太太使劲长出了一口气，她坐直了身子，气势俨然，淡淡地道："你说你知罪？"

这尊贵、淡定的调子，竟和蕙娘有几分相似。"那你倒说说看，你犯了什么罪？"

蕙娘瞟了母亲一眼，若有所思地咬住了下唇，却没把心思放在胡养娘的叙述上：只要她说出知罪两字，五姨娘的命运，就已经注定，恐怕连为自己辩护的机会都不会有。这朵盛放的海棠花，就注定要在盛年早早凋零了。

这世界就是这样，如果总有一朵花要谢，别人枯，总好过自己死。

第十四章

真相大白

胡养娘能混到子乔养娘的地步，自然也不是个笨人，不用严刑拷打，她自己就竹筒倒豆子，把五姨娘平时话里带出的只言片语，明明白白地向四太太做了交代。

"姨娘这个人心很大，自己荣华富贵了还不够，总是想着要提拔娘家。"她越说头越低，"这几年，老太爷人还健壮，没退下来，她自然不会有什么举动。可平时和奴婢说起来的时候，话里话外，好几次都带出来，等老太爷过世，乔哥长大之后，她想更提拔娘家一些。令我无事的时候，也教晓乔哥和麻家亲近……"

四太太不禁从鼻子里哼了一声，自言自语："倒也懂得千里伏脉，眼下就开始打伏笔了。"

"再有，她背地里也时常诽谤两位姑娘。"胡养娘怯生生地打量了蕙娘一眼，"尤其是对、对十三姑娘，更没好话……总觉得十三姑娘不想出嫁，还是想在家承嗣，有、有害乔哥的心思……奴婢也劝过她几句，可她说，十三姑娘性子太强，将来出嫁了，肯定还会把手插在娘家。她想……老太爷千古后，她想把三姨娘、四姨娘都打发走了，这样十三姑娘就是想多回娘家，怕也……"

五姨娘这连番盘算，倒也称得上缜密，只是盘算中竟毫不把四太太放在眼里，四太太面子上难免有些过不去。她又哼了一声，虽未勃然作色，不悦之意，却是谁都听得出来。

胡养娘使劲给主子磕头："太太，虽然这样说是强词夺理，可五姨娘究竟也没做什么；就凭这些说话，要扳倒她难。可我告密的消息传出去，乔哥这个养娘，那就再

176

别想当了……日常我听见她这样说话的时候，是从不曾接口的，她觉得无趣，渐渐也就不同我说，奴婢知道的也就是这些了。奴婢未能及时回禀太太，奴婢有罪……"

就是五姨娘还说了别的什么——就是和胡养娘共谋要害蕙娘呢，胡养娘肯定也不会傻到自己承认。不过，话又说回来，老太爷点名要保焦梅，为他打了包票。胡养娘是他的弟媳妇……

四太太不动声色，她点了点头："也算你还识趣吧……暂且先带下去。"

应付过了这一波又一波的回禀，她也有几分乏了，歪在椅子上沉吟了半晌，才挤出笑脸来安慰蕙娘："别怕，她以后再也不能害你了。所幸她自己按捺不住，知道了那消息，竟提前想要发动，要不然，这颗毒瘤，还不知要潜伏到何时去！"

蕙娘再冷静的人，听了胡养娘的回话，此时也不禁露出怒色。她本来自己正在沉思呢，听见母亲这么一说，倒是神色一动："什么消息？我怎么还一点都不知道呢……"

"定下来也没有多久。"四太太犹豫了一下，"按理，应当是你祖父告诉你的，我也不好多嘴……不过，既然都传到她那里去了，可见消息已经走漏，也就不瞒着你了——你祖父预备把宜春票号的份子，给你陪嫁过权家去。"

即使以蕙娘城府，亦不禁为四太太这句话而面露骇然。她险些要站起身来："这——"

焦家虽然原本家境就殷实，但也不过是河南当地寻常富户而已，真正说起发家，还始于三四十年前，焦阁老入仕未久时，曾在山西为官。当时不要说宜春票号，就连票号这两个字，都尚且未为天下人知道。账庄还方兴未艾，正在全国推广。却是焦阁老独具慧眼，看出了票号这行当的潜力，是以将家资入股了大半，使宜春票号本钱更厚。此后随着宜春票号越做越大，虽然也有豪门巨鳄参股，但那不过是权钱交易利益往来分一杯羹的事，人走茶凉……同焦家这样正正经经的股东比，又全然不是一回事了。

现在宜春票号做得有多大？天下有老西儿的地方，几乎就有宜春票号的分号。一年光是各商户往柜里存银子要付的占箱费，那都是天文数字。更别说有了这么一大笔现银在手，什么生意做不得？要不是有宜春票号每年那多得吓死人的分红，焦家绝无可能在五十年之内，便突飞猛进、一路高歌地踏入大秦的最上层交际圈——在这交际圈里的人家，谁不是百年的家业，世代都有人入仕，这才慢慢经营下了偌大的家业。焦家可就只出了一个焦阁老……

有了钱，要再赚钱就很容易了。且不说焦家现在的现银，多得是一家人几辈都吃用不完，就算除却票号之外，以四太太名义经营的一些生意，赚头也都丰厚。焦家现在倒也不指着宜春票号过活，可无论如何，在过去的几十年里，票号分红，一直都是焦家最大的财源。按现在宜春票号的势头来看，这个聚宝盆，日后只会越分越多，绝不至于越来越少……且不说别的吃用穿着之物，这份嫁妆，一点都不夸张地讲，普天下，谁人能比？怕就是公主出嫁，嫁妆亦比不得一个零头了！

四太太看着蕙娘，她叹息着点了点头："明白了吧？若是麻氏没别的想头还好，咱们家的银子，也够她胡吃海塞十辈子了。她既然想着扶植娘家，把票号的份子给你陪出去，那不等于是在挖她的心头肉吗？为了三文钱都能闹出人命案子呢，你也不用再把她往好处想了。她想害你，多的是缘由。"

蕙娘足足怔了有半天，才慢慢地透出一口凉气来，她喃喃地道："焦梅……"

"你祖父说了，"四太太摇了摇头，"这事不是焦梅走漏的消息。虽不知缘由，但老人家如此说，必有原因。"

她犹豫了一下，又提点女儿："你自己心里要有想法，日后多小心他也就是了……不过，现在太和坞这个样子了，他也犯不着再胡作非为。你祖父少人使唤，忍他几年罢了，你也不要太往心里去。"

看来，母亲是真的一点都不知道焦梅立场转换的事。对她来说，既然胡养娘摆明车马是站在五姨娘那边的，那这消息，肯定就是由焦梅往胡养娘那里透露过去的了。五姨娘也就因此有了强烈动机……难怪她二话不说，上来就认定了是五姨娘所为。

蕙娘眯了眯眼睛，又长长地透了一口凉气。

"真是太乱了。"她疲倦地说，"一时竟没了个头绪！我是什么都说不出来了！"

毕竟年纪小，虽然经过些风雨，又哪里比得上老一辈，大风大浪都过来了……四太太有心要为她梳理梳理，可有些话又不好说得太细——毕竟她上头还有个公爹呢。"你先回去歇着吧……太和坞的事，我和你祖父自然会办。"

她竟罕见地搂了搂蕙娘的肩头，将自己的真实感情泄露出了一分两分来。"你就只管安心吧，以后，这个家里再没人能害你了。"

换作从前，四太太可不会这么亲切……看来这件事，的确对谁来说，都是震动。

又过了几天，焦子乔被送到谢罗居里养着，因他忽然间不见了母亲和养娘，一直哭闹个不停，后来竟有些微微发烧。四太太也没有办法，只好令胡养娘重新戴罪上岗。胡养娘从此也特别小心，虽然是小少爷的养娘，但全无傲气，见了谁都低眉顺眼的。一看到乔哥两个姐姐，就令乔哥给她们行礼。"要和姐姐们多亲近。"

到底年纪还小，虽然不见踪影的是亲娘，可焦子乔哭了小半个月，也就渐渐地忘了五姨娘的存在。他现在更依赖胡养娘了。因为每天和四太太待在一处，和嫡母也比往日里更亲近得多，经常撒娇放赖，要四太太带他识字，陪他玩积木……闹得四太太不胜其烦，可又没有办法，倒是比从前要更忙得多了。

除却这一点变化之外，焦家的日子还是那样的平静——就好像焦子乔是从半空中掉下来的一样，这家里，好像由头至尾，根本没有过第五个姨娘。太和坞里的陈设被搬空了，衣衫被丢弃了，门窗被封上了……

"听四姨娘说。"文娘来和姐姐吃茶，"祖父有意把太和坞改造成玉虚观的后院，等明年你出嫁之后，园子里少不得要打墙动土、热闹一番了。"

最近，大抵是知道自雨堂这边不会给她什么内幕消息，文娘经常往南岩轩走动；南岩轩毕竟距离太和坞近，对于这件事，多少还是能得到一点消息的。不过，这件事处理得这么低调，当事人都讳莫如深，四姨娘就算探听了一点，只怕也是迷雾重重；这里头真正的玄机，她还是得指望姐姐给她一个答案。

"动一动也是好事。"蕙娘懒洋洋地说，她伸了个懒腰，从桌上的黑檀木小盒子里抽出了一格，"苏州刚送来，新制的橄榄脯。今年船走得快，那股涩香还没退呢，尝一点儿？"

又是避而不谈，拿美食来混淆话题。文娘却并不如从前几个月一样易怒，她嘴巴一翘——没抱怨，只是撒娇："才不要吃这个，人家要吃大煮干丝、镇江肴肉——我院子里的厨子，做这个可不正宗，姐，你让祖父那头的江师傅做给我吃呗。配一盅魁龙珠茶，那真是要多美有多美，给个金镯子我都不换。"

文娘也是有日子没有这样娇憨可爱、抢着说俏皮话地撒娇卖味儿了，真是五姨娘一倒，连她都轻松起来……蕙娘笑了："出息，这都什么时辰了，你还喝早茶？"

见妹妹有点急了，她才不紧不慢地说："祖父这半个月多忙呀？朝中又有事情了，他一忙起来，江师傅随时要做点心送进宫去的。就为了你嘴馋，万一把祖父给耽搁了，你受得起？"

文娘顿时垂头丧气，嘀嘀咕咕："又忙，真是什么都赶在一块儿了……"

蕙娘就好像没听见："等明儿一早，江师傅反正也要起来给祖父做早点的，不多你这几道菜。你再说几句好话，没准他一高兴，还做双鱼白汤面给你吃。"

斑鱼肝鳇鱼片双浇白汤面，是这位扬州名厨的看家手艺，其味道鲜美馥郁，犹贵在京中材料难得，即使文娘也不能时常享用。她轻轻地欢呼了一声，冲蕙娘龇着牙笑："姐，我真喜欢你。"

"一时又喜欢，一时又讨厌，真不懂你。"蕙娘也笑了，"最近，别老这么兴头。家里才出事呢，你这么高兴，不知道的人，还以为你生性凉薄、幸灾乐祸……"

文娘哪管这么多，她又冲蕙娘一亮牙齿，笑得都有傻气了："我就是喜欢你嘛，你怎么这么厉——"

蕙娘眉一立，她不敢再往下说了——再往下说，那就着相了。不过，小姑娘自有办法，她一下又滚到姐姐怀里，和大白猫争宠，一人一猫一起呼噜呼噜的。"姐，你就和我说说是怎么一回事吧！"

"拿你没办法……"蕙娘撸了撸文娘的头发，"别赖着我，热死啦——你倒是先和我说说，你听到的是怎么个说法？"

"四姨娘说，"文娘就扳着手指，赖在姐姐身边一长一短地说起来，"五姨娘以前就不安分，像是给你下过毒呢。估计药性不猛，你又吃得不多，根本就没奏效，反而还被我姐夫给摸出来了，私底下提醒了你几句。在承德的时候，她怕你陪嫁得太多了，伤了家里的元气，就和娘家兄弟说了。后来，她那个兄弟进来二门上做事的时候，就把厉害的药给她带进来了，她又寻了个机会想毒你。只是这一次你有了提防，就没那么容易了，往你这里跑了好几次，这才成功下手。可到底是没比过你的缜密，就这么顺藤摸瓜，一查不就查出来了？"

倒也算是把故事圆得挺不错的，方方面面都解释得很清楚，竟有几分天衣无缝的意思了——四姨娘毕竟是陪嫁丫头出身，还是很得主母信任的。

蕙娘笑了："差不多就是这样吧。你都快把事情给掰开揉碎说清楚了，我还有什么可说的？"

文娘一阵不依："哪有这么简单？！按这个说法，你不是干干净净、清清白白的……把自己全给摘出来了？"

"我一个被人下毒的可怜人，"蕙娘白了妹妹一眼，"我哪里不干净、不清白了？净瞎说。"

"可……可那你给我送话呢——"文娘有点不服气，嘀嘀咕咕的，"你要什么都不知道，一张白纸似的，你给我送什么话呢？"

"我给你送什么话了？"蕙娘似笑非笑。"我说的哪一句不是该说的话？"

文娘思来想去，还真是抓不到蕙娘一个痛脚，她有点沮丧："我还特地等到现在才过来呢，那几天，都没敢往你的自雨堂里打发人问好……"

知道避嫌，也还算是懂得办事。清蕙点了点头："现在这样不是挺好的？瞎问什么！还是那句话，该你知道的，自然会告诉你；不关你的事，你就别胡乱打听，免得你不找事，事情找你。"

"我就想知道她怎么倒的呗。"文娘冷笑了一声，"还真以为自己是号人物了，眼空心大、头重脚轻……不知道收着！现在怎么样，自己坏事了，一大家子人都跟着倒霉……"

她正说着，外头绿松进来了："她们送了这些来……"

说着，便打开一个盒子给蕙娘看：都是这大半年来，陆陆续续被送到太和坞去的首饰。

这些首饰，也就是在太和坞里暂住了一段时间而已，到了末了，还是回到了正主儿手里。这租金，也不可谓是不高昂；买卖，也不可谓是不合算了。

蕙娘却只是瞅了一眼，便嫌恶地一皱鼻子。

"扔了。"她斩钉截铁地说，语气毫无商量余地，"别人戴过的，现在又还给我，难道我还会要？"

绿松像是早料着了这回答，她轻轻地弯了弯身子，便把盒子一盖，转身退出了屋子。倒是把文娘急得够呛，她看看绿松，再看看蕙娘，忽然间心灰意冷，又长长地叹了口气。

都说她焦令文脾气不好，其实论焦家最傲的人，她哪里能排得上号？焦清蕙看着和气，这内蕴的傲气，却是被养得货真价实，一点都不打折扣……五姨娘竟敢和她犯冲，也难怪要被姐姐拿下了。用她一生来得意三年，也就只有她这样的人，才会做这样的买卖吧。

蕙娘没有再追问太和坞的事，四太太自然更不会提。焦家上下一派宁静，气氛甚至还要比从前更轻松了几分：毕竟，除了多了一个焦子乔，少了一个四老爷之外，从前的十五六年，焦家都是按照这个结构过日子的；现在重走老路，自然一切都觉得顺手。除了老太爷、四太太要比从前更忙之外，焦家余下几个主子，日子都过得很省心。

不过，自雨堂还是反常地低调，蕙娘这一阵子，甚至很少去南岩轩说话，每天早晚去谢罗居请过安，她就闷在屋内给权仲白绣手帕、做荷包……

这一蛰伏，就蛰伏到了八月末。

到了八月末，朝中终于清闲少许；秋汛结束，今年各地也没有出现大的灾情。老太爷也就终于有空闲在家里休息两天了。这天一大早，他就接清蕙去小书房说话。

这一场谈话，迟早都要来的，蕙娘并不忐忑。不过，一进小书房，她的眼神还是凝住了。

老太爷一手支颐，正兴致盎然地望着案头出神——这张鸡翅木长案上虽然有许多摆设，但吸引他眼神的，无疑是那方小巧玲珑，正端端正正地摆在老人家跟前的紫檀木盒。

祖孙相对，一时竟无人说话。老太爷笑眯眯地出神，蕙娘便在案边品茶，她显得意态悠闲，白玉一样的面庞上，竟看不出一丝情绪涌动。就像是同老太爷一道打坐一样，对这个曾经属于自雨堂，后又被她亲自送给太和坞，现在竟辗转到了小书房的紫檀木盒，她是木无反应……

毕竟是自己两父子从小亲自调教出来的，养气功夫，那是没什么可以挑剔的了。老爷子微微一笑，拿起小盒子摆弄了几下，一边和孙女儿聊天："家里最近，不太平啊。"

"动静也算是小了。"蕙娘眼儿一眯，"您这茶，我喝了好，是今年新下的黄山云雾？"

"玉泉山水沏的，怎么说也比惠泉水新鲜点儿。"老太爷随口说，"可人家千里迢迢送过来，泼了吧觉得可惜；其实煮茶吧，虽然比一般泉水能强些，可舟车劳顿了，还有多少风味，也难说得很。要传话说别送了，又怕底下人多想。"

底下人要想往上爬，自然挖空心思。这些年来，焦家哪怕表现出丝毫倾向，就算随口夸一个好字，此后年年孝敬，那都是悬为定例。即使是上位者，对有些事也只有无奈的份。蕙娘今日里说了喜欢，明年后年，最上等的黄山云雾肯定少不得她一份。可她哪喝得过来啊？这泼天的富贵，有时候就是小姑娘自己都觉得有点罪过了。

"要喝不过来，就送人也好的。"蕙娘随口说，又叹了口气，"唉，不过这份送人，就又觉得是炫耀了……"

"你倒是挺心宽的。"老爷子白了蕙娘一眼，"我这明摆着跟你兴师问罪来的，你还和我扯这个。"

虽说是兴师问罪，可他看着笑眯眯的，竟是没一点火气。老人家又扯了几个格子出来，似乎就找不到头绪了。他钻研了片刻，便负气一样地把盒子往蕙娘身前一推："自个儿打开。"

前朝僖宗做的用料名贵、结构奇巧的小木盒，在外头名声并不太大。拿来收藏一些私物，是再好也不过的了。蕙娘因爱好此物心思，手头有十多个这样的珍藏，平日里把玩得很是娴熟，比起老人家自己摸索起来那笨手笨脚不得其法的憨态，开起来就娴熟得多了。她青葱一样的十指在木盒上下飞舞着，这儿开了一扇门，那儿又推出了一个暗格——不过，这些格子里几乎都空空如也，想来，是早就经过一道搜索了。

小小一个木盒，竟开出了十多个格子，蕙娘最后还把底部一托一抠——整个看似实木的底座，居然还是一个大抽屉，轻轻巧巧就被她给取下来了。

这个机关，办事人估计是没有摸出来，大抽屉里装着些散碎的金银，还有两条泛着微光的大黄鱼。老爷子一看就笑了："麻氏这个人，挺好玩的。"

这盒子是巧不错，藏东西的确也好使。可那是自雨堂送来的东西，人家肯定是把玩得熟透了，一头要害人，一头又用人家的盒子来盛东西。五姨娘这个人，的确是挺好玩的。

蕙娘稍微一歇手，还没说话呢，老人家又轻轻叩了叩桌面："怎么不动了呢？"

她只好将托底的獐绒给扯了出来——原来在这大抽屉的底壁上，竟还有一个小小的锁眼……这物件能做得这样巧，也实在是挖空心思了。蕙娘一扭盒盖上雕出的饕餮尾巴，从它臀后扯出了一把小钥匙，插进了锁眼一拧，便又启开了一个暗格。

这暗格不大，里头能装的东西并不多，五姨娘也就是放了一个白纸包而已。老爷子若有所思地掂了掂它的分量，哂然道："一包子药粉。"

他敲了敲金磬，等一个小厮低眉顺眼地进来了，便将纸包掷到他手上："找你们鹤大爷，让他寻个大夫，闻闻这是什么玩意儿。"

蕙娘木着一张脸，垂眸不语。等小厮出去了，她款款起身，拎起葛布裙子，犹豫了一下——却不就跪，而是进里间搬了个蒲团出来，这才跪到了老太爷跟前，垂着头，露出了天鹅一样修长洁白的颈子，一副任人数落的样子。若非脊背依然挺得笔直，浑身傲气，似收还露，不知道的人，还真当她是心服口服，只等着老太爷教她了。

老太爷几乎打从心底里笑出来："你平时还说文娘！怎么，要跪还跪得这么不情愿，那倒还不如不跪呢。"

"天气入秋，地上凉了。"蕙娘抬起头来，从长长的睫毛底下瞟了祖父一眼，"膝盖跪坏了，您难道就不心疼呀……"

她从小受名师教导，性子早熟，几乎从不犯错；即使有错，那也是该认就认，绝无二话。别说如此撒娇了，日常时候，语气能软上一分，老太爷听着就不知有多受用了。这么一嗲，老人家心都要化了，又哪里还气得起来？他一迭声："我心疼，我心疼，我自己亲孙女，我怎么能不心疼？"

蕙娘这才又垂下头去，她不说话了，把场面交给了老祖父掌控。

老太爷也的确感到很有趣。"你布置得挺好。"他表扬孙女儿，"几乎没有留下多少破绽。真真假假、虚虚实实，众人说的，都是该说的话，也都是实话。要不是在焦梅这里，终究还是露出了一点破绽，连我都没法拿准你的脉门，就更别说你母亲了。"

蕙娘稍微一动，她轻轻地说："祖父……我可没有自编自唱，这药，不是我自己下的。"

"我知道不是你。"老太爷几乎有些不耐烦了，"你的立意，有这么低俗吗？不过，我也的确有些不明白，难道你从前真的服过毒药？这毒药又真的在你的气血里留下了痕迹，平时给你请脉的大夫真的摸不出来，就只有权子殷能摸出来？他虽然医术超神，但也没有这么神吧。可要不是如此，你又怎么会忽然防备起来？"

这世上的人有多种：有些人只懂得人云亦云，人家说什么，他就信什么；有些人要聪明一点儿，至少能先过过脑子，但凡事都不会往深里去想；似老太爷这样，凡事不但看得准，而且想得远，能拨云见日、直指核心的，可谓是万中无一。蕙娘布的这个局，因势利导几乎没费多少力气，动作又小……纵有疑点，也都是些无关紧要的小事，可老人家硬是能一眼看出最大的疑点：要是这毒不是她自编自唱，自己下给自己，那蕙娘又如何能够提前预防？

权仲白私下提醒这个借口，也就只能透过绿松，令四太太释疑而已；要解老太爷的疑惑，还欠了点儿。

"我要防的其实不是五姨娘。"蕙娘坦然地道，"他当时要和我私室独处，实际上是想……"

想到这里，即使以蕙娘城府，亦不禁有几分咬牙切齿："想要说动我退亲，被我几句话给堵回去了。我不知道他为什么要退亲，也不明白此人的秉性，但他是神医……权家又是黑白通吃，谁知道他要是不想娶，还能闹出什么事来？这不是听说他到了苏州还不够，这几个月居然下广州去了么……看起来，他是真的很不想要我这个媳妇。"

虽然面上不过问，但要讨大姑娘好的人，府内府外不知多少。权仲白人在江南，动向可瞒不过京城的老太爷。瞒不过老太爷……不就等于瞒不过蕙娘？

老太爷也没想到权仲白居然光棍到说得出这一番话来，他沉吟半晌，也是默然："把主意都打到你头上来了——确实是他干得出的事！"

不过，亲事进行到这个地步，除非双方有一人死亡，不然根本已经没了反悔的余地，老人家也就不纠缠这个话题了。他也是为自己梳理思路，也是和蕙娘闲话："五姨娘这两年来，明里暗里，少不得给了你几分不快。却又都只是小事，按你性子，不至于和她计较。她小门小户，乍然得意，难免有些轻浮，你也知道，为了乔哥，这几年来，我和你母亲是不会给她太多脸色看的。你要出嫁的人了，出嫁之后天高海阔，只有她巴结你的份；要你靠娘家，那是没有的事。没出孝的时候，你应当是没想着对付她的吧？"

他顿了一顿，又续道："你虽然说是顾忌权仲白要你的性命，但我看你这个局，是从腊月里，你把你身边那个丫鬟打发回家开始，就已经开始布线了。你还是没和我说实话，真正想要除掉她，肯定是腊月里有什么事儿，令你动了真怒。"

"有什么事儿呢？家里这平平静静、安安宁宁的，还能出什么事儿？"老太爷也不等蕙娘答话，便自己悠然道："啊……腊月里，姨娘们从承德回来了。听南岩轩里的丫头说，在承德的时候，有几天，你生母的眼圈儿都是红的……"

焦清蕙再算无遗策、缜密狠辣，她的手段，还不都是老爷子教出来的？即使她也有了几分火候，在自己爷爷这只老狐狸跟前，还始终是差得远了。至此，蕙娘终于再不敢和祖父绕圈圈了。她就和文娘一样，又不服气，又不能不服气——可她到底又要比文娘识时务得多了，老底都被揭了，再死撑下去，也没什么意思。

"三姨娘什么都没有说，"她低声道，"我问了好几次，她都不肯告诉我。还是她身边的符山和我说的，在承德的时候，她和五姨娘说了几句话，她回来一个人哭了一宿……又过了好几个月，三姨娘打量我忘记这事了，才和我透出意思，等我出了门子，她想要到小汤山去住。"

老太爷嗯了一声，不动声色，好似这个还没有上位，就已经开始为家里做主的跛鳖姨娘，并不是焦家的一员。他就像是听戏一样兴味盎然，语气也带了戏谑："敢给我们佩兰添堵？她好大的胆子！"

蕙娘大胆地白了祖父一眼："您就知道笑话我——我这回可没什么安排得不妥当的地方。您觉得我哪里做得不好，您就只管说嘛！"

"你是做得挺好的。"老太爷说，"打从立心要除去她开始，先把孔雀打发回去，和她面上修好，显得你自己通情达理，不争一时闲气。你母亲面上不说，心里对你肯定也是赞赏有加的。紧跟着再要了焦梅做你的陪嫁，简直就是顺理成章……我估计二门上和麻氏那个亲戚一道当班的姜管事，你将来也是要他随你陪房过去的吧？"

"他女儿石墨管着我的饮食，"蕙娘轻声地说，"也算是有头有脸了。一家子陪过去，我也安心一点。"

老太爷不禁嘻地一笑："那胡养娘呢？坍得这么快，是焦梅在背后使劲？你又是怎么收服焦梅的？"

"对有本事的人，倒不必多费心机。"蕙娘说，"麻海棠喜欢海棠首饰，只是从前自雨堂首饰从来都不给人的。我给了文娘一副头面，她来要，孔雀没给。我把孔雀送回家后，是令石英管着平时的首饰匣的，几个月里石英都没把首饰匣里一支很漂亮的海棠簪子捧出来给我选。可见这丫头，不论是忠心也好，聪明也罢，至少脑子还是清楚的。再稍微一点透，提一提我院子里所有丫头都跟我去权家的事，她一回家，焦梅一问，自然就知道该怎么办事了……我对他的要求也不多，没要他吃里爬外，就想让他弄清楚，究竟麻海棠打了什么算盘。令三姨娘去小汤山，是她随口一说，三姨娘心里太敏感，当真了呢；还是她真有这个打算——这一打听，就算打听出来了，胡养娘说的那些话，并没有掺假。"

"嗯……"老太爷点了点头，"这就明白得很了。就没有这下毒的事，你怕是也要闹腾出一点动静来。最后查出来，有没有真凭实据，你母亲心里那个下毒的人究竟是不是她这都不要紧，只要胡养娘把话一说，姜管事、四姨娘再下点坏话，按我的作风，她不死也得去半条命，以后更是别想沾乔哥的边了。这个局简单明了，胜在一箭穿心，分寸拿捏得不错。"

"我也是没想到，"蕙娘秀眉微蹙，"您和母亲竟定了宜春票号的份子给我做陪嫁！"

她又瞅了那檀木盒一眼："她又还真的托了娘家兄弟给她物色了毒药……竟还蠢得用这盒子来装，却又藏得好，没被人搜出来。两巧成一巧，倒是坐实到她头上了。"

不过，蕙娘也是早就打定了主意，不管这下毒的人是不是五姨娘，她总是要先栽给她的。和老爷子说得一样，能栽死了就栽死了，最后查出来，是她最好；不是她，自己再另外慢慢地查——如果在此之前，已经知道了自己的嫁妆将会有多庞大，她对五姨娘的怀疑，也是只会多，不会少的。

"这烫手的山芋，不给你陪到配衬的人家里去，难道还要留在焦家招祸？"老爷子顽皮地笑了，"握在手里多少年了，现在好容易有机会出脱，当然要出脱了去。再说，你到了夫家，没点陪嫁……又不得夫君喜爱，你也存不住身的。"

说到这里，老爷子终于有了一丝歉意。他往上抬了抬手："起来说话吧，这个局，布得还算不错，不算太没风范。只走错了一步，不然，就是我，怕也是只能存疑，并不拿得准！"

"您是说？"蕙娘神色一动。

"以你的作风，说得出做得到。要玩釜底抽薪，也不必先通过我，大可以向焦梅露出意思，暗示你会要他做你的陪房。"老人家从容地指点孙女，"甚至是等到你的陪嫁公布出来之后，再给一点口风……焦梅很善于审时度势，他也明白你的为人。又何必还要特地向我要他呢？你这还是小看了我。"

清蕙站起身来，在老太爷跟前重又坐下了。她忽然扑哧一声，露出了顽皮的微笑。

"爷爷！"她说，"我要不问您要人，您看不透了，真要出事，真要被我全栽到五姨娘头上，那还有谁帮着我查真凶呀？"

老太爷猛地一怔，他指着蕙娘，罕见地竟说不出话来。过了半晌，才发自内心地畅笑了起来："好，好！真是雏凤清于老凤声！令你嫁到权家，我也没什么好不放心的了！"

不过，他随即又收敛了笑意，换上了肃容。"你自己心里清楚明白，那是再好不过的了。就五姨娘那点本事，能往你屋里下药？简直是天方夜谭。到底是谁要毒你，你究竟有没有头绪？"

"没有一点头绪。"蕙娘摇了摇头，她是要比祖父沉着一些的——毕竟，她比老人家多做了大半年的准备。"家里是不会有什么漏洞的，可外人如何能把手伸进来，就更是不解之谜了。这件事，我在后院是查不了的，还得您在前院做点工夫。"

"我这不是正给你查着吗？"老太爷像个孩子一样嚷嚷了起来，看得出来，他的思绪也很兴奋活跃，"查来查去，也查得是一头雾水。找了两个好大夫看过了，都是多年给燕云卫做事的——说是从药渣子来看，没一味是和方子上对不上的。究竟是哪一味药有毒，他们也分辨不出来。这毒药，应该是精心熏制出来的，甚至还排除了底下人办事粗心，无意间混进了别种药材的可能。"

蕙娘眉头紧蹙："这方子里也没有什么太名贵的药材，都是家里常备着的。要说是在小库房里时，为人偷换了……"

"你王先生虽然告老还乡了，但我们家里也不是从此就没了高人坐镇。"老太爷摆了摆手，"家里人肯定没这能耐暗中偷换。外人要进我们焦家后院，又哪里是那么简单？"

他敲了敲桌子："你虽然伶俐，但始终经历的事情还少。你就没有想过，既然在家绝无可能出错，就不能是药铺里有人动了手脚？"

蕙娘神色一动："可——这说不通呀，药方里的药，几乎都是家里常备着的，无非就是北沙参、玉竹、天冬、冬虫夏草这几种换着做主药。就我知道的，三姨娘、文娘的太平方子里，不都有这样的用药吗？外头人要动手脚，他能保证就害着我了？还是他就害死一个算一个……"

"是，都有这样的药。"老人家支着下巴，富有深意地望了蕙娘一眼，"可你自己心里也清楚，这个家里，饮食起居，衣服首饰，上尖中最上尖的那一份，始终还是要送到你这里的。"

这的确是实话，若果真有这么一个凶手，深知蕙娘平时常吃的太平方子，又有途径换了药铺里送来的药材，那么只要一切顺顺当当的，蕙娘是有几率喝下这碗药汤从而暴毙的。又因为凶手根本就不在焦家，她就是要查一时也没处查去……蕙娘难得地有点懵了，她几乎是本能地分析："可那也是从前的事了，自从家里有了乔哥，太和坞少说也要占了一半好东西去。这些滋阴的药，平时麻海棠也有用的吧？那凶手错毒了她不要紧，也就不怕打草惊蛇，再也没有下手的机会了？"

"麻氏的药方，我拿来看过了。"老太爷淡淡地说，"其实你心里多半也有数了吧？她的药方里，几味主药和你的确有重叠。唯独冬虫夏草，她的方子里没有。"

蕙娘眼皮一跳："昌盛隆那边，您派人查问过了没有？"

昌盛隆是京中药铺，价格偏高，药材品质也要更好一些。京里的王公贵族，几乎都在他们家抓药。

"还用得着查问吗？"焦阁老说，"昌盛隆背后有宜春的本钱，我们才一直用它。他们肯定也是捡最好的给我们家用，谁还不知道呢？别的药材也就罢了，可这冬虫夏草，全天下最好的就出在青海……要不然，前些年干吗那么着急打北戎？"

北戎方平，权仲白就带了几十个侍卫进西域寻药，这是京里有名的故事。自从他妙手回春，硬生生把先帝的命给延了几年之后，西域药材，也就顺理成章地为权家垄断……

蕙娘一下就咬住了嘴唇，她瞟了老人家一眼："他说他独身惯了，真的一点都不想续弦……"

"你对权子殷也太没有信心了。"老太爷不以为然，"我可以给你打包票，权家想要你命的人，恐怕的确是多得两只手数不过来。但他绝不是其中一个。他要真有这狠劲，当时也就不和你说那番话了。"

他又叮咛蕙娘："他闲云野鹤的性子，和你不大调和，我也是早预料到的。对这一点，你心里也要有所准备。到了权家，旁事不论，先把他给笼络住了；生上两个儿子，你再来谈别的事。"

蕙娘再杀伐果断，那也是个女儿家，她偏巧还是个很傲气的女儿家。小姑娘嘴巴一翘，明知道祖父说的是正理，却还有点不乐意："那也要他能生才行，我看他那个哥哥，就——"

老太爷被孙女儿的小脾气闹得啼笑皆非，他加重了语气："他能生得出来，自然和他生；他要不愿和你生，你就是去借种，那也得把孩子生了！"

见蕙娘垂下头去，不说话了，他这才把语速给慢了下来："权家情况，和别家不同。他们家从开国第一代传承起，就不是嫡长子承爵。我看过他们的宗谱，这些年来，有嫡长子承爵的，也有嫡次子、嫡三子承爵的。反正只要是嫡子，又有能耐，爵位并非无望。子殷对爵位未必有想法，但我看，你还是要争一争。"

蕙娘倒未曾听说过此点：这一代良国公承爵，已经是三十年前的事了；这种事，权家肯定也会处理得很隐秘。不是老太爷这样的有心人，恐怕是很难发现其中玄机的。

就算心里再有别的想法，她也不禁一挑眉，本能地思索了起来：要是祖父所言不假……

如果没有票号陪嫁，她倒还不一定看得上良国公的爵位。别的不说，只要一想到权仲白那云淡风轻的魏晋风度，蕙娘就打从心底犯腻味：他是肯定不会去争的；不然，怕是早都续上弦了。牛不喝水强按头，她难道还能强迫权仲白？可有了宜春票号这个陪嫁，那就不一样了。比起还没有生育，平时德行也并不显的长子夫妇，权仲白医术通神，上层关系极好，她焦清蕙是阁老孙女，老阁老军政两面的关系，权仲白怎么都能继承个三分。又有这熏天陪嫁，就是他们不争，对府里其余有意爵位、有份来争的兄弟来说，也已经无形间是个压迫了。四太太说得好，为了三文钱都有人杀人呢，更何况是宜春票号这么大的利……还没过门，权家就有人迫不及待地要出手了，自己若还傻乎乎地只想着过门后自保，那岂不是等着人来踩死？

　　该怎么争呢？老太爷已经指出明路了。争一时闲气，简直和五姨娘一样蠢。再没有人比焦家人更懂得子嗣不旺盛的痛苦了，她的千般心机、万般手腕，全比不过一张好肚皮；能把嫡子生在前头，就已经是堂堂正正地在争。别的事情，大可以等生完了孩子再说。

　　理是这个理，祖父一言万金，路都给铺好了。就是心里再不愿意，蕙娘也没有再闹脾气，她轻声说："可他老往外跑，这些年来，在京城的时间并不多……"

　　"往后几年，他出不去。"老太爷笑了，"权家只怕比你还要着急——我还有一件事，没和你说呢，定亲的时候，就已经和他们打过招呼了：将来要是子乔出了什么事，没能平安养大，你和子殷的第二个儿子，必须改作焦姓，承继焦家的香火。"

　　蕙娘肩膀一弹，她吃惊地看了祖父一眼："这……这合适吗？权家人行事这么狠辣，万一将来他们对子乔下手……"

　　"合适，怎么不合适？"老太爷淡淡地说，"他们要下手，怎么都得等我合了眼。要是我撒手的时候，你还没能在权家做出一番名堂来。子乔生死如何，那也都是他的命。天下的富贵就那么多，我们家独揽了几分去，命不够硬，哪里撑得起来？"

　　从小老太爷就是这么教她的：秦失其鹿，天下共逐。有钱有势，自然就有人觊觎；泼天的富贵看着是好，可要没有撑天的实力，那也只有被淹死的份。焦子乔自己要是能耐不够，蕙娘这个做姐姐的又护不住他，他的命运也就只能操诸他人之手。到时候是生是死，可不就凭个天意了？

　　"就是你自己在权家也是一样。"老太爷并没有再往深处去点了：蕙娘为人，他难道还不清楚？就是因为她亲手把子乔生母给搞下去了，这辈子反而会更护着乔哥。再点透，倒落了下乘。"这天下，越是富贵的地方，争斗也就越凶险，人情也就越淡薄。

你在焦家也好，权家也罢，甚至是把你许到何家也是一样。你有的少了，别人未必不来害你；可你有的多了，别人是一定要来害你的……佩兰，人生在世，步步为营。以后过门到了夫家，三从四德的面子要做好；私底下该怎么办，你自己心里要有个数。"

清蕙起身恭恭敬敬地给老太爷行礼："孙女一定谨记在心，不令您、令母亲失望。"

有这一句话，将来就是自己撒手，也无须为子乔担心了。出嫁前该有的几句说话，也都说得差不多了。老太爷唇边不禁浮起一缕微笑，他目注蕙娘徐徐落座，眼神一时，不禁有几分悠远了："可惜，你爹没能多熬两年；不然，你又何必如此操心。他一双眼多利，麻氏什么货色，才轻浮一点，恐怕就瞧出了她的材料，也就容不得她多活这几年了。"

这是老太爷在变相地赔不是了：以蕙娘的敏感身份，纵然祖孙亲密无间，可只凭五姨娘几句说话，即使她看出此人本色，亦不能直接数落她的不是。归根到底，还是因为老人家这几年忙于国事，四太太又根本无心理事，这才使得五姨娘可以从容编织她的春秋大梦；也要劳动蕙娘出手布局，来暴露她的真容。

"我没有爹的眼力。"蕙娘把壶里残茶泼了，出屋又接了一小壶水，"茶冷了，我给您换一壶新的……不过，也就是些鸡毛蒜皮的手段，费不了多少心思，玩似的就办下来了。您不怪我自作主张，非得把她往死路上逼，我这就安心了。"

她是做惯了这一套的，吹火烹茶，一连串复杂的动作，她做得赏心悦目，焦阁老看着心里舒坦。听了蕙娘的话，他又有几分不屑："就凭她？你不出手，她也活不了几年。她好也罢，既是如此人品，子乔长大之前，总要把她拔掉的……唉，也是家里人口太少，能多一个人，就多一个人。"

他又表扬蕙娘："你这一次做得很好，把子乔放到谢罗居，是你母亲主动开的口。"

自从四爷去世，这几年四太太仿佛槁木死灰，一副哀莫大于心死的样子。焦家祖孙心里其实都着急，但心病还须心药医。子乔搬进谢罗居，总算是个好的开始。蕙娘微微一笑，算是领过了祖父的夸奖。她不免还有几分好奇："麻家那么一大家子，您怎么安排的？毕竟也有几十号人，连亲带戚的，好似都不在京城了。"

焦阁老只是笑："是啊，我怎么安排的呢？"

他端起蕙娘斟出的茶水，自那褐色小盅中浅浅啜了一口，笑得云淡风轻，一丝烟火气息俱无。蕙娘看在眼里，心头却不由一抽。

麻家几十口人，又是良民，要全灭口，即使是阁老府，怕也没有这个能耐吧？一个不慎，也容易给对头留下把柄……再说，麻海棠一个人不识进退，随手摁灭了也就摁灭了。麻家能有多少人知道她的图谋？这就辣手除了全族，恐怕有干天和吧？

可祖父多年相位坐下来，心狠手辣惯了，恐怕不会把麻家这些人命放在眼里……

"文娘的婚事。"正想着，老爷子又开口了，"你别再插手了。"

他把茶盅搁回案上，不知何时，又收敛了笑意，语气也有几分高深莫测。"我知道你多少猜出来一点，不过，终究也有变数，还要看那人究竟想不想进步……嫁到接班人那里去，日子差不了的。再说，这亲事能不能成，还得看他这件事，办得漂亮不漂亮。"

这一回，蕙娘是真的有些不寒而栗了。她努力遮掩着这绝不该在自己身上出现的不自在，竭力在心中告诉自己：你不先做到绝，他日就会有人对你做到绝。在这种高度，每一步都没有多少犯错的余地；心慈手软，不过是最大的笑话。

"她同您来闹了？"她的声调还是很轻快，"不是我说文娘的不是，可她那个性子……做将来阁老家的儿媳妇，怕是不大合适吧？"

"人都是练出来的。"焦阁老语调很淡，"该教的没有少教，在家娇养养不出来；出嫁后多跌几次跤，她就跌出来了。"

一听这语气，蕙娘就知道此事已没有多少回旋的余地了。她沉下眸子，轻轻地应了一声："是。"

"权家已经派人去广州捕捉子殷了。"老太爷看了她一眼，唇边又浮出了那孩童一样顽皮的笑容，"想必也不至于误了婚期。从下个月起，从前的几个先生，会再回来教你。你也该为以后的日子多做打算，该挑的陪房，该做的人脉功夫，不要耽误了。"

见蕙娘面上顿时浮现两朵红云，他不禁大乐，玩心十足地顿了一顿，顿得孙女儿有点不自在了，才道："至于这毒药，我会为你查着；有了线索，自然随时告诉你知道……这几个月，你也多陪陪你母亲、你生母，多陪陪乔哥吧。"

正说着，外头有人通报，老太爷叫进来——却还是那位小厮，他半跪着给老太爷回话："那是鹤顶红，不过并不太纯，味道还发苦呢。大夫说，也就是坊间可以轻易弄到的货色。"

老太爷和蕙娘对视一眼，都露出了不屑神色：小门小户，就是小门小户。五姨娘这是还没有冒头，就给蕙娘察觉了出来。如不然，她要是稍微露出本色，怕早就送命了。

第十五章

无心无情

即使已经快进腊月了，广州天气也还是那样暖和。十一月底，到了中午连夹衣都还穿不住。权仲白宽袍大袖还不觉得，他身后的管家却是流了一脸的汗，他小心地将衣袖往上折了一折，紧跟在二少爷身后，两人踱到一株大槐树下站着说话。"您瞧着这批陈皮，能全吃进不能？若能，今晚交割了，明日倒是能一道载上京去，也算是为京里补上点货了。去年京城附近开春前后那场小疫，用了不少老陈皮呢，二少要瞧着明年还许再流行起瘟疫来，咱们就吃了这一批去。"

随着数年前定国侯南下西洋，朝廷开埠的消息传扬了出去，仅仅是几年时间，广州几乎已经换了个模样。民间的钱，永远要比天家的钱更活也更快。要不是许多走私船舶压根儿就没有能入港的凭证，眼下码头恐怕是已经泊满了船，可就算是这样，广州附近的大小岛屿也早就停满了从西洋、东洋、南洋蜂拥而来的大小船舶。有些老住户，仅仅是因为手持百年前官府颁给的"船票"，可以进出海港来回运货，这几年间就已经成了大厦连云的富户了。

这地方每天都有新的富户，每天也都有人倾家荡产。可从海港边上一溜排出去长达数里正在建造的码头、广州城外为福船停泊营建的新港与造船厂和城内随处可见堆积如山的砂石工地来看，广州是比权仲白行走过的所有城市都兴旺得多了。这是个很吵闹的地方，人口流动性也大，天天都有船只出海往南方走，也都有马车向内陆行去。广州知府这几年正预备修路呢：要再不修路，恐怕广州城内的马车能把全城街道都给塞得满满当当的了。

就是药材集散的这一条街，也要比权家两主仆所见的所有市场都要热闹。广陈皮、广藿香，已经不再是这一间间药铺所营业的主要药材了，显眼处摆着从柔佛来的人参，从西洋辗转来的咖啡，从"极新一处地方"来的新西洋人参……就是一向最讲究老招牌、老字号的药材铺，也都卖起了洋货。张管事在广州捕捉到二公子已有半个多月了，这半个月来，二公子还和从前一样，几乎没有闲着，每日里给穷苦人看诊，得了闲便钻研这些新式药材的药理、药性，又更大肆购买，到广州五六个月，他自己随身带的银子花光了不算，问许家借支的一万两银子也全花得一干二净。若非张管事身上也带了几张花票，良国公府颜面何存？许家是有钱不错，可权家也不差钱呀，二公子就冲宜春票号写一张单子，上十万银子也是随时到手的事，可他一来怕是懒得费那个神，二来也是不愿让家人太快得知他的行踪……

"那不是广陈皮，香味色泽都不像，"权仲白淡淡地说，"价格倒还能压得再便宜点儿，反正穷苦人命贱，平时吃的药不多，那样的成色，赈灾发药是尽够用了。奶公你也不用这么拐弯抹角地催我。"

他叹了口气："我明天一定上船，成吗？"

这批陈皮不是广货，张管事还不是一眼就看出来了？会这么说话，其实还是拐弯抹角地提醒二少爷：年年各地有什么大病小灾的，二少爷忙着义诊不说，连药材都不收钱。这么多年下来，家里可是从没有二话的，对二少爷，不可谓是不体谅了。京城药铺为什么缺货？还不是因为去年春天，他几乎把权家在整个北方的陈皮都给开出去了？这不是什么金贵药材不错，可那也是成千上万两银子的进出……家里对二少爷没的说，二少爷要还胡天胡地的，眼看着四月就要行婚礼了，却还不回京城去，这可就有些说不过去了。

"我哪敢催您？"张管事忙道，"实在是家里也催得紧——不要说家里，就是宫中也频频问起，您也知道……"

他小心地左右一望——即使在这闹市之中，他也还是说得很含糊："打从主母起，老爷、大少爷、二少爷，就没一个是身康体健的，离不得人呢！您这都走了快一年了，这会儿再不回去，到时候衙门里来人把您硬给请回去，您又要闹脾气了……"

权仲白嘿然一笑："都是作出来的病！"

见自己奶公吓得面如土色，他也就不再多说了：人多口杂，有些话毕竟是不好出口。"行啦，您就回去把那批陈皮吃了吧，反正这东西用量大，明年没瘟疫，后年总有，就没有用不着的时候。"

听他口气，这批价值少说也有三四千两的大宗陈皮，肯定是要用作义诊之用了。可张管事一点都没有不舍，他倒还松了口气：能把祖宗平平安安地哄上海船，别说三四千两，就是一两万，那都是值得的。就为了他负气下广州的事，宫里是每天来人，老爷夫人面上不说，心里压了多少事情，那真是谁都说不清楚……

"您索性就再逛逛。"他便安顿权仲白，"我也不白来一趟，去周围药铺里都踩踩点，看一眼药材是一眼，这可比管事们层层上报要强得多了。您要看中了什么，就令小厮儿给我带个话！"

权仲白哼了一声，不大乐意回话，他奶公也不介意，扭着身子便疾步回了铺内，自有伙计上前热情招待：权家药材生意做得大，虽然也就是去年、今年才开始向广州伸手，但名号是早就打出来了。按张管事的身份，要不是为了哄他权仲白开心，这么小的生意，根本就用不着他出面。

权仲白烦心事虽然多，可此番下广州来，所见风物与惯常不同，几个月待下来，心胸都要为之一快。就是想到那个又刁钻、又傲慢、又刻薄的焦家大小姐，也都只有淡淡的不舒服。张管事是他生母陪嫁，也是他的奶公，才到广州当晚，五十多岁的人了，哭得和孩子一样。"您大哥也是三十岁往上的人了，两兄弟都没有个后人。我和你养娘想起来心里就像是有刀子在剐，大小姐在地下怕是也没法合眼！您好说歹说，也得给大小姐留个后……"

这是奶公亲口所说，和继母所言就又不一样了。纵心中还有千般意绪难平，可想到焦清蕙似乎是含了万般不屑、万般怜悯的那句话——"二公子以为，这富贵是没有价钱的吗？"他又有几分颓然，家人对他殷殷期望，终究也是为了他好，即使这好里带了一厢情愿，可毕竟，古怪的是他，可不是父母。这多年的宠纵，也不是没有价钱的。

道理都是说得通的，情绪却很难顺过来，二公子不知不觉，便拨马徐徐踱到了码头，也不顾自己青衫白马，在人群中是何等打眼，只是略带艳羡地注视着陆续靠岸停泊的客船，与那些个或者行色匆匆、或者步履从容的行人，久久都没有作声。

他随身带着的小厮儿桂皮倒是很明白二公子的心思——自从到了广州，二公子已经有三四次，想上私船去近海走走了。打从广州知府起，广州管事的几个大人物，参将许氏、千总桂氏，甚至连那对一般人来说秘不可言的燕云卫，没有谁不被他吓得屁滚尿流的；就连两广总督，本来在广西坐镇指挥剿匪的，还特地令人定期把二公子的行踪报给他知道，唯恐在自己手上丢失了权神医，京中要怪罪下来，雷霆之怒自己根本就当不起……二公子几次要上船，几次都是脚还没沾甲板，就已经被拦下了。就是现在，也不知有几个人暗中盯着他们，唯恐二少爷兴之所至，又做出些令人为难的事情来。

这大夫本不是什么体面行当，可做到极致，也就成了香饽饽。尤其二少爷身份又尊贵，就是一品总督见了面，也要笑眯眯地拉着手问好。久而久之，他的脾气也就被宠得越来越怪……桂皮在心底叹了口气，加倍小心地放软了声音："少爷，您也别老钻牛角尖了，这番回京也好，要再不动身，怕赶不上先头少夫人的忌日啦。"

他能跟随权仲白行走大江南北，从未被这个古怪孤僻的青年神医甩掉，自然有过人之处。张管事鼓着唇皮费力唠叨了一晚上，也没有这一句话来得管用。权仲白的神色顿时有几分柔和，他叹了口气："说得也是，去年着急出来，就没去坟上拜祭。今年再不回去，谁还想得到她呢？"

桂皮暗叹口气，不敢再接口了。见主子正要拨马回去，他也忙拨转了马头——也是依依不舍地瞥了这人来人往、热闹得有些离奇的客运码头一眼。就是这一眼，他驻了马："少爷，我瞧着那有个老客要不好了。"

权仲白回头望去时，果然见得一位青年客人，正在搭板走着，只见他步履踉跄，越走越慢，身形也越来越歪，周围人已呼叫了起来，还有人要上前扶他。可还未来得及出手，此人已是双眼一翻，从板侧竟是直坠了下去，嘭的一声，已经落入水中。

遇着这种事，为医者自然不能袖手旁观，权仲白冲桂皮一点头，桂皮便跳下马去，分开迅速聚拢而来的人群往前挤到了岸边。好在这里是码头，会水性的人也多，此人穿着又富贵，早有些贪图赏钱的挑夫下了水。未有多时，他已经湿淋淋地伏在权仲白跟前，由桂皮顶着他的肚子，让他吐水。一边还有一个小厮，又要安顿挑夫卸行李，又着急自家少爷，来回团团乱转，急得抓耳挠腮、束手无策。

旅途发病，本属常事，不用权仲白开口，桂皮一边动作一边就问："你们家少爷一路上可是犯了疟疾，又或是水土不服、不能饮食？他身体很虚呀！一般这个年纪，身上没这么轻的！"

"自从过了苏州换海船，眼看着就面黄肌瘦了！"这小厮一开口，却是正儿八经的京城土话，他急得要哭了，"什么都吃不进去，头重脚轻一点力气都没有……说来也怪，公子从前是不晕船的！"

正说着，那人哇的一声，呛了一口水出来。围着瞧热闹的一群人都笑道："好了，好了，这下活转了。"说着便渐渐散去，只剩下在码头候客的客栈伙计，还在一边打转。

权仲白一直未曾看清此人面目，待把他翻过身来时，心中也不禁喝了一声彩：尽管浑身湿透衣衫狼藉，可此人面如冠玉气质温文，一看就知道，即使不是大家子弟，也是书香人家养出来的儿郎。如非面带病容，终是减了几分风姿，也算得上是个翩翩俗世佳公子了。

第一眼如此，再第二眼，权仲白的眉头拧起来了。

面黄肌瘦、眼珠混浊……这个年纪，这个风度，没有道理有一双如此混浊的眼睛。就是在常年浸淫酒色的人身上，都很难看到如此浑黄的瞳仁了。

他本已经下了马，此时更不惧脏污，弯下身子一把就拿住了此人的脉门，也不顾那小厮同桂皮如何喋喋不休地解释情况，自顾自地闭着眼睛，在一片闹市中，专注地聆听起了那微弱鼓动的脉声心跳。

似断似续，脉象清浅……

"公子尊姓大名？在下权仲白，"他毫不迟疑地报上了家门，"在杏林中也有些小小的名声，你虽是途中染病，但保养不慎病势已成，怕是要慎重些对待了。此地不便开药，如你在城内没有亲朋，可往我下处暂时落脚，不知公子意下如何？"

桂皮惊讶地看了他一眼，甚至就连那小厮儿都露出惊容：京中就是个乞丐，怕是都听说过权家二少爷的名声。在广州偶遇神医，的确是富有戏剧化的经历。

那青年公子呛咳本来已经渐弱，此时更又强了起来，过了好一会儿，他才喘匀了气息，低声道："小生李纫秋，久闻权神医大名……只是萍水相逢，得您施救，已属大恩，又怎好再给您添麻烦……"

"和性命有关，如何能说是添麻烦呢？"权仲白语带深意，"你这病，恐怕除了我，全广州也没人能治。"

李纫秋眼神一闪，在这一瞬间，这个气质温文的青年竟展现出了一种气度……他的眼珠虽混浊，但眼神却依然很利，刀子一样地在权仲白脸上剐了一遍。权仲白只觉得脸上寒毛都要倒了，他心下不禁有几分纳罕：萍水相逢，自己才刚对他施以援手。可看此人态度，对自己却似乎殊无好感，反而有些极为复杂的敌意……

正在此时，李纫秋一口气吸岔了，却又重呛咳起来，这刚成形的气势，竟全被呛得散了。权仲白二话不说，冲桂皮一点头，桂皮连劝带吓："听话听音，我们家少爷从来都不打诳语，公子您是上等人，怕还是惜命些……"

他一边说，一边在码头边上叫了一顶轿子，作好作歹将李纫秋扶进去了，一行人回了权仲白在广州的下处。

因权二公子这次南下，一路也兼为平国公世子夫人扶脉，到广州顺理成章，就在许家客院落了脚。以许家做派，其在珠江畔的大宅自然是尽善尽美。李纫秋喝了权仲白开出的一服药，很快就沉沉睡了过去，再醒来时已经入夜，他只觉得精神要比从前半个月都好得多了，虽不说精力充沛，但起码不至于一阵阵发虚——即使以李纫秋的身份，他对权仲白的医术，亦不能不深深叹服。

苏州城内几大名医都没有摸出来一点不对，到了他手上，两根颀长的手指一按上脉门，权仲白的神色立刻就有了变化……此病竟同性命有关，看来也就不是病了。可他一个无名小卒，无关轻重的人物，世上还有谁要害他呢？

老太爷？不，不会是他，老太爷如要收拾他，想必出京就会动手，又何必以巨款相赠？他不过是老太爷手心里的一只蚂蚱而已，想要捏死他，并不需如此费力。

但除了老太爷之外，又有谁要动他呢……

李纫秋才思索片刻，便已觉得精力不济，他费力地闭上眼小憩片刻，这才汲取了足够的力量，想下床为自己倒一杯水喝。可才一动，门口便传来人声："你要有一段日子不能下床了。"

闻声望去，正是权仲白站在门边。

广州的月儿同北方比，不但又圆又大，而且还要更黄，透过一扇半开的窗户，这黄澄澄的月光直射到权仲白脚下，倒越发显得他神采清矍，此人非但风流秀逸，周身像是盈了一泓远自魏晋而来的水墨，并且气质高洁，纵使布衣粗服，也有凛然于众人之上的贵公子姿态。在月中如此一站，立刻就使李纫秋心里兴起了一股说不出的滋味，酸苦中也带了一丝欣慰：毕竟，这位朝野间有名的魏晋公子，即使用再苛刻的眼光去评判，也总还是配得上那株相府名花的。

"晚生谢过公子。"他很快又收敛了思绪，面露微笑，端出了一副得体的态度，"如不是公子一语点醒，根本不知道还有人欲不利于我的性命。"

一直听说权仲白秉性直爽，最不喜欢弯弯绕绕——传言不假，他的做派的确取悦了这面色莫测的贵公子。权仲白唇一弯，笑了："明人不说暗话，李公子，你身份很贵重啊，仇家不少？"

身份贵重、仇家不少……李纫秋摇了摇头，他如实说："并未与谁结仇，亦不是什么公子身份，不过一介流民，想去海外谋些生路，也不知自己碍了谁的眼。听神医的意思，这害我的药，很难得？"

久在富贵人家打滚儿，有些事，李纫秋也不至于不清楚：就是伸手害人，那也分了三六九等。似下鹤顶红、马钱子这样的草药，不过是民间富户里的钩心斗角。真正高门大户用的有些独门毒药，来源珍贵难得，几乎算是一副招牌。有懂事的大夫，即使瞧出不对，一般也决计不敢声张……不过，那都是门阀世族的事了，以他的身份，真的还接触不到这种层次的对弈。

权仲白的眼神在他周身仔仔细细地打了个转，微微一笑，竟回避了李纫秋的真正意思。"也许不难得，但也不是那么好得的。李公子可以在此地多住一段时日，我给你熬了药，连服三个月便可康复。此后用饭用药，总之，入口的饮食多小心些，没有坏处的。"

没等李纫秋搭话，他便转身飘然而去，竟再未逼问他的家世渊源。李纫秋呆倚枕上，寻思了半日，这才废然摇了摇头，始终还是了无头绪。

又想到权仲白举手投足间的特别气度，还有他那过人的家世、逼人的圣宠、傲人的本事……

他慢慢地倒在枕上，一张脸看着宁静，整个人的气质却似一张弓，像被一只无形的手，渐渐地给拉得紧了。

虽说明日就是回京城的日子，但权二少素来行踪不定，这一次要走，他甚至连主人家都未曾通知。直到从李纫秋屋里出来，他才命人通报许世子，想要同主人当面话别，并再见世子夫人一面。

按说这个要求，不但无礼而且非分，可当神医就是有这个好处，许参将欣然应诺，非但亲身陪在媳妇身边，还附赠桂千总、桂千总太太，这两对年轻夫妻面上都有些酡红。圆桌上还有酒席未完，一望即知，桂千总是又带着太太上门做客。男女各坐一桌，一在外间一在内间，正吃得热闹呢。

"子殷兄来得正好！"许参将今日兴致高，眼睛闪闪发亮，就连惯常低沉缓慢的音调，都往上抬了一格，"明日要走，怎么都该给你饯行，知道你不是挑剔人，我们坐下添酒，你今日必须一醉了！要不然，三柔长大了岂不要骂我！从她出生到现在，几次要谢恩人，都未能令你喝一杯酒！"

三柔是许参将女儿的小名儿，因在家排行第三，闺名和柔，家里多叫三柔或者柔三姐。为了生她，世子夫人是吃了苦头的，要不是恰好有权仲白在侧针灸，这孩子几乎就没能生下来。不过，现在母女倒是很康健，尤其柔三姐，生得玉雪可爱，连桂千总太太都爱得很，现在正抱在怀里看她吹口水泡泡呢。

权仲白也不推辞，他浅浅进了半杯酒，便道："这已经到量了，再喝恐有妨碍。"

许参将还没说话，桂千总笑了："升鸾，你面子好大，连子殷兄都破戒喝了半杯酒，回京够你吹上半天的了！"

一边说，一边就推自己媳妇："三姐，快让子殷兄给你扶个脉，最好连你三年内的太平方子都开出来，免得他这一走，找不到免钱的大夫了。"

"哎，明润。"许升鸾手一抬，"善桐世妹我是知道的，身体壮健如牛，怎么那也是我们家杨棋先来吧？她这不是还有些病恹恹的吗！连子殷进来，那不都是指名道姓要见她？"

"你们两个怎么什么事都要斗嘴。"桂少奶奶性子爽朗，扑哧一声就笑了，"权世兄又不是活人参，要抢个头道汤喝。"

她摸着肚子，大度地摆了摆手："我反正和牛一样，就不同七妹争了，七妹快先让神医扶扶脉，不然，我看七妹夫哪还能安心吃饭。刚才权世兄一传话要见七妹，七妹夫筷子都吓掉了……"

世子夫人和桂少奶奶是一族的堂姐妹，两人关系处得很好。听见少奶奶这么一说，她也笑了："就不兴权世兄有事要交代我呀？怎么说，瑞云可还是我的弟媳妇呢……"

几家关系错综复杂，说起来都是亲戚，年纪又都还算相近，相处起来也就没那么拘束了。权仲白见他们夫妻和乐、一室融洽，也觉得高兴，他并不先提起来意，而是给两位少奶奶都把过脉了，一一道："身子都还算安康，太平方如常吃，广州这里空气清新，渐渐就会越来越好了。"

他又多交代了桂少奶奶一句："虽说是第三胎了，但也还是要小心，尤其不能吃得太多，免得胎儿太大不好生产。不论当地大夫怎么开药，酒都千万别沾。"

他又捏了捏柔三姐的小手腕，觉得脉象平稳无甚不妥，再问了世子夫人几句话，他才道："这孩子先天足，没什么不妥的地方。她乳母可以不吃补汤了，免得过分进补，反而阳火过旺。"

世子夫人肩头微不可见地松弛了下来，她冲权仲白感激地笑了："从小就承蒙您的照顾……"

"从你小时候就给你开方子。"权仲白一扫杨棋、杨善桐，甚至是许升鸾、桂明润，心底也不是没有感慨，"十多年真是一眨眼的事，你的身体越来越好，心绪也越来越好啦。"

只感慨一句，不多荡开，他又续道："这次过来，是有事想请你多费心的。我明日上京，可院里还有一位病人，怕要三个多月才能痊愈。这期间，请你多关心照料。"

这等小事，又何必特地委托主母？难道许家还会把这病人赶出去不成？几人都有些吃惊，杨棋才要说话，权仲白看了她一眼，他语含深意："毕竟，也算是同病相怜吧。只是他的症状要沉一些，在他出海之前，只怕病势会有所反复，也是难说的事。"

世子夫人眸中异彩连闪，她别有深意地看了权仲白一眼，便毫不犹豫地答应了下来。"凭您几次深恩，这样的小事，要还办不好，我杨棋还是个人吗？您放心吧，一定把他妥妥当当地送上海船，绝不会出一点差错的。"

世子夫人办事，也一向是很让人放心的。权仲白笑了："那就先多谢过。"

他忽然又想起来："啊，我还欠你们一万多银子——"

众人哄堂大笑，许升鸾逗他："可不是？所幸你回去要成亲，我们本该送份厚礼的，这就不送了，两厢扯平倒好。"

桂少奶奶也笑眯眯地说："是嘛，没想到权世兄也到了成亲的时候了，我和七妹时常说起来，还都觉得可惜呢。焦姑娘在京里名气那么大，偏偏我们俩都缘悭一面，没能见识到她的风采！想必能配得上你，那也一定是极好的人品了！"

她不说还好，一说起焦清蕙，权仲白顿时感到一阵头疼，他摸着头呻吟了起来："醉了醉了！我回去了！"

众人自然又是一番打趣笑闹，连许升鸾都说："她小时候，我们已经都出门打仗了，真只是听说，却没见过。"权仲白双手捂着脸，只当作听不见。

偶然一转眼，却见桂少奶奶和夫君相视一笑，他忽然就想到了近十年前，还在西北朔漠之中，大雪连天冬风彻骨的那段日子。那时候桂少奶奶不过是金钗之年，虽已出脱得眉目如画，可究竟稚气未脱。一转眼，她膝下已有了一儿一女，连第三胎都已经在肚子里了。那时候，原配新丧，他还为她守着热孝……

一转眼，竟也这多年。

一眨眼就又过了年，春三月草长莺飞时，各家姐妹也就纷纷随着长辈上门，给蕙娘添箱来了。

焦家虽然一族几乎都已经葬身水底，但总还有些三亲六戚是没死绝的。蕙娘三位伯母都有娘家人在京城，也都或多或少受到焦阁老的照顾，虽说家业难以比较，平时也很少往来，但大姑娘都要上花轿了，他们总也还是要尽力筹措出一份贺礼来，又挖空了心思给蕙娘预备珍奇之物，以为压箱。除此之外，还有焦阁老的那些个得意门生——他们是最知道蕙娘分量的，即使远在天涯海角，也多有辗转送礼上门的，什么西边来的猫眼石、北边来的百年人参、东边来的名贵金漆器、南边来的大珍珠……为了不至于过分张扬，焦家已经往权家送过好几次嫁妆了，可这送过去的赶不上递上门的。石英和绿松都很头疼：才运走一批，又多了一批。府里虽然也预备了各色名贵木箱木柜，可事到临头，还是不得不连南岩轩都扫荡了一遍，这才勉强把蕙娘的嫁妆暂时装完。至于到了那边府邸该如何安放，她们已经没主意了——据跟过去安放的媳妇们说，权家毕竟人口多，虽然国公府占地也大，可同十三姑娘在焦家占据的面积相比，新人们的院子就小得多了。光是现在，嫁妆就已经快把整座南房给占满了，这还有大批嫁妆没过去呢……就更别说十三姑娘庞大的陪房团，也都还没说上安置的事儿。

何莲娘来看蕙娘的时候，就一直咋着舌头："我出嫁的时候，要是有蕙姐姐一半动静，这辈子真是死都愿意了！"

虽说蕙娘最终还是没有被说进何家，但小姑娘表现得相当自然，要不是绝口再不提何芝生，蕙娘还真以为她忘了自己的多番说话呢。她拿着何莲娘送她的一对点翠金簪，微微笑了。

虽说四太太现在也时常数落文娘，但又怎么比得上嫡女身份，从小带在身边教养？莲娘年纪虽然不大，但比起文娘来，为人不知要玲珑多少。

"动静也都是虚的。"她就逗莲娘，"你要眼馋了，那也容易，就在我这里住着，等出嫁那天，盖头一盖，你代我上了轿子，那这动静可不就全是你的了？"

"动静是虚的不错，可姑爷不是虚的嘛。"一看就知道，莲娘也是在帘子后头偷看过权神医的。提到权仲白，即使她才及笄之年，声调都不禁要抬高了一格，透着如梦似幻。"就不说这动静，光说这姑爷，愿和蕙姐姐换的人就多着呢。你再这样逗我，小心我当了真！"

活泼亲善的人，没有谁不喜欢的，文娘就算有几分嫌莲娘太聒噪了，终究也还挺喜爱这个叽叽喳喳的小妹妹。她被莲娘逗得笑弯了腰："你很该把这话同你娘说说——说的时候，打发人告我一声，我也不说话，就搁边上看着。"

"看什么。"莲娘红了脸，她瞟了蕙娘一眼，也不敢继续往下说了，只是压低了嗓门道，"蕙姐姐，你可别说，你这一向风头这么盛，我们知道的，明白这也就是水到渠成的事，可不知道的人，心里还不知道怎么记恨你呢。有的人恰好也就是今年要办喜事，她夫婿门第虽也不低，可同权二公子来比，那就不知差到哪儿去了。尤其您前儿被赏了三品穿戴，这可不又是难得的殊荣？她免不得又要犯红眼病了。"

这说的是谁，听者自然明白。文娘本来懒洋洋地靠在姐姐身边，正将那根点翠金簪转来转去的，并不搭理莲娘，听这一说，倒是来了精神。"上个月我随娘亲去郑家的时候，恍惚间就听说有人褒贬我姐呢……可是说，我姐嫁妆虽多，可日后在平辈间，毕竟是抬不起头来？这话，自然也不是旁人说，只有她开的口了。"

去年春月，吴兴嘉在蕙娘手底下结结实实地吃了一个闷亏，真是实打实颜面扫地——京中妇人，口是最利的，她一向做派矜贵家世豪富，自然也有些人看她不顺。蕙娘轻轻一句话，倒令她一整年没敢出门。直到去年冬天，因蕙娘不再出门应酬，文娘也只偶然随母亲出去散散闷，她亲事又说得好——牛德宝将军的嫡长子，虽说家里无爵，但这些年来自己也很上进，二十岁出头，已经有了从五品功名，这还是皇上看他父亲品级不高，压住了他没往上升……权神医虽然走红，可他也就挂了个太医院供奉的职，这才八品——根本都上不得台面，还有就是一个从小荫封的七品武职，那也是个虚衔。别的不说，就是亲事办起来都不体面，人家的闺女，一过门就起码是个宜人，可蕙娘呢？祖父再权倾天下，国公府再是老牌权贵，权仲白本人再红，他原配过门时用的还都是七品孺人的穿戴呢，续弦还能越过了她去？将来应酬场合，见了面，就硬是要矮了人一头……

所有的谣言，一般都很难找到源头，可针对性这么强，除了吴兴嘉之外，还有谁如此嫉恨蕙娘？名门子弟没出息的多了去了，身无一官半职的还少见了？可也没见他们媳妇儿少了半分气焰。

这事换作是任何一个人出口，在蕙娘这里，也就是一笑而过。偏偏是吴家人的说话，她不在意，恐怕四太太都要往心里去了。今年过年进宫，她又格外多留半日，没过几天，宫里传了话出来：权二公子淡泊名利，从不受赏，可多年来妙手回春，不知为宫中妃嫔排解多少烦难；这次他大办喜事，皇上特别发话，让宫里特地给少夫人备下了三品淑人礼服……

有这一番话，别的意味先不说，吴兴嘉简直是又得一闷棍。倒是便宜了蕙娘，宫中既然发了话，那除了这加工细做的淑人礼服之外，大小妃嫔，凡是稍微有些体面的，自然也都为她预备了添箱礼。礼物本身是一回事，这脸面可就越发足了……也就是因为这个，这几天文娘又有点酸溜溜的，要不是莲娘来了，她多少也要做点表面功夫，恐怕还不会这么快就出现在自雨堂里。

“唉，大家心里，谁没数呢？”莲娘一摆手，嘴唇就噘起来了，“那回在马家，她还抢白了我几句，我心里明镜儿似的——那是瞅见我和你们好了，硬是要冲我挑事儿呢。”

小姑娘显然有几分委屈，说着眼圈儿都红了。蕙娘和文娘忙齐声安慰了几句，文娘接连数落了吴嘉娘几处毛病，俏皮话一句接着一句，总算把何莲娘说得破涕为笑，挽着文娘的手，同她亲亲热热的。“我们去你的花月山房说话——蕙姐姐手上还有针线活呢，不好再耽搁她了。”

文娘对着何莲娘，渐渐地倒没从前那么矜持了，她同何莲娘一头走一头说，两个小姑娘唧唧呱呱的，人出了自雨堂好久，声音仿佛都还在呢。连石英都不禁说了一句："唉，十四姑娘的心事，真是叫人看都看不明白。"

的确，从前文娘虽然也和她好，可始终还是端着相府千金的架子。这几次何莲娘过来走动，两个人是一天比一天都要热乎……

"这有什么看不明白的。"蕙娘淡淡地道，"她也不是什么铁石心肠，莲娘舌灿莲花，她很难不被感动。"

要不是蕙娘那几句话，文娘的态度也不至于就这么快松动。不过说来也是，自从蕙娘定亲，一转眼又是一年，文娘年后也十七岁了。家里却好像根本还不着急她的亲事，最近，四太太都很少带她出去应酬……文娘本来就被说得慌了，现在家里人态度又不怎么明朗，她再任性，也要为自己的将来打算。

绿松含含糊糊地叹了口气："这个小姑娘，真是不得了。马家办喜事，那都是半年前的事儿了……"

前几回过来，两姐妹都快不记得还有吴兴嘉这号人了，话头没赶上，吴嘉娘怼她的事，莲娘是提都没提。硬是熬到这会儿有了这么一回事，文娘戳破了是吴嘉娘，她才委委屈屈地透上一句。蕙娘也跟着叹了口气："文娘要有她七八分本事，嫁到哪家去，都肯定不会吃亏的。"

连四姨娘都把添箱礼送到自雨堂了，甚至文娘都别别扭扭地给了她一对西洋百合花水晶大花瓶了——这可是花月山房压箱底的好东西。三姨娘还是一点动静都没有，甚至都没多叮咛蕙娘几句体己话，两母女见了面，只说些家常琐事。倒是四太太的话，要比从前更多，她絮絮叨叨地把权家的三亲六戚都给蕙娘交代了十多遍，唯恐蕙娘一过门，就受了权家人的下马威。"多年勋戚，谁不是一双朝天眼，一辈子低不下头来。你的陪嫁又实在是太多了，只怕她们肯定是想着要先压一压你再说的。"

四太太现在重新焕发出了生机，就不说府中人事变化，单单是乔哥，在这半年来已是不知乖巧了多少。从前五姨娘养着，肯定是惯得不得了，现在跟在四太太身边，吃也按时吃了——挑食就饿着，睡也按时睡了，到点就起来。见到两个姐姐，也晓得行完礼后凑上去撒娇要抱……毕竟是当惯主母的人，教一个乔哥，岂不是手到擒来？就是蕙娘，小时候也没少受过她的调教，两人之间毕竟是有真感情的。四太太为蕙娘担心了这个，担心了那个，最终还是放不下焦梅："这个人虽然能力是有，但你也要小心地用。"

她有几分歉疚："你祖父也是，你虽能干，毕竟还是个女儿家，陪票号份子也就罢了。连刺儿头都跟你陪走了……"

换作从前，四太太是绝不会把话说得这么明白的。蕙娘心底，难得地有了一丝愧疚：自己和祖父，虽也算是为了母亲好，但终究是把她给算在了局里。

"出嫁了就不是您的女儿了？"她微微一笑，"您就放心吧，出嫁了，也还是您的蕙儿。"

有这一句话，四太太还有什么不放心的？蕙娘从小言出必行，说一句是一句。这句话，就是要告诉四太太，即使是出嫁女，将来老太爷过世之后，她也能当成半个守灶女来用。

想到四爷去世之前的那番话，四太太又不禁叹了一口气。

"要是你父亲能见到你出嫁，"她说，"他也就能放心得多了，临走前他最放心不下你。虽然你才具是够的，可——"

想到世事变化，那人现在已经远走域外，四太太不往下说了，她抚了抚蕙娘的脸蛋，温存地笑了。"子殷性格是佻达了一点，可胜在同你一样，都是性情中人，你们又一见投缘，可见世间缘分，真是说不清的，兜兜转转，你到底还是找了个最合适的如意郎君。"

第一，蕙娘从未觉得自己也算是性情中人，她觉得自己简直太不像性情中人；第二，权仲白和她是否一见投缘，他是否又是个如意郎君，她也报以高度怀疑。但四太太一向不大喜欢焦勋，又不知权仲白底细，会有此语也不离奇。她只好垂下头去，宁可装着害羞，也不愿同母亲继续这个话题了。

四太太看在眼里，也不由慈爱一笑：低垂着天鹅一样的颈子，如此羞态，极少在蕙娘身上出现，卤水点豆腐，一物降一物。看来，权仲白竟是死死地把她给降住了……

"明日就要出嫁了，"她打发蕙娘，"去南岩轩看看你的生母吧，出嫁头一年，不好回娘家，你要见我还容易些，要见她，是难了。"

大喜的日子，尽管是孀居身份，三姨娘仍尽量打扮得喜庆，见到蕙娘过来，她也很高兴。"正要到自雨堂去看你！"

蕙娘却很了解生母，她没有顺着三姨娘的话往下说，而是低声道："我要再不过来，您难道就不给添箱了？"

毕竟是生身母女，就是抬杠都抬得很隐晦，这小半年来，三姨娘一句不该问的话都没有问，可回回见面，她就是有办法让蕙娘打心底不舒服——只要三姨娘一个眼神，十三姑娘心底就和明镜似的：太和坞的事，她可还没给三姨娘一个解释呢。

她不欠这份添箱礼，可一展眼就是一年不能相见，在这个节骨眼上，自己要还不让步，三姨娘回想起来，还能有滋有味？亲生的女儿，连一句实话都不肯说……

"我给添箱啊，我怎么不给添箱了？"三姨娘把蕙娘拉到桌前坐下，她从妆奁里翻出了一根簪子，"这不就是我给你的添箱礼？"

这簪子才一摆上桌面，蕙娘登时就怔住了……

论做工，她收到的那些琳琅满目的首饰，能比得过这根水晶簪的也没多少了，晶体晶莹剔透，海棠纹栩栩如生，在灯光下仿似还会颤动——这不是她当时送给五姨娘的簪子，又是什么？

"麻氏已经不在人世了吧。"三姨娘也换了口气，她还从未像此时这般严肃，甚至就像个真正的主母，像是蕙娘真正的母亲……"你母亲让我尽管放心，以后，她压不着我了。她说麻氏做了些大逆不道的事，再留不得了。"

她顿了顿："这些话，其实满府人多少也都有听说。我也就不问你，这大逆不道的事究竟是什么。"

仅仅是语气上细微的变化，就已经足够了，蕙娘哪里还听不出来呢？母亲起码是已经知道了四姨娘知道的那一套说辞，可这一套说辞却又瞒不过她的。对自己的本事，三姨娘比谁知道得都清楚，尤其她几番追问承德口角，三姨娘要无所联想，她也就不是自己的母亲了。

"我可没栽她的赃。"她轻声说，"她自己是藏了毒……要不然，祖父也不至于就这么轻易地把这事儿给抹平了。"

直到三姨娘按住她的手，蕙娘这才警觉自己正罕见地为自己分辩了起来。这可不是她惯有的作风——该懂的人，自然会懂，不懂的人，又何须多费唇舌……她的傲气，是不允许她太多地为自己解释的。

"我知道你。"三姨娘轻轻地说，"和我，你还有什么好瞒的？我明白你……你为了什么，姨娘心里清楚……"

蕙娘死死地咬着唇，她不肯抬头，没有说话。

"可你不明白我。"她听见生母的话声，柔和地在耳边飘，"你不知道亲眼见着人死是什么滋味，清蕙，姨娘十几岁就成了孤儿，坐在盆里，看着那么多乡里乡亲，就从身边飘过去了，抓都抓不住，一会儿就被冲得再看不见……老爷子和四老爷、四太太都是主子，一辈子都是上等人，他们亲眼见过多少次死人呢？他们是不会把人命当回事的。一句话下去，眼不见心不烦，这个人就再见不着了。再过几年，怕是连她的模样都想不起来了。"

三姨娘把水晶簪子塞到了蕙娘手里。"将来你过了门，该怎么办事，还怎么办事，约束你，那是老爷子、太太的事，轮不到我开口。就连这添箱礼，姨娘也拿不出什么特别的……"

她的声音很平稳、很宁静，却透了一种别样慈悲的残酷。"可姨娘希望你每次动手的时候，都能看一看这根簪子，想想麻氏她插着这簪子的样子。别人能忘了她，但你是不能忘的。"

蕙娘轻轻一颤，几乎是本能地，她握紧了手中那冰冷的、豪奢的装饰品。

第十六章

珠联璧合

但凡成亲，越是富贵的人家，新娘子就几乎越悠闲。尤其是蕙娘，不管她的嫁妆、她的诰命在权家激起了怎样的波澜，她自己倒是安安闲闲的，除了一大早起来，家里人便不给她吃喝之外，她只须呆坐在自雨堂里，由一左一右两个大丫鬟精心服侍着。等到了时辰，自然有人给她上妆换衣，插戴上全套的头面。

焦家人口，毕竟是少，这一次大办喜事，越发捉襟见肘。四太太带着两个姨娘忙前忙后，连前院的管家都动员起来招待客人，老太爷自然不必说了。该说的话，他们也早都放在前几天说完了，眼下也就只有文娘有空陪在蕙娘身边，小姑娘被逗得咯咯直笑，等外人散去了，就逗蕙娘："姐，你看着就像个大号的针插子。"

光是这顶凤冠，那就是宝庆银加工细做、用一年的时间给精心打造出来的头面。上头光是镶嵌的珍珠宝石金玉花钿，就有四五斤重了，更别说凤冠下头还有各式各样的挑心、分心、金簪、宝牌，蕙娘还没戴冠呢，已经觉得头颈沉重，对文娘这一嘲笑，竟真无言以对，只好迁怒于喜娘："是要把我画成猴屁股才罢休吗？"

虽说喜妆有一定规格，但用惯了香花，蕙娘哪里看得惯这两个喜娘的手艺？才一上妆，便又拭去了，由绿松、孔雀等大丫头在一边打下手，香花亲自挑了西洋来的红香膏，在两颊薄薄地敷了一层，越发显得蕙娘面色腻白，仿佛自内而外焕发光彩。连文娘都凑上来，用指甲挑了薄薄一点胭脂，给蕙娘在唇上轻轻印了樱桃大的两点红色，又笑道，"其实你唇这么小，还点这么薄的胭脂，倒没多大意思了，要依着我呀，我就把你的唇儿都涂红了，吃得我姐夫一嘴胭脂。"

连绿松都在偷偷地笑，蕙娘狠狠地白了妹妹一眼，文娘越发得意非凡，她更热衷于打扮姐姐了，忙前忙后的，就像是个小丫头一样，热心地为香花出着主意打着下手，两人用了小一个时辰，终于将蕙娘装扮出来了——不说艳冠群芳，少说要比那两个喜娘打扮得更合蕙娘的口味些儿。文娘倒退了一步，背着手左右一看，这才满意地笑了："掀盖头时，不至于丢了我们焦家的脸面！"

"我还没出门呢，你就老气横秋起来了。"蕙娘白了她一眼，见文娘扬扬得意、不以为然的样子，她忽然自心头涌起了万般柔情。

自己对文娘，是有些过分严苛了，都说文娘性子倔，其实她也说不上大方，越是看不过眼，就越要使劲地踩她……倒把这孩子闹得更倔了些。自从去年七月以后，她就再没向自己问过婚事，也再没有提起过她对权仲白的仰慕了。就连现在，两姐妹旦夕间就要分离，从此人生路远，谁知道何时才能再见？可她就是绷得紧紧的，连一点不舍都不流露出来，反而故意装得满不在乎……

"过来。"她便冲文娘张开双手，又警告道，"可别哭脏了我的妆粉……倒是衣服还没换呢，眼泪鼻涕，随你蹭吧。"

"谁要哭了，我高兴还来不及呢。你越早出嫁，我就越早住进自雨堂里，我巴不得你早点出门！"文娘气得又跺了跺脚，一边叨叨，一边缓步靠近蕙娘——她终于还是没有忍住，慢慢投入了姐姐怀里，软着声音叫了一声，"姐……"

一头叫，一头就禁不住轻轻地抽噎起来，像是一只奶猫正咪咪地叫。蕙娘抚着她的发辫，想到祖父的话，一时真是万般不舍——这个钢铁一样的女儿家，鼻间竟难得地有了一点酸意。

"以后……"她清了清嗓子，"以后，你就是家里的大女儿了，什么事都更上点心，多看少说，凡事勿争闲气，一定听祖父的话，老人家不会害你的。知道了？"

姐姐难得温存，文娘哭得越发厉害了，她轻而含糊地嘟囔："我怕……姐，我怕……"

怕，是啊，谁不怕呢？自己待嫁时，隐隐约约也是有几分惧怕的。怕那潜在的、无数的对焦家虎视眈眈的贪婪的口，怕天意难测，怕命运弄人，心中难免也怕遇人不淑……人口凋零就是这样，眼前再花团锦簇，底子都是虚的。外人看得到热闹，看不到热闹底下的苦。吴兴嘉对她焦清蕙，想必从来都是又嫉又恨，恐怕亦难免有三分羡慕，可她们又何尝不羡慕吴兴嘉？谁不想做个娇娇女，谁又是天生就有精钢筋骨？

"怕有什么用。"蕙娘又端起了从前的架子，她哼了一声，"你不是一贯爱和我比？焦令文，我倒要看看，咱们俩出嫁后的日子，谁过得更好。"

文娘就算再难，也不会比姐姐更难，权家水深，这一点她还是清楚的，比起注定要嫁给老太爷衣钵传人的妹妹来说，姐姐的路，是要更难走得多了。她扑哧一笑，笑中倒还带了泪意。"去你的，我这不是准赢吗？这有什么好比的——才不要你让我！"

"人都还没出门呢，"蕙娘扫了她一眼，拿起手绢，一边数落妹妹，一边给文娘擦起了脸上的泪痕，"永远都这么轻敌。"

文娘的眼泪又出来了，她一把攀紧了姐姐的手臂，哭得就像个孩子："要不，你就别出门了，又说要在家，又反悔了出门，呜呜，你言而无信……"

末了，还是四姨娘过来把哭哭啼啼的妹妹领走，蕙娘才能换衣——吉时将至，再不将礼服上身，要来不及了。

淑人礼服有一定规制，又是宫中赏穿，玛瑙除了修改得更跟身一点以外，并未随意改制。蕙娘穿着，只觉得倒还不如家常便服。紧跟着，喜娘带了丫头，开始在她身上披披挂挂：戴霞帔，系坠子，腰上挂荷包，裙边悬禁步。这全打扮完了以后，蕙娘再掂了掂一会儿要抱着上轿的宝瓶，不禁叹道："我现在就差前后两块明晃晃护心镜，便好上阵杀敌去了。"

喜娘掩口笑道："姑娘这还算是有把子力气了，您是不知道，一般人家的闺女儿，穿戴起了这一身，多的是要靠我们出力夹着，才不至于软在当地的。"

一早起来，就生咽了两个鸡蛋，连水都不让多喝，闺女儿有力气才怪。不过这也没有办法，任谁披挂了这一身，也没法随意如厕。蕙娘在镜前来回顾盼片刻，听得前头炮响，便知道权家已经过来接亲了：只可怜这拦门酒，还都是老太爷在京里的徒子徒孙们给摆的，背她上轿的也不是族中兄弟，而是家中的女健仆……

果然，不过一会儿，四太太带着两个姨娘和文娘都进了自雨堂。众人眼睛都是红的，文娘尤其眼睛好似两个大桃子。四太太哑着嗓子还没说话，只听外头一声通报，老太爷也进了里屋。

老人家日常除非朝廷大典，不然一律穿着青布道袍。今儿却正儿八经、披披挂挂地端起了阁老架子。蕙娘同他眼神一触，终也未能免俗，眼圈一下就红了，竟要紧咬牙关，才能将那不合时宜的感触给憋回心底去。

老太爷看着她的眼神，也一样复杂，他轻轻地拍了拍蕙娘的肩膀，一句话没说，便从喜娘手中托盘上取了凤冠，小心地为蕙娘戴到头上。四太太、三姨娘顿时又涌上前来，为她用金针别住，并再左右调整一番。蕙娘低下头去，过了一会儿，只觉得眼前一红，一张精工细绣的喜帕被轻轻地盖了上来，生母同嫡母又转到了她身后去为她别喜帕……一屋子人居然寂然无声，只有文娘一抽一抽、鼻音浓重地抽噎着，四姨娘小声劝解："就嫁在京里，等你也出门了，哪怕天天见面呢……现在可别哭了，哭得过分了，也败了姐姐的喜兴……"

即使隔着喜帕，她也能感觉到老太爷的手搁到了她的肩膀上，这只手虽然经过了岁月，但也还是很有力量，他紧紧地捏着那厚实的锦缎礼服，几乎要将料子捏皱了。尽管该说的话已经都说完了，但在这一握里，老太爷传递出的情绪，又似乎一点都不比千言万语少。

紧接着，便是喧天的鼓乐之声，当喜帕再一次被挑起的时候，她周身已经换了一个天地。一群兴奋的面孔围在她身边，有男有女，有生脸，有熟脸，甚至还有孩童的稚嫩笑声相伴……和焦家的冷清比起来，权家仅仅是一个新房，都显出了不同来。

蕙娘宁静地扫了这一圈人一眼，她看不大清，他们都站着，而她呢，她是人群的中心，位于被审视的位置……为她的夫家亲戚，更重要的，也是为她的夫君。

她并未仰起头来，依然在等，却迟迟等不到下一步动作，直到有人轻轻地咳嗽了一声，低声道："二哥，得挑脸……"

一片笑声中，才有一柄秤杆慢吞吞地伸了过来，将她的下巴轻轻地往上一挑。

蕙娘顺势便抬起头来，她瞅着权仲白，在一片轻轻的抽气声中，弯起眼，笑了。

这得是缺心眼到什么地步，才会连礼怎么行都不明白，如是新人，也就算了，偏偏他是行过一次婚礼的，这都能出纰漏。"你的脑子，究竟有多不好使？"她盼着她的眼能把这句话给说出来。

从权仲白的表现来看，他似乎也把她的情绪给读出了七七八八，那双波光潋滟的凤眼，就像是被风吹皱了的池水，起了一阵阵的波澜。

他垂下眼去，过了片刻才直起身来，若无其事地问："接下来该做什么？"

众人一发都哄笑起来，有人嚷道："二堂哥见了美人二嫂，竟呆了这许久，连话都说不出了！"又有人道："二堂哥还记得自己姓什么？"

因是闹洞房，众人都没上没下的，还是喜娘出来笑道："该坐帐饮交杯酒了。"

说着，喜娘便请权仲白也在床上坐了，四周放下帐来，一边在床边撒些吉祥果点，一边唱着吉祥词儿。蕙娘想低声刺权仲白几句，又强行忍住，好容易熬完一套流程，在众目睽睽下喝了交杯酒……权仲白顿时被一群男丁拉出去敬酒了。女眷们则配合喜娘，开始给蕙娘卸妆。其中权家姑奶奶——杨阁老家少奶奶还笑问蕙娘："饿了没有？先同你说，这一桌子吉祥物事，可都不大好吃。"

昔年对杨少奶奶格外客气，倒未必没有给今天打个伏笔的意思，毕竟如若乾坤难扭，在权家多一个略带善意的熟人，倒是比多一个陌生人要好得多。蕙娘冲她一弯眸子，也很坦诚："就咽了两个鸡蛋，真是饿得发慌。"

"都是这么过来的！"正踮着脚尖为她拆喜帕的一位少妇便笑道，"明儿就能好生多吃些了——哎哟，真是沉！这凤冠怕不有六七斤了。"

众人忙又啧啧称赞了一番："真是流光溢彩，美成什么样子了！"

"刚才那一抬头，连我都看呆了去……"

从这少妇的打扮、口气来看，这位便是大少夫人林氏了，她平素十分低调，一般并不出面应酬，因此蕙娘也是第一次同她相见——虽然是长嫂，娘家也算显赫，但做派如此亲切，直令人如沐春风，这多多少少，有些出人意料了。

蕙娘度她一眼，却不多看，只含笑低下头去，露出了新妇该有的羞涩表情。

未有多久，女眷们也都出了屋子各自应酬宾客，留下丫头们给蕙娘卸了新娘的厚妆，换了沉重的礼服，出乎蕙娘的意料，权仲白倒是回来得很早，她才刚刚梳洗出来，都还没上香膏呢，他就步履沉稳地进了里屋——竟是眉目清明，一丝酒气都无。这对新郎官来说，倒不大寻常。

蕙娘面上稍露疑问，权仲白倒也还不是一点点眼色都不会看，他略做解释："我平素从不饮酒，就有，也仅以一杯为限。这个大家心里都是有数的，也无人逼我。"

"噢。"蕙娘又问，"你要先洗还是先吃饭？虽不喝酒，也还是沾了一身的酒味水烟味……"

但凡医生，没有不好洁的，权仲白一嗅袖子，自己都露出嫌恶神色，他不言不语，起身就进了净房，片刻后换了一身青衣出来——倒是同蕙娘一样，不要人跟着服侍。

在喜娘唱词时，两人又吃了些吉祥食物，便算是新婚礼全。外人均都默默地退出了屋子，只有绿松、石英两个大丫鬟满面红晕，勉强在内间门口支持：不言而喻，这往下的时间，便是留给新婚夫妇行周公之礼了……

"都出去吧。"还没等权仲白开口呢，蕙娘便冲两个丫头摆了摆手，"要叫你们，自然会敲磬的。"

两个小姑娘都巴不得这么一句话，话还没落地呢，全跑得没影儿了。权仲白过去掩了内间的门，他站在门边，一时并不动，而是转过身来若有所思地瞅了蕙娘一眼，用商量的口吻问她："要不然，今晚就先休息吧？"

话音刚落，蕙娘紧跟着就叹了口气——她不吃惊，真的，她只是很无奈。

"您是不是真不行啊，二公子？"她说，"要真这样，我也就不生您的气了。您那就不是蠢了，是真好心……"

没等权仲白答话，她又瞥了他一眼，虽未续言，可言下之意也已经昭然若揭：要是权仲白多少还是个男人，那话儿还堪使用的话，那么他就完全是蠢了。在焦家蠢，回了权家还是蠢，总之一句话，那就是蠢蠢蠢蠢蠢！

权仲白就是泥人，也总有三分的土性子，他气得话都说不囫囵了，噎了半天，才又端出风度，同蕙娘解释："你我虽然曾有数次谋面，但终究还很陌生。初次行房，女孩儿是最疼痛不过的了，由生人来做，感觉只会更差……"

虽然还保持了那温文尔雅的贵公子做派，可说到末尾，他也不禁拉长了声音，流露出睥睨的神色来：分明是好心，却被蕙娘当作了驴肝肺……

蕙娘拧了拧眉心，她往后一靠，手里把玩着两人喝交杯酒用的甜白瓷杯子，连正眼都懒得看权仲白了。

"新婚不圆房，知道的人，说你权二公子体贴尔雅，不知道的，不是编排你，就是编排我。更会惹得长辈不必要的关心……你以为各屋里的老嬷嬷都是吃干饭的？要没一双利眼，她们怎么瞧得出来哪个不安分的丫头，已经被偷偷地收用了？"

她叹了口气，不再往下说了。那失望之情，却流露得丝丝分明……见权仲白站在门边不动了，蕙娘只好自己先站起身来，走到床边坐下。

"还等什么呀。"她说，"你要是还行，那就过来——把衣服脱了。"

权仲白犹犹豫豫的，究竟还是接近了床边……又过了好一会儿才坐下身来，似乎还不死心："你听我说——"

蕙娘已经耐心尽失，她握住权仲白的肩头，只一扳，便将毫无防备的权神医扳了个倒仰，脚再一钩，一双傲人的长腿也被她钩上床来，她乘势就骑在新婚夫君腰际，慢条斯理地去解他的衣纽。"算了，你不来，我来！"

烛台上红泪堆叠，犹有一丝残火未熄，天色虽已放亮，可绿松烧红着脸，轻轻推门而入时，帐内却还全没一点动静。只隐约能见床边横出了半截玉臂，踏脚上搭了雪白的中衣。室内似有一股难言的味道，要闻又闻不真——她也不敢深想，只细声道："少夫人、少爷，该起身梳洗，往前院问安了。"

蕙娘从前黎明即起，这习惯多年间从未改变，她也从来都不赖床的，可今日绿松唤了一次，床上还无人应答。眼看时辰是再拖不得了，她只好拎起金锤，在银磬上轻轻一敲，这一敲，总算是敲出了动静，伸出帐子的那只手动了，帐内也传来了少夫人极轻的低吟，被浪再起，帐内少爷似乎坐了起来，却又被少夫人抱着腰给搋了回去。

"再睡一会儿……"她从来也不曾听过少夫人这样的音色，同从前相比，这琴弦一动带出的雅正似乎并未变化，可却陡然低了几个调子，袅袅余韵，像是能钻进人心底去。就是少爷都像是听得呆了，过了一会儿，才从帐内道："你们都出去吧，我穿了衣服，你们再进来。"

绿松登时恭谨地退出了屋子，待得再听到磬声后，她这才带着一群丫鬟鱼贯而入——少爷和少夫人自己穿好了衣服，只是少夫人似乎仍觉困倦，她连连揉着眼睛，眼下两弯黑影又浓又重……绿松跟了蕙娘这么久，也还是第一次见到她这样没有精神。

再一看少爷，几个丫鬟脸都红了。二少爷风度怡然，京城众人素来传颂不休，她们也都是听说过的，昨日只惊鸿一瞥，已觉得的确剑眉星目、朗然照人，可今日睡眼乜斜、发丝凌乱，不知如何，反而更令人无法直视……

眼下到了新房，很多规矩就和从前不一样了。权家没有上下水道，净房也要窄小一些，二少爷先进了净房，石英便亲自跪下来举着脸盆，绿松拧了手巾把儿给蕙娘洗脸漱口，等二少爷从净房出来，几个大丫鬟又一拥而上，要服侍二少爷洗漱，却被二少爷摆手回绝："给我一盆热水，一条手巾就得了，我自己一个人惯了，不用人服侍。"

绿松未敢就退下去，她拿眼去看蕙娘，见蕙娘轻轻点头，这才亲自为二少爷准备了热水。于是一行人又忙着支开屏风，玛瑙来服侍蕙娘穿了正红罗衣，梳了新婚妇人惯梳的髻子，紧跟着便同往常一样，孔雀捧首饰，香花端了梳头上妆包袱过来，绿松石英一左一右，一个捧了西洋花露水儿，一个端着各色名贵妆物：象牙管里填的口脂、和田玉盒里盛的胭脂、天青石笔里镶嵌的海外螺黛……五六个人忙得不可开交。权仲白梳洗完了，往西洋落地大镜前一站，自己把头结成髻又戴上了玉冠，回身望见梳妆台前这一群花花绿绿忙忙碌碌的妙龄少女，不禁就在心底叹了口气。

因他在这院子里住了有十多年，已经住得惯了，此番新婚，也未换更大住处，只是修缮装葺了一番而已。婚前他老在香山药圃里，多少也有点逃避的意思，今日一打眼，才觉得这屋子根本就已经不再是他的屋子了。曾经素白的墙面被安了多宝格，里头供着楚窑黑瓷。本来空荡荡一张炕一张床，再一个八仙桌，也就是这屋里全部家当了。可如今，梳妆台、月桌、西洋落地镜、楠木大柜、炕上一对炕桌，床前黑檀屏风——就连这床都被换作了广式螺钿拔步床，一扫从前那张苏式床的简洁，在日光底下熠熠生辉，富贵得伤人眼……

这里已经不是我的屋子了，他这么一想，又有些烦躁起来，对蕙娘话就多了一句："你倒是比公主都贵重，不过梳妆打扮，也要七八个人围着你打转。"

蕙娘从镜子里瞅了他一眼，笑微微地道："咦，姑爷倒是挺明白公主是怎么打扮的嘛。"

权仲白总是很容易被她闹得特别烦躁，他也算是明白了：冲焦清蕙客气，那是绝不行的，你客气了，她就能顺着杆儿爬到你头上来。可要对她不客气，他又实在做不出，毕竟多年来养就的风度在那里，有些话焦清蕙漫不经心就能说得出来，可在他权仲白这里，是要下了决心才能出口的。

要这样轻易就为她改了作风吗，他又觉得实在不太值当……权仲白也只好悻悻然地哼了一声，以示：我不同你计较。

他本待要踱开几步，甚至到院子里去等她，可焦清蕙身边那掌事儿的大丫头瞟了他一眼，又垂头在主子耳边又轻又快地说了几句什么，焦清蕙"唔"了一声，又说："姑爷，要不要试试我的玉簪粉？要不然，鹿角膏也还堪用，都是我们自己制的，比外头的要干净一些。"

她语调里含了几分笑意，虽像是示好，可听着又全不是那么一回事，权仲白皱起眉头，一时也拿不准她究竟是要示好呢，还是又突发奇想来笑话他了，才刚摆了摆手还没说话，却见焦清蕙从镜子里笑着点了点自个儿的脖子，他回头一看镜子，这才发觉——虽然系了领扣，可到底还是有一小片红肿咬痕，歪歪斜斜就藏在领子边上，一动弹就露了出来。

三十年练精养气，肾精是一定极为充足的，可就连权仲白自己都不知道，他竟能鏖战那许久都未疲惫，要不是焦清蕙又抓又挠，又扭又吸，到末了干脆一口咬在他咽喉上，把他吓了一跳……只怕折腾到四更都未必能消停。他抚着脖子，不免有几分羞赧：这种事，做男人的自然要体贴妻子，毕竟女儿家是吃亏的一边，虽说焦清蕙只是看着娇滴滴的，身上可结实得很，但破瓜之痛仍然难免……

不过，也是她自己不听良言，非得这么折腾。权仲白又理直气壮起来，他问："粉在哪里？我自己涂。"

几个大丫头顿时面露尴尬之色：服侍主子，是她们的本分，可这个主子连粉都要自己涂，这是姑娘在，又是头一天，还说得清楚。要不然，主子心里还指不定怎么想呢……

蕙娘业已梳妆完毕，她忍下一个哈欠，强撑着站起身来，亲自从香花手上拿过了玉簪粉，又在绿松手里挖了一点鹿角膏，见权仲白已经解开领口，露出一点脖颈来，却仍有些戒备之色，她真恨不得把这一手的白全抹到他鼻头上去……她又不是《西游记》里的白骨精，难道还会吃了他不成？

"你自个儿能抹得匀吗？"她扫了几个丫头一眼，"唉，算啦，我来帮你吧。"

权仲白默不作声，蕙娘看得出来，他是强忍着不舒服呢……她更想把粉膏糊他一脸，可当着下人的面，到底也只能做贤惠，慢条斯理地先将鹿角膏涂匀了，再敷一层玉簪粉。只是手指触到权仲白脖颈时，多少有几分不自在……她和权仲白似乎天生就犯相，指尖一触，就觉得有轻微电流吱吱作响，烫得她浑身不舒服……

被这么敷上两层，就是蕙娘的黑眼圈都遮掩得差不多了，更别说这小小吻痕了。不片晌，两人已经装扮停当，也来不及吃早饭了，只各含了一片紫姜，便携手出门，去给一众长辈奉茶请安。

权仲白续弦这自然是大事，夫妻俩今天一天事情不少，给活人奉茶之前，还要先给死人上香，因此两人才起得这格外的早。当然嗣后权家当然还要大宴宾客，不过作为新妇，倒是无须出面招呼应酬，只要回去等待各路长辈前来探看勉励也就是了。权仲白要忙一点，因蕙娘被赏穿三品淑人礼服，按惯例，他是要入宫谢恩的。

天色刚放亮不久，正是一般人起身用早饭的时候，权家小宗祠前已有几位老仆守候，一望即知，这都是在家中地位特殊，不能以寻常下人相待的多年老人。他们见到两人过来，便开了祠堂大门，又放响鞭炮等等，不多时，良国公携权夫人也进了院子——这是现任族长，开祠堂，他自然是要在一边的。

蕙娘和权仲白便成了牵线木偶，先给族长行礼，再拜一代良靖公，一代代传承祖先拜了，再拜一排排宗房长辈的牌位，多年世族，到最后蕙娘手都要被香灰染红，这才拜到了上一代的权仲白生母，良国公原配陈夫人——也就是义宁怡顺大长公主之女，她也是权家宗房上一代唯一去世的长辈。蕙娘心中有些好奇：良国公承嗣，已经是三十年前的事了，他是三子，按年纪来说，上头两个哥哥只有更大的，这些年来，家里总有些生老病死的吧……却全没体现在宗祠里，在上头还有太夫人的时候，这种事可并不太常见。

再往下还有一排，孤零零的也是一个牌位——这便是权仲白原配达氏了，因是平辈，他无须行跪拜礼，只是鞠躬上香，便自己退开。蕙娘取了香正要跪，已为身边老仆止住："少夫人请行姐妹礼。"

大秦疆域广袤，各地风俗繁杂，礼仪也往往有所不同。蕙娘并不大清楚外地人是怎么操办这个问题的。不过在京城，高门风尚看内宫，自从百年前孝安继皇后在元皇后灵前行妃礼后，一百多年来，不成文的规矩，续弦在原配跟前，一般都行妾礼。

当然，权仲白的情况和一般人还不大一样，虽然礼成，但他又没有圆房，新婚三天人就去了。再说，达家现在式微，和焦家根本没的比，但不管怎么说，礼数还是礼数……

蕙娘还有些迟疑时，良国公咳嗽了一声："此乃吾家规矩，生者为大，焦氏不必多心。"

他这个族长要抬出族规，蕙娘还有什么好说的？只是她多少也有几分明白：一般新婚，那肯定是先拜长辈，再拜宗祠，起码宗房一家人要都在宗祠前候着，也是取个热闹。今日安排如此古怪，只怕就是为了这一句"吾家规矩"，在从前，根本就不是规矩……

人都死了，不要说跪下来磕个头，就是礼制要她在灵前打滚儿，蕙娘也根本都不会在意，同一个死人，她没什么好计较的。尤其权仲白惦念亡妻，多尊重些达氏，两个人起码不至于因此龃龉，这她也不是不明白……可公爹要抬举她，难道她还能驳长辈的面子，不给长辈脸？她也不去看权仲白，自然而然，给达氏的牌位福身行礼，将香插上，便完了此礼。一行四人前呼后拥地又往权家内院过去，给太夫人等族内长辈行礼。

权家虽然地位显赫，但行事素来低调，族中一般只有主母出面应酬，似太夫人、大少夫人这样的人物，不要说清蕙，就是四太太都很少能够打上照面。平素家中宴客，她们是专有一处小园子，里头亭台楼阁外加戏台子，一处都不少。自己平素居住的反而是另外一处地方，清蕙虽然以前也随着母亲在京中行走过一段时间，但也还是今日才得进权家真正内院。

以她眼界，就是再巧夺天工、富贵荣华，也顶多能得"不错"两字。尤其是权家屋宇都有年头了，睡的是火炕不说，连地暖都没有，就因为天气暖和，昨晚在床上睡着，连火盆都没有，被子也轻薄，这让清蕙如何睡得安稳？不知不觉，竟滚到了权仲白怀里……蕙娘心里自然先就带了不快，一路浏览时，眼光就更挑剔了一点。只觉虽然也是梨花院落、柳絮池塘，一派百年富贵气象，但仅这一眼看去，是比不上焦家多了。

正是暮春初夏时节，园内百花开放，也不知哪里栽了一两株桃花，惹得蕙娘连着打了两个小喷嚏，权夫人便笑道："别是昨夜着凉了吧？我瞧你们两个看着都没什么精神。"

权仲白和蕙娘心里都是有鬼的，听权夫人这么一说都不禁大窘——权夫人冲蕙娘挤了挤眼，还要说话，良国公轻轻地咳嗽了一声，她便只笑着用手扇了扇脸颊，闹得蕙娘脸若红榴，恨不能冲到镜前，再给自己补一道粉。

"娘。"权仲白虽也羞赧，但毕竟要比女儿家好些，他语气加重了一点，倒像是在告饶了。权夫人捂着嘴巴笑，又让蕙娘走到她身边，挽着她的手臂，"饿了没有，今早也没吃饭？我本还以为你们昨夜要用点心呢，令我院子里小厨房别歇火，你们一旦要点心了，就立刻现做送去。没想到竟没要，她们倒白熬了一夜。"

权仲白所住的立雪院，离权夫人自己居住的歇芳院并不太远，权夫人特别留意这个，也是体贴新婚夫妇的意思。只是这话落在蕙娘耳朵里，就有些别的意思了：立雪院本来人口似乎很少，她今早是一个都没有看见。可连自己吃没吃早饭，她都了如指掌，可见长辈在立雪院里也是安排了一二个眼线的。从前在娘家的时候，祖父爱安排几个眼线，她都没有二话，但现在过来婆家，处处陌生，她就不大喜欢身边还有这么一个耳报神了。

"起得晚了，就没来得及用。"她收摄了心神，恭敬又和顺地回答权夫人，那笑中的冷劲儿，不知什么时候，已经被盈盈的感激给代替了，"多谢您惦记着，要一会儿回去，早饭已撤了，少不得还要到您院子里要些点心来吃。"

权夫人的笑意便加深了一点，眼看太夫人居住的拥晴院近在眼前，她又拍了拍蕙娘的手，便将蕙娘的胳膊给放开了。

正因为良国公府素来低调，虽然和权夫人那是见过的，但今日满屋人，蕙娘竟也就只认识权夫人一个，太夫人乔氏、大少夫人林氏都算是初次会面，此外还有两对男女，坐的还是客位，以形容穿着来看，应该是良国公的兄弟辈。再有也就是良国公和权家兄弟几人，还有济济一堂的小辈了。蕙娘只隐约知道里面应有权夫人的亲生女儿瑞雨，但在一眼间，着实难以分辨出究竟哪个是她。

一整套行礼上茶的仪式四平八稳，无甚可说，太夫人神态威严，对她这个新妇都没有多余的笑脸，无非是勉励几句，只叮嘱权仲白："给你娶了这么一个无可挑剔的媳妇，以后就别老想着向外跑了，这几年，多在家里待着。"

她给蕙娘的见面礼，倒是的确十分名贵：一对和田玉镯子，不论是从成色还是雕工来看，也都算是宇内难得之物。权夫人的见面礼就要比太夫人减了一等，不过是一串坠了猫眼石的金项链，几乎有些不合她的身份，两位叔婶辈所赐，价值大致与金项链相当，蕙娘一一受了，又给大嫂行礼斟茶，大少夫人将她一把扶起来，笑盈盈地说："真是个美人儿——你我虽是妯娌，可年岁相差大，你就同我娘家侄女一般大小，我看了你呀，就想起她来。"

说着，她就取出一个小巧的西洋金镶五色宝石怀表来："也不是什么难得的东西，娘家人给的，我已有了，就转送给你吧。"

她三十岁上下的年纪，看着却还很年轻，富态的圆脸、精致秀气的轮廓，有点像何莲娘，浑身透着的那是真和气，一望即知，是个又热情又细致的能干人，但心里却不至于缺了盘算……只是这句话到底是有点浅了。蕙娘浅浅一笑，接过怀表来，谢了大少夫人，她底下那些弟妹又过来行礼。

相公岁数高点，也不是没有好处，权叔墨比蕙娘大了好几岁，权季青和她同岁，两人都要上前给蕙娘鞠躬，还才是垂髫年纪的权幼金就更不必说了。加上刚才受过她礼的权伯红，这兄弟五个长得都很相似，全是跟良国公一个模子里脱出来的，只是气质有极大不同。权伯红三十多岁的人了，看起来和妻子一样，根本就不显年纪，对蕙娘的好奇只一眼就能看得出来，有种天真的善意。权仲白嘛，魏晋佳公子的气质也颇能骗骗不认识他的人。权叔墨就不一样了……他很有戎马世家的风范，这么喜庆的场合，也还是一脸严肃，一举一动间几乎有金铁摩擦之声，一张清秀的脸被晒作了麦色，看得出来，他是一条相当血勇的汉子。

权季青呢，看着最冷，和长兄、次兄一样，他肤色白皙、面容秀逸，甚至还要比权仲白更英俊一些，不过气质略微青涩而已。只是权伯红热情，权仲白优雅，他却没有两位兄长周身都带着的一股热情，而是在彬彬有礼之中附赠一段冰一样尖锐的沉静：这少年年纪虽小，但一举一动却显得很沉着，很有谱儿。说起做派，和他姐姐——杨家四少奶奶权瑞云，倒有几分相似。蕙娘对他特别有印象——当时在新房里，也是他提醒权仲白行礼。

至于权幼金，年纪还小，稚气未脱，给嫂子行过礼，就奔到权夫人跟前要糖吃去了。蕙娘又见了权瑞雨同七八个堂弟、堂妹，这时绿松也将一托盘见面礼呈上来，蕙娘亲自把个人儿的活计递给太夫人、夫人及弟妹等，就算是她的见面礼有了。

这都是京城惯例，无非按部就班、虚应故事而已，蕙娘面上笑着吃茶，心底却很希望快点回去能用个早饭——她已经饿过劲了，昨晚又没睡好，现在竟有几分头晕目眩。不过，全家人得了她的礼物，怎么也都要笑着夸夸新妇的，权瑞雨就很热情，拿着她得的一个扇套翻来覆去地看着，又夸奖蕙娘："二嫂手艺真好！这荷花怎么绣的，我就瞧不出来，这是用的什么针法呀？"

这话一出，几个长辈都有些似笑非笑，蕙娘不动声色，心底却也叹了口气。

没想到权家这个瑞雨，竟公然又是一个文娘。

一般的名门世族，家族成员过百，那是平常的事。即使每人送一套扇套、荷包，大小荷包凑足四喜，那也是相当庞大的工作量了。尤其蕙娘情况，众所周知，从出孝到过门，不过一年多一点儿，她又不以绣活出名，这若干套绣工精美龙纹凤采的活计，有多少是亲自手制，多少是下人代工，众人心里都是有数的。权雨娘这一问，问得是有点促狭了。

权夫人想到女儿曾不服气地说了一句，"她是有多好，要这样费力巴哈地娶进门"，也有些无奈：这个鬼灵精，当时说那一句话，连自己都未曾留心，想不到一年多以后，她还心心念念，要试试新嫂子的底……

蕙娘微微一笑，忍着一阵又一阵的眩晕正要说话，大少夫人已经把话口接过去了，她略带嗔怪地说了一声："雨娘，你自己功课不好，也不多用心，反而还有理了呀。当着这么多人的面，是请教你嫂子的时候吗？"

本来瑞雨身边那些堂少爷、堂姑娘已经有几分蠢蠢欲动，似乎大有接口打趣蕙娘的意思，被大少夫人这一说，竟都偃旗息鼓。瑞雨眼珠子一转，半是不服气，半是硬撑场子："就是一句话嘛，大嫂尽欺负人……我眼界浅，看见了好就问一声呗。"

她嘴一扁，泫然欲泣，还要再说什么。太夫人看她一眼，已道："哪有你这么娇的，大嫂说你一句，你还故意装起委屈来。"

祖母训话，一干人谁也不敢插嘴，瑞雨忙起身低头听训。"是，孙女儿知错了。"

这时，蕙娘就是再说好话也都无用了，她索性不发一语——确实也是饿得有些晕眩了，权仲白看了她一眼，忽然道："今儿祖母这里居然没有点心。"

"一大清早的，谁吃这个？"太夫人对权仲白的态度显然要缓和多了，责怪里明白透了喜爱，"就数你事多。"

说着，自然早有垂髫小鬟上前，奉上一盘子形形色色各式点心。权仲白选了两样，又一指蕙娘，令丫头捧到她跟前由她挑选，他理直气壮："昨儿折腾了一天，今早起得晚了，饭也来不及吃……"

一屋子人都乐了，太夫人扑哧一笑，情绪最外放。权夫人眉眼弯弯，打趣地用手点了点小夫妻，其余小辈，成了亲的捂着嘴偷笑，没成亲的红着脸暗笑，蕙娘几乎闭目呻吟出来：似权仲白这样，能如此不把场合放在眼里的人，在豪门世族里，着实也有几分少见了。

这种事肯定是越描越黑，再说，以权仲白婚前如此反对续弦的态度来说，甚至也不失为一件好事……毕竟，一个不得丈夫欢心的女人，不论其出身如何，在深宅大院，都是很难立住脚跟的。蕙娘轻轻地拈起了一块糖糕，搭着茶吃了，只觉得茶汤入胃，仿佛一个熨斗，连心底都熨得微暖。权夫人才开口数落权仲白："就晚一会儿也无妨，早饭还是要吃的——"

良国公咳嗽了一声，打断了妻子的话，他也有点被逗乐了，同在祠堂里的冷淡威严相比，语气缓和了不少。"前些年你家室空虚，自己四处乱跑，天南海北，天下也没有多少你没去过的地方。现在成亲，是有小家的人了，就不能再同从前一样着三不着两的，还和个孩子似的！"

他在这个家里，显然拥有无上威严，一旦开口，立刻全场肃静，连自己两个兄弟都挺直了腰杆。蕙娘用余光去看权仲白——他倒是似乎还没觉出气氛的变化，依然随随便便地坐在那里，周身一派慵懒，竟是连自己亲爹的面子都不给……

"就好比去年。"良国公瞪了权仲白一眼，终究还是没说什么，他续道，"忽然就离京整整一年，你就是对得起家里人，难道对得起皇上？今番回京，两年内你别想再出去了，即使离京，也只能去些脚程近的地方，一天之内，必须能赶得回来！"

有个天子近人，固然是权家之幸。朝中几次风云变幻，要不是权仲白的特殊身份，在蕙娘看来，权家有好几次恐怕是没那么容易过关的。但当着一家人的面这样训话，背后的用意，透露出的蛛丝马迹，她就能咂摸出几重文章来。第一，良国公对这个儿子，约束力恐怕是不那样强。要当着一大家子的面这样说他，多少也有点逼他认账的意思；第二嘛，只怕在权家这一代里，权仲白是自然而然，就占据了一个相当特殊的位置，在长辈跟前，他是很有特权的，就是良国公端出父亲身份来，都没法令他毕恭毕敬的话，只怕其余长辈，自然是只有顺着毛摸的道理了……

这也给她提供了一个上好的机会，清蕙借着吃茶的机会，轻轻地往对面瞥了一眼——除去长子伯红、大少夫人林氏坐在权仲白上手，她不好探看之外，权叔墨、权季青正巧都在她对面落座。想摸清这两位少爷对二哥真正的看法，此正其时也：这四个已经成年的儿子中，也就是权仲白受到的关心最多了……

在所有人都注意长辈的时候，一个人是很难把面上表情约束得天衣无缝的。譬如权叔墨，双眼神光闪闪，虽然还不至于把不以为然放到面上，可从他眼角眉梢来看，明显是有些不服气，也有些羡慕的……倒是权季青，面色沉静，甚至还察觉到了她的眼神，蕙娘再次飞去一眼时，他对她微微一笑，态度友善中带了一丝狡黠的会意，就这一眼，蕙娘心底明白了：这个权季青，对花厅里的暗潮汹涌，心底恐怕是门儿清……

她不再四处打量了，而是专心地望着自己的脚尖：初来乍到，在长辈跟前，还没有她说话的份儿。

良国公的训话也到了尾声："这一阵，也不要往香山去了，就要去，也带上你媳妇一块儿。从今以后，很多毛病，你自己能改的都改了，我也就少为你操点心！"

这末尾一句，终于是透出了一点沧桑：看来，良国公虽然看着严厉，但心底也并不是不疼儿子。

权仲白看着显然有点不乐意，但总算还知道不和父亲顶嘴，毕竟当着这么多人的面，再说，良国公要求得也不过分……他点了点头："就按您说的办。"

太夫人和权夫人对视一眼，虽说表情没什么变化，可两个长辈的肩膀都松弛了下来，权夫人喜滋滋地打圆场："好啦，这都闹腾了多久了，既然你们昨晚折腾得太晚，这会儿就快回去歇着吧。"

她到底还是打趣了新人，权瑞雨扑哧一声，闷笑得不可收拾。权夫人嗔怪地白了她一眼，又道："一会儿中午下午亲戚们过来了，还有你们忙的呢。"

于是众人各自回去，蕙娘才一进屋就倦得不得了，她责问绿松："我那张椅子怎么没带来？"

自雨堂的一张椅子，自然都是有来头的，不说用料名贵，就只说那弧形长搁脚，就要比一般躺椅舒服得多，文娘每次过来，都喜欢在上头猫着，这会儿她不想上床，自然而然，就惦记起了自己的爱椅。她也顾不得权仲白了，自己先瘫到炕上去，几个丫鬟顿时围过来了，又是换衣服，又是重匀脂粉，石英端了一个五彩小盖碗："快先填填肚子。"

蕙娘接过了，却不马上吃，而是扫了石墨一眼，石墨忙道："因过了早饭时分，原来那些东西，怕少夫人不入口。小厨房又只夫人那里有设，夫人在拥晴院，我们也不敢随意叨扰拥晴院里的姐妹们。这是奴婢自己炖的银耳，您先填一填，一会儿到了中饭时分再吃正餐，倒更妥当些。"

听说是她自己炖的，蕙娘便下了调羹，绿松一边为她脱了绣鞋，轻轻地给她捏脚，一边细声道："您的贵妃椅是陪来了，可这屋里地方小，还不知在哪儿收着呢。改日再慢慢地寻吧……"

又见蕙娘腰肢僵硬，便说："让萤石给您捏捏腰吧？"

萤石在自雨堂里，就专管着陪蕙娘练武喂招，因怕蕙娘使错劲儿，伤了筋骨，她是特地学过一手好松骨功夫的。

蕙娘半合着眼，意态慵懒似睡非睡的，似乎根本没听见绿松说话，过了一会儿，才轻轻地点了点头，绿松便冲石英一点头，石英自然退出了屋子，她这才一边给蕙娘捏脚，一边又用眼神令人给她盖了一层薄薄的獐绒毯子……

这么一番举动，倒把权仲白比成了个外人，因为他对丫头们近身显然很是排斥，这群人精自也不会自讨没趣，除了石墨也递给他一盅银耳之外，一屋子人忙进忙出，竟没有谁搭理他的。权神医在自己屋里，反而倒有些不自在起来，他往桌边一坐，想要说话呢，绿松已经瞥来一眼，又看了看似乎已经迷糊过去的蕙娘。

虽说看不惯蕙娘的娇贵做派，可人家会这么累，也是因为他折腾的不是？他越发有些不好意思了，坐了一会儿，便起身道："我去南边炕上歇一会儿。"

他一边说，一边信步出门，只余一道青色身影，也不知踱去哪儿的"南边炕上"了。

等他出了院子，蕙娘也就慢慢地睁开眼，她似笑非笑："今儿个，你都见着了吧？"

因要送活计，绿松也去了拥晴院，到得可能还比他们夫妻更早。虽然未能在蕙娘身边服侍，但人在厅内，该看到的热闹，只怕没有少看。

"见着了。"绿松拿起碗来，徐徐地给蕙娘调银耳羹，"都不简单哪。"

"大家大族，都是这样。还以为都是我们家，人口简单，就一个五姨娘，也翻腾不出什么大浪来。"蕙娘到底有几分疲倦，她闭上眼，梦呓一样地问，"你怎么看？"

"大少夫人看不惯您，也实属常事。"绿松见几个大丫鬟都露出聆听神色，便冲刚进门的萤石和石英一点头，石英微微颔首，回身就掩上了门——不论几个大丫头平时怎么钩心斗角，现在既然陪嫁到了权家，主子的体面，就是立雪院的体面。陪嫁的小姐妹们，一定是齐心协力，要帮着主子尽快在府里打开局面的。"也算是有几分火候，那句话说得很老到。就是太夫人、夫人，怕都挑不出什么毛病来。"

她又细声向几个小姐妹解释："在拥晴院里，二姑娘问少夫人，送的扇套上，荷花是用什么针法绣的。"

玛瑙本来还在屋角，给蕙娘理着午宴要换的一身衣服，听绿松这么一说，她忍不住插了一嘴巴："姑娘怎么就不知道了？荷花用的是错金法嘛。就是现做一朵，姑娘难道还不会做了？"

自己送了一堆活计，用的全是没有学过的针法……就不是权瑞雨当着那么多人的面想要下下她的脸面，日后妯娌姐妹来往，随口一句话，露怯也是转眼间的事。以蕙娘为人，哪会做出如此蠢事？偏偏大少夫人连一句回话都不让蕙娘开口，直接训斥权瑞雨，小姑娘面子反倒下不来，以她的娇性子，再为太夫人训了一句，要说原本只是摆弄机灵，只怕此后对蕙娘，心里就存下疙瘩了。大少夫人是既做了好人，又给蕙娘添了堵，直接坐实了她弄虚作假，令人代做礼物的名声……只一句话，就要比五姨娘连番出招，精致了何止百倍。

"也是雨娘先开了个头。"蕙娘轻轻地哼了一声，"太夫人那句话，说得就更有讲究了，堵着我的话口呢。"

"这也是的。"绿松轻声说，"看来，两重婆婆，更喜欢您些的，还是夫人。"

权夫人对她，是没的说了，几次打趣，都很好地把场面圆了过来，在进拥晴院之前，还那样亲密示好，又不把亲密做到大少夫人跟前，更招惹她的不快，做事细密，处处考虑在先……是要比太夫人若有若无塞来的一双小鞋，令人舒坦得多了。蕙娘没有多说什么，只是叮咛身边几人："最近一段日子，都小心一点，初来乍到，不要贸然生事，反倒落了被动。"

众人莺声燕语，都应了是，蕙娘一边用点心，一边又对绿松说："把权仲白的话告诉给她们听听，也让她们乐乐。"

对这个姑爷，几个大丫鬟自然都是好奇的，尤其她们最懂得听人口气，蕙娘语气里的厌烦无奈，谁听不出来？连玛瑙都撂下手中活计，好奇地看向绿松。绿松才要开口，自己忍不住也笑弯了腰。她还是为权仲白说话的："少爷那也是看出您面色不好，似乎有些眩晕……再说，他那一说，不也就没人惦记着扇套的话口了。"

蕙娘没好气："他要想得到那一层才有鬼，不信，你把他喊回来，我当着你们的面问他，'大嫂今天对我好不好'，他恐怕连我问的是什么都不知道呢，还要反问我，'就那么几句话，她就是要对你好，又有什么卖好的地方？'"

几个丫头听见绿松转述，都笑弯了腰，绿松也不禁莞尔，她往蕙娘腰下塞了一个枕头："少爷性子，是粗疏了点……那您就多劝着他些呗。"

她打趣蕙娘："毕竟，可是这第一天晚上，就折腾得您都起晚了……"

屋内顿时又为银铃般的笑声给填满了，蕙娘白了绿松一眼："你就知道笑话我！"

一边说，一边自己想想，也不禁摇头失笑。

等众人都散开了自己做自己的事去了，她才又把绿松留下，将祠堂中的那一幕告诉了她。绿松瞪大了眼，喃喃地玩味着、念叨着："吾家规矩……"

她皱眉思忖了半晌，才轻声提醒蕙娘："天下没有不透风的墙，老爷夫人对您的期许这么高，卧云院恐怕就更不舒服了……"

"这才第一天呢，"蕙娘慢慢说，"她就忍不住了，要真是这么沉不住气，那也倒还好对付。"

她伸了个懒腰，又嫌弃地瞥了桌上那满满的五彩小盖碗一眼，思绪一时飘得远了，出了一回神，才又拉回来道："话又说回来，争，她肯定要争一争的……且先看她怎么出招吧。"

第十七章

危机四起

蕙娘所料不差，"吾家规矩"这句话，虽然良国公讲得并不太大声，传得却很快，还没到中午呢，就已经传到了大少夫人林氏的耳朵里。

"跟着您进门也有十多年了。"大少夫人身边最当红的福寿嫂，看起来就和主子一样，都有一张和气的圆脸，说起话来轻声细语，带有京中妇人惯有的清高味儿，"还真没听说过这个规矩，就是前头四叔续弦，继室在原配跟前，听说也是行的妾礼……"

"四叔？那都分家出去多久了。"大少夫人笑了笑，"分家出去，自己就有自己的规矩。早上祭拜的时候，娘是跟着过去的，她不说话，可见这规矩，没准儿还就是真的。"

"这可就说不准了。"福寿嫂也是大少夫人的陪嫁丫头出身，说起话来就没那么多顾忌，"夫人为了抬举那位，也实在是花了不少心思，连宫中都特地卖了面子打了招呼……"

"不下这么多功夫，焦家那朵金牡丹也没那么容易花落权家。"大少夫人似乎还是不以为意，"其实，也就是看在她心高气傲的份上，大家伙哄她高兴呗。再怎么样，她也还是继室。难道行个姐妹礼，前头那位就不在了，她就是原配了？这要是在一族人跟前行的礼，还能管用点儿。就那么零星几个人看着，也没多大意思。"

福寿嫂有点发急了："您说的倒的确都是正理。"

她直起腰，瞥了门帘一眼，见门帘处安安静静的，半点动静都没有，便压低了声音："可您也不能老这么不当一回事，这人还没进门呢，我们就没站脚的地儿了。嫁妆能装了两三个院子，还要送些到香山那边去才放得下。陪嫁的下人，呵，可要比文成公主和藩带的人更多呢！她家虽没爵位，可祖父足足红了三十多年长盛不衰，宫中又给面子，直接就赏穿了三品的衣服……您可也长点心呀，三品那是什么身份？咱们家大少爷成亲的时候，穿的都还不是三品的衣服……"

豪门贵族，等级森严，穿什么用什么，严格说来就是平时也都有讲究，只是如今谁也管不得那么多，就是个商人妇，也都能穿龙穿凤的了，豪门世族穿着违制，只要不太过分，根本就不在话下。可成亲时就不一样了，是什么身份，就用什么仪仗。大少爷娶亲的时候年纪不大，还没封世子，大少夫人是按他身上惯例恩荫的六品武职的仪仗给娶过门的。别说穿戴，就是那顶凤冠，都没法和二少夫人的比。这就都不多说了，反正焦家人有的是钱，天下谁不知道？可最要紧的：良国公已届花甲，按说，这几年怎么都该请封世子了，可这件事就硬是搁着没办。宫中虽然没有直接封赏二少爷，但就是这样，才最耐人寻味：三品仪仗，那是国公世子的品级了……

"我知道你的意思。"大少夫人也有点无奈，更多的还是感动：自己陪嫁虽多，可会这么掏心挖肺帮着考虑的，也只有福寿嫂，再有自己身边几个贴心的大丫鬟了。她轻轻叹了口气，幽怨地望了门帘一眼，终究是将心里话吐出了一星半点："其实你这担心的，都不是什么大事……真正这事儿坏在哪儿了，你是还没看明白。"

福寿嫂眨了眨眼，她有些迷糊了："就我说的这些，难道还不够坏呀……"

大少夫人叹了口气，她拈起一枚新下来的樱桃，慢慢地放进了口中。"这都算什么呀。也是，你今早怕都没到我跟前来——还没见着新娘子吧？"

见福寿嫂摇了摇头，大少夫人又把声音放得更低了一点儿，近乎耳语："才头天成亲呢，就折腾得眼圈都黑了，二弟脖子上也有一块红肿，勉强拿粉给遮住的。听立雪院里传出来的消息，蜡烛是足足亮了一夜……你说二弟也是的！没成亲的时候闹得那么厉害，跑到广州去不说，险些还想出海。和个贞洁烈女似的，就差没有抹脖子上吊吞药跳井。这怎么搞的，第一夜就闹得这么厉害。我看她进门的时候，脚步要沉重得多了……一看就知道，准是被折腾了一个晚上！"

"这……"福寿嫂牙疼似的吸了一口冷气,"您也知道,这当新妇的事儿多,二少爷性子又别扭,没准两人是折腾了一个晚上……可……可没……"

"我看着可不像。"大少夫人撇了撇嘴,"两个人又是晚起,又是喊饿的……二弟看她脸色不好,还特地要了一盘点心来。恐怕是久旱逢甘霖,心一下被收服了去,那也是难说的事。"

她意味深长地拖长了尾音,见福寿嫂果然愣怔得话都说不出了,心里多少有些宽慰:好歹,这心里头的事,还有人能帮着分担分担,为她着急着急。

"算啦。"大少夫人反过来宽慰福寿嫂,"见步行步,就看她怎么出招了。咱们也无谓和她争。"

她凄然一笑,圆脸上永远含着的喜气早已经不见了踪影:"就是要倒,那也是咱们自己往下倒的不是?"

福寿嫂眼圈儿立刻就红了,她再看一眼门帘,回望着大少夫人,口唇微微蠕动,过了一会儿,才一咬牙:"主子,这话也就是我才能和您说了,要二少爷还和从前一样,那我也不说这话……"

"我知道你的意思。"大少夫人摆了摆手,"可……"

她没和福寿嫂把这个话题继续下去,而是将她打发走了:"也快到摆宴的时辰,你到花厅里看着去,要有什么事,就立刻打发人回来喊我。"

福寿嫂轻轻地应了一声,她撩起帘子,恭顺地退出屋去,顺带就把帘子给撩在了门上。大少夫人一路目送她出去,也就透过两边洞开的门扇,一眼望见了西首间的大少爷。

卧云院地方不小,她本想把东厢收拾出来,给丈夫做书房的,可权伯红连西次间都不要,偏偏就选了靠近堂屋的西首间。这些年来,大少夫人在东里间发落家务,日常起居时一眼望出去,就能望见丈夫在西里间薄纱屏风后头,半露出身影来,不是伏案读书,就是挥毫作画……就是心里再烦难,只要一见着丈夫的背影,她就有了着落,也没那么糟心了。

今天却不一样了,望见权伯红乌黑的头顶,大少夫人心底就像是被一只爪子挠着一样,又痒又痛,闹腾得她坐都坐不住了。犹豫再三,她还是轻轻地走进西首间,站在屏风边上:"也该换衣服了,二弟不喝酒,你中午少不得又要多喝几盅的,穿得厚实些,免得受了风着凉。"

权伯红肩膀一动，笔下的荷花瓣就画得歪了，大少夫人越过他肩膀看见，不禁惋惜地"哎呀"了一声，很内疚："是我吓着你了。"

"没有的事，"权伯红笑了，"你也知道我，一用心就两耳不闻窗外事的——小福寿走了？"

福寿嫂嫁人都十年了，大少爷喊她，还和喊当年那个总角之年的小丫头一样，好像她也还是大少夫人身边的小丫头，而不是府内说得上话的管事媳妇。

"今天家里有喜事，哪里都离不开人的。"大少夫人说，"我刚打发她先过去了，我们也该早点过去，免得娘一个人忙不过来。"

她犹豫了一下，却没有拔脚动弹，而是弯下腰来，从后头轻轻地抱住了丈夫的腰，把脸放到他肩上，多少有些委屈地咕哝了几声。权伯红反过手来，轻轻地拍着她腰侧："怎么？小福寿又找你叨咕什么了？"

大少夫人摇了摇头，她眼圈儿有点发热：权伯红虽说才具并不突出，但为人也算能干，家里交办的事情，从来没出过什么纰漏……可惜夫妻两个命都不好，摊上了这各有妖孽的三个弟弟不说，夫妻两人感情虽好，十多年来膝下犹虚，这一点才是最要命的。眼看权伯红明年就三十五了，虽说良国公也是三十岁上才有的长子，但那是因他年轻时南征北战，多少耽误了些。大房这个情况，哪里还能顾及二少夫人？根本自己就要倒了……

她深深地叹了口气，正要说话，权伯红忽然推了推她。大少夫人一抬头，立刻不好意思地直起了身子——"换了这个玻璃窗，虽然是亮堂多了，可也真不方便！"

权仲白才进院子，就撞见大哥大嫂亲昵，他有点不好意思，住了脚没往里走，可不多会儿，大少夫人自己迎了出来："难得午饭前一两个时辰的空当，你不在屋里好好歇着，倒四处乱逛做什么！"

一边说，一边已经将权仲白拉进屋内："巫山，上茶来！"

权伯红也丢了笔，让弟弟在书案前添了一把椅子，权仲白就着大哥的手看了一眼，不禁赞道："大哥的笔意是越来越出尘了。"

"什么出尘不出尘，我是一身画债。"权伯红脸上放光，口气却很淡然，"你也知道，现在要寻一幅唐解元的画不容易，年前我从四叔那里淘换了一幅来，这几个月，他每天问我要回礼呢。偏这几个月又忙不是？有点意兴我就赶快画，没想到被你大嫂打扰，这一幅又画坏了。"

他正说着，大丫头巫山就端了三杯茶来，大少夫人亲自给权仲白端了一杯："知道你爱喝碧螺春，我和中冕说了，让他在江南物色一些。这是刚送到的明前，你尝着喜欢不喜欢？"

"尝着是挺好。"权仲白对大哥大嫂是一点都没有架子，他喝了一口茶，便把杯子一放，伸手去拿大少夫人的手腕，"我去年一直在广州，今年回来，你们也不提醒我一声，还得要我想起来，这才想起来：有一年多没给大嫂把脉了。"

大少夫人笑了："我本想提醒你来着，可你这一回京就藏在香山，连过年都恨不得不回来，也不好特地到香山去找你，毕竟——你不是忙嘛！"

她和丈夫对视了一眼，两人都心照不宣地笑了。权仲白有点不好意思，他孩子一样地嚷了一句："这可够了啊，别分我的心了。"

说着，他便闭上眼睛，聚精会神地为大少夫人扶起了寸脉。

大少夫人这十年来，真是没少被权仲白扶脉，她都已经疲了、油了，虽然含笑注视着权仲白，但心思早都不知飘到哪儿去了：从前二弟在京里的时候，没好意思冷了他的心，让他给扶脉开药，自己也就没有再找过别的医生。也就是每回他出门的时候，回娘家时偷偷地请些知名的大夫扶脉，连脸都不敢露……也都是有真才实学的，和权仲白的口径几乎完全一样：就是胎里带来一股热毒，经过这些年的调养，体质已经渐渐中正平和……就本人来说，是再没什么可以调养的了。

就是大少爷——一开始大少夫人是多提心吊胆，连提都不敢提丈夫一句，生怕小叔子开口要给丈夫把脉，权伯红一口答应，再把出个什么毛病来，那长房可就全完了。可随着叔墨、季青一天天长大，她也看开了：这要是真有病，再不能赶快治，就没人来斗，长房真也要自己倒了……

可不论是大少爷还是自己，脉门是摸不出一点儿毛病来，权仲白摸得别提有多仔细了，给她扶完了，又皱起眉头，专注地扶着权伯红的脉门。大少夫人一看就知道，他摸不出丝毫不对。伯红和自己的身体都好着呢。就只是……

一想到这里，大少夫人顿时是满心的苦涩：哪怕是怀过又流了，那也足证两个人能生啊，十几年没有一点消息，叫人心里怎么想？真不怨长辈有别的想头……

"都挺好的。"权仲白移开了手指，拿起白布擦拭着手心，看得出来，他是花了十分心力的，天气并不炎热，他额际却见了汗，"最近大嫂小日子都还对头吧？"

大少夫人红了脸，还是权伯红代答："没什么不对的，日子很准。"

权仲白"唔"了一声，又问："这房事大约是几天一次呢？大哥可和我说的一样，每日早起练精还气，练含咽玉露之法？"他接连追问，竟似乎一点都不在乎大少夫人的存在，倒把大少夫人闹得红了脸："二弟，说话就不能委婉点？"

权伯红倒不在意，他一一地答了，权仲白"唔"了一声，沉吟了半日，才歉然道："是我能力有限……唉，还妄称神医，连自家人的身子都调养不好……"

大少夫人的心，直往脚底沉去，她沉默片刻，才勉强露出笑来："唉，这也是缘分，这事儿要这么容易，如今宫里的娘娘们，也就不至于每天地求神拜佛了。且随缘吧！"

权伯红也有几分低沉，他看了妻子一眼，勉强振奋起精神来，笑着勉励弟弟："你可要加把劲了，你奶公前回遇到我，还说咱们娘给他托梦呢，嘀咕着这都多少年了，家里还连个第三代都没有。"

要加把劲，那就肯定要和二少夫人多亲近亲近了，权仲白长长地叹了口气，他要说什么，可又终究还是没说出口。大少夫人看在眼里，心底不由就是一动。

"对了，"她笑着说，"刚才在拥晴院里，瑞雨不大会说话，我怕弟妹不知底细，和她冲上了……你回头也多劝着弟妹几句，能让她一步就让一步吧，没必要和小妹争这份闲气。"

权仲白还是比蕙娘想的敏锐一点的，不过，他看得懂局势，却并不代表会在乎这种细枝末节："多大的事呢，她也不至于这么小气吧。"

正说着，他又问："咦，说起来，我刚才出去逛了一圈，怎么咱们家门口也没人等着求诊了？"

"你最近大喜。"大少夫人随口说，"虽说这义诊也是积德的好事，但毕竟有些丧气了，爹娘都恐怕你媳妇儿出出入入看见了，心里不爽气。就定了规矩，这个月，不许他们进巷子里来。"

虽说这也不关蕙娘的事，但权仲白还是有几分不以为然，他要再说什么，权伯红已道："你也该回去换衣服了，我们这就过前院去。中午亲朋好友都来了，你虽不敬酒，可也要多走动走动，卖卖殷勤。"

他端出长兄架子，权仲白还能怎么说？当下就痛快地回立雪院去了，等他人出了院门，权伯红这才冲大少夫人皱了皱眉头。

"你这也太过了。"他说，"才过门一天，就连着下了几个套子……这人品性都还没看出来呢，这就结了仇，以后可不好处。"

大少夫人对权伯红的话，至少明面上一直都是很服气的，这一次，她也就是为自己轻声辩解了一句："品性不品性的，有什么关系？人家是带着半个票号嫁过来的……我不和她结仇，恐怕她都要和我结仇。"

见丈夫脸色不大好看，她便不多说了，而是站起身安顿丈夫："让巫山服侍你换衣服去！"

"你自己怎么不服侍我？"权伯红虽站起身，却不肯走，他斜睨着妻子，似笑非笑的，"小福寿又和你叨咕着那事了？"

不说别的，但就看人脸色、精于世故，伯红真是比仲白强出不知多少，本来嘛，一个掌舵，一个冲锋，配合不知多么默契，可婆婆就鬼迷心窍一样，一定要给二弟说个焦清蕙……大少夫人心底好似有滚油在煎着，她勉强露出一个笑来，低声道："人都进门了，你也看到了，生得那样美，一进门就把二弟给收服了……咱们也得动起来不是？我瞧你素日也常瞅着小巫山，索性给你了也就是了。免得人家还说我，不够贤惠……"

权伯红站在原地，他的面色也很复杂，瞅了妻子半日，这才轻轻地叹了口气。

"罢了。"他说，"那就依你吧……不过，你也得依我一件事。"

大少夫人本来就有点酸涩："亲手调教出来的人，给了你，你不谢我，好像还欠你一样……我知道你要说什么，你放心吧，今天见着达家人，我不会乱说话的。"

虽然酸溜溜的不是滋味，但她心底也不是不欣慰：多年经营，长房在国公府里毕竟还有底子，丈夫对宗祠里的事，看来是比自己知道得还早。

转念一想，她又没那么慌了：二弟有多看重原配，她和丈夫都是亲眼见识过的。宗祠那一幕，自己是辗转听说，可他就在一边站着呢……

"二弟现在也越来越藏得住心事了。"她不禁和丈夫感慨，"按说要在从前，早就闹起来了，现在他倒若无其事的，至少是能把面子给敷衍过去。"

"你这是把他往简单里想了。"权伯红淡淡地道，"新婚第一天，特地跑来给我们夫妻把脉，你当他真是忽然想起？"

大少夫人心中一动，她登时就沉吟：看来，自己这一房，还没自己想得那样被动……

权家办喜事，手笔自然不同，尤其良国公府人口不多，平时也很低调，良国公年年生日都不曾大事张扬，权家上一次办喜酒极为仓促，一切从简，这一回似乎要补偿回来似的，什么都往铺张了来。光是巷子里外一顶顶红棚排出去摆的流水席，足足就摆了七天。蕙娘和权仲白两个主角又岂能闲着？接连七天，蕙娘就没有睡过囫囵觉：晚上吃酒，一吃就吃到二三更，她是新妇，每天早上请安是不能落于人后的，可大少夫人起得又特别早，往往没到辰时，人就到了拥晴院——老太太年老觉少，早上起来习惯在院子里遛弯。

大少夫人陪老太太遛过弯，正好就到歇芳院服侍权夫人用早饭，用过早饭，大少夫人就回自己屋里处理家务了。她对蕙娘很殷勤，过门还没几天，就时常命人来送这送那的，还很关注蕙娘的口味："大厨房人多，比不得你那个天下知名的小厨房。要是哪里不喜欢，你就尽管开口。"

她送来的点心，蕙娘怎会入口？连丫头们都不大敢吃，权仲白除正餐外几乎不吃点心。这几天中午、晚上都要应酬亲戚，也就早上在院子里对付一顿，他还时常兴出花样来，让小厮儿起早买些市井中的名吃食回来享用。蕙娘再怎么孤傲，她也得凑合姑爷的这个兴头。也就是到成婚第十天早上，该走的客人们都走了，从东北来的老亲们都上路，权四叔、权五叔一家人也回自己的住处过活去了，她才第一次尝到了权家大厨房的手艺。

连着忙活了七八天，蕙娘一直觉得自己没歇过来，好容易昨夜无事，她是疲惫得一夜无梦，今日按点醒来，在院子里舒活筋骨，练了一套长拳，将身子练得活泛了，回来重新梳洗，正好叫权仲白起身，夫妻俩对坐着用早饭——权仲白比她还要累，后面几日，他进宫谢恩时竟被留在宫中，两三天才被放回来，又马不停蹄地招呼亲友，他平时觉轻，可今早蕙娘起身梳洗这么大的动静，竟全没被惊醒。就是睡了这么一觉，他眼底也还有些青黑，下颚上胡茬子冒了一排，看着倒是比平时那不染烟尘的样子，多了三分人间气息。

这馒头才一送进口，蕙娘那秀气的眉毛就微微一蹙，她只撕着吃了一口，便搁下了这竹节小馒头，又拿起一碗杏仁茶啜了一口——这一回，她将碗轻轻一顿，力道就有点大了。

今早绿松没当值，是石英在身边伺候——也是她在蕙娘身边，总有三分诚惶诚恐，蕙娘才稍微一放脸，她就有几分畏畏缩缩的："您尝尝这个——小薄砂铫儿熬的粥，家里带的米，这酱菜是前儿姑爷从六必居里买的——见您爱吃甘露，我们昨儿赶着又买了些预备着……"

权仲白就是再愚钝，也看出不对来了。他有些看不惯石英的做派，也觉得蕙娘实在是霸道了点，或多或少，也因为这一阵子他连扶脉都没地儿扶，只能在宫中打转，他的口气不很和气："怎么，这馒头我吃着挺好的嘛，你的口味有多特别，连这么上好的白面都入不了口？"

新婚夫妻，一般都是恩爱情浓，见了面，不笑也都是笑着的。可在几个丫头看来，二少爷和二少夫人却一点都不像一般的夫妻，两个人见了面，当着下人的面，虽然也笑着说几句话，可那都是不咸不淡的琐事；待在一处没有多久，不是二少爷就是二少夫人，总是迫不及待地就把人给摒出去了，这要说是脸皮薄，想要亲热，又怕当着人嘛，却又并非如此。现在不比从前，二少夫人沐浴净身都要人在一边服侍，几次叫人进去，屋内安静得怕人，少爷在地上，少夫人就在炕上，少夫人在地上，少爷就在炕上……除了在一处吃喝起居之外，两个人就像是不认识对方一样，私底下好像连话都不多说一句……二少爷在屋子里的时候，通常都沉默不语，总是不知走神去了哪里。这七八天了，除了洞房那晚上闹腾得不像话之外，每天起来，床铺都是干爽整齐，一点都不像是有过那回事……

蕙娘的脾气，几个大丫头都是知道的，又因为自身还没有定亲，很多事她们根本就不敢问，虽看着不好，也只能暗地里着急。尤其石英，一家子都跟着过来了，她要比谁都着急上火，这几天嘴里发了好几个燎泡。一听少爷这么一说，她心不由得又抽紧了，要不是始终还有一线清明，恨不得都要抢过主子的话头，代她答话了：主子的性子，这几个大丫头还有什么不清楚的？她口中的回话，肯定好听不了……

说来也真是冤孽，蕙娘虽然身份高贵，似乎脾气也大，可除了对文娘之外，在家里哪怕是对着五姨娘，她也从来都是客客气气的：有理不在声高，摆个高姿态，也不是就一定要把下巴给高高地抬起来。可对着权仲白，他就是不说话，她都有三分恼，更别说一开口没好话了——真要吃不出一点不妥，他至于天天打发小厮儿上外头买早饭吗？要不是今日起，各房要在自己屋里吃饭了，恐怕他还要继续糊弄下去，而不是这么一退六二五，装得比谁都还无辜。

"姑爷真吃不出来？"当着这么多人的面，她到底还是把心头的恶气给咽了下去：权仲白自己粗糙，是他自己的事儿，她可万万不能落到权仲白那样的层次……要那样，她也太看不起自己了，"真要吃不出来，那也就罢了。"

权仲白又咽了一个小馒头进去，他一耸肩："我吃着挺好的嘛……不过，同你比，我自然是个粗人啦。当年走南闯北的时候，连玉米面窝窝头儿都吃过，我这张嘴，哪里还吃得出什么好、什么坏？"

蕙娘瞟了他一眼，自己拿调羹慢慢地搅着那一小碗黏稠的白粥，她笑了："姑爷这是寒碜我？"

"不敢。"权仲白这话说得倒挺真心实意的，"你是一张名嘴，吃惯了京城所有大小馆子的拿手菜，要看不上我们家大厨房的手艺，也实属常事。这既然不合你的胃口，我看，倒不如和娘说了，在立雪院外头搭个小厨房，想来也不是什么难事。你的陪房里，总不至于没有厨子吧？"

石英几乎要龇牙咧嘴，她觉得口里的燎泡更疼了几分：姑娘心思深沉，对姑爷究竟是怎么个想法，她从来未对人谈起过。自己和绿松等大丫头日常说起来，其实心底都不是不忧虑的，尽管面上再淡，可喜欢不喜欢，瞒不了人的。当时几个丫头还纳闷呢，京城名门、天下神医，除了年纪大点，还有什么地方是不般配的？姑娘的眼睛就是生在头顶，怕都挑不出一点毛病来。

没想到，这新婚才过，相处的时日一多，姑爷几句话一开口……唉，莫怪姑娘一点都不高兴，这换作是谁，只要稍有一点心机，怕都高兴不起来。姑爷这个人，为人简直已不能用浅来形容，他这……这简直就是成心给姑娘添乱！

"姑爷这就是在寒碜我了。"蕙娘倒显得很沉着，她轻轻地喝了几口粥，又捡了一块甘露放进口中，慢慢地嚼了，"一家子，除了祖母、娘有小厨房，谁吃的不都是大厨房的菜。凭什么就我特立独行呢，我虽然娇贵，可也没这么娇吧……"

权仲白瞥了她一眼，他似乎有好些话想说，可又硬生生地给憋回去了。蕙娘于是对他露出一个亲切的笑，她和和气气地道："只要一家人吃的都是这样的饭菜，我也没有多加挑剔的理，姑爷您说是不是？"

这一招，她用来气吴兴嘉，那是几乎次次奏效。用在权仲白身上也一样管用，他那超然洒脱的魏晋风度，再度露出裂痕，权仲白几乎是有几分负气地拿起他手边的杏仁茶，一仰脖一饮而尽："我是没吃出来什么不一样，你要吃不惯，趁早说，一家子就这么几个人，什么话不能直接出口？一件小事，也要矫情来矫情去，你不嫌累得慌？"

话出了口，他才觉出失态，面上几重情绪闪过，连石英都看明白了：是又解气，又有点懊恼。看来，二公子究竟还是有风度在的，这么随随便便就被勾起情绪来，他自己也有点不好意思……

"今天我不陪你去请安了。"权仲白就交代蕙娘，"有几户人家都来人打过招呼……这些人必须应酬一番，恐怕中午也难以回来。"

蕙娘"噢"了一声，眼神往桌上打了个转，似笑非笑："那晚上回来不回来？"

权公子受不得激，有几分咬牙切齿："一定回来——何止晚上，今日中午，我能回来也肯定回来。"

吃过早饭，蕙娘先到歇芳院给权夫人请了早安，再陪着她一道过拥晴院给太夫人问好——她时间拿捏得巧，大少夫人也就和她在歇芳院里见了一面，就得回自己院子里吩咐家事去了。就这么一面，她还问蕙娘："在家里吃得还好、睡得还好？有什么不舒服、不喜欢的地方，你就只管说，能办能改的，立刻就办，立刻就改。"

虽说家里大事，还是权夫人处理，但她也是有年纪的人了，平时家务小事，大多都交代给大儿媳去办。大少夫人这一问，问得很合乎身份，态度又热诚，权夫人和良国公看起来都很满意，蕙娘也很感激："大嫂真是太体贴了……家里什么都挺好，我没什么不喜欢、不舒服的。"

话虽如此说，可等大少夫人回卧云院去了，权夫人带着蕙娘往拥晴院过去的时候，她还是主动提起来："当着你大嫂，你未必好意思说的。可家里谁不知道，你在娘家，过的那是吃金喝银的日子。我们家虽然也算是中等人家，但和你娘家可比不得，要有什么觉得不舒服的，你就只管提，我也不会让你大嫂难堪，自然而然，寻个借口，也就给你办了。"

权夫人对她，那是真没话说，简直比对亲生女儿还要好些。蕙娘自然是一脸感动："娘真疼惜我……不过，也就是才换了个环境，有些习惯要做些微调整，别的再没什么了。大嫂也很关心我，时常打发人来嘘寒问暖，倒让我都有些惶恐了。"

权夫人望着她笑了笑，也就不再说什么了。

因今天是老太太的斋日，她要念百遍《金刚经》。众人稍坐片刻也就各自回房，蕙娘回了屋子，见几个大丫头倒都在，她不由笑了："干吗聚得这么齐，你们就没有别的事要做？"

绿松没搭理她的话茬，给蕙娘上了一盅茶，又端了几碟点心出来："这是廖养娘给孔雀送来的藤萝饼，您先填填肚子……早上练了半日拳，一碗粥哪撑得了一上午……"

孔雀情不自禁，就去擦眼睛："在家时候，金尊玉贵，何等的身份地位。如今出了门子，连饭都吃不饱了……"

这个忠心耿耿一心为主的大丫头鼻音浓重，听得出来，是真的动了情绪——带得一屋子妙龄少女，一个个都有些泫然欲泣的，这立雪院哪还像是个新房？倒像是刑场了。

的确，在家的时候，就别说蕙娘了，绿松石英孔雀玛瑙，这些大丫头的吃穿用度，哪个不是赛得过小姐？自雨堂享用的，乃是天下所有上等物事中最上等的那一份，能入得了自雨堂的点心饭食，哪一道不是五蕴七香百味调和？且先不说搬迁到立雪院中之后，下人住处逼仄窄小，与自雨堂相比，简直不可以里记；蕙娘也少了净房之便，重又用起官房、浴桶来。就拿这最要紧的饮食二字来说，喝的再不是惠泉水了——连玉泉山水都没有，竟就是权家后院的一口井中所出的井水，泡出来的桐山茶，色香味都不能与从前相比；第二个就是吃饭，大厨房送来的餐点，用料也足够上等精致，可吃在口中，不是缺油少盐，就是咸得煞口。今早那竹节小馒头，碱还大了点，虽然是滴过白醋的，可那涩味根本就遮不去……这样的东西，连自雨堂的三等小丫头都不吃，现在却要登盘荐餐供给主子，休说孔雀，就是绿松，心里也都犯着腻味呢。

"大少夫人这有些过分了。"她见蕙娘神色慵懒，便冲几个大丫鬟使了眼色，令她们都退出了屋子，自己在蕙娘身边站着，轻声细语，"按说您成亲头天拜见公婆，即使梳妆，也不能不添些点心在肚内。奴婢们也不是没有想到，只是石墨领了早饭回来，瞧着就不大对劲，一样先尝了一点——竟没一样是能入口的，杏仁茶一股涩味，拌凉菜没有盐——石墨当时就着急哭了。又怕勾动了您的情绪，您拜见长辈时心绪不好……这才令您饿着肚子出门。我们在屋子里现扇了火，拿着本预备给您熬药的小铫子熬了银耳羹。这几天，您都在前头吃席面，姑爷又派人买了早饭，事儿也就压住了。可我们不开腔，她们倒越发得意了，这送来的饭食是一天比一天寡味儿，没得您的示下，又不好发作……孔雀性子最急，嘴巴也刁，这几天，瘦了两三斤呢。"

民以食为天，不要小看这一个竹节馒头，长期吃这样的东西，就是蕙娘自己能忍，底下人的士气也肯定会弱下去：在焦家，用的都是锦衣玉食，连收夜香的下人吃得都比这个好。在权家，身份尊贵，可活得还不如焦家的一只猫……尤其是跟着她在内院吃喝的这些丫头，谁能受得了这份气？忍足七天没有告状，已经算是很体恤主子了，刚才聚在屋内，多少也都有卖委屈的意思：当主子的吃的都是这样了，下人们的吃喝该糟烂成什么样子？蕙娘就是不为自己想，都要为丫头们稍微考虑考虑不是？

事实上，她这七八天来，根本也没有吃好，虽说权家是从春华楼点的席面，蕙娘用的那一桌，肯定是格外加工细制，但大桌宴席，还能精致到哪儿去？无非就是对付一顿而已，倒是每天早上权仲白差人买回来的民间名点，都有过人之处，尝鲜之余能混个饱腹。人不吃饱，哪有精气神儿？自从过门以来这一顿折腾，她明显是觉得精神头没有从前好了。

"大嫂这个人，的确是有阅历的。"蕙娘自己想想，也不禁笑了，"要比麻海棠更务实得多，你看这一招，满是烟火气息，却又真难破解。她恐怕是从容酝酿了一段时日，第一步踏进去了，连环套一抽，我不断条腿出点血，是没那么容易从套子里出来喽。"

绿松也不是不懂蕙娘的顾虑：初试啼声、初试啼声，新媳妇在夫家的第一句话，自然是很重要的，不能从一开始就落下了挑剔傲慢的名声。看大少夫人这谨慎的作风，只怕手段还会陆续出现，一旦落入被动，要翻身，就没那么容易了。

可这一招之所以无赖，就在于即使众人明知大少夫人的用意，依然也很容易被折腾得心浮气躁。人不吃五谷，睡都睡不香呢，更别说余事了。蕙娘虽是主子，可在权家又不比在焦家，她带来的庞大陪嫁，是她的助力，也是她的负累，若不能收拢人心，久而久之，大少夫人乘虚而入，照样还是落入被动……

她不禁为主子叹了口气："十四姑娘还羡慕您呢，以她的手段，进门不到两个月，只怕大少夫人能把她吃得骨头都不剩。"

蕙娘想到文娘，也不禁莞尔，她托腮沉思了片刻，便和绿松商量："刚进门，什么事也都不能太着急了，这样吧，石墨和你留在我身边，其余人分两批，轮流回家里歇着。一个月之内，待我把这事解决了，你们再一道回来上差。"

绿松先帮着丫头们催蕙娘，现在又反过来代蕙娘担心："这才一个月……您屁股都还没坐热呢，我看，要不缓一缓，对下头就说是两个月吧。"

"屁大的事。"蕙娘一撇嘴，"还要往长里说？"

她点了点桌子，不知想到什么，眼睛一眯，笑意竟又盈满了："要不是还打算借题发挥，做点文章出来，三天之内，这事也就准到头了。"

绿松心下登时一宽，她又有几分好笑：嘴上说着石英心小，对姑娘没一点信心，可她自己又何尝没有隐隐的担心，怕姑娘在娘家待得惯了，一旦出嫁，就处处受气？直到听了姑娘这一番话，她的心才算是真正落了地。姑娘就是姑娘，老太爷亲自调教出来的人才，又怎会一遇事就落了马？该担心的自有人在，这个人，却无论如何不会是她绿松。

第十八章

愿赌服输

以权仲白的身份地位，想请他诊脉的人实在多如牛毛。前几年他在良国公府住的时候，良国公府外头一整条巷子都添了生意：很多人从外地过来，经年累月地就租着权府邻居的院子住，衣食住行，什么不要钱？连带权家在附近办什么事都方便，街坊邻居们就是看在银子的份儿上，对权家也从来都是只有笑脸，没有哭脸。

随着他的名气越来越大，治好的疑难杂症越来越多，平时一年三百六十五天，权家人只要抬出一顶轿子，就有人拦着磕头……权仲白本人甚至不能骑马出门，就是权伯红，因为形容、年纪相似，也轻易都不能出门走动。也就是因为如此，最后他不胜其烦，搬迁到香山居住的时候，长辈们才没有反对。这围在府边的病人们还算好，真正烦人的，是四九城里雪片也似往权家送的帖子。这世上但凡谁都有三亲六戚，但凡谁都有生老病死，但凡有三分能耐的人，也都想着要请最好的大夫来为自己看诊。勋戚内眷、文臣武将，凡是有权有势的人家，没有谁不是自命不凡的，如不是权仲白后来常年在香山躲着，要不然就是进宫值宿，投帖的、托人情上门的，几乎无日无之。这才新婚回府住了几天，家里已经攒了一大沓名刺、手条，全是趁着他在城内，想请他上门看病的。

一般没交情、交情浅的人家，他可以不理，可有些面子铁硬、连良国公都得客气相待的豪门巨鳄，他就不能不应酬一番了。权仲白站在轿子前头，把几张帖子像扇子一样地搓开了，放在手中左右打量了一番，不禁嘲讽一笑，他吩咐桂皮：

"先去孙家吧。"

桂皮瞥了二公子手中的几张帖子，见都是熟悉的用纸、花色，他一伸舌头，也有几分发毛，忙正正经经地站直了身子："是！"

定国侯孙家也是元勋，当今皇后的娘家，家主孙立泉现在人在海外，领的是大秦百年来第一次下水的巨型船队，余下几个兄弟在各地任职，虽然职务不高，却也都兢兢业业，一心为国为民。皇上数次称赞，孙家是"股肱重臣"，就是这样的人家，这些年来也没少和权家打交道，甚至昔年天变，孙家还帮了权家一把，保住了原来斗生斗死的政敌达家……也正因如此，十年间虽然孙家一个月总要请他过府两三次，权仲白也没丝毫怨言，一般来说，都是有请必到。

"劳烦您了！"家里人口空虚，孙夫人一向是亲自出面招待神医的——才三十出头的年纪，她却显得又憔悴又忧愁，鬓边白发丝丝，看起来要比实际年纪更苍老一些。连着身边扶着她的几个姨娘、通房，也都是一脸的倦容。"昨晚大半夜，又闹起来，这天气还冷呢，母亲却硬是脱得赤条条的，强行给灌了您开的药，才睡到刚才，就又起来了。"

才说完，她又歉然道："家里有喜事，本来是不该打扰的，奈何这闹得实在是不像话了……"

"病情如军情，"权仲白随口说，"没什么打扰不打扰的，上回开的方子吃过几次了？这回除了把自己脱光，还有什么异样的征兆没有？"

定国侯太夫人缠绵病榻十多年了，什么稀奇古怪的事情没有做过？孙夫人说她裸奔，神色都很淡然了，可被权仲白这么一问，脸色不禁也有些羞红："听……听服侍的人说，还在当院……拉……拉屎拉尿的……"

皇后的亲妈，现在已经神志不清到这个地步了，权仲白也不由叹了口气："没救了，现在就是拖日子。拖到哪天算哪天吧，她人已经全迷糊了，要醒过来，也难。"

一边说，两人一边熟门熟路地进了里院——这院子竟是用铁门闩落的锁，连墙头都竖了一排铁刺，里里外外进出的丫鬟婆子也都是膀大腰圆，看起来就有一把子力气。权仲白见院中果然还有一小块湿痕，忍不住就叹了口气。孙夫人面色羞红，双眼几乎含泪，喃喃着向权仲白道歉："为难您了！"

进得屋中，果然只见一位老妇半躺在床上。她只胡乱套了一件白布半臂，头发蓬乱面色涨红，见有生人进来，便瞠着眼瞪过来，眼白看着都比眼黑大了，看了几眼，又望回床顶，眼珠子左右乱错，口中念念有词，也不知在叨咕些什么，对权仲白等人不理睬。

可等两人行到了近前，权仲白要伸手去摁她的脉门时，她又一下暴跳起来，乱舞拳脚，就要去打权仲白，唬得身边人忙上来一把按住，她还挣扎不休，口中嘟嘟囔囔的，还在喝骂不休。

权仲白对付病人，实在是对付出心得来了，他对孙夫人道了声"得罪"，在人群中一把伸过手去，也不知摁住了哪里，不片刻，太夫人双眼一闭，人竟瘫软了下来，手脚也渐渐松劲，下人们都松了口气，让出空地来，权仲白一翻老人家眼皮，自己又弯下腰，自身边随手拿了个茶碗，在老人家胸前一罩，听了听心音，再一捏脉门，便直起身来，斩钉截铁地道："这个药也不能再吃了，再吃下去，不上三个月，老人家必定承受不住。"

从前是两年换一次，就在权神医下苏州前，已经一年换一次，现在这个药方子，才吃了半年……孙夫人叹了口气，把权仲白让到前院花厅，又上了茶来："真是苦了先生了，这些年来单是药方，就不知为婆婆斟酌了几个。"

"我有什么苦的。"权仲白不以为然，他直言，"老人家是真苦，心智已失，我看最近一年多来，她就没认出过人吧？怕是年轻时候乱吃金丹，现在沉积下来，人就发了疯了。再拖下去，也是多受苦楚，倒不如体面去世，还能强些。"

可话虽如此，太子身体不好，这几年，孙家烦心事本来就够多了。掌门人又出门在外，上一次传回消息，那还是半年前的事了，人也还在下南洋的路上。现在的孙家，正是最脆弱的时候，老人家一旦去世，几个亲儿子是一定要丁忧辞官的，势力势必又将再度收缩，到时候，储位周围是否有风云暗起，那就真的谁也说不清了……

孙夫人苦涩地叹了口气："家里几个兄弟的意思，都是不敢做此决定，起码要等立泉回来，家里人都在身边团聚了，再放手让老人家西去。"她望了权仲白一眼，"就不知，这几年时间……"

"看吧。"权仲白没把话说死，"尽人事，听天命，还要看老人家自己病程如何了。我回去再开个方子送来，原来那个，只能再吃五六次，便再不能吃了。"

孙夫人连声道谢，话都说得尽了，却并不端茶送客，权仲白居然也不说要走，两人默然相对，一时谁也不曾说话。

"按理，这话不该我问，"沉默了半天，孙夫人忽然长长地叹了一口气，她疲倦地望着权仲白那清贵俊雅的容颜，却根本无心欣赏其中蕴含着的无限风流，"可您前几天，才是新婚时候，忽然被叫进宫中，待了足足一宿才被放出来……"

这些年来，常和权仲白打交道的权贵人家也早已经习惯了他的作风，和权仲白说话的时候，是绝不敢话里藏机、话中有话的——不是说他装着听不懂，而是权神医脾气大，你和他绕弯子，他就敢站起来走人。刚才孙夫人沉默那么久，其实已经等于把问题问出口来，权仲白居然没有不悦，而是同样沉默着等她开口，已经算很给面子了。想要他自己露出消息，那就是孙夫人皇帝嫂子的身份，怕也没有这么大的面子……

见权仲白清俊的面上一派漠然，孙夫人一咬牙，又把话给挑明了一点："皇上的作风，我是明白的，身份虽尊贵，却很能体贴臣下。如是一般妃嫔，怕也不会扰了您的喜事。就不知，是哪位主子出了事——别是东宫又犯了急病吧……"

能问得这么明白，也实属不易了，权仲白忽发慈悲，他没有再拿架子："您要担心的可不是东宫……这次我进去为娘娘针灸，本来小半日可以出宫，可娘娘足足有七天没有合过眼了，精神极度虚弱，居然出现幻觉，觉得四周有牛头马面来拿——"

话才说到一半，孙夫人手里一盏热茶居然没有拿住，直直地倾跌了下去，茶渍转眼间已经染了一裙，可非但她恍若未觉，就连权仲白也是若无其事。他安慰孙夫人："不过，经我针灸一番，又有皇上和东宫在边上劝着、守着，娘娘到底还是合了眼，能睡着就没有大碍了，皇上情深意重，自己没有合眼，守了一晚上，娘娘一晚上都睡得香甜。这几天服用了新的安神方子，睡得已经很香了。"

他不喜欢别人和他弯绕，平常说起病情来，真是用语大胆，一点都不看场合。但一旦牵扯到宫中，权神医说出来的话，真好似醉橄榄，只一颗就足够品味许久了的。孙夫人怔得话都说不出来了，好半响才回过神来，她望了权仲白一眼，忽然就提起裙子——多么尊贵的身份，一下居然就给权仲白跪下了："神医大恩大德，我孙氏一门没齿难忘！"

权仲白也吓了一跳，他往外一闪，避开了孙夫人的跪拜："您这是什么意思——快起来！再这样，我以后真不敢登门了！"

孙夫人还要给权仲白磕头，权仲白又不好和她拉拉扯扯的，只好避到门边：

"您再这样，我只有先告辞了！"

等孙夫人被身边几个丫头婆子搀起来了，他这才回来重又坐下，斟酌着放软了调子："您就放心吧，大家都是亲戚，同气连枝的，不该说的，只要皇上不问，就要流传出去，那也不是我嘴不严实。"

见孙夫人满腮热泪，多么清秀的一个人，哭得一脸通红，权仲白也不禁有几分恻然，他加重了语气："可再这样下去，难保皇上一辈子不问……该怎么做，您自己拿个主意吧，我今儿已经是说多了！"

被这么一耽搁，从孙家出来，天色已经过午，权仲白连饭都没吃，在车上吃了一块点心，倒觉得味儿很好，把两盘子都吃得干干净净。他吩咐桂皮："第二户，去牛家吧。"

镇远侯牛家是太后的娘家，现在也有两个女儿在宫中为妃，姐姐牛琦莹是宫中仅有的两个妃子之一，封妃时间甚至要比宁妃更早，妹妹牛琦玉现在虽然只是个美人，但圣眷不错，在宫中渐渐也有了些体面。不必多说，如今的宫妃内眷里，也就只有牛家配和孙家争一争，孙家配和牛家争一争了。

牛太夫人也是有年纪的人了，倒还健旺，就是老犯老寒腿。这腿病得灵，就像是宫政的晴雨表，宫中一有事，她准要犯上两次疼，这一遭也不例外。老人家很明白权仲白的作风，一边伸出手来由权仲白把脉，一边就开了口："听说昨儿个子殷没在家陪新媳妇，就又被叫进宫里去了。我这一听就吓得睡不着觉——可别是琦莹的命根子有了什么头疼脑热的了吧？正是出痘的年纪，现在一听城里有谁得了痘，我就吓得一哆嗦！"

"都平安着呢。"权仲白面色淡淡的，一句话就给堵回来了。他站起身子，"您还是吃老方子，摸脉象您最近心火旺，别怕苦，穿心莲的清热方子得喝，否则天气一热，苦夏那就麻烦了。"

问得一句不该问的，就要吃比黄连更苦的穿心莲，这不吃吧，心里又犯嘀咕，吃吧，苦是真苦……牛太夫人顿时被吓得不敢说话了，也不顾牛夫人直给她打眼色，一迭声："劳动您了！"

"您客气了！"权仲白在牛家待的时间最短。

从牛家出来，他去了杨家——杨阁老虽然没有爵位，在朝中也还没混上首辅，但胜在有个好媳妇，他们家独苗苗九哥娶的，就是权仲白的亲妹妹，权家大姑娘权瑞云。

这一次犯病的还真不是阁老太太，居然是杨阁老本人……权仲白刚娶了焦清蕙，杨阁老不犯病才怪了。这么一个下午又耽搁住了，等权仲白从杨家出来时，已是和风徐来、晚霞满天，到了"牛羊下来"的栖坻之时。权仲白觉得今天一天辰光，几乎都白白消磨，行的全是无益之事，在车上越坐就越是气闷，等车行到豹房胡同近处，他便命车夫："慢慢地走，把窗户支起来。"

知道他最近回到国公府，有些消息灵通的病人也早已经随了过来，只前阵子权家办喜事，他们也不敢聚在门口，都在附近居住。见车行放缓，窗中露出权神医的俊脸，顿时就有几个眼快的闲人回去招呼，权仲白也不管认识不认识，见谁扶出了一个病人，便要下车——又为桂皮止住："少爷，咱们人少，这样下车容易出事。"只得从窗子里伸出手去，握住那病人的手一捏脉门，又翻着看了看他的眼皮，便道："气血离守，脖子又大，你这个是瘿气啊，多年没治了，已成顽疾。当地大夫是不是让你多吃海物——你是哪里人？"

那病人忙答了一地，权仲白"唔"了一声："海边人，这治错了，从今以后，一生都不能再吃海味，连海盐也不能再吃了。一辈子就吃井盐吧，再有我开个方子，你回去吃上三个月，如若脖子软了，那就减量再吃。若拿不准，便去江南找欧阳家，任何一个大夫，带了我的方子，他自然会斟酌给你减量。"

他一边说，一边已经飞快地报了一个方子出来，自然有人记下了给他过目。那病人还要再问什么，权仲白一挥手，早有下头等得不耐烦的病人将他挤开了，上来垫高了脚给权仲白扶脉。

他才看完了两三个病人，眼看四周人越聚越多，桂皮有点慌了，一敲车壁，车夫顿时大声驱赶人群，道："都去香山排号，少爷有闲了，自然一个个地传！"

说着，便将车子强行驶开，权仲白瞪了桂皮一眼，桂皮低声道："少爷您一时兴起，也就刚才得了方子的人有了便宜，这事要传到老爷耳朵里，他一个不高兴，谁知道以后这附近还能不能站人呢。"

二公子便不说话了，想一想，也不禁自嘲地笑道："算了，这一天我到底没白费，还是看了三个人。"

正说着，车已进了立雪院外头的小院子——因为权仲白身份的特殊，立雪院前有一个小院子，专门就是给他看诊用的，自然有角门通着巷子，平时出出入入，权仲白都走此门。

要在往常，他一下车进门，不管这一天怎么疲倦烦累，心情总是很松弛的，可今时不同往日，虽说已经是一身的疲倦，可二公子一下车，反而还要更紧绷起来。桂皮看见，不禁偷偷地笑，权仲白横了他一眼，自己穿过黑漆漆的院子，从小门进了内院。

才一开门，他顿时又觉得，那个往常灯火凄清人丁寥落的立雪院，其实早已经被人拆了，在原址上建起来的这个院子，处处莺声燕语、灯火通明，虽然还叫立雪院，但实在已经并不是他的住处了。它已经有了一个新主人，一位将立雪院塞得满满当当，几乎令它无法承受的庞然大物，这人的名字，自然就叫焦清蕙了。

出乎他的意料，进得门来，女主人居然未曾横眉冷对，这个傲气内蕴的大小姐，中午只怕是又独自吃了一顿口味并不好、咸淡不均的午饭，可居然也未曾抱怨，而是笑盈盈地迎上前为权仲白解披风："在外忙了一天了，快坐下喝口茶。"

权仲白对着她，总觉得像是对着一头披了美人皮的野兽，饶他也见过无数世面，在任何一个军政大佬跟前，都能不卑不亢不落下风，可在焦清蕙跟前，他肩膀总要绷得紧紧的，生怕她会忽然咬自己一口。她要是横眉冷对、不屑外露，他还懂得应付；这样笑吟吟的，他倒一下更紧张起来，可人家分明也没做什么……他只好以不变应万变，焦清蕙给他脱披风，他就由得焦清蕙去脱，焦清蕙引他在桌边坐，他就坐，等晚饭上来了，他就吃。吃得还尽量镇定，不露出一点破绽，免得给了焦清蕙话柄，坐实了大嫂玩弄手段苛待弟媳的罪名：在这种时候，他最不需要的就是后院起火，宫事乱也就罢了，家事再乱，岂不更烦透了？

不想焦清蕙似乎居然也不介意，她端着碗，小口小口地往口中填饭，姣好的容颜上一片恬静，好似能吃到这样材料上好的食物，不论味道如何，已经是一种福分。过了一会儿，丫头们又把一碗菜放到桌上，她甚至还给权仲白挟了一筷子："尝尝口味如何。"

权仲白狐疑地瞥了她一眼，见是一片煨春笋，便稍稍咬了一口，他的眉头顿时舒展开来了：烧笋最重材料，这笋尖不但新鲜细嫩，并且火候得当，稍微一嚼，就有一股淡淡的苦味，混着春笋特有的清香在舌尖泛开来……

唉，也难怪焦清蕙食不下咽，她是吃着这样的美食长大的，又怎么能吃得下稍微粗劣一点儿的饭菜？权仲白忽然心平气静，他和和气气，带了同情与体谅地问："你这到底还是向娘告状了？"

焦清蕙冲他弯着眼一笑……刚尝过云雨滋味的姑娘家，笑起来是不一样了，她那玉一样洁白的脸颊上、星辰一样亮的眼眸里，似乎都多了一些什么说不清道不明的东西，让人望上一眼，就忍不住望进眼底去，望得出了神……

然后她就端起这盘炒笋尖，放到自己跟前去了，竟似乎连这一句话都懒得答，而是自顾自不疾不徐地冲这盘珍馐美味落起了筷子。——焦清蕙居然就硬生生地，就着这一份炒笋尖，吃完了两碗米饭。

权仲白无话可说了，他也不是气……其实，他是有点生气，可又为自己动气而更气：动了情绪，那就是遂了焦清蕙的心意了。按他对她的粗浅了解来看，一旦知道自己会因此动怒，焦清蕙还不知道要怎样拿捏他呢。她那一张嘴，可吐不出好话来。

他忽然间觉得自己已经气得饱了，他想说："我怎么觉得和你过日子，不像是在过日子，反而像是在打仗。"可一想到轻易挑衅，焦清蕙必定会予以还击，又是打从心底一阵疲累。只好强打精神，继续保持着风度，对着这一桌子卖相不错的菜细嚼慢咽。

这顿饭，夫妻俩吃得都很沉默，可在焦清蕙这里，是愉快的沉默、满足的沉默，在权仲白这里，这沉默滋味如何，可就甘苦自知了。

最近这段日子，蕙娘过得还算挺愉快的。撇开每日必须同权仲白相处一段时间这一点，撇开她那杂乱无章还没有完全收纳清楚的嫁妆，撇开她散居府外各处没能妥善安置的陪房们，撇开府内尚算陌生彼此交流稀少的家人，至少，这朵娇贵的牡丹花儿，虽然不情不愿，但还是在新的土壤里安顿了下来。

这几天是她的小日子，蕙娘每日里还是黎明即起，但只是在院中散步一会儿，便不再练拳了。回来吃过早饭，就着精心烹饪的一两道佳肴，喝上两碗小火薄铫翻滚上两个来时辰的明火白粥，去歇芳院陪权夫人一道，给太夫人请安……作为无须理事，自己的嫁妆都还没有动手收拢的新妇，她的事也就这么多了，顶多在两位长辈跟前度时闲话一会儿，要在歇芳院遇见大少夫人，就同她笑来笑往地说几句琐事，除此以外，竟再没有余事需要操心——几个男丁都有事忙，权仲白不说了，他要愿意，每天能从睁眼忙到闭眼；权伯红也要打理家中生意，随时承办良国公交代下来的琐事；权叔墨平日多半泡在武厅捶打身子学习兵法，很少往后院过来；至于权季青，虽然年纪尚小，但因为权家人不从科举出身，他现在除了读书之外，也渐渐开始涉足交际、生意，有时过来给长辈请安，蕙娘也撞不见他。

至于权瑞雨，快说亲的人了，每天也就是在拥晴院里和蕙娘打上一个照面，余下的时间里，多半都关在自己的问梅院绣嫁妆。大家大族，即使富贵无极，平日里各子女也都有学业功课，没有谁无所事事，成日里四处串门子说嘴、无事生非的。

从长辈院子里回来，也就过了半上午了，在家读读书做做针线活，到了中午，如果权仲白是在立雪院前院看诊，他是会回来用午饭的——此人性子，不能说不倔，就每天守着清蕙和她的那盘加餐，足足也吃了有快十天的寡味饭。下午睡个午觉，起来同丫头们闲话片刻，到了晚饭时分，到拥晴院露个面，意思意思为老太太摆摆碗碟，她就可以回屋子自己吃饭了。有权仲白日趋哀怨的表情下饭，蕙娘的三餐，吃得都是很香的。

要说她有什么差事的话，这段时间，理嫁妆就成了她的差事。虽说当时已经尽量精简，但焦清蕙是什么人？随手一收拾，大箱子那是数以百计。立雪院地方本来不大，实在是塞得放不下了，可若要新开辟一个院子来，似乎又没这个道理，只好把一大部分放到香山权仲白的园子里去。到现在蕙娘看见东西厢房里满满当当的箱子就头疼，她和权仲白商量："这样，你连平时读书写字的地方都没有了，不如把我平时用不上的那些放到香山，院子里也好看一点，别和个货栈似的，进来就都是箱子。"

大家要一起生活，不可能和敌人一样不互相理睬——那也实在是极幼稚的人才会做的事，正常的交流是肯定要有的。权仲白无可无不可，只小小刺了蕙娘一句："我还以为你离了这些箱子就没法活呢，这阵子，也没看你开箱子取什么东西出来。"

这句话很公平，蕙娘欣然受之："我是比姑爷要娇贵些儿，谁叫我姑爷见识广博、走南闯北之余，连玉米面窝窝头都吃过呢。"

权仲白在她跟前，只要还想保持风度，那就从来都落不着好，他又是惯于七情上面的人，在立雪院里还要保持淡然，对他来说是难了点。蕙娘次次噎他，都很有成就感，尤其他这个人，"翩翩风度、谦谦君子"，一般是不会和女儿家太计较的，一句话：气了也是白气。

这一回也是这样，虽然咬了一会儿牙，但第二天蕙娘问他要人搬箱子的时候，权二少还是很慷慨地把自己的贴身小厮儿桂皮给派过来帮忙。

桂皮进屋给蕙娘请安，头次拜见主母，他当然恭敬得很："小的给少夫人请安。"

"起来吧。"蕙娘对他倒是很客气，"这也不是咱们头回打交道了，你这么客气干吗？"

的确，从前焦子乔急病那一次，焦家派人到香山寻权仲白，就是桂皮出来挡的驾，要不是焦家人带了阁老平时进宫面圣的专用令牌，深更半夜的，恐怕还真难请动他回去禀报二公子。阎王好见，小鬼难缠，京中权贵没有谁不知道桂皮的名声的。这个干瘦矮小的小厮儿，人如其名，又辣又甜，对着真正的重量级人物，那是甜而且软；可要是分量不那么足够，又想说情加塞请权神医看诊呢，他的脸色就不那么好看了，分明还有礼貌，可出口的话却让人脸上发辣……比起脾气古怪的权神医，不知多少病者，更怵的是他桂皮。

当然，对着蕙娘，桂皮肯定是又甜又香："头回打交道，不知少夫人将成少夫人，就没那么客气了，这会子特别客气一点，也算是赔了罪，夫人大人有大量，饶我一遭儿吧。"

蕙娘听得直发笑："贫嘴，本来不生气的，现在被你这么一说，倒要你自打嘴巴了。"

见桂皮提起巴掌来就作势要自抽嘴巴，她冲石英一抬下巴，石英登时就笑了："少夫人和你说嘴玩儿呢，你还真打？还不起来？"

桂皮一撩眼皮，见是石英上前说话，他眼底飞快地掠过了一丝微不可见的失望，却也就顺着石英，嬉皮笑脸地站起身来，垂手等着蕙娘吩咐。蕙娘便对石英说："厢房里那些箱子，哪些装的是易碎的家什，哪些是我暂时还用不着的布料呀什么的，第一批先运过去吧。"

她环视室内一周，不禁轻轻地叹了口气："那些围屏上用的画纱，也都运过去吧，这屋里哪还有地儿摆屏风呀……你再问问你爹，看这府里还有什么搁不下的大件家具，横竖立雪院也没法摆，就都运到香山去吧。"

石英不动声色，轻轻地应了一声，便领着桂皮出了院子。桂皮不知想到了什么，竟又眉开眼笑起来，还在院子里呢，就已经凑上去同石英搭讪了。蕙娘隔着窗子望见，不禁微微一笑。

今儿是轮到孔雀、玛瑙两个大丫头在她身边伺候，玛瑙还好，老实憨厚，手里一拿起针线来就放不下；孔雀就要张扬一些了，她嘟着嘴，多少有些哀怨地瞟了蕙娘一眼，低声抱怨："还是姑爷身边最得意的小厮呢，言谈举止那么轻浮，真看不出好在哪儿了。"

蕙娘被她逗得直笑，想一想，也有几分感慨：孔雀和她同岁，虽然丫鬟嫁人晚，可今年也到说人家的时候了。

要说细心谨慎，蕙娘身边这些丫头里，石英要认了第二，那第一也就只能是绿松了。她忙了一天，到晚上敲过一更鼓了，才回来向蕙娘复命："都给安置到香山园子里了。"

因权仲白坐在一边正皱着眉头吃饭，她便怯生生地瞟了姑爷一眼，这才续道："听桂皮说，姑爷有好几个院子是空着不用的，我们就先把家什都撂在那儿了。省得堆在一起不通气，白白霉烂了，糟践了好东西。"

蕙娘看权仲白一眼，见权仲白似乎并不在意，便只是轻轻地点了点头。"你也累了一天了，回去歇着吧。"

她若无其事地伸了个懒腰："今晚我也要早些睡，明儿还起床练拳呢。"

见权仲白充耳不闻，继续吃他的芙蓉鸡片，蕙娘有点发急了。几个丫鬟互相使了使眼色，也都退了下去：要练拳，那肯定是身上干净了……在蕙娘身边做事，听话不听音，那可不行。

蕙娘毕竟也还是要些脸皮的，她等丫头们都退出去了，这才轻轻地拍了拍桌子："喂，还要我说得更明白些你才懂啊？"

权仲白瞟了她一眼，倒也没死撑着继续装糊涂——那就实在是太光棍了。"我笨得很，你不说明白，我怎么会懂？"

他平时说话，本来的确已经够不注重风度了，一旦有感而发，什么话都可以出口，几乎很少顾及面子。好比现在，做妻子的开口要行周公之礼，真正的谦谦君子，只怕早就面红耳赤，兼更自责了：这种事，居然还要女人开口……可他反咬清蕙这一口，倒反咬得理直气壮。换作是个一般人家的姑娘，怕不早就红透了脸，恨不得把下巴戳进胸口了……

但这直率要和清蕙比，实在又还差了一点，她嫣然一笑："哎，你懂得自己不聪明，倒也不算全然无可救药。"

权仲白气得想摔筷子，可他也是明知道，自己摔了筷子，焦清蕙只会更加得意……这个焦清蕙，脸皮又厚，手段又无赖，要和她斗，他还真有点左支右绌的，仿佛老鼠拉龟，使不上劲。要和她较真嘛，又放不下这个脸，可不和她较真，自己心里又实在是过不去。

也就是因为如此，等夫妻两个都梳洗过了，吹灯拔蜡双双上床——把床幕放下了不说，蕙娘甚至还贴心地将床门给关了起来——之后，他虽然没有阻止蕙娘爬上腰际跨坐，却始终并不主动，而是沉着一张脸，消极抵抗，心想：这样一头热，你总是个女儿家，起码心底也该自觉无趣吧？

可蕙娘岂是常人？他这样不动，她反而更是兴高采烈——她几乎是抱着复仇的心态，一开始就直奔重点。

理所当然，第二天早上，曾经的十三姑娘，现在的权二少奶奶，又一次抱着二少爷的肩膀，眼睛都睁不开："再睡一会儿……"

权仲白也挺体贴她的，他自己下了床，去给父母和祖母请安了，回来带给蕙娘一个好消息："祖母说，从前在家，你怕是不习惯这么早起，这几个月，你早上就别过去问安了。"

蕙娘听得都愣住了——她也是累得慌，反应没平时敏捷，等权仲白去外院开始问诊了，这才回过神来，气得几乎要抓起茶碗往地上丢，还是绿松和石英拦腰抱住，才给劝了回来。她咬着牙和两个大丫头发火："我这哪里是要和别人争，我还争什么争！我自己这里还有个人争着抢着，要给我拖后腿呢！"

绿松也有点犯腻歪，现在她看姑爷，没从前看得那么高大全了。可劝慰姑娘的话，那也不能不说："姑爷这也是心疼您嘛，您不也说了，他什么都不懂，怕就是想着，您以后常常要这样折腾着起来，也是心疼您……"

这说得也许还有点道理，蕙娘把权仲白的行动左右想了想，一时也难以下个定论：她一直觉得权仲白实在是真的很傻，若非一身超卓医术，早就死无葬身之地。可话又说回来，出入宫禁这么多年，他也没惹过什么麻烦。在那一群人精中进退自如，要真是傻，那也实在是说不过去了吧……

"他要真傻，固然是傻得该死。"她扶着腰，想到昨晚还是没能成功地"在上头"，真是罕见地把火气都露在了面上，"可要是假傻，那就更是罪该万死了！"

说完这话，也算是把郁气给发泄完了，蕙娘瞟了石英一眼，没好气地抬起了半边眉毛，却并不说话。

石英此时，倒是比绿松要从容一些了，她讨好地为蕙娘披了披鬓角——刚才一通发作，金钗都给掉到了地上，碎了一地的珍珠，孔雀正蹲下身捡呢。"昨儿同桂皮一路走，倒是听他说了些姑爷的事……您别动气，姑爷这也是在山野间行走惯了，心直嘛……"

蕙娘神色稍霁，她瞥了绿松一眼，绿松顿时会意地合拢了东里间的门扉。石英就在蕙娘脚边坐了，不疾不徐地交代了起来。"您也知道，姑爷走到哪里，都被当作天神一样对待，从苏杭到西安，只要一亮身份，当地豪门巨富争相宴请不说，就是一般的官宦人家，也都极乐于结交的。这些年来虽然走南闯北也吃了不少的苦头，可其实要讲究起来，比谁都能讲究——毕竟是真的吃过见过……"

她瞥了蕙娘一眼，轻轻一咬牙："要比咱们只是在京城打转，是要强上一些的。"

她抬举权仲白，那就是压低了蕙娘，可蕙娘没有不悦，她欣然一笑："人家比我们强，我们也不至于没有心胸去认，如不然，不成了又一个文娘了？"

石英和绿松交换了一个眼色，两个人都偷偷地笑了，石英继续说："据他冷眼看着，少爷嘴巴刁。虽说淡口也爱，可最中意还是浓口，什么羊肉炖大乌、三丝鱼翅、浓炖山鸡锅子，凡是浓香馥郁咸辣可口、入口即化的菜色，少爷虽然嘴上不夸，可往往能多吃上一碗饭……他还说了许多少爷日常起居的讲究，我再慢慢说给您听……"

蕙娘半合上眼，那张动人的俏脸上，焦躁、挫败已经了然无痕，她又重新拾起了自己那超然的风度，唇角似翘非翘，随着石英的讲述，终于渐渐往上，绽开了一朵不大不小的笑花。

权仲白中午一坐下来就觉得不对劲。

立雪院没有小厨房，焦清蕙要自己吃私房菜，就得在院子里先支了小炉子小锅另做。这种红泥小火炉，火力控制得不像大灶那么便当，也就能随意炒几个家常菜罢了，真的要做功夫菜，一来场地不方便，二来动静太大，同直接告状，也没有什么本质上的不同。有好几次，立雪院里的这个厨娘，怕都是随意取了大厨房送来的一道菜，再行加工而已。味儿虽然想来一定很不错，但权仲白也还能抵御就中的诱惑。

可今天就不一样了，八仙桌上多了一个小小的药罐子，虽然还盖着砂盖，但已有一缕浓香传出，好像一只小手，一把就握紧了他的胃袋狠狠地拧动。权仲白忽然感到比平时更甚几倍的饥饿，他不禁咽了咽口水：就为了和焦清蕙斗气，他足足有半个多月没能吃一顿好饭了。平时一出门，经常忙得饭都忘记吃，在宫中吃廊下食，那个味道还不如立雪院里的伙食。一个人饮食不安，精神就不能安定，如在外地，将就也就将就了，偏偏这是在家，焦清蕙顿顿又都吃得那样香……

焦清蕙见他坐了下来，便自己拿着一块白布垫了手，将砂盖打开，刹时间，整个西里间都要为这一股几乎有形有质的香气给充满了，权仲白就是闭着气都不行。这馥郁浓烈的味儿实在是太霸道了，它简直就是把自己挤进他的怀里，霸道地用海参那略带海腥气的鲜香，上好羊腿肉那特殊的甜香，配着海椒、花椒，还有一点子八角所散发出的呛香所组合成的一股独一无二的味儿，侵占了权仲白的全副心神。不夸张地说，这几年来吃过的羊肉炖海参多了，可还没有哪一道能像今天这一罐子一样，令他垂涎欲滴……

他猛地回过神来，不禁含恨瞪了焦清蕙一眼：桂皮这个死小子，嘴上没个把门的，昨天肯定是卖了自己，指不定，该说不该说的，他全给说了……焦清蕙也实在是太咄咄逼人了，她难道就不知道服输这两个字怎么写？一计不成，再生一计，她这是一步一步，要把自己逼到墙角！

他却还不甘心认输：第一次较量，谁输谁赢，实在有一锤定音的作用，这就不说了，他瞧见焦清蕙那顾盼自得的样子，心里还真就有一阵火气，要发发不出来，要咽又咽不下去……

"真香。"蕙娘又感到一阵愉快，她笑得春风拂面，"姑爷也跟着尝尝？"

权仲白喉头一阵滚动，他一扭头，忽然感到一阵强烈的委屈：这么多天，天天都辛苦，在立雪院也和打仗一样，就没个松弛的时候，连一口饭都吃得不安心……

"你多吃点吧。"他到底还是没有轻易让步。

蕙娘点了点头，她亲手给自己盛了满当当一碗海参，细吹细打，先吹了吹那丝丝缕缕的白烟，这才一口咬下去，洁白的牙齿一陷进大乌参中，顿时就带出了一泓汁水，焦清蕙也就跟着发出了细细的、满意的叹息……

权神医一个下午都不大高兴，看病开方的速度也特别快：这么几天下来，能有资格钻到前头插队的病号，多半都给看完了。他开始给那些没权有钱、可以常在权家附近居住又随他的行踪迁移的病者扶脉。这一天竟给上百人号了脉，饶是他自幼练就的童子功，打磨的好筋骨，夕阳西下从诊室里出来时，也是累得头晕眼花。桂皮善解人意，上来给他捶背，权仲白肩膀一抖，却把他给抖下去了。

"少爷您这又是怎么了……"桂皮一点都不怕他，还笑嘻嘻地卖好呢，"今儿中午，连我都闻见那香味了，真正是馋虫都给勾上来，您成天扶脉辛苦，这还不得吃得好点啊——"

权仲白瞪了他一眼，要数落他几句，又没有话口：蕙娘打探他的口味，那是做妻子的体贴他。难道他还能不许桂皮漏嘴？

可要说桂皮对夫妻俩在后院不出声的战争一无所知，那也有几分小瞧他了……这小子，古灵精怪的，虽然好用，可也特别喜欢给他添乱。

"平时懒得和你计较，"他索性也就摆起了主子的架子，"你倒是把自己当块材料了，自作主张，兴头得很啊。"

桂皮立刻就软了下来，他精灵就精灵在这里：从来不和主子抬杠。

一句话都不为自己分辩，他就认下了这私传消息、偏帮主母的指控，也一字不提自己的动机，只是殷勤地为权仲白出主意。"您都有好久没上卧云院用晚饭了，要不然——"

权仲白摇了摇头："这不妥当，也有失厚道。"

"那就出门……"桂皮看主子神色，他把话咽进肚子里去了，"快到饭点了，您还是早些进去吧，女儿家都爱听好话，多和少夫人陪几句好，想来，少夫人也不会为难您的。"

一头说，他一头就一溜烟地出了院子，权仲白哭笑不得，站在当地又想了想，也只好举步进了内院。焦清蕙果然已经坐在饭桌边上等着他了。

这一回，小药罐不见了，桌上菜色一如既往，看着好，吃起来的味道却是可想而知。权仲白游目四顾，他实在好奇得很——也是馋得厉害了，便多嘴问了一句："海参你一个人全吃完了？"

"这哪能呢？"蕙娘一脸柔和的笑意，"我是从不吃隔顿菜的，姑爷又不吃，这可怎生是好呢？自然也就只有——"

她拉长了声调，见权仲白已经露出了一脸愕然的心痛，才扑哧一笑："也就只有赏给绿松她们吃了嘛。"

绿松和石英、孔雀、雄黄这几个服侍用饭的大丫头，都给权仲白行礼，一个个红光满面、笑容可掬："谢姑爷赏。"孔雀最促狭，还意犹未尽地舔了舔唇儿。

权仲白自知失言，只好磨着牙，不说话。蕙娘双手托腮，温柔又深情地盯着他瞧："姑爷怎么不动筷子？"

今晚还好，似乎没有特别菜色加餐，这没油没盐的饭菜，吃起来也不算难熬。权仲白在心底叹了口气，一边动筷子，一边拖蕙娘下水："你怎么不吃？"

"石墨今晚给我做银丝牛肉，"蕙娘一弯眼睛，"这是吃热乎的菜，要冷了就不好吃了，可不是等姑爷回来，才赶着下锅呢？"

正说着，石墨已经端着一盘子香飘万里勾得人馋涎欲滴，红白相间、软嫩酥香的银丝牛肉上了桌，最妙是油沥得格外干净，看着一点都不犯腻乎。色香之绝、之勾人，实在是言语难描。蕙娘还说呢："这是春华楼钟师傅的拿手菜，可钟师傅吃了石墨的菜，都夸说比他还强。"

她没问，"姑爷尝不尝"——偏偏就是今晚没问，一边说，一边已经给自己夹了一筷子银丝慢慢咀嚼，竟不去碰那红彤彤细而卷曲、上头还挂了一层薄薄芡汁儿的牛肉。

权仲白再忍不住，他大叫一声，夺过盘子，一筷子就扫了半盘到碗里。一头是气，一头是饿，一头是馋，越气就越饿，越饿就更气，一头吃菜一头扒饭，不片响，一碗饭已经见了底。魏晋佳公子把碗重重地顿在桌上，面上又是恼恨又是挫败，又是回味无穷，竟是难得狼狈如此。

一屋子人都笑了，丫头们忍俊不禁，蕙娘浅笑盈盈，又亲自起身给权仲白盛了一碗饭，她连眼色都不用使，几个大丫鬟鱼贯都退出了屋子，绿松还把门给顺手掩了。西里间一下就静了下来，蕙娘就着银丝吃了两口饭，就把筷子给搁下了。

"你说你呀。"她的话里又透起了那一点点居高临下的和气，可这和气被责怪给包裹着，倒并不令人觉得受了轻视，反而有些别样的亲昵，"连个亲疏都不会分，你心里有人家，可人家安排的时候，就没想到你累了一天，也想吃一碗还能入口的饭菜？"

肚子饱了，心情要不好也难，权仲白看了她一眼，没说什么，蕙娘把剩下半盘子牛肉也拨到权仲白碗里，她声音轻轻的："会惦记着你的口味，给你做些适口菜的人，是你的媳妇，可不是你的嫂子。"

这本来为了逼他就范的伎俩，被焦清蕙说出来，反倒像是一心一意为了体贴他，讨他的好似的。可话是被焦清蕙给说尽了，权仲白能说什么？他也只好认输了："行，是我不好，我小瞧了你行不行？"

他又有点烦躁："你也是的，有话直说不行吗？本来一句话的事，现在倒闹成这样！"

没等蕙娘噎他，他又赶快转移话题："不就是不愿意自己说，想让我和娘开口吗？你早和我开口，我也就早去说了……我去说就我去说，明儿就说，保证不把你扯进来，行了吧？"

蕙娘白了他一眼，给权仲白搛了几筷子银丝："吃你的吧……哪来那么多话，这事不用你管，我自有主意。你就当不知道就行了，不许随便说话。"

到了末尾，到底还是带出了几分颐指气使，权仲白恨恨地填了一口牛肉，真不想理她，又实在忍不住好奇："不要我管，你这么逼着我干吗，很有意思？"

有意思，怎么没意思？蕙娘心里想着，面上却回答得很委屈："立雪院就咱们两个人，什么事都要商量着办。我就是要回敬一招，那也得你点头不是？"

她话里有话："一拍脑袋，就代咱们俩做了主的事，我可做不出来。"

权仲白被她说得头大如斗，真是真真切切地感到了佛家语所说"众苦逼迫、如毒虫啮身"之苦，只觉得连银丝牛肉都没那样好吃了，他要顶嘴，可一张口，看见蕙娘笑盈盈的样子，又懒得顶嘴了，一赌气碗一搁："吃饱了！"便拔起脚来，怒气冲冲地走了出去。

到得院子里，为冷风一吹，忽然间所有怒火竟都化为乌有，只余一团大火烧过后的黑灰，被风吹一吹就散了，他站着想了想，便径直出了内院，也不顾几个护院小厮哝得颠三倒四的，从角门里出了良国公府，不多时，身边又为各地来求诊的患者给围满了……

第十九章

绝救绝杀

虽说权仲白给她讨来了"免死金牌",可蕙娘焉能当真?除非实在是被折腾得起不来的几个早上,她还是和从前一样,先去歇芳院给权夫人请安,两个人再一道走到拥晴院去见太夫人。

权家女眷,生活得一向都很低调,除了权夫人偶然要出去赴宴之外,大少夫人和蕙娘平时无事,是不出门应酬的。连太夫人都不大和娘家往来——也是镇海侯一向在南边镇守,她是远嫁京城的缘故。这个老太太,平时过得和苦行僧一样,三不五时就吃斋念佛,就是平时的日子,也多有吃花素的。并不像一般人家的老太太,比较喜欢热闹,爱将一家人捏合在一起。蕙娘过门也快一个月了,在拥晴院里,除了分家出去的四老爷、五老爷带着小辈回来请安之外,还没有撞见过几个外人。

五月五是大节气,京城风俗,出嫁的女儿是要回娘家的。蕙娘因是新娘子,头一年回门次数太多犯忌讳,再说四月里才过门。这天在拥晴院,权夫人就和她商量:"你过门也这么久了,还没有进宫谢恩。虽然仲白进去过了,可终究有几分失礼。宫中赏穿三品礼服,是莫大的脸面,端午节庆,宫中肯定有聚会,若请了你,你还是要亲自进宫一趟谢恩才好。"

蕙娘还有什么话说?她也是在宫中行走惯了的,自然答应下来。权夫人看了婆婆一眼,略做犹豫,又道:"年节下家里忙,事情太多,我就不随你进去了。免得辈分放在这儿,宫里的娘娘们还要格外招待,那就不是谢恩,是添乱了。"

太夫人眉头一皱,但她没有驳回权夫人的话,沉吟片刻,便叮嘱蕙娘:"别的犹可，就多年没进宫，不熟悉宫礼，出错了也不妨。可你要知道，你男人能够自由出入宫闱，得到皇上、娘娘的看重，在宫中……"

她顿了顿，似乎在斟酌用词，蕙娘发觉太夫人说话和权仲白有点像，都特别直率露骨。"一直都是很吃香的，各宫妃嫔，想得他协助的人很多。我们身为臣属，后宫风云，不能插手太深。你只记住'不卑不亢、不偏不倚'这八个字，行走后宫，便不至于出太大的差错了。千万不要无端为仲白许诺什么，他身份敏感，有些事，宁可得罪人，我们也不能插手。"

虽然不是功名中人，但权仲白高高在上，身份和一般医生相比，简直是云泥之别，一方面固然是权仲白医术、家世都很超群；另一方面，也是因为圣眷独宠，权仲白几乎就是皇上的唯一一个医生。这样的信任，在一般朝野百姓中，等于是对医术的保证，可在后宫中意味着什么，有时候还真说不清。蕙娘眼神一沉："媳妇一定小心行事。"

"宁妃也算是我们家的亲戚。"权夫人插了一嘴，"稍微多说几句话，倒也无妨。"

太夫人看儿媳一眼，不说话了，权夫人笑吟吟的，却也不曾开口。屋内气氛，一时有些尴尬，蕙娘见时辰有些晚了，老太太又还没有端茶送客的意思，便清了清嗓子，道："说起来，这几天没见到雨娘和几个弟弟。"

"雨娘在学绣花呢。"提到女儿，权夫人的笑意一下就更柔和了，"幼金最近要开蒙，光认字就认不过来了。剩下那两个，来给我们请安的时候，你还睡着呢。"

见蕙娘面色微红，她笑得更开心了，连太夫人都露出一线笑意："新娘子就是脸嫩，其实这有什么的，谁没年轻过呢！"

蕙娘不敢再和太夫人、夫人说这个话题了，她慌忙抓住了权夫人的上一个话尾巴："雨娘学到哪一步了？我看着她还没学到错金法，上回在这里，还认不出来扇套上的手法呢。"

权夫人和婆婆对视了一眼，她又是笑，又是叹："这个小妮子，最爱耍滑偷懒，绣活上我们都管得不严格，直到这几年才开始抓的，怎么说也要过得去不是？非但错金法没学，连乱针绣都才是初涉门堂呢。"

大家把话题岔开了，就谈起最近思巧裳的衣服："都说北夺天工南思巧裳，其实现在两边在南北的分号都是越来越多。思巧裳因为你那条星砂裙子，去年在京城足足开了有三间分号，生意都很不错。今年又出了个贴叶裙子，不过，好像是往吴家送了花色，就没见往我们家来。"

商人们一向是最势利的，权家作风低调，蕙娘身为新妇不能常常出门，送她又有何用？一般的花色，做个人情也就罢了，贴叶裙这样的新鲜花样，给蕙娘送了，只怕吴嘉娘就不会上身，可也不能两头瞒着……真是商人面、孩儿脸，都是说变就变、喜怒无常……

蕙娘满不在乎，她随手掸了掸自己的罗裙，权夫人和太夫人眼神落到她身上，究竟也忍不住带了三分欣赏：权家四个儿子生得都不错，权伯红也算是个出众的美男子了，大少夫人站在他身边，免不得有些黯然失色。这个二少夫人，论起容貌来，真是一点都不比仲白差；更胜在很会打扮，今天这条天水碧罗裙，安安静静一条素色罗裙，坐在当地就像是一泓水，越发显得她肤色胜雪，再配上玉色小衫掐腰一握，衬着新妇惯梳的百合髻……真是雅倩清爽，在这酷暑之中，更显得"冰肌玉骨，自清凉无汗"。光是这份打扮的功夫，不是十多年富贵地里熏陶，就实在是养不出来。

权瑞雨也算是很干净清爽、漂亮雅致的小姑娘了，她姐姐还要叮嘱她"得了闲你多瞧瞧二嫂的装束，冷眼能学一点，将来走出去大家都只有夸的份儿"。她本来还真有心思学学呢，可没想到二嫂过门第一天，两个人就闹了个满拧。她是有一点脾气的，这一个月来，虽然渐渐地心里疙瘩也解开了，可见了二嫂啊，也就是客客气气问个好罢了，双方都没有更多的表示。今早在拥晴院见到蕙娘的装束，她心里虽也喜欢，可又不好细问，只得自己在屋内乱翻，还问丫头："我记得我有好些天水碧的裙子、对襟衫的，这会儿都藏到哪儿去了？"

她丫头还好奇呢："去年您还说天水碧颜色太淡，让都收起来呢……还真不知收到哪个箱子里去了，得慢慢地找。"

权瑞雨撇了撇嘴，有些没趣："算啦，别找了，找到了也穿不出去……"

可想到二嫂端坐在母亲下首，全身上下，只有腕间发里两点金光点题，余下通身竟无一点装饰，纯是玉色配绿色，真真是一打眼就觉得人比衣裳还白，又被衣裳衬托得更白……她又改了主意："难道这颜色就许她穿？你还是找找吧！"

正跟这儿折腾呢，那边有人来送东西了。是立雪院里新来的陪嫁大丫鬟，穿得倒挺朴素的，一开口态度也很和气。"我们少夫人打发我送个荷包给姑娘玩，也不是什么好东西，少夫人身边专给她裁衣裳的玛瑙得了闲无事做，听说您最近正学乱针绣，也许能用得上……"

这话一出口，连权瑞雨的丫鬟都知道厉害，她手里还抱着一条天水碧纱裙呢，听得都愣了，见雨娘没收，便直给她打眼色。权瑞雨当没看见，沉吟片刻，她还是矜持地取过了荷包："代我谢谢二嫂。"

把丫头给打发走了，她拿着这荷包左右一看，也不禁连声啧啧：这一片乱针法绣成的平湖秋月，连她都能看出来，是难得的佳作。

再把荷包由里到外一翻，小姑娘喜上眉梢：这个乱针绣，没有锁边，内囊线头还在，一抽就松了……随意抽掉一两根线，自己在先生跟前细细地绣上了，谁能说那不是她做的？

连她丫头都高兴：总算是不用做绣活儿了。她很说二少夫人的好话："看来，是早就想和您和好了，本来那也就是一句话说岔了的事。人家也想接口呢，话又被人堵了……"

权瑞雨第二天见到蕙娘，当着祖母和母亲的面，她自然没有道谢，但对嫂子的态度，就要亲密得多了。"嫂子，你这一身又配得好看，难得家常穿的葛布衣裙，看着都别出心裁呢——最难得是凉快。怎么搭配的，你教教我。"

这倒是正经事，女儿家会打扮不会打扮，差得远了呢。太夫人和夫人都说："是该多和你二嫂学着点。"

蕙娘也笑了，她仔细地打量了权瑞雨几眼："天气热，花纹就素净点，大红大绿的不上身了……可要怎么打扮你，我一时也说不上来，这样，一会儿你跟我回去，也到立雪院里坐坐、看看，我让丫头们给你参谋参谋。她们一天到晚闲着，就最爱打扮我取乐了。"

雨娘不敢就应，先看母亲，见母亲含笑微微点头，她不用上课自然高兴，却还要拿捏架子："我一会儿练几页字，练好了瞧瞧时辰，如有空就过来。"

回到屋里，硬生生是多等了一个时辰，这才往立雪院过去。蕙娘自然早在屋内等待。权瑞雨好奇地东张西望："这屋里可是大变样了呢。"

从前这里是二哥住所时，她觉得立雪院实在很大，大得摆个药铺用的柜台进来都塞不满。可现在多了个嫂子，空间一下就显得不够了。屋里满满当当，塞的都是各式小玩意儿，屋角的冰山被纱罩着，纱罩后头有个小小的风箱，上头还悬了一条细线，因做得小，看起来玲珑可爱，权瑞雨一拉那线，便觉得一阵凉风透过冰山，吹得遍体生凉。最难得风箱本身轻巧省力，声音又小。她不禁赞道："真是想得巧。"

"不值钱的东西，就一个想头难得罢了。"蕙娘满不在意，"我这里还有呢，你要喜欢，就拿去玩玩，过了夏再给我送回来——其实这个冬天吃锅子也好玩，对着一吹，火就旺起来了。"

她要送雨娘首饰、衣服，雨娘还未必要呢，这么不值钱又透着巧劲儿的小物事，算是送进小姑娘心底了，她对蕙娘顿时已有几分喜爱：二哥当时虽然不情愿，可婚后和她处得也好，这都一个月了，还没回香山去住。人嘛，如今看着也和气……她甜甜地一笑："那我谢了二嫂了。"

说着，蕙娘便唤了玛瑙出来给她量身要裁衣，这个雨娘就推辞了。"家里衣服都是定制的，年年多少套，少了多了都不好，我平时不大出门，给我做了，我也穿不着。"

要指望一个小风箱就能把雨娘给赚过来，是天真了一点，蕙娘不以为忤，又拿脂粉出来和她评说。这事，权瑞雨很感兴趣，两姑嫂年纪相近，也有话说。她兴致勃勃地和蕙娘研究了一个上午，到了吃午饭的当口，权仲白都回来了，雨娘还没回去。顺理成章，权仲白就邀雨娘留下来一起吃饭："我也有一段日子没考查你的功课了。"

这一顿饭，被二哥提着问《养生秘旨》，权瑞雨真是吃得没滋没味的。才吃完饭，她就借口要午睡，火烧屁股一样地回了自己的绿云院，半个下午都老实安生，等天色渐晚，料得两个嫂子都去祖母那里打过招呼了，她这才溜到拥晴院里。

今天太夫人和权夫人都吃花素，权夫人正好先伺候婆婆用饭，她站着摆好了筷子，见权瑞雨才进来，便道："还以为你今天玩了一天，四处跑来跑去，难免中些暑气，就不来了呢。"

"本来是不想来的。"权瑞雨答得很真诚，"可想蹭着你们吃小厨房的花素，我不就来了嘛。"

太夫人私底下对着孙女，严厉里就带了三分的疼爱："你这不诚心的素，吃得有一搭没一搭的，吃了也没效验。"

说着，还是让孙女在身边坐下，添了碗筷，又吩咐权夫人："你也坐着一起吃吧。"

又问雨娘："在立雪院玩得怎么样？"

"挺开心的。"瑞雨直言不讳，"就是中午饭吃得不开心，一个口味实在不大好，大师傅也不知怎么着了，平时送到绿云院的可不是这样……我吃着没味儿；还有一个，二哥回来了，老考我学问……"

她小嘴一翘一翘的，看来，是真有点委屈："次次见面都考学，二哥尽会欺负人！"

太夫人和权夫人不禁对视了一眼，彼此都从对方眼中看到了一点玩味。权夫人笑了："你二哥那是疼你……你别不知好歹，仔细他知道了，又给你换太平方子。"

权瑞雨肩膀一缩，不敢再说了，才吃完饭，她就和一只蝴蝶似的，轻盈地飞出了拥晴院："功课可还多着呢！"

"这个小丫头。"太夫人啼笑皆非，"精不死她，小小年纪，比她姐姐当年还精……你这也养得不好，太活泛了，难免轻浮。"

权夫人叫苦连天："您也知道，她那个性子，我哪里约束得了？天生就一副算盘在心里呢，拨一拨，能转七八十下……"

太夫人想想，也觉得好笑："就是被人当枪呀，那也是一人一次，公平得很。这份心眼拿去读书绣花，还有什么不能成的，至于和现在这样，三天打鱼两天晒网的，惹得先生隔三岔五地告她的状吗？"

权夫人附和着数落了权瑞雨几句，因老人家声调里带了笑意，她也是一边说一边笑，笑完了，又和老人家感慨："两个都是人尖子，我瞧着是都挺好，您瞧着怎么样？"

"都还差着火候呢。"太夫人叹了口气，"林氏是急，焦氏是躁。心思都缜密了，可也都有不到的地方。"

对大少夫人，婆媳两个是议论过多次的，权夫人蜻蜓点水，一带而过："是急了点，抬举身边的巫山做了通房，也抬举得不大好，别的事情，倒没什么可挑剔的。焦氏这个躁……"

"司马昭之心，路人皆知。"老太太慢悠悠地说，"所以他就一辈子都没能篡位。焦氏有城府、有手段，这倒不假。要不然，她也不能才几天就轻轻松松地笼络了瑞雨，就是雨娘心里其实情愿，那也还要有个台阶下不是？不过，她的心思实在是太明显了一点，也实在是太急于展示自己的能力，太急于给嫂子添堵了。长嫂如母，大了她十多岁呢，一时亏待，要么忍了，要么直说，自己不好意思，就使丈夫去说。"

她歇了一口气，慢慢地啜了一口茶："一家子斗得再厉害，当家人以和为贵的气度不能丢。以仲白和长房的关系，他冲嫂子一张口，这事儿悄无声息就过去了，只怕林氏还要冲弟妹赔不是。可看仲白样子，不像是不知道她请瑞雨的用意，却还不发一语隐隐配合……她这一巴掌是回得响亮痛快，拿捏仲白这个刺儿头的手段是高明，可从做法上看，到底还是格局不够，既不从容绵密，也没能抓住真正的题眼。"

"您是说——"权夫人神色一动。

"这都一个月了，仲白不是个太内敛的人，他的性子挺容易被摸出个轮廓来。"老太太闷哼了一声，"让她在达氏跟前行姐妹礼，仲白心里有没有想法？他和长房一向友好，新妇入门才不到一个月，便生龃龉。这就算是林氏有错在先吧，以他有话直说息事宁人的态度，哼，我看他肯定是想着让焦氏开口，这一说，正好就带她去香山住……焦氏不肯开口，他自己说也行——可焦氏这些路不走，非得让雨娘告状，就算焦氏占理，他会不会觉得她得理不饶人？这肚子都没大，儿子还没生呢……林氏虽然十多年没有生育，却还一直把伯红的心给捏得牢牢的——唉，要不是实在是太久没有消息，她也是乱了阵脚，这一次，未必会这么着急，动作得这么频繁……"

权仲白在襁褓中时就被抱进了歇芳院，当时权伯红四岁年纪，还离不得大人照看，他是在拥晴院里长大的。老太太当然更偏长孙，这一番话，挑剔的是焦氏，开脱的是林氏。权夫人即使有不同想法，也还是低头应了是。她又问婆婆："见过一次真章了，这会儿该怎么办？长房院子里那个通房，可没服避子汤……"

"都由他们去吧。"太夫人闭了闭眼，多少有些疲倦了，"你和世安商量一下，大厨房里该拔掉几个刺头了……主子们斗得再厉害，那也是主子，做下人的有所倾向，那是难免的事，可忘形到这个地步，那就该赏鞭子了。仲白什么身份，走到天涯海角，都有人捧着金羹玉脍求他用呢，如何在自己家里反而受了这么久的委屈？说出去，简直就是笑话！"

权夫人其实对林氏最大的意见就是这一点，这么多年嫂子做下来，就不知道权仲白看着不挑剔，其实最挑剔？她挺为儿子委屈的——不过越是如此，她倒越要为林氏说句话："这……怕是打她的脸呢。"

"打脸就打脸。"太夫人一瞪眼，"她还能有二话不成？就有再多苦衷，这件事，她也办得不很漂亮，自己没落好，反而把焦氏给显出来了，要不是焦氏自己——"

说到这里，两人都是一怔，彼此交换了一个眼色，双双都轻轻地"咦"了一声，又"嘶"了一口凉气。

大厨房动作很迅速，从第二天起，送到立雪院的饭菜就已经换了口味，较蕙娘几次在权夫人、太夫人屋里尝的点心相比，厨艺还要更上一层楼，可以尝得出来，是用过心思的。

权仲白熬了将近一个月，终于能吃上一口热饭，虽说心头还有些憋气，但对厨房的表现也还是很满意的。倒是蕙娘，尝了一口烩三鲜，就又搁了筷子，只盛了一碗火腿鸡皮汤，喝了一口，觉得味儿还算不错，就着这汤配了小半碗饭，便再吃不下去了。

养得这么矜贵，叫人总不免有几分不以为然，权仲白扫了她一眼，要说什么，又把话给咽了回去——这几天，他在屋里，话明显少了。

他话多的时候，蕙娘真是嫌他嫌得厉害，他一开口，她就免不得生气，可现在权仲白话少了，她也不大得劲："你有话就说嘛，难道你说一句话，我还会吃了你？"

"照我看，"权仲白也被她激得实话实说，"你迟早还是得设个小厨房。"

其实平心而论，大少夫人也就是在味道上做点文章，厨房用料，那还是货真价实。之前那些饭菜不要说端出去给老百姓吃，就是一般的富户人家，尝着也顶多觉得口味有些平淡，稍微一放低标准，吃得也就开开心心了。可在蕙娘口中，这样的东西如何能入得了口？权仲白因自己口刁，他自己吃得也不开心，到后来是没什么立场来说蕙娘。可现在，权家大厨房是拿出真本事来赔罪了，他吃得开开心心了，蕙娘还是这愁眉不展的样子。在二公子看来，就不免有些刺眼了。他顿了顿，又道："当时你要是自己去和大嫂娘说，现在小厨房恐怕都建起来了。既吃不下大厨房的饭菜，又不肯开这个口，除了饿着，你能怎样？"

"这烩三鲜火候过了，难道还是我的错呀。"蕙娘本能地就堵了权仲白一句，她又端起饭碗，愁眉不展地对着一桌子佳肴发呆。到末了，还是石墨端来一盘现炒的家常豆腐，蕙娘才又动了筷子。

权仲白一耸肩："要不然说你矫情呢？你这幸好是没进宫，进了宫不到三个月，活活饿死你。"

宫禁森严，除了皇后、太后这样的主位有资格时常点菜，受宠的妃嫔能在自己宫里设个茶水房，偷偷摸摸地做些点心来吃之外，一般的妃嫔主位也就只能吃着那些用铁盘温着，韵味全失的口味菜了，这一点，蕙娘心里还是有数的。她竟无话可回，见权仲白有点得意，又很不甘心："我自知身份低下、天资愚笨，哪里配进宫呢……也就是因为不用进宫，所以才养得这么矫情娇贵，难伺候嘛。"

这话似乎是自嘲，又似乎是反讽，夹枪带棒兜头倒下来，里头明显是蕴含了几层意思，可权仲白一点都不想去揣摩，他倒是忽然想起来："对了，端午宫中纳凉祛暑，按例白日小小朝贺一下，晚上是要开夜宴的。你白天不用过去，但晚上肯定会请你——上回进宫，几个主位都问着你。进了宫，要谨言慎行，不论是坤宁宫还是景仁宫、咸福宫，凡是有皇子的娘娘，一律不要过于亲近。"

在这种事上，蕙娘是不会随意讥讽权仲白的，她点了点头："你就放心吧，不会随意许诺什么，让你难做的。"

"并不是说许诺。"权仲白眉头一拧，"这么和你说吧，这大半年来，宫里风云诡谲，大事小情从不曾间断。已经有人在给以后铺路了……你这些年来很少进宫，有些来龙去脉并不清楚，不要自以为能摸透那些人精子的用意，又或者，还能反过来用她们一用。她们占着身份的便宜，过河拆桥反咬一口，那是常有的事，要不想撕破脸，根本就无法回敬。掺和得越多只能越吃亏，最好的办法，还是敬而远之。"

这叮嘱，粗听起来，和长辈们的说话几乎没什么两样，可再一细听，蕙娘就觉得，太夫人、权夫人、权仲白，三个人根本是三种态度。太夫人还是想着要不偏不倚——不偏不倚，就是要广结善缘，和大家都保持不错的关系。权夫人更倾向于皇后、杨宁妃一派，这也自然，杨家少奶奶是她亲女儿。可权仲白呢，这一番话，条理清晰鞭辟入里，竟和他从前那潇洒浪荡的作风一点都不一样，透了这样的别有洞见，他是时常能够接触内宫的那个人，掌握的资料最全最权威，他对自己强调的却是不分亲疏，一律敬而远之……

蕙娘觉得自己有点看不懂了：对一般家族来说，内部不管争得多厉害，对外要保持一致，这份觉悟大部分人都还是有的。权家却似乎不是这样，太夫人更看好牛淑妃一派，权夫人看好皇后，权仲白呢……感觉似乎对谁都不看好，巴不得能不进宫最好。

她若有所思地点了点头，看似自己沉吟去了。权仲白见她不说话了，便自己去吃饭——口中说蕙娘矫情，他的筷子却也时常落到石墨端上来的那盘子家常豆腐里。

又过了一会儿，蕙娘开了口："最近宫里是不是出了什么事？"

她出其不意、单刀直入，语气还很肯定，权仲白被她吓了一跳，虽没说话，可脸上神色已经做了最好的回答。蕙娘看他一眼，不禁轻轻地叹了口气。

还好，此人虽有诸多毛病，但总算还不是全无脑筋，宫中的事，他的口风还是很严的。在这点上，自己倒能撤去一些担心。

不过，要承认权仲白居然还有些优点，这也真够为难人的了。蕙娘又叹了口气，她收拾起了自己在权仲白跟前往往不知不觉就会流露出来的高傲态度——她知道，这从容微笑下头的居高临下总能将权仲白惹恼，也就是因为如此，她才总是如此乐此不疲。

"姑爷。"蕙娘直起身子，正正经经、诚诚恳恳地望向权仲白，"我知道，你心底未必看得起我，怕是觉得我从小娇生惯养，已经被惯得分不出好歹了，为人处世，处处要高人一头……"

权仲白虽未说话，神色间却隐有认同之感，大有"原来你自己也很清楚"的意思。蕙娘深吸了一口气，继续说："就是我对姑爷，也不是找不出可以挑剔的地方……但不论如何，这是我们二房夫妻的事，除非姑爷你退亲休妻，否则这辈子总是要和我绑在一起了。在府里，我们夫妻两个一体，一荣俱荣一损俱损，你无须担心我会胳膊肘往外拐，做下对你不利的事儿。"

她顿了顿，本想话说到这里就尽了，但想到几次话里藏机，权仲白的反应都不大好，便索性说到尽头："要担心这一点的人，应该是我才对。"

见权仲白要说话，她摇了摇头，自己续道："小到府内，我们二人是夫妻一体，大到府外，整个权家荣辱相连。从前你没有娶妻，大嫂又没有诰命，很难进宫请安；娘辈分高，平时也忙，不进宫都是说得通的。宫中妃嫔就是为了避嫌，也不可能无缘无故对你示好。可现在不一样了，我是新妇进门，也没有什么家事好忙，又有三品诰命——我看这赏礼服，也就是打个铺垫，正经的封赏也许不久就会下来了。宫中来人相请，要推辞不去，那就太傲慢了。既然一定要进宫，对宫中形势，我心中是一定要有数的。"

她难得这样长篇大论、心平气和地对权仲白说话，话中也没有埋伏笔，没有"意在言外"。权仲白倒是有些受宠若惊，他沉吟了片刻，便道："三品诰命，我可以为你辞了。我身上也不是没有带过散勋衔，但有了官衔，就有好多俗事要办，到底终究都是给辞了。你带了诰命，逢年过节必须进宫，这一点，不大好。"

他平时说话做事，真是率性得不得了，什么话都敢说，什么事都敢做。这样的人固然风流潇洒，可也给人留下了难以信任的印象。唯独此时说起宫事，竟是胸有成竹，双眼神光闪闪：一望即知，心底是有分寸的。蕙娘心中，又惊又喜：权仲白要是真蠢成平时那个样子，世子之位即使不是无望，也要费极大的精神……难怪，难怪良国公夫妇为他说了自己。看来，他其实也不是不懂，真正的要紧关节上，他还是拎得很清楚的。

"我听姑爷的。"她干脆地说，"诰命嘛，虚的，能不进宫正好。宫中风云诡谲，稍微一沾手，就很容易被卷进漩涡之中，眼下，我还没心思搅和这样的事。"

两人自从成亲以来，一向是你要往东，我要向西，就连房事也都是争着在上，现在忽然和气说话，两个人都有点不习惯。尤其是权仲白，一和蕙娘在一处，只觉得百般烦恼都咬上身来，忽然间，蕙娘倒什么都听他的了！

这人就是这么贱，蕙娘要一开始就是这么百依百顺，权仲白即使再魏晋风流，也少不得要肆意拿捏着她。宫中事有什么好分说的？你就是什么都不知道最好，什么都不知道，宫里的娘娘们也就不会争先恐后来找你了。可蕙娘平时硬成那样，现在忽然一软，他熨帖之余，也觉得蕙娘说得有理。宫中如今情势微妙复杂，如是一般人，不知道比知道更好，可焦清蕙不管怎么说，阁老府的承嗣女，格局能力应该都还是有的。有些事不告诉她，她自己乱猜乱办，反而容易坏事。

"兹事体大。"思来想去，权仲白到底还是吐出一口气，语气里竟带了几分厌倦和疲惫，"就是家里，也只有最核心的几个人知道了一点风声，我都没告诉全……"

"别人有别人的亲戚。"蕙娘柔声说，"我家里人口简单，老祖父这几年就要退下来了。姑爷不必有何顾虑。"

这都是实打实的大实话，此时此刻，权仲白以人情、以事理来论，都不能不对蕙娘坦白少许。蕙娘说得不错，起码作为他的妻子，要代表他进宫应酬交际的，家里人知道的那些，她也不能不知道吧。

但……

他不禁陷入沉吟，首次以一种全新的眼光去看蕙娘——她无疑很美、很清雅，可在他心里，她一直是张扬、多刺、尖利而强势的。即使焦清蕙能在长辈跟前摆出一副温婉柔和的模样来，可本性如此，在他心里，她是一个……一个最好能敬而远之的人。他没想到蕙娘也有如此通情达理的一刻，她几乎是可以沟通，可以说理的！

"我还未那样信你。"也就是因为这一点感触，权仲白居然坦白直言，换作从前，他可绝不会出口：和焦清蕙吵，他吵不过，还要将这种形同于主动开战的话说出口，岂非自取其辱？

蕙娘却丝毫未曾动气，她甚至还笑了。

"挺好的。"她往后一靠，轻声细语，"姑爷要是从一开始就信我，那我还要担心呢……进门一个月了，我焦清蕙做人做事怎么样，你心里也有数。将来迟早有一天，姑爷必须用得上我的助力，与其等到那时，你再来博取我的信任，倒不如现在开诚布公。别事不论，宫事上，你信我会帮你，我也信你不会随意行事，一个冲动，就给权家惹来灭顶之灾……一荣俱荣一损俱损，你要是倒了，最惨的人还不是我？"

这个焦清蕙，他简直都要不认得了！她要从一开始就是这个样子……权仲白没有往下想了：人生应该如何同想要如何，本来往往总是南辕北辙。他是如此，也许焦清蕙又何尝不是如此？

权仲白默然许久，才轻轻地吐出了几个字。

"十年内，皇后是肯定不行了，恐怕东宫储位，也是危若累卵，后宫之中，将有一番翻天覆地的变化。"

如此石破天惊的消息，竟未能换来蕙娘一丝惊异，她镇定自若，只是静静望着权仲白，等他往下去说。权仲白见此，心底亦不由叹息一声。

焦阁老全心全意调教出来的守灶女，的确与寻常女儿迥然有异。

"你也知道，定国侯太夫人从近二十年起，就很少出来应酬了。"权仲白说起皇后母亲的病情，都是这样随随便便的，好像在说个老农的病情，"前三十几年，朝野间修仙炼丹风潮很盛，太夫人就曾经服食过金丹妙药。或许就是因为这个，自从过了中年，太夫人就时常头晕作呕，脉象快慢不定，眼珠混浊昏黄。当时就以为拖不过几年了，不过，人吃五谷杂粮，没有不生病的。想必众人也不曾多做在意……"

他顿了一顿，又说："但就我猜测，恐怕太夫人在女儿入选太子妃之前，就已经有精神恍惚失眠致幻的症状了，只是孙家为了自己的目的，自然是拼了命隐瞒。而当年太夫人又还没有完全失常，在人前也还能撑得住架子，是以孙家一路都走得很顺。封妃封后的，都是水到渠成。也就是到了先帝朝末年，朝野风起云涌的时候，太夫人才渐渐地就认不得人了……后来受到老侯爷去世的刺激，她已经完全失常，三天一小闹五天一大闹，当着孙家人的面不好说，但实际上……已经成了个武疯子。只能靠药物控制她的神智，令她嗜睡乏力，才能使家里有片刻安宁。但这种药物，药力很凶，也是以毒攻毒的下下手段；长期吃下去，到后来病人耐药了，抗药了，反而更加痛苦。"

这件事，孙家瞒得很好，外头人竟没有一点消息，蕙娘也是第一次知道内情，她的眉头慢慢地就蹙起来了："你前些时候进宫过夜……是皇后，还是太子，难道也出现了类似的症状？"

一点就透，如此敏锐……权仲白吐了一口气："是皇后。自从一年前太子出事开始，皇后精神极度紧绷，成夜成夜地睡不好，四月里，和她母亲一样，也是失眠谵妄、烦乱不堪。足足有七八天没有合眼，又挺着不说，到后来连皇上都惊动了，我进宫给她用了药，睡一觉起来，她好得多了。"

见蕙娘面露沉思之色，他补充了一句："我知道的就是这么多，但我笨……你们聪明，猜得出的，肯定不止这些。"

这是肯定的事，孙太夫人三四十岁出的毛病，现在精神恍惚，几乎全疯。皇后恰好也在这三十多岁的年纪开始失眠，如果调养不好，终有一天也许会走到孙太夫人这一步。即使只有万一的可能，太子身上也带了这病根子，那该怎么办？这种事是能开玩笑的吗？万乘之尊，一旦失常，恐怕天下都要大乱了！再说，太子本来身子不好，元阳未固时已经失了肾水。这件事蕙娘是知道的，老太爷肯定要关注这种国运传承的大事……东宫之位，实际上已经危若累卵、摇摇欲坠，只看什么时候才会倒了。

"皇次子、皇三子，一个占了序齿，可出生时起就听说元气亏损。"她望了权仲白一眼，见权仲白微微点头，便续道，"身体也不好，皇三子年纪虽然小，但比较壮实……"

毋庸多言，权家上层是肯定要比她早知道这些信息，从权夫人的意思来看，她更看好宁妃。太夫人呢……她也未必不看好，可恐怕和权仲白一样，"还未十分信她"。蕙娘眯了眯眼睛："纸包不住火，即使太夫人病情能够瞒住，皇后的病是瞒不过人的。后宫中只怕是风起云涌，不论是淑妃还是宁妃，心里都有一点想法了吧？"

"皇三子虽然看着壮实，"权仲白淡淡地说，"但皇上身子不好，他的孩子孱弱的也居多，皇三子也有胎里带来的病根子，刚过满岁，就有嗽喘的毛病，和皇上几乎是一脉相承……"

而究竟哪个皇子身体更康健，更有痊愈的希望，那不就得看权仲白的一句话了？虽说这身强体健只是储位之争的第一步，除此之外，还得看皇子的能力、后台，可一个病秧子就算条件再好，皇上又能放心把国家交到他手上？

蕙娘断然道："我明白姑爷的意思了，现在只能静观其变，皇上不开口，你是不能轻易表态的。"

和聪明人说话，的确是省时省力，权仲白不禁叹了口气，他略带惆怅地说："你错啦……是爹、娘不开口，我们一句话都不能多说。这种事，牵连太广了，为一方说一句话，那就是把另一方往死了得罪。这次入宫，三位有脸面的主子，肯定都会往死里拉拢你，你可要稳住，任凭是谁开口，你都绝不能有一丝倾向。"

也不知是否今日谈得还算愉快，他烦躁地发起了牢骚，一开腔居然爆了粗话："争来争去，烦死人了。怪不得这群人百病丛生，真是活该！"

骂了这么一句，才又说："尤其宁妃，也算我们亲戚，她的处境最为危险。你和她，最好连话都别多说几句。"

这和权夫人的指示，简直又背道而驰，即使是蕙娘也有点头疼了，但她没有多问，只是强忍着揉一揉额角的冲动："放心吧，我明白该怎么做，不会让姑爷为难的。"

权仲白"嗯"了一声，便不再说话了，两人相对而坐，大眼瞪着小眼，现在宫事话说尽了，反而都有了几分尴尬：要重新针锋相对起来，似乎略嫌幼稚，可不针锋相对，似乎又无话可说。权仲白干咳了一声，站起身来："你不是吃不惯家里的菜吗？正好，今早有个患者拿了一篮子莲藕给我，也别费力巴哈地往院子里自己买菜了，让你那丫头晚上做个藕吃吧。一会儿出去，我让人给你拎进来。"

说着，见清蕙并不搭理他，只是捧脸沉思，倒觉得轻松了点，便自己举步出了屋子。

蕙娘自己伏案想了许久，只觉得这件事，越想越有味道，好似整个权家，终于对她揭起了面纱一角，让她隐隐约约地觑见了父慈子孝兄熙弟和背后的盘根错节。等她拿定了主意，回过神来一伸懒腰，便见石墨一脸踟蹰，站在一边，似乎欲说又不敢。

"姑娘。"见蕙娘望向自己，石墨竟叫出了蕙娘的老称呼，"您也知道，咱们一向是只吃杭州的花下藕的，这送来的藕枪实在是太嫩了，炖汤也不行，炒着您肯定也不爱吃……"

看来，她是真的被逼得为难了，竟是眼泪汪汪的："就那么一个小炉子，要做桂花糖藕也不能……"

蕙娘不禁失笑："那就别做，你们自己分着吃了呗。"

"这可不行。"石墨很坚持，"少爷头回给您送菜呢，这不但得做，还得做得好吃，您才能多吃。您多吃了，才能——"

她没往下说，可眼睫一颤一颤的，也等于是都说了：主子必须得多吃，才能讨得姑爷的好。蕙娘不禁轻轻地哼了一声，可想到大厨房送来的那些菜色，也有些兴味索然。她往后一靠，想了想，便吩咐石墨："那你就去大厨房借个灶，姑爷给了一篮子藕，我们吃不了那么多。做好了，让给各房都送去一点，卧云院那里，你让绿松亲自给送过去。"

石墨有几分兴奋，她脆声应了，"哎。"又有点担心，"姑爷知道了，会不会……"

蕙娘笑了："让你做，你就做。"

她慢悠悠地说："傻丫头，这么做，还不是就为了想看看，姑爷究竟会不会不高兴。"

果然，才是第二天早上，宫中就打发了小太监出来，邀太夫人、权夫人、大少夫人、二少夫人四位女眷入宫赴宴。正好阜阳侯夫人来看权夫人，和她谈起来也好笑："这么多年，你们就没有进去过，她们倒是一直都没忘了喊一声。这样的面子，也就是你们这样的人家才有了。"

权夫人和亲戚关系处得很好，尤其张夫人因为同她年纪相近，两人一直是很投缘的。有些话就可以说得露骨一点："要是从前，那还是祖宗留下来的老面子，这十几年间，待我们好，其实也都是因为仲白。"

阜阳侯夫人听见权仲白这么有脸面，如何不高兴？她笑着冲权夫人邀功："我这个媒人做得如何？往年你还要进去应酬，今年就能放心把媳妇派进去了，换作是别家的大姑娘，可没有她这么能干！"

　　自己人就坐在下头，阜阳侯夫人便如此赤裸裸地夸她，蕙娘脸皮再厚，也有点受不住了，她红了脸，做羞涩状，大少夫人见了便笑道："傻弟妹，这有什么不好意思的，你要本事不到，娘会放心让你独个儿进宫才怪。"

　　张夫人听见，更加有兴致："妯娌和睦，好，好。我连做三次大媒，前两次都算了，这最后一次，是做得真好。"

　　自从大厨房几个下人被打发了出去，卧云院对立雪院就更加和气了。大少夫人还是和从前一样，时常打发人来问立雪院缺不缺这，缺不缺那，把立雪院当作了客人待。私底下也没有再动手脚，她现在待蕙娘，几乎说得上是客气、模范得过了分。就连昨天蕙娘打发人送了一盘桂花藕过去，也没能换来一句硬话，今儿早上，大少夫人还在长辈跟前夸她呢："难得做点好吃的，还想着长辈，真是孝顺。"

　　她客气，蕙娘自然要比她更客气："平日里二少爷在立雪院外头看诊，进进出出人多口杂，事情也多，十几年下来，给家里添了多少麻烦？多亏了大哥大嫂里里外外地照拂提点，这患者送的藕，虽是送给二少爷的，但其实就是送给咱们一家子的。大家吃着好，就不枉他的一片心了。"

　　连太夫人都听得微微点头："这说的是这个道理，仲白看病虽是好事，可也给家下人添了事。何止大哥大嫂，就连你爹、你娘，有时候出门都受影响。焦氏这件事，办得不错。"

　　太夫人都夸蕙娘了，长辈在这件事上的态度，那是不用说了。不过，大少夫人看起来还是那样轻松愉快，对第一次交手的结果，她似乎一点都没放在心上，今儿个要不是阜阳侯夫人过来，她早都收拾包裹，回娘家小住去了：端午回门，的确也是她们这些名门媳妇难得放松的时候了。

　　阜阳侯夫人自然不知道这些弯弯绕绕的，吃着石墨亲手做的桂花糖藕，她赞不绝口："真是爽口不腻，藕嫩，糯米也选得好。"

　　蕙娘肯定顺杆子往上献殷勤："您要是喜欢，回头就把方子给您送去。这是南边富春茶楼的方子，我们自己又改良过了，更适合京城人的口味。"

　　人生在世，无非也就是吃喝玩乐，权家、张家都是富贵人家，在功名利禄上似乎也没有什么可以追求的了，无非就是一心享乐而已。张夫人笑道："好，上回你说要给我裁衣服，这都一个多月了，我天天在家等着，你也没派丫头上门来。"

大家都笑了，蕙娘忙说："这阵子忙嘛！姨母要不嫌弃，我这就让她过来。"

"就是说着玩的，我这么大年纪了。"张夫人也就是要蕙娘一个态度，她笑眉笑眼的，"还打扮什么劲儿呢，倒是在吃上更用心些，回头，你抄些食谱给我，我回去也正好换换口味。"

说定了明日她来接蕙娘一道进宫，张夫人也就起身告辞了。权夫人见天色不早，便道："正好一起过去拥晴院。"

一行三人一头走，大少夫人就一头和蕙娘开玩笑："弟妹，你把方子送给姨母，说给就给，真是大方。我们吃着也好呢，你又不提送方子的事了。"

"大嫂要想吃了，同我一说，丫头们自然就去做了。"蕙娘笑着说，"原汁原味，比照着食谱做出来的，肯定更好吃一点，又何必送方子呢？大嫂怪我小气，可真是错怪了。要把方子给了您，您就未必好意思和我开口了不是？"

两个妯娌年纪差得虽然大，可你一言我一语地彼此打趣，就像是说相声一样，听得权夫人微微笑，大少夫人就向她求援："娘，您瞧弟妹这么说，我本来要开口说的话，又被堵回去了。这会儿再提这事，倒显得我是有些顺杆子往上爬呢！"

"你是说——"权夫人神色一动。

一边聊，三人一边已经进了拥晴院，都分别给太夫人问了好，又和已经过来的权季青、权瑞云打了招呼，几个人各自归座，大少夫人才笑眯眯地往下说："弟妹身边手艺人多，我早就惦记上了。大厨房的口味，虽不能说不好，可这些年来，已经都吃得腻烦了。既然这桂花糖藕大家吃着都好，最近大厨房又缺人，倒不如就由弟妹出两个人，把这漏给补上了，岂不是两全其美？以后我要再想吃什么点心，也不用烦弟妹了，派人去大厨房说一声可不就完事了？"

这句话说出来，蕙娘眸子不禁微微一眯。连权夫人都有些诧异，倒是权瑞雨毫无机心，欢呼道："呀！那敢情好！我也正想说呢，嫂子，你这藕怎么做的，真是又清又嫩又甜又香，我吃着说不出的好……最难得是没浇汁都那么好吃！比起来，从前吃的，都嫌腻了！"

"那是藕好。"蕙娘笑着说了一句，对大少夫人的提议并不说好，也不说不好，只是望着长辈等她们发话。

权夫人和婆婆对视了一眼，两个人都笑了，太夫人轻描淡写："那是人家的陪嫁丫头，去大厨房做厨娘，一天做这么七八个人的饭，从早忙到晚，不嫌累得慌？我看你还是厚着脸些，以后想吃特制的点心，你就往立雪院递个话，嫂子面子放在这儿，难道焦氏还能说不？"

蕙娘自然免不得再和大少夫人虚情假意一番。对这个结果，她是有点吃惊的，甚至对大少夫人主动开口，她都有些想不明白。不过，大少夫人一闪即逝的放松，倒是逃不过她的眼睛。

再看看权瑞雨、权季青，这时候就看得出高下了。权瑞雨是把精明藏得浅，面上的古灵精怪下，看得出也是一片茫然：两房第一次交火，摆明了长辈们偏向二房；现在大厨房出缺，二房愿意派人补上，也做了前置文章，铺垫得够了；大房认输也认得非常痛快，甚至反过来为二房铺路，也算是很有风度了；这时候顺理成章，二少夫人从厨房入手，一点点就把家事过来管了……长辈才夸完二少夫人，又否了大少夫人的提议，看得出，还是两人一致商量的结果，这的确是有些令人费解了。

权季青呢，尽管也就比瑞雨大了四岁，可态度稳重，还是老样子，一双含笑的眼，似乎什么都看清楚了，但自然也什么都不会表示过来。遇见蕙娘的眼神，还是善意地微微一笑，似乎有些话能从态度里传递出来，可蕙娘和他不够熟悉，他的潜台词，她只能读出几层。

等晚上权仲白从外头回来——他这是又受了推不得的请托，出外给名门世族之家扶脉去了。蕙娘就和他闲聊一样地，把阜阳侯夫人来访的事说了。

"姨母挺照顾你的嘛。"权仲白看得出是很累了，虽不至于打哈欠，回答得却也很敷衍，"糖藕方子，给了就给了，你不至于舍不得吧。"

这个人，对于她昨天把糖藕分送各院的事，居然还表示一点赞赏……而且看得出来，并不是故作反话……蕙娘又有点看不出他的底细了，这个权神医，究竟是装糊涂，还是真糊涂，她居然拿不准。真要糊涂，那也说得通，大少夫人在饮食上拿捏立雪院，他吃得也是不高兴，可看她把不快露得太明显，他倒拧起脾气了，坚持"你吃不好，那就自己去说"。估计心里也想着，一家人没什么话是不能说的，一旦由他去说，自己就变成媳妇儿的枪了……

可一个能把宫中纷扰局势看得这么明白，在昭明末年风云诡谲的大势之下，一个人力挽狂澜硬生生地把权家从鲁王那边洗脱出来，拉成了太子党中坚的人物，他可能这么糊涂吗？

若是假糊涂，她送藕，自然会触怒权仲白：刚逼退了大房一步，自己就上前去占位置了，是有些着急；可他又和没事人一样，好像根本就看不懂送藕的下一步是什么似的……

蕙娘也没有再往下说了，她一个晚上都没有睡好，一时想想两重婆婆，一时又想到大少夫人反常的热情，再想想权季青丝毫都不意外的神情，权仲白的态度……

她觉得，这个良国公府，恐怕比她想的还要更有意思。

蕙娘已经有六七年没有进宫了，打从昭明二十五年年初选秀起，为了避嫌，她就再也没进过宫廷一步。当时朝中纷争不少，皇上身体也不好，哪还有心思打焦家的主意？自然也就不爱听琴了。要说起来，如今后宫中的主位们，她真正熟悉的，也就是那位即将倒台的皇后了。蕙娘对她的作风，倒是很熟悉的：昔年皇上拿不定主意，还想把她许配给鲁王为藩王嫔的时候，当时还是太子妃的孙氏就多次向皇后进言，把蕙娘从长相到家世都夸得和一朵花一样，更是时常请她进宫献艺，夸奖她的琴艺"为吾辈第一"。那时候，她过门还没有几年，年纪尚轻，可那精致细腻的妆容、沉稳亲切的风度，已经给蕙娘留下深刻印象。

也就是因为如此，这次进宫见到皇后，蕙娘的确是吃惊的。虽然知道皇后这几年来心里苦得很，可蕙娘是真没想到，后宫之主的位置居然这么不好坐，才短短六年时间，皇后居然已经苍老成这个样子了……

端午是大节气，宫中女眷没有不出席的，连两个还在襁褓中的皇子都被带了出来，由两个锦绣堆出的五毒艾虎大包袱裹好在养娘手中抱着，东宫倒没在内宫，他跟着皇上，在前廷和大臣们饮宴。内宫则席开数桌，有众妃嫔娘家诰命，也有近年来当红的官宦夫人。只今年焦家没人过来：毕竟是寡妇了，大节下的，一般不出门给人添堵。

蕙娘因权仲白没有官职，本该在最下首坐着，可阜阳侯夫人疼她，便令她坐在自己身边，因向太后、皇后笑道："就让她服侍我用饭，你们就别给派宫女啦。"

要平时说这话，众人也都还会保持矜持，可张夫人打趣的是权二少夫人，众人都给面子，都笑了。太后一边笑，一边把蕙娘叫到身边，慈爱地道："也有些年没见你了……倒是生得更美啦。怪道你才出孝呢，你婆婆就进宫说情请大媒了。真是有眼光，再晚一步，你还不知被谁家求了去呢。"

连太妃，平时最冷淡的人，都拉着蕙娘的手："成了亲更漂亮！上回你相公进宫给我扶脉，我还说呢，自从有了媳妇，人看着气色更好了……"

两位长辈虽然和气，可也不是随随便便一个诰命，都能像这样被当作自家晚辈对待的——就是自家晚辈，那也是恩威并施，一边敲打一边勉励。似蕙娘这样，虽然在宫中赴宴，可为一群妃嫔明着夸、暗着夸，好话都要听出耳油来的，也的确是少见，的确是出风头……

太妃夸完了，就轮到皇后来拉关系了，她才说了几句话，那边宫人就引了吴太太来见——身为尚书太太，她肯定也是受邀进宫的。

不过，为了等选秀，硬生生把女儿拖到这个年纪，最后还被宫中涮了一把：吴兴嘉没说亲，宫里就不提选秀；吴兴嘉一定亲，宫中就忙起了选秀的事儿，日子就定在她婚期后头……吴太太还肯进宫赴宴，脾气也算是极好的了。

在诸位娘娘跟前，她当然没有了平时的矜持冷艳，给太后、太妃都下跪磕了头，便要来给皇后行礼，却正好，皇后拉着蕙娘，刚让她在自己身边坐着说话呢。因吴太太进来，这话头自然被耽搁住了，可她一直握着蕙娘的手，不令她起身离开。

这，双方就都有点尴尬了，皇后是神思恍惚、漫不经心——手还没松呢。吴太太呢，总不能等蕙娘把皇后给挣脱了，自行走开之后再来行礼吧。可在蕙娘来说，受一个长辈的礼，按老辈儿的话来说，那是要折福折寿的……虽说她未必就信，可当着众人的面，也没有谁会就这么大剌剌地受了吴太太的礼。

蕙娘便将无措尴尬给摆在了面上，她先看了吴太太一眼，又求助一样地看了看太后和太妃——这两位长辈笑眯眯的，太后去逗皇次子，太妃去看皇三子，竟似乎谁都没注意到这里……就连牛淑妃、杨宁妃等有品级，可以出言提醒皇后的红人也似乎都忽然间忙了起来。

蕙娘只好又抱歉似的看了看吴太太，一边轻轻地往外抽着手，可皇后又攥得紧……等吴太太咬着牙，插烛一样地往下拜时，她终于将手抽了出来，起身退到一边：却到底还是迟了那么半步，终究算是受过了吴太太的半个礼……

等吴太太行完礼站起身来了，皇后这才忽然间回过神来，她歉然对吴太太笑道："这阵子都睡得不好，刚才有些头晕，就走神儿了，您说了什么，能再说一遍？"

一国之母要装糊涂，吴太太还能怎么样？可即使当了这么多年的官太太，按说城府应该已经极深，她的神色还是眼见着就阴沉了下来，只是勉强说了一句：

"臣妾祝娘娘福寿安康。"

连皇后笑着回了几句勉励的话，她都只是简短答应，便向牛淑妃走了过去……连宴席都还没有开始呢，她就头晕目眩，忽感不适，自己告辞了。

焦、吴不和，天下皆知，有蕙娘在这里，除非是压根儿无求于权仲白的，谁还会对吴太太特别热情？就连吴兴嘉的夫家姑母太后娘娘，都只是笑着说了一句："吴太太也太较真儿啦。"

她便不提此事，只欣然合掌道："人都到齐了，也好开席了吧——是了，怎么不见琦玉？今年端午宴，不是她举办的？可到现在连个人影都没见，别是又预备了什么节目吧？"

牛琦玉是宫中新封的美人，此女也算是出身名门，可册封美人之前，却是无声无息的，很多人家到现在都不知道皇上是什么时候把她纳入后宫。她的作风也相当低调，四太太几次进宫，都没有见过她的真容，只知道"据说是极美的，和宁妃比，也丝毫都不逊色"。

蕙娘还是第一次见到杨宁妃——这个江南美人，一进京就把"这姑娘真是美，几乎能和焦家蕙娘比肩"，变作了"焦家蕙娘真是美，恐怕三宫六院美女如云，也就只有杨宁妃和她一比了"。就连四太太，也是多番夸奖过她的美貌的。如今一见面，果然觉得名不虚传，这个杨宁妃，真是美得很。有她坐在屋里，皇后就不必说了，就连牛淑妃，看着都格外显出了憔悴和蠢笨……

一个人生得美，路走得往往就会更顺，杨宁妃的父亲就是杨阁老，她虽是庶女出身，可一进宫就是太子嫔。进宫没几个月改朝换代，得封宁嫔，在整个后宫经历了长达六年的空白之后，牛淑妃打响了继位后的头炮，可宁嫔也没有落后，紧随着淑妃诞育了皇子，为东宫添了两个兄弟。可牛淑妃除了提拔起来一个娘家妹妹做美人之外，本身地位，几乎毫无寸进。宁妃就不一样了，皇三子的满月宴上，她被晋封了一级，现在也算是货真价实的宫中主位了。才仅六年时间，她已经从以父亲为靠山，变成了父亲的靠山……

这位红得发紫的新晋妃嫔却一点都没有架子，听见太后这一问，便嬉笑着说："哎，前头开宴更晚，她被皇上叫出去了，还不知什么时候才回来呢。"

虽然皇上叫走的是牛美人而不是她，可宁妃却是笑语嫣然，似乎一点都不妒忌。

太后闻言，也是欣然一笑："那就算了，我们不等她了！"

就连牛淑妃、皇后都没有露出丝毫不满之色，就更别提其余的妃嫔了。只有太妃神色微微一暗，看来是有些不高兴的：为了固宠，连自己的差事都不顾了……作为长辈，也的确有不满的理由。不过，她身边的安王和她说了几句话，太妃一听就又笑了，显然也没有和牛美人计较的意思。

蕙娘跟在姨母身边，座位不错，她很轻松地就将众人反应尽收眼底，再结合皇次子身世的一些传闻，她对这个牛美人就更有几分好奇了。以当今皇上的性子，能在承平朝后宫立足的女人，都不会太简单的，牛美人以其低微的出身，非但已经稳稳地站住了脚，而且看局势，似乎和哪一方的关系也都并不差。她有才有貌，有运气有手腕……

再看了两个锦绣大包袱一眼，蕙娘不禁又轻轻地笑了。

看来，承平朝后宫的斗争，可以说是从未停止，才开了个头儿呢。两个正主儿都还在梳理羽毛积攒精力，为即将到来的连番大战做着最后的准备——这对于权仲白、对她焦清蕙来说，已可算是再好不过的消息了。

不过……

想到权夫人的叮嘱，蕙娘忽然间就明白了她的用意，她亦不得不佩服权夫人的高瞻远瞩，只是心头又涌起了一片新的疑云：权夫人这么帮二儿子，甚至比良国公还尽心尽力，难道她就没有为自己的亲生儿子做过一点打算？

"是了，还未请问娘娘。"她就主动问杨宁妃，"怎么今儿没见瑞云进宫……"

权瑞云是她的大姑子，也是杨阁老的儿媳妇，不管焦、杨关系多尴尬，蕙娘关心她一句，那也是做嫂子的本分。

"九哥没有功名。"杨宁妃微微一怔，便笑着说，"她进了宫，也没坐的地方，今儿人多呢，就不让她进来了。"

蕙娘点头一笑，便不再说话了，她给阜阳侯夫人斟茶："这茶水都冷了，我给您换一杯……"

纵观一席，虽说她也和众位主位谈笑风生，可要说自己主动搭腔，也就是和杨宁妃搭了这么一句话。

第二十章

逝者已矣

    端午节当天，权家众人各有各的忙，虽说权夫人、太夫人不回娘家，可大少夫人不在，良国公要进宫朝贺，蕙娘下午又要入宫，除了中午聚在一起吃顿饭之外，便没有大事庆祝。等到五月初六，大少夫人也回来了，众人也都得空了，权夫人这才在后院香洲中安排酒宴，正好两进敞轩，以碧纱橱相隔分了男女，女眷们以权夫人为首，四夫人、五夫人为次，三人同太夫人坐了一张方桌，其余小辈以回娘家探亲的瑞云为首，瑞雨居次，还有一班堂姑娘在下首围坐一张大圆桌，蕙娘同大少夫人就只坐碧纱橱边上一张小桌，两人也都不大坐，只站着服侍长辈用饭。隔着水又有一班家养的小戏，扭扭捏捏地唱："袅晴丝吹来闲庭院……"

    吴侬软语，真是一点不比京里出名的女班春合班唱得差。一家子女眷听得都很入神，太夫人笑着说了一句："这套步步娇，次次听都唱得好，老四也真是费了心思调教这班小蹄子。"

    权夫人一边说，一边就想起来问大少夫人："我昨儿恍惚听说，伯红近日也是给她们写了新曲，可学得了没有？若学得了，唱一段也是好的。"

    大少夫人正站着亲自给四夫人斟酒呢，听婆婆这么一问，她忙笑着说："这我也不知道，他最近忙得很，您也知道，端午柜上事多……随常出门，都是天泛白就出去，天黑了再回来。您要听，就叫他进来问问？"

    说着，便有人出去把权伯红叫进来了，权伯红听见母亲要听昆曲，他"哎呀"一声，很抱歉："那都是年节前后，在家中无事时钻研着解闷的，自从三月开始忙起来，好几个月没沾边了，曲子都还没送过去呢。"

说着，他就亲自执壶，给太夫人、四夫人等敬酒。四夫人笑道："不要紧，我们家那位倒是又折腾了好些新唱段，您要听，一会儿递话出去，她们准唱。"

又让大少夫人和蕙娘："你们也都坐下来安生吃着吧，有底下人在，耽误不了我们取乐的。"

大少夫人莞尔一笑，和四夫人开玩笑："一年能服侍您几回呢，您连殷勤都不让我献，可见，心底是嫌弃我的。"

四夫人"哎呀"一声，笑得眼睛一眯一眯的："中颐还是这样爱开玩笑。"

林中颐是大少夫人的闺名——仅从四夫人的语气来看，她和大少夫人的关系，显然不错。

比起照管了十多年家务，在场面上显得从容不迫、潇洒自如的大少夫人，蕙娘就要沉默得多了，她虽也不曾入座，可发话的时间不多，主要还是看顾着小一辈弟妹，权瑞雨倒是很乐于和她说话："二嫂，我记得你们娘家自己也有一班戏的，听着我们家这一出，唱得怎么样？"

这个小妮子，拿了立雪院的东西，得了机会，还是要挑着她出头，真和文娘一样，是巴不得见她出乖露丑了。蕙娘啼笑皆非，一退六二五："那都是祖父有事待客、无事消闲时用的。我除了节庆，也很少听戏。"

瑞雨眉眼弯弯："我听说吴家的兴嘉姐姐就很懂得这唱词啊、唱腔什么的，时常点拨春合班，都说，春合班的昆曲唱得未必比吉庆班差，我倒没听过，也就只能请教二嫂了。"

她一撇嘴，带了些娇嗔："没想到二嫂在这件事上，倒没有吴家姐姐风雅。"

一桌人都笑了，唯独大姑奶奶瑞云嗔怪地瞪了妹妹一眼，蕙娘也微微地笑："我和她不一样，她身份尊贵，这些事是一定要学的。我学的东西，可俗了呢，不配拿来说的。"

话说到这一步，瑞雨也不会再往下逗她了，她"扑哧"一声，把场面圆了回来："我和您开玩笑呢！我瞧着您呀，那是样样都比人强，没想到也竟有不如人的地方。倒觉得您比平时都更可亲了呢。"

围绕一个戏字，都能做出这些文章，要是文娘敢对嫂子这么说话，蕙娘早就一巴掌抽过去了。不过，当人儿媳妇的，在这种细枝末节上，犯不着事事都要压小姑子一头，蕙娘只是笑，不作声。倒是权瑞云哼了一声，轻声道："咦？你倒挺会说话的，一句话，又贬了吴姑娘，又贬了你二嫂，你就不想想你自己，你是学识满腹，会编戏、会写诗呢，还是同你二嫂一样，能弹琴、会管家？倒有一样拿得出手，你再来臧否人家，我也就服你了。"

她平时不大开口，在夫家也是笑面迎人，没想到回了娘家，说话这么不客气。一桌子小姑娘，本来都你看着我，我看着你，都在偷偷地笑呢，权瑞云这么一开腔，全静下来了。四夫人隔着桌子笑道："说什么呢，怎么都不说话了？"

蕙娘忙道："大姑娘让二姑娘专心听戏……这一段'雨香云片，才到梦儿边'，一唱三叹，头腹尾俱全，归韵干净——确实唱得好。"

权家这班小戏，平时应该是由四老爷教着，四夫人也是懂行的，蕙娘一开口，她就笑了："哟，是个行家！这一段，是我们家那位新教出来的，一字一句都抠得死紧呢，你倒是听出来了。一会儿你四叔知道，怕不要乐得多喝几杯酒。"

对于戏曲诗词，权贵人家的态度是很微妙的。男子汉大丈夫，那都是有正经事要做的，平日里沉醉于锦绣文章里，固然也是桩清雅的事，可太过沉迷，那就有无行文人的嫌疑了。女眷呢，不能不懂，也不能太懂，不懂则俗，太懂则浮，雨娘问得蕙娘怎么答都是错，屋内气氛本来有少许尴尬，被四夫人这一席话才打过圆场。

众人安静下来，等小唱们唱完了一段，权夫人拎着酒壶站起身来，大少夫人和蕙娘忙一左一右，一个执壶一个捧杯，众人都避席而起，老太太笑道："好了，一家人，那么客气做什么？你还是坐吧。"

"往年都是林氏执壶，我捧杯子，今年多了一个捧杯的，怎么都要敬您一杯。"权夫人很坚持，太夫人也只好吃了一杯酒，权夫人就命正好也进来敬酒的权季青，"代我给两位婶子、姐姐妹妹们都敬一杯。"

权季青应了一声，他笑着要从大少夫人那里接酒壶，大少夫人偏拿在手上不放，笑道，"四弟，上回你哥哥要考你功课，你居然偷溜出去，累他空等半天，你不自罚三杯，我是不给你酒壶的。"

她的年纪，几乎是权季青的两倍，权季青同她说话，就像是同母亲说话一样自然而亲昵："我哪里是偷溜出去呢，那天分明是姐夫找我有事，不信您问大姐。大哥要考我，我哪还有二话，这不是等着挨板子嘛！今晚我就上你们院子里去！"

“明晚再来吧。”大少夫人笑了，“你哥哥今晚也有事，一会儿就出去了。”

两人正说着，良国公进来了，一时众人纷纷离席，老太太就把他赶出去：“有你在，大家都拘束得很。”

一时权家几兄弟都进来敬酒，小唱们曲儿也唱完了几折，下去补妆换戏服了，太夫人带着瑞雨、瑞云与几个小孙女在桥上闲步，一群小姑娘四散开来，不是同丫头们说笑，就是寻自己的兄弟、堂兄弟说话。蕙娘这才和大少夫人正经坐下来吃饭，两个人都站着好一会儿了——大少夫人是真忙，蕙娘要跟着陪站。两人也都吃得挺香甜的，至少，大少夫人是吃得挺愉快，她还和蕙娘感慨：“这是今年有弟妹帮忙，不然，往年最怕开家宴，能从四更忙到四更，脚打后脑勺……以后两个人一起管着，我也就能闲下来了。”

蕙娘真觉得权家人行事很特别，似乎总有一条暗涌的河流，是她所没能涉入的。几乎人人的行动都无法用她眼中的常理来衡量，她和权瑞雨本来没有一点冲突，顶多就是小姑娘有些看不惯她的派头，可以她精灵的性子，不会不知道得罪一个有可能上位为主母的嫂子有多不明智，前几天还好好的呢，今儿个忽然就和吃了枪药一样，一开口就冲着她。而最该冲着她的大少夫人呢，一进门，她就急急忙忙地出了两招，一句话、一碗菜……手段都算不上太高明，虽实用，却少了从容气度；可等她抽回一巴掌之后，像是被打醒了，打服了，态度骤变，一下就又从恶嫂子变作了好嫂子，非但为她铺路，而且话里话外、处处示好，就连现在两个人头对头吃饭的时候，没个外人在呢，她也还是如此热诚……

一时看不懂，最好的办法就是以不变应万变，蕙娘对大嫂，面子上一向是很客气的：“我懂得什么呢？自小娇生惯养的，也就是帮些闲篇儿，正经大事，还是得靠大嫂掌舵呢。”

大少夫人更愉快了：“哎，什么掌舵不掌舵的，我也就是勉强支应！”

她就像是对权季青一样，和气中又透着亲热，仿佛隔了辈儿似的关切蕙娘：“其实我早想说了，你这一个月，真瘦了不少。虽然长辈在前，给你设个小厨房终究是打眼了，但往厨房里安排几个人手，真就是一句话的事。要不然，你私底下再同娘开开口？这么小一件事，万没有不答应的道理。我这里还留着两个缺呢，到时候，各房吃着了好东西，也念你的好，你自己又能多吃些好的，也慢慢将养回来。两全其美，何乐而不为呢？”

蕙娘从来都不否认她的挑剔，能享用最上等的，她为什么要屈居第二等？从大厨房入手，一则是顺着大少夫人的步调，把抽她的这一巴掌力道再调整得大一点；二来也是一拍两响，多少改善一下自己的饮食，免得长年累月都吃不上合心意的饭菜：在家吃金喝银的，到了婆家却要饿着肚子……这话传回娘家，休说老太爷，就连文娘都会笑话她。

可大少夫人这么热衷，那就有点说不过去了，蕙娘笑了笑："是瘦了点，却也不是吃不惯，吃得挺习惯的，是太忙了……从前在家的时候，没这么忙。"

大少夫人笑了笑："嗯，新婚嘛，以后惯了就没那么辛苦了。"

蕙娘红了脸："嫂子您取笑我……"

两个人一头吃一头说，倒是说得很投机。一时吃过了，大少夫人走去陪四夫人说话，蕙娘站在当地游目四顾，她想找雨娘说几句话——刚才下了小姑娘的面子，甭管权瑞雨是不是自找的，就看在太夫人、夫人对她的宠爱上，她也得给个甜枣，哄哄小姑娘。

环视一圈，却见瑞雨和瑞云两姐妹在花荫下喁喁低语，权瑞雨脸上有几点晶莹，眼睛也是肿的，看着似乎是哭过——这也就罢了，连权瑞云的神色都很阴沉伤感，蕙娘顿时就更纳闷了：小姑娘被姐姐说几句，说哭了也是常事；可权瑞云的作风，她是见识过的，不是什么大事，不至于大庭广众之下，如此喜怒形于色吧。

她转到石舫侧面，靠着栏杆站了一会儿，倒觉得午后清风徐徐，暑意为之一解，要比屋内扇出来那带着潮气的凉风舒服得多。檐外骄阳似火、金波粼粼，越显得檐下一片阴凉，倒是将大半天站着伺候人的闷气为之一消。蕙娘的心绪也几乎要随着这凉风飞了起来：焦家的端午，过得可比权家的端午逍遥多了，一家人团聚着，也不分男女桌；十二三岁娉娉婷婷的小戏子，就在桌前，也不梳头画脸，穿着一身青衣，袅袅娜娜，一口苏州腔软得能酥了骨头，唱起"袅晴丝"来，不知比权家班高明多少；老太爷和父亲，一人一张罗汉床，爱歪着歪着，爱坐着坐着，自己就坐在祖父、父亲中间，懒洋洋地摩挲着怀中的猫儿；一个音唱得不好，连文娘都听得出来……

"二嫂。"忽然有人从身后招呼她，轻轻的脚步声，也从轩内靠近廊上，蕙娘猛然回过神来，一回头，却见权季青站在月洞门边上，含笑同她招呼，她也点头笑了笑，眼神越过他的肩头，还未说话，权季青就说："二哥吃过饭就回立雪院了。"

权仲白要是不进宫，一般一天总要号上几个脉的，今天能陪家里人吃这么一顿无味的酒，已经算是很有耐心了。蕙娘笑着点了点头，打趣权季青："四弟还不回去读书？明晚要考查功课呢。"

"二嫂也来打趣我。"权季青的眼神就像是一泓水，被笑意吹得微微地皱起了波纹，他和权仲白轮廓相似，可同风流横溢的二哥比，要内敛得多，也更沉稳一些，"刚才吃饭，雨娘说了几句不合适的话，您别和她计较。"

没等蕙娘开口，他就将眼神转向了一水之隔，花荫下的两姐妹，语调也有几分沉重："她快定亲了，小姑娘家，心里装着的事多，情绪就容易上头……"

蕙娘心中，不禁轻轻一动：权季青这个人，挺耐人寻味嘛。权叔墨是不着家，一门心思在武事上使劲，他倒是好，两头示好，两头都不得罪……这哪里是给雨娘解释来的，倒是明知道权仲白根本不关心家里的事儿，她一个新媳妇局面还没打开，给她送消息来的。

"也到了该定亲的年纪了。"她不动声色，"难道家里还能委屈了她不成？唉，总是小姑娘心思，阴晴不定吧。"

"倒也不好这样说。"权季青叹了口气，"谁让宫里局势，变得太快……"

蕙娘不禁有几分愕然，权季青微微一笑，他没有再往下谈论这个话题，而是浅笑着道："是啦，二嫂那天送来的桂花糖藕，真是好吃，我虽然年纪小、辈分低，可偏巧就贪嘴得很，您要是还瞧得起我，我倒要托个脸面，问您要个方子。"

"那我还就不给了。"蕙娘心中再动，她同权季青开了一句玩笑，"想吃就过来我院子里，同你二哥多亲近亲近，免得他一天到头都是扶脉，也无聊得很！我这里别的没有，好吃的点心倒多得很，平时舍不得拿给你二哥吃，有客人来，才舍得拿出来。你二哥托赖你的面子，也能多享些口福。"

权季青不禁失笑，他冲轩内一个丫鬟招了招手，拿过一盏茶来，在自己手上转来转去的，却并不喝。"二嫂口齿伶俐，真是比二哥机灵得多了……不过嘛，我这个人务实得很——二哥平时又不大在家里住，我来了也是扑空，还是要个方子，想吃了随时就能做，岂不是好？"

两人说的是点心，可又都知道这谈的明明不是点心。蕙娘觉得自己要比片刻前明白得多了，只是现在也不方便细想，她正要说话，见权夫人含笑遥遥向自己招手，便忙冲权季青点头一笑，抛下他走到权夫人身边去了。

老太太怕是身子疲乏，已经回院子里午睡去了，权夫人却还是有兴致的，她对着水阴面站着喂鸳鸯，见到蕙娘过来，才拍了拍手，把一手的小米都拍给水禽吃了，自己冲蕙娘笑道："今天累着了吧？其实你们也是的，实在太谨慎了，就坐下吃着又何妨呢，都是老亲戚了，谁还在乎这点面子上的事。"

话虽如此，可见蕙娘跟在大少夫人身后，低眉顺眼做小伏低，显然也令她很欣慰：相府千金，从小享福惯了。在长辈跟前，能立得住一时的规矩不算什么，能立得住一个月、两个月乃至一年、两年的规矩，那才是本事。蕙娘过门一个多月，晨昏定省有疏忽，虽然情有可原，但终究是个缺憾，她今日加意表现，多少也有将功补过的意思，从权夫人的眉眼来看，她还是满意的。

"我也是跟着大嫂。"蕙娘笑着说，"没有大嫂站着，我反而坐着的道理。大嫂不累，我自然也就不累。"

"你大嫂也累。"权夫人轻轻地叹了口气，"家里事多，她一个人又要管大家，又要管她的小家，恐怕就是这样，才……"

她没往下说，但蕙娘也明白她的意思，她没接话砢碜大少夫人，只是含蓄地笑。权夫人看她一眼，自己也笑了，又换了个话题："没让你的陪房进大厨房呢，我知道你心里是有些纳闷的。其实，这的确不是多大的事儿，你从小养得娇贵，家里人心里都是明白的，也都能理解，难道娘家能宠你，夫家就不能宠了？娶你进门，又不是让你吃苦的。"

她顿了顿，疼爱地拍了拍蕙娘的手背："可你也看到了，你男人在京城，实在是蜡烛两头烧……一来，城里百姓都知道他心慈，他在城里，有病的都往我们这里涌，又不是大病，因我们这里是不收钱，还送药呢，他们就是拖几天也愿让仲白瞧；二来，有些有身份的人家，谁没有个老太太、老太爷的，今天这里犯不舒服，明天那里犯个疼，怎么体现孝心呢？找一般医生可显不出来，找仲白的人就更多了。更别说还有宫中的那些主位，亲朋好友介绍过来的病号……他就是浑身是铁，能支持几天？所以，虽然家就在京城，我们也还是让他常年住在香山，那里地方大，他办事方便，离城远，一些可找可不找的病号就不找他了，他也能清静一点。这次喜事，在府里住了有一个来月，我看他已经累着了。过完端午，家里就打算把他放回香山去。"

有过权季青的提示，蕙娘已经多少有点数了，即使这一切都在预料中，她也还是有些淡淡的失落：老爷子真是真知灼见，即使有这样多特别的伏笔，即使为了给她更硬气的背景，连拜见牌位，公婆都特别安排。但上位之路，哪有那么简单？终究，也还是要拼个子嗣。在诞育麟儿之前，别说是权力核心了，她距离府里的主流势力，都还有一大段路要走。

"不过，"权夫人又说，"香山园子，是仲白自己的产业，我们也不能随意插手，要他带你过去。你也知道他的性子，牵着不走，打着倒退……"

她笑了："该怎么让他自己愿意把你带过去，那就得你来做点功夫了。"

蕙娘微微一怔，她瞧了婆婆一眼，见权夫人虽然在笑，可眼睛却是一片宁静，忽然间，她什么都明白了。大嫂林氏、权瑞雨、权季青，甚至是权仲白的种种反应，倒都有了合理的解释。

同她当时想的，倒也差不离嘛……

"哎。"她这一笑，倒是笑到了眼睛里，"媳妇儿明白该怎么做的，夫唱妇随嘛，相公要去香山，我这个做媳妇的，当然也要跟着过去啦。"

看得出来，权夫人有点诧异，可对她的诧异，蕙娘暗地里是不屑一顾的：不就是摆布权仲白吗？活像这竟是桩难事似的……那也就是两句话的事！

蕙娘还真只用了两句话，就让权神医恨不得把她当下就打到包袱里往香山丢。第二天中午，等权仲白回来吃午饭，石墨把一碟子快炒响螺片放到桌上之后，蕙娘就和他商量："今儿娘同我说，预备把你打发到香山去住，说是你在家里，平时病人过来问诊的太多，实在是太辛苦了。"

"一般的病人，倒是不怕的。"权仲白不大在意，给自己盛了一碗汤，"最怕是那些一身富贵病的贵人，又懒又馋又怕死，次次扶脉都像是开茶话会，每句话都要打机锋……"

蕙娘并不说话，只是端起碗来数米粒，数着数着，权仲白也不说话了，他抬起头看了蕙娘一眼，一边眉毛抬起来，天然生就的风度，使这满是疑虑的一瞄，变作了极有风情的凝睇。

"怎么？"二公子问，他忽然明白过来了——唇边顿时跃上了愉悦的笑，倒是将这俊朗的容颜点得亮了，好似一尊玉雕塑被阳光一照，那几乎凝固的轻郁化开了，鲜活了，这分明是个极自由的单身汉才会有的笑。"哎，我虽然去香山了，但三不五时还是要回府的！"

看来，他还真没打算把自己带回香山去……想来也是，蕙娘知道他在立雪院住得不舒服，里里外外，都是她的陪嫁，人多、物事多，她又老挑他……能够脱身去香山，权仲白哪会那么高风亮节，把她这个大敌，给带回自己的心腹要地去？

她没说话，只是轻轻地出了一口气，肩膀松弛下来了，唇边也亮开了一朵笑："噢，我还当我要同你过去呢……这倒是正好。"

她快活地夹了一片茭白，放进口中慢慢地咀嚼，虽说眉头还是不免轻蹙一下，但相较以前反应来说，今天的焦清蕙，已经算是心情极好的了，看得出来，她是收敛了自己那处处高人一等的做派的……

焦清蕙要是放下脸来，和自己大吵大闹，一定要到香山去，权仲白说不准还不会那么吃惊。他虽然不爱管事，但不代表他觉不出好歹。焦清蕙摆明了看不起他，之所以时而会放下架子冲他娇声软语，无非是因为她新妇过门，肯定想尽快生育，才能立稳脚跟——这也是人之常情。

自己说去了香山之后，还会时常回府，虽说是真话，可以她大小姐的性子，肯定不会往实里去信。权仲白的眉头不禁悄悄地拧了起来：她这是抓小放大，更想留在这处处不合她心意的立雪院里，倒不想和他去香山……

自然，她也可能是欲擒故纵，拿准了自己不愿让她得意的心思，越是想跟他过去，就越是装着不愿意过去。可权仲白现在看事情的角度，又和从前不同了：焦清蕙性子高傲、睚眦必报，有一点缝儿她就要挤进去占一脚，虽说他忙，可桂皮还是和他说了几嘴，就是这桂花糖藕，她都送出花头来了，险些顺理成章，就把自己的人安排到大厨房里去。留她在府里，只怕自己再回来的时候，管事的人就已经姓焦了！

管事少夫人都姓焦了，世子那还能是她的大伯子吗……

"我说了不带你去吗？"他毫无障碍地就把自己的态度给翻了一页，见焦清蕙眉峰一挑，便抢着堵了一句，"我还没把话说完呢，你就插嘴！我说，三不五时，我还要回府住一晚的，立雪院里的东西，你别搬空了，起码四季衣物要留两套在这里。嫁鸡随鸡嫁狗随狗，我知道你看不起香山地方偏僻，不想过去吃苦，可谁叫你就嫁了我这么个没出息的山野村夫呢？"

蕙娘气得一拍筷子，站起身就高声叫绿松："死哪去了……听到没有，少爷叫咱们快些收拾包袱呢！"

自己一边说，一边就把角落里的大立柜开了，往外抱那些棉布衣裳，顿时激起一阵粉尘，权仲白也吃不下去了——菜上全落了棉絮，这还怎么下口啊？

一如既往，他要保持风度，是不会和蕙娘计较的，只是悻悻然哼了一声，也和蕙娘赌气："是要赶快收拾了，明儿一早我们就去香山，要再晚一天，还不知多了多少病人。"

说着就出了屋子，心情愉快地去外院扶他的脉——只是到下午时，居然罕见地命桂皮到大厨房去要了点心。

立雪院就是千好万好，第一不好：要时常在婆婆跟前守规矩，在这里住着，她就是权家的二媳妇，什么事都轮不到她出头做主；第二不好：这里离大少夫人实在是有点近，卧云院和立雪院就隔了一座假山，两边下人又都很多，后罩房干脆就连成了一片，消息不走漏都难。大少夫人毕竟占据了多年的主场，容易传话，方便的暂时还是她，不是蕙娘。香山再偏僻，起码地方大一点，不必住得这么憋屈，蕙娘的心情还是蛮不错的。她把东里间让给丫头们整顿行李："大家具肯定是不带过去的，四季衣服给姑爷留出几套，我们礼服留几套，常服留几套，意思意思也就够了。首饰嘛，都带过去吧，这一去起码是一年多，在院子里放着，进进出出还要多了一重小心。"

这样说，就是要把整院子都搬迁到香山。大家都知道，那边地方大，天高皇帝远，起码这些陪嫁丫头的日子会比在府中好过一点，打从孔雀开始，一个个丫头都是容光焕发，就连石英，面上都带了微微的笑。只有绿松还是同以前一样，沉静温文……这也是因为她正陪着蕙娘在权家花园里散步。

国公府占地大，人口又不算太多，比起动辄七八十口人的公侯府邸来说，权家主子满打满算也就是十口多一点儿，又都各有各忙；虽说下人如云，但平时园中静谧无人，哪个丫鬟闲来无事，也不会随意出门走动。蕙娘和绿松绕了假山一周，就在端午那天开席的石舫里坐了，绿松给蕙娘将四面窗户打开，虽是酷暑，可凉风徐徐，透着明亮敞净。蕙娘手里拿了一片荷叶，慢慢地撕着往栏杆下丢，引得游鱼上来争食，绿松见了，也不禁微微一笑："您最近，心绪倒是越来越轻松了。"

"大家都过了一招，现在正是安心拼肚皮的时候。"蕙娘懒洋洋地说，"饱食终日、无所事事……我肯定是轻松的。倒是你，要忙起来了，我预备把你留在立雪院看家。"

绿松眉头顿时一跳，她的心跳也不禁就跟着微微快了起来：姑娘做事，从来都不是一时兴起，没准儿眼下埋的伏笔，要到两三年后才应出来……

极为难得的，她有一丝惶惑——这究竟是姑娘对她的试探，还是真已经打定了主意……可以她对姑娘的了解，说真的，这可不像是个能容人的性子……

"我想跟着姑娘去香山。"绿松难得地倔强，她瞅着自己的脚尖儿，肩膀绷得紧紧的，"自打我进府，就没离开过姑娘身边，您这样，别人还以为我做错事了……"

"别人心里怕是羡慕你都来不及呢。"蕙娘轻轻地说，"从孔雀起，但凡有几分姿色，谁不想留下来？也就是你这个傻丫头，要留你，你还不愿意——不成，我说让你留，你就得留。"

她的语气带了几分霸道，可绿松听着，心头却是一松：她知道，自己这一次，是又答到了姑娘的心坎里去，没让姑娘失望。

"孔雀也到年纪了。"她轻声说，"您还没让她家里给说亲，心里有想法，也是很自然的事……"

再说，孔雀、绿松、香花、方解，也都的确长得很漂亮。

"这些细枝末节，先不说了。"蕙娘漫无目的地撕扯着荷叶，"本以为祖父瞧走了眼，那一位竟是个粗人，头一次出招处处都落了下乘，顶上两个精细人，是忍无可忍，把我找来救场的……现在看来，她倒也的确精细得很，竟是示敌以弱，把我给对比得粗疏了。"

"您也的确是过火了一点。"绿松轻声细语，"按老爷子的意思，您也没必要在妯娌斗争上用太多心思……"

"你毕竟少在府中走动，这就不懂了，"蕙娘说，"她那样行事，其实根本就是故意营造出种种氛围：大房已经尽失欢心，我一进来，就有人给铺了青云梯，我就只管往上走就行了……"

她兴致盎然，换了个姿势，玉指从容剥出一粒粒青莲子，也不拔莲心，就这样往口中放。绿松叹了口气："又染得一手都是绿绿的……"

"照我看，"蕙娘不理她，"她本也没打算这么快出招的，还是那天参拜宗祠时的那句话，让她坐不住了。这一招因势利导，用得好。公婆如此加意提拔，大嫂手段低俗，如此下三烂的招数都用出来了。顺理成章，我自然是表现得越强硬越好，越快树立起威严，也就越快接过家务，为长辈分忧。"

"可在长辈眼中，她一向行事得体谨慎，出这一招，虽然有点自跌身份，可也不至于就把印象都抹黑了吧。她表现既然好，只是偶然失手，那我就成了捉住把柄穷追不舍的坏人了。长辈的心意恐怕还是摇摆不定，所虑者两个，一是长房不能生育，二是权仲白不中用，府内家事全看我的手段。看来，我的手段不对长辈的口味，所以，才没把人给安排进大厨房去。因势利导、投石问路……她到底是给自己挣出一点腾挪的时间、一个最后一搏的机会。"蕙娘轻声说，"短短几天内，这几步棋走得滴水不漏，的确是个人才。"

"这么说，"绿松不禁一挑眉头，"您居然是在她手上吃了个小亏——"

"谁说我吃亏了？"蕙娘有点不高兴，她横了绿松一眼，"就算心里有别的期望，可我们去香山，那终究是迟早的事。你看权仲白那个性子，在府里能住得了多久。没有儿子，我肯定要跟他过去……这道题，我就是答得再好，再谦冲和气，又有什么用？难道我就不去香山，在府里管家了？在外头住得久了，不是外人，也就成了外人了。不让府里的人都尝尝我的巴掌，以后回来，难道还要从头做起？这一巴掌，倒是周瑜打黄盖，她巴望我打得狠一点，我也就真的把她的脸给打肿了。她开心，我也开心……"

她也忍不住扑哧一笑："大嫂这个人，是挺不简单的。"

绿松实在也是个精细人，她是吃亏在没有蕙娘身份高，暂时都只能守在立雪院里。现在蕙娘成婚了，当着权仲白，又有很多事不方便说。现在蕙娘稍微点拨两句，她立刻就跟上了局势。"那位也是怕，她怕长辈是真的已经对她绝望，娶您进来，稍加考察之后，就要扶您上位了。难怪，这手段来得这么急……她这是绝境一博，也难为了还能安排得如此细密——这侧面不是又证实了自己的实力可圈可点，的确有资格做个权家主母？您也不能太掉以轻心了，若那通房能生个子嗣出来……这个局，胜负还真难说清楚。"

"权仲白虽然本事是有的。"蕙娘淡淡地说，"可那个猪一样的性子，根本是二房的最大软肋。要我是长辈，长房能生，早就让长房担正了。大哥虽然声名不显，但看着人起码比权仲白精明一点，大嫂嘛，娶得也不错。"

她问："你猜，要是他们把这位置给争去了，大嫂会怎么对付我？"

"这就说不清了。"绿松轻声说，"您就吃亏在这个嫁妆，实在是太豪奢了，一份嫁妆赶得上一族的家产：不分出去，难处；分出去了，以姑爷的性子，只怕就不会再在京里待着吧。到时候，大少爷拿什么身份来节制他……"

"要是我，先拼着，就是偷人借种，也生一个儿子出来，再把这么个刺头二弟媳给……"蕙娘做了个手势，似笑非笑，"这么一来，什么难题都迎刃而解，要留了个子嗣，嫁妆都不用退，真是下半辈子做梦都要笑醒了……"

绿松呼吸一窒，她几乎是恐惧地望了蕙娘一眼："您的意思是——"

"我知道这是瞒不过你的。"蕙娘闲话家常一般地说，"五姨娘的事，别人不知道，你知道得最清楚——有人要毒我不假，不过那么巧妙的局，她那头脑，是安排不出来的。"

五姨娘小户出身，手段粗浅，也就是仗着肚皮争气，太太、三姨娘性子都好，才得意了一时而已。说到手腕，连绿松都看不起她。

可大少夫人就不一样了，大户人家出身，说靠山有靠山，说家世有家世，说手段有手段，要不是姑娘点拨分析，连绿松都看不明白她的用计心路，如此缜密的思维、无赖的手段，哪里是个姨娘可比的？就说动机，恐怕全家上下，也就是长房的杀人动机最强烈、最迫切了……

她的呼吸急促了起来，这才明白蕙娘把她留下的目的："姑娘就放心吧，我一定牢牢地看住卧云院……这件事让别人来做，我也的确不放心！"

蕙娘满意地一笑，她给绿松分析府里局势："最近宫中风起云涌，眼看就要有大变化了。今年年底就要选秀，因为我进了门，家里势力膨胀，说不准就存了把瑞雨送进宫里的心思。小姑娘可能收到了一点消息，她似乎不大情愿，对我很有些迁怒，平时和问梅院来往的时候，你要小心一点。"

"这是您——"绿松问。

"四少爷暗示了我几句，"蕙娘有些好笑，"线索这么明显：我没得罪她，她忽然冲我，婚事，定国侯府的病人……他一提我也就猜出来了。这个四少爷，也是个妙人，两头都示好，我看着比三少爷还有出息一点。以后你在府里，有什么事想要打听，稍微露一两句话，看看他的反应。"

"我知道该怎么做的。"绿松笑了，"您就放心吧……也好，双方过了一招，也都知道底细了，现在比的也不是手腕，倒是天命。您在香山，她在府里，大家都放心得多了，少生出多少事来！"

"所以说，老人家会安排。"蕙娘也露出钦服之色，"真是一点都没有痕迹，只一句话，就引得她心急如焚，又试了她，又试了我。现在第一科考完，该考第二科了……反正，不论是谁高中状元，还不都得冲着她们磕头？"

她嘴唇微翘："的确是内宅里浸淫了多少年……绿松，我们两个这些年来，学的都是对外功夫，这家里的学问，还得多上点心，冲行家取取经啊。"

"我觉得您应付得就不错。"绿松合上窗叶，引着蕙娘出了香洲，"老爷子说得对，现在没必要太花心思在这个上头。抓大放小，就是他知道您的做法，也都会点头的……"

"去香山也好，"蕙娘闭了闭眼，也叹了口气，"免得在这个地方，连说个私房话，都要跑这大老远……"

虽说新婚第一年，不好没事常回娘家，娘家人自己也要多少知道些避讳，不好常常派人和新娘子通消息，但绿松猜得没错，知道蕙娘要跟着姑爷去香山住，老爷子还是有办法传达自己的态度。

因权仲白的园子设了没有几年，在京中人俱以"药圃"呼之，蕙娘当时已经不能随意出门，她虽然到过香山，却并未见识过这院子的面貌，一路闷在车里，恍惚听说进了山门，却又走了许久，才停车要换轿子。她正打算让石英过来给她讲讲香山园子的布局呢——过来得急，她没顾得上问石英这个，之前事情也多，也觉得是小事，竟忘了这茬。

可才一下车，她便罕见地微微露出了惊容：在这车马院里，整整齐齐地停了一溜马车，从形制装饰来看，都极为眼熟……马厩里嘶鸣声声，看来也是几乎满员了——她踮着脚往院门外看了一眼：这马车队竟长得院子里都歇不下了，一路排到了车马院外头，还有老长几排呢……

"这是怎么搞的？"权仲白的马也进了敞院，他看起来也很吃惊，"我不记得最近有这么多药材要进来啊？"

自然早有几个管事迎了过来，其中一位看着最年长的主事者扫了蕙娘一眼，显得有几分怯懦，又透着那么一二分讨好："回禀少爷少夫人，这也是今早才到的——是阁老大人给少夫人送节礼来了。一庄子小厮带过来的车先生们，都正往里搬呢……桂皮和张奶公就是去忙活这个了，才没过来迎接……"

这"节礼"一开始竟会被权仲白误认为是一批大宗药材……其规模究竟有多巨大，那还用说吗？权仲白望了蕙娘一眼，即使是他也有点吃不消了："这……焦清蕙，你——"

清蕙自己其实也有点没回过神来，可听见这个你字，她眉毛顿时一蹙，权仲白顿了顿，自己识趣改口："咱爷爷，这也有点太宠你了吧……"

"我们家就这么几个人。"蕙娘肯定不能给老太爷坍台，"不宠我，祖父宠谁呢？"

一边说着，两人一边下了轿，蕙娘一路浏览风光，又走了许久，才到权仲白日常起居的一处院子。桂皮、焦梅和权仲白的奶公张管事都迎上来请安，还有从焦家押车过来的几个管事也过来和蕙娘问好，蕙娘也问了家里人好，就拿了礼单在手里看着，听权仲白问焦家人："这都什么东西啊，我看一库房还未必都装得下！"

"听说姑爷爱吃些海货。"焦家管事便笑道，"我们姑娘陪嫁里没有吃食，这原是家里给想漏了，老太爷索性多预备些干海货，你们小夫妻吃个一二十年都是管够。还有些时鲜吃食，姑娘日常起居用的杂物，当时没带过来的。再有就是一些青瓷马桶陶土管道，也顺带着就带过来了，老太爷说，你们这里附近就是河，一路挖出去也没有人家，您什么时候方便了，就只管说一声，不到半个月，保证就给铺好了——"

他给权仲白行了一礼，又说："老太爷还说，回门那天他忘记同您说了：'咱们家姑娘，从小看得金贵些，请姑爷多包涵则个，她要花钱，就让她花吧。反正她有钱，这铺水管的银子就只管朝她支，要花完了，娘家还有，开个口就行了……'"

连蕙娘都不禁又叹又笑：这个老爷子！口口声声动心忍性，却见不得孙女受那么一点委屈……这节礼不必送国公府，他老人家没了顾忌，倒顽皮起来了！

刚要开口岔开，不令管事再代老爷子发威敲打姑爷，权仲白已经有点听不下去了——这也是因为老太爷说得有点不像话，又不是亲自在这里，才能打断长辈的传话。他轻轻地咳嗽了一声："别的东西收了也就收了，下水那一套，我们就有，应当还比你们那好些，那几车就拉回去吧，免得放着也是浪费！"

这一句话说得好，焦家管事有点被噎着了，遂拿眼去看蕙娘，蕙娘也是又惊又喜，她轻轻地摆了摆手，令他不再说话，便拉着权仲白："人家头回过来，你还不带我到处看看。"

在管事跟前，权仲白要给她做面子的，他"嗯"了一声，便带着蕙娘进了里屋。才一进去，蕙娘就甩开他，快步进了净房——片刻后，她又旋风般地转出来，难得地笑靥如花，一点儿心机不带："你这个人怎么这么讨厌！挺能藏拙的嘛！竟一句话都没提！"

竟是三句话后头都带了叹号，衬着棋盘格西洋布衫子，她看起来竟是难得的稚气，倒有了些少女该有的，在她身上却极为罕见的娇憨……

"我可不比——"权仲白有点吃惊，他才要刺蕙娘一句，蕙娘已经直把他往外推。"人家要用官房呢，就你没眼色！扶你的脉去吧，下午都用不着你了！免得啊，你人在这里，心却早飘到了外头的扶脉房去！"

女儿家专用的颠倒黑白、反咬一口，焦清蕙平时是不轻易动用的，可一经施展，居然也这么熟练老到，权仲白要为自己辩驳，可又觉得太较真，要不辩驳吧，又气闷。正踟蹰间，蕙娘已经又进净房去，不由分说，"啪"的一声合了门扉，便算是盖棺论定，为权仲白的"罪行"下了钉脚。他要不出去扶脉，似乎还真辜负了这个罪名……

权公子待了片刻，摸了摸后脑勺，想一想，居然也就摇头失笑，转身出门，扶脉去也。

在立雪院，蕙娘的东西都没能铺陈开一半，要说住得顺心顺意，就连权仲白都不会相信。在香山别院，地方就要阔大得多了。因为过来得急，权仲白也没给蕙娘划出院子来，蕙娘顺理成章，就歇在了他的屋子里。她先洗去一身疲惫尘埃：

她素性好洁，在良国公府用木桶洗浴，心里总是带了些疑虑的，就是洗头都不舒坦。等她从净房里出来，几个大丫头也就把屋子塞得满满当当的，和从前一样，孔雀捧首饰，香花给梳头，天青拿衣服，石英拿着一盒玉容膏，蕙娘挑了一点儿，手指慢慢地在脸上打着转，一边听石英说："上回过来，只是开了几间仓库放东西，并且在园子里走了几步，并不知道屋内还有上下水道，桂皮居然连一句也都不提，他这是成心向着他家少爷呢……"

蕙娘今天心情是真好，她倒为桂皮说了几句话："你要是他，你肯定也向着自己主子……权仲白能够镇住我的次数，可也就只有这么几回了。他还能胡乱露了底？再说，恐怕权仲白也不让他说呢，要知道了，我肯定缠着他到香山来。你觉得我和他一道来香山，他很高兴吗？"

纸包不住火，虽然在底下人跟前，夫妻两个都尽量为对方留点面子，但是这些大丫头，哪个不是鬼灵鬼精的，有些事，瞒得过阎王，瞒不过小鬼。蕙娘和姑爷关系究竟怎么样，几个大丫头也是渐渐有数，都知道该怎么说话。

石英一撇嘴："高兴不高兴，那不也由不得姑爷吗……"

她和绿松不一样，绿松常逆着蕙娘的脾气，石英却总是顺着毛拍马屁，蕙娘笑了："哎呀，这怎么说话呢！"

她摆了摆手，见屋内自己的起居物什都铺陈开了，连惯用的几件家具都已经被妥善安置进来，那张贵妃椅就安安稳稳摆在窗下，从石板地下，还能隐约觉出冷水流过的叮咚之声，窗外是玛瑙看着几个婆子往东西厢摆她的衣箱、妆奁……就是蕙娘，一时都也觉得：要能在这里安安稳稳住上一辈子，就是不回良国公府，又有什么要紧呢？

她梳洗过了，又有人进来摆了午饭，石墨亲自捧了一个食盒进来："今儿有大灶了，给您下功夫做了几道菜……"

蕙娘实在并不小气，尽管这不是姑爷的本意，可权仲白让她高兴了，她也让他高兴："你去问问姑爷进不进来吃饭，他要不进来，你也给他做两道菜送去，捏着他的口味，上心一点儿。"

好来好往，权仲白才到香山，事情很多，他没有回屋吃午饭，可等蕙娘吃过午饭，小憩片刻起身时，桂皮已经在外屋等着了。他给蕙娘带了一筒纸："这是咱们这冲粹园的建筑草图，当时就是按照这张图建起来的——请少夫人过目。"

"这就把老底兜给我瞧了？"蕙娘问桂皮，"带这张图纸，是你自己的意思呀，还是你们少爷的意思？"

"少爷哪管那么多啊。"桂皮立刻邀功卖好，"少爷才回咱们自个儿的地方，满心都是他的那些药、那些个病号。这是谁的意思，少夫人明察秋毫，心底是最清楚的……"

"这就算是扯平了。"蕙娘用手指遥遥点了点桂皮，"要不然，石英非得削你不可。"

石英本来正站在蕙娘身边，和她一道看图纸呢，听见主子这么一说，她"哼"了一声，看也不看桂皮，转身就掀帘子出了屋。桂皮偷偷地看着她的背影，又冲蕙娘伸了伸舌头，样子促狭，惹人发笑。

蕙娘却不再搭理他了，她细细地看了半日——虽说面上若无其事，但心底是够吃惊的了：这个冲粹园，那真不是一般的大啊……

世家大族，即使家财万亿，可行事有一定的规矩在，也不是爱干什么就能干什么的。焦家钱够多了，多得能把京城的土地买下一半来，可阁老府也就是那么点地方，要不是焦家人口少，还未必够住呢。香山有一大片是皇家禁苑，一侧山麓则遍布名寺古刹，照蕙娘想来，给权仲白剩的地应当是不多了，可看这总图上的几个数字，这冲粹园单单是山脚下的一片建筑园林，那就有七八顷了……更别说后山上那一片老林子！皇上是几乎把禁苑都划了一半给他，单单只是这个园子，就几乎可以说是独步京畿了：京都人家，即使有钱有身份，可为免犯忌讳，谁家在京郊的园子，那也没有超过三顷地的……

"这是当时先帝赏给我们家少爷的。"她虽然没说话，可桂皮怎么看不明白？他主动为蕙娘解释，"当时先帝要赏少爷爵位，少爷没要，赏官位，少爷也没要，赏了文散勋，少爷受是受了，可受得不大高兴。先帝就说，赏钱少爷肯定也不稀罕，就赏少爷一块地吧，就在香山皇家禁苑里给少爷划了一块出来，给少爷'培育新药，钻研杏林之术，收治天下病者，行善积德'……"

皇家特赏，难怪权家人虽然个顶个的精明，但对这园子，也是口口声声，一口一个"二少爷自己的地方"。就是想吃，这块肉也不是他们能吞进嗓子里去的。蕙娘轻轻地点了点头，桂皮又为她解说："从前这里没有家眷，便也不分内院、外院，那是香山正经山门，其实从这里进来，那就是我们专用的一条路了。今儿少夫人是从正门进来的，车马厅换了轿子，顺着这条青石板路进来，就是少爷住的院子了。少爷刚才还说，这里离外头近，要是少夫人嫌吵，嫌人来人往的乱，里头还有十多处亭台楼阁，都是空锁着的，那里是花园，风景好，少夫人爱住哪一处，就住哪一处……"

蕙娘当没听到，她的手指滑到了园子东南面，见那处屋舍井然排列密实，便道："这是收治病人的地方？你少爷平时都在哪里扶脉？"

"从大路这里再拐个弯，走上一段路，这些年来渐渐也有些人家了，做的多半都是在此排号等待的病人生意。"桂皮就向她介绍，"少爷说，其实真没钱，根本就到不了香山，这些人都是家境殷实见闻广博的，才能知道有少爷，知道有香山这一处地方。所以我们平时是不随便让人进园子的。少爷有了空闲，一天喊些号进来扶脉，开了药他们就不能在园子里待着了。只有些病情稀奇古怪，必须动刀子、下凿子的，才在这一处居住。"

他指给蕙娘看了，又说："其余都是少爷藏药、研习医理的地方了，没有少爷点头，一般人也不能进去。"

见蕙娘沉思不语，桂皮看了她一眼，他献殷勤："可要是少夫人想看，那自然是另当别论的。"

"你就贫嘴吧。"蕙娘又指了一处，"那这里就是药圃了？地方不大啊。"

"是暖房和凉房，"桂皮看了忙说，"种的是一些不适合京里随常气候的药材，少爷要研究药性用的。真正的药园其实还在后山呢，那里周围都有高墙围着，羽林军把守，不然，这些年来早都被偷挖光了。"

蕙娘渐渐地也就都看明白了，她就奇怪一点："怎么这图上竟连一处名字都没写，这园子叫冲粹园，还有呢？这院子叫什么？药圃又叫什么？"

"少爷不耐烦起名字……也不耐烦请人来起，说做作。"桂皮嗳嘴着说，"给编了号，这院子，在编号里是甲一号……那仓库是乙一、乙二……"

连丫头们都忍不住了——石英不知什么时候也回了屋子，正在蕙娘身边看图纸呢，她都笑了："少夫人，这姑爷也是的……"

蕙娘还能说什么？她叹了口气，自己也忍不住笑了几声："算了，今天就先看看图吧，明天我再去逛，虽然我也没才，可到底还能想出些比甲一号好听的名字。"

　　她看完了，就又问桂皮一些生活上的琐事，平时下人们都住在何处，如何开饭等等。得知此处占地阔大，所有的近百个人在冲粹园西面都有住处，就这样一排屋舍还没有住满呢——那边往城郊村子里过去方便，平时园中吃用的菜肉也从那里送来；又有多少个厨娘，怎么开餐等等，都说得一清二楚。蕙娘倒也不禁夸了他一句："难怪就你在少爷身边最得意，确实也就数你能干。"

　　想桂皮，首先京里权贵的来龙去脉亲戚关系，他必须能记得一清二楚，谁是能回绝的，谁是能婉拒的，谁是不能得罪可以通传进去惊动权仲白的，这心里都必须要有数，才不至于捅出娄子来。这一闯祸，不说挨骂了，说不准都是要挨板子的；其次，他必须很会说话，才能应付各种形形色色的求诊人：一个人家里要有病人，他的心情一般是不大好的，话说得不好，很容易得罪人。从焦家和他接触的那一次来看，桂皮的确是挺会说话的，就是蕙娘，事后听下人说起来，也都无法生出怨言。

　　就这两件事，已经能让一个能力一般的管事焦头烂额了，可桂皮不但办得清楚利索，连蕙娘要过问园中布置他都料到了，准备得妥当，有问必答不说，数字都是明白的，缘由都是清楚的，准备都是做好的……一个人可以藏拙，却绝不能硬充精明，能干还是平庸，真是几件事就看出来了。

　　桂皮嘿嘿地笑，他摸了摸后脑勺："其实也糊涂着呢，这都多大的人了，还连个媳妇都说不上，还指着少夫人给我做主呢！"

　　这话有点过露了，石英悄无声息又出了屋子，蕙娘被逗得直笑，她故意不搭理桂皮的话茬，而是吩咐他："现在我过来，人口多了，有些事少不得要改一改。我记得这里原有一个厨房，就是给内院做饭的，只是你们多年没用……"

　　于是她让桂皮找了权仲白的奶公——冲粹园大管事过来，和他商量着分派了一番，首先将她身边带来的几十个陪嫁丫头全找了下处：这些姑娘家必须住在内院，不能到园外居住。在园外住着的是她的若干陪嫁丫头，因在府内没有差事，除了给她管陪嫁庄子、铺子的，也都被蕙娘带到了香山来。这些人就在园外那一排屋舍中安家。还有立刻将内院大厨房打开清扫，在内院附近开出一个库房，专放各色干货等等，这些事有的底下人已经匆忙预备好了，有的还要蕙娘定夺。一屋子进进出出，都是来回事、领事的管事。

　　石英不顾面红，也时常进来回话："几个掌厨的师傅都安顿下来了，只要柴米油盐到了，今晚就能上灶。"

"您家常常用的那些家什已经给安排在附近的……甲二院了，首饰箱子给卸在东厢，连孔雀妹妹的铺盖都给铺好了。她正开封点数呢……"正说着，隔着窗子就能望见，孔雀关门落锁，已经把东厢房的窗户给上了板。"还有玛瑙、香花……都去自己安顿，今晚就让她们来服侍您吧。"

"方解也去开琴箱了，今天肯定就忙这事。还有我让萤石去给您选练拳的屋子，怕是一会儿就能得回话……"

有这么一群能人里外奔走安排，等到太阳西斜的时候，蕙娘居然已经大体安顿了下来，新厨房里也已经铺排开了阵势。蕙娘慰问了张奶公几句——这位中年管事，见她如此清爽利落，随口发落安排，都妥当得挑不出毛病。早都已经激动得热泪盈眶，就差没有"纳头便拜，口称大王"了。蕙娘亲自将他送到屋门口，又折回来，笑着冲桂皮道："你也是忙了一天了，今晚却还不放你闲。我娘家过来送东西的人多，现在都还没回城呢，张奶公要忙我们自己的饭，我就把这些人交给你了……该怎么陪，你心里是有数的。"

桂皮眨了眨眼，居然还很知道体贴蕙娘："少爷心里不装这些事，还要少夫人为他做面子，真是辛苦您了。"

蕙娘唇角，不禁轻轻一笑："精不死你？倒要谢谢你赏识我呢。"

她在贵妃椅上坐下了，自然有人给她递上刚泡好的茶："这是后山取来的野泉水，倒也觉得清冽，您尝尝，要觉得好，咱们就不用问老太爷要水了……"

蕙娘把脚放上榻，轻轻地吹了吹茶面，眯着眼睛望了水面一眼，又含了一口，半日方才道："不错，胜在新鲜，以后就先用这眼泉吧。"

她喝了小半盅茶，偶然一抬眼，见桂皮居然还未离去，而是眼巴巴地盯着她看，倒不禁奇了："你怎么还不走？"

桂皮扑通一声，给蕙娘跪下了，他哭丧着脸，竭力做出可怜相来："少夫人，小的这年纪也耽搁不得。少爷又是不上心的性子，这亲事还得您来做主……"

他还要给蕙娘磕头——蕙娘也是被桂皮给逗乐了："这件事，不是你和我说，你爹娘不方便进来，也该托个媒人来说。不然，我的人就这么不值钱？你随口问上一句，我就给你了？想得你倒美！"

桂皮眼睛一亮，顿时就明白了蕙娘的意思："小的谢少夫人成全，小的这就回去托人！"

　　说着，这才一溜烟出了屋子，石英满面通红，躲在屋里不肯出来见人，只让玛瑙、香花过来服侍蕙娘。蕙娘又指挥她们挪了几处家具，等太阳西沉，便令人去请权仲白回来吃晚饭。

　　因为他在京里住了有一个多月，香山这里的病患陆续已经迁移过去，只有少许消息灵通的才提前回来等候，今天权仲白倒没有扶脉，而是自己在忙些别的事。折腾一天，他也有几分疲倦了，听蕙娘来叫，便回去用饭，一路上心里也有了准备：自己这个院子，恐怕是又要被焦清蕙给盘踞消化，变作她的巢穴了。

　　他没有想错，甲一号的变化的确不小。首先，屋里处处都亮了灯火，就连东西厢房里都隐隐有灯光、人声传出，院子里已经在天棚底下摆出了一桌冷盘来，隔着玻璃窗看进去，从东稍间到西稍间，屋里都一下满当起来。尤其是他的卧室，里头现在摆了好些焦清蕙的爱物，就连竹床上，放的也不是一床薄被了，而是焦清蕙爱盖的白夏布被子……

　　这样的变化再来一次，感慨依然在，却的确要淡些。权仲白在院子里站住脚，望着掀帘子出来、面上盈盈带笑的焦清蕙也不禁在心底叹了口气。

　　焦清蕙身穿一件对襟团花玉色短衫，肤色却要比衣裳还白，虽然还有些讨厌的盛气凌人，可她的笑，要比在国公府立雪院里那气人的、冰冷的笑鲜明活泼得多了……唉，她究竟是生得很美的！

　　忽然间，他有点不好意思过去，他想掉头就走，从这甚至是烫人的热闹里逃出去——可这又实在是有几分懦弱了……

　　"洗过手没有呀？"焦清蕙已经半是嫌弃、半是玩笑地问："可不要摸过了脏东西，就坐上桌吃饭了。"

　　她说到饮食，态度是从来都没有这么积极的，甚至还搋着权仲白的肩膀，令他坐到小方桌边上："今儿也让你见识见识，什么才叫作真正的手艺。"

　　虽说最亲密的事都做过了，可权仲白还是头一次觉得这么不自在……虽然时值盛夏，按说不会再有摩擦致电的事发生，可焦清蕙的纤纤玉指，好像还是带了刺，刺得他从脊背往下，一路是又麻又痒又痛……这感觉微妙难言，虽并不会太不舒服，却令他很不自在。

"我——"他才要说话，焦清蕙已经在他对面落座，她撺了一筷子凉拌三丝送到权仲白碗里，见他并不动手，只是望着她瞧，倒被逗笑了，扑哧一声，笑得鼻尖都起皱了。

"傻子。"她说，"发什么呆，动筷子呀。"

权仲白还能说什么？他本来也根本不知道要说什么，只好握住那沉甸甸的乌木镶银筷，将新婚妻子好意为他预备的美食送入了口中。

这一下筷子，稍微一嚼，权仲白顿时就忘却了那若有若无的别扭意绪，他惊喜地略微一瞪眼："这是南边的手艺吧？唔……我吃着像是闽菜，怎么，这红的是山楂？亏也想得出来，咸鲜味儿带了点酸，倒是不用米醋了。"

天色已黑，院子里高高地挑了雪亮的玻璃宫灯，天棚罩得严严实实的，虽是夏日，可连一点蚊虫都没有，只有夜风一阵阵送来清凉，合着月色，将院内装点得犹如白昼。即使没有冰山，也是"水殿风来暗香满，自清凉无汗"。蕙娘看权仲白，头一回顺眼了一点：只听桂皮说他讲究，在国公府里吃了这么一个多月的囵囵菜，除了还知道肯定石墨的手艺之外，他是半句臧否的话都没有。一个人要连吃喝玩乐都不讲究，功名利禄都不追求，只晓得扶他的脉，就算在医术上造诣非凡，可和这样的人生活在一起，又有什么趣儿呢？

"这也都是石墨琢磨出来的。"她难得地起了谈天的心思，"你也知道，我们焦家人口刁，能应承我们的外点，大师傅们都是格外用了心思的，就是祖父自己带出来的几位大师傅，也都是易牙妙手，各有各的绝招。可石墨就能从他们那里将绝活偷过来不说，还紧扣我的口味又做改善。凉拌三丝把里脊肉丝换做山楂皮儿酿的细冻，不但特别清雅、酸甜开胃，而且很适合三姨娘茹素的时候换换口，也算是她的得意菜色了。"

权仲白"唔"了一声，没有吝惜夸奖："你身边这些丫鬟，真是各个本事都不凡，连一道凉菜，都能做出这些花头。"

"这就算不凡了？"蕙娘似笑非笑，"今天毕竟还是仓促了，连干货都一点来不及发，用的也是厨房里现有的那些材料。烹饪这种事，七分材料三分工，今儿你吃着好，过几天再做一道凉拌三丝，一样的人来做，你吃着就更好了。"

权仲白已经转攻水晶肴肉了，他吃得开心，听蕙娘这么一说，却仍不禁要道：

"你这样，吃得也实在是太精致了，至于这么讲究吗？我看能有这样厨艺，就是一般市面上买来的菜肉，做着也都挺适口的。"

蕙娘眉一挑："那要这样说，就是一般的厨艺，一般的菜肉，又有什么不适口的呢？我看你今天胃口，倒比前几天更好，至于这么讲究吗？"

她对着文娘、嘉娘等辈，因为气场全然压制，一向反倒是从容有余，不论是威压还是怀柔，都透着淡定大气。在老太爷跟前，又因为祖孙感情深厚、略无猜疑，往往是相顾怡然，绝无针锋相对的时候。可对着权仲白，蕙娘一天不刺他几句，她自己都不大舒服。好在权仲白涵养好，一般都讲理，不管是诡辩、正辩，只要能把他绕进去了，他也不会随意动怒，还是挺能沉下来和蕙娘说理的。

"这能一样吗？"不至于动怒，可一点情绪的波动还是会有的，权仲白才要说话，丫头们正好来上热菜，八个冷盘八个热炒，用料几乎没有太名贵的，全是家常菜色。蕙娘奢侈之说，几乎不攻自破，他吃了一会会儿，只好又转移矛头："今天这盘银丝牛肉，我看就不如在府里吃的那一顿好吃。难道你也要说这是材料的关系？用一个小风炉，在廊上炒出来的，肯定还是更看手艺。手艺好，就是材料一般，那也能化腐朽为神奇的。"

蕙娘不禁甜甜一笑："吃得出优劣，这就对了，你当那盘银丝牛肉，牛肉是哪里来的？"

"就这一块肉，你也要回娘家去要？"权仲白不禁提高了声调，"你这也太小气了吧，难怪你……难怪爷爷送了这么多东西。这才头个下马威，就回娘家去告状，你还是三岁小孩啊？"

"我又不是神仙。"蕙娘一边吃一边和他辩，"不上市场去买肉，难道还能变出来一块生肉不成？我的陪嫁，自然是去同我们娘家相熟的店铺里买。他们要往我娘家传话，那是他们的事，再说，要不是受了委屈，他们又有什么话能传？你只知道好吃，可不知道里头差别大着呢，索性告诉你吧，今儿这一份肉，应该是在城里随意一个肉档采买的，要不是采买的人不经心，就是这肉买回来没当天烹饪，已经隔了一天，不那么新鲜了。你在立雪院吃到的那盘肉，是京城市面上能买到的最佳的，口外来的牛羊，吃的全是当年的青草，每天现杀现卖，不是老主顾去，要买都买不到。可这要比起我们家自己吃的那种，还要差呢……真要不能将就，我连眼前这几盘子菜都吃不下了。"

权仲白也真是吃过见过，可听焦清蕙这一套一套的，连一盘牛肉都能做出这偌大的学问来，他也有点晕了。"这也太精细了吧，你在家别的事不干，就只顾钻研这些个骄奢淫逸的讲究了？"

"没有这些个骄奢淫逸的讲究，"焦清蕙似笑非笑，"就是家财万贯，那也是白富。就是挣出一座金山银山来了，吃还是吃那些，穿还是穿那些，银子白放着不花出去，难道就很有意思了？这钱要不能让你开心，你还要它干吗呢？"

"那你也不能就光顾着开心啊。"权仲白还是堵不上她的话口：焦家钱，来得光明正大，焦清蕙花钱，花得也光明正大。再说，她这根本也不是拿钱往水里扔，那才真叫骄奢淫逸，她就是娇，娇得理直气壮，娇出了花头，娇得让他很看不惯，可要挑她的毛病，却又挑不出来——半个票号都陪过来了，就是要花钱，那也不是花他的钱，他还有什么好说的？

可要不说，他又真气闷得很，只好悻悻然地说："甭管你出门不出门，总不能只有这花钱的本事吧。"

"能把钱花好，可是一门不小的本事，"蕙娘一翘唇角，"可你这又不懂了，我身边这么多丫头管事，难道都是白养着的，该怎么把我的钱花得让我开心，那是她们的活计。你见过哪户人家的奶奶太太，是自己为自己操心着花钱的？"

这其实还真不少，即使是豪门巨富之家，日子过得和焦清蕙一样讲究精致的可也没有多少。可是权仲白不愿长蕙娘的志气威风："既然不是你的活计，那你平时都做什么？"

"那可就多了，"蕙娘处处堵他，堵得自己心情大好，越说越高兴，她托着腮，促狭地冲权仲白飞了一眼，拉长了声音，"可——我不高兴告诉你！"

权仲白一翻白眼，要寻一句话来回她，又觉得骂人被人听懂，实在不大好意思，思来想去半天，竟是一句吴语冒出来，他恶狠狠地说："作伐死倷呀！"

"作，丝作伐死宁额，郎中，"蕙娘回得比他还快，"倷哎丝看病的，哪诶尬啊伐晓得？"

这下，权大夫真是连吃饭都吃不香了，他浑身都打了个哆嗦，好在天色暗，自己掩饰住了，只得瞪住蕙娘，有点狼狈："你怎么连苏州话都会讲！"

"各地方言里，北方的不必说了，终究是官话一类。"蕙娘难得的也有点得意，"可要连吴语都不会听、不会讲，以后怎么和南边人打交道？我们娘家的产业，又不仅仅在京城一地。现在又有哪门子生意，他们南边人不来插一脚呀？"

"照这样说，"权仲白将信将疑的，看着蕙娘的眼神都不一样了，"天下这么多方言，你还都又会听，又会说？我这些年亲自走过的地方可多了，到现在也只能夸口听懂九成，要开口，那可难了。"

"那也不是，穷地方就不学了嘛，"蕙娘也没充大，"会学他们吴越官话，还是因为要和南边人做生意。下江话也能听能说，闽南语、粤语、川蜀官话，那就只能听，说不了多少了。"

下江话是江淮方言，扬州盐商富甲天下，焦家和他们有生意往来，丝毫都不出奇。饶是如此，她一个娇滴滴的小姑娘，出没出过京城都是两说，能有这样的本事，已经足够让人惊异了。权仲白不禁大起好奇之意，只觉得焦清蕙似乎也没那么可恶了："那你都还会别的什么，说来听听？"

他此时已经吃过饭了，蕙娘倒还在喝汤，被权仲白这一问打断了，放下勺子时，还有一滴醇白的鲫鱼汤挂在唇上，她伸出淡红色的舌尖，轻轻一卷，就把汤汁给卷进去了，权仲白别过头去，不敢看她，又实在好奇得想多看看她。蕙娘却一无所觉，她要说话，又忍住了，自己想想，也不知为什么，便扑哧一笑："宁嘎港了哉，伐高兴告诉你，诶闷？"

委婉曲折，竟是又祭出了吴语……权仲白真想求她别再说了，他赶忙放下筷子，催促蕙娘："不问就不问，快吃吧，一顿饭要吃多久？再吃下去，夜露上来了，要犯胃气的。"

当晚吃过饭，两个人先后洗漱，这回净房内再不用留人了。蕙娘从净房里出来的时候，见丫头们都已经退出屋子，只有权仲白靠在竹床上看病案。他专心得很，听到自己出来，并未抬头，修长的食指，还是飞快地翻阅着一张又一张书页。她也并未叫人，而是自己坐在梳妆台前，开了这个瓶子，又去开那个盒子，纵使她手脚轻盈，也免不得这儿碰碰，那儿撞撞，等涂完脸颊，卷起袖子来抹手时，偶然一抬头，便在镜子里撞见了权仲白的眼。

两个人成亲一个多月，该做的事没有少做，可头一晚大家都着急，蕙娘且还饿得头晕眼花，看世界都是模糊的，哪里还会记得羞赧。嗣后敦伦，那都是规规矩矩，连床门都关起来，有时候她连权仲白的脸都看不清楚，黑天黑地的，胆子自然也大了。可不知怎么，在这雪亮的灯下，也才只露出一条胳膊而已，从镜子里瞧见权仲白的眉眼，他尚且还没有什么表情，就只是盯着她看呢，她……她居然有点脸红了……

"看什么看！"蕙娘哪里会含羞带怯，她一把扯住衣襟，回头凶了权仲白一眼，"不许看！"

色厉内荏，却是谁都看得出来，权仲白笑起来："我不看，我不看，是没什么好看的。"

他又低下头去翻病案，一腿屈起来，一腿垂在床边，半趺着蕙娘亲手给他做的逍遥鞋……那上头绣的青竹叶，费了她几天的待嫁辰光呢。这不成体统的动作，带开了睡衫，淡青罗衣露出一线沟壑——权仲白是先洗过澡的，他没有束发，半长的发散下肩头，落在衣襟上，发的黑、衣的青、肤的白……

蕙娘看在眼里，气不打一处来。"也不许看！"

又不许看，又不许不看……这话说出口，就是蕙娘自己，也都觉得有点强词夺理了。就是在床笫之间，她也都没被权仲白逼得这么狼狈过……

权仲白哪会放过她，他幸灾乐祸地笑了，笑得这么体贴，这么宽容，这么不以为意，笑得蕙娘心火更旺，才要开口，他说了："我知道，我知道，不许笑——也不许不笑！"

"你——"蕙娘恨得拿起螺黛掷他，深青色的香料好没准头，没击到二公子，倒是击在宫灯上，把玻璃灯笼给击得好一阵晃，黄蜡没顶住，烛芯一触玻璃壁，"嗤"的一声便灭了。权仲白只好合上医案，站起身要就着桌上那一点点如豆的油灯，给宫灯换蜡。可才站起身，蕙娘又拈起一小块粉冲他丢来，粉块落入灯盘，这宽敞而清凉的屋子，也就陷入了一片黑暗之中，只得窗外一点月色铺在竹床上，可很快，这月色也不知被谁一拉帘子，给遮了去了。

窸窸窣窣一阵闷响，谁也没有说话，即使有些忍不住的声音，那也是咬着唇堵不住，从鼻子里逃出来的，蕙娘这会话倒是反常地少，还没有竹床响：这东西就是做得再牢固，也终究还是竹子，为重量一压，吱呀之声，自然是在所难免。先还只是偶然一响，到后来，竟是摇曳之声，响作一片，好似能给晃得散架了似的。有人的声音都像在哭："哎呀，怎么这么吵……你，你……你……窗子还没关全呢！"

这院子里东西厢房都住了人的……别人不说，就是孔雀，恐怕还在东厢房里盘点首饰呢。"去……去……嗯……去，"那娇媚的人便咬着唇喘着气，勉勉强强地说，"去床上……"

第二天一大早，几个大丫鬟眼圈都是黑的，都不敢看权仲白，小夫妻两个也都有点不好意思，只是蕙娘掌得住，权仲白掌不住，他匆匆吃完早饭——倒是比在府里要多吃了好些，便站起来："我去扶脉厅那里。"

蕙娘忙叫住他："今日还让个管事过来，带我看看园子。"

她说起来，自己都忍不住笑："你就是再不喜欢诗词歌赋，好歹也给那些亭台楼阁起些药名，什么甲一号、甲二号的，能像话吗？"

"诗词格律，我是一点都不懂，"权仲白一点都没有不好意思，看起来似乎也一点都不引以为憾，"你要是看不惯，那就只管改了吧，我让奶公陪你，什么事，你和他商量着办就行了。"

才说完，因石英正好进来，才看到姑爷，她就忙低下头去不敢直视——二公子再待不住了，拔起脚就走，蕙娘是喊都喊不回来了。

"这个人！"她啼笑皆非，才吃了一口早饭，见一屋子丫头都看着自己，也有点赧然，"都愣着干什么呀？还不快些做事去？"

人群顿时就散开了，石英小心翼翼地，上来和蕙娘商量："以后，还是别留人在院子里上夜了……"

蕙娘终究是脸红了——这个石英，就是进谏，都进谏得这么委婉，要是绿松在，肯定不会这么说话。

"你就放心吧，"她咬牙切齿，"以后会把窗子关好的！"

石英面红耳赤："奴婢不是这个意思……"不过，看得出来，一屋子的大丫头，都因为蕙娘的这句话松了一口气。

被这么接二连三地打了岔，蕙娘的早饭吃得也是没滋没味的，她又咬了一口小银丝卷，便放下筷子，若有所思地巡梭着一屋子花红柳绿的大丫头们。

这批丫头，是当年精选出来，预备着日后和她一道接管家务的，没有哪个人没一手绝活，也没有哪个人是真正的实心眼。

现在，她们也都先先后后到了该说人家的年纪，自然而然，"柳眼梅腮，已觉春心动"，开始想男人了……

　　虽说已经有一段日子了，但权仲白多年修行童子功法，蕙娘哪里可以轻辱？据他自己说起，"若是从小练起，一心一意不生邪念，越是往后，就越是一日千里。配合一套拳术，强身健体、练精还气，是最为纯粹出众的功法。武林中人有一辈子元阳不泄的，就是古稀之年，身体也依然柔软如少年时，发须乌黑，神满气足，活过百岁也不是空谈"。

　　这么厉害的一套功法，权仲白已有三十年修行……蕙娘就有些功夫底子，次次也都被折腾得很乏力。第一次逛冲粹园，她本来还想自己步行的，可料得体力欠佳，也只好要了一顶二抬无顶的小轿子：就是这个轿子，也是从她自己的陪嫁里找出来的。冲粹园里只有给病号用的担架，除此之外，少爷出门不是骑马就是坐车，在园子里一般都是步行。

　　话虽如此，可这么偌大的地方，太夫人、夫人难道就不会过来小住上几日？就算香山路远，权夫人家务繁忙不得过来，太夫人是有空的，这是一时没有想起，又或者是权仲白实在不会做人，不懂得开口邀请。身为奶公，张管事就算不劝主子，起码自己预备几顶轿子，以备不时之需，这样的意识是要有的……

　　蕙娘对张奶公很客气，虽然身份所限，不能赏张奶公坐轿子，但还是令两个丫头上去搀他："要走一段路呢，奶公小心脚下。"

　　她心里对张奶公满意不满意，那是一回事。可谁都能看得出来，张奶公对她是很满意的，蕙娘身份越高、娘家越硬、陪嫁越多、手腕越好——生得越美，张奶公看她就越高兴，她说的每一句话，他都是发自内心地回应："是是是，少夫人考虑得周到。"

　　好在还没有喜得神志不清，介绍起冲粹园的各种景致，还是说得头头是道的，领着蕙娘，"您从这角门进来，打假山后头开始看，一路绕出来是最省力的"。

　　蕙娘看过图纸，对这座身兼多用的园林，也有了一定的认识。实际上，冲粹园的几大块地来源各自不同，靠近后山山脚的建筑，是当年皇家静宜园的一部分，建筑精美、质量过硬，权仲白接手之后，只是做了小规模的翻修，把过分违制的建筑、装饰拆除，但大部分造景是保留了下来，这也就是两人居住甲一号的所在了。那里往后，处处风景都很宜人，按张奶公的话说，"逛到那里，就在园子里用中饭了"。

　　冲粹园靠近香山山门的一大块地，现在被权仲白用来收治病人，充作一个私人养济坊的，其实还是当年良国公府里出资买下的一块地方。权仲白在这里行医是有年头的，只是后来得了皇家赏赐，这才一并算进了冲粹园里，重新写了地契——张奶公特别和蕙娘强调："上头就写了少爷一个人的名字。"

比起蕙娘的陪嫁，权仲白身为神医，却是只有名头，自己名下没有多少财产，他多少有些帮主子撑场面的意思。蕙娘听了只是笑：这是张奶公和她说，要换作权仲白自己炫耀，她少不得要拍拍手，做大惊状："真了不起。"

至于冲粹园山门等物，那就是承平年间陆续新建的了，因是皇家赏赐，这是由宗人府出面建造的，也就是前段时间才全部完工。前后花费了足足有七年的时间，才将冲粹园打造成如今这副模样。可这毕竟是值得的，就是从蕙娘眼睛里看出去，也觉得此地清幽雅致，几有步移景换之感，要挑毛病，也就是园内人气冷落，过分幽静，往往老半天也看不到一个人。单单是居住区，还不算后山呢，就是五六顷地，又在香山脚下，屋舍之间隔着的树林子，那真是树林子，而不是城里那有七八株树就能冒称的"梅林""杏林"。这里的甲三号院子，就真坐落在一处杏林里，如非张奶公带着，蕙娘都根本找不到路进去——又因为毕竟无人居住，建筑虽然清洁，可一点人气都没有，就是当院什么时候跑出一只大山猫来，蕙娘都不会奇怪。

"地方太大，人过分少，那也不好。"蕙娘在轿子上看了一阵，也不禁叹了口气，"这么多好地方，白白地放着，确实是可惜了。"

张奶公不禁面色一喜，他正要说话，蕙娘扫了他一眼，又道："连个好名字都没有，匾额全是空的。这好歹也是皇上赏的呢，姑爷就这么糟蹋了，难道不怕皇上知道了不高兴？"

"少爷就那个性子。"张奶公人要比桂皮耿直很多，也因为身份的缘故，他不用赶着讨蕙娘的好，还是执拗地绕回了原来的话题："当时少爷也说，皇上赏赐的地方太大了，其实根本就用不上。还是家里太夫人、老爷说'以后自己开枝散叶，人口也多，住不过来的日子都有呢'。"

蕙娘就是再能生，要生到住满冲粹园，那也是不可能完成的任务。她轻轻地笑了笑，并未接口，而是随口道："杏林春暖，其实这里才应该是正院，既然姑爷懒得起名，好歹，也该勒个匾额上去，见贤思齐嘛。见到杏林，难道不想着董奉、郭东这样的先贤吗？"

她随随便便，说来都是掌故，张奶公傻眼了，只有蕙娘身边的白云能接得上话："如用先贤姓名，未免犯了，姑娘想着，易谷院如何？"

"这里又没人卖谷子，"蕙娘笑了，"就镌上'当年卧虎处'，倒更有意思一点。"

哪有人这样起名的，张奶公和白云、石英看起来都不大喜欢，但也无法违逆蕙娘的意思。大家出了卧虎处，张奶公又指点给蕙娘看："藏着药材的一排院子，自有高墙，又有两座假山就中分隔，那处尽管人来人往，但内院是很少受到骚扰的。"

说着，他们便沿着假山一路行走，取其阴凉，蕙娘坐得高，果然隐约可以见到假山后头的红墙。张奶公又引着她，时不时进居处浏览一番，又带她到冲粹园去看过了"一号池"，"在扶脉处那里还有一汪小小的活湖水，那就是二号池了。因为有这两个天然小湖，园内才架设了上下水道，少爷说，这样方便冲洗，病房就更干净了"。

一号池、二号池，蕙娘无话可说了，她随意起了两个名字。张奶公都一一记下，回去就要找人勒石镌匾，又带着她从桥上长廊逛到园子西北面，在那处的甲七号高楼用了午饭。蕙娘小睡了两个时辰起来，体力恢复，便多半是徒步行走，又将园内景色细细地赏玩了半日，连后山都上去瞧过了一眼。等夕阳西下红霞满天时，她对自己的这半片山头，已经有了初步的认识。

"人还是太少了些。"她随口和张奶公谈天，"园里原来的下人，只怕每天就忙着扫地了……可人要太多了，主子太少，这也不像话。虽说您这几天肯定是打扫过的，但还是有好些地方，看着简直就像是野地！要有个歹人进来了，随处一藏，真是要找见也难……"

见张奶公应是，带她往甲一号的方向走，蕙娘眉头稍微一皱："这就要回去了？可东北面还没有全走完吧？"

张奶公肯定没想到她居然对园子已经有了概念，这么弯弯绕绕回环曲折地走了一天，心里那张地图还是很清楚的，他只好又折回来："那处也无甚好看的，少夫人日后想起来了再瞧一眼，也就是了，实不必这饭点前后的，还要过去。一来一回，也好远呢。"

蕙娘看了他一眼，不动声色："要做事，就做到尽嘛。"

她一反今日和气的作风，只淡淡说了这一句话，便冲随在背后的女轿夫们一点头，上了轿子，慢慢地靠到椅背上，双眼似闭非闭，不再开腔了。

主子都摆谱了，张奶公有什么办法？他领着小轿，从青石甬道一路碎步过去，转折熟稔、脚步生风……蕙娘在轿上留心看了：今天走了这么一天，就是这一段路，最为干净。

最干净的路，当然是最经常被使用的那一条，蕙娘一路穿过了茂密生发、已经开了半池的荷花地"莲子满"，又过了一片在晚风中瑟瑟作响的竹林，一路穿花拂柳，终于远远见到一大片枝繁叶茂绿叶成荫的树林子，从这里再往上去，就算是香山的后山坡了。蕙娘在轿子上，视野开阔，能隐约望见树林掩映之间，有一处小小的屋舍，她命人把轿子抬过去："这一处，倒也清幽的，将来有谁要进园子里小住调养，我看就可以住在这里。"

正说着，随着轿子抬近，她的眉头不禁突然一皱，就是几个丫头，也都大有不豫之色，白云正要说话，蕙娘望了一眼，便咽住不讲。蕙娘自己和张奶公拉闲话："这一片种的都是桃树？得有上百棵了吧。"

"是不到一百株，"张奶公走得额前带汗，不住地拿袖口去抹，"种得密，看起来多，其实也就是七八十。全是碧桃树，到开花的时候，千重花瓣彼此相叠，从山上看过来，一整个林子就像是一朵大花，这是早就有的一处景，后山上还有'笑簪千芳'的碑呢。"

"噢。"蕙娘轻轻地说，"这一处院子，有名字吗？"

张奶公瞟了蕙娘一眼，他的态度低沉下来了——都走到这儿，也没什么好再回避的了。"这是先少夫人的坟茔，那几间屋子也就是祭祀用的地方，是后来新建的……倒有名字，少爷说那叫归憩林。"

他今天不愿带蕙娘过来，无非是害怕扫兴的意思。新妇刚刚入住，就要见到旧妇坟地，意头终究并不大好。再说，这么多亭台楼阁都没有名字，可唯独这条路是最清洁干净的，这片林子是有名字的，此地主人思怀故人之心，还用再多渲染吗？

蕙娘倒是很镇定，看不出一点不快，还好奇地向张奶公打听："按说，家里也是有祖坟的……"

如此识得大体，并不拈酸吃醋，蕙娘一句话没自夸，可张奶公对她的态度一下又亲热了几分，他仔仔细细地告诉清蕙："先头少夫人过门的时候已经得重病，这您是清楚的。虽说行过礼，那就是我们权家的人了。可她一没能洞房，二没能参拜祖祠，据高人指点，即使葬回祖坟，究竟名不正言不顺，恐怕在九泉也要遭人排挤。老爷、夫人的意思，也说先少夫人没有子女，少年早夭，就进了祖坟，这样没福，也不能葬在好地方……倒不如归葬香山，还能年年受些香火，再说，也不至于死离故乡，葬去千里之外。"

看来，张奶公也是听说过"吾家规矩，生者为大"的，话里话外，还是在告诉蕙娘：达氏命薄得很，您犯不着和她争风吃醋……

几人正说话间，轿子已经近了桃林，蕙娘命人住轿："既然来了，不可不为姐姐上一炷香。"

张奶公急得直咂嘴："这个时辰了，阳气弱！没有上坟的道理……"

好说歹说，他也没拦住蕙娘的脚步，几人直入桃林，顺着一条干净整洁的青石小道进了墓园，只见夕阳下，一陇黄土，又有一个石碑，只刻了少夫人的娘家姓氏、生卒年月，并以权仲白口吻落了"夫权某"款。坟前供了些鲜花素果，看着像是几天前换上的，除此之外，倒无甚特别之物。既没有"卿卿此爱、永世不渝"之类的表白，也没有"断肠人某某"的哀伤。

蕙娘洗过手，要了香来，给达氏牌位福身行过了礼，算是全了礼，又因她拜了，跟从的几个丫头也免不得要拜一拜，算是将事做到十分。蕙娘便在边上站着，环顾四野，半天，才和张奶公笑道："这处地方，风水很好呀，靠山面水的，是个清静的所在。"

张奶公现在对蕙娘，几乎是十分满意、十分臣服：不愧是阁老府出来的千金，真是心胸阔大，与别个不同。他笑着附和蕙娘："是少爷亲自挑的！也是巧，先少夫人对桃花的喜爱，那是出了名的！"

这位达氏，和蕙娘的年纪差得有五六岁，两人虽然同在京城，可等蕙娘可以出门赴宴的时候，她早已经香消玉殒，达家也是风流云散，倒得只剩一个空架子了。社交场上没有人对这样的人家有任何兴趣，蕙娘对这位达家三姑娘，也是所知甚少。她"唔"了一声："这还是第一次听说……说起来，连姐姐的闺名，也都还没人告诉我呢。"

"先少夫人那一代走的是贞字辈。"张奶公言无不尽，"她小名珠娘，正好是桃花三月里生的，小时候又吃桃花粥养颜。达家从前在别业里种了好几亩桃花呢，全是各地搜罗来的异种……嘻，那也是十多年前的事了！”

蕙娘眼神一闪，她微微一笑，倒没再接张奶公的腔了。

从归憩林出来，天色已经真的晚了，张奶公便自己告辞出园子回家去了。两个轿娘抬着蕙娘一路往回走，脚步都有些着急，蕙娘一路都没有说话，等到了莲子满，才令人停住轿："都回去吃饭吧，也抬了一天了，累着你们。"

她的女轿班就有七八人，全是健壮如牛性子老实的仆妇，空了一个多月，正是着慌时候，被蕙娘狠狠用了一日，倒都舒坦了，给蕙娘磕过头，便怡然退下。蕙娘带着几个丫鬟，从石桥上慢慢地踱过去，在铁青色将黑未黑的天色里，只觉得四周连一点灯火没有，白日里再美的景色，到了黄昏，也就褪成了一泓黑，即使有两个老嬷嬷前导提灯，可这暮色也依然压得人喘不上气来。

一行人都识看脸色，几个丫鬟没有谁敢作声的，白云走在蕙娘身边，还要比其余人都多一层心事，她绝不敢说破，恐怕姑娘原本没想起来的，被这么一提，反而想起来了。却又禁不住为姑娘心酸不平，这一条路，她是走得分外忐忑。

"至宝含冲粹，清虚映浦湾。"走了许久，蕙娘才轻声说，"素辉明荡漾，圆彩色玢瑞。他还说对诗词歌赋全无兴趣？这么冷僻的典都用，真是过分谦虚了。"

姑娘几乎过目不忘，这首诗纵然冷僻，一时未能想起，可一旦听说先头少夫人的闺名，还有什么不明白的？"珠还合浦"，多有名的典故，全唐诗里题咏此事的也就这一首诗而已，读后汉书的时候，先生给姑娘提过一嘴，"影摇波里月，光动水中山，也还算有些珍珠身份"，当时自己就在一边旁听……

珠还合浦、归憩蚌母，这个冲粹园建成的时候，先少夫人早已经长眠地下了，可……

第二十一章

浓情蜜意

　　权仲白当天晚上没有回来吃饭，蕙娘也是进了屋子才知道：孙家来人，说是太夫人弥留，权神医还能有什么办法？人都回了甲一号了，换一身衣服就又进城。香山和京城相距怎么也有四五十里，今天晚上，他肯定是赶不回来了。

　　她猜得不错，权仲白一去就是三四天，桂皮天天打发手底下的小幺儿给香山报信：少爷去孙家；少爷回国公府；娘娘听说了太夫人的丧事，伤心之下身子不好，少爷又进宫了……这几天，冲粹园里都很冷清，就只有蕙娘一个人带了她的丫头们。到了晚上，除了甲一号附近的几个院子，周围放眼望去，全是黑灯瞎火，楼台阴霾中。玛瑙胆子小，这几天都不敢一个人睡，非得同石墨她们挤。就是蕙娘，也觉得冲粹园什么都好，就是僻处城郊，实在是太冷清了一点。

　　但她毕竟不是玛瑙，就算寂寞，也不会表现出来，白日里她也没多大工夫寂寞：现在人在冲粹园，在自己的一亩三分地上，她带来的那么大摊子，也可以从容铺开了。

　　焦梅怎么说都算是焦家曾经的二号人物，跟着她陪嫁过来之后，一两个月工夫，一直投闲置散，甚至连国公府都没住，只能在外头租屋住。这当然损不着他的家底，可无论如何，是有些屈才了。因此，蕙娘才进冲粹园不久，他就自动自发，把陪嫁大管事的身份给担起来了。不过是一两天工夫，来自全国各地最上等的时鲜也就一一送进了冲粹园的内厨房，大师傅们安顿下来开始上岗了，内厨房的柴米油盐齐备了，山泉水汲来了，干货发了，小鸡崽抓了，上等的牲畜肉，也从蕙娘的陪嫁庄子里往园里送了。权仲白不在也好，这几天，蕙娘就像是回到了娘家，重又过起了出嫁前的精致生活，虽还有少许委屈，但这毕竟也不是不能讲究的。

不过，焦梅这样的人才，毕竟也不能老打发他处理内院女眷起居的琐事。蕙娘把他找来吃茶，劈头就问："宜春票号逐年送来的账本，你看过没有？"

焦家是宜春票号的大股东，按说是可以插手票号运作的，但多年来双方形成默契，焦阁老有时候连账本都懒得过目，只令蕙娘闲来翻阅解闷，反正宜春票号送多少过来，焦家就收多少。但现在这股份跟着蕙娘陪嫁到了权家，事态肯定有所变化。这么多年经营下来，宜春票号变作了天下分号无处无之的庞然大物，焦阁老那是身份够无须弹压。国公府嘛，虽然底蕴深厚，可毕竟不比老阁老，一天还在位，一天就能把所有不该有的想法都压得烟消云散。新官上任，这三把火该怎么放，是要有点讲究的。宜春票号那边，又何尝不是在等着蕙娘出招？虽说照样还是殷勤地给送这送那，但蕙娘和她身边的大丫头们，哪个能轻易糊弄？比起当年未嫁时，毕竟态度还是有差别了。

"这倒未曾看过。"焦梅现在对蕙娘就非常恭敬，尽管蕙娘让他坐，他都不敢坐，坚持要站着回话，"您也知道，老太爷手下，什么都是有谱儿的，宜春票号的账，按理是陈账房来看，陈账房看完了，给内院四太太看……"

"母亲哪里耐烦看这个。"蕙娘说，"送到内院，那都是给我看的。"

陈账房是老太爷的心腹，自然不可稍离，蕙娘沉吟了一下，便让人把雄黄叫过来。

雄黄很快就进了屋子，她今日是刻意打扮过的，穿得分外齐整，俏丽的面容上，隐隐有兴奋之意闪过：养兵千日，只叫她做些服侍的活计，不但屈才，雄黄自己心里也忐忑不安，如今，也到用她的时候了。

"每年票号送账都在秋后，"蕙娘说，"但去年秋后送来的账，我看出了几处不对。谁知家里又是大事小事地耽搁着，也就没心思去计较这个。"

石英业已奉上数本账册，蕙娘随意翻开，指着画红圈的地方对雄黄道，"这几处账目都是有出入的，账都没做平……你代我到山西他们总行，问一问这究竟是怎么回事。我想，他们要还懂得做人，详加解释原委之外，是肯定会让你去看底账的。"

雄黄接过账册，自己已经翻阅了起来，见焦梅在场，她略做犹豫，还是开口问："姑娘，这都是多年来彼此默契，将一些不方便的开销做进账里……"

"不是说我们就这么守财。"蕙娘说，"他们掌柜的一支也有他们的难处，几千两银子进出，不是什么大事。可从前都能将账做平，为什么去年没有做平？"

焦梅给蕙娘解释："份子易主，有些话就是要开口，也得有个话口儿，这账做在去年，比做在今年更妥当一点，起码有您祖父帮着解释一两句。再说，他们也得称量称量少夫人的斤两，才知道将来怎么和咱们这边处着不是？"

能在焦家做到二管事的人，必定是有他的本事在的，蕙娘轻轻地点了点头。"这一趟山西，你陪着雄黄过去。尽量争取，让她多看一些细账，雄黄专心看账——"

她瞥了焦梅一眼，不轻不重地说："你就专心看人咯。"

这等于把宜春票号的事务交到焦梅手上。他脸上顿时掠过了一层兴奋的光彩，给蕙娘跪下了："必定不让主子失望！"

"张弛有道，也不要太过分了。"蕙娘说，"连祖父都对他们以礼相待，你要是胡摆架子被我知道了，我是不依的。"

她顿了顿，又说："冲粹园的样子，你也看到了，张奶公自己在家里还有别的事务，也是因为二房实在无人，才过来管管冲粹园，他终究还是要回去的。以姑爷的性子来说，冲粹园还得我帮着他管，这个人肯定不能是你，你还有好多别的事要做呢，须得是一个适合总务的人才……你回去酝酿一番，觉得谁好，便私底下告诉我。"

她一扭脸，又命雄黄："去和你的姐姐妹妹们也都说说，觉得谁适合干什么的，都和我支一嘴，免得家里人背地里也催得着急。"

这种阴私勾当，被蕙娘一语叫破，尽管她似笑非笑，似乎并不着恼，可几个丫头都有些战战兢兢的，彼此对视了一眼，都不敢多加分辩，而是老老实实地道："奴婢一定量力而行，为主子分忧……"

焦梅却根本都不在乎主子脸上的嘲讽：这都是题中应有之义，主子再能为，也得透过她的心腹来办事，尤其现在权家，势单力薄，大房护食护得厉害，自己人要再不能抱团，要站稳脚跟都难。她让丫头们举贤荐能推荐自己人，实际上就是把陪嫁的人团成一个球。嗣前略施敲打，又有什么好稀奇的？

"还有一事要请少夫人示下。"他本要起身，忽然又想起这事，便忙道，"少爷身边的桂皮，还在府里的时候，家里就已经请了大媒上门提亲了。因初来乍到，石英又是少夫人的使唤人，小的也没给准话，还要请少夫人为石英把上这一关呢。"

蕙娘先未说话，只是拿眼一看，众丫头顿时会意，都鱼贯退出了屋子。她这才拿脚点了点脚踏："坐。"

焦梅这下是不敢不坐，他恭恭敬敬地坐在了低矮的脚踏子上，盘着腿和蕙娘交代桂皮的家底。"也是家里的家生子儿，爹娘都是有脸面的管事，他是老生儿子，前头几个兄长都成婚生子，现今在家中各处做事，还没有太当红的，可本事也都不小。爹娘倒是退下来在家歇着了，一家子都是闷头做事的性子，及不上桂皮的机灵。"

"你看着人缘怎么样，在府里亲戚多不多？"蕙娘唇边，不禁挂上淡笑，"我看，一家子的机灵，怕是都被他给夺走了。"

"人缘还行，几个兄弟都是有名的肯干会做事，亲戚却不多，几个兄弟都是外聘。"焦梅说，"只和张奶公有些关系，桂皮的母亲是少爷养娘的堂妹。"

"你看。"蕙娘笑了，"就因为我们二房没有丫头，人家多做了多少事情……早说了，会给你说一门比从前更好的亲事，现在你可信我了？"

以桂皮的为人和受宠程度来看，将来不论权仲白走到哪一步，他混个管家一把手，都是大有希望的。石英能越过绿松配上这么个人才，对焦梅来说，已经是喜出望外了。他给蕙娘磕了头，又一次请罪："悔不该当年过分糊涂，给少夫人添了堵……"

蕙娘随意安抚了几句："这件事，我会和少爷说的，你就安心去山西吧。"就把焦梅给打发了下去，待到下午，几个丫鬟陆陆续续，都扭扭捏捏地给蕙娘推荐了几个名字，全是陪嫁里的关系户——倒也还都很知道进退，实在是量才举荐，这个适合管厨房，那个适合管花木——还没有谁那么大胆，挑明了就是冲着大管家的位置来的。

倒是石英，当天晚上竟是拟了一张表出来，除了焦梅和自己家人不做安排之外，跟蕙娘过来的那几十户陪嫁，都按才具多寡做了分类、简介，又有人物背景简介，简直就像是弄出了一本冲粹园年鉴。她顺便还为蕙娘推荐了各人适合的职位，同蕙娘手里绿松写的那本册子相对照，两人只有几个人的安排，并不一致。

会办事是一重学问，会用人是另一重学问，用人用得好，自己不知能省多少力。蕙娘对着两张单子参详了片刻，只觉得就是她自己，怕都不能做更合适的安排。但她并不立刻公布，而是足足搁置了四五天，焦梅、雄黄一行人都去了山西，权仲白也回了香山，她才拿出来和权仲白商量："奶公管生意惯了，办家事有些生疏，现在我来了冲粹园，他可以专心回药铺做事，不必两头兼顾。你看看我这样安排好不好？"

事关自己的生活，权神医也不可能撒手不问，他拿过花名册翻看了几下，见蕙娘没管病区人事，便失去兴趣："你觉得好就行了。"

几天独眠在山野地里，那么大的后院就住了几十口人，清静是清静到了极致，可也真有些怕人，蕙娘今天看权仲白就特别顺眼，她难得体贴："总算舍得从城里回来了，累着了吧？让萤石给你捏捏肩膀？"

权仲白搓了搓脸——不说蕙娘也能看出来，他的确是很疲惫的，"算了，我一会儿自己舒展舒展筋骨就舒坦了。"

有兴致抬举你，你还不领情。蕙娘"嗯"了一声，还是耐着性子："那就梳洗了歇息一会儿，正好吃晚饭了。"

要不然说温柔乡是英雄冢？要在从前，权仲白再烦累，也会叫两个病者进来号脉的，这样他自己心里也舒服一点。可现在嘛，堂屋里清凉幽静，色色样样都是齐全的，竹床上搁了凉被，八仙桌上摆了甜碗子，青瓷碗壁上蒙了一层细细的雾气，看着都解暑。丫头们已经捧出了成套全新散发着香味的家居便服……

他梳洗出来，换了衣服，才真觉得疲惫了，虽说多年工夫，作息还是不乱的，并不愿睡，可到底还是扑倒在竹床上，浑然忘却了仪态二字。蕙娘瞥他一眼，知道他不愿让丫鬟近身，便自己拿了美人拳，没大好气地给权仲白敲肩膀："这几天都没好好休息吧？"

"能合眼就不错了。"权仲白呻吟一样地抱怨，"孙太夫人去世前起码折腾了有两个通宵；后来皇后听到消息，悲痛过度又昏过去了，这又折腾了一两天。才回家睡了一晚上呢，几户人家又都病了……唉，真烦死人了，吃饱了闲得慌，有一点事，就都各显神通地折腾！"

"这么说，孙太夫人是自然过身？"蕙娘的动作不由一住，权仲白却并不答话，弓起背以示责难地抖了抖肩膀，她只好多捶几下，以示会意。

这才把二公子的回话给换出来了。"是自然过身啊，哪里会是不自然呢？那是皇上的岳母，除我之外，太医都要过来号脉的呢。"

他的语调有几分嘲讽，蕙娘却不禁轻轻地嘶了一口凉气："这……皇上起疑了？"

"吃过药的。"权仲白说，"他们号不出什么不对，这也是该走的程序，谈不上起疑没起疑，反正人过身之前，还明白过来一会儿，同孙夫人说了很多话。还说孙夫人'这么多年，太不容易'，令儿妯娌兄弟，'以后都听你大嫂的话'。孙夫人哭得和什么一样，现在都不能理事。孙家正忙着办丁忧呢，除了侯爷在外，一家人全回来了。皇上居然也都准了。"

这轻描淡写几句话，不知蕴含了多少政治博弈，哪一句话都是经得起重重推敲的。权仲白的语气却无比烦厌，蕙娘也没有再往下问，她转开了话题："对了，桂皮和你提起过没有，他也到了该成家的年纪了……"

她便把桂皮和石英的婚事给交代了一下，权仲白这回倒来了兴致："石英就是你身边那个管事的丫头？生得略矮的那个？"

见蕙娘点了头，他有点吃惊："桂皮这小子，眼光素来是高的。你身边陪嫁丫头里俏丽的不少，怎么，他倒看上这一个了？"

"她爹是跟我陪嫁过来的大管事。"蕙娘也没有瞒权仲白，"宜春票号那边就是他在走动……人家可不比你，一生下来就色色俱全，也要懂得为自己打算嘛。"

这也没什么不能明说的，毕竟关系就摆在这里。少爷身边的近人同少奶奶身边的近人彼此结合，是大家得益的好事，小夫妻之间的关系也会随着这种联姻的增多越发紧密。权仲白却觉得很没意思，他又塌了下去，哼哼两声，不说话了。

"再说，石英人也不错啊。"蕙娘不免也为石英分辩两句，"在我身边，她也算是很能说得上话了。看你这个样子，好像她生得不好，那就一无是处了一样。"

权仲白没搭理这个话茬，他伏在竹床上出了一回神，忽然问蕙娘："可我记得你屋里主事的倒并不是她……是你留在立雪院看家的那个——叫什么来着？"

"绿松。"蕙娘抿着唇笑了，"你这回在立雪院，住得还可心吧？她安顿得好不好？"

权仲白却一下翻身坐起，让蕙娘的美人拳落了空，他面上一片严肃，竟是罕见地将风流都敛去，换上了严霜一样的凛冽。

"丑话说在前头。"二公子说，"我这辈子就没打算抬举什么通房，收容什么姜室。焦清蕙，你要是怀了什么心思，打着什么铺垫，还是趁早死心，免得闹得大家都不愉快。别的什么事都可以商量，但这件事，我是绝不会改。"

听其责难语调，观其炯炯双目，二公子非但态度坚决，并且对蕙娘擅自就打了伏笔是很不满的……

蕙娘真第一次觉得，权仲白实在是太有趣了，她忍不住扑哧一笑，起了逗弄权仲白的心思。"那，你是让我做桂家少奶奶那样的妒妇喽？姑爷，我对你挺好的呀，怎么你尽想着害我。"

权仲白的眸色，失望地一沉，他摇了摇头，态度显而易见地就冷淡了下来，不但冷淡，甚至还透着些难言的疏远……"杨三世妹实在是极难得的奇女子，她的故事，你知道多少？未曾谋面却随意臧否，焦清蕙，你好没风度。"

他竟是第一次如此直接地指责了蕙娘的举止……

蕙娘还真没接触过这个桂家少奶奶——先不说夫家是外地望族，本身丈夫品级也还低，距离蕙娘所在的交际圈，还差了那么半步。就她在京城的时间可也不长，但她是听说过桂少奶奶的名气的——她丈夫自从进京，摆明态度绝不纳妾，甚至连通房都不收用，几乎因此不见容于整个社交圈。善妒的名声就这么传开了。就是前几年，因她不知如何得罪了太后，太后借口数落她妒忌，给她姑爷桂含沁赏了一个温柔大方极可人的宫女子；可桂含沁受少奶奶辖制惯了，根本就不敢收用，因少奶奶当时还不在京里，怕说不清楚，头天纳妾，第二天就把人给卖到窑子里去了。这件事在京城激起轩然大波，连太后都气病了。桂含沁本来出身世家，为皇上看重，简直是前程似锦，因为这事，闹得远配广州……天下知名的"怕老婆少将军"，在军队中，不知道新一代将星许凤佳的人多，可不知道这个桂含沁的，恐怕真是极少。

就是这么一个妒忌出了名的女儿家，人缘却并不差，进京才一年不到，就得了她娘家几个族姐的喜爱，连皇后都频频抬举，可谓是出尽了风头，就是在杨家寿筵上，她还听到杨四少奶奶和阁老太太念叨她呢，阁老太太都那样喜欢，"可惜她下广州去了，这一年多家里是真冷清"，要说心里没些好奇，那是假的——蕙娘虽不是好事性子，却也不是死人。可她没想到，连对着后宫嫔妃都没有一句好话，提到杨宁妃、牛美人这样的绝色，好像在谈一对老头子的权仲白，对她的评价居然这样高……

小夫妻相处，竟像是在打仗，谁也不会贸贸然就把情绪给露在面上。蕙娘从前被权仲白气得再厉害，基本风度总是能保持的。可这回权仲白把话说得这么过分，她也有点吃不消了，眉宇一凝，就要回击，可究竟又强行把话给咽下去了。权仲白看了她一眼，语气并未放缓："京城传她妒忌，传她姑爷桂含沁惧内，很多话都说得不大好听，那是一般人无知好事，得了一点八卦，便满世界胡说取乐。可若连你都轻信传言胡乱说嘴，这真是一大笑话了。阁老府独女，守灶的千金，你以为市面上没有你的故事吗？"

这话真尖利得似一把刀，正正地戳中了蕙娘的软肋：她身份且高，过的还是天人一般的日子，即使知道内情的亲友，没有相信那些个传闻的，可在一般富户心里，焦清蕙连鼻子都不用撸，有了涕泪，是要让老妈子来亲自吸出来的！更有些事情，传得几乎都不堪入耳了……世人好以讹传讹，她难道还不够清楚？她难道没有吃过口舌是非的亏？

只是一句说笑而已，就惹来权仲白正色说教，蕙娘垂下头去，要服软又不甘心，不服软又觉得自己理亏，倒是罕见地体会到了权仲白被她堵得无话可说的滋味。僵了半天，她才软绵绵地道："这么说，你是知道内情的喽？"

权仲白究竟是个君子，不如她次次都要捏个够本，见蕙娘自己难堪起来，便放过了她，缓缓道："有些事外人不清楚，实际桂家家事，并不是她在做主。桂含沁此人心机深沉、才华横溢，一旦遇有机会，将来成就如何，我是不敢说的。这样的人，哪里会因为惧内，就随妻子摆弄，甚至不惜得罪牛家？他是自己情愿一生都不纳妾，只因为疼惜妻子。坊间不知底细，胡乱传说，你不要跟着乱传。"

这里头一听就是有故事的，蕙娘更好奇了，见权仲白不想往下说，竟是要起身出去用饭的意思，她有些发急，竟学了文娘，一跺脚："唉，你就说个开头，又不细谈！他们远在西北，是成了亲才进京的吧？你怎么就知道得那样清楚？"

权仲白只好略略告诉她："就只提一句，你便明白了：当年成亲的时候，三姑娘是二品大员、巡抚家的嫡女，伯父是朝野闻名的清知州，父亲是陕甘巡抚……桂含沁呢，当时只有一个世袭的四品衔，那还是虚职，实职是一样没有，家里田地都只得一点点。这门亲事，实在是三姑娘本人执意方能成就，桂含沁当时亲自进京跑媒人，我还帮了他一把……这世上有情人多了，真能成眷属的又有几个？似三姑娘这样慧眼识英雄的就更少见了，当时见到她，我就觉得她特别坦诚可爱，胆子又大，心思又细，同桂含沁之间很有默契。可毕竟她年纪还小，也没往深想，没想到她居然能有这样大勇，这样的决心，竟真能排除万难，说得娘家许嫁。就是桂含沁，能成就这门亲事，花的心思也是绝不少的。"

这番话说得闪闪烁烁的，多少故事，似乎都能随之衍生出来。蕙娘想到前些年他进西域采药的事，心中多少也有个数了。想来当时西北战乱，杨三姑娘没准真和权仲白打过照面——那是八九年前的事，当时自己年纪还小，可权仲白已经是丧偶身份了……

她忽然间又想到权仲白退亲时所说："我并不觉得存在此等想望，有什么非分。"

唉，只看他如此称赏桂家这一对，就能看得出来了，他是真正在追逐着所谓的真情谊……"道不同不相为谋，您不但和我不是一条道上的人，而且也还似乎不大看得起我。人生在世，总是要博上一博，您不为自己终生争取，难道还要等到日后再来后悔吗？"他真说得不错，她是挺看不起他的，而他和她，也真的就不是一条道上的人……

"那，"蕙娘不知为什么，心绪竟有微微浮动，她虽然轻声细语，可词锋之锐利，却不下于片刻前的权仲白，"你为什么娶我呀……光会羡慕别人，你自己呢？还不是光说不练，口中的把式。"

权仲白瞟了她一眼，竟并未生气，他淡淡地道："你怎知道我没有争取过？如没有，你前几天拜的坟是哪里来的？"

他在蕙娘跟前，总是显得那样不镇定，随意挑几句就动了情绪，每每被气得俊脸扭曲，那样子别提有多可笑了。蕙娘几乎都没想到他还会有这么一面，一点情绪不动，那张俊秀风流的面孔，就像一片深幽的海，所有的情绪都被吞了进去，所有的故事都沉在下头，竟似乎再没有什么事物，能引动他的潮汐……

"你不是没回来吗，这都知道了……"她轻声嘀咕，双眸游走，竟是头一回不敢和权仲白眼神交接，"奶公前几天进城办事……是他告诉你的？"

"他说了你很多好话。"权仲白没有否认，"让我得了空就赶紧回来，别在京城逗留了，你一个小姑娘在香山待着寂寞。"

会笼络张奶公，不过是题中应有之义，没想到他竟这样上心，说是进城办铺子里的事，如今看来，竟是专程去催权仲白回来的……蕙娘不是容易被打动的人，心头也不禁微微一暖，她的语气缓和下来："我就说，以你的身份，原配怎么会是那种出身……原来这门亲事，还真是你争取回来的。"

见权仲白望着自己，若有所指，蕙娘有点不高兴，她一摊手，人倒又泼辣起来了："看我干吗，我要是和杨三姑娘一样有几个兄弟，我也一样去争，谁还要嫁你呀，难道我就没有别的心上人？就是你，争取来争取去，还不是没能争不娶我吗？咱们一样烂锅配烂盖，都没能耐！"

"我一句话没说，你就又来堵我。"权仲白蛮不高兴地说，可那大海一样的深沉毕竟是消退了，"我就奇怪，你和我一样没能耐，可你还老看不起我做什么？"

"我是女儿身呀，姑爷，"蕙娘要堵他，哪里没有理由，"我但凡是个男人，早都闹得天翻地覆了，你要是不喜欢做男人，我同你换！"

两人大眼瞪小眼，又没话说了，可不知如何，气氛却轻松下来，要比一开始权仲白放下脸数落她时松快得多了。权仲白没说话，只是若有所思地把玩着茶杯，倒是蕙娘，她有点好奇：这个人心里，一般是存不住事的，起码对她，他有不满就一定会表现出来，可……

"我早想问你了。"她轻声说，"那天在宗祠，'吾家规矩，生者为大'，我只行了姐妹礼……你心里，没有不高兴呀？"

"那又和你没关系。"权仲白倒有几分吃惊，"就是生气，我也是冲着爹娘。不过，这又有什么要紧呢？"

也许是因为要说服蕙娘，也许是因为被蕙娘勾动了对前人的思念，也许是因为，蕙娘今天的语气毕竟要比从前缓和，态度毕竟要比从前坦诚，就连嫌弃他，都嫌弃得不是没有道理。即使谈到的是达氏这么敏感的话题，权仲白也一点都没有露出别样的情绪，他就像是在和蕙娘谈别人家的事："你和她本不相识、素未谋面，又没有任何交情。别说姐妹礼，就是不行礼，不上香，我看也没有任何问题。"

他的别出机杼，还真是一视同仁，就连达氏都没能逃得过这独特的逻辑。蕙娘啼笑皆非，她不无试探："香都不上，我也怕你生气呀……"

"你还会怕？"权仲白不由失笑，这句话，他说得很好，蕙娘面上一红，无话可说了。

也许是她难得的窘态取悦了权仲白，他没有继续调侃蕙娘，多少也有几分感慨："人都死了，没有什么生气不生气的。逆水行舟，不进则退，凡是去世者，都已经输了这最重要的一局，早晚会被冲到再看不见的地方去。生者为大，这规矩是有道理的，死人又哪能和活人争呢？"

这话似有深意，可以权仲白的作风，又像是单纯的感慨，可听在蕙娘耳中，却不禁勾动了她的心事，她轻轻地摇了摇头，低声道："唉，又有谁是甘愿去死的呢，这世上没有谁不是奋力求活的……"

"就因为这世上谁都在奋力求活，"权仲白顺着她的话往下说，"哪管生前权势滔天，死后也一样是黄土一抔，不论是躺在归憩林里，还是躺在乱葬岗上，其实于死者有什么差别？死后哀荣，告慰的都是生者。这话只能在私下说，可条条人命都关天，生死实在是最公平的事。我知道你的心思，你还是想争一争……你未必真愿意我纳妾，这世上没有哪个女人是愿意自己男人纳妾的。可就因为你想争，你不能让人捉住你的痛脚，就是现在不抬举，你留那个什么绿松在家里，是有别的用意，可将来你还是要抬举的。你要抬举，就要提防着她们不能太受宠，不能威胁你；她们也难免会有别的想头。大户人家，妻妾相争闹出多少条人命，我是最清楚的。这些年来，看得难道还不够多？"

蕙娘眉眼一动，她还有点不死心，尤其权仲白竟站在如此高度来教她——她毕竟是有些不服气的，没话找话都要回一句："你知道这个，就别太宠着不就完了呗……"

"不宠着，我晾着她一辈子，一辈子不进她的门，不上她的床，"权仲白眉宇再沉，他越说语气越冷，"小姑娘一辈子就这么消磨了，这糟践的不是人命？这世上可不独你的命是命，人家一辈子不是一辈子？别人院子，我管不着，可这样血淋淋的事情，我绝不会做。"

他的失望是如此明显，瞎了眼都能看出来。"你好歹也是守灶女出身，就看在从小受的教育分儿上，也不至于还想着抬举通房……就是人家教出来的女儿家，还想办法捏着丈夫不给抬举呢。唉——"

他叹了一口气，究竟是没说下去：再说下去，这话就有点不好听了。权仲白拍了拍蕙娘的肩膀，放缓了语气："这件事以后别再提了，立雪院那里，你把石英换过去吧，或者就干脆不要留人！免得日后传出去她也不好找婆家。我自个儿惯了，不用人服侍。"

"这不行……"蕙娘眉眼都是木的，微微一动，反射性地回绝了权仲白，"她是我手下最得用的人，留在京城，我是有用处的。"

她到底还是找回了惯常的理智和做派，轻轻地嘘了一口气，又装出笑来："姑爷就放心吧，没想着把她给你……你就别自作多情了！"

换在往常，这一刺必定能闹得权仲白好生无趣，今日，却是蕙娘自己都能听出其中的软弱。

虽说小别胜新婚，可今天晚上，蕙娘特别没有胃口，一个晚上，她也没有怎么睡好，在床上翻来覆去，睡意都一直不来，弄得眼圈都黑了，第二天早上权仲白起来看见，都有点过意不去。

"你的心事怎么就这么沉啊？"他一拿蕙娘的手腕，指尖压在蕙娘腕间，又令她感到一阵烦躁，"说你几句而已……不知实情，以讹传讹背后臧否，本来就是你的不对，你还真上心了！"

说着，他便给蕙娘写了一张条子："山上夜里凉，你又存了心事，被子又不好好盖，倒闹得夜风入体，喝一服发发汗，免得存了病根。"

他也真是说过就算，今早起来又像没事人一样了，蕙娘讪讪然的，要和他认真赌气，到底是有点心虚，只好发娇嗔："一句话说错，你那么认真干吗……这叫我能不往心里去吗？"

说着，也是半真半假，她眼圈儿都红了。倒唬得一群丫鬟，本来都进了屋子，一下全潮水般地退了出去。权仲白不吃她这一套，又唬起脸："君子不欺暗室，为人处世，细节上是最要注意的。以后你也要从心底就要求得严点儿，就不至于一松口说这样的话了。"

要他不是君子，蕙娘也多的是话回他，可从头回见面到现在，权仲白被她激成那个样子了，到底都还是没有丢失自己的君子风度。他自己说话直接大胆是一回事，那些话终究顶多算是不看场合，要说私德，还是无可挑剔的。她被噎得难受极了——权仲白又到底比她大了那么多呢，这么一唬脸，蕙娘有点吃不消了。偏偏她也有自己的风度，毕竟这一回是她不谨慎，被抓住了错处，要竖起刺来，也不那么占理……

"我本来就不是君子，"她只好蛮不讲理，"我是小人，我没皮没脸，行了吧？"

这么一张如花俏脸，委屈得珠泪欲滴，权仲白看着也觉得可怜，又想到她十七八岁年纪，就算平时表现得再强势，毕竟一个人跟他住在香山，偌大的园子，就她和她的那些下人，自己一走就是好几天。她也没半句抱怨，反倒把冲粹园上上下下，已经安排得井井有条的……

"这可是你自己说的。"他降低了声调，又吓唬焦清蕙，"不许哭，掉一滴眼泪，就给你开一两黄连吃。"

但凡是人，没有不怕喝苦药的，蕙娘一点抽噎，都被吓回嗓子里去了，她怕是未能想到权神医居然出此绝招，一时呆呆地瞪着姑爷，倒是显出了符合年纪的稚气。权仲白看了，心情不禁大好，他刮了刮蕙娘的鼻头，施施然站起身："快起来吃早饭吧。"

权仲白下回进京城的时候，蕙娘让他把白云带过去："让她和绿松做个伴吧。"

白云虽然知书达礼，琴棋书画上都有造诣，但也不是没有缺点：她生得不大好看。

二公子很满意，他虽然进城办事，但还是尽量赶在当晚回来，免得蕙娘一人独眠，的确寂寞。

一场小小风波，于是消弭于无形。

承平六年的春夏，事情的确多，才办完了孙太夫人的丧事，朝野间就再起了纷争。总之说来说去，还是两党相争，杨阁老一派的新党数次逼宫，想把旧党代表人物老太爷给掀翻下马，可这一次，谁的动静也都不敢闹大。孙太夫人去世，孙家全员回家守孝，除了出海在外的孙立泉之外，皇上竟没有夺情留用任何一个子侄。这着实有些不合常理。皇后紧跟着又闹病了，整个六月不断用医用药，本来权神医是半个月进宫请一次平安脉的，最危险的那段日子，他竟是三天进宫一次……这还是因为他身份尊贵，年纪也轻，后宫不敢随意留人，不然，怕要长期居留宫中，随时照料皇后了。

皇后病，太子病，不夺情，这三个消息，对孙家来说是比太夫人去世还沉重的打击。蕙娘随权仲白回府请安的时候，权夫人谈起来都有点感慨："真是说不清的事，就前几个月，那还是鲜花着锦的热闹呢，现在真是门庭冷落，一下就由红翻黑了。"

　　因为蕙娘现在毕竟是在香山住，隔三岔五回来请安时，大少夫人就把她当个客人待，总是陪坐在一边，有时候连瑞雨得了空都过来寻她说话。这天人就很齐全，一大家子人围坐着吃西瓜，连权季青、权叔墨、权伯红三兄弟都坐在一处说话，只有权仲白，和蕙娘一道进了城后，他就直接入宫去给皇后扶脉了。太夫人、权夫人都说："自从昭明年间到现在，也就是今年他入宫最勤，在宫里待得最久。"

　　像权家这种身份地位的豪门巨富，就是没有女儿在宫里，和皇家也都是沾亲带故的，家里人不可能不关心宫中的风云变幻。蕙娘没吱声，大少夫人都要问权夫人："眼下这宫中的境况，究竟是怎么样，难道娘娘的情况，真有这么糟吗？"

　　权夫人未曾就答，反倒先看了蕙娘一眼，见蕙娘神色怡然，似乎毫不知情，又似乎是胸有成竹，她不禁便在心底轻轻地叹了口气。

　　守灶女就是守灶女，太夫人只看到她反手抽大嫂那一掌，抽得的确是有些过分沉重，没有掌家主母的气度；可老人家就没有想到，现在她人虽然离开良国公府，可立雪院的人在府里办事，照样是处处都给脸面，这就是下马威给得好了——此消彼长，卧云院的人在立雪院跟前，就没那样有底气啦……

　　再说现在，大少夫人这一问，问的哪里是她，分明就是焦氏。娘娘情况，最清楚的还是仲白，只要焦氏露一点端倪，哪怕一句话不说，就是表情上稍微变化一点儿呢，仲白和她的关系也就一目了然了：是已经被小娇妻给迷得神魂颠倒，该说不该说的都说了呢；还是同府里暗暗流传的一样，两人的好，那都是面上做出来的，其实回了屋子，谁都不理谁……

　　其实宫中情势和焦氏娘家也有极大的关系，一旦太子被废，宁妃所出的皇三子，是有很大机会占有东宫的，届时人心向背，很多事，也就不那么好说了……仲白性子，她是了解的，不该说的一句话都不会乱说。本以为焦氏听说局势，怎么都要追问几句。没想到她绷得这么紧，连她这个做婆婆的，都有些拿不准了。

　　"这种事，我们也就是听说一点风声罢了。"权夫人答得多少有些哀怨，"哪敢随意询问？毕竟是天家秘事，怎么说，都要讳莫如深的。"

　　大少夫人吃了这一个软钉子，却并不生气，她笑着冲蕙娘道："前几天中勉遣人送了一批西洋来的夏布，也是巧，去年才从西洋运来的新鲜花色，又有一批海鲜从天津过来，都不是什么稀罕东西，唯独鲍鱼还能入眼，正好弟妹今日过来，一会儿回去就坐车带走，倒也便宜些。"

自从蕙娘去了香山，两房之间倒是越来越和气了，大少夫人待蕙娘体贴，蕙娘也待嫂子恭敬，她笑了："次次来都不空手回去，我们着三不着两的，也不知道带点东西过来，都偏了嫂子了。"

太夫人和权夫人都笑："你们才成家多久！自然是只有你们偏家里的，难不成家里还要偏你们？"

一家人便不谈宫事，只说些家常闲话，权夫人说起冲粹园："太大了真也不好，我们去过一次，冷清得很！到了晚上怕得都睡不着觉，没几天也就回来了。"

倒是权季青有点好奇，他眨了眨眼睛，蝶翅一样浓而密的睫毛竟能投出影子来："听说晚秋时节，山上红叶是最好看的，到时候，少不得要叨扰二哥、二嫂，我也住过去领略领略。"

他一推权叔墨，要拉个同伴："三哥也与我一同去？"

权家四个儿子，就数权叔墨在长辈跟前话最少，就是遇到蕙娘，他也都没有一句多余的话，这个闷葫芦，有了事也全往心里吞，一开腔瓮声瓮气的："我事情那么多，哪能有空？你拉雨娘和你一同去——噢，雨娘要绣嫁妆，那你同大哥一起去。"

瑞雨面上一红，狠狠地道："三哥尽会说瞎话！"

一边说，一边投入母亲怀里，娇声央求："娘，您也不罚他！"

一家人都笑了，蕙娘一边笑一边说："就是绣嫁妆，也能到香山来绣嘛，风景好，手上活计就做得更快了，你同四弟什么时候想来了就来，反正也不怕没地儿住。"

权瑞雨眼神一亮，可看了母亲一眼，神色又黯然下来，她叹了口气："要学的东西太多了，没空……"

住在香山虽然自在，可消息就要封闭得多了，蕙娘回立雪院小憩的时候，就把绿松叫来问："雨娘的亲事，究竟是怎么着，难道还真要预备选秀进宫去？她最近都忙什么呢？"

绿松这一阵子显然是瘦了：虽有白云和几个小丫头帮忙，可她们能顶什么用？蕙娘几乎是把全副重担都压在了她一个人身上，她要照料权仲白的饮食起居，要为蕙娘做公关分送些娘家送来的特产，要不着痕迹收集府中消息，要和各处打好关系，怎么说，不能让日后蕙娘回来住的时候，踏进一双小鞋里……这丫头虽然能耐，可也毕竟只是个人，累得脸上几乎只剩一双水灵灵的大眼睛。"二姑娘的亲事，似乎真是定了，倒不是进宫……这也是听她屋里的姐妹说的，二姑娘这几个月，闲来无事，一直在学朝鲜族方言。"

京里姑娘，素来是不喜外嫁，毕竟首善之地，全国又有哪儿可比？就是嫁到江南、川蜀一带去，鱼米之乡、天府之国，那都还嫌委屈呢。要往东北苦寒之地嫁，那可真是太罕见了——连朝鲜族方言都要学，可见是靠近边境。虽说这些年来，每逢山东、山西一带遭灾，多的是人去东北"闯关东"，白山黑水之地，渐渐也不是那样人烟稀少了；可别说同京城比了，就是和西北、西南比，那也是没的比……

"别是要嫁回老家去吧？"蕙娘见到绿松，话总是要多一两句的。才这么一说，她又想到良国公不知去向的两位嫡出兄长：没听说他们在京畿一带落脚，没准就是回老家去了。她若有所思："这就怪了，嫁回老家，和我有什么关系，上回她乌眼鸡一样地对我，总要有个缘由吧……"

"这就真不知道了。"绿松也很为难，"您也知道，咱们初来乍到的，家里人都客客气气地相待，其实有了什么事，根本就不和咱们说。倒是卧云院……别看上回被打了脸，其实家里有什么事，还都是吩咐她去做。夫人待我们好，和她的关系也不太差……"

"面子上肯定是要做到位的，"蕙娘随口说，"还没到见分晓的时候呢，就斗得乌烟瘴气的也没意思。"

她没问卧云院那位新晋通房的情况，绿松倒是自己说了："……很得宠，最近大少爷不是歇在大少夫人房里，就是在她屋子里歇。从前的几个通房，本来就没声音的，现在更没声音了——听说，当年开脸的时候，老爷、太太开腔，都是服过去子药的，这辈子都难生育了，唉，也是可怜……"

她给权仲白酝酿几个通房，也是因为大房是有通房丫头的，虽说这些年来都没消息，应该是生育上做了控制，但大少夫人如此贤惠，蕙娘自然也不能落于人后。她倒真不知道这服去子药的事，听见绿松这一提，才更明白权仲白为什么那么抵触通房：他平时说几句话，都要带出来对"无事折腾"的不喜，又要提拔通房又要灌药，自然也是无事折腾的一种了。

入门两个多月，别说回娘家了，就是和娘家互致问候，也都提防着别落了他人的口实。从前没出嫁前，有些心事还能和亲人说说，现在倒只有一个绿松能说几句心里话。蕙娘就是再强，也始终还是个未满二十岁的小姑娘，和权仲白处得这样不顺，她心里是有话要说的，这话，从前不能和绿松说，现在倒可以和这个亦仆亦友的大丫头提几句："再别提通房的事了，早知道，就不把桂皮说给石英，倒是遂了他的心愿，把你给他算了。就因为想着焦梅毕竟是个人物，心一软，让石英说了这么一个佳婿——姑爷自己就想出我的连环诡计来了，硬以为我是打算抬举你呢，倒数落了我半个晚上，说什么这辈子都不纳妾，不抬通房……"

她满心的委屈，终于露出了一点儿："就当谁愿意给他抬举一样，真是美得他！不分青红皂白，大道理就砸上来了。他也不去打听打听，我焦清蕙是这样的人吗，就为了别人嘴里一句好，我要自己给自己添一辈子的堵？呸！他就是想纳，我还不给他纳呢——他是怕我喉管太好，老噎不死呢怎么回事，就总是不等人把话说完。长篇大论就砸下来了！"

"您不也一样老堵着姑爷……"绿松一点都不给蕙娘面子，"再说，我都看出来姑爷的性子了，您还看不出来吗？他是最讨厌有话藏着不说的，您就实话实说呗，把我留在这儿，一则我还有些用处，比其余人要肯干一些，二则，还是为了压一压孔雀她们……她们心里，那才是真有想法呢。"

至于蕙娘究竟是不是从未想过给权仲白纳小，跳过绿松，直接把桂皮说给石英，是否有酝酿后招的嫌疑，绿松轻轻一掠也就过去了，她根本没往深里追究，而是轻轻巧巧，就给蕙娘找了一个冠冕堂皇的理由。"毕竟是新嫁娘，自己后院不能乱，换作别人在府里，只会闹出更多的幺蛾子，您这话一说，姑爷可不就什么都明白了，自然也不误会您了。他本来也不想纳妾，您也不想给他纳小，两好合一好的事，怎么又要闹得两个人对冲起来，彼此都不开心呢？"

从前在老太爷、三姨娘面前，蕙娘是被他们堵得说不出话来，现在这人换作绿松，蕙娘还是一样说不出话。她张了张口，无话可回——竟和文娘一样扭过头去，面上也浮起了执拗："我……我就是不高兴！反正我怎么说，他都看我不好，人家喜欢的可不是我……"

她酸溜溜地说："一个是争着不娶，一个是争着要娶，这一进一出，差得可远了去了。我就是千依百顺，他也不会正眼看我，我又干吗要讨他的高兴？"

权仲白不想娶她的事，除了老太爷之外，焦家上下根本无人知晓。要不是今天蕙娘满心委屈无处宣泄，也不至于泄露出一两句来。即使以绿松城府，都不由面露惊容，她沉思了片刻，就又劝蕙娘："您明知是这样，又何必越走越绝，咱们踏的是权家的地——"

见蕙娘有几分烦躁，绿松立刻又换了一个角度："再说，您们现在虽远在香山，可二少爷还是时常回来的，您知道他的性子，可藏不住话……"

这话倒是正说到蕙娘心坎里去了，她霍然一惊，自己沉思了片刻，也不禁自嘲地一笑，"我这是怎么了……不过是离京一个月不到，怎么处处走偏，这简直都不像我了，我是文娘附体了怎么，甚至连文娘都不如了……"

绿松深以为然，她给蕙娘上了一杯茶："您别的事还好，就是和二少爷，总是疙疙瘩瘩的，要我看，我虽是没见识的，可……"

才说了半句，外头一阵响动，权仲白回来了。

六月里正是大暑的天气，他踏着灼人的阳光一路进了院子，神色沉静眉眼端凝，仅仅是站在当地，就像是踩着一朵云，不知不觉就有一种拒人于千里之外的清贵气息，就连身上的夏布衫都似乎剪裁得比别人高贵一些。就是绿松看在眼里，也觉得二少爷风姿非凡，几似神仙中人。她不禁轻轻地叹了口气：会见色起心的人，可不止男儿。这几个月，除了石英、白云这样很有自知之明的，底下孔雀等辈，凡有几分姿色，谁不是暗地里描眉画眼。二少爷和少夫人发火，恐怕也多少是有意在言外、机带双敲的意思，只是少夫人从待字闺中时起，见到他就着急上火，素日里十分手腕，竟只剩了三分，就这样一拍即合的事，还非得要闹出点风波来……

"你今天回来得倒是早。"蕙娘已经站起身子，她唇边带了一点笑，上前将权仲白迎进了屋内——还是肯纳谏的，听到了心里，立刻就改了态度，"用一口绿豆汤解暑呀？"

权仲白嗯了一声，自己进净房去了，再出来时，鬓边几丝碎发已经带了水汽——真正生得好，就连擦一把脸，擦得都是这样动人的。绿松也不敢在屋里再待下去了，她让白云进屋服侍，自己静悄悄退出了屋子，寻思了片刻，便出了立雪院，找到石墨他爹——现在管着蕙娘出门的，同他站着低声说了几句话，这才要回自己的住处。

没走几步，恰好遇见巫山——才几个月前，她也还是跟绿松一样的身份，但现在巫山身边，已经跟了两个供使唤的人了。天气暑热，她在抄手游廊的三岔口里站着，取一点风凉，见到绿松过来，便微微一让，还笑着道："姐姐从哪里来？"

"刚去传个话。"绿松就站住脚，略带欣羡地望了巫山一眼，"劳碌命，比不得姐姐！"

巫山就是再有城府，面对如此真诚的羡慕、妒忌，亦不由得露出甜笑，她摆了摆手："还是奴才身份呢，你就会取笑人——"

话口才开，绿松正要和巫山攀谈时，巫山身边跟着的老妈妈已经咳嗽了一声，语调不轻不重："姑娘，就是夏天，也别在风口多站，别伤了身子，那就不好了。"

说来也巧，她这一开口，一道凉风正好就刮过来。巫山微微打了个冷战，脖子一缩，手就捂到小肚子上去了，她冲绿松点了点头，正要离去，绿松心中一动，便似笑非笑地撩了那老妈妈一眼，话虽没怎么的，可语调有点刻薄，"唉，姐姐也是个谨慎人！这才出来站着呢，风一吹就又要回去了。"

巫山正是刚得意的时候，就是再谨慎，哪里禁得起绿松的撩拨？她似乎是争辩，又似乎是为自己找个回去的理由："本来也不愿意出来的，这不是——"

话说了一半，她自己回过神来了，似乎自悔失言，倒迁怒于绿松，狠狠地白了她一眼，便不再搭理她，而是自己走回了卧云院。

绿松回到立雪院时，权仲白已经又出去给长辈问好了，她趁机在蕙娘身边，把适才遇到巫山的事提了一提："一说吹风不好，手就捂到小腹上去了……"

蕙娘若有所思，她笑了笑："你瞧瞧，那个傻子，掏心掏肺地对人，人家还防着他呢……"

虽然被绿松提醒了一句，她对权仲白的态度似乎温柔了一点，可一旦说到正事，这股子嫌弃，还真是丝毫未变。绿松在心底叹了口气：少夫人和十四姑娘还真是姐妹，其实都一样执拗，只是一个藏得深一个藏得浅。少夫人说起文娘来，一套一套的，可她自己对着姑爷，那真是明劝暗劝都不顶事，一旦见到，就故态复萌……

或许是因为今天蕙娘对权仲白的态度特别好，二公子回香山就没有骑马，而是罕见地同蕙娘共乘一车："也歇歇腰，这几天真是折腾！"

蕙娘无可无不可，她今天对权仲白究竟是要耐心一点的，两个人并肩坐着，偶然说几句闲话，蕙娘也并不特别刺他，等车行走了一半，她才闲话家常一般地提起："你这几次回府，上卧云院给巫山扶脉了吗？她开脸也有一段时间了，有好消息，脉象也应该出来啦。"

"那倒还没有。"权仲白随口说，"这种事太早了也摸不出来，反正她的小日子自己肯定是清楚的，要有所怀疑，再来请我也是一样的，我就没特意过去。"

蕙娘"嗯"了一声，她若有所思，望了权仲白一眼，又不说话了。权仲白被她看得莫名其妙："怎么，忽然问起这个？"

"就是想到了问一句嘛。"蕙娘本想再问问瑞雨的婚事的，不过转念一想，以自己的身份，尚且不到问这个的时候。她瞥了权仲白一眼，微微一笑，便促狭地道："郎中呀，今朝也帮吾摸摸手腕？"

这一招就好像权仲白的开黄连，一般是不轻易使出来的，权神医脸红了："说啥呢！这光天化日的……"

当晚回去，自然也免不得要为蕙娘捏捏手，新婚宴尔，这手捏了，自然也就去捏了别的地方……蕙娘到底还是棋差一着，被权仲白捏得举了白旗，两个人销魂过了，也都倦，只随意擦拭一番，靠在一起就都迷糊了过去。蕙娘又觉得热，又觉得离了权仲白，竹床透了凉，浑浑噩噩的睡得也不安生，就这么一路多梦到了半夜，忽然惊醒过来，自己正迷糊呢——便听到了急促的敲门声，伴着桂皮的声音："少爷，少爷，燕云卫来人了——"

第二十二章

深情空付

权仲白也不知经过了多少次这样的事，本来还睡得香，被桂皮这么一喊，片刻就清醒了过来。他隔着门喊了一声："知道啦。"桂皮便不说话了，蕙娘已经下了地，揉着眼去挑油灯、点蜡烛，又为权仲白抱了一身衣服。权仲白倒有些不好意思，温言道："你回去睡吧，没什么大事的。"

燕云卫半夜来叫门，如此镇定的也真只有他一人了。焦清蕙站在地上，人还有点没睡醒，一直使劲揉眼睛，睡衫都没系好，一侧衣服还掉下来，几乎半露酥胸，只被她拿手扯着前襟遮了一遮，她要和权仲白说话，可走一步人就有点绊，权仲白忙迎上去，把她搂在怀里，两个人倒都是一怔——虽说在床笫之间，几乎什么事都做过了，可闲来无事这样搂搂抱抱的，对他们来说可是第一次。

到底外头有事，纵有些触动，权仲白也立刻就搁下了，他把蕙娘拥到床边，让她坐上去："看起来是大人物……回来不回来，我都打发人给你报信。"

说着，他便自己端正衣冠，掀帘子开门，出了堂屋。果然桂皮业已打扮齐整，垂手候在门外，身后两个中年妈妈都打了灯笼，见到权仲白出来，桂皮便把手心的令牌给他看，低声道："本要等到明早的，可……是封统领亲自写了手条过来。"

燕云卫统领封锦，是皇上还在藩邸时的故人，一向是心腹中的心腹，皇上登基没有几年，他升得好似坐二踢脚一样快，不到而立的年纪，现在已经执掌着偌大的燕云卫；要不是年纪实在太轻，按惯例，燕云卫统领是要加封太子少保的……朝野上下谁不知道？后宫娘娘虽多，可能真正让皇上言听计从的，却还是

335

这个封统领。

　　做医生就是这点好，或者说这点不好——任何人都有发烧咳嗽的时候，封锦自然也不例外，权仲白和他是很熟悉的，熟知封锦的作风，没有真正要事，绝不会漏夜前来扰他，他一点头，默不作声出了甲一号，果然已有人备了马在院外，于是一行人上马夜行，到冲粹园外扶脉厅那里，已有十数位黑衣男子相候，见到权仲白出来，彼此稍致问候，便让权仲白上马："我们特别预备了惯走夜路的好马。"

　　说着，已有人牵来了一匹特别好的好马，权仲白知道事态紧要，也不谦让，翻身上马，一夹马肚子，马儿顿时向前狂奔，他也不顾旁人能否跟上，只让它放蹄急驰，果然到了快进城的路口，已有人候着，见他驰来，便也上马前导——城门角门一开，几人一奔而过，竟未下马。

　　从香山到城里，小半天的路程，权仲白只走了一个时辰不到，见那人将他引到封锦在教场胡同的住处，他心里多少有数了：封锦还能写手条过来，其人必定无事，看来，是太夫人到弥留之际了。

　　因封孺人也是有年纪的了，又有病根在身，双目几乎已经完全失明，可以说此时去世，也不能算是急病过身，即使他到场，怕也不能发挥多大作用。权仲白多少有些不大满意，但也习惯了权贵人家的做派，只不动声色，随着门人一路疾行，穿门过户，未几便果然进了内院——却不是封孺人出事，看陈设，是一间未嫁女子的绣房。

　　封锦正在院子里来回行走，他天生美貌过人，在权仲白生平所见之中，应推第一，即使眼下忧心忡忡，也仍不失温润，同天上月光几乎可以交相辉映。见到权仲白进来，他如蒙大赦，一把抓住了权仲白的手臂："子殷兄！快请救舍妹一命，封某定当结草衔环——"

　　"好了，"权仲白哪有心思听他废话，他一振肩膀，将封锦的手给抖落了，一边往屋内走，一边说，"何时发病，什么症状，用了药没有？有没有大夫已经过来了？"

　　正说着，他已经进了屋子，只见一个年轻姑娘靠在一张罗汉床上，双眸似睁非睁、脸色通红，一手还在揉胸，有两位大夫，一位正开方子，一位正揉她的中指挤血，见到权仲白过来，两人都松了一口气，忙让开位子。其中一人道："神医，这应是卒中，可姑娘又有胸痛气紧，中指血放不出来，人也不敢随意挪动，先还好些，不知怎么，刚才话又说不上来了！"——虽说他年纪老大，权仲白不过而立之年，可听其语气，竟是将权仲白当作了自己的师长一辈。

权仲白拿起脉来，只是一按，面色便是一变："这么滑！"

他又一按病人胸口，封姑娘痛得一抽，他忙松开手吩咐道："我的药箱呢？取针来，还有立刻去找些鲜活干净的水蚂蟥来——去太医院要，如没有立刻回冲粹园取。干蚂蟥也找些来，研粉备用。"

说着，他已经开出了一个方子，又道："安宫牛黄丸来两粒，用水化开！"

他这时候说任何一句话，都有人立刻照办。权仲白要的针也来了，他选了一针，见封姑娘头顶结了发髻一时竟解不开，便拿起剪子全剪掉了，也不顾一众丫头抽气，自己看准了百会穴，轻轻地刺了一针，又令人："脱鞋刺涌泉，选粗针，半寸，艾灸"。

两位老大夫忙跟着吩咐行事，权仲白又在封姑娘脸部插了几针，封姑娘神态终于安详了一点儿，慢慢地就平躺下来，眼睛才可以睁开，眼珠子吃力地转动着，才要说话，忽然口角又开始流涎水，两个大夫看了都着急，一迭声道："又不成了！"

此时桂皮已经过来，点了艾条开始缠针，权仲白让他们去忙，自己站起来左右一看，见屋内陈设俨然，四处挑着大幅绣件，看来竟是个正经的绣屋，他便问封锦："按说你这身份地位，她也无须再这样辛苦劳作——"

"祖传的手艺，不好丢了。"封锦面色沉重，"再说她家居无事常喊无聊，我就将纤秀坊几间分号给她打理，让她多少有些事做，也能练练手艺。"

多么风轻云淡的人，当此也不禁懊恼得扇了自己一个嘴巴："没想到就是在刺绣的时候出了事！"

权仲白"唔"了一声，他又回到病人身边，竟蹲下身来，从封姑娘的角度跟着看出去，只见越过几个大夫头顶，正能见到一张绣屏，他便道："把所有绣屏都揭了！"

他一边说，一边起身解了封姑娘能看到的那一张，众人登时一拥而上，没多久屋内就宽敞了不少，此时艾灸已毕，权仲白亲自退针——这一回，封姑娘缓过来了。

接下来自然是熬药灌药，又令她口服牛黄丸水调的干蚂蟥粉。封锦跪在妹妹身边，一边低声宽慰她，一边又要去握妹妹的手，这都被权仲白止住："不要动她，今后七天内，她只能躺在这儿，绝不能轻易搬动起身。"

说着，又为封姑娘刺了几针，见她安稳入睡，口角已经不再歪斜，便站起身道："去找两个会识穴的医女，如没有，只能请两位老先生了，乳中等胸前要穴都要吸血，这样能更好些。不然，恐怕日后心病也要留根，那就不好办了。"

这一通忙活，至此天色已经见了光，权仲白也有些困倦，他却不肯表露太过，只是轻轻欠伸，又交代底下人几句，便踱出屋子，在当院里吸了几口新鲜的晨间冷气，精神便是一振。正好见到收下来的绣件都被撂在屋外廊上，显然是下人慌忙间不及收拾，他便蹲下身来，翻了几翻，将其中一张挑出，细看了起来。

这应当是绷在屏风上的锦屏件，规模倒是不大，不过几尺见方，绣工的确和一般市面上常见的不同，堪称奇巧。绣面也有趣——是绣出了一男子正在赏一卷画，做入神状，身后百花飞舞是春景，又有许多少女在山水间嬉戏玩耍。绣件上还以黑线绣了两句词，"深情空付，辜负春光无数"。

权仲白对诗词歌赋是真没有太深研究，这两句词词意浅显，似乎是抒怀之作，有什么典故他就没看懂了，只觉得颇有讽喻意义，也算是别具匠心。他撂下绣幅，站起身时，才觉出身后视线——扭头一看，却是封锦不知何时已经出了屋子，斜斜地站在他身后，也瞅着这张绣屏。他面上的神色极为复杂，见到权仲白转过身来，又都收得不留痕迹，只余一片感激："如非子殷神技，舍妹几乎就那样去了……今日之事，我封子绣铭记五内，日后子殷有什么用得到我的地方，只管开口，必定不会让你失望！"

这样的话，权仲白业已不知听过多少，他从来都不往心里去，他说："这几天封姑娘身边还离不得人，我看屋内两个大夫，都是医术老到之辈，两人轮换斟酌脉象，应当是可以无事的。五日后我会再过来为封姑娘扶脉，这几天千万不要搬动，也不要多问，免得再次卒中，就算救回来，可能也就不良于行了。"

医者父母心，他忍不住还是轻轻地戳了一句："这才二十多岁的年纪，竟然就卒中了，虽说你们家怕是有阴虚阳亢的病根，连你母亲也是这个毛病，可毕竟起因怕也还是她心事太沉重……封公子，你日理万机，总有很多事要忙，我心底是很敬佩你的。可你家里人口不多，更要互相关心一些才好。"

封子绣欲语还休，他玉一样的容颜上掠过了一重深深的阴影，望着权仲白，好半天才露出一点苦笑："我其实能力有限，总是左支右绌的，或者到了最后，按下葫芦浮起瓢，是哪一头都不能圆满吧。"

权仲白摇了摇头，他没有继续往下追问，又或者是妄加评论，只是捋起袖子，转开了话题："先吃点早饭，一会儿太夫人起身了，我给太夫人扶个脉吧，也有几个月没有过来了。"

被封家大姑娘这么一闹腾，权仲白到日上三竿时才脱身出来，他直接回了良国公府——桂皮已经派人传过话了，立雪院里早已经预备下热水点心，还有一套新濯洗过的衫裤，桂皮亲自上阵，给权仲白捏肩膀："您也该歇歇了！这大半夜的闹腾了这么久，又是骑马又是针灸的，要把您闹病了，那可真成笑话了不是？"

他要不是服侍得这么精心，也就不至于这么嚣张活泛，敢于偶尔背着主子的意思做事了。权仲白被他按了一会儿，也觉得浑身筋骨松散，精力凝聚了一点，他起身稍微舒展拳脚，便不再休憩，而是去前院找他父亲良国公说话。

良国公这些年来虽然没有职司，可也因为生活悠闲，渐渐地养得身子健壮，虽然也是有年纪的人了，可精力充沛，闲来无事，不是在后院练习拳脚，就是和京中勋贵里的老亲戚们走动说话，非但外头人脉抓得紧，家事也不放松。权仲白来到小书房的时候，他手里就拿了一本账在看，见到儿子过来，才掩了账册收到柜子里去："怎么忽然过来？听你的小厮儿说，封家是大姑娘得了急病——难道这急病里还有什么文章不成？"

因为权仲白，良国公府的消息硬是比别人灵通很多。毕竟权神医就是再出尘，他也是有家的男人，有些利害相关的重要消息，他不可能不和家人沟通，他爹还是把他的来访很当回事的。权仲白也没有和父亲客气，他劈头就来了一句："封绫的病，是被气出来的。我看背后是脱不了皇后的影子，就不是她做的，少不得封锦也会疑到她头上。这阵子，家里要多小心一点，该怎么办，不必我多出主意了吧？"

良国公神色一动，他坐直了身子："气出来的？"

沉吟片刻，他也不禁倒吸了一口凉气，喃喃地道："这要不是孙家，此人立心也就太毒辣了，竟是一刻都等不了，就要把皇后往死里整啊！谁不知道，封锦这辈子怕是不会娶妻，最看重的，也就是他的亲人了……"

他又问权仲白："你看会不会是皇后做的？这究竟是如何气的，能说得清楚点吗？"

权仲白犹豫了一下，他只说："您知道这些就够啦，别的事和我们家终究也没有太多关系，也就不必说得太透了。反正这事儿，透着蹊跷，就看燕云卫查出来究竟是谁做的，那户人家是必定要倒霉了。"

"那还用说？封锦的能量可不是一般的大。"良国公居然也没有逼迫儿子，他略带嘲讽地一笑，"要有人想使他当枪来挑孙家，那可真是找错人了，燕云卫的本事可大着呢……"

见权仲白木然相对，一脸事不关己，即使良国公早已经习惯了儿子的性子，也不禁叹了口气，他冲权仲白发脾气："你就不能给句回话吗？好歹你也嗯哼两声啊！这怎么就闹得我一个人唱起独角戏来了？"

"嗯哼。"权仲白干干脆脆，还真是嗯哼了两声，他站起身要走，"话我也带到了，您和母亲、祖母商量着办吧，我们家和孙家也没什么往来，就是杨家那里要不要送话，就得看你们的意思了。我这几天估计又回不了香山……您和外头人说一声，要有人来找，就说我在宫里——不然，怕又是一点闲不得。"

封家出事，肯定戳动几户人家的心，仲白看来是真的懒于应酬，宁可连脉都不扶了，良国公微微颔首："家里会为你挡驾的，你也多休息几天，这阵子，累着你了。"

见权仲白要起身出去，他又一抬手："不过，这件事兹事体大，家里人也该都说说话，集思广益嘛……你也慢一步再走，先在我这里睡一会儿。"

他便扭头命人："去把太夫人、夫人、大少爷、大少夫人都请来。"

他扫了儿子一眼，又道："四少爷也叫来吧——看看三少爷在不在家，不在家就不喊了，还有二少夫人……香山那边，也派人去传个话，让她尽快赶来。等人齐了，你再喊我们一声，就在我这小书房里说话。"

权仲白有几分吃惊，他看了父亲一眼："这种事，您也就这么亮出来了？消息万一传开，封子绣恐怕不会太高兴。"

"有谁会四处去传？"良国公饱含深意，"你不是说不管吗？睡你的吧，什么事情，有爹给你做主呢……"

权仲白张了张口，又闭上了嘴巴，他轻轻地摇了摇头："我不在您这里休息，我睡不着……是您说的，这件事不会外传，真要传出去了，我也只和您算账。我先出去了，一会儿人齐了，您来叫我吧。"

他站起身来，丝毫都不给父亲反应的时间，竟就这样扬长出了院子，良国公气得直摇头："这个死小子……"

可这个死小子给他带来的消息，毕竟是极为重要、极为敏感的。良国公沉吟了许久，他又拍了拍手，使唤小厮儿："去，把云管事叫来。这本账怎么写的，有几处我居然没看明白！"

燕云卫漏夜来访，蕙娘哪里还睡得着？即使知道这是当医生的理应常常遇到的境况，她也依然心潮起伏，靠在还有权仲白余温的床头，后半夜根本就没有睡好。早起练了一套拳，心里才安宁下来。陪她喂招的萤石笑道："少夫人最近常常都疏忽了功夫，按王先生的说法，这可是练武大忌。要不，咱换个时间？"

石墨正好领了两个老妈妈，端着食盒进来了，听萤石这一说，她先就笑了。"你这个人，哪壶不开提哪壶，少夫人最近夜里忙呢，十天里能起来一天就不错了。你就非得提起这事来臊她。"

石墨已经定了亲，萤石生得不大好看，这两个人一贯是很敢于调侃蕙娘的，蕙娘笑了："谁说我会臊的？等你们出嫁了，别我这里辰时回事，你们巳时才来，问怎么迟了，却羞羞答答的，答不上话来！"

两个大丫头都笑了，与蕙娘一起进屋，孔雀正好捧了首饰过来，就问："怎么笑得这样开心，说什么呢？"

众人自然学给她听，一屋子人都笑起来，孔雀就和蕙娘撒娇："姑娘，您给我挪个地儿唄，我不想在东厢房住了。"

这还是在臊蕙娘，连石英在内，都笑得前仰后合的，蕙娘真红了脸，她恶狠狠地道："再说，再说就给你配了甘草，你就不用在东厢房住了！"

甘草是权仲白几个小厮里最一般的一个，虽然能力也有，但为人木讷老实不会来事，要不是有个好爹，哪里混得到二少爷贴身小厮这个位置上？孔雀不乐意了："您欺负人，我可不要嫁，我一辈子服侍您！"

一辈子服侍，可是很重的承诺，孔雀和她关系亲密非凡，有些事，人人心里都想，但也就是她能若隐若现地表现出来了。

蕙娘有几分惋惜：孔雀毕竟是和她从小一起长大，后来被绿松盖过，主要就是因为她人还不够聪明。

"今天就不戴这些了，"她转了话题，"姑爷不在家，也不见外客，以轻便为主吧……"

正说着，外头来了人，姜管事亲自过来："少爷打发人过来，说是燕云卫封统领的妹妹病了，他这几天怕不能回来。"

虽是权贵近亲，却不是什么要紧人物，蕙娘松了一口气。吃过早饭，她又取了冲粹园每月的开销小账来看，一边看，一边摇头："记得太乱了。"

虽说雄黄不在，可绿松和石英多少也能看几本账，尤其石英，亲事已定，将来一出嫁，肯定内定了是少夫人身边的得用管家娘子，对冲粹园的账，她是很上心的，凑过来看了几眼，也不禁轻轻地抽了一口凉气："这个园子，还真是个销金窟呀……"

权仲白平时根本没有花钱的意思，既不收藏名贵古董，也不讲究穿用佩戴，从前他的随身琐事，估计都是权夫人派人过来打理。自从蕙娘入门，这方面工作自然为她接手，他就更不管了，给穿什么穿什么，给佩什么佩什么，只是不论蕙娘如何劝慰，他都不肯用香膏敷脸，嫌那东西"女里女气"的，多少还是体现了一点审美取向。蕙娘也暂时没有兴致收拾他的着装，都交给丫头管着，萧规曹随，不出错就行。要不是她时常外头采买私房菜，立雪院一个月连府里拨给的月例银子怕都用不完。

可这冲粹园就不一样了，第一个是园子大了，洒扫庭除，专管着维护园中各处景致、建筑的人就要有十个以上，这还都是把人用得十分尽了，才能勉强足够使用；其次是病区那边，每天安排病人、做些护理工作的下人，按权仲白的说法，"聘来就专是做这个的"，泰半都是各大药铺、医堂的学徒，工钱开得还多；还有每年不定时采购的各种药材，稀奇古怪林林总总，有的极为昂贵，权仲白也是照买不误……光是这个园子，一年下来，恐怕要有两三万两银子的开销。

"这都还没算年年少爷出去义诊的花费。"石英看了看账，还说呢，"您也知道，只要少爷在京里，每年春秋如果暴发时疫，他一定免费熬药发汤，这个钱好像没听说官府补贴，一年想必也不老少银子，估计都从国公府那里走账。"

养个权仲白，一年收入几乎约等于零，支出却要这许多，蕙娘啼笑皆非，把账本掷到榻上："要添了我，我们两个一年，能花他们全府上下一年的开销。我看，他要找个一般人家的娘子，一旦分家，不要几年，两个人好一起去喝西北风了。"

她正和石英说着今后冲粹园走账的事，国公府又来人："请少夫人回府，有事商量。"

这就闹腾了，蕙娘忙换了外出的衣裳，多少也插戴了些首饰，急忙地带了两个丫头上了马车，只觉得车速都要比从前快。但她没有抱怨——恐怕现在府里，还不知有谁正等着她过去议事呢。连她都叫了，府里有资格与会的人，应该是不少的。

不过，话又说回来了，她一个刚进门的新媳妇，又在冲粹园住，不分家看着都像是半分家，又有什么事，要她也过去说话呢？

但凡上等人聚在一处说话，没有不云山雾罩、空谈连篇的，彼此交谈，每一句都可能牵扯到千里之外的朝廷大势，要说不谨慎，当然不可能。什么时候，两个人坐在一处能直奔主题了，那也就是关系到达了一定的程度，如能得到上峰的一两句责骂，则下属无不眉开眼笑、如获至宝：这证明自己已经登堂入室，在上峰心里，有了一席之地啦。

在良国公府，蕙娘还只算是刚刚空降的二品大员，虽有品级，却苦无实权。但毕竟身份放在那里，她也享受了一把开门见山的待遇——这才刚和家人们互致了问候一道坐下，良国公就开腔了："我老了，很多事情，掌不住弦儿了。可朝堂上的风云永远不会减弱，父死子代、兄终弟及，家里总要有人能顶上来的。大家集思广益，很多事商量着就有思路了……今儿就有这么一件事，得用上你们年轻人的看法。"

这哪里是掌不住弦儿了……蕙娘再镇静，瞳仁也不禁一缩，几乎是刹那之间，她立刻兴奋了起来：秦失其鹿，天下共逐。世子位还没定呢，按权家规矩，大房也只是略占优势而已，这是要拿一桩政事，来称一称量各房的深浅了。从各人的反应来看，恐怕这样的讨论，之前也是进行过多次的——令她多少有几分讶异的，是她和大少夫人都有与会的权利，这在一般人家里，可不多见……

虽说权叔墨没在，但几个人的表现都很自然，权夫人更是丝毫都没有异状，她简直就像是不记得还有权叔墨这个儿子一样，手里握着一杯茶轻轻地转着，只含笑看了蕙娘一眼，轻轻地点了点头。

"昨晚封家大姑娘得了急病，"良国公三言两语交代了内幕，"人差一点就去了，几次三番，才从阎王手上把人给拉了回来。这病不是别的，是有人处心积虑，给她气出来的……"

大少爷和大少夫人对视了一眼，两人都有些惊愕。权仲白虽然坐在蕙娘身边，但身为这消息的一手递送人，他却表现得相当漠然，除了蕙娘落座时，用眼神和她打了个招呼之外，他全程一直聚精会神地剥瓜子，就是这会儿也不例外。蕙娘用眼尾扫了他一眼，便失去和他沟通的兴趣：他已经把自己的态度，表现得不能再明显了……

她更注重观察其余人的态度，长房两口子频繁以眼神交流，显然是才刚听说此事，也都有自己的看法。太夫人手里捻着佛珠，若有所思，似乎也正出神，对众人态度，并不特别关注——这个老太太，八十多岁年纪了，却还是这么精明内敛、威仪隐露……至于良国公和权夫人，面上就更看不出什么来了。这一场考察，考的是小辈，做考官的是不会露出太多情绪的。

至于权季青，蕙娘自然也要特别予以留意：权叔墨没能参与，或许是因为有事不能分身，或许是因为他根本就不在考察范围之内，权季青今年年纪轻轻，能参与这个会议，已经是家里人对他的肯定了。现在家中情况很明显，太夫人多半还是倾向一手带大的长房，权夫人支持襁褓里养大的二房，权季青呢……

不论是大房、二房，都有足够的理由让良国公头疼，说不准，他更看好的是缜密精明的四儿子。蕙娘不禁微微敛了敛眸，她瞅了权季青一眼，却恰恰又撞见他也正不着痕迹地打量她，两人眼神相碰，权季青冲她含笑一点头，又和从前几次一样，都是带有善意的招呼。

"其余内情，就不多说了。"良国公就介绍了这么一个情况，"封子绣的性子，你们都是清楚的，这个人身世畸零，未曾婚配，对仅有的几个亲人看得都很重。这次居然有人把手插到他家后院，只怕他的回敬，动静会闹得很大。虽不说一脚踩死令其永不能翻身，可一旦找到元凶，此人背后的势力也一定会伤筋动骨，嗣后怕是又要多了一个大敌了。"

小辈一时都沉默了下来，权伯红先开口："若是从前，十拿九稳，这件事一定不是孙家做的。皇后娘娘虽然极不喜欢封统领，但即使是她也要听家里人的摆布。

孙夫人是女中豪杰，胸襟宽阔，对封家一向是笼络较多。两家关系还算不错……可现在孙夫人在家守孝，娘娘的身子又不好，心情也不好，这件事一出来，封子绣怕要先疑皇后娘娘。"

"正是因为知道此点的人也并不少，"大少夫人看法倒不大一样，"也大有可能是有人背着孙家装神弄鬼，把黑锅往孙家头上栽，这显然是冲着东宫去的。若封统领信得实了，孙家雪上加霜，等侯爷回国之日，怕就是东宫去位之时……"

只听这两句话，便能知道这两人在才具上，终究还是和身份地位相匹配的。一般人能推想到这一步，已经算是相当精明了。良国公微微颔首："孙家是大势已去了，安排他们家太夫人去世，实是不得已而为之，可就算皇上还没有直接询问仲白，怕也不是没有察觉。就抛开圣眷不说，孙夫人在家守孝不能出门，娘娘独自在宫中，还不知道要闹腾出什么动静来……太子去位，只是时间早晚。但不知道内情的人家，怕心里还是着急的。"

有一个权仲白，良国公府真是得全天下风声之先，好多事恐怕连皇上都知道得不那么清楚呢，在良国公府都已经是过时的旧消息了。连权季青说起此事，都是不疾不徐，半点讶异不露，显然是早就收到了风声："宫中的风云变幻，和我们关系终究不大。只要有二哥在，不论谁存了心思，都少不得要欠我们的人情。坐山观虎斗，看看热闹也就罢了，就不知爹、娘同祖母，忧虑的是哪一件事，竟要召集我们来议论一番呢？"

这一问问得挺好的，良国公欣赏地看了小儿子一眼，他语带玄机："我们是坐山观虎斗，可两个亲家那是局中人。你姐姐的公公，你二嫂的祖父，那不都在朝中做事吗？宫事不影响到朝事，那是不可能的……"

这一句话说出来，顿时就封住了蕙娘的嘴，有再多见解想发表，她也不能再提一句了。蕙娘眼观鼻、鼻观心，索性连各人反应都不看了。耳中只听见权季青道："二嫂的祖父大人，在宫中没有亲眷，和东宫的关系也是不近不远。"

他似乎抱歉地投过了一瞥："毕竟年纪在这里，是即将去位的人了。这件事，同他是没有一点关系……想来就不送上消息，也是毫无妨碍的。"

大少夫人笑了："四弟，焦阁老大人，只是顺带一提，这件事真正关联的，还是云娘的公公。他现在得到圣心，却迟迟不能上位，无法放开手脚做事。东宫在位一天，就耽搁一天的工夫，岁月不等人呢。东宫虽然也是他的亲戚，可那亲戚是拐了弯的，如何比得上亲生外孙呢？再说，又有谁比他更清楚封子绣？当年封子绣还未发迹的时候，他可是对此人多番称赞，险些还要把女儿许配给他呢。"

这样的秘事，权家人知道得竟是一清二楚……即使各大世家，私底下肯定有自己的消息来源，杨家又是权家亲家，他们了解得肯定更深入一点。但蕙娘心中依然是有些震惊的：良国公离开朝堂已经很多年了，可就现在情状来看，竟一点都没有脱出朝堂的迹象，该知道的事，他们知道得比谁都要清楚。

可这也未必是好事，如没有雄心壮志，就和权季青说的一样，坐山观虎斗，有权仲白在，保一代富贵平安是不难的。把什么事都弄得这么清楚，可见权家在政治上还是有所图、有野心的。但现在天下武事，已经被瓜分得差不多了，许家、桂家、诸家……都是人才辈出，后头还有卫家、萧家、林家等着，要在武事上东山再起，有一定难度；文事上就更别说了，勋戚入仕，是朝廷大忌。权家这是打算从哪里入手，重回权力核心呢？

"就因为深知封子绣的天赋和性格，"大少爷见解又不相同，"杨阁老是万万不会做此不智之事的。燕云卫对京畿一带的掌握非常严密，此事要有他在背后指使，两边一旦翻脸，宁妃在宫中的处境也就更不利了。我看，此事和他应当没有关系，倒是我们也该给亲家送个信，提提醒——这要最后还是皇后娘娘的手笔，则龙争虎斗之日，势必会提早降临。杨阁老应该早做准备了！"

现在两房都发表过自己的见解，只有二房还一径沉默，却是太夫人开口，她跳过专心吃瓜子的权仲白，直问清蕙："这件事，如以你的意思，你认为当怎么办？"

这是在给二房一个答题的机会，蕙娘哪能放过？她瞥了权仲白一眼——权仲白都放下一捧瓜子不磕，默默地望着她。她便轻声细语地道："要答这一问，媳妇倒想先闹明白两件事……"

良国公来了兴致，他微微直起身子，眼中放出一点光来："你问。"

就连权夫人都放下茶碗，多少有些好奇地望了蕙娘一眼。大房两口子就更别说了，蕙娘这一反问，问得全场瞩目。她却似乎根本没有察觉，还显得那样从容自若："媳妇想知道，是否雨娘已经定了亲事，将说回老家？老家族人中，又是否将有姑娘过来，参与选秀呢？"

良国公和权夫人交换了一个眼色，两人都不禁将赞赏之色外露，就连太夫人也睁开眼来，仔仔细细地打量起了蕙娘。权季青双目射出奇光，望向蕙娘的神色又和从前有些不同。不过，还要数权仲白反应最大——

"这件事，我不赞同！"他嚯地一下站起身来，分毫不让地就瞪上了良国公，一字一句，掷地有声，"于情于理，你们这么做，都实在是欺人太甚！"

天下间不肖子多了，敢这样和爹娘讲话的为数可能还的确不少，可在高门大户里，谁敢这么做，那可就真算是吃了熊心豹子胆了。不必立刻请家法，只当爹的眼睛一瞪，哪还有谁敢这么越礼？连蕙娘此等城府，都不禁轻轻倒抽了一口气。她要出声劝，又怕权仲白气头上连她面子也不给，这气氛就更不好了。只得随着其余人等，做焦急状，却并不出声拦阻。

"什么欺人太甚。"良国公却没有被这个叛逆的次子给激怒，他叹了口气，略带一丝疲惫地道，"你先坐下来再说！"

权仲白怒视父亲——一屋子权家男人，生得都很相似，可当此时，不论是良国公的深沉，还是权伯红的典雅、权季青的俊美，似乎都敌不过他所散发出的勃然气势，似乎对着父亲、长兄，对于这个几乎已经成了定局、甚至连当事人都已经认命的决定，权仲白也没有一点畏惧，即使天河将倾，他好似都要力挽天河！

"我不坐！"他说，"第一，以雨娘身份，在京畿周围寻一积善人家，并不是过分要求，当年给云娘说了杨家，我就很不赞同！杨阁老走的是一条险路，家里人口薄……你们非得要说，那也就算了，毕竟不是没有可议之处。但将雨娘说回老家，那么苦寒荒凉的地方，是她一个娇姑娘能承受得了的？娘，别人也就算了，你是她亲妈，不是后妈！"

权夫人手一颤，她低下头去，竟不敢和权仲白对视，倒是太夫人，她一手按在媳妇肩膀上，坐直了身子，似乎要开口说话，但权仲白丝毫不给她开口的机会。

"第二，当年说亲，说云娘到了年纪，说亲要按序齿，让我续弦。好，我知道你们逼我，可家规如此，我从了。"他的怒火稍微沉淀了下来，语气却越来越冷，冰而毒辣，像一把薄薄的冰刃，"可现在雨娘才几岁？她怎么就能定亲？三弟、四弟的亲事可都还没有影子！出尔反尔，这是立身的根本吗？为家里出力，我没有二话，但你们也实在是欺人太甚了。如此处事，让人怎么心服？"

字字句句，几乎是直问得人无法回答，权伯红轻咳一声想要说话，大少夫人立刻就瞪了他一眼，她出面打圆场："二弟，要不是弟妹说，大家也都毫不知情……可长辈做这个决定，一定有他们的道理。雨娘是你妹妹，难道就不是爹娘的女儿、祖母的孙女儿吗？哪能亏待她呢！总之你先坐下来，大家有话慢慢讲……"

权仲白连嫂子的面子都没给，他逼视着良国公同权夫人，又极失望、极痛心地看了太夫人一眼，只轻轻摇一摇头，便冲蕙娘喝道："走，回家了。"

连一声道别都没有，他转身就往外走。蕙娘来不及多想，只看了权夫人一眼，权夫人冲她一点头，她便起身碎步直追了出去。

刚和长辈翻脸，哪管权神医再洒脱，心情也必定不大好，他没骑马，让姜管事套了大车，因走得急，连车内都来不及布置，连凳子都没有安置，只能和蕙娘并肩在车内盘膝坐着，两人一时都没有说话。蕙娘看了他一眼，见他清俊面上怒意犹存，心里不知怎么，反倒舒服一点了：原以为他一言不合立刻翻脸的性子，只是针对她一个人，现在看着，倒是一视同仁，连他爹娘都没能逃得过这翻脸一刀。

"你心里生气。"她软绵绵地说，"就别坐这么直了，还打坐……垫着腿不嫌难受呀？"

她一边说，一边将权仲白往后一推，塞了一个大迎枕过去，又把他的腿给扳出来，伸在车内放平了，摆出个慵懒倚枕的姿势。

一个人都这么慵懒了，还如何能生气得下去？权仲白扫蕙娘一眼，自己气乐了："你就让我生一会儿气不行吗？"

蕙娘很驯顺："行呀，你要不多说几句，我和你一起气如何？你们这闹了半天，我根本连怎么回事都没闹明白呢……你就气得跑出去了。"

她本待蜻蜓点水，提提日后如何同本家往来的事，但见权仲白沉下脸去，便不再多说，而是猜测："这样看来，爹这一次把消息看得这么重，真是为了给明年选秀铺路？"

"他不想往宫里掺和，"权仲白余怒未消，说，"又何必这么热心？本来，和孙家划清界限，对杨家、牛家不要多做搭理，东宫失位，过去也就过去了，凭他东西南北风，我自岿然不动。他非得问个水落石出，无非是兴了往宫里塞人的主意，想要和皇家添一门亲事了！"

这思路按理来说，也没有什么大错，要知道权家现在没有谁掌握实权，要恢复往日的荣光，肯定得有风使尽舵，能往宫里打一点伏笔，就打一点伏笔。蕙娘不明白的却不是这点："这遴选名门之后充实后宫，也是我们大秦的惯例，爹的主意我看就很好。我就不明白，他不送雨娘进宫，反而要从老家送人过来，把雨娘嫁回去，这不是多此一举吗，白白还耽误了雨娘……"

"雨娘那性子，进了宫只会被吃得皮肉不剩。"权仲白冷冰冰地说，"她和云娘都不是按宫妃标准教养起来的，再说，她们身份太高了！国公嫡女，进宫就要封妃，到时候，我再给皇上看诊，就很不合适了。以国公的性子，哪会为了一颗棋子，失了另一枚极有用的筹码？"

居然连爹都不叫了……

蕙娘不说话了，她隔着薄纱，望着窗外的风景，又寻思了许久，才轻声说："我知道你不爱听，可滔天富贵，从来都不是没有代价的。你是如此，我是如此，雨娘也是如此。父母之命媒妁之言，这件事，长辈都点头了，你这个做哥哥的不答应，又有什么用？只会让雨娘的心里更背上几重阴影……嫁，她肯定还是得嫁。我劝你，对她一个字都别说。"

她本来要就此收住的，想到权仲白的性子，又多说了几句："免得她本来已经渐渐地情愿了，被你这么一说，又不情愿起来，到时候过了门，受苦的还是她。"

这一番话，她发自肺腑，更兼物伤其类，是放了感情进去的。权仲白自然也听得出来，他没像以往那样，只说几句话就要和蕙娘拌起嘴来，只是闷闷地"唔"了一声，索性一个打滚，靠到车壁上，蛮不高兴地蹬了车底一脚。"这都什么事儿啊！自己家日子过得好好的，上赶着把女儿嫁到穷山恶水里去！生了子女，就是为了糟践的？"

他不高兴，蕙娘还想哭呢——她算是明白了为什么大少夫人还立心要对付她。按说，这么多年没有生育，权伯红又没有过人的能力，权家规矩摆在这里，只要蕙娘能够生育，世子之位几乎无可争辩……他们大房再挣扎也都是无用，除非对准了她的命，将威胁剪除在萌芽之时。可现在还有什么不明白的？权仲白本事是大，可脾气更大，和家里的关系紧绷到这个程度，承爵？不改了这个脾气，还不如做梦快些！大房对爵位抱有希望，根本就是题中应有之义，换作是她，也不会对权仲白太当真的。

可权仲白已经气成这个样子了，自己要是再火上浇油，除了把事情闹得更大之外，也没有别的意义。蕙娘轻轻地叹了口气："就为了面子想，雨娘也不会嫁得太差的，东北的权贵人家虽少，可也不是没有。照我看，靖北侯崔家就是很好的人选，虽然镇守在北地，环境是清苦了一点，但论爵位、论兵权，都足以配得上雨娘了。也许就是说给他们家呢？"

见姑爷慢慢气平，蕙娘又添了一句："你也是太冲动了一点，慢慢问、慢慢谈嘛，要为雨娘争取，总不能是在吵架里争出来的——"

往常文娘闹脾气，蕙娘只有压她更死的份，此时想到妹妹，她倒不禁起了愧疚之意：早知道自己也有这么温言软语顺着毛摸的时候，从前就不那样折腾文娘了……倒只有权仲白这块爆炭能享受这种待遇，自己的亲妹妹，还要被百般揉捏。

二八佳人、柔声细语，降火的效果比凉茶还要好，权仲白火气稍平，话也多起来了："我就是看不惯他们的做派！人无信不立，为了逼我成亲，连云娘、雨娘都能拿出来逼迫，难道那不是他们的女儿，不能说亲，他们心里就不难受了？"

"那也是你……"蕙娘硬生生地把话给吞回去了，她在心中告诫自己：连他亲爹都得顺毛摸呢，你和他抬杠做什么？他气的又不是你。"那也是老人家死脑筋，一意要给你说了亲，才觉得对得起前人嘛……"

等两人回到香山，权仲白犹自气得面色僵冷，他嘱咐桂皮："从今儿起，我不在！除非是封家来人，他们家大姑娘又有急病，或者有谁必须得急诊，否则有人来问，一律就说我在宫里！"

桂皮一缩脖子，一个屁都不敢多放，小跑着就去了扶脉厅。蕙娘一路还绞尽脑汁，打太平拳安抚权仲白，又令石墨带众厨子送了一桌他爱吃的菜来，还要上酒——却被权仲白止住了："我平时是滴酒不沾的，喝了酒手抖，就不能施针。"于是又上了焦家秘法蒸制的纯露，好容易把权神医伺候得吃好喝好，意态稍平，也能同她并肩靠在天棚下设的竹床上看月亮了，蕙娘这才问："在封家出的事，你恐怕连爹都没有告诉全吧？我看爹说话的时候老看你，好像等你补充几句一样……"

"没说全。"权仲白摇了摇头，"这种隐私，不得不说的，才提醒家里一句，能不说都不说。"

"那还有什么隐私，是有机会就要说的？"蕙娘觉得有些好笑，她略直起身子，换了个姿势，趴在权仲白身边，眼神一闪一闪的，"你不是老说吗，君子不欺暗室，人家的隐私，你倒拿出去乱说。"

"这你就不懂了。"权仲白估计今天也是上了情绪，又被蕙娘奉承得好，话要比往常多一些，"郎中不好当，就因为这个，有些阴私事，你看透了不说破，人家当你傻的，就要挑你做枪。你说破了，为人保密，人家得寸进尺，下一回不但要用你看些不能告人的病，还要请你办些有损阴德的事。与其到时候处处被托付处处翻脸，倒不如一开始就光风霁月，人家问起来就说……不是这样，一年到头，富贵人家的阴私事都能把你烦死。"

他瞅了蕙娘一眼，倒微微一笑，难得温存地揉了揉蕙娘的后脑勺："你们家人口简单，怕不知道。"

权神医的语气带了一点不屑："就为了一点小钱，有时候甚至连钱都不是，只为了争一口气。富贵人家一年到头，要出多少活生生人吃人的事，这世上哪有一户人家是真正干净的？门钉越多，里头的龌龊事就越龌龊，石狮子越大，那爪子下头踏的人命就越不计其数……人一生享的福是有数的！吃穿上享受了，命数上来赔，真是一点都不吃亏。反倒是小家蓬门，一家人有的本来就少，也许还能和乐融融，不在这上头生事呢。"

他这话几乎直刺进蕙娘心底，令她有些不能直视权仲白了。一直以来，她心底深信，权某人虽然精通医术，在人情世故上却是一窍不通，天资有限，不过是另一种书蠹而已。能在宫闱中出入，倒是托赖了这书蠹脾气之福，人人知道他心眼少，也就都不和他计较，算是傻人有傻福了。可几番谈论，他说出来的话，真是一捅一掌血，那份锐利真是别提了——虽说相映成趣的，是他处理家中事务那令人崩溃的手腕，可……

"你又把话题拉扯开来了。"她笑着说，"那这种阴私，同封姑娘的阴私又有什么区别呢？你说她是被人气的，又那么肯定是外人来气她，偏偏还不肯说详细，论据在哪里呀？难怪爹娘看着都有十分顾虑——"

"绣屏都看见了，"权仲白嗤之以鼻，他把大致情况一说，"'深情空付，辜负春光无数'，锦中画，画中景，这刺的是谁，你还想不出来？这是指名道姓地打他们封家的脸！要我说，封姑娘怕就是刺到一半悟过来了，越想越气越气越想，情绪上头这才引发卒中。要不然，她至于一看那绣屏就发作？只怕那两位大夫也有所颖悟，只不敢明说，装个糊涂而已！"

他说到这里，也有点生气："人命关天，差点就这样误事了——"说着，自己又叹了口气，"算了，人微言轻，侍奉权贵，他们也怕的……"

"这也实在是太大胆了吧……"蕙娘亦不禁感慨，"封子绣不咬死对方才怪，虽说这……也不算是空口白话，可毕竟是当着和尚骂驴，欺人太甚了一些。你看出此点，告诉封子绣了？"

"他自己看出来的。"权仲白摇了摇头，"要连这份眼力都没有，也就不配做燕云卫的统领了。越发和你说穿了，这件事，照我看是皇后所为不会有错，除了她，还有谁那么疯狂大胆，连脸面都不要了，一心一意只顾着和封子绣为难？一般人但凡还想往上走一步，都不会为自己留这么一个把柄的。"

的确，也只有要倒台的当权者，才会有这最后的疯狂了。蕙娘想到上回皇后折辱吴太太一幕，不禁微微点头，她不再追问了，而是给权仲白捏肩膀："你也累着啦，别多想了，这几天多歇歇……"

说是多歇，权神医也没能在内院多待，他白日里还是泡在自己搁了形形色色药材的药材厅里，并不知做些什么，蕙娘也不去管他。她除了打发人给焦阁老送了一点香山特产之外，便同从前一样安闲度日。如此等了几天，终于等到了国公府的召唤：权夫人思念儿媳妇，让她过府说话。

被权仲白一闹腾，这一次蕙娘回国公府见到权夫人，彼此都有些尴尬，蕙娘先歉然道："我已经说过仲白了，那天他在气头上，说的几句话实在是有些过分……"

权夫人笑着摆了摆手，看起来是真不在意："他那也是疼雨娘，我这个亲娘还能怪他吗？别说我，就是他爹、他祖母，都没真动气，你也让他别往心里去，多大的人了，一言不合还闹脾气……这几天宫里时常来人问他呢，还有封家，也是经常过来问他的行踪。"

国公府这个态度，倒并不出乎蕙娘意料：有本事就是有本事，只要国公府还要用权仲白，就肯定不会把他压得太厉害的。她点了点头："我瞧着他也快消气了……"

"今儿让你过来，"权夫人也不很在乎这个——也是，权仲白就是再气又如何？血浓于水，跑不掉他一个姓权的，"倒不是为了这个的。"

她含笑握住蕙娘的手："那天你话说了一半，就没个下文了，我和你公公、祖母都很好奇，这要是我们家为来年选秀预备了姑娘，又当如何做呢？"

没想到权夫人居然这么看重这个考察……蕙娘有些吃惊，却仍没有打算放过这个机会：尤其是在权仲白表现奇差无比的现在，她更需要在长辈跟前留下一点印象。

"要没有选秀，"她轻声说："坐山观虎斗，再好不过了，最好是给亲家送个消息，令其趋利避害，俾可再上一层楼。可现在，既然家里打算送人进宫……"

她顿了顿，略微拍一记马屁："我看，娘眼光高，指出的那条路是不错的，宁妃现在很得宠，皇三子身子相对也健壮一些；孙家在对皇后失望之后，必定会鼎力支持她，又有杨阁老这个好爹。不稍微限制一下宁妃，我们家的姑娘，很难有机会。"

权夫人顿时舒心地笑了，她轻轻拍了拍蕙娘手背："到底是你祖父悉心调养出来的，见事就是明白。"

她冲蕙娘挤了挤眼，多少带了些心照不宣的坏丝丝："上回进宫，你做得很好，皇后现在已经猜忌宁妃，宁妃最近的日子，是不大好过的。你的意思，封家的事，就不必再提醒瑞云的公爹了？"

"这就要看杨家知道多少了。"蕙娘轻声细语，"如若对娘娘的病情，只是知道一点皮毛，并没有参悟出局势的真谛。则近来局面若此，阁老或者是为二女儿撑腰，或者是为六女儿撑腰，总是要针对牛家争一争的。可以皇上的性子，现在阁老是争得越厉害，对宁妃就越不利，将来我们家姑娘进宫，路也就能走得更顺一点了。再者，家里没有什么动静，还是坐山观虎斗，多少也可以安抚仲白……"

短短一番布置，为权家女铺路，坑了娘家政敌，还为二房和家里和好给铺垫了一笔……

权夫人颔首一笑，她望着蕙娘的眼神，充满了肯定和赞许。

可她一开口，却又是问句，而非夸奖。

"这封家之事，究竟有何内幕？仲白一直都不肯和我们提起。"她微微蹙起眉毛，"家里人做事，总是多掌握一点情况，心里多安定一点。他和你提过没有？这个气出来的病，究竟是如何气出来的？"

她一头说，一头又拿起茶杯，放在手中转了几转。

蕙娘眸子微沉，心念电转之间已经明白：今日的题眼，其实还不在刚才的那几问，恐怕是应在了这里。

焦、杨两家势同水火，在政坛上争斗不休，娶了焦家女，嫁出杨家妇，良国公府在很多时候就要比从前尴尬一些，蕙娘也不是没有想过，自己虽然条件不错，但良国公府难道就没有别的选择？老太爷曾说，"权家聘你，七分是看中你的人，三分才是看中你的家世"，她本人将信将疑。这几日，才明白以权仲白的性子，虽然才华横溢，可秉性放纵狂野，极难驾驭。为他说了蕙娘，真是有七分看重了她守灶女的性子，指望她做权仲白这匹野马嘴上的笼头……两个长辈接连出了几道题，考的既是她本人的手腕，也是她和权仲白的关系。想要在逐鹿之争中占据一点有利的地势，她就得亮出自己的态度：她这位权二少夫人，不但能将丈夫握在手心，还能顺着长辈的心意拿捏他，长辈要长就长，要扁就扁……

封绫一事的真相也好，大少夫人在饭菜上借题发挥也罢，权夫人或者按兵不动冷眼旁观，或者主动出言询问，其实都还是扣紧了权仲白的态度——虽不情愿，但眼下来说，要在权家站稳脚跟，邀足上宠，除却满足长辈的要求之外，的确别无他法。

"提了一点。"她坦然地说，"但也没有全说，仲白的性子您也是知道的，病人阴私，他忌讳着呢。我也就没有多问，倒是他自己说了几句。大约是和封姑娘前几年接管的纤秀坊有关，像是在刺绣时候出了事。"

"刺绣也能被气着？"权夫人也有点吃惊，她喃喃自语，"这除非是绣件有问题了，不然，外人如何来气。可这究竟是谁家下的订单，岂不是一目了然的事？这种事，有什么难查的呢？"

竟是仅凭一句提示，就猜得八九不离十……这个良国公府，什么都缺，就是不缺人精子，打从太夫人起，几个女眷都不能轻辱。蕙娘打起全副精神，微笑道："这可就真不知道了，他那个性子，只管扶脉，余事也就是稍微管管……"

这么说，其实就是在肯定权夫人的猜测，权夫人眼神一闪，她对蕙娘的态度又和气得多了："你这番过来，仲白面上不说，心底肯定是很在意的，同我漏了几句口风的事，回头可不要告诉他。"

什么叫作识看眼色？权夫人摆明了是在安抚蕙娘无须担心，她肯漏点信息，长辈也不会让她难办。蕙娘不禁露出微笑："我晓得该怎么做的，娘只管放心。"

权夫人又关心她："他那个性子，和驴一样倔……最近在香山这一个多月，没有欺负你吧？"

"没有没有。"蕙娘慌忙说，"相公待我挺好的，娘不必为我担心。"

"你们年纪差得大，"权夫人不禁露出笑容，"仲白到底还是疼你，你这话我是相信的，从那天为你要点心吃开始，我就晓得不必多担心……"

她轻轻地拍了拍蕙娘的手："卧云院的巫山已经有好消息了——虽然是庶出，可怎么说也是大房的血脉，你也要多加把劲，我们家是最看重嫡出的，你能快点为仲白添个一儿半女的，今年冬至上香，我也就有话和地下的姐姐说啦。"

啊，没想到大房这么快就把巫山的这胎给挑出来了……蕙娘神思，不禁有一丝游离：恐怕是大少夫人听说绿松试探的事，索性就自己先亮出来了，又恐怕是从前毕竟没有确定，现在确诊了，她也就迫不及待地要炫耀炫耀这个好消息。起码大少爷不是不能生，大房留个血脉的能力总是有的，多多少少，在长辈心中，地位是有拉回来一点儿。

她微微一笑，垂下头做害羞状："我，我明白……"

权夫人不禁大笑，她打发蕙娘："快回去吧，让仲白气消了，就亲自到我这里来一趟。雨娘的婚事其实并不太委屈，这一点，我这个做亲娘的有数的，待他来了，我慢慢和他说。"

她盯了蕙娘一眼，又笑道："对了，还没问你，这件事你怎么看？"

表态时机又到，蕙娘当然知道该怎么说。"男婚女嫁，从来都是父母之命、媒妁之言，我们这个身份的姑娘家，哪还有例外的？要不是——要不是姑爷婚前想见我一面，我还不是蒙着眼睛就嫁过来了。家里人能说定这门亲，自然是方方面面都给考虑得妥当了，哪还有小辈置喙的分儿呢？"

权夫人听得频频点头："好孩子，仲白要是有你三分通情达理，也就不至于闹成现在这个野性子了！"

蕙娘不肯和权夫人一起数落丈夫，只是微微一笑，权夫人见了，心里更加喜欢，又哄她几句，将她给打发走了。这才起身进了内室，要良国公给她倒茶："说了这半天，口干舌燥的，我要温些儿的，别那样烫——"

良国公本来斜卧在竹床上，似睡非睡的，被权夫人闹起来了，只得给她斟了一杯茶。权夫人很得意："这个媳妇，真是说得十全十美了吧？她一来，仲白简直比从前要容易对付了几倍！要不然，他这会儿早出京了——哪还会搭理和你约的，什么'一两年内不能出去'。"

说起来，权瑞雨的婚事，的确损害了良国公等长辈的信誉，长辈不守约定，也就给了这头倔驴毁约的借口。要按权仲白往日的作风，恐怕权瑞雨婚事一定，他不是去漠北，就是去江南，总要离开家游荡上一段时间，四处义诊过了，将胸中闷气给消耗完了，这才能听着皇家来使、家中老人的劝，心不甘情不愿地回京里来。如今呢？温柔乡是英雄冢，百炼钢成绕指柔，前几天闹得那样不愉快，他也只是在香山闷居，一点出京的意思都没动。权夫人心里自然是高兴的，就连良国公，神色都格外温存，只是口中还不肯服输："他到底还是识得大体……这要真是皇后娘娘所为，京中风云丕变，几乎是转眼间的事，少了他，家里怎么办？很多事都根本施展不开了！"

"深情空付，辜负春光无数……"权夫人喃喃念叨——虽然蕙娘没有提及，但她居然早已经知道了这句咏词，"不论是谁下手，总不至于是为了把封家大姑娘给气死吧，心宽一点的人，管你当面骂我佞幸男宠呢，我还要谢谢你夸我家圣眷深厚。封绫这个人，素日深居简出，性情不为人所知，指望一幅绣屏把人给气出毛病来，天方夜谭。这也就是收到折辱封家的效用……"

她轻轻地抽了一口凉气："还真说不准！娘娘要是没有生病，以她的城府，自然不会做此无益之事。可现在真是说不清了，她素来忌恨封锦，多少也是有些风声传出来的……"

这复杂纷乱，看似半分线索都无的局势，被权夫人分析得丝丝入扣，良国公半坐起身子，似笑非笑地考妻子："焦氏和季青出的主意，差不多。也的确都很老辣，照你看，这件事该如何处置为好？真个是按兵不动、以观后效？"

"总不至于还要扶植淑妃吧？"权夫人反问了丈夫一句，"这种时候，多做多错，动静太大了，封子绣那边也容易生出想法来，就当作不知道，让他去发挥，反正无论结果如何，都只会对婷娘有利——她现在应该也上路过来了吧？老太太昨儿还问我呢。"

"在路上了。"良国公点了点头，"那就按孩子们的意思去办！要依着我，再动弹一点儿也还是好的，起码孙家不做些垂死挣扎，局面就还不够热闹——算了，多一事不如少一事，我们还是做不知道为好。免得仲白和焦氏离心，那就得不偿失。"

"怕是要离心也难！"权夫人不由笑道，"那天那一闹，我看闹得好。你还不知道仲白的性子？盛怒之中还记得招呼焦氏一声，可见多少是将她当成自己人来待了，真要不得他的心，他睬她都懒！焦氏手腕又高，等孩子落地，看他不被她调得团团乱转——"

她舒心地叹了口气，和良国公商量："我看，等过了九月，可以安排焦氏的陪嫁进府做事了吧？"

"早了点……"良国公不置可否，"再看看吧，别和林氏一样，也是不下蛋的鸡，林氏难道不好？不会生，始终一切是空！"

权夫人不禁叹了口气，她多少也有几分惋惜："是啊，可惜了林氏，同焦氏相比，其实也差不出多少去……"

蕙娘回了香山，也少不得要向权仲白汇报见闻，她故意说起巫山的喜讯："你几次过去都没扶着，可见是没福分，不然，早就摸出她的喜脉了。"

权夫人的安抚言辞，权仲白当耳边风，巫山有喜，倒是确实震动着权神医了，他眉眼简直都被点亮："此话当真？！我就说，大哥脉象沉实稳健、阳气充足，怎么可能敦伦无果！这下可好，家里要添第三代了！"

要说这消息令蕙娘也欢欣鼓舞，那也太假，但她毕竟是有风度的，再说，该酸也酸过了，对于权仲白不懂得听话听音的愚笨——也被磨得惯了，她没有阴阳怪气，再闹什么语带玄机，而是正经规劝："你要和大哥大嫂好，这时候就不该等他们来请，自己回去，第一个给巫山把把脉开开方子，第二个，也安抚大嫂几句，再给她捏捏脉门。免得还要他们来请，他们怕又顾虑你脾气……"

她这话说得老成，权仲白态度也有所缓和："再看吧，以家里人的风格，迟不过后日，肯定过来报信，到时候再回去也不迟。"

蕙娘"嗤"了一声："又不是红牌姑娘，还拿起架子来了……这是爹娘疼你，要在我们家，早被罚着跪家祠去了。身在福中不知福，还老和长辈高声二气的。"

她举起筷子来，用筷头去敲权仲白的手背，半带了笑意："要我说，就是欠打！"

权仲白躲得也快，手一缩就躲过蕙娘袭击，若无其事地夹了一筷子醋溜白菜入口，当没听到蕙娘的规劝，反而和蕙娘闲聊："你这次回府，娘就没向你打听封绫的事？"

他一头说，一头看了蕙娘一眼，蕙娘也没想到他对家里作风这么了解，她征了怔，道："是有，但我没说什么。本来我知道的也不多，哪好乱讲？"

权仲白"唔"了一声，看来是满意了，他反过来叮咛蕙娘："以后这些事，不要和家里开口。问起来就说不知道，免得一旦打开缺口，以后有事就来问你，你也烦得慌。"

蕙娘点了点头，她给权仲白夹菜："知道啦，你也少说两句吧，平时怎么不见你这么多话。"

权仲白猜得不错，不过第二日，大少爷就来人向弟弟报喜了，又请弟弟："要无事就回家一趟，给巫山开个保胎方子。"

亲大哥的面子，权仲白是肯定会给的，横竖最近他托辞在宫中值宿，也没有多少重病号在冲粹园外等候，一辆桐油车轻轻松松就进了京城。一进府被管家截住，先带到拥晴院给祖母请过安，正好权夫人也在，大家见过了，长辈都若无其事，只让他"快去给你大哥道喜吧，这一胎可要保住了，千万不能出错"。

到底都是一家人，就是还有心火，除了忍下来还有什么办法？毕竟家里人也不可能为了他改动瑞雨的亲事，权仲白也不是毛头小子了，再闹，只会让大家都难堪，他应下来："一定尽力保胎。"也不问母亲妹妹的婚事究竟如何"不亏待她"，自己撤身出去，大步进了卧云院时，正看到大少夫人在院子里同几个丫头说话——都是杏眼桃腮、身段窈窕的生面孔……权仲白看了，还有什么不明白的？

他有几分为大少夫人不平，给巫山扶过脉，冲大哥道了两声喜——看得出来，权伯红喜是真喜，便又要给大少夫人扶脉："一眨眼又是好些天没给大嫂开方子了。"

大少夫人的笑容里，不免也透了几许心酸，她不笼袖子："没什么好扶的，二弟，你不用忙啦……"

还是大少爷硬把她的手放到桌上："不要辜负二弟的一片心意嘛。"

权仲白也没等大少夫人回话，一下摁在了大嫂的手腕上，这一摁，倒是摁出意思来了——"怎么，这脉象有变啊！"

大房夫妻两个，吃权仲白小灶是吃得最多的，平时十天半个月总要被扶一扶脉，脉象稍微一有变化，权仲白哪里摸不出来？夫妻俩脸色顿时都变了，权伯红且惊且怕且喜，见大少夫人要说话，忙道："都别说话了，不许耽误二弟扶脉！"

说着，一屋子丫头也都静了下来，权仲白认认真真扶了有一炷香工夫，这才松开手，一边擦着额际的汗珠，一边抬头道："大哥上回和大嫂几时同床的？"

大少夫人顿时红了脸，权伯红也有点不自在："就是昨晚……"

"最近几次同房，还记得什么时候？"权仲白倒不在乎，他听权伯红说了几个日子，便扳着手指算了算，这才抬头道，"应该是半个月前有的！现下脉象还很浅，恐怕大嫂月事已经迟了几天吧？您小日子一直是准的，如此看来，是有妊无疑了。"

大少夫人本来绷着脸正跟着权仲白一起算呢，听见弟弟这么一说，她又惊又喜，面色一下就舒展开了，几乎有几分不可置信："二弟……你此话当真——我……我……"

权伯红早一下就扑到了权仲白背上，几乎没把弟弟压垮，三十来岁的汉子，连眼眶都湿了，喜得语无伦次："这可别是我在做梦吧——"

大家喜悦一阵，权仲白又给大少夫人把了脉，大少夫人一个劲地问："这真能连日子都把出来，的确是半个月前？"

权仲白回答了几次，她才觉出自己的失态，不禁自嘲地一笑："我真是都不可置信……这半个月，孩子也禁得住折腾！"

按夫妻俩房事的频率来看，权伯红是没少往妻子身上播种。权仲白也由衷地为大哥高兴，他心情大好，站起身道："这样的好消息，当然要立刻和家里人说，大嫂你也是快三十的人，高龄产子，忌讳不少，从明儿起最好就别再管事，只一心保胎为要，我给你开个方子……"

这里正写着呢，那里宫里又来人了——"三皇子发水痘啦"，请权仲白过去。

因三皇子年纪小，发水痘是有些险的，权仲白不敢怠慢，匆匆给大嫂开了个方子，便进宫去了。果然三皇子啼哭不已，连宁妃都坐不住，抱着孩子来回走动，都哄不停。等权仲白摸过脉门，断然道："这不算险。"众人这才放下心来，于是该干吗干吗。权仲白又开几个方子出来，一面派人去国公府取铺盖——皇子出痘这样的大事，大夫按理是不能出宫的。

这一关就是七天，皇三子的烧在第四天就退了，到第七天，已经基本无碍。

权仲白忙了这许多日子，也有些疲倦，派人同宫中递了一句话，便自己收拾行李准备出宫回家了。谁知宁妃似乎也有些不适，恐怕是水痘过给了大人，又忙进景仁宫给宁妃请了脉，所幸只是劳累所致、脉象略浮而已。

"辛苦权先生了。"宁妃头上勒了抹额，倒越发显得容颜清秀动人，美人微恙，别有一番憔悴风情，她靠在迎枕上，娇喘细细，"这一阵子，宫里事情多，宫外事情也多，心里老是不得劲，真怕沤出病来……好在没有大碍，这才稍微放心。"

权仲白和宫妃们说话，从来都是板着一张脸："娘娘如能按时服用太平方子，消解心火热毒，心里自然就清静了，您不保养，身子骨吃不消，也是难免的事。"

"这段时间事情太多了！"宁妃和权仲白诉苦，她扫了四周宫人一眼，放轻了声音，几乎是自言自语地轻轻嘟囔，"哪里还能放心用药……"

没等权仲白回过味来，她又笑着转了话题："还没问嫂子好，上回进宫我也看了，真是极出众的美人！待人又亲切——"

她嫣然一笑，透着那样的娇憨喜悦："又看我好，满屋子人，只挑着我问了一声瑞云好，真是承她的情。我倒因她想起瑞云来了，神医要去杨家，也为我带句好儿，令她得了空就进来说话，千万不要拘束……"

这些场面话，权仲白从来都是敷衍一两句而已，今天就更是如此了，他气得双拳紧握，几乎要将情绪流露到面上。才从宫中出来，他就沉下脸命家丁："直接回冲粹园！"

桂皮一伸舌头，还打趣权仲白呢："小别胜新婚，小的明白！"

他没等权仲白回话，便放下了车帘，一敲车壁："咱们不回府啦，回园子里去。少爷想媳妇咯——"

第二十三章

心口不一

权仲白进宫这几天，蕙娘还真有几分寂寞，虽说如今冲粹园已经多了几分人气，进进出出的仆役们也都比从前要繁忙得多。每日里不是洒扫庭院、整修维护冲粹园内各色建筑，就是为蕙娘重新归置她几乎包罗万物的嫁妆，甲一号里二三十个丫头，乘着男主人不在，一旦得到机会，也都乐意在园中玩耍，又撺掇蕙娘也时常在园子里走走——但少了权仲白，每日晚上夜色茫茫，蕙娘总有些孤枕难眠之叹。回去给权夫人问安的时候，大家都觉得立雪院虽然屋舍老旧、院落狭小，但到底要比冲粹园有人气得多了。

也因此，见到权仲白回来，她到底还是高兴的，面上先就露出笑来，还亲自给权仲白倒了一杯茶，难得温存："大热的天，在宫里闷着，也是辛苦你了，快喝杯凉茶。"

见权仲白把茶杯拿在手里，却并不动口，石英便笑道："少爷，这是南边送来的好茶叶，连我们所得尚且不多呢，知道您今儿要回来，早上少夫人特别吩咐人泡的……"

蕙娘本不欲卖这个好，她哪里知道权仲白今天就能回来？不过石英要这样说，她也不好不认，便轻轻地哼了一声："好啦，宫里什么好东西没有，少爷才不稀罕一口茶呢。"

要在往常，权仲白难免说几句宫里的不好：温暾水温暾饭，什么都是温温暾暾，不求有功但求无过，多少事就是这样耽误坏了的。可今天他又哪有这个心思？究竟还是有几分自制力，晓得丫鬟们在跟前，不好发火，他勉强喝了几口凉茶，道："大嫂有喜的事，你听说了吧？"

这么大的喜事，蕙娘哪里会错过？要说心里不憋屈，那也是假话：这几个月来，几乎每一步都走得不顺，仿佛天意都要和她作对……她心里也是有几分奇怪的，大少夫人这十多年都没有身孕，眼看就快三十岁了，通房一有，她也有了——再一联系她的性子，这叫人不多想也难。

可当着权仲白，她自然不会多说什么："听说了，因你在宫里，我还特地回去看望大嫂，打量着等你回来了，再商量贺礼。"

权仲白点了点头，在心底也寻思着开口的机会呢：单刀直入，焦清蕙会认才怪……他忽然间又是一阵烦躁，一头挥手让丫头们都退出去，一头看似随意地道："这回进宫，宁妃对我很客气，她还提到你呢，说你上次进去，就挑着她说了一句话，她心里是很感佩的。"

蕙娘瞳仁一缩，面上倒是看不出异状："倒是，我还想冲她赔不是来着。你不是让我谁也别搭理嘛，可她毕竟是我们亲戚，娘叮嘱了几次，让我们不好翻脸不认人，再说，场面上一句话不说，看起来多怪啊，我还是和她打了一个招呼——没想到娘娘真不是当年的性子了，一句话而已，她眼神就变了。吓得我也不敢再开口，免得把'谁都不搭理'，变作了'谁都搭理'。"

果然是堵得很死：焦清蕙这话也没说错啊，一句话而已，又是问候权瑞云，谁也挑不出她的理来。皇后要因为这事看宁妃不舒服，那是皇后自己有问题，和她焦清蕙有什么关系？难道她就连一句错话不能说，一件小错事不能做？真的应酬场面上，哪有人由始至终一言不发的？

权仲白也不禁轻轻点头，他倒笑了："是啊，凭你的手段，既然敢开口，那肯定是防得滴水不漏，连一点儿话柄都不给人留的……"

他猛地一拍桌子，震得紫檀木的茶盘都要跳一跳，那双好似星辰一样亮的双眼，烫得像刚淬火的利刃，几乎要直刺进蕙娘眼底，令她不能直视："我也不和你纠缠这些细枝末节，你就看着我的眼睛告诉我，焦清蕙，你在宫里同宁妃说那一句话，是不是为了给我们权家女儿铺路？你是不是明确知道我的意思，却还违背我的意愿做事？"

如此单刀直入，从发问到逼宫，连一点时间都没有给焦清蕙留出来。对着他那双眼，她想到的不只是端午入宫同宁妃说的那句话，还有在婆婆跟前稍微露出的口风……

只是片刻沉默，权仲白便轻轻地叹了口气，他的态度倒缓和了下来，问得居然很惋惜："你还要装吗？"原以为他是个二愣子，没想到一旦认真起来，真是句句都犀利。一下倒把蕙娘变得良心有亏似的，前后两次，她的确都是听了权仲白的消息，没有按权仲白的意思做事，尽管权仲白只知道一件，可这两件事倒都是她利用了他，这一点，蕙娘并不否认。

"我要是为了我自己，又何必那样说话？"她静静地道，"是，我在宫中的表现，不尽如你的心意，但不过是一句话的事，宁妃就是再睚眦必报，她能怪到我头上？她能肯定我就只和她一个人搭了腔？四弟说得不错，我祖父是快退下来的人了，他处境如何，也不是宁妃能够决定的事——那是国家大事！我就扯了她一把，为的也是权家的女儿，就是在爹娘跟前评理，我也是不心虚的。你和宁妃交情难道很厚？就为这一句话，你倒来向我发火！"

"我和你说的不是这个。"权仲白一点都没有被她的言语激怒，他稳稳当当、自顾自地往下说他自己的，"和你透露几个消息，那是信你。我和家里的分歧，我不信你看不出来。"

他越说声调越冷，怒气虽然含而不露、引而不发，但毕竟是藏在字里行间，隐隐约约地透出一点冰冷的红。"你还记得你当时怎么说的？对府里，二房两人是一体，我没瞧见你多把我看作一体，我只瞧见你骗走了我的消息，转头就去长辈跟前卖你的好，你哪里把我看作一体！"

字字句句，问得清蕙竟不能答，她一抿唇，要站起来拍桌子，可权仲白动作比她更快，他猛地站起身来，高大的身形投出长长的阴影，一字一句，掷地有声："人而无信，不知其可。我虽读书不多，这句话还是知道的。我就想问你，你以为自己的手段有多高妙，可以将我摆布于股掌之间，永远都不露痕迹。还是以为我有多蠢笨，永远都不会觉察出一点不对，而是甘愿当你的一杆枪？"

"我——"蕙娘红唇才启，又被权仲白截断，这位满面寒霜的贵公子轻轻点了点头，自问自答，"啊，从第一回见面，你就看不上我，我也能看得出来，对于归嫁于我，你是很失望的。你觉得我没有本事，我没有心机，我学不会那四平八稳处处玲珑的做派……我请你拒婚，你倒觉得是我没担当没能耐，我窝囊，你盼着嫁一个有手腕有城府，能将事情办得爽快利落、无可挑剔的英雄人物，是不是？"

"你对我们的婚事，处理得是不够好。"蕙娘已经被他挤到墙角，连最开始的一点纠葛都被揭穿，她只能跟着权仲白的节奏为自己辩解，"要是你从前就积极一点儿，至于对自己的亲事连一点发言权都没有？我是没有拒婚的余地，可你本该有——"

"我是有，我一直都有。"权仲白截断了她的话头，他又笑了，"在广州一年多，你当我没有机会南下重洋？一旦出海，回国之日渺茫，五年七年都是常有的事，到那时候，你等得起吗？你等得起，你祖父等得起吗？等我回来，婚事自然作罢，几乎是十拿九稳。如此简单便捷的办法，你当我为什么不用？"

他的笑里带了一丝同情："因为我可怜你，我觉得你没犯大恶，被我耽搁一辈子着实有几分无辜。焦清蕙，你别闹错了，在我们二人之间，从来都只有我同情你、我怜悯你的分儿。你没有任何身份地位来俯视我，我要害你，连一点努力都不必付出，你就几乎已经万劫不复、一生尽毁。你别看不起我的迂腐伪善，不是我的这份迂腐，你早就零落成泥了。你哪还有一点底气来藐视我？"

这字字句句，几乎是刀一样地插进蕙娘心尖，她想笑，但笑不出来，她甚至竟不知道自己如今面上会是如何一番表情，是否——是否——

"你小女孩年纪小，我让你几分，也是人之常情。"权仲白的语气缓了几分，"争强好胜、摆弄心机，也都是宅门女子的通病。这些我可以忍，不过是细枝末节，我让一步也就是了。你从进门起就是冲着世子夫人的位置来的，这我也明白，可你空有大志，却无眼力。我态度表明得那样明显，你还读不懂我的意思？大嫂出招，我不出面，令你直接说破，你为什么不？无非是因为你心里有其他的念头，从入门至今，你每一步都冲着这念头去，走得也都挺好，可你难道真以为我就能这样由着你揉圆搓扁？"

他轻轻地又是一笑，这一笑，笑得很轻蔑："你就不想想，我要真这样简单，家里人又凭什么以为我能承袭爵位？这个家里好些文章，你根本连封皮都没翻开，你就想要争了！连蛰伏一年半载的耐心都没有，你就以为自己已经入局。照我看，你也没有自以为的那样缜密嘛！"

这一回，蕙娘真是半句话都说不出来了，她张了张口，真是欲语无言，玉一样的容颜上难得地布满了茫然，寻常那含而不露的威风，真不知哪里去了，权仲白看在眼里，心底也有几分隐隐的快慰，可他半点都没有放松攻势："就是现在，如不是靠我，你在这个家里有立身之地吗？你想拿捏我？殊不知我要拿捏你，简直易如反掌。我什么都不用做，只须一件事不做，我就能憋死你的野心。你真以为，我常年在皇宫内苑打滚儿，连这点道理都不懂，这点事都不明白？你不要把别人的风度，看作软弱，还反过来想骑在我头上了！你本是个聪明人，或者你自以为是个聪明人，难道你要我把话说到尽，你才能明白？"

话的确也说得很尽了，权仲白也的确还是给焦清蕙留了一点余地。他还没想着扶植通房另宠他人，而是简单直接：你要逼着我争世子位？那我就不上你焦清蕙的床，没有儿子，拿什么去争？借种？连床都不上了，借回了种又有什么用？权仲白一翻脸，她就只有等着被灌药的份儿，就连焦家也没什么好说的，偷汉生子，放在什么时候都是沉塘浸猪笼的大罪……

"从今以后，你自己须谨记，你说过的话不是空的，你是我权某人的妻子，一言一行，自然就代表了二房的态度。"权仲白又寻到了焦清蕙的眼睛，他清晰而缓慢地说，"二房的态度，不是你的态度，也不是府里的态度，是我权仲白的态度。"

他轻轻拍了拍焦清蕙细嫩的脸颊："你自己想明白一点，等你明白你能用来钳制我的筹码有多少，我能用来整垮你的手段又有多丰富便捷、五花八门，你就会明白了，是不是？"

见清蕙如泥雕木塑，半天都没有回话，他也不继续逼问，自己多少也有点感慨："男强女弱，究竟是不太公平！这番话我本不想讲，可奈何你是做男儿养大，似乎还不大明白一个女儿在当今世上有多无助。可人贵有自知之明，多想想，总是好的！"

说着，他便将杯中凉茶一饮而尽，站起身来："这段日子，你好好想想，想明白了，再来寻我说话吧。"

于是他便出门去了，甚至还体贴地为蕙娘掩上了门扉，留她一人在阴凉屋中独坐——尽管院子里艳阳洒了一地，可甲一号的堂屋内，仗着上下冷水道，却还是那样清凉。

也不知过了多久，几个丫头小心翼翼地叩响了门扉，由石英起，一个个脸上都带着忧郁，又都透着那样的焦急、那样的欲言又止：甲一号不比自雨堂，在建筑上几乎没有真正的隔断，天棚互通，主子们说话，丫头们在外间，怎么也都能听见一句两句的……

"姑娘……"石英毕竟是二把手，绿松不在，她自然而然就成了领头的，"少爷有口无心，您别往心里去——"

她一边说，一边轻轻地推开门——却又立刻吓得一松手，任门板反弹了回来。几个小姐妹顿时都着急了，孔雀眼圈都是红的，她要去推门，却被石英一把摁住手，使劲摇了摇头。

"姑娘肩膀一抽一抽的……"她的声音比蚊子叫还小，"看着，看着像是……"

蕙娘从小到大，十几年工夫，除了父亲去世礼制需要的那几天之外，她几乎就没有掉过眼泪！老太爷和四爷的教导，素来都是很严格的，责罚力度并不轻。可这几个和她一起长大的丫头就没有谁见过她抹眼圈掉金豆子，石英这句话，立刻就让几个小丫头跟着眼泪汪汪、手足无措，"这……这……"

石英忍着心慌摆了摆手，领着几个丫头都退到了院子里，她拉了拉孔雀的衣角："你现在马上出园子，找桂皮带你上你娘家，就说家里有些事……院子里的事，你可不许和他说！"

孔雀瞪着大眼睛，平时多伶俐的人，此时也只知道点头了，倒是石墨欲言又止，石英望她一眼，她便低声道："绿松姐姐也让我爹给家里送信，说是姑娘对姑爷，平素里态度有些不端正，总是瞧不上姑爷。我爹把信送回去了——直接把话递给鹤祖爷呢，可你们看，这都现在了，府里还是丝毫音信没有……"

"那你就把话说得重点！"石英立刻交代孔雀，"就说姑娘都掉眼泪了，让你娘直接去找太太说话，这件事，肯定得请老太爷出面，才能开解姑娘，这是毋庸置疑的……"

孔雀抹了抹眼睛，轻轻一点头，拔脚就往门外走，石英又打发几个人："都散了吧，该干吗干吗，不当值的那几个，你们谁也别漏一句嘴——都是知道姑娘性子的，她正在气头上呢，谁敢触犯了她，我可不会帮着出头说一句话……"

这么连蒙带吓的，把众人都打发走了，她自己站在院子中间，满是担忧地望了重帘深掩的窗门一眼，自己也回身出了甲一号，不知去向了。

她这一番安排，蕙娘竟是丝毫都不知道，她不是没听到几个丫头的声气，但哪还有心思搭理呢？她早就伏在桌上，光顾着笑了！

直笑了有大半天，这才勉强止住了笑意，焦清蕙直起身子，双手托腮，想一想，头一偏，她又不禁甜甜地笑了起来。

"唉，"十三姑娘一边笑，一边叹，"这个权仲白！"

她唇边的酒窝不但很大，还相当深。

大少夫人有了身孕，自然也就特别金贵，权仲白才回香山打了个转，过几天就又回了城里给她把脉，他倒还算是厚道，没有晾着蕙娘，虽然让她"想明白了，你再来找我"，但进城探亲，还是把她给带上了。

得益于冲粹园严格的管理制度，权家下人，几乎没法进甲一号服务，蕙娘身边那几个一等大丫头又没有谁敢胡乱开口的，本家人看权仲白的行动，顺理成章，就有了第二种含义。

"也实在是太疼媳妇了。"大少夫人心情好，连蕙娘的玩笑都舍得开，"好容易出京，连回府一会儿的时间都舍不得抽出来，火烧屁股地就回香山了。我这心里就犯嘀咕了，想派人去请呢，又怕弟妹心里埋怨我！"

蕙娘垂首浅笑，做羞涩状，权仲白不哼不哈似乎默认。几个长辈看了，心里也都是喜欢的，权夫人笑吟吟的："好啦，少打趣两句吧，小夫妻面子薄，你这样讲，你弟妹心里埋怨你呢，可面子上又不好露出来，可别提多苦啦。"

说着，众人都笑了，权瑞雨笑得最促狭，她向权仲白说道："二哥，我还想去你们园子里玩呢，听大嫂这一说，我倒不敢来了！怕我一来，嫂子忙着陪我，就没工夫陪你，你心里埋怨我呢！"

权仲白今天对她特别和气，他露了笑："哪能呢，你来，住一辈子都成，二哥绝不嫌你。"

一家子几个哥哥，也就是二哥对她的婚事意见最大。要说小姑娘心里没有触动，那是不可能的，瑞雨的表情，有瞬间的不自然。她要说什么，可看了母亲一眼，又咽了下去，笑嘻嘻地转了语气："那我就等成了亲，带姑爷来住一辈子，到时候，看二哥嫌我不嫌我！"

良国公站起身来，咳嗽一声进了里间，权夫人微笑着对两个媳妇说："我们去拥晴院给你们祖母问好。"

瑞雨的亲事，本家是肯定要给权仲白一个交代的，蕙娘和大少夫人心里都有数，忙跟在权夫人身后出了屋子。权夫人又打发大少夫人："你二弟给你把了脉，你也回去吧。"

本来，权仲白都是去卧云院给大少夫人把脉的，今天她在权夫人这里迎接，是大少夫人心疼小叔子，会做人。这点小手段，大家心底都明白，可大少夫人似乎还嫌不够，她还叮嘱蕙娘："按说，我这是有点厚脸皮了——家里就是做药材生意的，我还要问二弟拿药。不过一事不烦二主，今儿二弟只带了方子过来，没带药材，我也就开个口啦。弟妹回头帮我带句话，令二弟给我送过来吧。"

权夫人不由笑着盯蕙娘一眼，蕙娘仿若未觉，她轻轻地笑了笑，点了点头："哎，这自然是该当的，仲白做事，就是七零八落……"

开方子，那肯定要权仲白来开，不让他开，对谁都交代不过去。可毕竟方子是方子，大少夫人拿了方子回去再找名医论证，那也是轻而易举的事——这药材就又不一样了，从冲粹园送出来，谁知道蕙娘会不会动什么手脚……大少夫人真是打的好算盘，进退两便，连万一不成的后招都给想好了。蕙娘先应了下来，又觉得好奇似的，问大少夫人："可听姑爷说，冲粹园里囤积的，多半都是赈灾义诊用的药材——品相一般是不大好的，这可委屈了大嫂吧？"

没等大少夫人接话，她就替权仲白揽活："倒不如，等咱们家药铺送来了最上尖的药材，再让他进来为大嫂挑选吧，反正他三天两头都要进城的，可是方便。"

妯娌两个你进我退，彼此拼杀一招，简直是吃茶配点心一样轻松。大少夫人也不恋战，她欣然道："好，那就麻烦弟妹传话了。"

说着，自然有人过来抬她去卧云院，权夫人和蕙娘站着目送轿影消失在甬道尽头，两个人一道往拥晴院走，权夫人和蕙娘闲话家常："你祖父来人送信，说是最近身子不大爽利，天热不思饮食，令仲白过去给他扶脉。我看，你们今晚就在家里住一晚上，明天你同仲白一道回去——出门快三个月，老人家也想你了，回去探探亲也是好的。"

双方心知肚明：大少夫人有喜，这消息瞒不过老爷子，老人家这哪里是不舒服，分明就是要见孙女面授机宜。权家人自然不可能不给他这个面子，蕙娘倒有几分赧然："祖父年纪大了，行事就任性……"

"这有什么。"权夫人笑着拍了拍蕙娘的肩膀，"你也要加把劲了。"

没头没尾的一句话，倒真是含了她深切的希望，蕙娘轻轻一笑，并不说话，她仔细地打量着权夫人的表情，揣摩着她的心情：权季青敏达沉稳，说话做事，

不敢说天资胜过权伯红，但相差不大，那还是当得上的。权仲白的性子又是如此
桀骜不驯，要让这匹野马在国公爷的模子里安稳下来，真是谈何容易？

权夫人也算是个人精子了，难道心里就真没有一点想法吗……若有，那可真
是藏得深，都冷眼看了三个月了，她是一点都没看出来。

阁老发话，权仲白哪还能有二话，只能接受家里的安排，今晚就在立雪院歇
息。这里就不比冲粹园了，立雪院和卧云院共用了一排倒座南房做下人房，消息
传得很快，他要不和蕙娘歇在一张床上，不要三天，长辈就该找他谈话了。因此，
两人虽然还没结束冷战，但他也不能不和蕙娘同床共枕。权神医心里是有点不得
劲的，他出去找朋友聊了半天，等夜过了二更这才回屋。正好焦清蕙刚洗过澡，
一屋子都带着淡淡馨香的水汽，她穿了一身银红色宽丝衫——天气热，没怎么系，
隐约还能看到肚兜上刺的五彩鸳鸯，一条薄纱宽脚裤，玉一样的肉色透过纱面，
似乎露了一点，又似乎是料子本来的颜色，见到权仲白回来，倒有点吃惊："还以
为你今晚就不回来了。"

说着，她自己爬上床去，靠在枕边，就着头顶大宫灯翻看一本笔记小说，倒
是把权仲白说的："你想明白了，再来找我"，给听到了心底去。

一旦品尝过闺房之乐，只要机体还正常，对鱼水之欢，很少有人不缱绻迷恋
的。权仲白一向知道他也就是个俗人而已，他不大情愿地挪开眼睛，自己进了净房
梳洗，出来后，索性先在窗边炕上，半是打坐半是躺靠，练了一套练精还气的补阳
心法，于是神清气爽、心平气和，遂上床拥被而卧，不消片刻，也就酣然入眠。

这一阵子，他烦心事多，医务也劳顿，就是铁打的汉子也会觉得疲倦烦厌。
倒是和焦清蕙说开之后，心中为之一爽，晚上休息得都相当好，今夜也睡得特别
沉，一觉醒来，已经是鸡鸣时分，东方天色将曙，正是起身锻炼身子的大好时辰。
权仲白只略略迷糊了片刻，就觉得神清气爽，昨晚这一觉，睡得特别舒服。

上回蕙娘过来阁老府，还是出嫁三天后行回门礼时，如今回门，才刚下车呢，
她母亲就派轿子来接了，权仲白倒是要先到小书房去给阁老把脉——他和焦阁老
其实是很熟悉的，当神医就有这个好处，大秦的上层人物，没有谁不想着和他保
持友好关系。从前他还初出茅庐，刚给人把脉的时候，就到焦阁老府上来过；就
是日后，只要他在京里，也是时常过来给焦四爷把脉的。

名分有变，焦阁老的态度却一直都没有变，见到权仲白，他还是和从前一样，

笑得牙齿都露出来了，好像总在盘算着逗他一逗似的：要不是十多年前，焦清蕙才三四岁，他简直要犯疑心了——没准从那时候起，焦阁老就看上了他做孙女婿。

"祖父。"他正儿八经地给老人家磕了头，"给您请脉来啦。"

焦阁老手捏脉门，不给他扶："真是给我请脉来了？"

权仲白生平最讨厌装糊涂打太极拳，他一掀眉毛，又要跪："对您孙女说了几句不客气的话，给您请罪来啦。"

焦阁老"呵呵"地笑，倒是又把手伸给他了："你先扶脉，扶脉。"于是就扶脉。"还是和从前一样，"权仲白倒是蛮喜欢焦阁老的人生态度，"您想得开，心气宽，平时又注重保养，还打着五禽戏吧？和从前一样常常吃素？脉象以您这个年纪来说，很健旺了。暑天食欲不振，也是人之常情……我给您开几味开胃消食的药。"

"我食欲挺好的啊。"焦阁老一抹脸子就出尔反尔了，"昨儿还吃了一碗面呢，药，你就不必开了。"

他对权仲白说："坐下来说话——你坐那么远干吗，挨着我坐！"

权仲白只好在焦阁老身侧坐下，两个人就隔了个小几，老人家端着茶，寻思了一会儿，显然正在回忆细节："听丫头们说，她对你挺不客气的，老故意怄气。平时说起你就没好脸色，有没有这回事？"

君子嘛，从来都不会背着人告状的，不过君子也不大喜欢说谎，权仲白便不说话。

老太爷笑了："还听说，你前几天说了她几句，底下人听到了些，都说你说得不大客气，是句句诛心……这丫头都被你闹得掉了金豆子！"

"啊——"权仲白有点吃惊，"这……倒不知道她哭了。"

别的指控，他倒是全认了下来。

老太爷的笑意就更浓了："你知道不知道，蕙娘是从来不掉眼泪的，连小时候被她爹抓着打手心，都打不出一滴眼泪，大眼睛瞪得圆圆的、凶凶的，瞪着她爹，就像是一头小老虎，她爹打她几下，她记着数呢。一辈子倒是就被你说哭了——"

他拍了拍权仲白的肩膀，欣慰得不得了："干得好，真是没白说你做我孙女婿！"

"您这是在夸我，还是在骂我呀。"权仲白也有点犯嘀咕，他性子直，直截了当就给说出来了，"我这是说哭了她，可不是把她给说笑了……"

"我就是在夸你啊。"老人家很认真，"你能把她说笑了，不算什么本事，能把她说哭了，才是真个成了她的夫主呢。夫主夫主，管不住她，你当什么夫主呢。"

权仲白有点蒙了：他的个性作风，老人家不会不清楚——他本身也不是低调之辈，就算老人家从前不感兴趣，难道婚前还不感兴趣？焦清蕙进门那个架势，就是冲着世子夫人的位置去的，背后要没有焦阁老一路铺垫，她一个姑娘家，难道说带陪嫁，就带一个票号陪嫁过来了？既然两边意志无法调和，焦阁老肯定得给自己的孙女儿鼓劲吧，怎么如今反而兴致勃勃地给他叫好……

"我同你说，"焦阁老肯定也看出了他的迷惑，他略带狡黠地一笑，倒是和权仲白亲亲热热地说起了女人经，"就是从前的武曌则天娘娘，这不也始终还少不了男人吗？要是高宗皇帝活得比她久，那也就没有武周了，阴阳相吸、男女调和，这再出众的女儿家，心里也盼着有个能压住她的男人，不然，这姑爷和小狗似的，你说什么他都是汪汪汪、汪汪汪，她心里也没滋味啊。"

他虽然身份尊贵，乃是一国首辅，可说起小儿女的情事，竟还是这样津津有味。"别的女儿家我不敢说，可我们家的十三娘，从小性子强、眼光也高，一般人入不了她的眼！你要是不够强，压不住她，她一辈子心里都不得劲，待你也不会太好。你就是得死死地压住了她，她服了你、听你的管了——别看她面上不服气，她心里高兴呢……以后，你别想着让她，你也不需要让她，这姑娘不用人让，你让她觉得没劲呢，你想方设法地给她拉后腿、下绊子，她反而高兴！"

权仲白奇得说不出话来，期期艾艾了半天才说："有您这样可劲儿给孙女婿出主意对付孙女的吗？您这——这是看热闹不嫌事大啊您！"

"这话怎么说的呢？"焦阁老兴致勃勃，他故作不悦，"我还想给你支支招儿呢，你就这样把帮手往外推？"

"我——我错了还不行吗？"权仲白不由大窘——他倒是不想听呢，可架不住焦清蕙机变百出，一天几遍地给他添堵，说实话，除了真正翻脸之外，焦清蕙要拿小手段来捏他，他还真很难和她计较：要当真，她发哕，不当真，她就变着方子揉搓他。这么个十八九岁的小姑娘，和他这个而立之年的大老爷们儿居然拼得平分秋色，要不是在焦阁老跟前，他还真有些难以启齿……"请您老多指教指教——不然，我可还真不是她的对手。"

焦阁老刚拿起茶杯，又放下了，他狐疑地瞥了权仲白一眼："可别你得了真传，回头反而欺负十三娘——又给她撂狠话，把她给欺负哭了……"

就说这老爷子哪有这么心好，原来是在这儿等着。权仲白笑了笑，倒是沉静下来，淡淡地道："您也是知道我的为人的，她平时耍些小脾气、小手段，也都没有什么，我不会往心里去的。可有些事情，不该做就是不该做，我这也不算是欺负她吧。大家把话说清楚了，该怎么办怎么办呗。"

毕竟是有脾气的，老爷子也不禁轻轻点了点头，他叹了口气："是被当男孩子养大的，不晓得女儿家和男人比，天生就弱……夫主夫主，她年纪还小，和你差着岁数呢，有什么不懂事的地方，你就慢慢地教她吧。"

权仲白很怀疑焦清蕙究竟还把不把自己当个女儿家看，从她在很多地方、很多时候的表现来看，她除了很明白自己的美色，并且也很不惮于利用它之外，几乎是从没有把自己放在"妾如蒲草"的地位上，就是床笫之间，她也很喜欢在上头……她要不是个女儿家，不论是在朝在野，恐怕作为都不会小——起码，是不会比他小的。

"我也不大懂事。"权仲白说，"这辈子怕是改不了啦，我倒不怕她不懂事，我是怕她太懂事。"

这是直接在和老爷子沟通世子位的事了……老爷子呵呵笑："你们小夫妻之间，有话就直说嘛。我可不管这个，我就管你别被她给压得死死的。"

他咳嗽了一声，冲权仲白勾了勾手指，又开玩笑："法不传六耳，你附耳过来吧。"

他还真说了好些蕙娘的故事给权仲白听，又将蕙娘的性子掰开来给权仲白讲："傲着呢！你要不如她，她面上不说什么，心里从此就把你当败将看了。待你好是好的，可这好，好得让人心里憋气——瞧你这副样子，想来是尝过了这好的厉害了吧？人又实在是真聪明，从小学什么都有劲，都一点就透，本事也齐全。除了不是个男儿身，性子又过分冷硬，再没什么能挑的了。你别顺着她的毛摸，她不吃这一套，你就得和她斗，要不然，将来你还是得被她耍得团团乱转，有些事，不知不觉就由不得你了……"

权仲白虽然还吃不准老爷子的用意，可他说的这许多话，简直是字字珠玑，将蕙娘的性子，十成里剖开了六成，他不知不觉就听懂了：知己知彼，百战不殆。他成名已久，和焦家人来往多，焦清蕙对他的了解，毕竟是比较深的，可他对焦清蕙，所知那还真是寥寥无几。甚至连她吃住上的讲究，都只是模糊察觉出一些来，万不能同老爷子一样如数家珍。"吃上爱轻口，爱素淡，穿戴上不追求富丽，只寻求一个巧字，又要巧得恰到好处……她花钱从不手软，常说自己这一辈子，锻炼了多番本事，就是为了配得上自己要继承的富贵。可一个人如只能守着富贵，却不懂得享受富贵，那就太蠢啦……"

焦阁老顿上一顿，见权仲白若有所思，不免微微一笑：以此人的眼力，真要运足了心思去品评蕙娘，如何品评不出来？只差在愿意不愿意，有没有这个心……就好比蕙娘，难道就真这样有眼无珠，看不出他的为人？这小儿女间恩恩怨怨情恨纠缠，当长辈的，能帮的也只有这么多了。

"以你性子，一般小事，也不能和蕙娘大嚷大叫到这个地步。"他改了话题，"她前些日子给我送了消息……听说，封锦胞妹重病的事，背后恐怕是孙家在闹鬼？"

这件事会告诉焦清蕙，实际上权仲白等于是默许她给家里报信。这一点，两个人心里都是清楚的。非但焦阁老没有丝毫忌讳，权仲白也毫无不悦，他眉头一皱："恐怕是八九不离十吧，如果不是封绫自己心不够宽，这张绣屏，也就是羞辱羞辱封家，给她心里添点堵罢了。以封子绣的城府，难道还会为此暗中追查源头，去和主使者为难？他素来城府深沉，又爱惜羽毛，是不会做此不智之事的。牛家、杨家都没必要暗中做这点小布置，也就是皇后娘娘，如今情绪已经几乎失控，睡眠又少……一旦热血上头，她做什么事我都不会奇怪。"

焦阁老轻轻地嘶了一口气，一时没有说话，而是径自陷入沉思，权仲白沉思片刻，也不禁自嘲地笑了笑："牛家、杨家对这件事大加关注，并不稀奇，怎么您也……"

"宫事，和我是没有太大的关系了。"焦阁老略带疲倦地摸了摸脸，他瞅了权仲白一眼，并没有正面回答孙女婿的问题，而是继续逼问，"可这件事，蕙娘怎么和你吵得起来的？这又关她什么事了，你且说来听听。"

权仲白没有办法，只好粗粗地把自己家里的安排给说了几句："……早就有这个心思了，上回进宫，她按着长辈的布置，故意只和宁妃说话，挑着皇后针对宁妃，现在后宫中是三家混战，就为了给明年进宫的秀女腾点地方呢。"

"哦？"老太爷眸中，不禁精光一闪，他又沉吟了一会儿，这才安慰权仲白，"不在其位，不谋其政，你家里的事，你不是世子，就不好随意插手做主。他们怕也不是对东宫位有什么想法，就出个藩王母妃，你们家也能多添一个有力的强援。毕竟，看在孙家的面子上，东宫位置，几年内是不会轻易动的……宁妃衰弱一点，也符合皇上的心意。”

“您是说——”权仲白心中烦厌无比，却又不好和在家一样，将这不快显示出来，他顺着焦阁老的话往下问。焦阁老瞅他一眼，笑了。

“你还看不懂吗？虽然大秦后妃，按例是必须采选名门之后，可当今皇上的心可大着呢，他是肯定要限制外戚的。一叶落知天下秋，从吴兴嘉的归宿上，你就该悟出来这一点的。帝王心思如海，可深着呢……别看孙家现在虽然危若累卵，可只要定国侯能把开海的差事办好，他们家不会有大问题的。越是限制孙家几个兄弟，就说明皇上越是要用定国侯，要保太子……”

他轻轻地叹了口气：“可要保太子，也得能扶得起来才行。心性、品德、手段都可以慢慢地教，身体却不一样……”

或许是想到了焦四爷，老人家默然片刻，才续道：“对太子的身子骨，说话最重的人，当然就是你了——”

出乎权仲白的意料，焦阁老竟没有提出任何非分要求，他只是重重地捏了捏自己的手心，语气还是很轻的：“为国为民，这件事你不能不小心处理，对着自家人，什么该说什么不该说，你心里要有数。对着皇上呢……你该怎么说话，怎么做事，就得靠你自己的悟性了。”

权仲白心中一跳，一时间多少想法纷至沓来，他低声道：“我明白您的意思……”

“国家需要钱啊，”老人家长长地叹了口气，还怕他听不懂，“因人废事，多少年沉积下来的老习惯了。孙侯一去，开海的事不停也得停，不论牛家还是杨家上位，都不会让孙侯继续主持开海大业的，少了他，许凤佳、桂含沁、林中冕三个毛头小子，能有什么用处？那是去跟着蹭功劳的……尤其是杨海东，朝廷的钱，他想着用在地丁合一的花费上，不是不支持开海，可这件事在他心里要往外推……我当了多少年的家了，我明白的。”

他的眼神无比清澈：“很多事不推一把，不蹭着巴着，从车沿上翻上去，这趟车走了，世易时移，就再办不成喽……当今的确是锐意改革，可圣意也是会变的，从前先帝刚登基的时候，又何尝不是锐意改革呢……”

权仲白只觉得脊椎骨寒浸浸的，又似乎有一团热火在心底烧，他犹豫了一下，到底还是给了一点准话：“这件事，我也只能尽力去做。还要看皇上究竟是否寻根究底，以及娘娘病程如何……不过，撑到孙侯回来，想来还是不成问题的。"

老人家点了点头，他拍拍权仲白的肩膀："你也不容易！不过，自在不成人，大家都不容易，还是善自努力、彼此共襄，为广州多出一点力吧！"

既然都来给老太爷扶脉了，权仲白势必不能不主动提出，要为岳母以及妻子生母扶扶脉，这也是他体现孝心，给蕙娘做面子的地方。老太爷正好就借着这个空当，让蕙娘进来陪他说话。

祖孙俩几个月没见，虽然都是深沉人，可毕竟思念之情难掩，蕙娘进了屋一见祖父，眼睛便亮了起来，她也不知哪里生出来的委屈，似乎是埋怨老人家："这一出门子，就不能跟在您身边伺候了，我看您这几个月，憔悴了不少——"

"是吗？"老爷子摸了摸脸颊，他笑了，"还是我孙女儿心疼人！"

他站起身来，亲昵地摸了摸蕙娘的后脑勺，却不提权家事，亦不问蕙娘好，而是对蕙娘说："你和我一起见一个人。"

蕙娘不禁有几分纳闷，她立刻收敛了撒娇的态度，不言不语，在老太爷身后给自己找了个位置。老太爷一敲磬："让他进来吧。"

片刻，就有一位青年文士碎步进了内室，他给老太爷跪下行孙辈礼："晚生王辰，给师祖请安，师祖平安康健，寿延百年。"

老太爷"嗯"了一声："起来吧，别这么客气，你父亲在安徽任上还好？"

他显得轻松随意，蕙娘心中却是一紧，她紧盯着这文士的玉冠，恨不能透过他的黑发，望进他的脑子里去。

虽然未曾通报门第，但此人当是王光进之子无疑了，他父亲年前刚从安徽学政右迁为安徽布政使，也算是朝野间正崛起的封疆大吏。王光进中进士那一年，老太爷正是会试总裁，这一声师祖爷，王辰叫得是不亏心的。

观此人衣饰，只怕已经出孝，王家的动作，还真是不慢！看来，老太爷的继承人，在接近两年的铺垫、酝酿之后，终于还是浮出水面……

图书在版编目（CIP）数据

豪门生存手记 / 御井烹香著. — 南昌：
百花洲文艺出版社, 2016.12
ISBN 978-7-5500-1894-5

Ⅰ. ①豪… Ⅱ. ①御… Ⅲ. ①言情小说－中国－当代
Ⅳ. ① I247.5

中国版本图书馆CIP数据核字(2016)第245540号

出 版 者　百花洲文艺出版社
社　　址　江西省南昌市红谷滩世贸路898号博能中心A座20楼
邮　　编　330038
电　　话　0791-86895108（发行热线）0791-86894790（编辑热线）
网　　址　http://www.bhzwy.com
E-mail　bhz@bhzwy.com

书　　名　豪门生存手记
作　　者　御井烹香
出 版 人　姚雪雪
监　　制　黄利　万夏
丛书主编　郎世溟
责任编辑　胡志敏
特约编辑　赵志明　陈思
装帧设计　紫图图书 ZITO®
经　　销　全国新华书店
印　　刷　北京嘉业印刷厂
开　　本　1/16　710mm×1000mm
印　　张　24
字　　数　320千字
版　　次　2017年1月第1版
印　　次　2017年1月第1次印刷
定　　价　39.90元
书　　号　ISBN 978-7-5500-1894-5

赣版权登字：05-2016-329